HEYNE

Zum Buch

An dem Tag, an dem Großmutter die Treppe hinunterstürzt, beginnt sich nicht nur Justins Leben zu verändern. Etwas Unheimliches legt sich über die kleine Stadt, die durch dichten Schneefall von der Außenwelt abgeschnitten wird. Die Menschen werden zunehmend aggressiver. Die Katzen seiner Großmutter führen Justin zum Ursprung der Bedrohung: den brandgeschwärzten Ruinen des alten Klosters auf dem Hügel. Dort stand im Mittelalter der Schwarze Turm, in dem der »Dunkle« mit seinen bösen Kräften herrschte. Justins Großmutter, als Hexe verschrien, besaß die Gabe, diese Kräfte zurückzuhalten. Nun muss Justin diese Aufgabe übernehmen. Dabei stehen ihm die Katzen und ein geheimnisvolles Mädchen zur Seite. Doch die Tore zu der anderen, Unheil bringenden Welt sind bereits geöffnet. Ein aussichtslos scheinender Kampf beginnt, in den die Katzen und das Mädchen immer wieder entscheidend eingreifen. Aber dann steht Justin dem »Dunklen« selbst gegenüber…

Zu den Autoren

Wolfgang und Heike Hohlbein leben mit ihren Kindern in der Nähe von Düsseldorf. Ihr gemeinsames Erstlingswerk, der phantastische Roman »Märchenmond«, wurde mit bis heute insgesamt über 500.000 verkauften Exemplaren zum Bestseller. Wolfgang und Heike Hohlbein zählen heute zu den erfolgreichsten Fantasyautoren des deutschsprachigen Raums.

Lieferbare Titel

Dreizehn (3-453-87763-2)
Die Bedrohung (3-453-87338-6)
Die Prophezeiung (3-453-86442-5)
Unterland (3-453-19926-X)

WOLFGANG UND HEIKE
HOHLBEIN

KatzenWinter

Roman

WILHELM HEYNE VERLAG
MÜNCHEN

Umwelthinweis:
Dieses Buch wurde auf
chlor- und säurefreiem Papier gedruckt

Taschenbucherstausgabe 07/2005

Printed in Germany 2005
Umschlagillustration: Mark Harrison/Agentur Schlück
Umschlaggestaltung: Nele Schütz Design, München
Druck und Bindung: GGP Media GmbH, Pößneck

ISBN: 3-453-53038-1
http: //www.heyne.de

1

Der Winter kam früh in diesem Jahr und als die erste Schneeflocke fiel, stürzte Justins Großmutter die Treppe hinunter und brach sich das Genick.
Es war ein Tag wie jeder andere; das heißt: natürlich war es das nicht. Aber das wusste niemand in der Familie, als sie sich an diesem Morgen am Frühstückstisch versammelten, und so hielten es alle für einen ganz normalen, allenfalls vielleicht etwas kühlen Tag im Spätherbst.
Alle, bis auf Justin.
Er hatte nicht gut geschlafen. In seinem Kopf war noch immer die Erinnerung an einen Albtraum, der ihn geplagt hatte. Er erinnerte sich an ihn nicht wie an einen Film, den er gesehen hatte; nicht an Bilder oder gar an das, was in diesem Traum geschehen war. Er wusste nur, dass etwas sehr Großes, Düsteres darin eine Rolle gespielt hatte, etwas, was ein Gefühl der Bedrückung in ihm hinterließ, das ihn bis in den neuen Tag hinein verfolgte.
»Stimmt irgendetwas nicht?«, fragte seine Mutter.
Justin schrak aus seinen Gedanken hoch, blinzelte und brauchte ein paar Sekunden, um seine Gedanken so weit in den Griff zu bekommen, dass er auf ihre Frage reagieren konnte. Er schüttelte den Kopf.
»Nein«, sagte er. »Ich habe bloß nicht sehr gut geschlafen. Ich hatte einen Albtraum.«
»Einen Albtraum?« Seine Mutter warf einen bedeutungsvollen Blick aus dem Fenster: »Bei dieser Aussicht *muss* man ja Albträume bekommen.«
Justin antwortete nicht darauf, sondern beugte sich noch tiefer über seine Schüssel mit Cornflakes, aber er schielte aus den Augenwinkeln zu seinem Vater hoch und er las auf dessen Gesicht ganz genau die Reaktion, die er erwartet hatte: Sein Vater verdrehte die Augen und zog für einen Moment eine

Grimasse, als hätte er in eine Zitrone gebissen, war aber auch klug genug gar nichts zu sagen. Es hätte unweigerlich zu einem Streit geführt oder zumindest für eine ungute Stimmung gesorgt.
Seine Eltern stritten sich so gut wie nie. Es gab dann und wann kleine Reibereien oder Meinungsverschiedenheiten, wie sie auch in allen anderen Familien vorkamen, aber selten einen richtigen Streit.
Solange das Gespräch nicht auf das kam, was auf der gegenüberliegenden Straßenseite lag ...
»Vielleicht hast du gestern Abend nur etwas Falsches gegessen«, sagte sein Vater schließlich und seine Mutter fügte in leicht vorwurfsvollem Ton hinzu: »Oder wieder einmal zu lange ferngesehen.«
Keines von beidem war der Fall. Justin hatte gestern Abend nichts anderes gegessen als seine Eltern auch und den Fernseher in seinem Zimmer hatte er nicht einmal angerührt. Er war mittlerweile nicht einmal mehr sicher, ob der Ausdruck Albtraum überhaupt richtig war. Je angestrengter er darüber nachdachte, desto weniger konnte er sich an irgendwelche Einzelheiten erinnern. Was er spürte, das schien vielmehr so etwas wie eine Ahnung zu sein.
Oder vielleicht eine Warnung?
Aber wovor?
Ein dumpfes Poltern drang in seine Gedanken, gefolgt von einem Miauen und einer Menge anderer lauter Geräusche. Justin wie auch seine Eltern hoben den Kopf und blickten zur Decke hoch. Die Lampe, die über dem Esszimmertisch hing, hatte ganz leicht zu schwanken begonnen.
»Sieht so aus, als wäre deine Mutter aufgestanden«, sagte Justins Mutter.
Sein Vater lächelte schwach. »Ja. Ich frage mich immer, wie so eine zierliche Person nur solch einen ungeheuren Lärm machen kann. Irgendwann fällt uns noch einmal die Decke auf den Kopf.«
Die Worte waren nicht ernst gemeint. Justins Eltern liebten

Großmutter von ganzem Herzen und hätten ihr niemals etwas übel genommen. Und auch so hatte sie das Recht, so viel Lärm zu machen, wie sie wollte – das Haus, in dem sie alle lebten, gehörte ihr. Trotzdem war an Vaters Bemerkung etwas Wahres: Wenn man bedachte, dass seine Mutter nicht nur weniger als fünfzig Kilo wog, sondern mittlerweile stolze dreiundachtzig Jahre alt war, dann konnte sie manchmal einen geradezu unglaublichen Lärm veranstalten.

Das Poltern und Rumoren hielt noch einen Augenblick lang an, dann konnten sie hören, wie oben im ersten Stock eine Tür geöffnet wurde und Großmutters Schritte die Treppe herunterkamen. Aber nur wenige Stufen weit. Dann machte sie kehrt und ging die Treppe wieder hinauf. Einige Sekunden später fiel die Tür wieder ins Schloss.

»Wahrscheinlich hat sie etwas vergessen«, sagte Justins Mutter. »Das kommt in letzter Zeit öfter vor, ist dir das aufgefallen?«

Ihr Mann machte ein betrübtes Gesicht und pflichtete ihr mit einem Nicken bei, antwortete aber: »Sie ist immerhin dreiundachtzig. Wenn ich in dem Alter noch so fit bin, danke ich Gott.«

»Trotzdem«, fuhr Mutter fort. »Sie lässt allmählich nach. Ich beginne mir Sorgen um sie zu machen. Du solltest noch einmal mit ihr reden, damit sie zum Arzt geht.«

Darauf sagte Justins Vater gar nichts. Sie hatten dieses Gespräch schon so oft geführt, dass jeder seinen Ausgang vorhersagen konnte. Justins Großmutter war für ihr Alter nicht nur erstaunlich agil – und zwar sowohl körperlich als auch geistig –, sie erfreute sich auch einer erstaunlichen Gesundheit. Natürlich forderte das Alter seinen Preis, sodass sie ihre schlechten Tage hatte, aber im Großen und Ganzen war seine Großmutter gesünder und fitter als die meisten viel jüngeren Menschen, die er kannte.

Unglücklicherweise behauptete sie, das läge daran, dass sie in ihrem ganzen Leben noch nie bei einem Arzt gewesen war. Und sie weigerte sich beharrlich, an diesem Umstand irgend-

etwas zu ändern. Justin fragte sich manchmal, was wohl passieren würde, wenn Großmutter eines Tages wirklich schwer erkrankte, sodass sie einen Arzt holen mussten oder sie gar ins Krankenhaus eingeliefert wurde.
»Ich werde nach oben gehen und nachsehen, ob ich etwas für sie tun kann«, sagte Mutter.
»Frag sie doch, ob sie uns begleiten will«, schlug Justin vor. »Vielleicht freut sie sich ja, mal wieder aus dem Haus herauszukommen.«
Mutter nickte, aber sie tat es mit einem Gesichtsausdruck, der sehr deutlich machte, was sie von seinem Vorschlag hielt. Sie lebten jetzt seit mehr als sechs Jahren in diesem Haus und in all der Zeit hatte Großmutter es kaum ein Dutzend Mal verlassen. Das lag nicht etwa daran, dass sie es nicht konnte: Wie bereits gesagt, war sie eine äußerst agile Person, die die Geduld ihres Sohnes und ihrer Schwiegertochter manchmal arg strapazierte. Trotzdem verließ sie das Haus nur sehr selten. Die meiste Zeit verbrachte sie zusammen mit ihren Katzen in ihrer Wohnung im Dachgeschoss der weitläufigen Villa, wo sie – ihren eigenen Worten zufolge – alles hatte, was sie zum Glücklichsein benötigte.
Zum allergrößten Teil waren dies Bücher. Der größte Teil ihrer Wohnung war mit Bücherregalen und -schränken nur so vollgestopft und was nicht von der gigantischen Bibliothek mit Beschlag belegt wurde, das quoll über von anderen, zum Teil wirklich sonderbaren Dingen: Gläsern und Flaschen voller Kräuter, Pflanzenextrakten und Gewürzen, Töpfen und Tiegeln voller geheimnisvoller Tinkturen oder getrockneter Blätter, Säckchen und Beutel mit fremdartigen Steinen und Kristallen und zahllosen anderen merkwürdigen Dingen.

Justins Großmutter war nämlich eine Hexe.
Natürlich war sie keine richtige Hexe – die gab es nicht, so wenig, wie es Elfen, Feen, Kobolde und Geister in Wirklichkeit gab. Aber sie nannte sich manchmal selbst so und Justin wusste sehr wohl, dass die Menschen in der Stadt zwar ihre

Witze über sie machten, aber auch hinter vorgehaltener Hand über sie redeten. Manchmal blieben Kinder vor dem schmiedeeisernen Zaun stehen, der das Grundstück umgab, und blickten es aus großen Augen an und Justin konnte sich lebhaft vorstellen, worum es dann bei ihren geflüsterten Gesprächen ging.
Seiner Großmutter machte all dies nichts aus. Sie amüsierte sich bestens darüber und Justin war sogar ziemlich sicher, dass sie es insgeheim genoss, von ihren Nachbarn argwöhnisch beäugt und vielleicht sogar ein wenig gefürchtet zu werden.
Bei seiner Mutter lag die Sache schon ein wenig anders.
Sie hatte sich wohl mittlerweile daran gewöhnt, von einigen Leuten in der Stadt gemieden und von einigen anderen ganz offen als »die Schwiegertochter der Hexe« bezeichnet zu werden, und sich auf den Standpunkt zurückgezogen, dass ihr Leute, die *so* dachten, sowieso gestohlen bleiben konnten. Das war nicht immer so gewesen. In den ersten Jahren hatte sie sehr darunter gelitten und auch wenn sie es in seiner Gegenwart nie laut ausgesprochen hatte, so wusste Justin doch, dass sie mehr als einmal nahe daran gewesen war, wieder von hier fortzuziehen.
Dass sie es letztlich doch nicht getan hatte, lag wohl an drei Dingen: Hexe hin oder her, sie und Großmutter verstanden sich ausgezeichnet und hatten ein so inniges Verhältnis zueinander, als wären sie Mutter und Tochter. Außerdem hatte Justins Vater hier in der Stadt eine gute Anstellung gefunden und da Crailsfelden ziemlich weit weg von der nächsten größeren Stadt lag und weder über einen Bahnhof noch über eine Autobahnverbindung verfügte, hätte er sich nach einem Umzug auch eine neue Stellung suchen müssen.
Und drittens war da noch das Haus.
Haus war eigentlich nicht das richtige Wort. Das riesige Gebäude hatte die Ausmaße eines kleinen Gutshofes und glich mit seinen Erkern, Türmchen, Vorgärten und kleinen Terrassen und Balkonen eher einem Märchenschloss als einer Villa und Justins Mutter hatte es vor sechs Jahren das erste Mal

gesehen und sich auf Anhieb darin verliebt. Es war eigentlich viel zu groß für sie alle, selbst wenn man Großmutters Bibliothek und die zehn Katzen mitzählte, mit denen sie sich ihre Wohnung teilte, aber die ganze Familie hatte sich vom allerersten Moment an so wohl darin gefühlt, als wäre sie im Schutz seiner Mauern geboren und aufgewachsen. Justin konnte sich einfach nicht vorstellen, dass er irgendwo anders leben könnte.

»Ich werde sie fragen«, sagte Mutter und riss ihn mit diesen Worten wieder in die Wirklichkeit zurück. »Aber mach dir nicht zu viele Hoffnungen. Du weißt, was sie von Ausflügen in die Stadt hält.«

»Und ich werde in der Zwischenzeit schon einmal den Wagen aus der Garage fahren und den Motor laufen lassen«, sagte Justins Vater und stand ebenfalls auf. »Mit gebührend schlechtem Gewissen, versteht sich. Aber dafür kann die Heizung schon einmal warm werden, bis wir alle so weit sind.«

Er und Justins Mutter verließen gleichzeitig die Küche und nach ein paar Augenblicken stand auch Justin auf und begann das benutzte Geschirr zusammenzuräumen und zur Spüle zu tragen.

Als er wieder zum Tisch zurückkehrte, ging die Tür auf und schwang gleich darauf wieder zu, scheinbar wie von Geisterhand bewegt. Im ersten Moment war Justin fast ein bisschen erschrocken, aber dann hörte er das Tappen weicher Pfoten, schüttelte den Kopf und lächelte über seine eigene Schreckhaftigkeit. Natürlich war es eine von Großmutters Katzen. Die Tiere lebten zwar oben in der Dachgeschosswohnung, streiften aber durch das ganze Haus.

Justin beugte sich über den Tisch und erkannte Yeti, den jüngsten Spross aus Großmutters Katzenfamilie – ein kleines, schneeweißes Fellbündel, das ihn aus großen Kulleraugen anstarrte und schließlich ein herzzerreißendes Miauen ausstieß.

»Was ist los mit dir?«, fragte er. Yeti maunzte erneut zur Antwort. Es hörte sich so kläglich an, dass Justin um den

Tisch herumging und sich neben der Katze in die Hocke sinken ließ.

»Was ist los?«, fragte er nochmals. »Hast du etwas, Kleine?«

Yeti begann aufgeregt vor ihm hin und her zu laufen, stellte den Schwanz auf, miaute ununterbrochen und stieß ihn abwechselnd mit dem Kopf und dem Hinterteil an; die typische Art einer Katze, einen Freund zu begrüßen. Andererseits spürte Justin aber auch, wie aufgeregt das Tier war. Als er die Hand nach ihr ausstrecken wollte, um sie zu streicheln, wich sie ihm aus.

Die Tür ging abermals auf und sein Vater kam herein. Er blieb überrascht stehen, als er die junge Katze und ihr aufgeregtes Verhalten bemerkte.

»Was ist los mit ihr?«, fragte er.

Justin zuckte mit den Schultern, streckte noch einmal die Hand nach Yeti aus, ohne sie zu erwischen, und richtete sich wieder auf. »Keine Ahnung«, sagte er. »Sie scheint sich über irgendetwas furchtbar aufzuregen.«

»Wahrscheinlich muss sie sich erst bei uns einleben«, sagte Vater. »Sie ist noch sehr jung – und sie ist erst seit einer Woche hier.«

Das klang einleuchtend und trotzdem glaubte Justin zu spüren, dass es nicht die ganze Erklärung war. Irgendetwas stimmte mit dem Tier nicht. Andererseits – er lebte jetzt schon so lange mit Großmutters Katzen zusammen, dass er es längst aufgegeben hatte, das manchmal unergründliche Verhalten der Tiere erklären zu wollen.

»Vielleicht spürt sie auch nur den Wetterumschwung«, sagte Vater und deutete zum Fenster. »Ich glaube, wir bekommen Schnee.«

»Ein bisschen früh, nicht wahr?« Justin trat ebenfalls zum Fenster und sah hinaus. In den wenigen Augenblicken, die er durch die Katze abgelenkt gewesen war, hatte sich der Anblick radikal verändert. Der Himmel hatte jetzt die Farbe von frisch geschmolzenem Blei und die Wolken hingen sehr viel tiefer und bildeten eine geschlossene Decke fast ohne Struktur.

Justins Blick wanderte zu der brandgeschwärzten Ruine auf dem Hügel, der sich auf der gegenüberliegenden Straßenseite erhob. Die veränderten Lichtverhältnisse hatten dem Gebäude jede Tiefe genommen, sodass es wie ein pechschwarzer Scherenschnitt wirkte, kaum mehr als ein Schatten vor einem nicht ganz so dunklen Hintergrund, der Kälte und Düsternis verströmte.

»Unheimlich«, murmelte er.

»Ja«, bestätigte sein Vater. »Da kann man verstehen, warum die Leute früher an Geister und Dämonen glaubten, nicht?«

»Und du willst trotzdem wegfahren?«, fragte Justin. Die Ahnung kommenden Unheils, die schon den ganzen Tag in ihm gewesen war, verstärkte sich.

Sein Vater lachte. »Es ist nur ein bisschen Schnee«, sagte er kopfschüttelnd. »Und ich sprach von den Leuten *früher*. Wir leben nicht mehr im Mittelalter. Komm jetzt.«

Justin zwang ein verlegenes Lächeln auf sein Gesicht und folgte seinem Vater, allerdings nicht, ohne noch einen letzten nervösen Blick auf die Klosterruine drüben auf dem Hügel geworfen zu haben. Täuschte er sich oder ging von den zerfallenen Mauern nun tatsächlich etwas Düsteres, Gleitendes aus, tastenden Nebelfingern und einer Art zu körperlicher Schwärze geronnener Bedrohung gleich?

Etwas geschah. Es war mehr als eine Vorahnung und viel mehr als ein unangenehmes Gefühl. *Etwas* geschah. *Jetzt.*

»Kommst du?«

Justin riss seinen Blick gewaltsam von der Klosterruine los, drehte sich herum und verscheuchte die albernen Gedanken. Natürlich hatte er sich getäuscht. Es war nichts als bloße Einbildung gewesen.

Seine Mutter erwartete sie bereits in der Diele. Sie hatte sich schon Mantel und Handschuhe angezogen und Justins Parka vom Haken genommen und gerade, als sie ihm hineinhalf, erklangen auf der Galerie oben Schritte und Großmutter erschien hinter dem Treppengeländer.

Justin konnte ein Lächeln nicht mehr unterdrücken, als er sie

sah, denn ganz offensichtlich hatte sie heute wieder einen ihrer »Hexentage«. Sie wusste ja, wie man in der Stadt über sie redete, und manchmal machte sie sich einen Spaß daraus, dieses Vorurteil zu bestätigen – so wie heute. Sie trug ein buntes Zigeunerkleid, das ganz aus Fransen, Troddeln, Stickereien und übereinandergelegten Tüchern zu bestehen schien, und dazu ein ebenfalls farbenfrohes Kopftuch, das allerdings nicht den strengen Knoten verbarg, zu dem sie ihr Haar zusammengesteckt hatte. Obwohl es gar nicht nötig war, ging sie weit nach vorne gebeugt und auf einen knorrigen Stock gestützt, und um das Maß voll zu machen, hockte eine pechschwarze Katze auf ihrer rechten Schulter.
Justin sah aus den Augenwinkeln, wie sich die Züge seiner Mutter bei diesem Anblick verdüsterten. Sie teilte Großmutters Sinn für Humor nicht ganz; wenigstens nicht, was *dieses* Thema betraf. Sie war nun einmal ein Mensch, der großen Wert auf ein gutes Verhältnis zu seinen Nachbarn legte, und dem war Großmutters manchmal etwas skurriler Sinn für Humor nicht immer sehr zuträglich. Justin fand ihn natürlich Klasse. Er wusste, dass seine Großmutter auch keine Hemmungen gehabt hätte, sich eine Warze aus Plastik auf die Nase zu kleben oder einen Backofen im Garten aufzustellen, in dessen Tür FÜR HÄNSEL eingraviert war.
Der Stimme seiner Mutter war jedoch nichts von ihren Gefühlen anzuhören, als sie sagte: »Hallo, Mutter. Willst du nun doch mitkommen?«
»Nein, nein, meine Liebe«, antwortete Großmutter – nicht mit ihrer normalen Stimme, sondern in einem hellen, meckernden Singsang, eben ganz der Stimme der bösen Hexe aus dem Märchen. »Geht ruhig und amüsiert euch schön. Ich bleibe derweil hier und kümmere mich um die Dinge, die getan werden müssen.«
Justin konnte sich kaum noch beherrschen, um nicht vor Lachen laut herauszuplatzen, und auch seinem Vater bereitete es sichtbar immer mehr Mühe ernst zu bleiben, zumal sich Großmutter nun umwandte und mit kleinen, unsicheren

Schritten und heftig mit dem Stock wackelnd zur Treppe ging. Eine ganze Katzenbande wuselte dabei um ihre Füße und Farina, die auf ihrer Schulter saß, hatte alle Mühe ihr geschauspielertes Wackeln auszugleichen.
»Bitte, Mutter, lass das«, seufzte Justins Mutter. »Du weißt, dass ich es nicht mag, wenn du dich so zum Narren machst.«
»Aber was ist schlimm an einem Narren?«, fragte Großmutter ungerührt.
Justins Mutter verdrehte nur die Augen, aber sie war klug genug, sich nicht auf diese Art von Diskussion einzulassen, in der sie ohnehin keine Chance gegen ihre Schwiegermutter hatte. Das hatte niemand.
Großmutter lachte erneut und meckernd mit ihrer Hexenstimme, kam, schwer auf ihren Stock gestützt, auf die hohe Treppe zugeschlurft, machte einen weiteren Schritt und setzte ihren Stock und den rechten Fuß auf eine Stufe, die nicht da war.
Das heißt: das stimmte nicht ganz. Die *nicht mehr* da war, wäre die richtige Beschreibung gewesen.
Justin sah es ganz deutlich, obwohl es unglaublich schnell zu gehen schien. Großmutters Stock und ihr rechter Fuß trafen ins Leere und sie kippte nach vorne, schlug einen grotesken Dreiviertelsalto in der Luft und ihr Stock flog in der einen und ein kreischendes Fellbündel in der anderen Richtung davon, ehe sie mit grausamer Wucht auf den Treppenstufen aufschlug. Das alles geschah in weniger als einer halben Sekunde, noch bevor Justin und seine Eltern aufschreien und losrennen konnten. Aber später, wenn er darüber nachdachte, dann erinnerte er sich ganz genau, als wäre die Zeit nicht nur hundertfach schneller, sondern gleichzeitig und auf einer anderen, magischen Ebene auch hundertfach langsamer abgelaufen.
Er sah – so deutlich, dass es nicht den mindesten Zweifel daran gab –, was wirklich geschah:
Stock und Fuß seiner Großmutter senkten sich auf die oberste Treppenstufe und diese Stufe *löste sich auf*, den Bruchteil

einer Sekunde, bevor sie sie berührte. Die ganze Geometrie der Treppe schien sich zu verschieben, als hätte sie für einen Moment eine Stufe mehr gehabt, als eigentlich da sein durfte, und noch während sich ein Ausdruck maßloser Verblüffung auf dem Gesicht seiner Großmutter ausbreitete und sie nach vorne zu kippen begann, schien sich etwas Rauchiges, Körperloses von dort zu lösen, wo gerade die oberste Stufe gewesen war, und mit einer Bewegung wie das Schlagen düsterer Fledermausschwingen aus dem Fenster zu verschwinden.

Aber Justin sah auch noch mehr und das war fast noch unglaublicher: Farina, die schwarze Katze, wurde im hohen Bogen von der Schulter seiner Großmutter geschleudert und segelte kreischend und um sich schlagend durch die Luft, aber alle anderen Katzen bewegten sich plötzlich wie eine vielfarbige, pelzige Flut die Treppe hinunter und hinter Großmutter her, als versuchten sie in einer verzweifelten Anstrengung, ihrem Sturz zuvorzukommen und sie mit ihren eigenen Körpern aufzufangen.

Sie schafften es nicht. Katzen sind schnell, aber nicht *so* schnell. Großmutter schlug mit unvorstellbarer Wucht auf der Treppe auf und Justin konnte *hören*, wie in ihrem Körper irgendetwas zerbrach.

Dieser Laut grub sich nicht nur unauslöschlich in Justins Gedächtnis ein, sodass er ihn nie wieder im Leben vergessen sollte, es brach auch den Bann, in dem er gefangen war. Plötzlich lief die Zeit wieder so ab, wie sie es sollte, und das hieß, dass sich die Dinge nur so überstürzten: Großmutter schlitterte noch ein Stück weiter die Treppe hinunter, rollte mit einem sonderbar seufzenden Laut auf den Rücken und verschwand unter dem Ansturm der Katzen, die sich förmlich auf sie stürzten. Justin und seine Eltern rannten gleichzeitig los und behinderten sich dabei gegenseitig, sodass Justin stolperte und nun seinerseits stürzte.

Als er sich wieder hochrappelte, knieten seine Eltern bereits neben Großmutter. Sie hatten alle Hände voll zu tun, die

Katzen abzuwehren, die sich plötzlich wie toll gebärdeten, fauchten und die Krallen zeigten, als müssten sie ihre Herrin verteidigen. Während Mutter versuchte die Tiere davonzuscheuchen, beugte sich Vater über Großmutter, zog die Hände im letzten Moment aber wieder zurück. Hastig wandte er sich an Justin.
»Einen Krankenwagen! Schnell! Ruf die Hundertzwölf!«
Justin fuhr herum, lief zum Telefon und wählte die Nummer der Feuerwehr. Schon nach dem zweiten Klingeln wurde abgenommen, aber Justin kam es vor wie eine Ewigkeit.
»Feuerwehr Notruf«, sagte eine dunkle Männerstimme.
»Einen Krankenwagen, schnell!«, stammelte Justin. »Meine Großmutter ist die Treppe hinuntergefallen!«
»Deine Großmutter, so«, antwortete die Stimme. »Und? Ist die alte Kuh endlich hin?«
»Nein, sie ist –« Es dauerte eine Sekunde, bis Justin überhaupt begriff, was er da hörte.
Fassungslos hielt er den Hörer ein kleines Stück von sich weg und starrte ihn an. »Was ... haben Sie da gesagt?«, krächzte er.
»Ich habe gefragt, ob die alte Zicke endlich den Löffel abgegeben hat oder ob sie noch japst«, antwortete die Stimme. »Sag mal, bist du taub auf den Ohren oder ist deine ganze Familie einfach nur blöd? Also, jetzt geh hin und sieh nach, ob die Alte noch schnauft, und wenn ja, dann verpass ihr einen kräftigen Tritt in die Rippen und die Sache hat sich.«
»Wie bitte?«, keuchte Justin. Er glaubte nicht, was er da hörte. Das musste er sich einbilden. Vielleicht hatte er sich beim Hinfallen doch übler gestoßen, als er selbst bemerkt hatte.
»Glaubst du, wir wären scharf drauf, für so ein altes Schrapnell noch 'nen Krankenwagen loszuschicken?«, antwortete die Stimme. »Das lohnt doch gar nicht. Die Alte macht's doch sowieso nicht mehr lange.«
Eindeutig: Das musste ein Albtraum sein. Irritiert sah Justin zur Treppe zurück. Sein Vater kniete neben Großmutter

und redete mit leiser Stimme auf sie ein, während Mutter noch immer damit beschäftigt war, die Katzen im Zaum zu halten.
Plötzlich berührte ihn etwas am Fuß. Justin sah hinunter und blickte in ein pelziges Katzengesicht, aus dem heraus ihn ein Paar unheimlicher gelb glühender Augen anstarrten. In der nächsten Sekunde sprang Scarlett mit einem Satz auf die Anrichte herauf, machte einen Buckel und fauchte das Telefon so wütend an, dass Justin erschrocken einen Schritt zurückwich und um ein Haar den Hörer fallen gelassen hätte.
»Justin!«, rief Vater. »Was ist mit dem Krankenwagen?!«
Justin hob den Hörer wieder ans Ohr und fragte mit zitternder Stimme: »Was ... haben Sie ... gesagt?«
»Ich habe nach deiner Adresse gefragt, Junge«, antwortete die Stimme aus dem Telefon. Es war noch immer dieselbe Stimme wie zuvor und trotzdem klang sie vollkommen anders. Anstelle des gehässigen Untertones war jetzt eine angespannte Sorge darin. »Ich kann mir vorstellen, dass du aufgeregt bist, aber du musst jetzt vor allem ruhig bleiben. Wenn wir deiner Großmutter helfen sollen, musst du uns schon deine Adresse verraten.«
Also war es doch nur eine Einbildung gewesen. Wahrscheinlich war er so aufgeregt und in Panik, dass ihm seine Nerven einen bösen Streich gespielt hatten. Was auch sonst? Er atmete hörbar auf, nannte dem Mann die genaue Adresse und beschrieb mit knappen Worten, was geschehen war – wobei er allerdings weder die verschwundene Treppenstufe noch die fledermausflügeligen Schatten erwähnte, die er gesehen hatte. Dann hängte er ein und eilte zur Treppe zurück.
Seine Großmutter lag auf dem Rücken. Ihre Augen waren geschlossen, aber sie atmete. Die Katzen umgaben sie wie ein Schutzwall, hatten es aber aufgegeben, jeden zu attackieren, der Großmutter nahe kam.
»Was ist?«, fragte Justin. »Wie geht es ihr?«
Sein Vater zuckte mit den Schultern. Er sah sehr ernst drein und seine Stimme war so leise, dass Justin ihn kaum verstand,

als er antwortete: »Sie lebt. Mehr kann ich nicht sagen. Ist der Krankenwagen unterwegs?«
»Ja«, antwortete Justin. »Sollen wir sie nicht aufs Bett legen?«
»Nein«, sagte seine Mutter. »Wir dürfen sie nicht bewegen. Sie könnte sich das Rückgrat gebrochen haben. Wenn wir sie jetzt hochheben, könnten wir sie damit umbringen. Wir müssen warten, bis der Krankenwagen kommt.«
Justin sah schaudernd zum Fenster. Die Klosterruine ragte drohend auf dem Hügel auf der anderen Straßenseite in den Himmel. Der Tag begann grau zu werden, obwohl er gerade erst begonnen hatte, und einige Schneeflocken tanzten durch die Luft.
Justin fror. Die Katzen miauten leise und Großmutter ließ ein gedämpftes Stöhnen hören, ohne die Augen zu öffnen.
Während sie auf den Krankenwagen warteten, begann der Schnee immer dichter vom Himmel zu fallen und es wurde kälter.
Der Katzenwinter hatte begonnen.

2

So verließ Justins Großmutter das kleine Tal, in dem Crailsfelden lag, zum ersten Mal seit langen, langen Jahren doch wieder; wenn auch auf vollkommen andere Weise, als sich jeder der Beteiligten gewünscht hätte. Es waren nur fünf Minuten vergangen, bis der Krankenwagen kam, für den Weg in die Klinik jedoch benötigten sie fast eine halbe Stunde. Crailsfelden verfügte zwar seit der großen Brandkatastrophe vor zehn Jahren über eine eigene Feuerwehrstation, in der nicht nur zwei großes Löschzüge stationiert waren, sondern auch ein mit der allermodernsten Technik ausgestatteter Rettungswagen, die nächste Klinik jedoch befand sich in der

Großstadt, fünfzehn Kilometer entfernt und auf der anderen Seite der Berge, die die kleine Stadt von allen Seiten einschlossen.

Genau genommen waren es keine richtigen *Berge*; sondern eher ein geschlossener Kreis aus bewaldeten Hügeln. Aber sie waren sehr steil und der Wald darauf war wirklich sehr dicht und es führte nur eine einzige, nicht besonders breite Straße aus dem Tal hinaus. Der dichte Schneefall und die immer schlechter werdende Sicht machten es dem Krankenwagen unmöglich, so schnell zu fahren, wie es eigentlich notwendig gewesen wäre, und so verging eine scheinbare Ewigkeit, bis sie endlich das Krankenhaus erreichten.

Während der Fahrt hatte kaum einer von ihnen ein Wort gesprochen und eine bedrückende Stille hatte sich im Wagen ausgebreitet; ein Schweigen, das sie auch während der nächsten zwei Stunden begleitete, in denen sie im Wartezimmer der Notaufnahme saßen und mit klopfendem Herzen darauf warteten, dass ein Arzt hereinkam und ihnen sagte, was nun mit Großmutter war.

Als er schließlich kam, sah Justin ihm an, dass er keine guten Nachrichten brachte, noch bevor er das erste Wort sprach. Er sah sehr müde aus, abgespannt, und auf seinem Gesicht lag ein Ausdruck von Resignation.

»Nun?« Vater sprang auf, drückte seine Zigarette in dem zu einem Aschenbecher umfunktionierten Unterteller aus und trat dem Arzt mit einem hastigen Schritt entgegen. »Was ist mit meiner Mutter? Wie geht es ihr?«

»Sie lebt«, antwortete der Arzt, aber er sagte es in einem sehr ernsten Ton. »Ihr Zustand ist stabil. Wenn keine Komplikationen eintreten, wird sie durchkommen.«

»Und wie geht es ihr?«, fragte Mutter. »Wie schlimm ist sie verletzt?«

Der Arzt sah sie einen Moment lang traurig an. »Das ist das Problem«, antwortete er. »Ich fürchte, Ihre Schwiegermutter hat sich das Genick gebrochen.«

»Das Genick –?« Justin riss ungläubig die Augen auf. Sein

Vater wurde noch blasser und seine Mutter begann nervös mit den Händen zu spielen.
»Aber ... aber gerade haben Sie doch gesagt, dass sie am Leben ist«, stammelte Justin.
»Ein gebrochenes Genick bedeutet heutzutage nicht unbedingt den sicheren Tod«, antwortete der Arzt. »Aber deine Großmutter ist wirklich sehr schwer verletzt. Ich glaube nicht, dass sie jemals wieder ganz gesund wird.«
»Sprechen Sie es ruhig aus«, sagte Vater leise. »Sie ist gelähmt.«
»Vom Hals abwärts, fürchte ich«, antwortete der Arzt. »Es ist natürlich noch zu früh, um eine endgültige Aussage zu treffen, aber es sieht nicht gut aus. Sie ist eben eine alte Frau.«
»Sie meinen, sie wird ... sie wird im Rollstuhl sitzen müssen«, sagte Justin stockend. In seinem Hals saß plötzlich ein bitterer, harter Kloß. Er hatte Mühe zu sprechen.
»Möglicherweise«, antwortete der Arzt. »Man kann jetzt noch nichts sagen. Aber ihr solltet euch vielleicht mit diesem Gedanken vertraut machen. Jedenfalls damit, dass deine Großmutter nie wieder ganz so sein wird, wie du sie bisher gekannt hast.«
»Kann ich zu ihr?«, fragte Vater.
Der Arzt schüttelte den Kopf. »Besser nicht. Sie schläft jetzt. Und sie braucht vor allem Ruhe. Das ist möglicherweise die beste Medizin, die wir ihr im Moment geben können.« Er seufzte. »Wie ist der Unfall eigentlich passiert?«
Vater wollte antworten, aber Justins Mutter kam ihm zuvor.
»Die Katzen!«, sagte sie. »Es waren die verdammten Katzen!«
Nicht nur Justin starrte seine Mutter entsetzt an. Auch sein Vater runzelte ungläubig die Stirn, dann schüttelte er den Kopf und begann in irritiertem Ton: »Das kann man so –«
»Sie waren es!«, unterbrach ihn Mutter. Ihre Stimme bebte und in ihren Augen stand plötzlich ein Ausdruck geschrieben, der Justin zutiefst erschreckte. »Sie wollte die Treppe hinuntergehen und diese dummen Viecher sind ihr zwischen die Füße gelaufen!«

»Aber das stimmt doch gar nicht!«, protestierte Justin. »Es waren nicht die Katzen!«
»So?«, fragte seine Mutter scharf. »Was denn sonst?«
Justin setzte zu einer Antwort an. Aber er sagte nichts. Was hätte er auch antworten sollen? Dass er genau gesehen hatte, wie sich die Treppenstufe unter den Füßen seiner Großmutter in einen Schatten verwandelte, der dann aus dem Fenster flog? Kaum. So hielt er dem bohrenden Blick seiner Mutter zwar noch einen Moment lang stand, sagte aber nichts, sondern drehte sich mit einem Ruck herum und starrte zu Boden.
»Bitte!«, sagte der Arzt. Er hob besänftigend die Hände. »Es spielt eigentlich auch keine Rolle. Entschuldigen Sie, dass ich gefragt habe.«
»Es waren nicht die Katzen«, sagte Justins Vater. Mutter antwortete, aber Justin hörte gar nicht mehr hin. Er war noch immer vollkommen verstört; nicht nur, weil seine Mutter etwas behauptet hatte, was einfach nicht stimmte. Was ihn regelrecht schockiert hatte, das war der Ausdruck in ihrem Blick gewesen und dieser unheimliche, vollkommen fremde Ton in ihrer Stimme. Was war nur mit ihr los?
Er achtete ganz bewusst nicht mehr auf die Worte, aber er hörte am Klang ihrer Stimme, dass sich seine Eltern ganz offensichtlich eine hitzige Diskussion lieferten, die der Arzt vergebens zu beschwichtigen versuchte. Das war ungwöhnlich, aber vielleicht brauchten die aufgestaute Angst und Nervosität seiner Eltern vielleicht einfach ein Ventil.
Justin war im Moment jedenfalls nicht danach zu Mute, ihrer Diskussion zuzuhören, und so entfernte er sich ein paar Schritte und trat auf den Flur hinaus. Gedämpfte Stimmen, leises Klirren und der übliche Krankenhausgeruch schlugen ihm entgegen und außerdem blickte er in ein grau und weiß getigertes Katzengesicht.
»Piggy?«, murmelte Justin überrascht. »Aber wie ... wie kommst du denn hierher?«
Piggy – genauer gesagt: *Miss Piggy*, wie Vater die Katze getauft

hatte, denn sie war als Katzenbaby laut seiner Aussage hässlich wie ein Schwein gewesen, miaute halb laut, drehte sich herum, lief ein paar Schritte weit, sah zu ihm zurück und miaute wieder. Das war zwar keine Antwort auf Justins Frage, aber die Bedeutung dieses sonderbaren Benehmens war ihm sofort klar. Piggy wollte, dass er ihr folgte. Als sich Justin in Bewegung setzte, lief sie wieder ein paar Schritte und blieb dann abermals stehen. Justin holte auf und Piggy lief erneut weiter.

Auf diese Weise führte sie ihn den Flur hinab, dann nach rechts und in einen weiteren Korridor, bis sie schließlich vor einer der Türen stehen blieb und mit den Vorderpfoten daran zu kratzen begann. Obwohl Justin ständig Stimmen und Schritte hörte und im Krankenhaus Hochbetrieb herrschte, begegnete ihnen die ganze Zeit über kein Mensch.

Justin hob die Hand, klopfte und wartete einige Sekunden lang vergeblich auf eine Antwort. Schließlich drückte er die übergroße Klinke hinunter und schob die Tür auf.

Es kostete ihn erstaunliche Kraft. Es war eine jener überbreiten Türen, durch die man bequem ein Bett hindurchschieben konnte; er hatte erwartet, dass sie schwer war. Aber nicht *so* schwer.

Justin stemmte sich mit der Schulter dagegen und drückte mit aller Kraft. Trotzdem rührte sich die Tür im ersten Moment nicht und als sie es endlich tat, da öffnete sie sich nur widerwillig und langsam und mit einem saugenden Geräusch, wie einer jener großen, begehbaren Geldschränke.

Dahinter lag Dunkelheit. Justin hatte ein normales Krankenzimmer erwartet, doch der Anblick, der sich ihm bot, hätte gegensätzlicher kaum sein können. Vor ihm lag eine halbrunde, finstere Kammer, deren Wände aus riesigen vermauerten Felsquadern bestanden. Eine Anzahl gotischer Spitzbogen bildete die Decke und auch der Fußboden bestand aus nacktem Stein, den unzählige Füße in zahllosen Jahren glatt poliert hatten. Es gab nur ein einziges, schmales Fenster, im Grunde mehr eine Schießscharte, und das Licht war grau und dunstig,

fast wie matt leuchtender Nebel, der in trägen Schwaden in der Luft hing.
Was Justin in diesem seltsamen Un-Licht sah, das war zwar genauso unmöglich wie die Kammer selbst, passte aber hundertprozentig dazu. Der Raum war mittelalterlich eingerichtet. Es gab einen großen Schrank mit geschnitzten Türen, einen einfachen Tisch, zwei Hocker und ein niedriges Bett, in dem eine reglos ausgestreckte Gestalt lag. Justin konnte ihr Gesicht nicht sehen, denn zwischen ihm und dem Bett stand eine zweite, fast nur als Schatten wahrnehmbare Gestalt. Das alles war nicht nur äußerst ungewöhnlich, sondern auch vollkommen unmöglich.
Justin blinzelte. Das Bild blieb. Justin blinzelte erneut und dann presste er die Augen zusammen, aber als er die Lider wieder hob, war das unheimliche Bild immer noch da. Es schien sogar realistischer geworden zu sein. Er sah mehr Einzelheiten und er glaubte sogar den Geruch einer Fackel wahrzunehmen, die vielleicht noch vor kurzem in diesem Zimmer gebrannt hatte.
Justin warf einen Blick über die Schulter zurück. Hinter ihm lag ein ganz normaler, menschenleerer Korridor, wie man ihn in einem Krankenhaus zu sehen erwartete, aber das unmögliche Bild vor ihm blieb. Piggy miaute plötzlich schrill, flitzte los und sprang mit einen Satz auf das Bett hinauf. Sie begann zu fauchen, legte die Ohren an und bleckte die Zähne und obwohl sie eine sehr kleine Katze war, sah sie plötzlich gar nicht mehr freundlich und lieb aus, sondern vielmehr wie ein gefährliches, wildes Raubtier.
Die Gestalt, die zwischen Justin und dem Bett stand, prallte zurück und drehte sich gleichzeitig halb herum, sodass Justin ihr Gesicht sehen konnte.
Das heißt: Eigentlich hätte er es sehen müssen.
Aber er sah es nicht, denn die Gestalt *hatte kein Gesicht*.
Wo ihre Züge sein sollten, war nur etwas Dunkles, wesenlos Waberndes, etwas wie geronnene Schwärze, die sich in ständiger, unheimlicher Bewegung zu befinden schien. Und ob-

wohl es weder Augen noch irgendwelche anderen Sinnesorgane in dieser wirbelnden Schwärze gab, spürte er jetzt doch deutlich, dass ihn aus dieser Dunkelheit heraus irgendetwas anstarrte. Etwas Körperloses, etwas ungeheuer Altes, Mächtiges und etwas unvorstellbar *Böses.*

Justin stand da wie gelähmt. Es dauerte weniger als eine Sekunde, während Justin ins Gesicht des Dämons starrte, und doch war es wie eine Ewigkeit. Er hatte das Gefühl, dass etwas aus dieser höllischen Schwärze heraus- und direkt in seine Seele hineingriff, und es war das schlimmste Gefühl, das er jemals gehabt hatte. Hätte Justin die Wahl gehabt, dieses furchtbare Gefühl auch nur noch eine einzige Sekunde länger zu ertragen oder auf der Stelle zu sterben, er hätte sich für den Tod entschieden. Aber diese Wahl hatte er nicht. Der Blick der unsichtbaren Dämonenaugen lähmte ihn. Er fühlte sich hilflos, ausgeliefert und unbeschreiblich allein.

Dann fauchte Piggy erneut. Das ... *Ding* wandte den Blick und starrte die Katze an und im selben Moment fiel der unheimliche Bann von Justin ab. Ebenfalls im selben Moment konnte er endlich die Frau sehen, die reglos auf dem Bett lag.

Es war seine Großmutter.

Seltsamerweise war sie mindestens fünfzig Jahre jünger als das letzte Mal, als Justin sie gesehen hatte. Sie trug auch keines ihrer üblichen Hexenkleider, sondern ein fast durchsichtiges Gewand aus schimmernder Seide. Ihr Haar war wieder lang und voll und fiel in dunkelbraunen Locken bis weit über ihre Schultern hinab und ihr Gesicht war zwar sehr bleich, aber auch unbeschreiblich schön. Sie sah aus wie eine schlafende Prinzessin aus dem Märchen.

Die Schattengestalt hob den Arm und streckte die Hand nach der Schlafenden aus. Piggy fauchte plötzlich wie irre, begann zu spucken und schlug mit den Krallen nach dem Dämon, ohne ihn allerdings zu treffen, und Justin sah, dass in den Fingern des Schattenwesens irgendetwas aufblitzte. Metall. Vielleicht eine Waffe.

»Nein!«, schrie Justin. »Lass sie in Ruhe, du verdammtes

Ungeheuer!« Er rannte los. Allein die Vorstellung, den Dämon zu berühren, machte ihn fast wahnsinnig vor Angst, und so raste er, ohne auch nur einen Sekundenbruchteil zu zögern, los und warf sich mit weit ausgebreiteten Armen auf die Gestalt, um sie von seiner Großmutter wegzureißen.

Er flog einfach hindurch.

Der Anprall, auf den er wartete, kam nicht, denn die Gestalt war wirklich nur ein Schemen. Justin spürte ein flüchtiges Gefühl einer eisigen, körperlosen Kälte, als hätte ein Eishauch seine Seele gestreift, dann prallte er gegen ein Hindernis, das er mit gewaltigem Scheppern und Klirren zu Boden riss, und sah für einen Moment buchstäblich Sterne. Als er die Augen wieder öffnete, fand sich Justin am Boden liegend wieder, unter sich die Überreste eines umgestürzten Krankenhaus-Nachttisches und ein Haufen von zerbrochenem Plastik, Glas und Metall, dessen ursprüngliche Bestimmung nicht mehr zu erkennen war. Das Turmverlies war verschwunden und hatte wieder einem ganz normalen Krankenhauszimmer Platz gemacht und auch von der Schattengestalt war nichts mehr zu sehen.

Hastig rappelte er sich hoch und beugte sich über das Bett. Seine Großmutter war wieder alt und trug jetzt ein ganz normales weißes Krankenhausnachthemd. Eine durchsichtige Atemmaske bedeckte Mund und Nase und um den Hals trug sie eine wuchtige Manschette aus fleischfarbenem Kunststoff. Ein durchsichtiger Schlauch führte von ihrer linken Armvene zu einer Infusionsflasche an einem verchromten Ständer hinauf. Sie war keine verzauberte Märchenprinzessin mehr, sondern nur noch eine alte, schwer verletzte Frau.

Aber sie war bei Bewusstsein. Der Arzt hatte gesagt, dass sie schlief, doch ihre Augen standen offen und sie sah Justin wach und mit klarem Blick an.

»Großmutter?«, murmelte Justin. »Was ... was ist denn los? Die Kammer und ... und der Mann ...?«

Piggy miaute herzzerreißend, legte sich auf Großmutters Brust und begann mit ihrer rauen Zunge über deren Wange zu

lecken und Großmutter hob mühsam die rechte Hand und deutete auf die Maske, die ihren Mund bedeckte.
Justin überlegte angestrengt. Seine Großmutter wollte ihm etwas sagen, das war klar, doch er war nicht sicher, ob er die Maske einfach so abnehmen durfte. Sie war wirklich schwer verletzt und es mochte sein, dass er mit einem einzigen Handgriff gewaltigen Schaden anrichtete.
Andererseits *spürte* er einfach, dass das, was sie ihm sagen wollte, ungeheuer wichtig war.
Vielleicht wichtiger als ihr Leben.
Entschlossen löste er das Gummiband, mit dem die Atemmaske befestigt war, und beugte sich tief über das Gesicht seiner Großmutter. Ihr Atem war heiß und roch nicht gut und ihre Stimme war so leise, dass er alle Mühe hatte, sie zu verstehen, obwohl sein Ohr fast ihre Lippen berührte.
»Justin«, flüsterte sie. »Du musst ... die Katzen ...«
Piggy miaute kläglich. Großmutter brach ab, sammelte spürbar neue Kraft und setzte dann noch einmal an: »Der Turm. Du musst ... die Katzen und ... die Bibliothek. Geh in ... die Bibliothek und ...«
Ihre Stimme versagte. Justin hörte, wie sie tief einatmete, um den begonnenen Satz mit letzter Kraft zu Ende zu bringen, aber sie kam nicht mehr dazu, denn in diesem Moment wurden hinter ihm hastige Schritte laut und eine Stimme fragte in scharfem Ton: »Was geht denn hier vor?«
Justin fuhr erschrocken herum und blickte ins Gesicht des Arztes, der in Begleitung seiner Eltern und einer Krankenschwester hereingestürzt kam. Als er Miss Piggy auf Großmutters Brust entdeckte, verdüsterte sich sein Gesicht noch mehr. Dann bemerkte er die Atemmaske, die Justin entfernt hatte, und wurde bleich vor Schrecken.
»Das darf doch wohl nicht wahr sein!«, keuchte er. Mit zwei schnellen Schritten war er heran, schob Justin unsanft zur Seite und befestigte die Maske wieder auf Großmutters Gesicht. »Was ist in dich gefahren, Junge? Wolltest du deine Großmutter umbringen? Und was tut dieses Tier hier?«

»Das ... ist eine unserer Katzen«, sagte Vater verwirrt. »Ich habe keine Ahnung, wie sie hierher kommt. Sie muss in den Wagen gesprungen sein, ohne dass wir es gemerkt haben.«
»Das ist mir gleich«, sagte der Arzt unfreundlich. »Bringen Sie sie raus. Das hier ist ein Krankenzimmer!«
Justin trat rasch wieder hinzu, nahm Piggy in die Arme und presste sie fest an sich. Die Katze fauchte protestierend, aber Justin verstärkte seinen Griff. Es war vielleicht besser, die Geduld des Arztes und seiner Eltern nicht zu sehr auf die Probe zu stellen.
Währenddessen begutachtete der Arzt kopfschüttelnd den umgestürzten Nachttisch und das zerbrochene Gerät, das daneben lag, dann warf er Justin einen schrägen Blick zu. »Ich hoffe, deine Eltern sind gut versichert, mein Junge«, sagte er. »Was hast du dir nur dabei gedacht?«
»Großmutter wollte mir etwas sagen«, antwortete Justin. »Deshalb habe ich die Maske entfernt.«
»Unsinn«, antwortete der Arzt. »Deine Großmutter schläft. Wir haben ihr ein starkes Beruhigungsmittel gegeben. Sie kann mit niemandem sprechen.«
»Aber vorhin war sie wach!«, protestierte Justin.
Die Antwort des Arztes bestand nur aus einem Stirnrunzeln und einem Blick, der viel mehr sagte als alle Worte. Dann sah er auf Justins Hände hinab. »Was ist mit deinen Händen passiert?«
Justins Blick folgte dem des Doktors. Er erschrak, als er seine eigenen Hände sah. Sie waren rot und wirkten entzündet und jetzt wurde ihm erst bewusst, dass sie verdammt weh taten.
»Lass mich sehen!«, verlangte der Arzt.
Justin reichte Miss Piggy an seinen Vater weiter, ehe er dem Doktor die Hände entgegenstreckte. Sie taten erbärmlich weh und als der Arzt behutsam mit den Fingerspitzen darüber tastete, da explodierte der Schmerz so sehr, dass ihm die Tränen in die Augen schossen.
»Das ist seltsam.« Der Arzt runzelte erneut die Stirn, blickte

verwirrt auf das Durcheinander aus zerbrochenem Glas und Plastiksplittern zu seinen Füßen herab und fuhr fort: »Das sieht aus wie ... wie verbrannt. Wie ist das passiert?«
Justin musste an das Gefühl unheimlicher Kälte denken, das er verspürt hatte, als er durch die Schattengestalt hindurchglitt. Er sagte nichts.
»Es ist nicht besonders schlimm«, diagnostizierte der Arzt. »Ich verstehe nur nicht, wie so etwas passieren kann. Die Schwester wird eine Salbe auftragen und du solltest spätestens morgen zu deinem Hausarzt gehen.«
Justin nickte schweigend. Er war vollkommen verwirrt. In den letzten Stunden hatte er eine ganze Anzahl seltsamer und zum Teil erschreckender Dinge erlebt, sie aber allesamt als Halluzinationen abgetan. Doch seit wann hinterließen Halluzinationen sichtbare Wunden? Was um alles in der Welt geschah hier?
»Gehen wir ins Behandlungszimmer«, sagte der Arzt. »Ihre Mutter braucht vor allem Ruhe.« Vater nickte, aber Justins Mutter sagte leise: »Ich würde gerne noch einen Moment bleiben.«
»Selbstverständlich«, antwortete der Arzt. »Sie finden uns im Behandlungsraum, gleich hinter dem Wartezimmer.«
Sie verließen den Raum. Während der Arzt leise die Tür hinter sich zuzog, setzte Vater Miss Piggy zu Boden und als sie losgingen, folgte ihnen die Katze in zwei Schritten Abstand.
»Erstaunlich«, sagte der Arzt. »Diese Katze scheint sehr gut erzogen zu sein.«
»Sie gehorcht wie ein Hund«, bestätigte Vater. »Meine Mutter hat sie mit der Flasche großgezogen. Sie kann eine Menge erstaunlicher Dinge.«
»Sich zum Beispiel in Autos schleichen«, sagte der Arzt nickend. »Bitte sorgen Sie dafür, dass sie nicht wieder wegläuft. Auch wenn sie noch so niedlich ist.«
Piggy warf dem Arzt einen Blick zu, als wäre sie mit dem Wort *niedlich* nicht unbedingt einverstanden, trottete aber weiter

gehorsam hinter ihnen her. Als sie den Behandlungsraum erreichten und Justin auf der verchromten Liege Platz nahm, sprang sie mit einem Satz auf seinen Schoß und rollte sich schnurrend darauf zusammen.
»Wie geht es nun mit meiner Mutter weiter?«, wollte Vater wissen.
»Das kann ich jetzt unmöglich beantworten«, sagte der Arzt. »Die nächsten zwei oder drei Tage sind entscheidend. Wenn sie die durchsteht, dann bleibt sie zumindest am Leben.«
»Am Leben? Mehr nicht?«
Die Katze auf Justins Schoß bewegte sich. Sie hob den Kopf, blickte Justin eine Sekunde lang tief in die Augen und begann dann an seinen Händen zu schnuppern.
»Ich will Ihnen nichts vormachen«, antwortete der Arzt. »Ihre Mutter ist eine alte Frau. Soweit ich das beurteilen kann, ist sie für ihr Alter zwar erstaunlich gesund und vital. Aber das ändert nichts daran, dass sie über achtzig ist.«
Piggy begann an Justins rechter Hand zu lecken. Die Berührung ihrer rauen Zunge tat nicht etwa weh, wie Justin erwartet hätte, sondern linderte das Brennen seiner Haut.
»Das heißt, sie wird nie wieder laufen können.«
»Ich sagte es schon«, seufzte der Arzt. »Ich fürchte, sie wird sich nie wieder bewegen können.«
Es war wirklich unheimlich. Justin starrte mit wachsender Fassungslosigkeit auf seine Hände herab. Piggys Zunge fuhr weiter mit schnellen, gleichmäßigen Bewegungen über seine Haut und nicht nur der Schmerz verschwand. Justin konnte sehen, wie die Rötung seiner Haut dort verschwand, wo Piggys Zunge sie berührte!
»Kann man nicht operieren?«, fragte Vater.
»Über all diese Fragen können wir in frühestens zwei oder drei Wochen nachdenken«, antwortete der Arzt. »Aber Sie sollten sich keine allzu großen Hoffnungen machen. Eine solche Operation ist selbst bei einem jungen Menschen riskant. Bei jemandem im Alter Ihrer Mutter wäre sie so gut wie aussichtslos.«

Miss Piggy hatte Justins rechte Hand zur Gänze abgeleckt und wandte sich nun der anderen zu. Justin war immer noch vollkommen fassungslos. Seine linke Hand war rot und pochte heftig; sie sah aus wie nach einem schweren Sonnenbrand. Die rechte hingegen war vollkommen unversehrt.
»Sie meinen, es lohnt sich nicht mehr«, sagte Vater bitter. Justin sah auf. Ein Gefühl eisiger Kälte kroch seinen Rücken hinauf. Die Worte seines Vaters erinnerten ihn an das, was er vorhin am Telefon zu hören geglaubt hatte. Er war längst nicht mehr vollkommen sicher, es sich nur eingebildet zu haben.
»Ich hätte es vielleicht anders ausgedrückt«, antwortete der Arzt. »Aber das Risiko steht in keinem Verhältnis zum möglichen Nutzen. Die Chancen, dass eine solche Operation zum gewünschten Erfolg führt, liegen bei allerhöchstens fünf Prozent.«
Miss Piggy hatte ihr Werk vollendet und zog sich wieder zu einem schnurrenden Ball zusammen. Justins Hände schmerzten nicht mehr und sie waren auch nicht mehr rot.
»Vielleicht haben Sie Recht«, seufzte Vater. »Lassen Sie uns später darüber reden. Es ist vermutlich am klügsten, wenn wir erst einmal abwarten.«
»Sicher«, antwortete der Arzt. Er klang erleichtert. »Ich versorge noch eben Ihren Sohn und ...«
Er sprach nicht weiter und das konnte Justin auch gut verstehen, denn der Arzt hatte sich in diesem Moment herumgedreht und sein Blick war auf Justins Hände gefallen. Wäre Justin nicht selbst noch viel zu bestürzt gewesen, dann hätte er an dem Ausdruck vollkommener Verblüffung auf seinem Gesicht sicher seine helle Freude gehabt.
»Aber ... das ist doch völlig ... unmöglich!«, murmelte der Arzt. Niemand sagte etwas. Auch Justins Vater war näher gekommen und blickte vollkommen verständnislos auf die Hände seines Sohnes herab. Miss Piggy hob den Kopf, sah erst Justin, dann seinen Vater und schließlich den Arzt an und hätte Justin nicht gewusst, dass es ganz und gar unmöglich war, dann hätte er in diesem Moment jeden Eid geschworen, auf ihrem runden Katzengesicht ein breites Grinsen zu sehen.

3

Die Sonne ging unter, als sie nach Hause kamen. Sie hatten nicht mehr sehr viel Zeit im Krankenhaus verbracht, waren aber auch nicht gleich nach Crailsfelden zurückgefahren, sondern hatten einige Verwandte und Freunde in der Stadt besucht, um ihnen die schlimmen Neuigkeiten persönlich zu überbringen. Anschließend hatten sie in einem kleinen Lokal am Stadtrand gegessen.

Es dämmerte, als sie die schmale Straße durch den Wald hinauffuhren, die auf der anderen Seite des Hügels ins Tal führte. Zumindest dämmerte es oben am Himmel; hier unten zwischen den Bäumen hatte die Nacht die immerwährende Schlacht zwischen Dunkelheit und Licht schon für sich entschieden, sodass Vater die Scheinwerfer des Wagens einschalten musste, um überhaupt noch etwas zu sehen. Viel half es allerdings nicht. Es schneite noch immer so heftig, dass die Scheibenwischer es kaum schafften, die Windschutzscheibe freizuhalten. Trotzdem schien der Boden noch warm zu sein, denn der Schnee blieb nicht liegen, sondern sammelte sich allenfalls am Straßenrand zu kleinen, schnell wieder vergänglichen Wehen.

»Dieses Wetter hat mir gerade noch gefehlt«, sagte Vater düster. »Hoffentlich bleibt es nicht so. Wir werden in nächster Zeit oft in die Stadt fahren müssen.« Er bremste behutsam noch weiter ab. Der Wagen fuhr nun kaum mehr Schritttempo. Trotzdem hatte Justin das Gefühl, dass sie immer noch viel zu schnell waren, denn die Sicht wurde immer schlechter. Der Schnee fiel so dicht, dass er das Licht der Scheinwerfer reflektierte und sich vor ihnen eine schimmernde Wand aus Millionen tanzender weißer Flocken zu erheben schien. Für einen Moment glaubte Justin noch eine andere, düstere Bewegung inmitten dieses wirbelnden Chaos zu erkennen, etwas Großes, Dunkles, ohne Gesicht ...

Er verscheuchte den Gedanken. Da draußen war nichts. Nichts außer Schnee und Kälte. Er musste aufpassen, dass er sich nicht selbst nervöser machte, als er ohnehin schon war.
Miss Piggy, die bisher reglos auf seinem Schoß gesessen hatte, richtete sich mit einem Ruck auf, spitzte die Ohren und fauchte den Schneesturm an. Ihr Schwanz begann heftig zu zucken und ihre Augen schienen im Halbdunkel des Wagens wie unter einem unheimlichen inneren Feuer zu glühen.
Mutter drehte sich auf dem Beifahrersitz herum und machte ein ärgerliches Gesicht. »Bring diese Katze zum Schweigen.«
Justin legte Piggy die Hand auf den Nacken, aber das Tier beruhigte sich nicht, sondern wurde immer aufgeregter, als spüre es dort draußen in dem Schneetreiben etwas, was es über alle Maßen erregte.
Oder ihm Angst machte.
»Justin!«
»Ich weiß ja auch nicht, was sie hat«, sagte Justin. »Sie scheint irgendetwas dort draußen zu spüren.«
»Unsinn«, sagte seine Mutter, aber Vater schüttelte den Kopf und sagte:
»Also, mir geht es genauso. Dieser Schneesturm gefällt mir nicht.«
»Es ist kein Schneesturm«, antwortete Mutter, drehte sich aber wieder herum und sah nach draußen. Ihr Blick spiegelte viel mehr Sorge wider, als ihre Worte zugaben.
»Aber es könnte einer werden«, beharrte Vater. »Wusstest du, dass dieses Tal noch bis in die zwanziger Jahre manchmal wochenlang von der Außenwelt abgeschnitten war? Bevor die Straße ausgebaut wurde, war die Bevölkerung beinahe regelmäßig im Winter eingeschneit.«
»Ausgebaut?« Mutter machte ein zweifelndes Gesicht. »Mir kommt sie wie ein besserer Trampelpfad vor.«
Vater lachte, aber ohne besonders viel Humor. »Du hättest sie sehen sollen, bevor sie ausgebaut wurde. Da *war* es ein Trampelpfad. Aber keine Angst. Heute kann so etwas nicht mehr passieren. Sollte die Straße wirklich einmal verschneit

sein, dann schicken sie in wenigen Stunden Räumfahrzeuge aus der Stadt.«
»Wie beruhigend«, sagte Mutter säuerlich. »Mir würde allerdings schon reichen, wenn – *pass auf!*«
Die beiden letzten Worte hatte sie geschrien. Urplötzlich und warnungslos war etwas aus dem Schneetreiben aufgetaucht. Keiner von ihnen konnte erkennen, was es war, aber es war zu groß für ein Tier und zu schnell für einen Menschen. Vater trat so hart auf die Bremse, dass die Räder des Wagens blockierten und sie alle in die Gurte geworfen wurden. Miss Piggy rutschte kreischend von Justins Schoß und landete unsanft auf dem Boden und der Wagen stellte sich quer, ehe Vater ihn wieder unter Kontrolle hatte. Der Motor hustete noch einmal und erstarb.
»Um Gottes willen!«, keuchte Vater. »Was ... was war das?«
Justin starrte mit klopfendem Herzen in den Schneesturm hinaus. Der Schemen war wieder verschwunden, so lautlos und schnell, wie er aufgetaucht war. Aber sie hatten es sich nicht nur eingebildet. Schließlich hatten sie es alle drei gesehen. Und Justin glaubte sogar zu wissen, was es war ...
»Haben wir es getroffen?«, fragte Mutter.
Vater zuckte mit den Schultern. »Ich glaube nicht«, sagte er. »Aber ich steige besser aus und sehe nach.«
Er streckte die Hand nach dem Verschluss des Sicherheitsgurtes aus, um ihn zu öffnen, da schrie Justin mit vollem Stimmaufwand: *»Nein!«*
Seine Eltern drehten sich zu ihm herum und sahen ihn erstaunt, aber auch ein bisschen erschrocken an.
»Was hast du gesagt?«, fragte Vater.
»Steig nicht aus«, antwortete Justin. Es war ihm gleichgültig, ob seine Eltern ihn für verrückt hielten oder nicht. Er wusste einfach, dass sein Vater den Wagen unter keinen Umständen verlassen durfte. Die metallene Karosserie war ihr einziger Schutz vor dem namenlosen Grauen, das dort draußen herumschlich.
Seine Eltern sahen ihn weiter verständnislos an, doch dann

geschah etwas sehr Seltsames: Weder sein Vater noch seine Mutter sagten irgendetwas, aber Vater versuchte auch nicht noch einmal aus dem Wagen zu steigen, sondern drehte sich nach ein paar Augenblicken wortlos herum und startete den Motor.

Sie fuhren weiter. Der Schneesturm spie ihnen kein weiteres Ungeheuer mehr entgegen und nach zwei oder drei Minuten waren sie aus dem Wald heraus und über der Hügelkuppe. Es wurde wieder heller, wenn auch nicht viel. Unter ihnen lagen das Tal und die Stadt.

Es war ein unheimlicher Anblick. Die Schatten wurden so schnell länger, dass man dabei zusehen konnte. In der Stadt waren die meisten Lichter schon eingeschaltet, aber genau in ihrer Mitte, dort, wo sich Justins Haus befand, schien ein gewaltiges schwarzes Loch zu gähnen. Es war die Klosterruine, die sich auf der anderen Straßenseite befand. Vielleicht lag es am Licht, vielleicht auch an der sonderbaren Stimmung, die von ihnen Besitz ergriffen hatte, aber Justin hatte den niedergebrannten Gebäudekomplex noch nie so gesehen: Riesig, düster und drohend ragte er wie ein dräuender Schatten über der Stadt empor, als wäre er nicht länger eine Ansammlung verkohlter Ruinen, sondern ein gewaltiger, schwarzer Turm, ein Fanal des Bösen, das wie ein dunkles Feuer aus einer anderen Welt herüberleuchtete. Und vielleicht zum ersten Mal, seit sie in diesem Tal lebten, konnte er seine Mutter verstehen.

Sein Vater atmete hörbar auf, als sie aus dem Wald heraus waren, und gab wieder etwas mehr Gas. Die Straße wurde zwar nicht breiter, aber ohne den Schutz der dicht stehenden Bäume hatte der Schnee keine Chance gegen den Wind. Die bisher fast undurchdringliche weiße Wand stob auseinander und sie konnten schneller fahren. Schon nach wenigen Minuten waren sie endgültig zu Hause. Vater lenkte den Wagen in die Garage, schaltete den Motor ab, ließ aber die Scheinwerfer brennen, als er ausstieg. Erst als Justin und seine Mutter die Verbindungstür zur Küche geöffnet und im

Haus Licht gemacht hatten, schaltete er sie aus und folgte ihnen.
Justin fand dieses Verhalten sehr sonderbar und weit beunruhigender, als er es sich im ersten Moment selbst erklären konnte. Vielleicht lag es daran, dass er ein solches Verhalten bei seinem Vater noch nie beobachtet hatte. Sein Vater war sicher keiner von den Männern, wie man sie oft in amerikanischen Action-Filmen sah, die im Notfall über sich selbst hinauswachsen und ganz allein und mit bloßen Händen mit einer ganzen Armee fertig wurden, aber er war auch alles andere als ein Feigling. Jetzt aber benahm er sich ganz eindeutig so, als hätte er Angst vor der Dunkelheit.
Für Justin ein weiterer Beweis, dass irgendwas nicht stimmte. Und offensichtlich nicht nur mit ihm. Vielleicht sollte er seine Hemmungen einfach überwinden und seinen Eltern erzählen, was er heute erlebt hatte, angefangen von der verschwundenen Treppenstufe über die seltsame Stimme am Telefon bis hin zu seinem unheimlichen Erlebnis im Krankenhaus. Aber dann versuchte er sich vorzustellen, wie seine Eltern wohl darauf reagieren würden. So beließ er es dabei, Miss Piggy, die er auf die Arme genommen hatte, behutsam zu Boden zu setzen und neben der Verbindungstür zur Garage auf seinen Vater zu warten. Piggy lief einige Schritte weit davon, kam dann aber wieder zurück und rieb sich schnurrend an seinen Waden. Justin ließ sich in die Hocke sinken und kraulte der Katze den Nacken.
»Es tut mir Leid, was ich vorhin gesagt habe«, sagte seine Mutter plötzlich.
Justin sah sie an. Er verstand nicht sofort, wovon sie sprach.
»Im Krankenhaus«, erklärte seine Mutter. »Ich war ziemlich fertig mit den Nerven. Es tut mir Leid, dass ich den Katzen die ganze Schuld gegeben habe.« Auch sie ließ sich in die Hocke sinken, kraulte Piggy flüchtig zwischen den Ohren und lächelte. »Nicht wahr, Kleines? Du bist mir nicht böse, oder?«
Piggy schnurrte. Nein, sie war eindeutig *nicht* böse.
»Manchmal erleichtert es einfach, wenn jemand da ist, dem

man die Schuld geben kann, weißt du? Es ist ungerecht, aber es erleichtert.«

»Es waren nicht die Katzen«, sagte Justin. »Ich habe genau gesehen, was passiert ist.«

»Es war ein Unfall«, sagte seine Mutter. Das war nicht unbedingt die Antwort, die Justin gerne gehört hätte, aber im Moment vielleicht die beste, die er bekommen konnte. Und zumindest Miss Piggy schien durchaus zufrieden damit zu sein, denn sie schnurrte noch lauter und rieb den Kopf an Mutters Knien.

Justins Mutter stand auf, streifte den Mantel ab und sagte: »Es war ein schlimmer Tag für uns alle. Ich werde eine Kanne Tee kochen und dann überlegen wir in Ruhe, was wir tun.«

»Das kann ich machen«, erbot sich Justin. Er nahm seiner Mutter gerne manchmal die eine oder andere kleine Arbeit ab und er hatte das Gefühl, dass sie es heute ganz besonders gut gebrauchen konnte. Sie lächelte dankbar, dann drehte sie sich herum und folgte Justins Vater, der die Küche bereits verlassen hatte und ins Wohnzimmer gegangen war.

Justin kraulte noch einige Augenblicke Piggys Nackenfell, dann erhob auch er sich, trat an den Herd und setzte die Wasserkanne auf. Anschließend stellte er Tassen, Zuckerdose und eine Glaskanne mit drei Teebeuteln auf ein Tablett, trug alles zum Tisch und trat dann wieder an den Herd. Das Wasser kochte noch nicht, denn wie immer, wenn man auf etwas wartete, schien es ganz besonders lange zu dauern. Justins Blick glitt wie am Morgen aus dem Fenster und genau wie am Morgen blieb er für einen Moment an der Klosterruine auf der andern Straßenseite hängen. Das Bauwerk hatte jetzt nichts mehr von der unheimlichen, düsteren Ausstrahlung, die er vorhin oben auf dem Hügel gespürt hatte. Es war einfach nur noch ein Haufen großer, brandgeschwärzter Steine und Balken – der an sich schon unheimlich genug war.

Justin wäre kein normaler Junge gewesen, wäre er nicht – Verbote hin oder her – schon zahlreiche Male dort drüben gewesen. Was er entdeckt hatte, waren jedoch weniger finstere Geheimnisse gewesen als vielmehr jede Menge Schutt und vermodertes Holz, Staub, Schmutz, Spinnweben und genug Möglichkeiten, sich den Hals zu brechen, um seine Abenteuerlust hinlänglich zu dämpfen. Für ihn war die Ruine nicht mehr als eben genau das: eine Ruine.

Wenigstens war sie das heute Morgen noch gewesen. Jetzt ...

Justin versuchte vergebens sich über seine wahren Gefühle klar zu werden. Hier, in der scheinbaren Sicherheit, die die Normalität des Hauses und seiner gewohnten Umgebung boten, kamen ihm plötzlich all seine eigenen Gedanken und Gefühle lächerlich vor. Das dort drüben war eine Ruine, mehr nicht, kein Tor in eine andere Welt, aus der irgendetwas Unheimliches herauszukommen versuchte.

Und trotzdem ... Plötzlich hatte Justin das Gefühl nicht mehr allein zu sein. Etwas war hier. Etwas, was ihn aus unsichtbaren Augen anstarrte und belauerte und jeder seiner Bewegungen aufmerksam folgte.

Justin drehte sich herum und stellte fest, dass ihn sein Gefühl nicht getrogen hatte. Er war tatsächlich nicht mehr allein und er wurde aus zehn grünen und gelben Augenpaaren aufmerksam angestarrt.

Sie waren alle gekommen.

Jane, die graue Perserkatze, deren Fell trotz ihres hohen Alters noch immer wie Seide glänzte. Candy und Scarlett, die beiden Tricolor-Perser, die sich zwar kaum ähnelten, die sein Vater aber trotzdem beständig verwechselte, die beiden Kater Merlin und Odin, die sich ununterbrochen prügelten, aber wie Pech und Schwefel zusammenhielten, wenn es gegen einen fremden Kater oder gar einen Hund ging, daneben die Zombiekatze Cindy und neben ihr die schwarzweiße Perserkatze Morgana und schließlich Miss Piggy und Yeti, die mit ihrem strahlend weißen Fell einen krassen Kontrast zu der pechschwarzen Farina bildete. Es war natürlich nicht das erste Mal, dass Justin alle Katzen seiner Großmutter zusammen sah – aber niemals *so*.

Die Tiere bildeten einen perfekten Halbkreis. Sie saßen alle

in genau gleichem Abstand da und so kerzengerade aufgerichtet, als posierten sie für ein Foto. Und alle starrten ihn an.
Ein unheimliches Gefühl begann sich in Justin breit zu machen. Er hatte so etwas noch nie erlebt und auch noch nie davon gehört. Eines jedoch war ihm vollkommen klar: Was die Katzen hier taten, war kein Zufall und auch nicht sinnlos. Es hatte eine ganz bestimmte Bedeutung. Und es war wichtig. Vielleicht viel wichtiger, als er jetzt schon auch nur erahnen konnte.
Die Katzen ...
Plötzlich glaubte Justin wieder die Stimme seiner Großmutter zu hören. Sie hatte im Krankenhaus versucht, ihm etwas zu sagen, aber er hatte es nicht verstanden. Doch es musste etwas mit dem hier zu tun haben.
Was immer es auch war.
Einer der Kater begann zu schnurren; jedenfalls hielt es Justin im ersten Moment dafür. Dann aber wurde ihm klar, dass es ein vollkommen anderer Laut war, etwas wie ein dunkles, tief aus der Brust des Tieres kommendes Brummen, in das nach und nach auch alle anderen Katzen einstimmten. Das Geräusch war nicht sehr laut, aber dennoch ziemlich machtvoll; ein dunkles Vibrato, das er beinahe mehr fühlte, als dass es zu hören war und das irgendetwas tief in ihm berührte und zum Schwingen zu bringen schien.
Der Chor der Katzenstimmen schwoll an und sank wieder herab, schwoll wieder an und sank erneut fast bis an die Grenze des überhaupt noch Hörbaren herab, immer und immer wieder, bis es Justin beinahe so vorkam, als bewegten sich seine eigenen Gedanken und selbst sein Herzschlag im Rhythmus des summenden Katzenchors.
Plötzlich wurde die Tür geöffnet und seine Mutter kam herein.»Justin, wo bleibt unser –«
Sie verstummte abrupt, als sie die Katzen sah, die im Halbkreis um Justin herum saßen und ihn anstarrten. Ein Ausdruck, der zwischen Verblüffung und Schrecken schwankte, erschien auf ihrem Gesicht. Einen Moment später tauchte Justins Vater

hinter ihr auf und sein Gesichtsausdruck war beinahe noch fassungsloser.
»Was geht denn hier vor?«, murmelte Mutter.
Die Worte brachen den Bann. Die Katzen hörten auf, dieses sonderbare Brummen von sich zu geben, und einen Moment später zerstreute sich auch ihr Kreis. Einige Tiere blieben sitzen, rollten sich zusammen oder begannen sich zu putzen, während sich andere erhoben und ihrer Wege gingen, als wäre nichts geschehen.
»Was ... was war denn das?«, fragte Mutter stockend. »Das war ja richtig unheimlich!«
»Ein Katzenrat.« Justins Vater trat vollends in die Küche hinein und sah sich irritiert um.
»Ein Katzenrat?«
Vater nickte. »Ich habe davon gehört, aber ich muss gestehen, dass ich es bis vor einer Minute noch für eine Legende gehalten habe. Katzen versammeln sich manchmal – sehr selten, und noch seltener, wenn jemand dabei ist – an einem bestimmten Ort und setzen sich im Kreis hin. Sie tun nichts, sondern sehen sich nur an. Das kann angeblich manchmal Stunden dauern und einige von denen, die es beobachtet haben, schwören, dass sie das sichere Gefühl gehabt hätten, die Katzen hätten miteinander geredet. Aber ich habe noch nicht davon gehört, dass sie dabei *gesungen* hätten.«
»Aber warum tun sie das?«, fragte Mutter.
»Das weiß niemand.« Vater lachte, aber es klang nicht echt. »Wer weiß schon, warum Katzen tun, was Katzen eben tun. Vielleicht haben sie keinen Grund. Vielleicht haben sie auch einen Grund und wir werden ihn nie erfahren.«
Sie hatten einen Grund. Justin wusste einfach, dass dieser unheimliche Katzenrat etwas mit ihm zu tun hatte und mit dem, was seine Großmutter ihm im Krankenhaus hatte sagen wollen. Wäre er doch nur fünf Sekunden länger mit ihr allein gewesen!
»Die Tiere haben sehr an meiner Mutter gehangen«, sagte Vater. »Vielleicht ist das einfach ihre Art, um sie zu trauern.«

»Sie ist nicht tot«, erwiderte Mutter.
»Aber sie ist sehr krank«, beharrte Vater. »Und sie wird nicht wieder gesund. Mach dir nichts vor.«
»Und woher sollen die Katzen das wissen?«
»Eine von ihnen war dabei, als wir mit dem Arzt gesprochen haben«, erinnerte Justin.
Seine Mutter machte ein spöttisches Geräusch. »Jetzt übertreib es aber bitte nicht«, sagte sie. »Ich weiß, dass Miss Piggy dabei war. Und? Willst du mir jetzt vielleicht erklären, sie hätte den anderen davon *erzählt*? Das ist doch lächerlich!«
Natürlich war es das, zumindest wenn man es mit normalen Maßstäben maß. Aber was von alledem, was Justin heute erlebt hatte, war schon normal? Er hütete sich allerdings, diesen Gedanken laut auszusprechen. Stattdessen ließ er sich wieder in die Hocke sinken und streckte die Hand aus. Miss Piggy kam miauend und mit freudig aufgestelltem Schwanz näher und ließ sich zwischen den Ohren kraulen.
»Eine gute Frage«, sagte Justin in halb scherzhaftem, halb nachdenklichem Ton. »Schade, dass du sie uns nicht beantworten kannst. Hast du den anderen erzählt, was mit Großmutter passiert ist?«
Miss Piggy miaute zur Antwort, legte den Kopf schräg, miaute erneut und jetzt eindeutig kläglich und fiel dann wie vom Blitz getroffen auf die Seite und blieb mit zuckenden Gliedern liegen.

4

Der Tierarzt kam noch innerhalb derselben Stunde. Sie hatten Glück: Obwohl es Wochenende und auch schon recht spät war, reichte ein einziger Telefonanruf von Justins Vater und der Tierarzt setzte sich in den Wagen und kam unverzüglich vorbei. Das lag nicht nur daran, dass er ein sehr pflichtbewusster Tierarzt war, der nicht nur seinen Beruf, sondern vor allem Tiere über alles liebte. Aber Dr. Reinert war auch ein alter Freund der Familie und vor allem Großmutters und so lag Miss Piggy keine halbe Stunde später auf einem sauberen weißen Frotteehandtuch auf dem Küchentisch und Dr. Reinert zog die dritte Spritze, die er ihr verabreicht hatte, aus ihrer Flanke und richtete sich mit einem gleichermaßen zufrieden wie auch besorgt klingenden Seufzen wieder auf. »Das sollte genügen«, sagte er. »Gottlob haben Sie mich schnell genug gerufen.«

»Also kommt sie durch?«, fragte Justin. Er war die ganze Zeit über nicht von Piggys Seite gewichen – ebenso wenig wie der Rest der Familie übrigens, die Katzen eingeschlossen. Der Küchenboden sah aus wie ein lebender bunter Flickenteppich, der sich bewegte und in den unterschiedlichsten Tonlagen miaute.

»In zwei oder drei Tagen springt sie wieder herum und reißt euch die Sachen vom Kaminsims«, antwortete der Tierarzt. »Keine Sorge, Katzen sind zäh.«

Das stimmte natürlich nur eingeschränkt. Justin lebte nun lange genug mit diesen Tieren zusammen, um zu wissen, dass sich die sprichwörtliche Zähigkeit von Katzen im Grunde nur auf Verletzungen beschränkte. Um eine Katze zuverlässig zu erschlagen, musste man wahrscheinlich einen Vorschlaghammer nehmen. Krankheiten gegenüber waren Sie jedoch extrem anfällig. Schon ein harmloser Schnupfen konnte für eine Katze zu einer tödlichen Gefahr werden. Und Justin konnte sich nicht erinnern, irgendwann im Laufe des Tages jemanden mit einem Vorschlaghammer in Piggys Nähe gesehen zu haben.

»Aber was hat sie denn nun?«, fragte Vater.

Dr. Reinert zuckte mit den Schultern und machte ein unglückliches Gesicht. »Ich weiß es nicht genau«, gestand er. »Aber alle Symptome deuten auf eine Vergiftung hin. Hat sie irgendetwas Verdorbenes gefressen?«

»Nichts anderes als die anderen auch«, antwortete Justins Mutter. Dann runzelte sie die Stirn. »Vielleicht hat sie im Krankenhaus irgendetwas gefressen, ohne dass wir es bemerkt haben.«
Der Tierarzt sah sie fragend an. »Im Krankenhaus?«
»Sie muss sich irgendwie in den Wagen geschlichen haben, als wir zu meiner Mutter in die Klinik gefahren sind«, sagte Vater. »Sie wissen ja, wie sehr gerade diese Katze an meiner Mutter hängt.«
»Wie geht es ihr überhaupt?«, fragte Dr. Reinert. »Ich habe von dem Unfall gehört. Ist es sehr schlimm?«
»Ich fürchte«, antwortete Vater düster. »Wir wissen noch nicht genau, wie um sie steht, aber auf jeden Fall nicht gut.«
»Das tut mir Leid«, sagte Dr. Reinert. »Grüßen Sie sie von mir, wenn Sie ins Krankenhaus fahren. Ich nehme doch an, Sie besuchen sie morgen?«
»Falls wir nicht eingeschneit werden und für die nächsten sechs Monate von der Außenwelt abgeschnitten sind«, sagte Mutter scherzend. »Wir hatten vorhin schon Mühe, über den Hügel zu kommen.«
»Der Wetterbericht hat weiteren Schnee angekündigt«, sagte Dr. Reinert. »Aber keine Angst – das letzte Mal waren wir hier vor siebzig Jahren eingeschneit.«
Justin hörte kaum hin. Er streichelte mit der linken Hand weiter Piggys Kopf und die Katze, die von den Spritzen halb betäubt war, reagierte mit einem verschlafenen Schnurren darauf. Justin musste immer noch an das denken, was Dr. Reinert gerade gesagt hatte: *Alle Symptome deuten auf eine Vergiftung hin*. Justin betrachtete nachdenklich seine Hände ...
Aber das war unmöglich.
Das *konnte* gar nicht sein, basta!
»... dass ich es nicht gesehen habe«, sagte Dr. Reinert in diesem Moment. Justin schrak aus seinen Gedanken hoch und fragte verdattert: »Was?«
»Ich sagte: Schade, dass ich es nicht sehen konnte«, antwortete

der Tierarzt. »Dein Vater hat mir gerade von dem Katzenrat erzählt. Ich hätte das gerne einmal mit eigenen Augen gesehen.«
»Es war richtig unheimlich«, bestätigte Justin. »Sie saßen im Halbkreis um mich herum und alle starrten mich an. Wenn ich nicht wüsste, wie zahm sie sind, hätte ich es glatt mit der Angst zu tun bekommen.«
»Katzen werden niemals *zahm*«, antwortete Dr. Reinert ernsthaft. »Den meisten von uns kommen sie vor wie kleine Schmusetiger, aber dieser Eindruck täuscht. Sie sind und bleiben Raubtiere.«
Justin konnte ihm nicht widersprechen. Nicht, nachdem er am Nachmittag im Krankenhaus mit angesehen hatte, wie sich Miss Piggy dem Schattenmann gegenüber gebärdete. Selbst er hatte fast Angst gehabt.
»Vielleicht hat es etwas mit dem Unglück zu tun«, sagte er vorsichtig. »Sie benehmen sich so seltsam, seit das Unglück passiert ist.«
»Das wäre durchaus möglich«, sagte der Tierarzt. »Das ist noch so ein weit verbreiteter Irrtum über Katzen, dass sie angeblich nur an Plätzen und Gewohnheiten hängen. Sie bauen durchaus auch Beziehungen zu Menschen auf.«
»Ja. Weil wir die Kühlschränke aufbekommen«, sagte Mutter, »und besser mit dem Dosenöffner umgehen können. Katzen sind undankbar und egoistisch.«
Dr. Reinert lachte, schüttelte aber zugleich den Kopf. »Sie verwechseln Stolz mit Egoismus, meine Liebe«, sagte er. »Glauben Sie mir: Ich kenne Ihre Schwiegermutter und ihre Katzen seit vierzig Jahren. Sie hatte ein sehr inniges Verhältnis zu den Tieren.«
Es gefiel Justin nicht, dass der Tierarzt in der Vergangenheit von seiner Großmutter sprach. So, als stünde es schon fest, dass sie nie wieder zurückkommen würde. »Ich habe versprochen, auf die Katzen aufzupassen, solange sie im Krankenhaus bleiben muss«, sagte er.
»Und das wirst du zweifellos auch tun«, sagte Dr. Reinert. Ein

warmes Lächeln erschien in seinen Augen. Allein die Art, wie Justin noch immer Miss Piggys Kopf streichelte, schien ihm genug über dessen Verhältnis zu den Tieren zu sagen. »Aber dir ist schon klar, dass es …« Er zögerte. »… sehr lange dauern kann?«
»Das macht nichts«, antwortete Justin überzeugt. »Ganz egal, wie lange es dauert.«
»Na prima«, sagte seine Mutter. »Dann schlage ich vor, dass du gleich damit anfängst. Die armen Tiere haben den ganzen Tag noch nichts zu fressen bekommen. Vielleicht ist das jetzt schon das ganze Geheimnis. Möglicherweise haben sie dich ja alle nur angestarrt, weil sie Hunger haben.«
Das ist ganz bestimmt *nicht* die Erklärung, dachte Justin. Trotzdem hatte seine Mutter in einem Punkt natürlich Recht: Die Katzen mussten mittlerweise ziemlich hungrig sein.
»Ich gehe nach oben und füttere sie«, sagte er.
»Gut«, antwortete seine Mutter. »Trinken wir noch einen Kaffee zusammen, Herr Doktor? Ich hätte da noch ein, zwei Fragen an Sie.«
»Gerne«, antwortete Dr. Reichert. Während er und Justins Eltern ins Wohnzimmer gingen, trug Justin Miss Piggy vorsichtig zu einem der gepolsterten Körbchen, die überall im Haus herumstanden, dann ging er ins Obergeschoss hinauf, um zu tun, was er versprochen hatte, und die Katzen zu füttern.
Die meisten Tiere folgten ihm; aber nicht alle. Merlin und die Zwillinge Scarlett und Candy blieben bei Miss Piggy, als spürten sie genau, wie krank ihre Schwester war, und wollten an ihrem Lager Wache halten.
Justin lief die ersten Stufen der Treppe hinauf, aber er wurde immer langsamer, schlich schließlich mehr, als er ging, und blieb vor der obersten Stufe vollends stehen. Plötzlich hatte er Angst, sie zu betreten.
Natürlich war es Unsinn. Er sah die Stufe ganz deutlich vor sich. Es war eine massive, wenn auch alte Treppenstufe aus gutem Holz und trotzdem war er für einen Moment felsenfest

davon überzeugt, dass sie sich unter seinem Gewicht einfach in Nichts auflösen würde oder vielleicht in etwas anderes verwandeln; das mit spitzen Zähnen nach seinem Fuß biss oder seine Haut mit unwirklicher Kälte versengte.
Als er den Fuß auf das Holz setzte, war die einzige Reaktion jedoch ein kaum hörbares Knarren – und ein ziemlich beklemmendes Gefühl in Justin. Er benahm sich wie ein Dummkopf und Feigling. Bevor er weiterging, warf er einen hastigen Blick über die Schulter, um sich davon zu überzeugen, dass ihn niemand dabei beobachtet hatte, wie er dastand und vor Angst mit den Knien schlotterte. Angst vor einer *Treppenstufe* ...
Es wurde allerdings nicht besser, nachdem er die Treppe hinter sich hatte und die Tür ansteuerte, hinter der die Wohnung seiner Großmutter lag. Ganz im Gegenteil: Er zögerte wieder und es kostete ihn fast noch mehr Überwindung, die Klinke hinunterzudrücken. Wenn auch aus vollkommen anderen Gründen.
Justin war oft hier oben gewesen, aber niemals *allein*. Seine Großmutter hatte ihm einmal sehr ruhig, aber auch sehr bestimmt erklärt, dass sie es nicht wünschte, dass irgendjemand in ihrer Abwesenheit ihre Wohnung betrat, und zwar einzig und allein deshalb, *weil es hier Dinge gab, die in den falschen Händen unendlich viel Schaden anrichten konnten*.
Justin hatte das keine Sekunde lang wirklich geglaubt. Selbstverständlich gehörte das zu dem Hexen-Image, das seine Großmutter so sorgsam pflegte. Aber er hatte ihren Wunsch stets respektiert und auch wenn er nun in ihre Wohnung gehen *musste*, um die Katzen zu füttern, hatte er doch das Gefühl, etwas Verbotenes zu tun.
Und dann kam noch etwas dazu.
Da er die Wohnung niemals in Abwesenheit seiner Großmutter betreten hatte, erwartete ein Teil von ihm, sie zu sehen, ganz egal, was sein Verstand auch dazu sagte. Sie gehörte einfach in diese Wohnung und war so wenig wegzudenken wie die altmodische Einrichtung, die geblümten Tapeten und der riesige Kronleuchter unter der Decke, der viel zu groß für

den Raum schien, dafür aber nun sehr wenig Licht spendete. Justin blieb unter der Tür stehen, ließ seinen Blick langsam durch das kleine, hoffnungslos vollgestopfte Zimmer gleiten und erwartete, sie in dem Schaukelstuhl vor dem Kamin zu entdecken oder an dem kleinen runden Tisch vor dem Bücherregal.

Aber seine Großmutter war nicht da. Und der Anblick des menschenleeren Raumes hatte etwas so Endgültiges, dass Justin vielleicht erst in diesem Augenblick wirklich begriff, dass sie auch nicht wiederkommen würde ... Selbst wenn sie die nächsten Tage überlebte, so würde sie den Rest ihres Lebens im Bett verbringen müssen oder bestenfalls in einem Rollstuhl. Sie würde nie wieder in ihrem geliebten Schaukelstuhl sitzen und er würde sie nie mehr an dem runden Tisch dort drüben beobachten, wie sie dasaß und eine Patience legte.

All das wurde ihm erst jetzt wirklich bewusst und diese Erkenntnis überkam ihn mit einer solchen Wucht, dass sich seine Augen mit heißen Tränen füllten. Er schämte sich ihrer nicht. Er hatte seine Großmutter sehr gerne und er begann jetzt, wo der Schock der Ereignisse allmählich abklang, langsam zu begreifen, dass er sie noch nicht verloren hatte, sie aber verlieren würde.

Er hatte es sich nicht *so* vorgestellt. Justin hatte schon zwei- oder dreimal mit seinen Eltern darüber gesprochen: was es bedeutete, einen geliebten Menschen zu verlieren. Dieser Schmerz blieb keinem Menschen erspart und sein Vater hatte versucht ihm zu erklären, wie es war. Justin hatte auch geglaubt, ihn verstanden zu haben. Aber das stimmte nicht. Der Schmerz ging tiefer, als er erwartet hatte, und er war schlimmer, als er sich auch nur hatte vorstellen können. Seine Tränen machten es nicht besser. Sie wirkten nicht einmal erleichternd und doch hatte er das Gefühl, dass sie richtig waren und gut.

Etwas berührte ihn am Bein. Justin sah an sich herab und blickte in ein weißes Katzengesicht mit jadegrünen Augen, in

denen derselbe Schmerz und dieselbe Trauer geschrieben zu stehen schien wie in seinen eigenen.
»Ich weiß, du hast Hunger, Kleines«, sagte er. »Du hast ja Recht. Das Leben muss schließlich irgendwie weitergehen.«
Yeti miaute zur Antwort, aber Justin hätte nicht sagen können, ob das ein Ja oder ein Nein bedeuten sollte. Wahrscheinlich nichts von beiden. Die Kartäuserin hatte Hunger und das war alles.
Er durchquerte das Wohnzimmer, ging in die Küche und nahm einen Sack Trockenfutter aus dem Wandschrank. Das Geräusch, mit dem das Futter in die verchromten Schüsseln prasselte, hallte lang in der ungewohnten Stille der Wohnung nach. Normalerweise hätte es unverzüglich eine miauende Flut aus Fell und Krallen zur Folge gehabt, die über die Schüsseln herfiel und sich um das Futter prügelte, als bräche morgen ein weltweiter Katzenfutternotstand aus. Heute jedoch näherten sich nur Jane und Yeti den Näpfen und selbst diese beiden knabberten nur appetitlos an den dargebotenen Leckerbissen.
»Ihr spürt, dass etwas Schlimmes geschehen ist, nicht wahr?«, fragte Justin. »Und da behauptet meine Mutter immer noch, Katzen wären undankbar und egoistisch ...«
Jane maunzte zustimmend, während Yeti nun doch dem verlockenden Duft aus der Futterschale erlag und ungehemmt zu mampfen begann. Mit ihren vier Monaten war sie vielleicht kein Baby mehr, aber doch noch jung genug, um sich von einer Tragödie nicht den Appetit verderben zu lassen. Für einen Moment wünschte sich Justin, mit ihr tauschen zu können.
Aber das gehörte ja auch zum Erwachsenwerden dazu: Dass man lernte Schmerz zu akzeptieren und irgendwie damit fertig zu werden.
Er sah der Katze noch einige Augenblicke beim Fressen zu, dann ging er ins Wohnzimmer zurück. Es gab keinen Grund mehr hier zu bleiben, aber er wollte auch noch nicht zu seinen Eltern zurück. Unschlüssig trat er an das vollgestopfte Bücherregal seiner Großmutter und ließ seinen Blick über die

Buchrücken gleiten. Fast alle Bücher beschäftigten sich mit Magie, Hexenkunst, Zauberei und Kräuterkunde, mit Esoterik und Astrologie oder Traumdeutung und das meiste davon war natürlich blühender Unsinn, wie seine Großmutter ihm gegenüber einmal selbst zugegeben hatte. Aber er wusste auch, dass sich einige sehr alte und wohl auch sehr kostbare Bücher in der Sammlung seiner Großmutter befanden; und einige, die sie nicht nur wie ihren Augapfel gehütet hatte, sondern bei denen sie auch stets in großer Sorge gewesen war, dass sie eines Tages in die falschen Hände geraten könnte. Justin hatte keine ganz genaue Vorstellung davon, was sie damit gemeint haben könnte, aber er nahm sich vor, gut auf die Bibliothek seiner Großmutter Acht zu geben, was immer auch geschah. Schließlich hatte sie ihn im Krankenhaus darum gebeten.

Er wandte sich um und wollte zu Tür gehen. Dabei streifte sein Blick die Kristallkugel seiner Großmutter, die auf dem runden Tisch vor dem Bücherregal stand, und ein flüchtiges Lächeln huschte über seine Lippen. Die Kristallkugel war nicht aus Kristall, sondern aus Plastik, und sie stammte nicht aus der Hinterlassenschaft eines mächtigen Zauberers, sondern von einer Kirmes, auf der Justins Vater sie vor mehr als zwanzig Jahren gewonnen hatte. Es war eine Schneekugel; eine mit Wasser gefüllte, faustgroße Plastikkugel, auf deren Boden sich eine winzige Plastiklandschaft mit millimetergroßen Bäumen und bleistiftstrichdünnen Straßen befand. Wenn man die Kugel schüttelte, stob künstlicher Schnee hoch und verbarg sowohl die Kunststofflandschaft wie auch die daumennagelgroße Burgruine, die sich in ihrer Mitte erhob. Das Ding war weder hübsch noch in irgendeiner Weise wertvoll oder gar *magisch*. Aber seine Großmutter hatte ihm einmal gesagt, dass nicht der materielle Wert die Bedeutung eines Gegenstandes ausmachte, sondern stets nur das, was die Menschen daraus machten. Für sie musste diese simple Plastikkugel von enormem Wert sein. Er würde auch darauf sehr gut aufpassen.

Die Kugel zitterte. Eine rasche, wellenförmige Bewegung lief durch den künstlichen Schnee auf ihrem Boden, nicht genug, um ihn hochzuwirbeln, aber ausreichend, um Justin erschrocken zurückprallen zu lassen.
Sein Herz begann zu hämmern und plötzlich war die Angst wieder da, schlimmer als zuvor. Etwas war hier, etwas Unsichtbares, was –
Nein! Schluss, aus, vorbei! Er würde seiner Fantasie nicht gestatten, ihn noch mehr in Panik zu versetzen, als er ohnehin schon war. Hier war überhaupt nichts Unsichtbares und schon gar nichts Unheimliches oder gar Übersinnliches. Es war ganz so, wie sein Vater vorhin im Krankenhaus gesagt hatte: Er hatte den Schock einfach noch nicht überwunden. Es war nur natürlich, dass seine Fantasie Purzelbäume schlug und ihn narrte. Für das Zittern der Schneekugel gab es eine ganz einfache Erklärung. Wahrscheinlich war eine der Katzen gegen den Tisch gestoßen. Zwar war die einzige Katze, die er im Zimmer entdecken konnte, der schwarze Odin, der meterweit entfernt vor der Tür saß und ihn aufmerksam beäugte, aber es musste so gewesen sein.
Trotzdem hatte er nicht den Mut die Hand auszustrecken und die Kugel zu berühren, um sich davon zu überzeugen, dass sie tatsächlich nur aus billigem Plastik bestand und ihr keinerlei magische Kräfte innewohnten. Stattdessen wandte er sich endgültig zur Tür, um die Wohnung zu verlassen.
Odin war anderer Meinung.
Der Kater rührte keine Pfote, um den Weg freizugeben, sondern machte im Gegenteil einen Buckel, streckte die Krallen aus und knurrte drohend, als Justin näher kam.
Justin blieb verwirrt stehen. Er hatte keine Angst, denn er wusste, dass der Kater ihm niemals etwas tun würde, aber Odins Verhalten war wirklich sonderbar. Es war unübersehbar, dass er Justin daran hindern wollte, das Zimmer zu verlassen. »Was ist denn los mit dir, Junge?«, fragte Justin. Er ließ sich in die Hocke sinken und Odin ließ es auch zu, dass er die Hand ausstreckte und ihn zwischen den Ohren kraulte.

Aber als Justin aufstand und nach der Klinke greifen wollte, fletschte er drohend die Zähne und schlug mit den Krallen nach ihm. Er traf nicht, aber die Warnung war eindeutig.
»Also gut«, sagte Justin. »Ich bleibe hier. Aber dann sag mir wenigstens, warum.«
Natürlich rechnete er nicht mit einer Antwort. Doch der Kater gab die Belagerung der Tür plötzlich auf, ging an ihm vorbei und lief zum Tisch zurück.
Justin folgte ihm. Sein Herz klopfte. Er wusste, warum Odin ihn wieder hierher geführt hatte, und seine Hände zitterten plötzlich so stark, dass er zweimal ansetzen musste, ehe er die Kraft fand, den Arm auszustrecken und die Schneekugel zu berühren.
Nichts geschah.
Justin hätte nicht sagen können, was er erwartet hatte, aber in den ersten Augenblicken geschah gar nichts. Er fühlte glattes, lauwarmes Plastik unter den Fingern und auch die Miniaturlandschaft in Innern der Kugel änderte sich nicht.
Doch als er die Hand zurückzog, begann sie zu verblassen.
Justin dachte eine Sekunde lang, er hätte die Kugel zu heftig erschüttert, sodass der künstliche Schnee darin aufstob, aber das stimmte nicht. Plötzlich schien das Wasser im Innern der Kugel milchig zu werden, als fülle sich die Luft über der künstlichen Landschaft mit Nebel. Die grauen Schwaden wurden dichter und dichter, begannen zu wirbeln, sich zu drehen, Muster und Kreise zu formen und dann *erschien ein Gesicht inmitten dieser wirbelnden Schleier.*
Es war das Gesicht seiner Großmutter. Nicht das Gesicht der alten, gebrechlichen Frau, die in diesen Räumen gelebt hatte, sondern das der Märchenprinzessin aus der Vision, die er im Krankenhaus gehabt hatte. Trotzdem wusste Justin auch jetzt wieder mit absoluter Sicherheit, dass es seine Großmutter war, vielleicht fünfzig oder mehr Jahre jünger.
»Justin«, begann seine Großmutter, »ich freue mich, dich zu sehen, denn das bedeutet, dass du gesund bist und nicht alles verloren zu sein scheint.«

Justin keuchte vor Schrecken. Dass er das Gesicht seiner Großmutter in einer billigen Plastikschneekugel von der Kirmes zu sehen glaubte, war an sich ja schon schlimm genug. Aber wenn er jetzt anfing, Stimmen zu hören, dann sollte er sich wirklich langsam Sorgen um seine geistige Gesundheit machen.

»Zugleich stimmt es mich traurig«, fuhr seine Großmutter fort, »denn ich habe gehofft, dass du diese Botschaft niemals hörst.«

Botschaft? Justin fiel der Fehler in diesem Gedanken sofort auf. Selbst wenn er einmal unterstellte, dass seine Großmutter diese Nachricht *wirklich* auf magische Weise in die Kristallkugel gebannt hatte – die wunderschöne Frau, in deren Gesicht er blickte, war allerhöchstens zwanzig Jahre alt. Und damals war Justin noch nicht auf der Welt gewesen.

»All das, was ich dir jetzt erzähle, hätte ich dir viel lieber selbst erklärt. Doch allein der Umstand, dass du mir jetzt zuhörst, beweist, dass meine Zeit dafür nicht mehr ausgereicht hat. Und ich fürchte, dass auch deine Zeit knapper ist, als du jetzt schon ahnst.«

Justin fröstelte. Die Worte, die er hörte, und das Geistergesicht, das er sah, hätten aus einer schlechten Gruselgeschichte stammen können, aber an seiner Situation war ganz und gar nichts Komisches. Ganz im Gegenteil ...

»Mir bleibt nur sehr wenig Zeit, dir alles zu erklären«, fuhr Großmutter fort. »Deshalb ist es wichtig, dass du mir genau zuhörst. Du wirst vielleicht nicht alles verstehen und vielleicht auch nicht alles glauben. Wahrscheinlich haben dir die Leute eine Menge seltsamer Dinge über mich erzählt. Manches davon entspricht der Wahrheit, vieles auch nicht. Eines jedoch musst du mir einfach glauben: Du bist vielleicht die letzte Hoffnung, die zwischen den Mächten des Lichts und denen der Dunkelheit steht.«

Justin zitterte immer heftiger. Wieder einmal hatte er das Gefühl, nicht länger allein im Zimmer zu sein, doch diesmal war es eindeutig nicht die Gegenwart der Katzen, die er

spürte. Es war etwas Neues, Fremdes, das unsichtbar und lautlos hereingeschlichen war und den Raum mit Düsternis und Kälte zu füllen schien.
»Bisher oblag diese Aufgabe mir«, fuhr das Abbild seiner Großmutter fort. »Ich habe sie erfüllt, so gut ich konnte, so wie es vor mir ein anderer tat und davor wieder ein anderer. Nun musst du an meine Stelle treten. Das Tor des Schwarzen Turmes darf sich nicht öffnen oder eine große Dunkelheit wird sich über die Welt senken. Es ist schon einmal geschehen und –«
Das Gesicht in der Kristallkugel flackerte. Für einen Moment drehten sich die grauen Schlieren schneller und für dieselbe Zeitspanne wurde ihre Stimme so undeutlich, dass er die Worte nicht mehr verstand. Justin sah sich erschrocken um. Es schien tatsächlich dunkler im Zimmer geworden zu sein, aber das war wohl nur Einbildung. Drei oder vier Katzen liefen mit unruhigen Schritten durch den Raum und miauten nervös.
»... Katzen werden dir helfen.« Die Stimme seiner Großmutter war wieder zu verstehen und er konnte auch ihr Gesicht wieder in den grauen Schemen erkennen, wenn auch nicht mehr so deutlich wie bisher. »Sie sind meine treuesten Helfer und sie verfügen über große Macht, doch du darfst –«
Wieder wurde ihre Stimme undeutlich und auch das Gesicht in der Kugel begann zu verblassen. Es war, als wäre plötzlich etwas da, was mit aller Macht versuchte, die Botschaft seiner Großmutter zu unterdrücken. Wieder sah er sich um. Es *war* dunkler im Zimmer geworden und er bildete sich das Zittern seiner Glieder nicht nur ein. Die eisige Kälte, die er bisher auf seine eigene Furcht geschoben hatte, war real. Die Katzen gebärdeten sich mittlerweise wie wild.
»... nicht mehr viel Zeit, Justin«, fuhr die Stimme seiner Großmutter fort. Er hatte jetzt große Mühe sie zu verstehen und das Gesicht in der Kugel war kaum mehr als ein Schemen. »Suche den Schwarzen Turm und verhindere, dass sich seine Tore öffnen, solange der Katzenwinter währt. Und noch

eines: Hüte dich vor der Agentin der Finsternis. Sie wird sich in dein Vertrauen schleichen und dir glauben machen, deine Freundin zu sein, doch du darfst niemals –«

Die Stimme brach ab und an ihrer Stelle erklang plötzlich ein unheimliches, hohles Wimmern und Heulen, ein Geräusch, das ihm erneut einen Schauer über den Rücken jagte: wie ein eisiger Wind, der sich an den gefrorenen Wänden einer gewaltigen, unterirdischen Höhle brach.

Und dann veränderte sich auch das Gesicht seiner Großmutter. Es wurde deutlicher, aber es war nicht mehr ihr Gesicht. Es war überhaupt kein richtiges Gesicht mehr, sondern nur ein flacher, nachtschwarzer Schatten mit den Umrissen eines menschlichen Antlitzes, in dem zwei unheimliche, feuerrote Augen loderten. Und auch die Stimme, die Justin plötzlich hörte, war nicht mehr die eines Menschen, sondern ein unheimliches, grollendes Dröhnen, das aus der Hölle selbst emporzusteigen schien. Sie sagte nur einen einzigen Satz, aber der traf Justin wie ein Fausthieb und ließ ihn zwei Schritte weit zurückstolpern, bis er mit dem Rücken gegen das Bücherregal stieß.

»*Misch dich nicht ein oder du stirbst!*«

Das Bild erlosch. Die Kristallkugel verwandelte sich von einer Sekunde auf die nächste wieder in ein billiges Plastikspielzeug und auch die dämonische Stimme war nicht mehr da.

Aber es war nicht vorbei. Die Dunkelheit blieb und es war mittlerweile so kalt geworden, dass Justin seinen eigenen Atem als grauen Dampf vor dem Gesicht erkennen konnte. Die Katzen gebärdeten sich wie toll, rannten mit wütendem Fauchen und Zähnefletschen hin und her und schlugen einen Lärm, der im ganzem Haus zu hören sein musste.

Etwas war hier. Die Katzen und er waren nicht mehr allein im Zimmer. Er musste hier raus.

Justin rannte zur Tür, drückte die Klinke hinunter und riss mit aller Kraft daran.

Sie ging nicht auf.

Die Klinke bewegte sich und die Tür hatte nicht einmal ein

Schloss, mit dem man sie hätte abschließen können, und trotzdem saß sie so fest wie angeschweißt im Rahmen. Justin zerrte noch einmal und mit aller Kraft daran, doch auch jetzt wieder mit demselben Ergebnis.
Justin sah sich gehetzt um. Im allerersten Moment hatte er das Gefühl, dass es wieder heller geworden war. Dann sah er, dass das nicht ganz stimmte. Der Kronleuchter unter der Decke erzeugte nach wie vor mehr Schatten als sichtbares Licht, aber dieses wenige Licht schien plötzlich von jedem Möbelstück, jedem Buch im Regal, jedem Bild, ja, selbst von der Tapete und der Decke reflektiert zu werden.
Genauer gesagt: von der dünnen glitzernden Raureifschicht, die sich über das gesamte Zimmer gelegt hatte ...
Es war bitter kalt geworden und die Temperaturen schienen mit jeder Sekunde weiter ins Bodenlose zu stürzen. Die Luft, die Justin atmete, tat ihm in der Kehle weh, und die ungeschützte Haut auf Gesicht und Händen prickelte und brannte. Hastig drehte er sich zur Tür zurück, griff diesmal mit beiden Händen nach der Klinke und zerrte mit aller Kraft.
Es nutzte nichts. Die Tür bewegte sich nicht einen einzigen Millimeter.
Justin versuchte seinen Griff um die Türklinke noch zu verstärken, aber es gelang ihm nicht. Das Metall war mittlerweile so kalt, dass es seine Haut zu verbrennen schien, und die Kälte, die sich in seinen Gliedern eingenistet hatte, ließ jede noch so kleine Bewegung zur Qual werden.
Allmählich begann Justin zu dämmern, dass er vielleicht nicht nur in einer unangenehmen Lage, sondern ganz konkret in Lebensgefahr sein könnte. Der Gedanke entbehrte trotz allem nicht einer gewissen Absurdität – aber es war durchaus möglich, dass er hier oben elendiglich erfror, während seine Eltern unten im Wohnzimmer saßen und mit ihrem Besuch Kaffee tranken.
Er musste hier raus. Wenn es sein musste, mit Gewalt!
Justin trat zwei Schritte von der Tür zurück – um mehr Anlauf zu nehmen, war das Zimmer einfach zu voll gestopft –,

sammelte all seine Kraft und warf sich dann mit aller Gewalt, die er aufbringen konnte, gegen die Tür.
Das Ergebnis war dramatisch, wenn auch nicht so, wie er es sich gewünscht hätte. Justin wurde so heftig zurückgeworfen, als wäre er gegen ein horizontal aufgestelltes Trampolin gerannt, und in seiner Schulter explodierte ein Schmerz, dass er glaubte, sie wäre wie Glas zersplittert. Die Tür zitterte nicht einmal. Justin prallte rücklings gegen den Tisch, riss ihn um und stürzte zusammen mit dem auseinander brechenden Möbelstück zu Boden. Die Schneekugel fiel dicht vor seinem Gesicht auf den Teppich und rollte davon. Die winzige Plastiklandschaft darin überschlug sich immer schneller und verschwand dann in einem wirbelnden weißen Chaos.
Justin wollte aufspringen, glitt aber auf dem mittlerweile spiegelglatt gefrorenen Boden aus und schlug wieder hin. Aus dem flauschigen Teppich war eine steinhart gefrorene Eisebene geworden.
Er hörte ein Klirren und als er den Kopf hob, sah er, dass das Fenster aufgeflogen war. Eiskalter Wind fauchte herein und brachte wirbelnden Schnee mit sich, wahre Unmengen von Schnee, die das Zimmer binnen Sekunden in das Herz eines tobenden Schneesturmes zu verwandeln schienen. Die Luft war jetzt so kalt, dass sie in seinen Lungen brannte, und er konnte nicht einmal mehr die gegenüberliegende Wand erkennen.
Mühsam rappelte sich Justin hoch. Der Sturm zerrte an seinen Kleidern und seinem Haar und der Schnee schien sich plötzlich in Millionen winziger Nadeln zu verwandeln, die in sein Gesicht stachen. Justin hob die Hände, um seine Augen zu schützen, stolperte blindlings los, prallte mit voller Wucht gegen ein Hindernis, taumelte zurück und stürzte mit hilflos rudernden Armen zu Boden.
Der Aufprall musste ihm wohl für einige Augenblicke das Bewusstsein geraubt haben, denn das Nächste, was er wahrnahm, war, dass er auf dem Rücken lag und Schnee auf ihn herabfiel. Seine Stirn schmerzte heftig und als er die Hand

hob und sie betastete, fühlte er warmes Blut, das über sein Gesicht lief. Es gefror allerdings fast sofort und auch in seinen Augenbrauen und seinem Haar waren harte Eiskristalle.
Justin wollte aufstehen, aber er konnte es nicht. Seine Beine waren steifgefroren und taub; sie weigerten sich, ihm zu gehorchen. Und er konnte spüren, wie die Lähmung langsam weiter in seinem Körper emporkroch. Justin hatte einmal gelesen, dass Erfrieren eine sehr angenehme Todesart sein sollte, aber das stimmte nicht. Es tat entsetzlich weh und er hatte fürchterliche Angst. Aber wenigstens würde es nicht lange dauern. Er konnte jetzt schon spüren, wie sich seine Beine versteiften. Aus dem wirbelnden Schnee über ihm wurde eine einheitliche weiße Masse, in der keine Konturen mehr zu erkennen waren.
Ein warmes Gefühl breitete sich in seinen Waden aus und nahm eine Sekunde später auch Besitz von seinen Oberschenkeln. Vielleicht stimmten die Geschichten über das Erfrieren doch, die er gehört hatte, denn kurz darauf spürte er, wie sich auch in seinem Leib ein Gefühl wohliger Wärme auszubreiten begann. Er fror noch immer, aber es war jetzt, als hätte jemand eine flauschige warme Decke über seinen Körper gebreitet.
Mühsam hob er den Kopf und stellte fest, dass er tatsächlich unter einer Felldecke lag. Allerdings war sie lebendig und sie hatte Zähne und Krallen und leuchtende Augen, die ihn durch das Schneegestöber anstarrten. Jane, Merlin und Odin lagen auf seinen Beinen, während Candy und Scarlett mit ihrem weichen Perserfell seinen Körper wärmten und genau in diesem Moment krochen Yeti und Farina auf seine Brust. Ihre Körperwärme vertrieb die Kälte nicht vollkommen, aber sie nahm ihr den tödlichen Biss. Die Katzen bildeten mit ihren eigenen Körpern einen lebenden Schutzwall zwischen ihm und dem Sturm. Auch in ihrem Fell glitzerten zahllose Eiskristalle und er konnte spüren, wie sie vor Kälte zitterten. Er fragte sich, ob sie sterben würden, um ihn zu retten. Was hatte seine Großmutter gesagt: *Die Katzen werden dir helfen ...*

Trotz der Kälte, die ihn noch immer in ihrem eisigen Griff hatte, begann ihn die Wärme der lebendigen Decke allmählich einzulullen. Er schloss die Augen und spürte, wie seine Gedanken auf sonderbaren Wegen zu wandern begannen; Wegen, denen er nicht folgen konnte und an deren Rand seltsame Dinge lauerten, die ihn erschreckten.
Vielleicht hatte er das Bewusstsein verloren, vielleicht dämmerte er auch nur in jenem schmalen Bereich zwischen Wachsein und Schlaf dahin, doch das Nächste, was er wahrnahm, war eine Hand, die ihn unsanft an der Schulter rüttelte, und eine aufgeregte Stimme, die seinen Namen rief.
Als er die Augen öffnete, blickte er in das Gesicht seiner Mutter, die sich über ihn beugte und voller Sorge auf ihn herabsah. »Justin! Was ist los? Um Gottes willen, was ist denn passiert?«
Justin blinzelte. Sein Kopf tat weh und ihm war immer noch kalt. Aber es war nur noch *kalt*, nicht mehr tödlich. Mühsam richtete er sich auf und spürte, wie die lebende Decke aus Katzen von ihm heruntterglitt und sich im Zimmer verteilte.
»Was ist passiert?«, fragte seine Mutter noch einmal. »Was ist mit deinem Kopf?«
Justin antwortete immer noch nicht. Vollkommen fassungslos sah er sich um. Das Zimmer war wieder normal. Durch das offen stehende Fenster strömten noch immer Kälte und Schnee herein, aber es waren nunmehr einige wenige Flocken, die träge zu Boden fielen und dort zu kleinen Pfützen zerschmolzen. Auf den Wänden und dem Fußboden war kein Eis mehr.
Sein Vater ging mit schnellen Schritten zum Fenster, schloss es und drehte sich wieder herum. Ein nachdenklicher Ausdruck erschien auf seinem Gesicht, als er den zerbrochenen Tisch sah. Er schüttelte den Kopf, machte einen halben Schritt und blieb dann noch einmal stehen, um sich in die Hocke herabsinken zu lassen. Als er sich wieder aufrichtete, hielt er Großmutters Schneekugel in der Hand und der Ausdruck auf seinem Gesicht hatte sich total verändert.

»Nun, Justin«, sagte er, »glaubst du nicht, dass du uns die eine oder andere Erklärung schuldig bist?«

5

»Au!« Justin biss die Zähne zusammen, aber er konnte einen Schmerzlaut trotzdem nicht mehr ganz unterdrücken. Er hatte keine Ahnung, was Dr. Reinert mit der Wunde an seiner Stirn machte, aber es tat verdammt weh.
»Stell dich nicht so an, Junge«, antwortete Dr. Reinert. Auf seinem Gesicht erschien das breiteste Grinsen, das Justin jemals darauf gesehen hatte. Und es war ein eindeutig schadenfrohes Grinsen. »Allerdings könntest du ruhig ein wenig mehr Dankbarkeit zeigen. Meine anderen Patienten lecken mir wenigstens manchmal die Finger ab oder wedeln mit dem Schwanz.«
»Behandeln Sie denn oft Kinder?«, fragte Justin böse. »Ich dachte, Sie wären Tierarzt.«
»Och, so groß ist der Unterschied im Grunde gar nicht«, grinste Dr. Reinert. »Obwohl Tiere im Allgemeinen die angenehmeren Patienten sind. Du kannst natürlich auch einen richtigen Arzt rufen, wenn dir das lieber ist.«
»Das ist nicht nötig«, sagte Justins Vater rasch. »Es ist doch nur eine harmlose Platzwunde ... oder?«
Das letzte Wort galt Dr. Reinert. Der Tierarzt wurde schlagartig ernst und sah Justin aufmerksam ins Gesicht. »Ich hoffe«, sagte er. »Wie fühlst du dich, Justin? Ist dir übel oder schwindlig? Hast du vielleicht Gedächtnislücken?«
Justin schüttelte den Kopf, bedauerte es aber in derselben Sekunde wieder. Ein pochender Schmerz spielte zwischen seinen Schläfen Pingpong.
»Eine Gehirnerschütterung scheint es jedenfalls nicht zu sein«,

sagte Dr. Reinert. »Aber man kann nie wissen ... Sicherer wäre es, wenn Sie doch einen Arzt rufen. Einen Humanmediziner, meine ich.«
Vater sah Justin an. »Justin?«
»Das ist nicht nötig«, antwortete Justin. »Ich habe mir den Kopf gestoßen, das ist alles.«
»Gut«, sagte Vater. »Ich bin normalerweie nicht so, das wissen Sie, Herr Doktor. Aber im Moment ...«
»Ich verstehe«, sagte Dr. Reinert. »Zwei ungeklärte Unfälle an einem Tag sind ein bisschen viel.«
»Die Polizei hat bereits angerufen«, bestätigte Vater. »Sie schicken morgen früh einen Beamten vorbei, der den Unfallhergang aufnehmen soll.«
»Sie trifft keine Schuld«, sagte Dr. Reinert. »Diesmal haben Sie ja sogar einen Zeugen. Ich war schließlich mit Ihnen hier unten, als es passiert ist.« Er wandte sich zu Justin um. »Bei der Gelegenheit: Was *ist* denn überhaupt passiert?«
»Ich bin selbst schuld«, antwortete Justin wie aus der Pistole geschossen. Er hatte diese Frage erwartet und er hatte sich längst dazu entschlossen, niemandem zu erzählen, was wirklich passiert war. Was sollte er auch sagen? Dass er eine Nachricht vom zwanzig Jahre alten Geist seiner Großmutter bekommen hatte und dass ein Gespenst ohne Gesicht versucht hatte, ihn mit einem magischen Schneesturm umzubringen? Wenn er das erzählte, dann *würde* Dr. Reinert einen Krankenwagen rufen.
»So, so«, sagte sein Vater. »Und woran?«
»Ich war ungeschickt«, antwortete Justin. »Der Wind muss wohl das Fenster aufgedrückt haben und ich wollte schnell hinlaufen und es wieder zumachen. Dabei bin ich gestolpert und mit dem Kopf gegen den Kaminsims geknallt.«
Er sah seinem Vater an, dass er ihm kein Wort glaubte, und auch seine Mutter blickte viel mehr zweifelnd als überzeugt drein. Aber Dr. Reinert nickte zufrieden und sagte: »So lösen sich große Geheimnisse in Windeseile. Du hast ziemliches Glück gehabt, junger Mann. Du hättest dir den Schädel

einschlagen können.« Er machte eine Kopfbewegung auf ein pelziges Etwas, das zwischen seinen Füßen herumwuselte. »Bedank dich bei den Katzen.«
»Sie haben mir das Leben gerettet«, sagte Justin. Sofort bedauerte er diese Worte wieder, aber es war zu spät sie zurückzunehmen.
»Ganz so dramatisch würde ich es nicht ausdrücken«, sagte der Tierarzt. »Aber wenn sie nicht einen solchen Heidenlärm gemacht hätten, dann wären wir niemals auf die Idee gekommen, dass dort oben vielleicht etwas nicht stimmt.«
»Wir sind eben eine große, glückliche Familie«, sagte Mutter, »ganz gleich, wie viele Beine wir auch haben.« Seltsamerweise klang ihre Stimme dabei eher hämisch als scherzhaft und ihr Lächeln war wohl mehr ein humorloses Verziehen der Lippen.
Auch Vater schien das zu bemerken, denn er runzelte die Stirn, aber er sagte nichts. Irgendetwas stimmt hier nicht, dachte Justin. Zwischen seinen Eltern musste etwas vorgefallen sein, von dem er nichts wusste. Und das ihn vielleicht auch nichts anging.
»Es ist spät geworden«, sagte Dr. Reinert plötzlich. Auch sein Lächeln wirkte nicht mehr ganz echt. Vielleicht hatte er die veränderte Stimmung ebenso registriert wie Justin. »Ich denke, ich gehe jetzt wieder nach Hause. Sie alle hatten genug Aufregung für einen Tag. Vielleicht sehen Sie später noch einmal nach Miss Piggy. Aber ich schätze, dass sie morgen früh wieder putzmunter ist.«
»Das kann ich tun«, sagte Justin.
»Du«, antwortete sein Vater betont, »wirst heute gar nichts mehr tun. Außer dich ins Bett zu legen und bis morgen durchzuschlafen.«
»Falls du das schaffst, ohne dich dabei in der Bettdecke zu verheddern und zu ersticken», fügte seine Mutter hinzu. Sie grinste, aber wenn ihre Worte irgendwie witzig gemeint waren, dann war sie wohl die Einzige, die darüber lachen konnte. Vater sah sie nur ärgerlich an und Dr. Reinert hatte

es plötzlich ziemlich eilig, seine Tasche zu packen und zu gehen.
Auch Justin stand vorsichtig von der Couch auf und ging auf wackeligen Füßen in sein Zimmer. Wahrscheinlich hatte sein Vater Recht: Es war das Vernünftigste, wenn er sich ins Bett legte und versuchte, ein paar Stunden zu schlafen. Sein Kopf tat immer noch weh und ob nun eingebildet oder nicht, sein Abenteuer hatte ihn doch ziemlich mitgenommen. Die Geschehnisse des heutigen Tages waren zwar mehr als nur *geheimnisvoll* gewesen, aber wenn er wirklich einen Sinn darin entdecken wollte, dann brauchte er vor allem einen klaren Kopf. So legte er sich auf sein Bett, schaltete das Licht aus und schloss die Augen.
Zu seiner eigenen Überraschung schlief er beinahe augenblicklich ein, wenn auch nicht für lange. Als er erwachte, spürte er, dass allerhöchstens eine oder zwei Stunden vergangen sein konnten. Aber seine Kopfschmerzen waren verschwunden. Außerdem war er nicht von selbst aufgewacht. Im ersten Moment konnte er nicht sagen, was, aber irgendetwas hatte ihn geweckt. Durch die geschlossene Tür hörte er die gedämpften Stimmen seiner Eltern und leise Musik. Aber das war es nicht gewesen.
Justin setzte sich vorsichtig hoch und lauschte. Er hörte ein leises Scharren: das Geräusch von Krallen auf Glas.
Vor seinem Fenster saß ein struppiger schwarzer Schatten, kratzte am Glas und starrte aus glühend gelben Augen zu ihm herein.
»Odin?«, murmelte Justin. Er stand auf, ging zum Fenster und er konnte auf halbem Wege sehen, dass es tatsächlich der schwarzer Perserkater war. Es gab zwar zahlreiche Katzenklappen und -türen im Haus, aber er war trotzdem von außen auf das Fensterbrett gesprungen und verlangte auf diesem Wege nach Einlass. Und Justin kannte die sprichwörtliche Sturheit von Katzen zur Genüge, um zu wissen, dass es die weitaus bequemste Lösung war, diesem Verlangen nachzugeben.

Doch als er ans Fenster trat, um es zu öffnen, drehte sich der Kater herum und verschwand mit einem Satz in der Dunkelheit.
Justin runzelte verwirrt die Stirn. Odin liebte es manchmal, seine kleinen neckischen Spielchen mit ihm zu spielen, aber nach allem, was heute passiert war, konnte er sich einfach nicht vorstellen, dass der Kater noch zum Scherzen aufgelegt war.
Nachdenklich blickte er in die Nacht hinaus. Der Vorgarten, aber auch die Straße lagen in vollkommener Dunkelheit da. Selbst wenn dort draußen irgendetwas gewesen wäre, hätte er es nicht sehen können. Auf der anderen Straßenseite erhob sich der Hügel mit der Klosterruine und auch sie war so schwarz und flach, als hätte jemand ein Loch in die Nacht gestanzt. Justin starrte die Ruine einige Sekunden lang konzentriert an, konnte aber an ihr nichts Außergewöhnliches entdecken. Vielleicht hatte der Kater nur so etwas Aufregendes wie eine Maus im Garten gesehen und wollte seine Entdeckung mit ihm teilen. Er durfte jetzt nicht anfangen, in jeder noch so unbedeutenden Kleinigkeit gleich ein Geheimnis zu vermuten.
Justin hob die Schultern, ging wieder zurück zum Bett, überlegte es sich aber im letzten Moment anders. Er hatte Durst. Wenn er schon einmal wach war, dann konnte er auch gleich in die Küche hinübergehen, ein Glas Milch trinken und bei dieser Gelegenheit noch nach Miss Piggy sehen.
Als er die Tür öffnete, wurden die Stimmen seiner Eltern lauter, und was Justin nun verstand, das ließ ihn auf der Stelle innehalten.
»... kommt überhaupt nicht in Frage«, sagte sein Vater gerade. »Es ist noch viel zu früh, um darüber auch nur nachzudenken. Und ganz nebenbei auch nicht besonders pietätvoll.«
»Pietätvoll? Quatsch!«, antwortete Justins Mutter in ungewohnt scharfem Ton. Offensichtlich war Justin direkt in einen Streit zwischen seinen Eltern hineingeplatzt. Also hatte ihn

sein Gefühl nicht getrogen. »Jetzt verdreh mir nicht die Worte im Mund! Ich liebe deine Mutter genauso sehr wie du, das weißt du.«

»Sie ist noch nicht einmal wieder bei Bewusstsein!«, protestierte Vater.

»Und das wird sie vielleicht auch nicht wieder«, fügte Mutter hinzu. »Ich bin nicht pietätlos, ich bin nur realistisch. Selbst wenn sie am Leben bleibt, wird sie bestenfalls an den Rollstuhl gefesselt sein. Wir können sie nicht behalten!«

Nicht behalten? Justin hätte um ein Haar vor Schrecken laut aufgeschrien. Er weigerte sich einfach zu glauben, dass seine Mutter *so* über Großmutter sprach.

Und das tat sie auch nicht, wie ihre nächsten Worte bewiesen. »Mach dir nichts vor. Selbst wenn wir deine Mutter wieder mit nach Hause nehmen können, wird sie ein Pflegefall bleiben. Ich habe gar nicht mehr die Zeit, mich um die Katzen zu kümmern.«

»Ich stelle eine Haushaltshilfe ein«, sagte Vater.

»Du weißt genau, dass wir uns das nicht leisten können. Und selbst wenn, bliebe immer noch genug Arbeit an mir hängen. Wir werden die Tiere fortgeben müssen.«

»Wenn du das tust, bringst du Mutter damit um«, behauptete Vater. »Du weißt, wie sehr sie an ihren Katzen hängt.«

»Und deshalb habe ich auch all die Jahre hinweg nichts gesagt«, konterte Mutter. »Aber einmal muss es genug sein. Die Situation hat sich verändert.«

Justin war noch immer wie vor den Kopf geschlagen. Es war normalerweise ganz und gar nicht seine Art, seine Eltern zu belauschen, doch nun konnte er nicht anders, als auf Zehenspitzen weiterzuschleichen, bis er die Wohnzimmertür erreichte. Seine Mutter saß auf der Couch und hatte die Hände im Schoß gefaltet. Sie sah sehr ernst drein, aber auch sehr entschlossen, während Vater aufgeregt im Zimmer auf und ab lief. Irgendwie machte allein dieser Anblick Justin klar, dass er auf verlorenem Posten kämpfte. Wenn er es recht bedachte, dann hatte Justin eigentlich sehr selten erlebt, dass sich sein

Vater gegen seine Mutter durchsetzte, wenn es um wirklich wichtige Entscheidungen ging.
Trotzdem versuchte er es wenigstens. »Wir werden eine andere Lösung finden«, sagte er nervös. »Justin und ich können uns um die Katzen kümmern und –«
»Du gehst den ganzen Tag arbeiten und Justin ist bis drei oder vier in der Schule«, unterbrach ihn Mutter. »Es bleibt an mir hängen, ob du das nun willst oder nicht. Wir müssen die Tiere abgeben. Oder soll ich vielleicht deine Mutter vernachlässigen, weil ich völlig damit ausgelastet bin, Katzenklos zu säubern?!«
»Dann lass uns wenigstens abwarten, bis Mutter wieder im Haus ist!«, sagte Vater. »Es bricht ihr das Herz, wenn sie zurückkommt und die Katzen sind nicht mehr da.«
»Und du glaubst, es wäre leichter für sie, wenn sie mit ansehen muss, wie wir die Tiere eines nach dem anderen abgeben?«, fragte Mutter kopfschüttelnd. »Ich denke, es ist auch für deine Mutter das Beste, wenn wir es kurz und schmerzlos machen. Oder wenigstens so schmerzlos wie möglich. Ich werde gleich morgen früh Dr. Reinert anrufen. Vielleicht weiß er ja, wer die eine oder andere Katze nimmt, oder –«
»*Nein*!«
Justin konnte sich nicht mehr beherrschen. Mit einem einzigen Schritt trat er ins Wohnzimmer hinein und fuhr seine Mutter regelrecht an: »Das kannst du doch nicht ernst meinen!«
Seine Mutter fuhr erschrocken zusammen, während sein Vater mit einem Mal ziemlich betroffen dreinsah und ein bisschen verlegen. Offensichtlich war es ihm peinlich, dass Justin in ihren Streit hineingeplatzt war.
»Meinst du nicht, dass du dich ein wenig im Ton vergriffen hast?«, fragte seine Mutter. »Und seit wann belauschst du uns überhaupt?«
»Entschuldige«, sagte Justin, fuhr aber sofort und in kaum verändertem Ton fort: »Du ... du darfst die Katzen nicht abgeben. Vater hat Recht. Es würde Großmutter umbringen, wenn sie nach Hause kommt und sie sind nicht mehr da!«

»Und das entscheidest du?«, fragte seine Mutter.
»Ich kümmere mich um die Katzen«, sagte Justin. »Ich kann eine Stunde früher aufstehen, um sie zu füttern und die Kisten sauber zu machen, und mein Lehrer erlaubt mir bestimmt, in der großen Pause nach Hause zu gehen, damit ich sie versorgen kann. Du ... du wirst überhaupt nicht merken, dass sie da sind!«
Seine Mutter antwortete nicht gleich. »Wie lange?«, fragte sie schließlich. »Eine Woche? Zwei? Du weißt ganz genau, dass es so nicht geht.«
»Aber –«
Seine Mutter stand auf. »Wir reden später noch einmal darüber«, sagte sie, an ihren Mann gewandt. »Morgen, wenn wir allein sind.«
Sie ging. Justin starrte ihr nach.
Zum zweiten Mal an diesem Tag füllten sich seine Augen mit Tränen, aber diesmal waren es Tränen des Zorns und der Hilflosigkeit.
Er war immer noch völlig fassungslos und ein Teil von ihm weigerte sich nach wie vor zu glauben, dass seine Mutter – seine eigene Mutter! – diese Worte gesagt haben sollte!
»Aber das ... das kann sie doch nicht ernst gemeint haben«, stammelte er.
»Ich fürchte doch«, seufzte sein Vater. Er beendete sein ruheloses Auf und Ab im Zimmer, nahm in einem Sessel Platz und deutete mit einer Kopfbewegung auf die Couch.
»Setz dich, Justin. Wir müssen uns unterhalten.«
Justin wollte nicht reden. Er hatte für seinen Geschmack schon viel zu viel gehört. Wäre es nach ihm gegangen, dann wäre er in sein Zimmer zurückgelaufen und hätte sich auf sein Bett geworfen, um stundenlang in sein Kissen zu heulen oder auch darauf einzuschlagen.
Trotzdem nahm er gehorsam Platz und sah seinen Vater an.
»Du musst noch einmal mit ihr reden!«, sagte er in fast verzweifeltem Ton. »Ich werde mich ganz allein um die Katzen kümmern! Ihr werdet überhaupt keine Arbeit mit

ihnen haben, das schwöre ich. Ich ... ich suche mir einen Ferienjob und komme sogar für das Futter auf und –«
»Justin«, unterbrach ihn sein Vater. »Sei vernünftig. Du weißt, dass das nicht funktionieren würde.«
»Aber ...«, stammelte Justin. »Aber du ... du musst ...«
»Deine Mutter hat Recht«, sagte Vater traurig. »Ich hätte es lieber gehabt, wenn wir nicht ausgerechnet heute schon über dieses Thema reden müssten und vielleicht auch auf eine etwas andere Art und Weise, aber in der Sache hat sie Recht. Wenn Großmutter nach Hause kommt, dann wird sich hier vieles ändern. Keiner von uns wird noch die Zeit haben, sich um zehn Katzen zu kümmern.«
»Aber es hat doch immer funktioniert!«, protestierte Justin. »Wir haben sie doch schon so viele Jahre! Und Mutter liebt die Katzen doch auch!«
»Deine Mutter«, sagte Vater ernst und Justin konnte ihm ansehen, wie unendlich schwer ihm diese Worte fielen, »kann Katzen nicht ausstehen. Das konnte sie nie.«
Justin war regelrecht schockiert. Aus ungläubig aufgerissenen Augen starrte er seinen Vater an. »Was?«
»Sie hat niemals etwas gesagt aus Rücksicht auf Großmutter und auch auf dich, aber sie hat Katzen nie gemocht. Am Anfang war sie sogar allergisch dagegen. Du warst noch zu klein, um es mitzukriegen, aber sie war fast zwei Jahre lang in ärztlicher Behandlung, um sich desensibilisieren zu lassen. Und auch wenn es nicht so wäre: Dieser Unfall hat wirklich vieles verändert. Wir werden die Katzen nicht behalten können. Wenigstens nicht alle.« Er atmete hörbar ein. »Ich bin nicht einmal sicher, ob wir in diesem Haus bleiben können.«
»Wieso?«, murmelte Justin. Es war wohl doch ein Fehler gewesen hier zu bleiben. Er hatte kein Bedürfnis nach noch mehr schlechten Nachrichten.
»Dieses riesige Haus hier zu unterhalten kostet eine Menge Geld«, antwortete Vater. »Ich bin kein reicher Mann. Ich weiß nicht, ob es mir gelingt, das alles hier zu halten, wenn deine Großmutter eines Tages ... nicht mehr da sein sollte.«

Das unmerkliche Zögern in seinen Worten fiel Justin sehr wohl auf und es machte ihn noch trauriger: »Du glaubst auch, dass sie stirbt, nicht wahr?«
Sein Vater antwortete nicht, aber das war für Justin Antwort genug.
Eine Weile saßen sie schweigend beieinander, jeder mit seinen eigenen Gedanken beschäftigt. Dann fragte Justin: »Wer ist Großmutter eigentlich?«
Die Frage hätte seinen Vater überraschen müssen, aber sie tat es nicht. Er sah Justin sehr ernst an, dann fragte er: »Wie meinst du das?«
»Die Leute hier behaupten, sie wäre eine Hexe«, antwortete Justin. »Ich habe immer darüber gelacht, vor allem, weil sie sich selbst immer darüber lustig gemacht hat. Aber jetzt ...«
»Hast du etwas erlebt, nach dem du dich fragst, ob mit deiner Großmutter vielleicht *wirklich* etwas nicht stimmt«, führte sein Vater den Satz zu Ende.
»Du weißt davon?«, fragte Justin überrascht.
»Ich weiß nicht genau, *was* passiert ist«, antwortete sein Vater langsam, »und wenn ich ehrlich bin, will ich es auch gar nicht wissen, aber früher oder später musste es wohl passieren.«
»Du hast es auch erlebt«, vermutete Justin.
»Als ich in deinem Alter war, ja«, bestätigte Vater. »Und auch noch später. Irgendwann hörte es wieder auf, aber ich habe genug gesehen und gehört, um zu begreifen, dass deine Großmutter mehr ist als eine verrückte alte Frau, für die die meisten sie halten.«
»Du meinst, sie ist wirklich eine Hexe?«, fragte Justin. Er versuchte zu lachen, aber es misslang. »Aber Hexen gibt es doch gar nicht.«
»Nicht, wenn du die Hexen meinst, die nachts auf einem Besenstiel durch die Luft fliegen und kleine Kinder in den Backofen schubsen«, antwortete Vater. »Das sind nur Märchen. Aber ich bin nicht so sicher, ob es nicht wirklich Hexen gibt. Menschen, die um Dinge wissen, die den meisten anderen verborgen bleiben.«

»Großmutter ist der liebste Mensch, den ich kenne!«, sagte Justin überzeugt.
»Nur die Hexen aus den Märchen sind böse«, erwiderte Vater lächend. »Im Mittelalter, bevor die Inquisition damit begann, Jagd auf die sogenannten Hexen zu machen, galten diese noch nicht als böse. Da waren es einfach Menschen – meistens Frauen, aber nicht nur –, die einfach mehr wussten. Sie kannten die geheimen Kräfte der Natur, sie verstanden sich auf die Heilkunde der Pflanzen und sie konnten das Verhalten der Tiere deuten. Die Menschen gingen oft zu ihnen, wenn sie nicht weiterwussten oder krank waren. Oft konnten sie ihnen helfen. Erst später, nachdem die Kirche angefangen hatte, sie zu verfolgen, gerieten sie in einen schlechten Ruf. Völlig zu Unrecht übrigens.«
»Aber warum denn? Wieso hat die Kirche sie gejagt?«
Vater lachte kurz auf. »Wer lässt schon gerne die Konkurrenz im eigenen Haus zu? Es gab damals nur eine Institution, die für geistliche und übernatürliche Dinge zuständig war, und das war die Kirche. Die Konkurrenz wurde ausgeschaltet. Das läuft heute noch ganz genau so. Nur waren die Methoden damals etwas rabiater.«
»Du kennst dich gut mit so etwas aus«, sagte Justin.
»Das bleibt nicht aus, als Sohn einer Hexe«, sagte Vater. »Weißt du, heute geben die Leute nicht mehr viel darum oder machen allenfalls ihre Witze. Aber das war nicht immer so. Als ich in deinem Alter war, da bin ich oft weinend nach Hause gekommen, weil die Leute mich beschimpft oder mit Fingern auf mich gezeigt haben. Deine Mutter und ich haben versucht, dir das Schlimmste zu ersparen und dich von alledem abzuschirmen, aber es gibt auch heute noch Menschen hier in der Stadt, die Angst vor deiner Großmutter haben oder sie hassen.«
Ganz war es ihnen offenbar nicht gelungen. Justin hatte oft gemerkt, dass vor allem ältere Leute seltsam reserviert oder auch fast feindselig zu ihm gewesen waren und hinter vorgehaltener Hand tuschelten. Er hatte sich nicht viel dabei ge-

dacht, sondern es mit einem Achselzucken abgetan. Aber nun, nach dem, was er gerade von seinem Vater gehört hatte, erschienen ihm all diese Dinge in einem anderen Licht.

»Dann ist sie wirklich eine Hexe«, sagte er.

»Nach einer bestimmten Definition, ja«, antwortete Vater offen. »Ich habe sie nie gefragt.«

»Warum?«

Vater zuckte mit den Achseln. »Vielleicht, weil es mir auch unheimlich war. Ich habe ein paar Dinge erlebt, die ich mir bis heute nicht erklären kann.« Er schwieg einen Moment, dann sagte er leise: »Du bist da oben in Großmutters Wohnzimmer nicht einfach nur gestolpert, nicht wahr?«

»Nein«, antwortete Justin. Mehr nicht. Er würde seinem Vater nicht erzählen, was wirklich geschehen war, und er hatte auch das sehr sichere Gefühl, dass er es gar nicht wissen wollte.

»Es ist spät geworden«, sagte Vater plötzlich. Er stand auf. »Lass uns zu Bett gehen. Wir haben alle für einen Tag wirklich genug Aufregung gehabt. Vielleicht sieht morgen bei Tageslicht alles ganz anders aus. Ich werde noch einmal mit deiner Mutter sprechen. Wer weiß, vielleicht finden wir ja doch eine andere Lösung.«

Zumindest der letzte Satz war gelogen und nicht einmal mit besonderer Überzeugung. Sein Vater wusste das und er wusste auch, dass Justin es wusste. Vielleicht wollte er ihm nur noch einmal Mut machen, um ihm den Schmerz wenigstens an diesem Abend zu ersparen. Justin sprach jedoch nichts von alledem aus. Es gab Dinge, die wurden durch Reden nicht besser.

Wortlos erhob auch er sich und ging zu Tür. Aber bevor er das Wohnzimmer verließ, blieb er noch einmal stehen und drehte sich zu seinem Vater herum. »Noch eine Frage«, sagte er.

Vater sah ihn an. »Ja?«

»Was ist der Katzenwinter?«, fragte Justin.

»Katzenwinter?« Vater runzelte die Stirn. »Woher hast du dieses Wort?«

»Von Großmutter«, antwortete Justin. Er sagte nicht, wann und wo er es gehört hatte, und sein Vater stellte auch keine entsprechende Frage. Er schüttelte nur den Kopf.
»Ich habe keine Ahnung«, behauptete er. Aber es klang nicht sehr überzeugend. Im Gegenteil: Justin hatte das Gefühl, dass sein Vater plötzlich ein kleines bisschen nervös wurde; als hätte er ein Thema angesprochen, das ihm sehr unangenehm war. »Du darfst nicht alles für bare Münze nehmen, was deine Großmutter erzählt hat. Das meiste war einfach Unsinn. Du kennst sie ja. Sie hat sich einen Spaß daraus gemacht, den Leuten genau das zu bieten, was sie hören wollten.«
Justin sagte nichts. Er betrat den Flur und ging in sein Zimmer zurück.

6

Mitternacht war längst vorüber, aber Justin lag noch immer wach auf seinem Bett und starrte die Decke über sich an. An Schlaf war natürlich nicht mehr zu denken. Zu viel ging ihm durch den Kopf, zu viele Fragen, aber auch zu viele Sorgen und Befürchtungen und zu viele Ängste. Sein Vater hatte ihm in den wenigen Minuten, die sie miteinander gesprochen hatten, mehr erzählt, als er eigentlich hätte hören wollen; angefangen von der Befürchtung, dass sie vielleicht das Haus würden aufgeben müssen.
Dieser Gedanke beinhaltete noch etwas, was Vater zwar nicht ausgesprochen hatte, was Justin aber ganz klar war. Sie würden – wenn es so weit kam – nicht nur aus diesem Haus, sondern auch aus der Stadt wegziehen. Justin konnte sich nicht vorstellen, wie es sein mochte, nicht mehr in Crailsfelden zu leben. Er war zwar nicht hier geboren, aber doch aufgewachsen, und die kleine Stadt und die umliegenden

Hügel und Wälder waren einfach ein fester Bestandteil seines Lebens. Seine Eltern und er fuhren oft in die fünfzehn Kilometer entfernte Großstadt, er war gerne dort, fand es aufregend und spannend, wie ein Ausflug in eine andere, exotische Welt. Aber dort leben? Nein, danke.
Schließlich hielt er es einfach nicht mehr aus, reglos auf dem Bett zu liegen und die Decke anzustarren, und stand auf. Beinahe ohne sein Zutun lenkten ihn seine Schritte zum Fenster.
Irgendwo im Haus brannte noch Licht. Ein blasser Schein fiel in den Vorgarten hinaus und zeigte ihm, dass der Rasen vor dem Haus nicht leer war. Drei oder vier Katzen saßen aufrecht da und starrten zu der Klosterruine auf dem Hügel hinauf. Die Nacht löschte ihre Farben aus, sodass er nicht genau erkennen konnte, um welche Katzen es sich handelte, aber er sah zumindest, dass Odin dabei war.
Vorhin hatte Odin ihn geweckt, um ihn zum Fenster zu rufen. Vielleicht war es gar kein Spiel gewesen. Vielleicht hatte er ihm etwas zeigen wollen ...
Justin blickte wieder aufmerksam zur Ruine hinauf. Er konnte immer noch nichts Außergewöhnliches entdecken. Aber das Verhalten der Katzen war ganz und gar nicht normal. Vielleicht spürten sie mit ihren feinen Sinnen etwas, was ihm entging.
Justin zögerte noch einen Moment, aber dann öffnete er kurz entschlossen das Fenster und beugte sich hinaus. Es war immer noch sehr kalt und es schneite immer noch leicht. Eine fast unheimliche Stille schlug ihm entgegen. Dafür gab es sogar eine naturwissenschaftliche Erklärung: Der fallende Schnee veränderte irgendwie den Luftdruck, was wiederum die akustischen Verhältnisse änderte, sodass alle Geräusche gedämpft wurden. Justin hatte das vor einer Weile in der Schule gelernt – aber er spürte auch, dass diese Stille eine andere Bedeutung hatte. Eine sehr viel unangenehmere.
Die Warnung, die in diesem Schweigen verborgen lag, war so

deutlich, dass Justin zurücktrat und schon dazu ansetzte, das Fenster zu schließen. Aber in diesem Moment drehte Odin den Kopf, sah ihn an und stieß einen Laut aus, wie Justin ihn noch nie zuvor von einer Katze gehört hatte. Es klang fast, als versuchte er zu sprechen.
Justin sah erneut zur Ruine hinauf. Jetzt war er nicht mehr ganz sicher, dass sich dort nichts rührte. Natürlich musste man einen bestimmten Punkt nur lange genug anstarren, damit er irgendwann zwangsläufig anfing, sich zu bewegen. Aber das war es nicht. Irgendwie schien sich der Umriss der Ruine selbst zu verändern, als betrachte er einen schlafenden Drachen, der im Erwachen begriffen war und sich regte. Der Anblick machte ihm Angst.
Odin stieß erneut diesen seltsamen Laut aus, in den nach einer halben Sekunde auch die anderen Katzen einfielen. Justin trat nun doch vom Fenster zurück, aber nicht, um wieder ins Bett zu gehen. Rasch zog er sich an, schlüpfte in seine Schuhe und suchte den wärmsten Pullover aus dem Schrank, den er besaß. Anschließend schlüpfte er in einen gefütterten Parka und zog auch noch warme Winterhandschuhe an. Er war jetzt eingemummt wie ein Polarforscher, was selbst angesichts der Kälte draußen ziemlich übertrieben schien. Aber er dachte an einen gewissen Ausflug ins Wohnzimmer seiner Großmutter. Wenn er noch einmal in einen Schneesturm geriet, würde er vorbereitet sein.
Er verließ das Haus nicht durch die Tür, sondern kletterte aus dem Fenster auf den Rasen hinaus. Die Katzen hatten ihren sonderbaren Gesang wieder eingestellt, sahen nun aber alle ihn an und irgendetwas in ihren Blicken sagte Justin, dass er das Richtige tat. Vielleicht war er gerade dabei, den letzten Teil des Geheimnisses zu lösen, das irgendetwas mit der Klosterruine dort drüben zu tun hatte.
Als er jedoch den Rasen überquerte und auf die Straße trat, folgten ihm die Katzen nicht.
Justin blieb enttäuscht, aber auch ein bisschen beunruhigt stehen und sah abwechselnd die Katzen und die Klosterruine

über sich an. Der Drache regte sich nicht, aber er konnte regelrecht fühlen, dass dort irgendetwas auf ihn lauerte.
Misch dich nicht ein oder du stirbst!
Er hatte die Stimme nicht vergessen, die aus der Kristallkugel gekommen war, und er zweifelte auch keine Sekunde lang daran, dass er ihre Warnung besser ernst nahm. Den ersten Anschlag auf sein Leben hatte er mit Mühe und Not überstanden. Er hatte keine Garantie, dass es ihm auch ein zweites Mal gelingen würde.
Andererseits: Was, wenn er sich gerade dadurch einmischte, indem er *nicht* dort hinüberging?
Justin sah noch einmal zu den Katzen zurück, tauschte einen langen, nachdenklichen Blick mit Odin und machte sich dann auf den Weg. Wenn man nichts probierte, konnte man auch nichts herausfinden.
Der Wind nahm zu, als er die Straße überquerte, sodass er das Gesicht auf die Seite drehte und schützend die Hand über die Augen hob. Es war noch immer so unheimlich still wie bisher, aber plötzlich glaubte er doch ein Geräusch zu hören: ein dunkles Dröhnen und Rumoren, das aus keiner bestimmten Richtung kam, aber rasch an Lautstärke gewann. Justin blieb stehen, sah nach rechts und links und entdeckte einen winzigen Lichtpunkt, der am Ende der Straße aufgetaucht war und allmählich heranwuchs. Ein Wagen mit nur einem Scheinwerfer oder ein Motorrad. Wahrscheinlich ein Motorrad, dem immer lauter werdenden Knattern nach zu schließen. Angesichts der Uhrzeit und des schlechten Wetters fragte sich Justin, wer so verrückt sein sollte, *jetzt* Motorrad zu fahren, aber das Licht kam rasch näher. Mehr noch: Die Maschine hielt direkt auf ihn zu.
Justin trat vorsichtshalber einen Schritt zur Seite. Das Licht bewegte sich ein bisschen und zielte wieder genau auf ihn. War der Kerl verrückt?
Justin hob die Arme und winkte für den Fall, dass der Motorradfahrer nicht nur verrückt, sondern auch kurzsichtig war. Der Motor heulte auf und das Licht machte einen

regelrechten Satz auf ihn zu und dann ging alles unglaublich schnell.
Die Maschine heulte schrill auf. Das Licht explodierte regelrecht in seine Richtung und Justin warf sich mit einem keuchenden Schrei zur Seite, glitt auf der dünnen Schicht aus Schneematsch auf der Straße aus und schlug der Länge nach hin. Das Motorrad raste auf ihn zu –
und war verschwunden.
Es fuhr nicht an ihm vorbei oder änderte im letzten Augenblick seinen Kurs. Es raste auf ihn zu, wuchs zu scheinbar gigantischen Dimensionen heran und war dann von einem Sekundenbruchteil auf den anderen einfach nicht mehr da. Doch was Justin in diesem Sekundenbruchteil sah, das war so unglaublich, dass er beinahe sogar die Angst vergaß, überfahren zu werden.
Das Motorrad war kein richtiges Motorrad, sondern ein ... *Etwas*; ein Ding aus Rost und Stahl, aus spitzen Dornen und Stacheln, aus reißenden Klingen und Zähnen aus verrostetem Eisen und der Fahrer, der den bocksköpfigen Lenker umklammert hielt ...
Nein.
Daran *wollte* er gar nicht denken.
Justin richtete sich benommen auf, fuhr sich mit der behandschuhten Rechten über das Gesicht und sah sich um. Die Straße war wieder leer. Das Motorengeräusch war verklungen und auch von der Maschine selbst war keine Spur mehr zu sehen. Sie war wie ein Spuk in der Nacht verschwunden.
Und wahrscheinlich hat es sie auch niemals wirklich gegeben, dachte Justin. Es war nur eine Illusion gewesen; eines von mittlerweise zahlreichen verrückten Trugbildern, mit denen seine Fantasie ihn heute narrte.
Justin lachte leise über seine eigene Nervosität, richtete sich auf – und das Grinsen auf seinem Gesicht gefror zur Grimasse. Wenn es eine Halluzination gewesen war, dann die realistischste, von der er jemals gehört hatte. In der dünnen Decke aus Schneematsch auf dem Asphalt waren nicht nur seine

eigenen Fußabdrücke deutlich zu erkennen, sondern auch die Spuren der grobstolligen Reifen des Motorrades. Sie kamen aus der Nacht, führten direkt auf seine eigenen verwischten Fuß-abdrücke zu und brachen unmittelbar vor der Stelle ab, an der er saß.

Ganz langsam stand Justin auf, klopfte sich den Schnee von der Jacke und trat dann mit einem hastigen Schritt von der Straße hinunter, weg von den Reifenspuren des Motorrades, fast als fürchte er, dass es im nächsten Moment wieder wie ein Spuk aus der Nacht erscheinen und sein begonnenes Werk zu Ende führen könnte.

Er entfernte sich ein paar Schritte von der Straße, legte den Kopf in den Nacken und sah zur Ruine hinauf. Der Drache regte sich immer noch nicht, aber er fühlte ganz deutlich, dass dort oben etwas war.

»Also gut«, grollte er. »Ich hab's verstanden. Aber so einfach gebe ich nicht auf!«

Eigentlich sagte er das nur, um sich selbst Mut zu machen. Aber etwas Seltsames geschah: Es funktionierte. Noch während er die Worte aussprach, spürte er, wie seine Angst verging und einer brodelnden, immer stärker werdenden Wut Platz machte.

Wenn dieses ... *Ding* da oben glaubte, dass es ihn mit ein bisschen Hokuspokus einfach ins Bockshorn jagen konnte, dann hatte es sich getäuscht. Um ihn in die Flucht zu schlagen, bedurfte es eines größeren Kalibers!

Justin ging nicht den Hügel hinauf, er rannte. Schnell wie der Wind flitzte er die gewundene Straße hinauf, die an zahllosen Stellen aufgebrochen und von Unkraut überwuchert war, und ganz gleich, was sich ihm in diesem Moment auch in den Weg gestellt hätte, er hätte es wahrscheinlich einfach über den Haufen gerannt.

Doch nichts geschah. Der Wind schleuderte ihm weiter Kälte und Schnee ins Gesicht, aber die Schrecken der Nacht blieben in ihren Verstecken. Schließlich hatte er den Hügel erklommen und blieb schwer atmend stehen. Sein Herz hämmerte

und sein Atem ging schnell und schwer. Seine Hände und Knie zitterten vor Anstrengung.
Mit einer Mischung aus Neugier und allmählich wieder erwachender Furcht sah er sich um. Er war nicht zum ersten Mal hier und doch schien alles plötzlich ganz anders auszusehen, als er es in Erinnerung hatte. Alle Schatten schienen tiefer, alle Konturen härter, keine Linien, sondern mit scharfen Messern geschnittene Wunden, die in die Nacht klafften. Der riesige gemauerte Torbogen des alten Klosters erschien ihm plötzlich wie ein schwarzer Schlund, der direkt in die Hölle hineinführte, und der Wind, der ihm daraus entgegenfauchte, war plötzlich zum eisigen Atem eines Drachen geworden. Nichts hatte sich wirklich verändert. Das Kloster war dasselbe alte Kloster, in dem er schon unzählige Male gewesen war, aber es schien plötzlich zur Albtraumversion der niedergebrannten Ruine geworden zu sein.
Trotzdem ging Justin weiter. Er musste es, schon weil ihm klar war, dass er nicht den Mut aufbringen würde, das Gebäude zu betreten, wenn er nur noch eine einzige weitere Minute wartete. Seine Knie zitterten und sein heftiger Atem erschien als grauer Schleier vor seinem Gesicht.
Justins Mut sank weiter, während er das Torgewölbe betrat. Seine Schritte erzeugten unheimliche, lang nachhallende Echos an den in der Nacht schwarzen Backsteinwänden und mit dem Echo dieses Geräusches schien noch etwas zu ihm zurückzukommen, etwas Schwarzes, ohne Gesicht, das sich wie eine giftige Spinne in einer Ecke seines Bewusstseins einnistete und auf eine Gelegenheit wartete, ihre Giftzähne in sein Denken zu schlagen. Der Weg durch das Gewölbe kam ihm länger vor als das letzte Mal, als er ihn gegangen war.
Dahinter lag ein großer, asymmetrisch geformter Innenhof, der von den niedergebrannten Ruinen des ehemaligen Klostergebäudes flankiert wurde, übersät mit Trümmern, Schutt und dem Unrat eines Jahrzehnts, aber auch erfüllt von Schatten und kriechender Schwärze, in der sich etwas zu

bewegen schien, das nicht hierher gehörte; nicht in dieses Kloster, nicht in diese Stadt, ja, vielleicht nicht einmal in diese Welt ...

Justin versuchte diese sonderbaren Gedanken zu verscheuchen, die so gar nicht zu ihm zu passen schienen, doch es gelang ihm nicht. Sein anfänglicher Mut war längst verflogen. Vielleicht war der einzige Grund, aus dem er nicht auf der Stelle kehrtmachte, nur noch der, dass es fast genauso viel Mut gekostet hätte, das Torgewölbe noch einmal zu durchqueren, wie weiterzugehen und die Gebäude auf der anderen Seite des Hofes zu betreten.

Während er sich der brandgeschwärzten, aber immer noch imposanten Pforte des Hauptgebäudes näherte, rief er sich noch einmal ins Gedächtnis zurück, was er über diese Ruine wusste.

Das Kloster war schon seit langer Zeit nicht mehr als Kloster benutzt worden. Soweit Justin wusste, hatte es eine lange, bewegte Geschichte hinter sich, in der es mehr als einmal auch Zwecken zugefügt worden war, die seiner ursprünglichen Bestimmung krass widersprachen. Niemand hatte ihm *wirklich* erzählt, was es mit diesem Kloster auf sich hatte, denn die Einwohner Crailsfeldens schienen von einer sonderbaren Scheu befallen, über das Gebäude zu reden, das wie ein finsteres Krähennest über dem Städtchen thronte und ihn und das gesamte Tal zu beherrschen schien; fast als fürchtete jedermann in der Stadt, den bösen Geist dieses Ortes zu wecken, nur indem er über ihn sprach. Aber immerhin hatte Justin erfahren, dass es in den letzten Jahrzehnten nicht mehr als Gotteshaus genutzt worden war, sondern ein privates Internat beherbergt hatte.

Und auch um das Feuer, das am Schluss nicht nur das Internat verschlungen, sondern auch in der Stadt große Verwüstungen angerichtet hatte, rankten sich die unheimlichsten und widersprüchlichsten Geschichten. Justin hatte niemals erfahren, was damals *wirklich* geschehen war, nicht einmal von seiner Großmutter, obwohl sie ja praktisch alles mit eigenen Augen angesehen hatte. Aber es musste eine sehr dramatische Geschichte gewesen sein, bei der es zahlreiche Tote und Verletzte gegeben hatte und das unter höchst sonderbaren und zum Teil bis heute ungeklärten Umständen. Das alles war jetzt zehn Jahre her und seitdem war das größte Übel, das von diesem Ort ausging, eine sich alljährlich neu ausbreitende Rattenplage gewesen. Trotzdem glaubte Justin jetzt, plötzlich einen Hauch des Bösen zu spüren, das einmal in diesen Mauern gelebt hatte.

Vielleicht war *hatte* auch nicht das richtige Wort. Vielleicht war es immer noch hier.

Justin blieb am Fuße der breiten Treppe stehen, die zum Portal hinaufführte, und sah sich schaudernd um. Es schneite noch immer, aber im Gegensatz zur Straße und dem Hügel blieb der Schnee in dem schuttbedeckten Innenhof nicht liegen, sondern schmolz auf der Stelle; als hätten die geschwärzten Balken und Steine noch einen Teil der Höllengluten in sich bewahrt, die vor einem Jahrzehnt hier getobt hatten.

Wahrscheinlich lag es einfach an der unheimlichen Umgebung, dass er auf solch sonderbare Gedanken kam, überlegte Justin. Aber das war immer noch keine Antwort auf die Frage, warum er eigentlich hier war. Die Katzen hatten ihn hierher geschickt, so viel stand fest, aber warum? Es musste hier etwas geben, was wichtig war. Etwas, was er sehen oder auch tun musste. Vielleicht auch *verhindern*.

Er würde es nicht herausfinden, wenn er weiter hier herumstand und fror.

Entschlossen setzte Justin seinen Fuß auf die unterste Treppenstufe, wartete eine halbe Sekunde lang mit angehaltenem Atem darauf, dass sich der Boden auftat, um ihn zu verschlingen, oder ihm der Himmel auf den Kopf fiel, und ging weiter, als weder das eine noch das andere geschah.

Der Wind blieb hinter ihm zurück, als er das Gebäude betrat. Es war hier drinnen genauso kalt wie draußen, aber nicht so dunkel, wie er erwartet hatte. Das Feuer hatte nicht nur den gesamten Dachstuhl verzehrt, sondern auch einen Teil der

Zwischendecke einstürzen lassen, sodass genügend Licht hereinfiel, um sich zu orientieren.
Er sah allerdings nichts, was er nicht erwartet hätte. Die große, ehemals prachtvoll ausgestattete Eingangshalle des Gebäudes war ebenso mit Schutt und den Trümmern der eingestürzten Zwischendecke übersät wie der Hof draußen. Als er sich langsam vom Eingang entfernte, knirschten Glassplitter unter seinen Schuhen und ein- oder zweimal glaubte er etwas Winziges und Pelziges in die Dunkelheit huschen zu sehen. Kein Grund zu erschrecken, es waren nur die Ratten, die in diesem alten Gemäuer nisteten. Justin fürchtete sich nicht. Er wusste, dass Ratten niemals einen Menschen angriffen, solange sie nicht in die Enge getrieben wurden oder glaubten, ihre Jungen verteidigen zu müssen. Odin und die anderen Katzen hatten ihn auch bestimmt nicht hergeschickt, damit er sich mit ein paar Ratten herumprügelte. Warum also war er hier?
Justin blieb lange Zeit reglos in der Halle stehen und zerbrach sich den Kopf über diese Frage, aber er kam zu keinem Ergebnis, und so drehte er sich wieder herum, um zu gehen. Vielleicht hatte er sich das Ganze doch ein bisschen zu leicht vorgestellt. Es reichte wohl nicht, einfach hierher zu kommen und darauf zu warten, dass sich ihm die Antworten selbst auf einem Silbertablett präsentierten.
Irgendwo in dem weitläufigen Gebäude vor ihm ertönte ein Schrei.
Vielleicht war es auch nicht wirklich ein Schrei, aber es war doch ein Laut, der ihm nahe kam. Justin konnte nicht einmal mit Sicherheit sagen, ob es ein menschlicher Laut war oder vielleicht der Schrei eines Tieres, aber er war so erfüllt von Angst und Entsetzen, dass er auf der Stelle stehen blieb.
Der Schrei wiederholte sich. Obwohl Justin diesmal konzentriert lauschte, konnte er nicht sagen, aus welcher Richtung er kam. Er lief ein paar Schritte, blieb wieder stehen und sah sich alarmiert um.
Der Schrei erscholl zum dritten Mal und Justin glaubte jetzt

zumindest, seinen Ursprung identifiziert zu haben: Er kam vom oberen Ende der breiten Treppe, die in das ehemalige Obergeschoss hinaufführte.
Die Treppe hatte aus Holz bestanden und natürlich war sie dem Feuer so ziemlich als Erstes zum Opfer gefallen. Nur einige wenige Stufen und die massive Grundkonstruktion aus schweren Eichenbalken waren übrig geblieben und diese verkohlten Reste sahen nicht gerade Vertrauen erweckend aus. Justin zögerte. Er traute sich ohne weiteres zu, am Skelett der Treppe hinaufzuklettern. Andererseits war er nicht sicher, dass der ganze Kram nicht einfach unter seinem Gewicht zusammenbrechen würde. Die zehn Jahre, die die Treppe Wind und Wetter ausgesetzt war, hatten sie bestimmt nicht besser gemacht.
Eine Ratte huschte so dicht vor seinen Füßen vorbei, dass sie ihn beinahe berührt hätte, Justin trat erschrocken einen Schritt zurück und sah eine zweite und gleich darauf eine dritte Ratte, die der ersten folgten. Die Tiere hatten offenbar weniger Hemmungen als er, denn sie näherten sich der Treppe und begannen ohne zu zögern an dem geschwärzten Holz hinaufzuklettern. Und sie waren nicht allein. Justin entdeckte mehr und mehr Ratten, die aus allen Richtungen herbeikamen und die Treppe hinaufkletterten. Sein Blick eilte den Tieren voraus und blieb am oberen Ende der Treppe hängen.
Der Schrei erklang erneut, näher und viel lauter, und dann sah er für den Bruchteil einer Sekunde ein schmales, von rabenschwarzem Haar eingerahmtes Gesicht über der letzten Stufe auftauchen. Riesige, angsterfüllte Augen blickten zu ihm herab und das Gesicht verschwand fast so schnell wieder, wie es erschienen war.
»He!«, schrie Justin. »Warte! So warte doch!«
Als Antwort erscholl wieder ein Schrei und diesmal glaubte er einen deutlichen Unterton von Schmerz darin zu hören. Dann ein aggressives Pfeifen: der Laut einer Ratte.
»Verdammt!« Justin schob all seine Bedenken zur Seite, gestattete sich selbst nicht, auf seine Furcht zu hören, und

begann die verfallene Treppe hinaufzuklettern. Trotz der dicken Handschuhe konnte er fühlen, wie rau das verkohlte Holz war. Die gesamte Konstruktion begann unter seinem Gewicht zu ächzen und zu zittern und mehr als einmal löste sich ein Stück morsches Holz unter seinen Händen und fiel polternd in die Tiefe. Trotzdem kam er besser voran, als er erwartet hatte.

Die ganze Zeit über huschten Ratten an ihm vorbei. Manche von ihnen hatten es so eilig, dass sie einfach zwischen seinen Armen und Beinen hindurchflitzten, und eine war sogar dreist genug, Justin selbst als Ersatzleiter zu benutzen, kam aber nur bis zu seiner Schulter, ehe Justin sie mit einer ärgerlichen Bewegung abschüttelte.

Als Justin das Ende der Treppe erreichte und sich aufrichtete, erscholl der unheimliche Schrei wieder. Hastig trat er ein paar Schritte von der brüchigen Kante zurück, ehe er sich nach der Gestalt umsah, die er von unten her erblickt hatte. Er sah keine Spur von ihr, wohl aber etwas anderes, das ihn zutiefst erschreckte: Nur ein paar Schritte entfernt glitzerten dunkle Tropfen auf dem Boden und er wusste schon, dass es Blut war, noch bevor er sich hinunterbeugte und den Handschuh abstreifte, um danach zu tasten. Es war noch warm, also frisch. Nicht weit davon entfernt lag eine tote Ratte, aber das Blut stammte eindeutig nicht von ihr.

Justin streifte seinen Handschuh wieder über, richtete sich auf und folgte der unterbrochenen Spur aus Blutstropfen. Er fand eine zweite tote Ratte, dann lief er an einem Tier vorbei, das verletzt war und sich nur noch mühsam dahinschleppte. Offenbar hatte sich die Gestalt, die er gesehen hatte, einen heftigen Kampf mit den gefährlichen Nagern geliefert.

Vor ihm erscholl wieder Lärm. Kein Schrei mehr, aber ein lautstarkes Poltern und Krachen und dann das spitze Pfeifen und Kreischen der Ratten. Justin fluchte, rannte noch schneller und erreichte schließlich das Ende des Korridors, wo eine weitere, viel steilere Treppe nach oben führte. Dort hinaufzugehen gefiel ihm ganz und gar nicht, denn die

Treppe führte zum ausgebrannten Dachboden des Klosters hinauf und dort war es *wirklich* gefährlich. Aber er hatte keine Wahl. Der Lärm hielt an. Dort oben war ein heftiger Kampf im Gange.

Immer zwei Stufen auf einmal nehmend, raste Justin die Treppe hinauf und fand sich unvermittelt in einem kleinen, mit Gerümpel vollgestopften Raum wieder. Überall waren Ratten, aber die Tiere nahmen keine Notiz von ihm. Ihr Ziel war eine Tür am anderen Ende des Raumes, die auf den eigentlichen Dachboden hinaufführte; einen riesigen leeren Raum, über dem ein Skelett aus geschwärzten Balken in den Himmel ragte. Das eigentliche Dach war nicht mehr da.

Nur wenige Meter hinter dieser Tür tobte ein verzweifelter Kampf. Justin sog erschrocken die Luft zwischen den Zähnen ein, als er sah, was dort geschah. Es war zweifellos die Gestalt, die er gerade unten in der Halle gesehen hatte. Er konnte sie immer noch nicht genau erkennen, denn das Licht war zu schlecht und alles ging viel zu schnell, aber er *glaubte* zumindest, dass es ein Mädchen war. Seltsamerweise schien sie nackt zu sein, aber auch dessen war er nicht ganz sicher. Sie wehrte sich mit verzweifelten, allerdings auch sehr kraftvollen Bewegungen gegen mindestens ein Dutzend Ratten, das sie von allen Seiten attackierte.

»Halt aus!«, schrie Justin. »Ich helfe –«

Das *dir* sprach er schon nicht mehr aus, denn in diesem Moment stolperte er über irgendetwas und schlug so schwer zu Boden, dass er buchstäblich Sterne sah. Benommen blieb er einige Sekunden lang liegen, ehe er sich wieder auf Hände und Knie hochstemmte und die Augen öffnete.

Das Mädchen war verschwunden, aber der Lärm war nach wie vor zu hören. Offensichtlich hatte sich der Kampf nur ein wenig verlagert. Justin stand vollends auf, bückte sich noch einmal, um ein abgebrochenes Stuhlbein hochzuheben, das eine ganz praktikable Keule abgab, und lief weiter. Drei oder vier Ratten wuselten zwischen seinen Füßen hindurch und huschten vor ihm auf den Dachboden hinaus. Justin folgte

ihnen, so schnell er konnte, sprang mit einem Satz durch die Tür –
und brach durch den morschen Boden.
Es ging so schnell, dass er gar nicht richtig begriff, wie ihm geschah. Die vermoderten Dielen schienen sich unter seinem Gewicht einfach in Nichts aufzulösen. Er sackte jählings ab, schlug sich schmerzhaft die Rippen an und kam im allerletzten Moment auf die Idee, seinen Prügel loszulassen und nach einem festen Halt zu greifen.
Er fand keinen, aber der tödliche Sturz, auf den er wartete, blieb trotzdem aus. Das Loch im Boden war so eng, dass er buchstäblich darin stecken blieb wie ein Korken im Flaschenhals. Seine Beine strampelten hilflos über einem Abgrund, der fünf, genauso gut aber auch dreißig Meter tief sein konnte, und die zersplitterten Bretter schnürten ihm nicht nur den Atem ab, sondern stachen auch schmerzhaft durch seine Kleider. Hätte er nicht die dicke Jacke getragen, hätte er sich vielleicht daran aufgespießt.
Justin stemmte sich mit den Händen gegen den Boden, drückte mit aller Kraft und spürte, wie er Millimeter um Millimeter frei kam. Aber es dauerte lange, bis er sich vollkommen aus der Falle befreit hatte, und nachdem es ihm endlich gelungen war, war er so erschöpft, dass er sich hilflos auf den Rücken wälzte und für zwei oder drei Minuten zu nichts anderem in der Lage war, als um Luft zu ringen und gegen die pochenden Schmerzen in seinen Rippen zu kämpfen. Zumindest bis jetzt verlief seine Rettungsaktion nicht so, wie er sich das vorgestellt hatte.
Mühsam richtete er sich auf und hielt nach dem Mädchen Ausschau. Sie schien noch immer gegen die Ratten zu kämpfen, aber viel erkennen konnte er nicht; in dem Halbdunkel auf dem Dach war sie selbst kaum mehr als ein Schatten, der im Grunde nur durch seine heftige Bewegung wahrzunehmen war. Justin schätzte, dass sie sich mindestens zwanzig oder dreißig Meter entfernt hatte. Nach dem, was er gerade erlebt hatte, konnte allein diese Strecke zu einem lebensgefährlichen

Abenteuer werden. Er hob seinen Knüppel wieder auf und lief los, wobei er aber jedes Mal zuerst behutsam den Fuß aufsetzte, um die Tragfähigkeit des Bodens zu testen.
Jetzt begann sich Justin zu fragen, was er eigentlich tun würde, wenn er das Mädchen erreichte. Er hatte immer noch keine Angst vor den Ratten, aber er wusste auch, dass er mit seinem Knüppel keine wirkliche Chance gegen ein oder zwei Dutzend zu allem entschlossener Ratten hatte; oder möglicherweise noch mehr. Aber mit diesem Problem würde er sich befassen, wenn es so weit war.
Die Bohle, auf die er seinen Fuß setzte, knirschte bedrohlich. Justin prallte hastig zurück, wich zur Seite aus und umging die Stelle in einem respektvollen Bogen. Er hatte sich dem Mädchen bis auf zehn oder zwölf Schritte genähert, konnte aber immer noch nicht mehr als einen hektisch hin und her hüpfenden Schatten erkennen.
»Ich bin gleich da!«, schrie er. »Halt durch!«
Das Mädchen reagierte nicht, aber eine der Ratten drehte sich auf der Stelle herum, fletschte die Zähne und stieß einen dünnen, drohenden Pfiff aus. Justin versetzte ihr einen Tritt, der sie haltlos davonkugeln ließ, und stürmte weiter. Im selben Moment fuhr auch das Mädchen herum und rannte mit weit ausgreifenden Schritten davon.
»So warte doch!«, schrie Justin. »Ich bin auf deiner Seite!«
Das Mädchen reagierte nicht, sondern lief noch schneller. Wahrscheinlich war es so außer sich vor Angst, dass es seine Worte gar nicht verstand. Justin fluchte lauthals, gab es aber auf, weiter nach ihr zu rufen, und betete, dass er nicht noch einmal durch den morschen Boden brechen und sich diesmal vielleicht zehn Meter tiefer den Schädel einschlagen würde.
Als Justin auf ein paar Meter an das Mädchen herangekommen war, tat sie etwas, was ihm schier das Blut in den Adern gerinnen ließ: Sie gab ihre Flucht über den Boden auf und begann mit hastigen Bewegungen an dem Gewirr aus verbrannten Dachbalken hinaufzuklettern.
»Nicht!«, brüllte Justin. »Das ist falsch!«

Sie reagierte auch jetzt nicht. Wahrscheinlich begriff sie gar nicht, was er ihr zu sagen versuchte. Sie stellte sich sogar sehr geschickt an und turnte geschmeidig wie eine Katze an den Balken in die Höhe. Aber die Ratten waren natürlich ungleich schneller. Sie rannten einfach weiter und es wurden immer mehr. Dort oben auf den Balken würde das Mädchen ihren Verfolgern nicht lange entkommen. Ganz gleich, wie schnell sie war, früher oder später mussten die Ratten sie in die Enge treiben.

Justin griff rascher aus, schob im Laufen seinen Knüppel unter den Gürtel und begann ebenfalls auf dem Balkengewirr in die Höhe zu klettern. Eine besonders dreiste Ratte versuchte es ihm gleichzutun und rannte direkt neben ihm senkrecht nach oben. Justin wischte sie mit einer Bewegung vom Balken, verlor dabei fast den Halt und ließ das nächste Tier, das an ihm vorüberflitzte, lieber in Ruhe.

Im Klettern sah er nach oben. Das Mädchen hatte bereits einen gehörigen Vorsprung und trotz des Ernstes ihrer Situation konnte Justin für einen Moment nicht anders als die Schnelligkeit und Eleganz zu bewundern, mit der sie sich bewegte. Sie hatte selbst vor den Ratten bereits einen gewissen Vorsprung gewonnen und wäre das Balkengewirr über ihr endlos so weitergegangen, hätte sie das bizarre Rennen vielleicht sogar gewonnen.

Leider ging es nicht endlos so weiter.

Nach einigen Augenblicken hatte sie das Ende der Konstruktion erreicht. Unmittelbar vor ihr endete der Balken in einem Wust aus zersplitterter Schwärze. Sie blieb stehen, drehte sich hastig herum und duckte sich leicht, als die Ratten heranstürmten.

Justin sah nicht mehr hin, sondern konzentrierte sich voll und ganz darauf, schneller zu klettern. Über ihm hob ein Chor von schrillen Pfeifen und Schreien an und ein- oder zweimal flog eine kreischende Ratte an ihm vorbei und verschwand in der Tiefe. Das Mädchen wehrte sich offenbar tapfer. Aber gegen einen Feind, der keine Furcht kannte und über praktisch

unbegrenzten Nachschub verfügte, half selbst die größte Tapferkeit nichts. Und es kamen immer noch mehr und mehr Ratten herbei. Mittlerweile mussten es nicht mehr Dutzende, sondern Hunderte sein. Justin kletterte schneller, erreichte den Querbalken, an dessen Ende das Mädchen stand, und schwang sich mit einer entschlossenen Bewegung hinauf. Er wagte es nicht, sich ganz aufzurichten, sondern kroch auf Händen und Füßen los, aber sehr schnell.
Überall um ihn herum waren Ratten. Sie wuselten zwischen seinen Beinen herum, liefen über seine Hände und eine war sogar so dreist, auf seinen Rücken zu springen, um auf ihm zu reiten. Ein anderes Tier biss in seine Hände, aber seine Zähne konnte den dicken Handschuh nicht durchdringen. Justin schleuderte die Ratte weg, zog seinen Knüppel aus dem Hosenbund und verschaffte sich mit zwei Schlägen Luft.
Gehetzt sah er nach vorne. Das Mädchen hatte sich ebenfalls auf Hände und Knie herabgelassen und war wieder zu einem Schatten geworden, wehrte sich aber immer noch verbissen. Doch seine Bewegungen schienen bereits schwächer zu werden. Wenn es dem Ansturm der Ratten nicht erlag, dann musste es früher oder später den Halt auf dem Balken verlieren und in die Tiefe stürzen.
Aber nicht, wenn er das verhindern konnte!
Justin krabbelte weiter, richtete sich auf halbem Weg nun doch auf und legte die letzten Schritte mit weit ausgebreiteten Armen und vorsichtig balancierend zurück. Er konnte das Mädchen mittlerweise gar nicht mehr sehen. Es war unter einem wahren Wust von Ratten verschwunden. Justin pflückte drei, vier, fünf Tiere von ihr herunter, drehte sich auf der Stelle herum und starrte in mindestens zwei Dutzend zorniger Rattenaugen.
Die Tiere hatten ein paar Schritte hinter ihm Halt gemacht und bildeten eine geschlossene, zähnestarrende Front. Aus irgendeinem Grund zögerten sich noch, ihn anzugreifen, aber Justin glaubte nicht, dass das noch lange so bleiben würde. Möglicherweise respektierten sie seinen Knüppel, den er

drohend hin und her schwenkte, aber ihre Zahl wuchs ununterbrochen. Noch zwei Minuten und er würde nicht zwei Dutzend, sondern zweihundert Ratten gegenüberstehen, die ihn schon durch ihre bloße Masse vom Balken stoßen konnten.

Justin dachte jedoch nicht daran, es so weit kommen zu lassen. Er machte einen blitzschnellen Ausfall, schwenkte seinen Knüppel und wischte die komplette erste Reihe der Rattenarmee vom Balken. Die Ratten schien dieser plötzliche Angriff ziemlich zu überraschen, denn sie zogen sich wie ein Mann ein kleines Stück zurück und Justin nutzte die Atempause, um wieder herumzufahren und sich dem Mädchen zuzuwenden. Aufgeregt, wie er war, konnte er sie immer noch nicht erkennen, sondern sah nur einen gedrungenen Schatten, in den sich ein halbes Dutzend Ratten verbissen hatte. Justin riss eine nach der anderen von ihr herunter und warf sie in die Tiefe. Dann erstarrte er.

Er hatte die vorletzte Ratte beseitigt. Die letzte erledigte das Mädchen selbst mit einem wuchtigen Tatzenhieb, der das Tier einen dreifachen Salto in der Luft schlagen ließ – nur, dass es kein Mädchen war.

Vor ihm saß eine riesige, langhaarige Katze, die ihn aus smaragdgrünen Augen anstarrte und aus zahlreichen Biss- und Kratzwunden blutete. Von ihren spitzen, beinahe kleinfingerlangen Zähnen tropfte Blut und ihr Knurren drang zugleich drohend wie auch unendlich verängstigt.

Justin stand eine geschlagene Sekunde lang einfach da und zweifelte an seinem Verstand.

Das war doch unmöglich!

Sicher, das Licht hier oben war sehr schlecht und er war gehetzt gewesen und voller Angst – aber er konnte sich nicht so sehr getäuscht haben! Hatte er wirklich sein Leben riskiert, um eine *Katze* zu retten?

Hinter ihm ertönte ein wütendes Zischen. Justin warf einen Blick über die Schulter zurück und sah, dass die Ratten wieder näher gekommen waren. Aus irgendeinem Grund schienen sie Angst vor ihm zu haben, aber das würde sie kaum davon abhalten, ihn trotzdem anzugreifen. Sie wollten diese Katze haben und sie würden sie sich holen, koste es, was es wolle.

Justins Gedanken überschlugen sich. Es war vollkommen unsinnig, gegen diese Rattenarmee kämpfen zu wollen. Bisher hatte er einfach nur Glück gehabt und seine dicke Kleidung hatte ihn geschützt. Aber wenn sie zu Hunderten kamen, dann würden sie ihn einfach in Stücke reißen! Er musste hier weg!

Voller Panik sah er sich um. Hinter ihm waren die Ratten, die langsam weiter heranrückten. Nach oben ging es nicht weiter und auch ein Sprung in die Tiefe kam nicht in Frage. Er befand sich in mindestens sieben oder acht Metern Höhe. Und vor ihm endete der Balken im Nichts. Das andere Ende des zerborstenen Trägers war drei oder vier Meter entfernt; ohne Anlauf und in dieser Höhe eine schier unüberbrückbare Entfernung.

Aber er hatte keine Wahl. Die Ratten rückten weiter heran und er war jetzt nicht mehr sicher, dass sie es tatsächlich nur noch auf die Katze abgesehen hatten. Er hatte etliche von ihnen umgebracht und Ratten waren nicht unbedingt für ihren Großmut bekannt.

Justin drehte sich noch einmal herum, scheuchte die Ratten mit einem zornigen Hieb wieder ein kleines Stück zurück und ließ das Stuhlbein fallen. Blitzschnell bückte er sich, hob die Katze hoch (er ächzte vor Überraschung, als er spürte, wie schwer sie war) und schob sie wie einen Sack voller nasser Lumpen unter seine Jacke. Dann mobilisierte er jedes bisschen Kraft, das er in sich fand, machte zwei große Schritte und stieß sich ab.

Die Zeit schien stehen zu bleiben. Alles in allem dauerte der Sprung weniger als eine halbe Sekunde, aber für Justin dehnte sie sich zu einer Ewigkeit. Er flog wie ein von der Sehne geschnellter Pfeil durch die Luft, ruderte mit den Armen und versuchte seinen Kurs noch im Sprung zu korrigieren, spürte

aber auch, wie er vom Gewicht der Katze unter seiner Jacke nach vorne gezogen wurde. Er war felsenfest davon überzeugt es nicht zu schaffen.
Aber das Wunder geschah: Justins Füße berührten zielsicher den kaum handbreiten Balken und er glitt nicht aus, sondern machte zwei, drei, vier schnelle Schritte, mit denen er den Schwung seiner eigenen Bewegung auffing, und ließ sich schließlich vorsichtig in den Schneidersitz herabsinken. Der Balken unter ihm zitterte. Der ganze Dachboden schien zu dröhnen und Justin wäre nicht erstaunt gewesen, wäre die gesamte altersschwache Kontruktion einfach unter ihm zusammengebrochen.
Die Balken hielten jedoch. Das Zittern und Dröhnen hörte wieder auf und an seiner Stelle vernahm Justin ein unheimliches Pfeifen und Kreischen und ein Geräusch wie von Hagel, der auf ein Blechdach trommelte.
Er hob den Kopf und riss ungläubig die Augen auf, als er den Grund für diesen unheimlichen Lärm erkannte.
Die Ratten hatten keineswegs aufgegeben. Ihre Gier, die fremde Katze und Justin zu fassen zu bekommen, war so gewaltig, dass sie einfach hinter ihnen herstürzten; und das im wahrsten Sinne des Wortes. Wie eine einzige graue, krabbelnde Masse rasten sie über den Balken heran, stießen sich an der Kante ab und versuchten zu ihnen herüberzuspringen.
Keiner Einzigen gelang es. Schon auf halbem Wege begannen die meisten zu stürzen, wobei sie schrille panikerfüllte Pfiffe und Schreie ausstießen und selbst die, die mehr Schwung hatten, kamen dem diesseitigen Ende des Balkens nicht einmal nahe. Zu Dutzenden stürzten sich die Tiere in den Tod. Und das Unglaublichste war, dass es nicht aufhörte. Immer mehr und mehr Ratten erschienen auf dem Balken, rannten los und sprangen ins Nichts.
Es mussten Hunderte sein, wenn nicht Tausende, die vor Justins entsetzt geweiteten Augen Selbstmord begingen. Als es schließlich endete, kehrte eine fast unheimliche Stille ein.

Justin saß immer noch wie gelähmt da, fassungslos und einfach nicht in der Lage zu glauben, was er gerade gesehen hatte. Etwas kitzelte ihn am Kinn. Justin senkte den Blick und stellte fest, dass die Katze den Kopf aus seiner Jacke herausgestreckt und ebenso interessiert wie er zugesehen hatte, wie die Ratten in den Tod sprangen. Hastig öffnete er den Reißverschluss seiner Jacke ganz und setzte das Tier vorsichtig neben sich zu Boden. Die Katze miaute kläglich, setzte sich hin und begann unverzüglich ihre zahlreichen Wunden und Kratzer zu lecken. Zum ersten Mal hatte Justin Gelegenheit, das Tier genauer zu betrachten. In dem blassen Licht, das auf dem Dachboden herrschte, konnte er ihre genaue Farbe nicht bestimmen, aber es war eine wirklich prachtvolle Katze – sah man einmal davon ab, dass sie völlig zerrupft und zerschlagen war und sich in einem bemitleidenswerten Zustand befand. Sie war riesig. Justin hatte noch nie eine so große Katze gesehen. Selbst Odin mit seinen vierzehn Pfund Gewicht musste neben ihr wie ein Zwerg wirken. Ihr Fell reichte fast bis auf den Boden und er hatte gerade gespürt, dass es so weich wie Seide war. Genau über ihren Augen zog sich ein heller Streifen bis in den Nacken hinein, so präzise, als wäre er mit einer feinen Zeichenfeder gemalt. Ihre Augen waren von dunklem Smaragdgrün und schienen wie unter einem inneren Feuer zu glühen.
»Du bist ja ein richtiges Prachtstück«, sagte Justin. »Ich meine, einmal davon abgesehen, dass ich deinetwegen fast ins Gras gebissen hätte.«
Weder das eine noch das andere schien die Katze sonderlich zu beeindrucken. Sie fuhr vollkommen ungerührt fort, ihre zahlreichen Wunden zu lecken. Justin konnte allein auf Anhieb vier oder fünf tiefe Bisse entdecken, die zum Teil noch immer bluteten, und er vermutete, dass sich unter dem dichten Fell noch sehr viel mehr verbargen.
»Ich sollte dich zum Tierarzt bringen«, sagte er. »Mit Rattenbissen ist nicht zu spaßen, weißt du?«
Die Katze hielt für einen Moment in ihrem Tun inne und sah ihn an. In ihren Augen erschien ein Ausdruck, der Justin fast

erschreckte, denn er wollte so gar nicht zu einem Tier passen. Dann fuhr sie fort, mit der Zunge über ihre zerbissene Vorderpfote zu lecken.
Justin stand vorsichtig auf und sah sich um. Er befand sich noch immer sieben oder acht Meter über dem Boden, aber unter ihm bildeten die Balken eine brauchbare Kletterkonstruktion. Kein Problem, dort hinunterzukommen.
»Ich gehe jetzt«, sagte er. »Und wenn ich du wäre, würde ich auch nicht hier bleiben. Könnte schon sein, dass noch ein paar von deinen kleinen Freunden da sind.«
Die Katze sah ihn an und miaute kläglich und Justin schüttelte entschieden den Kopf. »O nein«, sagte er. »Bild dir bloß nicht ein, dass ich dich trage.«
Die Katze miaute erneut, versuchte aufzustehen und brach mit den Hinterläufen ein. Justin seufzte, beugte sich zu ihr herab und hob sie auf. Mit einiger Mühe schob er sie unter seine Jacke, zog den Reißverschluss wieder zu und überzeugte sich davon, dass es das Tier einigermaßen bequem hatte und ihn nicht zu sehr beim Klettern behinderte, dann begann er den – nun plötzlich doch wieder mühsamen – Abstieg zum Boden.
Während er sich behutsam an den geschwärzten Balken entlang nach unten arbeitete, sah er dorthin zurück, wo die Ratten zu Boden gestürzt waren. Der Anblick war durch und durch unheimlich. Hunderte tote Tiere lagen auf den morschen Brettern und er hörte das leise, qualvolle Fiepen, das die verletzten Ratten ausstießen. Trotz allem ließ ihn das Geräusch erschauern. Er war bestimmt kein großer Freund von Ratten und schließlich hatten die kleinen Ungeheuer versucht ihn umzubringen, aber er liebte Tiere und es gefiel ihm nie, ein lebendes Geschöpf leiden zu sehen. Selbst wenn es nur eine Ratte war.
Andererseits, dachte er, hatte die ganze Geschichte zumindest *einen* Vorteil: Die alljährliche Rattenplage würde im nächsten Frühjahr ausfallen.

7

Justin nahm den Daumen vom Klingelknopf und lauschte. Der dunkle Glockenton hallte lang in der großen Jugendstil-Villa wider, aber das Ergebnis war dasselbe wie die beiden vorigen Male: keines. Die bunten Bleiglasfenster blieben dunkel. Dr. Reinert musste wirklich über einen gesunden Schlaf verfügen.

Justin sah auf die Uhr. Es war nach drei. Sein Abenteuer im ehemaligen Sänger-Institut hatte weit länger gedauert, als ihm bewusst gewesen war. Dr. Reinert hatte jedes Recht, tief und fest zu schlafen. Wenn überhaupt jemand, dann sollte *er* ein schlechtes Gewissen haben, den Tierarzt um diese gotteslästerliche Zeit zu wecken.

Das hatte er auch – aber seine Sorge um die verletzte Katze überwog bei weitem. Er hatte das Tier bis hierher getragen, obwohl er sein enormes Gewicht mit jeder Minute mehr gespürt hatte. Zwei- oder dreimal hatte er sie unterwegs zu Boden gesetzt und sie hatte auch tapfer versucht zu laufen, war aber jedes Mal nach ein paar Schritten wieder zusammengebrochen. Das arme Tier musste schwerer verletzt sein, als er bisher angenommen hatte.

Justin legte den Kopf in den Nacken, blickte an der Fassade der weiß gestrichenen Villa empor und seufzte tief. Dann streckte er die Hand nach dem Klingelknopf aus. Bevor er ihn jedoch ein viertes Mal drücken konnte, ging oben im Haus endlich ein Licht an und kurz danach polterten schwere Schritte die Treppe herunter. Nur einen Augenblick später erschien ein Gesicht in der Fensterklappe, die sich quietschend öffnete. Dr. Reinert sah verschlafen drein, aber zu Justins Erleichterung kein bisschen verärgert.

»Ja?«, fragte er. Dann blinzelte er, rieb sich mit der linken Hand über die Augen und fügte in überraschtem Ton hinzu: »Justin? Was um Gottes willen ist denn passiert?«

Statt zu antworten trat Justin einen halben Schritt von der Tür zurück und hob die verletzte Katze in die Höhe. Dr. Reinert sog erschrocken die Luft ein, sagte aber nichts, sondern drehte den Schlüssel im Schloss und öffnete die Tür.

»Geh schon mal ins Behandlungszimmer«, sagte er. »Ich komme sofort!«

Er verschwand irgendwo im Haus, während Justin rasch die drei Stufen hinaufeilte und dann rechts in das Behandlungszimmer trat. Er war oft genug hiergewesen, um sich gut auszukennen. Er schaltete das Licht ein, ging zum Tisch und lud die Katze behutsam auf der verchromten Fläche ab. Das Tier miaute unwillig, als er es auf das kalte Metall legte, versuchte aber nicht davonzulaufen, sondern sah Justin nun aus seinen großen, unheimlichen Augen an.

Dr. Reinert kam schon nach einem Augenblick zurück, flüchtig gekämmt und mit einem zerknitterten weißen Kittel über dem Schlafanzug. Ohne auch nur ein Wort zu verlieren, beugte er sich über die Katze und führte eine erste schnelle Untersuchung durch.

»Das sieht aber alles nicht sehr gut aus«, sagte er. »Sind das Rattenbisse?«

Justin nickte und Dr. Reinerts Gesicht verdüsterte sich noch weiter. »Ich frage dich erst gar nicht, wo du sie her hast«, sagte er. »Aber dass sie noch lebt, ist ein kleines Wunder. Hast du auch was abbekommen?«

»Nein«, antwortete Justin. Er war nicht einmal ganz sicher, ob das wirklich stimmte. Jeder Knochen im Leib tat ihm weh. Aber die Katze ging vor.

Dr. Reinert seufzte, trat an den Schrank, in dem er seine Instrumente aufbewahrte, und suchte scheppernd ein ganzes Sammelsurium größtenteils scharfer und nicht sehr Vertrauen erweckend aussehender Gerätschaften zusammen, die er neben der Katze auf dem Tisch ausbreitete. Das Tier stieß ein leises Knurren aus und begann mit dem Schwanz zu wedeln.

»Das wird jetzt ein bisschen wehtun«, sagte Dr. Reinert,

während er eine Spritze aufzog und dann einen Tropfen der wasserklaren Flüssigkeit an der Nadel herunterlaufen ließ. »Glaubst du, dass du sie festhalten kannst. Sie sieht ziemlich ... äh ... kräftig aus.«
»Das ist nicht nötig«, antwortete Justin. Dr. Reinert sah ihn fragend an und Justin streckte die Hand aus und streichelte den Kopf der Katze.
»Du brauchst keine Angst zu haben, Kleines«, sagte er. »Es wird wehtun, aber es muss sein. Wenn wir es nicht tun, dann wirst du vielleicht sehr krank.«
Die Katze miaute zur Antwort, dann sah sie den Tierarzt an. Dr. Reinert wirkte nicht sehr überzeugt, verabreichte ihr aber die Injektion und begann dann, sich nacheinander um die diversen Kratzer und Bisse zu kümmern. Das Tier zuckte ein paar Mal und zwei- oder dreimal stieß es auch schrille Schmerzenslaute aus. Aber es hielt die ganze Zeit über tapfer still und versuchte weder davonzulaufen noch nach dem Arzt zu schlagen oder ihn gar zu beißen.
»Das ist keine von euren Katzen, oder?«, fragte Dr. Reinert.
»Nein«, antwortete Justin einsilbig
»Ein wunderschönes Tier«, sagte Dr. Reinert. »Ziemlich ramponiert, aber wunderschön. Woher kommt es?«
»Ich ... habe sie gefunden«, sagte Justin ausweichend. »Vielleicht hat sie jemand ausgesetzt.«
»Ausgesetzt?« Der Tierarzt schüttelte überzeugt den Kopf. »Ganz bestimmt nicht. Das Tier stammt nicht aus Crailsfelden. Das wüsste ich.«
»Kennen Sie alle Katzen in der Stadt?«
»Die meisten«, antwortete Dr. Reinert. »Und diese hier würde ich bestimmt kennen. Das ist eine reinrassige Ragdoll.«
»Aha«, sagte Justin.
Der Tierarzt lächelte flüchtig, unterbrach seine Behandlung aber nicht. »Das ist die größte Katzenrasse der Welt«, erklärte er, »wenn man einmal von echten Raubkatzen absieht. Die reinrassigen Ragdoll können gut und gerne einen Meter Länge erreichen – mit Schwanz«, fügte er hastig hinzu. »Das

hier ist ein junges Tier. Die Kleine kann durchaus noch ein bisschen wachsen.«
»Wie?«, fragte Justin fassungslos. Die Katze kam ihm jetzt schon riesig vor. Im hellen Neonlicht der Tierarztpraxis betrachtet, noch viel größer als zuvor.
»Und so ganz nebenbei ist es auch eine der teuersten Katzenrassen«, fuhr Dr. Reinert fort. »Diese kleine Prinzessin hier kostet ein schon nicht mehr ganz so kleines Vermögen. Niemand würde ein solches Tier aussetzen.«
Zu Justin Erleichterung fragte er jedoch nicht noch einmal, wie Justin an die kleine Prinzessin gekommen war. Rasch, aber mit großer Sicherheit setzte er seine Behandlung fort. Die Katze hatte sehr viel mehr Bisse abbekommen, als Justin bisher entdeckt hatte. Dr. Reinert fand nach und nach sicher ein Dutzend Wunden, von denen einige so tief waren, dass er sie nähen musste. Die Katze ließ das ruhig, wenn auch nicht ganz klaglos über sich ergehen. Als Dr. Reinert endlich fertig war und ihr eine letzte Injektion verabreichte, ließ sie sich mit einem fast menschlich klingenden Seufzer auf die Seite fallen und schloss die Augen.
»Das wäre geschafft«, sagte Dr. Reinert. Seine Stimme klang erschöpft. Justin sah auf die Uhr und stellte überrascht fest, dass die ganze Prozedur länger als eine halbe Stunde gedauert hatte. Kein Wunder, dass Arzt und Patientin müde waren.
»Und jetzt?«, fragte er. »Ich meine: Wird sie durchkommen?«
»Ich denke schon«, antwortete Dr. Reinert. »Es hat auch seine Vorteile, wenn man eine Konstitution wie ein Schaufelbagger hat. Auf der anderen Seite ... ihre Katzenkiste möchte ich nicht sauber halten.«
Er grinste flüchtig, wurde aber sofort wieder ernst. »Und jetzt zu dir. Bist du sicher, dass du nichts abgekriegt hast? Mit Rattenbissen ist wirklich nicht zu spaßen. Sie können sich sehr leicht entzünden.«
Justin schüttelte den Kopf, zog aber trotzdem die Handschuhe aus und betrachtete seine Finger. Er hatte zwar keine Bisse

abgekriegt, aber doch einige Schrammen, von denen eine sogar blutete. Dr. Reinert schüttelte den Kopf, trat wieder an den Schrank und kam mit einem kleinen Fläschchen zurück, aus dem er einige Tropfen auf Justins Finger laufen ließ. Was immer es war, es brannte wie Feuer. Dr. Reinerts Gesichtsausdruck nach zu schließen, schien sich sein Bedauern allerdings in Grenzen zu halten.

Als er fertig war, standen Justin die Tränen in den Augen, aber er verbiss sich tapfer jeden Laut. Dr. Reinert schraubte das Fläschchen wieder zu, trug es zum Schrank zurück und sah dann auf die schlafende Katze hinab.

»Was tun wir jetzt mit ihr?«, fragte er. »Willst du sie mit nach Hause nehmen?«

Nach Hause? Justin machte ein verlegenes Gesicht. Nach dem, was er am Abend mit angehört hatte, war noch eine Katze ganz genau das, was er jetzt brauchte, um seine Mutter versöhnlicher zu stimmen.

»Na ja, das müssen wir nicht jetzt beschließen«, sagte Dr. Reinert, als hätte er seine Gedanken gelesen. Vermutlich konnte man sie auch ohne viel Mühe auf seinem Gesicht erkennen. »Die Katze schläft jetzt sowieso erst einmal ein paar Stunden durch. Wir können morgen früh entscheiden, was mit ihr geschehen soll.« Er gähnte, sah auf die Uhr und legte die Stirn in Falten. »Ich fahre dich jetzt nach Hause und dann werde ich versuchen, noch ein paar Stunden Schlaf zu bekommen.«

Er drehte sich unverzüglich um und ging zur Tür. Justin folgte ihm, blieb aber auf halbem Wege noch einmal stehen und sah zum Tisch zurück. Die Katze lag mit nur halb geschlossenen Augen auf der Seite, aber ihre regelmäßigen Atemzüge machten Justin klar, dass die letzte Spritze, die ihr Dr. Reinert verabreicht hatte, wahrscheinlich ein Schlafmittel gewesen war. Es war wirklich ein wunderschönes Tier – aber trotz allem nur eine Katze. Je mehr Justin darüber nachdachte, desto weniger verstand er, dass er sie mit einem Mädchen verwechselt haben sollte.

»Mach dir keine Sorgen«, sagte Dr. Reinert, der seinen Blick offenbar falsch deutete. »Sie wird es schon schaffen.«
»Ich ... habe nur darüber nachgedacht, wie ich Ihre Rechnung bezahlen kann«, sagte Justin hastig. Er hatte verständlicherweise Hemmungen dem Tierarzt zu sagen, woran er gerade *wirklich* gedacht hatte.
»Mit gutem Grund«, sagte Dr. Reinert mit finsterem Gesicht. »Nachteinsätze sind teuer. Aber mach dir keine Sorgen. Ich pfände einfach den Wagen deines Vaters und wenn das nicht reicht, dann halte ich mich an das Haus.«
Justin starrte ihn an. Dr. Reinerts Gesicht blieb todernst. Nur das verräterische Glitzern in seinen Augen machte Justin klar, dass er wieder einmal dem etwas skurrilen Humor des Tierarztes aufgesessen war.
Plötzlich grinste Dr. Reinert breit. »Jetzt mach dir mal keine Sorgen«, sagte er. »Das regeln wir unter uns, wie es sich für Gentlemen gehört. Ich schlage vor, du fütterst für eine Weile meine Katzen und gehst mit dem Hund.«
»Einverstanden«, sagte Justin erleichtert.
»Sagen wir: drei Jahre lang?«
Justin ächzte und Dr. Reinert lachte laut und schallend und verließ endgültig den Behandlungsraum. Justin folgte ihm durch das Haus und in die angrenzende Garage, wo sie in seinen altersschwachen Jeep stiegen. Dr. Reinert hatte sich nicht die Mühe gemacht, sich extra umzuziehen. Die kurze Strecke bis zu Justins Haus konnte er auch in Schlafanzug und Kittel fahren. Genau genommen hätte Justin sie auch zu Fuß gehen können, aber er war trotzdem froh, das Angebot des Tierarztes annehmen zu können. Er hatte sich nicht vor der Dunkelheit gefürchtet, aber nach *dieser* Nacht hätte er doch Angst gehabt, allein nach Hause zu gehen.
Dr. Reinert betätigte die Fernsteuerung, die das Garagentor öffnete, und fuhr los. Die Scheinwerfer des Jeeps stachen wie zwei leuchtende Lanzen in den fallenden Schnee hinaus. Sehr viel sehen konnten sie trotzdem nicht.
»Ich nehme nicht an, dass deine Eltern wissen, dass du um

diese Zeit noch unterwegs bist«, sagte Dr. Reinert. »Soll ich auf der Rückseite des Hauses parken? Sie könnten sonst den Wagen hören.«

Justin lächelte dankbar, sagte aber nichts. Dr. Reinert platzte offensichtlich fast vor Neugier, wollte aber aus irgendeinem Grund keine direkte Frage stellen. Aber Justin war nicht nach Reden zu Mute. Nicht über dieses Thema.

Sie legten den knappen Kilometer schweigend zurück. Kurz bevor sie Justins Haus erreichten, schaltete Dr. Reinert die Scheinwerfer aus und ließ den Jeep die letzten hundert Meter im Leerlauf rollen, damit man den Motor nicht hörte. »Ich warte, bis du im Haus bist, bevor ich weiterfahre«, sagte er. »Nur, falls jemand doch aus dem Fenster schauen sollte.«

Justin bedankte sich mit einem Nicken und streckte die Hand nach dem Türgriff aus. Aber er führte die Bewegung nicht zu Ende, denn er sah in diesem Moment etwas, was ihm fast einen leisen Schreckensschrei entrungen hätte.

Am anderen Ende der langen, schnurgeraden Straße, die Crailsfelden von einem Ende zum anderen durchschnitt, war ein einzelnes, rundes Licht aufgetaucht und jetzt glaubte er auch ein ganz leises Brummen zu hören.

»Welcher Wahnsinnige fährt denn bei diesem Wetter Motorrad?«, murmelte Dr. Reinert. »Und noch dazu hier!«

Das Licht kam näher, schwenkte dann plötzlich herum und war verschwunden. Aber die Frage des Tierarztes hatte Justin wieder an etwas erinnert, was ihm früher in dieser Nacht schon einmal aufgefallen war.

»Wieso gibt es eigentlich hier in Crailsfelden keine Motorräder?«, fragte er. »Ich meine: Niemand fährt hier Motorrad. Dabei werden die Dinger doch seit ein paar Jahren immer beliebter.«

»Nicht in Crailsfelden«, antwortete der Tierarzt und diesmal hatte Justin das sichere Gefühl, dass es ihm unangenehm war, über dieses Thema zu reden.

»Warum?«, fragte er.

»Es hat ... etwas mit Werner zu tun«, sagte Dr. Reinert ausweichend.
»Werner?«
»Das ist lange her«, sagte der Tierarzt. »Vergiss es. Er ist schon lange tot.«
»Die Geschichte damals«, vermutete Justin. »Das Feuer, das das Internat zerstört hat ... Wieso spricht niemand darüber?«
»Weil es Dinge gibt, die man besser ruhen lässt«, antwortete Dr. Reinert. »Und weil es eine sehr hässliche Geschichte war, bei der wir alle keine gute Figur gemacht haben. Ich auch nicht.«
Er sprach nicht weiter und Justin spürte auch, dass er besser keine weitere Frage in dieser Richtung stellte. Es war nicht das erste Mal, dass er auf diese sonderbare Einsilbigkeit stieß, wenn er danach fragte, was vor zehn Jahren hier geschehen war.
Eine Zeit lang saßen sie einfach schweigend nebeneinander im Wagen. Dr. Reinert blickte zum Schatten der Klosterruine hinauf, die auch von hier aus deutlich zu sehen war, obwohl sie auf der Rückseite des Hauses geparkt hatten. Justin war schon vor langer Zeit aufgefallen, dass es in ganz Crailsfelden keinen Platz gab, von dem aus man das Kloster nicht sehen konnte. Oder der vom Kloster aus nicht eingesehen werden konnte.
»Du hast sie dort oben gefunden, nicht wahr?«, fragte Dr. Reinert plötzlich. Justin sah ihn an und er fügte hinzu: »Die Katze.«
Justin nickte.
»Glaubst du wirklich, wir wissen nicht, dass alle Kinder hier manchmal dort hinaufgehen?«, fragte Dr. Reinert lächelnd. »Jeder tut das, obwohl es streng verboten ist. Und warum auch nicht? Schließlich waren wir alle einmal jung – auch wenn das bei dem einen oder anderen schon so lange her ist, dass er es vergessen zu haben scheint. Aber ich frage mich, was du um zwei Uhr nachts dort oben gesucht hast.« Er hob die Hand, als Justin antworten wollte. »Nein, ich will gar

keine Antwort darauf. Aber wenn du einen guten Rat von einem alten Mann annehmen möchtest, dann meide diesen Ort. Er ist böse.«
Justin verspürte ein eisiges Frösteln. Es war nicht das, was der Tierarzt sagte (das hatte er schon ganz von selbst herausgefunden), sondern vielmehr die Art, *wie* er es sagte. Plötzlich schien sich im Wagen ein Hauch Kälte breit zu machen.
»Großmutter«, sagte er leise. »Sie und Großmutter waren ... *sind* gut befreundet, nicht wahr?«
Dr. Reinert lächelte auf eine sehr seltsame Weise. »Nicht so, wie die meisten Leute dieses Wort verstehen«, sagte er. »Aber wir kennen uns schon eine halbe Ewigkeit, ja.«
»Dann kennen Sie vielleicht auch ihr Geheimnis«, sagte Justin.
»Geheimnis?« Dr. Reinert runzelte die Stirn. »Was für ein Geheimnis? Und selbst wenn sie eines hätte – wie kommst du darauf, dass ich es dir verraten würde? Ich meine: Dann wäre es doch kein Geheimnis mehr, oder?«
Auch diese Worte hätten durchaus scherzhaft klingen können. Aber der Ton, in dem der Tierarzt sie aussprach, machte den Effekt gründlich zunichte. Für einen Moment war Justin ganz nahe daran, ihm die ganze Geschichte zu erzählen. Dann aber deutete er nur mit einer Kopfbewegung auf die Klosterruine. »Deshalb.«
»Vielleicht erzählt sie es dir ja eines Tages selbst«, sagte Dr. Reinert.
»Falls sie es noch kann.«
Seltsamerweise lächelte Dr. Reinert daraufhin. »Man muss nicht unbedingt immer mit jemandem reden, um ihm etwas zu sagen«, antwortete er. Dann wechselte er übergangslos den Tonfall. »So und jetzt aber raus. Ich bin ein schwer arbeitender, unterbezahlter alter Mann, der seine achtzehn Stunden Schlaf am Tag braucht. Komm morgen so gegen Mittag in der Praxis vorbei und wir überlegen dann, was wir mit deinem kleinen Findelkind anfangen.«

8

Gegen jede Erwartung erwachte Justin am nächsten Morgen von selbst und ziemlich früh. Es dämmerte gerade erst und das Erste, was er sah, als er den Kopf in den Kissen drehte, war, dass noch immer Schnee vom Himmel fiel. Nicht sehr heftig, aber ausdauernd. Er stand auf, registrierte mit einem Gefühl leiser Überraschung, dass ihm nicht nur absolut nichts weh tat, sondern er sich sogar ausgeruht und frisch fühlte, obwohl er kaum mehr als drei Stunden geschlafen hatte, und ging zum Fenster.

Er sah genau das, was er erwartete: Der Vorgarten, aber auch die benachbarten Grundstücke, die Straße und der gegenüberliegende Hügel waren mit einer dünnen, aber vollkommen geschlossenen Schicht aus Neuschnee bedeckt.

Was er nicht erwartet hatte, war der Polizeiwagen, der direkt in der Einfahrt parkte. Die Reifenspuren im Schnee waren noch frisch und von der Motorhaube stieg grauer Dunst hoch; Schnee, der darauf fiel und sofort verdampfte. Der Wagen konnte noch nicht sehr lange dort stehen. Er erinnerte sich, dass sein Vater gesagt hatte, die Polizei hätte ihren Besuch angekündigt, aber er hatte nicht damit gerechnet, dass sie so früh kommen würden.

Er zog sich an, verließ das Zimmer und hörte tatsächlich die Stimmen seiner Eltern im Wohnzimmer; und noch eine dritte, ihm unbekannte. Er wandte sich jedoch nicht sofort dorthin, sondern ging in die Küche, um ein Glas Milch zu trinken und vor allem nach Miss Piggy zu sehen.

Seine Sorge um die Katze erwies sich jedoch als überflüssig. Miss Piggy war bereits wieder vollkommen auf den Beinen. Sie stand wie üblich mit beiden Vorderpfoten im Futternapf, hatte das Gesicht bis fast an die Ohren in den Brekkies vergraben und schmatzte und mampfte, dass man meinen konnte, ein ausgehungerter Schäferhund hielte sich irgendwo in der Küche verborgen. Justin sah ihr eine Weile wortlos beim Fressen zu, trat dann an den Kühlschrank und nahm sich ein Glas Milch. Als es sich wieder herumdrehte, waren Miss Piggy und er nicht mehr allein in der Küche. Odin, Scarlett und Jane waren lautlos hereingekommen und schauten ihn an.

»Guten Morgen, Leute«, sagte Justin griesgrämig. »Nein, danke, eure Sorge ist übertrieben. Mir fehlt nichts. Aber es ist immerhin nett, dass ihr wenigstens fragt.« Er ließ sich in die Hocke sinken und blickte Odin tief in die Augen. »Ihr habt mich ja gestern Abend ganz schön reingelegt, Leute. War echt nett von euch, mich so ins offene Messer laufen zu lassen. Und ich weiß nicht einmal genau, warum.«

Odin miaute. Wenn das eine Antwort sein sollte, dann konnte Justin sie jedenfalls nicht deuten.

»Ich hoffe, es hat sich wenigstens gelohnt«, fuhr er fort. »Eure kleine Freundin ist jedenfalls in Ordnung. Sie hat ein paar Schrammen abgekriegt, aber das ist auch schon alles.«

Odin miaute noch einmal, drehte sich herum und trottete aus der Küche. Nach einem kurzen Moment folgten ihm auch die anderen Katzen und Justin fragte sich, ob er nun gerade einen wichtigen Schritt weitergekommen war oder sich vollkommen zum Narren gemacht hatte.

Justin stellte die Milchtüte in den Kühlschrank zurück. Dabei fiel sein Blick aus dem Fenster.

Auf der anderen Straßenseite stand ein schlankes, dunkelhaariges Mädchen mit einer weißen Strähne im Haar und starrte ihn an.

Sie sah nicht nur einfach in seine Richtung. Und es war ganz und gar kein Zufall. Es war zwar vollkommen unmöglich, dass sie ihn dort, wo er jetzt stand, sehen konnte, doch er spürte genau, dass sie *ihn* anstarrte. Ihn. Nicht das Haus. Nicht das Fenster. Ihn.

Justin hielt ihrem Blick noch einen Moment lang stand, dann fuhr er herum und rannte aus der Küche, so schnell er konnte. Um ein Haar hätte er sogar den Polizisten über den Haufen

gerannt, der plötzlich wie aus dem Boden gewachsen vor ihm erschien.
»He, he!«, sagte der Polizist. »Nicht so hastig, junger Mann.«
Justin prallte erschrocken einen halben Schritt zurück. Der Polizist war ein grauhaariger älterer Mann mit einem gutmütigen Gesicht. »Wohin willst du denn so eilig, mein Freund?«, fragte der Polizist. »Hast du was ausgefressen oder gehörst du eher zu denen, die prinzipiell erst einmal die Flucht ergreifen, wenn sie die Polizei sehen?«
Das sollte wohl komisch sein, aber Justin lachte nicht. Nach einer Sekunde wurde auch der Polizeibeamte wieder ernst und wandte sich an Justins Vater, der mittlerweile ebenfalls in der Diele erschienen war. »Ich nehme an, das ist Ihr Sohn?«
Vater nickte. »Justin.«
»Also gut, Justin«, fuhr der Polizist fort. »Ich wollte sowieso mit dir reden. Du warst dabei, als der schreckliche Unfall gestern geschehen ist?«
»Ich habe alles gesehen«, bestätigte Justin. Er erzählte dem Polizisten den genauen Hergang des Unfalles, wobei er sich allerdings hütete, irgendetwas von verschwundenen Treppenstufen und sonderbaren Stimmen aus dem Telefon zu erzählen. Der Beamte machte sich eifrig Notizen. Als Justin fertig war, fragte er: »Und das ist alles?«
»Es ging alles sehr schnell«, antwortete Justin. »Warum?«
»Deine Mutter meinte, dass deine Großmutter vielleicht über eine der Katzen gestolpert sein könnte«, antwortete der Beamte. »Hast du das auch gesehen?«
Justin setzte natürlich sofort zu einem geharnischten Protest an, aber dann fing er einen fast flehenden Blick seines Vaters auf und schwieg einen Moment. Schließlich zuckte er nur mit den Achseln und sagte: »Wie gesagt, es ging alles sehr schnell. Möglich wäre es.«
Die Worte fielen ihm nicht leicht. Er schadete niemandem damit, am allerwenigsten den Katzen, und trotzdem kam er sich vor, als hätte er einen guten Freund verraten.

»Na ja, das wäre dann auch schon alles.» Der Beamte wandte sich wieder zu Vater um. »Es tut mir Leid, wenn ich Sie belästigen musste; ausgerechnet in dieser Situation. Aber wir sind nun einmal verpflichtet, bei jedem Unfall gewisse Nachforschungen anzustellen. Aber hier scheint die Sache ja wohl ganz klar zu sein.«
»Ich weiß, dass Sie nur Ihre Pflicht tun«, antwortete Vater. »Falls Sie noch Fragen haben, können Sie sich jederzeit wieder an mich wenden.«
»Das wird wohl kaum notwendig sein.« Der Beamte verabschiedete sich und ging. Als er die Tür öffnete, sah Justin an ihm vorbei auf die Straße hinaus. Das Mädchen war nicht mehr da.
»Danke«, sagte Vater, als sie wieder allein waren. »Du hast gut reagiert.«
»Warum wolltest du, dass ich lüge?«, fragte Justin gerade heraus.
»Direkt gelogen hast du ja nicht«, antwortete Vater. »Und schließlich hast du niemandem geschadet. Ich habe keine Lust, jetzt auch noch Ärger mit der Polizei zu bekommen. Sie sind manchmal ziemlich komisch, gerade bei ungeklärten Fällen.«
Justin konnte das verstehen. Gerade durch seine Großmutter hatte die Familie in Crailsfelden einen etwas zweifelhaften Ruf. Und wenn es jetzt auch noch einen nicht ganz geklärten Unfall bei ihnen gab ...
Aber das war nicht der einzige Grund für Vaters verändertes Benehmen. Justin sprach seinen Verdacht offen aus: »Mutter und du, ihr habt euch wieder gestritten.«
»Sieht man mir das so deutlich an?«, fragte Vater.
»Worum ging es?«, wollte Justin wissen. »Wieder um die Katzen?«
»Nein«, antwortete Vater. »Oder doch, ja. Aber das ist nicht der wirkliche Grund. Deine Mutter und ich ...« Er zögerte einen Moment, dann begann er von neuem, aber in verändertem und leiserem Tonfall, mehr an sich selbst gewandt als an

Justin. »Vielleicht ist es nun einmal so, dass manche Menschen nicht dazu geschaffen sind, zwangsläufig ihr ganzes Leben miteinander zu verbringen.«
Es dauerte einen Moment, bis Justin überhaupt begriff, was er da hörte. Er keuchte vor Schrecken. »Du ... meinst, ihr wollt ...?«
»Ich weiß, was du jetzt sagen willst, Justin«, fuhr Vater fort. »Wir haben uns doch immer so toll vertragen und wir haben uns niemals gestritten und waren immer einer Meinung.«
»Aber das stimmt nicht«, vermutete Justin. Er fühlte sich wie betäubt. Die Worte seines Vater gaben ihm das Gefühl, den Boden unter den Füßen zu verlieren.
»Wir haben immer großen Wert darauf gelegt, dass du nichts merkst«, antwortete Vater bitter. »Und alle anderen auch nicht. Immer schön den Schein wahren, weißt du? Aber in Wirklichkeit stimmt es schon seit einer ganzen Weile nicht mehr zwischen uns.«
»Aber was ist denn passiert?«, fragte Justin. Er kämpfte nur noch mit Mühe gegen die Tränen.
»Nichts. Es muss nicht immer etwas passieren, damit es zwischen zwei Menschen nicht mehr richtig funktioniert. Manchmal lebt man sich einfach auseinander. Man bleibt zwar noch zusammen und verträgt sich, aber innerlich geht jeder seiner Wege.«
»Werdet ihr euch ... trennen?«, fragte Justin mit belegter Stimme.
»Ich weiß es nicht«, antwortete sein Vater offen. »Wir haben noch nicht darüber gesprochen. Und im Moment ist auch kein guter Augenblick dafür. Wir sind alle in einer ziemlich angespannten Situation. Wir klären das, sobald wir wissen, wie es mit Großmutter weitergeht.« Er atmete tief ein, dann versuchte er aufmunternd zu lachen. »Jetzt mach dir mal noch nicht zu viele Sorgen. So weit ist es noch lange nicht. Und ehrlich gesagt, glaube ich auch kaum, dass es dazu kommt.«
»Und selbst wenn, werden wir das bestimmt nicht hier und jetzt entscheiden.«

Justin drehte sich herum, als er die Stimme seiner Mutter hörte. Sie war unter der Tür zum Wohnzimmer erschienen, ohne dass Justin es bemerkt hatte. Er fragte sich, wie viel von ihrem Gespräch sie mit angehört hatte. Aus irgendeinem Grund war es ihm fast peinlich.
»Du hast vollkommen Recht«, pflichtete ihr Vater bei. »Und außerdem ist es noch viel zu früh.« Er machte eine Bewegung, wie um das Thema damit abzuhaken. »Ich fahre gleich in die Klinik, um noch einmal mit dem Arzt zu reden. Vielleicht weiß er ja heute schon etwas Genaueres.«
Er sah Justin an. »Willst du mit?«
Natürlich wollte Justin mit. Andererseits ... Er musste noch einmal zum Tierarzt, um nach der fremden Katze zu sehen. Und in der letzten Nacht war so viel geschehen, dass es vielleicht besser war, wenn er heute hier blieb. Er hatte das sichere Gefühl, dass es noch nicht vorbei war.
»Du könntest dort sowieso nichts ausrichten«, sagte Mutter. Sie wandte sich an ihren Mann. »Ich frage mich, was *du* dort willst. Es gibt eigentlich keine Frage, die man nicht auch telefonisch klären könnte. Wenn sich an Mutters Zustand etwas geändert hätte, dann hätten sie bestimmt schon längst angerufen.«
Justin starrte seine Mutter regelrecht schockiert an. Es war das zweite Mal, dass er sie etwas sagen hörte, was sichtlich nicht so gemeint war, aber eindeutig herzlos klang. Er fand, dass seit zwei Tagen eine erschreckende Veränderung mit seiner Mutter vorging.
Sein Vater schien das wohl ebenso zu empfinden, denn er sah seine Frau nur einen Herzschlag lang fast traurig an, dann wandte er sich ohne ein weiteres Wort um, nahm seine Jacke vom Haken und ging durch die Küche in die Garage. Nur einen Augenblick später konnte Justin hören, wie der Motor des Wagen gestartet wurde. Sein Vater hatte ihn nicht noch einmal gefragt, ob er mitkommen wollte.
Auch seine Mutter blieb noch einen Moment reglos stehen, dann maß sie Justin mit einem eisigen Blick, fuhr auf dem

Absatz herum und verschwand mit schnellen Schritten. Justin blieb mit einem sehr unguten Gefühl zurück. Er hatte seine Eltern noch nie *so* erlebt. Dieser Streit, der ja eigentlich gar kein Streit gewesen war, erschreckte ihn mehr, als wenn die beiden sich wirklich angeschrien hätten. Er bedauerte es jetzt nicht mehr, nicht mit seinem Vater gefahren zu sein. Mit ihm allein zu sein hätte bedeutet, mit ihm auch zu reden, und er wollte einfach keine Partei ergreifen. Zu dem einen zu halten würde immer bedeuten, den anderen zu verraten.

Er ging wieder zur Tür, sah hinaus und stellte fest, dass das Mädchen nach wie vor verschwunden war. Über die Entfernung zur anderen Straßenseite hinweg konnte er nicht einmal ihre Spuren im Schnee erkennen. Aber das bedeutete nichts. Es schneite immer noch leicht, aber anhaltend. Selbst die Reifenabdrücke des Polizeiwagens, der gerade vor dem Haus geparkt hatte, waren schon halb verschwunden.

Justin überzeugte sich mit einem raschen Blick davon, dass seine Mutter nicht in Sichtweite war, dann schlüpfte er ebenfalls in seine Jacke und verließ das Haus. Sofort fiel der Wind über ihn her und begann ihn mit feinen, aber nadelspitzen Schneekristallen zu bombardieren und die Kälte war schlimmer, als er erwartet hatte. Justin zog den Kopf zwischen die Schultern und überquerte mit schnellen Schritten die Straße.

Es war, wie er erwartet hatte; trotzdem war er ein bisschen enttäuscht: Selbst die Spuren des Mädchen waren verschwunden. Der Wind trieb den Schnee vor sich her, bildete kleine Wehen und wieder rasch vergängliche Muster. Selbst seine eigenen Fußabdrücke verschwanden beinahe ebenso schnell wieder hinter ihm, wie sie entstanden waren.

Vielleicht hat es das Mädchen ja auch gar nicht gegeben, dachte Justin. Er hatte sich gestern Nacht schon einmal eingebildet, ein Mädchen zu sehen, wo keines war. Nun ja, er konnte sich unangenehmere Halluzinationen vorstellen ...

Justin zuckte die Achseln, warf einen flüchtigen Blick zur Klosterruine hinauf – sie stand noch immer unverändert da und hatte weder Zähne noch Flügel bekommen – und ging dann zum Haus zurück. Sein Blick glitt dabei über die Silhouette der Stadt, die sich dahinter erhob. Die meisten Dächer waren bereits weiß geworden, aus vielen Kaminen kräuselte sich grauer Rauch, den der Wind sofort auseinander trieb, und in vielen Fenstern brannte noch Licht. Nicht zum ersten Mal fiel Justin auf, wie altertümlich Crailsfelden trotz allem wirkte. Sicher, es gab auf jedem Dach eine Fernsehantenne und auf vielen auch schon die modernen Satellitenschüsseln und direkt neben dem Ortseingang stand seit ein paar Jahren eine DEA-Tankstelle. Davon abgesehen aber hätte das Städtchen ebenso gut aus dem Mittelalter stammen können. Es gab praktisch keine modernen Gebäude. Crailsfelden bestand fast zur Gänze aus maximal zweigeschossigen Fachwerkhäusern und Ziegelsteingebäuden und selbst die wenigen Häuser, die in den vergangenen Jahren neu errichtet worden waren, passten sich in ihrer Architektur diesem mittelalterlichen Aussehen an. Justin gefiel das. Manchmal, wenn sie von einem Besuch in der Stadt oder anderswo zurückkamen, hatte er das Gefühl, in eine Stadt heimzukehren, in der die Zeit stehen geblieben war – wenn auch mit allen Annehmlichkeiten, die die moderne Technik und Wissenschaft bot.

Er betrat das Haus, warf die Tür hinter sich zu und schmiss die Jacke in Richtung Garderobe. Sie verfehlte sie und fiel einen halben Meter davon entfernt zu Boden. Als Justin sich seufzend danach bückte und sie aufhob, hörte er Geräusche aus der Küche. Im ersten Moment dachte er, es wäre eine der Katzen, die dort rumorte, aber dann kamen ihm die Geräusche irgendwie anders vor.

Justin sah stirnrunzelnd zur Küche, dann in die Richtung, in der seine Mutter verschwunden war, und dann wieder zur Küche. Durch die offen stehende Tür konnte er einen Schatten sehen, aber es war nicht der einer Katze. Zögernd ging er los und blieb unter der Tür wieder stehen.

Vor der offenen Tür des Vorratsschrankes stand eine schlanke Gestalt mit rabenschwarzem Haar, das ihr weit bis über den

Rücken herabfiel. Justin sah jetzt, dass das Mädchen ein gutes Stück größer war als er, aber sehr viel schlanker, fast schon dünn. Genau konnte er das aber nicht beurteilen, denn es trug keine besonders vorteilhafte Kleidung. Alles, was es anzuhaben schien, war ein zerknitterter weißer Kittel, der ihr viel zu groß war. Ihre nackten Füße, die darunter hervorsahen, hatten eine dunkle Spur nasser Abdrücke auf den Fliesen hinterlassen. Justins Blick folgte der Spur und dann wusste er auch, wie sie hereingekommen war. Die Spur führte zum Fenster.

»Entschuldige bitte«, sagte Justin, »aber was tust du da?«

Das Mädchen fuhr mit einer so schnellen Bewegung herum, dass Justin erschrocken zusammenzuckte. Ihre ganze Haltung veränderte sich. Sie wirkte plötzlich angespannt und sprungbereit. Ihre smaragdgrünen Augen musterten Justin voller Misstrauen, aber ohne eine Spur von Angst.

Sie war wunderschön. Einige Sekunden lang konnte Justin nicht anders, als ihre ebenmäßigen Züge zu bewundern, das schmale, zugleich ausdrucksvolle wie auch sanftmütige Gesicht. Sie sah exotisch aus, ohne dass er genau sagen konnte, was an ihrem Gesicht so anders war. Es kostete ihn große Mühe sich von ihrem Anblick loszureißen und weiterzusprechen.

»Hallo«, sagte er. »Also? Was zum Teufel tust du da?«

Die Antwort auf die Frage war eigentlich ganz klar. Die Tür des Vorratsschrankes war auf und das Mädchen hielt ein Pfund Mehl in der einen und ein Glas Orangenmarmelade in der anderen Hand.

»Ich habe Hunger«, sagte sie. Ihre Stimme klang so angenehm und sanft, wie ihr Gesicht aussah. Und so fremdartig.

»Dann wünsche ich dir einen guten Appetit mit dem, was du da hast«, antwortete Justin spöttisch. »Möchtest du vielleicht noch ein Glas Gewürzgurken dazu?« Er konnte auf dem Gesicht des Mädchen erkennen, dass es nicht die blasseste Ahnung hatte, wovon er eigentlich sprach, und wurde sofort wieder ernst.

»Brichst du immer in fremde Häuser ein, wenn du Hunger hast?«
Das Mädchen ignorierte seine Frage. Stirnrunzelnd sah es auf das Pfund Mehl und das Glas Marmelade in seinen Händen hinab. »Du meinst, das kann man nicht essen?«
»Jedenfalls nicht so«, antwortete Justin.
»Dann gib mir etwas«, verlangte das Mädchen. Es stellte die Lebensmittel in den Schrank zurück und schloss die Tür.
Justin war für einen Moment einfach sprachlos über so viel Unverschämtheit. Er kam jedoch nicht dazu zu antworten, denn in diesem Moment hörte er die Schritte seiner Mutter, die rasch näher kamen.
»Versteck dich!«, zischte er. »Schnell!«
Das Mädchen reagierte auf der Stelle, wenn auch anders, als Justin erwartet hatte. Statt hinter die Tür zu treten oder sich unter den Tisch oder einen Stuhl zu ducken, zog es sich mit einer unglaublich eleganten, sehr schnellen Bewegung auf den Vorratsschrank hinauf und streckte sich lang darauf aus. Justin starrte sie eine Sekunde lang fassungslos an, aber dann drehte er sich hastig herum und wandte sich seiner Mutter zu, die genau in diesem Moment die Küche betrat. Sie hatte bereits ihre Jacke angezogen und die Handtasche über den linken Arm gehängt.
»Mit wem redest du da?«, fragte sie. Sie sah sich misstrauisch in der Küche um und Justins Herz schien einen Schlag zu überspringen und hämmerte dann doppelt schnell weiter, als ihr Blick dabei auch über den Vorratsschrank glitt. Wenn sie auch nur ein winziges Stückchen nach oben sah ...
»Ich ... ich habe mit den Katzen gesprochen«, sagte er hastig.
Seine Mutter blickte ihn stirnrunzelnd an, beließ es zu seiner Erleichterung aber dabei. »Ich gehe rasch ins Zentrum hinunter«, sagte sie. »Ich muss ein paar Dinge erledigen. Bleibst du so lange im Haus? Nur, falls es in der Klinik Neuigkeiten gibt und Vater anruft.«
»Klar«, antwortete Justin. »Ich wollte sowieso nicht weggehen.«

Seine Mutter verabschiedete sich mit einem Nicken und ging. Justin wartete, bis die Haustür hinter ihr ins Schloss gefallen war, dann trat er ans Fenster und folgte ihr aufmerksam mit den Blicken, bis sie die Straße erreicht und sich nach rechts gewandt hatte und im Schneetreiben verschwunden war. Erst dann drehte er sich um, um das Mädchen wieder vom Schrank herunterzurufen.
Es war nicht mehr nötig. Sie stand bereits hinter ihm. Er hatte nicht den mindesten Laut gehört.
»Wer war das?«, fragte sie.
»Meine Mutter«, antwortete Justin. »Sie wäre nicht besonders begeistert gewesen, wenn sie dich hier entdeckt hätte. Wer bist du? Wo kommst du her?«
»Gib mir erst was zu essen«, verlangte das Mädchen. »Ich habe großen Hunger. Ich habe seit gestern nichts mehr gegessen.«
»Waren nicht genug Ratten da?«, fragte Justin.
Das Mädchen sah ihn vollkommen verständnislos an und Justin zuckte mit den Schultern und machte eine Kopfbewegung zum Tisch. »Setz dich«, sagte er. »Ich mache dir einen Toast. Oder möchtest du lieber eine Schale Milch und ein paar Brekkies?«
Das Mädchen reagierte auch darauf nicht und Justin wandte sich mit einem neuerlichen Achselzucken um und trat an die Anrichte. Er toastete zwei Scheiben Weißbrot, bestrich sie dick mit Butter und legte etwas dünn geschnittenen Lachs auf die eine Scheibe; die andere bestrich er großzügig mit Erdnussbutter.
Als er sich wieder zum Tisch herumdrehte, erlebte er eine Überraschung. Das Mädchen hatte sich tatsächlich gesetzt. Aber nicht auf einen Stuhl. Es hockte im Schneidersitz mitten auf dem Tisch.
»Ich meinte eigentlich, setz dich auf einen Stuhl«, seufzte Justin. Er machte ihr vor, was er meinte. Das Mädchen setzte sich mit untergeschlagenen Beinen auf einen Stuhl und griff mit beiden Händen nach den Toastbroten, die Justin ihr hinhielt. Sie biss nicht sofort hinein, sondern roch erst daran.

Die Scheibe mit Erdnussbutter legte sie weg. Von der anderen klaubte sie den Fisch herunter, stopfte ihn regelrecht in sich hinein und leckte dann die Butter vom Toast, ehe sie die Scheibe einfach zu Boden fallen ließ. Justin bückte sich danach und hob sie auf.

»Soll ich dir noch einmal Butter darauf schmieren, damit du sie ablecken kannst, oder möchtest du den Fisch gleich roh?«, fragte er mit säuerlicher Stimme. Er wartete ihre Antwort erst gar nicht ab, sondern ging zum Kühlschrank und kam mit zwei Tellern Wurst und Fisch zurück. Das Mädchen brauchte ungefähr drei Minuten, um ein Pfund Aufschnitt und ein halbes Pfund Lachs zu verputzen. Seine Mutter würde der Schlag treffen, wenn sie in den Kühlschrank sah. Das Mädchen leckte sich schmatzend die Finger ab und rülpste dann lautstark.

»Deine Tischmanieren lassen zu wünschen übrig«, sagte Justin. »Hat man dir das schon einmal gesagt?« Er schüttelte den Kopf. »Wie heißt du?«

Sie antwortete nicht sofort und Justin hätte jeden Eid geschworen, dass das an dem einfachen Grund lag, dass es die Antwort auf diese Frage nicht kannte. Dann sagte es: »Manche nennen mich ... Reggie.«

»Aha«, nickte Justin. Er fragte sich, warum er eigentlich noch so ruhig blieb. Aber vielleicht lag das daran, dass er Angst hatte laut zu werden. Möglicherweise würde dann in diesem verrückten Traum, in dem er sich befinden musste, die Tür aufgehen und die Jungs mit den Zwangsjacken würden hereinkommen um ihn zu seiner nächsten Behandlung abzuholen ...

»Reggie, so«, sagte er. Die nächste logische Frage wäre gewesen: *Und was willst du hier?* Aber er hatte aus irgendeinem Grund Hemmungen sie zu stellen. Stattdessen betrachtete er das Mädchen noch einmal. Vor allem ihr Haar faszinierte ihn. Es war glatt, schimmerte wie Seide und war vom tiefsten Schwarz, das Justin jemals gesehen hatte; abgesehen von einer dünnen, weißen Strähne, die über ihren Augen begann und sich wie mit einem Lineal gezogen bis über den Scheitel in den Nacken hinabzog. Ihre Hände waren sehr schmal, erweckten aber trotzdem den Eindruck großer Kraft und sie hatte sehr lange, spitze Fingernägel, fast schon Krallen. Schließlich blieb sein Blick an ihrem Kittel hängen. Er war mindestens drei Nummern zu groß und sah aus, als hätte sie ihn aus einem Korb mit schmutziger Wäsche geklaut. Vermutlich stammte er auch ganz genau dorther.

Reggies Blick folgte seinem eigenen, dann sah sie ihn an. »Gefällt dir mein Kleid nicht?«

»Gestern Abend hast du mir besser gefallen«, antwortete Justin spöttisch.

Reggie runzelte die Stirn, zuckte mit den Schultern – und begann ihren Kittel aufzuknöpfen, um ihn auszuziehen. Justin sah, dass sie tatsächlich nichts darunter trug.

»He, he!«, rief er hastig. »So war das nicht gemeint!«

»Und warum sagst du es dann?«, wollte Reggie wissen.

Justin kapitulierte. Seufzend stand er auf, bedeutete Reggie, dasselbe zu tun, und maß sie mit einem langen Blick. »Meine Kleider werden dir wahrscheinlich nicht passen«, sagte er. »Aber vielleicht passt dir etwas aus Großmutters Schrank. Ich fürchte allerdings, es wird modisch nicht gerade der letzte Schrei sein.«

Reggie verstand nicht, wovon er sprach, das sah er ihr ganz deutlich an. Doch sie erhob auch keine Einwände, als er die Küche verließ und ihr winkte, sondern folgte ihm.

Als sie die Diele durchquert hatten und nach oben gingen, erschien Odin am oberen Ende der Treppe.

Der Kater erstarrte mitten in der Bewegung.

Er gab keinen Laut von sich. Nicht einmal seine Schnurrhaare zitterten. Vollkommen reglos stand er da und sah das Mädchen an. Nur einen Augenblick später erschienen Morgana und Jane neben ihm. Danach streckten Candy und Farina die Köpfe durch das Treppengeländer und fast im selben Moment hörte Justin auch hinter sich das Tappen weicher Pfoten. Er drehte sich herum und sah, dass Scarlett, Miss Piggy, Merlin

und Yeti hinter ihnen aufgetaucht waren. Sämtliche Katzen schienen zur Salzsäule erstarrt und blickten Reggie an ohne auch nur zu blinzeln.
Allerdings gab es eine Ausnahme: Sie hieß Cindy, erschien plötzlich zwischen Odin und Morgana am oberen Ende der Treppe, stieß ein jämmerliches Miauen aus und klapperte dann die Treppe herab.
Reggie blieb stehen, machte ein überraschtes Gesicht und ließ sich in die Hocke sinken. Cindy lamentierte weiter und rieb ihren struppigen Kopf an den nackten Knöcheln des Mädchens. »Was ist denn mit dir passiert?«, fragte Reggie. »Du siehst ja furchtbar aus, du arme Kleine!«
»Sie ist tot«, antwortete Justin. »Schon seit ein paar Jahren. Sie hat es bloß noch nicht gemerkt.«
Reggie blickte ihn empört an. »Sie ist nicht tot!«, protestierte sie.
»Aber sie riecht so«, sagte Justin. Das entsprach durchaus der Wahrheit. Cindy roch tatsächlich ein bisschen, als wäre sie schon vor einer geraumen Zeit gestorben und hätte nur vergessen einfach umzufallen. Sie sah auch so aus. Ihr ehemals prachtvolles dreifarbig geschecktes Fell war verklebt und starrte vor Schmutz und der früher einmal wunderbar buschige Schwanz war zu einer dünnen, verklebten Rute abgemagert. Sie war so dürr, dass ihre Schulterknochen sichtbar durch das Fell stachen. Außerdem sabberte sie ununterbrochen.
»Aber was hat sie denn nur?«, fragte Reggie.
»Sie war einmal sehr krank«, antwortete Justin, nun wieder vollkommen ernst. Auch er ließ sich herabsinken und streichelte Cindys Kopf, worauf sie zu schnurren begann und ihm zum Dank die Finger vollsabberte.
»Krank? Wie?«
»Sie hatte Leukose«, sagte Justin.
Reggie atmete hörbar ein. »Aber das ist absolut tödlich!«
»Normalerweise schon«, antwortete Justin. »Aber Dr. Reinert hat sie durchgekriegt. Frag mich nicht, wie. Ich glaube, er hat ein neues Medikament an ihr ausprobiert oder so was. Ich

weiß nur nicht, ob er ihr einen Gefallen damit getan hat. Sie ist zwar nicht daran gestorben, wie du siehst, aber seither ist sie eben so. Sie pflegt sich nicht mehr und sie riecht fürchterlich. Meine Mutter hat ihr Fell geschoren, sonst würde sie noch viel schlimmer aussehen.«
Reggie blickte sehr nachdenklich auf die Katze. »Vielleicht kann sie noch nicht sterben«, sagte sie, »weil es da noch etwas gibt, was sie tun muss.«
Mit dieser Antwort konnte Justin nicht besonders viel anfangen. Er stand auf und machte eine Kopfbewegung die Treppe hinauf. »Komm. Meine Mutter kann jeden Augenblick zurückkommen und sie könnte auf komische Ideen kommen, wenn sie mich mit einem halb nackten Mädchen hier auf der Treppe findet.«
Reggie blickte ihn wieder verständnislos an, aber sie ging gehorsam weiter. Cindy folgte ihnen, aber die anderen Katzen rührten sich immer noch nicht. Justin konnte nicht sagen, ob sie Reggie vollkommen überrascht oder voller Misstrauen anstarrten.
Justin ging voraus, hob die Hand zur Türklinke und zögerte dann. Er hatte fast Angst, die Tür zu öffnen, nach dem, was er gestern Abend in diesem Zimmer erlebt hatte. Dann aber verscheuchte er den Gedanken, öffnete die Tür und trat entschlossen ein.
Kein Schneesturm erwartete ihn. Das Zimmer war vollkommen normal und seine Mutter hatte sogar aufgeräumt, denn alles stand wieder an seinem Platz und auch die feuchten Flecken auf dem Teppich waren verschwunden. Der zerbrochene Tisch war weggeräumt worden und die Schneekugel stand jetzt auf dem Kaminsims.
»Das ist hübsch«, sagte Reggie, die hinter ihm hereingekommen war. »Wer wohnt hier?«
»Meine Großmutter«, antwortete Justin einsilbig. Er machte eine entsprechende Kopfbewegung. »Das Schlafzimmer ist dort hinten. Such dir etwas aus dem Schrank heraus.«
»Einfach so?«

»Es ist ja nur geliehen«, antwortete Justin. *Außerdem wird Großmutter davon sowieso nichts mehr brauchen.* Das sprach er jedoch nicht laut aus.

Reggie verschwand mit schnellen Schritten im Schlafzimmer und unten in der Diele klingelte das Telefon. Justin lief rasch nach unten und hob ab mit der Erwartung, dass es vielleicht sein Vater war, der ausnahmsweise einmal gute Neuigkeiten hatte. Aber es war nicht sein Vater, sondern Dr. Reinert.

»Hallo, Justin«, begann der Tierarzt. »Gut, dass du schon wach bist. Genau mit dir wollte ich reden.«

»Was ... gibt es denn?«, fragte Justin zögernd. Er hatte plötzlich wieder ein ungutes Gefühl.

»Deine Mutter war gerade hier«, antwortete Dr. Reinert. »Sie hat mich gefragt, ob ich nicht jemanden wüsste, der eure Katzen nimmt. Ich konnte es selbst kaum glauben, aber ich fürchte, sie ist fest entschlossen, die Katzen abzugeben.«

»Ich weiß«, sagte Justin leise. Er war sehr enttäuscht. Er hatte nicht erwartet, dass Mutter ihre Ankündigung *so* schnell in die Tat umsetzen würde.

»Es tut mir Leid«, fuhr Dr. Reinert fort. »Und ich fürchte, ich habe noch eine schlechte Nachricht für dich.«

»So?«, murmelte Justin. »Nur zu.«

»Es geht um die Katze«, sagte Dr. Reinert, »die Ragdoll, die du heute Nacht zu mir gebracht hast.«

»Haben Sie meiner Mutter davon erzählt?«, fragte Justin erschrocken.

»Nein. Keine Sorge. Das erschien mir nicht so klug, nach dem, was deine Mutter von mir wollte. Aber ich fürchte, die Katze ist nicht mehr da. Ich verstehe es ja auch nicht, aber als ich heute Morgen in die Praxis hinuntergegangen bin, war sie nicht mehr da.«

Justin sah zur Treppe hoch. Warum überraschten ihn die Worte des Tierarztes eigentlich nicht?

»Wahrscheinlich ist sie nach Hause gelaufen«, sagte er. »Sie haben bestimmt Recht. So ein wundervolles Tier muss irgendjemandem gehören. Und Sie haben es ja selbst gesagt: Im

Moment wäre es vielleicht nicht so günstig, noch eine Katze mit nach Hause zu bringen.« Er verabschiedete sich von dem Tierarzt, hängte ein und ging wieder in die Wohnung seiner Großmutter hinauf.

Obwohl er nur kurz unten gewesen war, hatte die Zeit für Reggie ausgereicht, sich ein Kleid aus dem Schrank seiner Großmutter herauszusuchen und anzuziehen.

Das Ergebnis war fantastisch.

Wie alle Kleider seiner Großmutter war auch dieses rüschenbesetzte, weit fallende sehr altmodisch und trotzdem sah Reggie darin einfach unbeschreiblich aus. Sie stand am Bücherregal seiner Großmutter, hatte einen Band herausgezogen und blätterte darin und Justin konnte einfach nicht anders als unter der Tür stehen zu bleiben und ihr dabei zuzusehen, bis sie seine Blicke spürte und aufsah. Lächelnd klappte sie das Buch zu und stellte es ins Regal zurück.

»Ist das besser?«, fragte sie.

Justin vermutete, dass sie das Kleid meinte, und nickte hastig. Plötzlich war es ihm peinlich, dass er so dagestanden und sie angestarrt hatte. »Toll«, sagte er. »Es sieht aus, als wäre es für dich gemacht.«

»Das alles ist sehr schön hier«, sagte Reggie mit einer weit ausholenden Geste. »Wie lange lebt ihr schon in diesem Bau?«

»Meine Großmutter hat ihr ganzes Leben hier verbracht«, antwortete Justin. »Aber lass sie nicht hören, dass du ihr Haus als Bau bezeichnest. Es ist ihr ganzer Stolz.« Er machte eine rasche Bewegung, als Reggie antworten wollte. »Und jetzt stelle *ich* ein paar Fragen. Also: Was willst du hier? Und was hattest du gestern Nacht oben in der Ruine zu suchen?«

»Du hast mich also doch gesehen.«

»Das ist keine Antwort«, sagte Justin, jetzt schon ein bisschen verärgert. Aber wirklich nur ein bisschen. Er konnte sich nicht vorstellen, dass er Reggie aus irgendeinem Grund *wirklich* böse sein konnte.

»Warum bist *du* denn dort gewesen?«, gab Reggie zurück.

»Vielleicht um dir den Hals zu retten«, antwortete Justin.

»Hast du aber nicht getan«, sagte Reggie mit einem sonderbaren Lächeln. »Dafür bist du viel zu langsam. Und einfach zu ungeschickt. Stellt ihr euch alle so tölpelhaft an?«
»Wir?«, fragte Justin. »Wen meinst du damit?«
Bevor das Mädchen jedoch antworten konnte, hörte Justin unten das Geräusch der Haustür. »Meine Mutter ist zurück«, sagte er erschrocken. »Mist! Bleib hier. Ich versuche sie irgendwie abzulenken.«
Er lief aus dem Zimmer, ohne ihr Gelegenheit zu irgendwelchen Einwänden zu geben, und rannte die Treppe hinab. Seine Mutter stand an der Garderobe und hatte gerade ihren Mantel aufgehängt. Als sie Justin die Treppe herunterstürmen sah, verdüsterte sich ihr Gesicht.
»Justin! Was tust du dort oben? Du weißt, dass Großmutter es nicht mag, wenn jemand in ihre Wohnung geht.«
»Ich habe die Katzen gefüttert«, improvisierte Justin hastig. »Ich habe doch versprochen, mich um sie zu kümmern.«
Seine Mutter sah nicht besonders begeistert drein. Sie schüttelte den Kopf. »Na ja, das hat sich sowieso bald erledigt.«
»Wie meinst du das?«, fragte Justin misstrauisch.
Seine Mutter zögerte, als wäre das, was sie ihm zu sagen hatte, nun doch unangenehm. »Ich war gerade bei ... *aber wer ist denn das*?«
Justin drehte sich hastig herum. Zu seinem Entsetzen entdeckte er nicht nur sämtliche Katzen, die wie eine lebendige Flut die Treppe herunterströmten, sondern auch Reggie. Sie folgte den Katzen in einiger Entfernung und hielt ausgerechnet Cindy auf den Armen.
»Das ...«, stammelte er. »Also das ... das ist ...«
»Regina«, sagte Reggie. Sie kam mit schnellen Schritten näher, reichte Mutter die Hand und machte dabei einen Knicks, der bei jeder anderen lächerlich gewirkt hätte. Bei ihr nicht.
»Aha«, sagte Mutter verdattert. Aber sie fing sich sofort wieder. »Und was, wenn ich fragen darf, habt ihr beiden dort oben gemacht?«
»Das war meine Schuld«, sagte Reggie rasch, ehe Justin ant-

worten konnte – er hätte sowieso nicht gewusst, was er hätte sagen sollen. »Ich meine: Justin hat mir gesagt, dass niemand dort hinaufgehen soll, aber ich habe so lange gebettelt, bis er es dann doch getan hat. Sie dürfen ihm nicht böse sein.«
»Und was genau wolltest du dort oben?«, fragte Mutter verwirrt. »Ich meine: Wer bist du denn eigentlich?«
Reggie schlug sich mit einer perfekt geschauspielerten Geste die flache Hand vor die Stirn. »Aber natürlich. Sie können mich ja gar nicht kennen. Bitte entschuldigen Sie. Meine Mutter hat mich hergeschickt.«
»Deine Mutter, so. Sollte ich die kennen?«
»Kaum«, erwiderte Reggie. »Wir sind gerade erst in die Stadt gezogen. Deshalb bin ich auch gleich zu Ihnen gekommen statt anzurufen. Wir haben noch kein Telefon.«
»Und was –?«
»Die Katzen«, fuhr Reggie fort. »Sie waren doch vorhin beim Tierarzt. Sie wollen die Katzen abgeben. Und ich bin hergekommen, um sie mir anzusehen.«
»Also, das ging ja schnell«, sagte Mutter verwirrt. »Aber du hast schon Recht. Wir können die Tiere leider nicht mehr halten und ich habe Dr. Reinert gefragt, ob er nicht jemanden wüsste, der sie übernehmen kann.«
»Sie sind wunderschön«, sagte Reggie. »Natürlich muss ich zusammen mit meinen Eltern wiederkommen, aber ich bin sicher, dass sie ihnen gefallen.«
»So, so«, sagte Mutter. Sie war noch immer ziemlich perplex. Dann deutete sie auf Cindy. »Die müsst ihr natürlich nicht nehmen.«
»Aber woher denn!«, antwortete Reggie. »Ich finde sie ganz besonders nett.« Sie setzte Cindy zu Boden. »Jetzt muss ich aber gehen. Meine Eltern werden sich bestimmt bald bei Ihnen melden.«
Justin setzte dazu an, noch etwas zu sagen, aber Reggie hatte sich bereits herumgedreht und ging zur Tür. Sie winkte Justin noch einmal zu, dann ging sie ohne ein weiteres Wort.
»Also ...« Justins Mutter schien immer noch nicht genau zu

wissen, was sie von der ganzen Situation halten sollte, und Justin hütete sich irgendetwas zu sagen. Im Stillen bewunderte er Reggie allerdings dafür, wie schnell und vor allem wie gut sie reagiert hatte.

»Ein seltsames Mädchen«, sagte Mutter. »Aber sie scheint nett zu sein.« Dann runzelte sie die Stirn und sah Justin nachdenklich an. »Sag mal: Kann es sein, dass sie ... keine Schuhe angehabt hat?«

9

Vater kam gegen Mittag zurück und Justin wusste schon, dass er keine guten Nachrichten brachte, ehe er das Haus betrat. Er lenkte den Wagen in die Garage, doch es vergingen zwei oder drei Minuten, ehe er die Wagentür zufallen hörte und sein Vater die Küche betrat.

Er sah sehr ernst drein. Als Mutter ihn fragte, wie es denn nun um Großmutter stand, antwortete er nicht gleich, sondern ließ sich mit einer erschöpften Geste am Küchentisch nieder und verbarg für einen Moment das Gesicht in den Händen.

»Es sieht nicht gut aus«, sagte er schließlich. »Sie ist immer noch nicht bei Bewusstsein.«

»Und was bedeutet das?«, fragte Justin.

Seine Mutter kam zum Tisch, setzte sich und goss Vater Kaffee ein. Er begann mit dem Löffel darin zu rühren, ohne sich Zucker oder Milch hineingetan zu haben.

»Nichts Gutes«, antwortete er, erst nach einer geraumen Zeit und sehr leise. »Der Arzt hat es mir erklärt. Bei Menschen in ihrem Alter entscheiden die ersten zwei oder drei Tage, ob sie überleben oder nicht.«

»Und bei Großmutter sieht es eher danach aus, dass sie es nicht überlebt«, vermutete Mutter. Ihre Hand bewegte sich über den Tisch und ergriff die Vaters und in dieser einfachen Bewegung lag so viel Wärme und Mitgefühl, dass Justin plötzlich alles, was sein Vater ihm noch am Morgen über die Probleme zwischen ihnen erzählt hatte, einfach lächerlich erschien.

»Das tut mir so unendlich Leid«, sagte sie.

»Ihre Chancen, noch einmal aufzuwachen, verschlechtern sich mit jeder Stunde«, murmelte Vater langsam. Er nippte an seinem Kaffee, verzog das Gesicht und langte nach dem Zucker.

Justin begann mühsam: »Das heißt, sie –«

»– sie wird vielleicht nicht wieder zurückkommen«, unterbrach ihn Vater. »Ja. Aber ich möchte jetzt nicht mehr darüber reden. Bitte.«

Justin respektierte das. Gerade sein Vater hatte ihm einmal lang und breit erklärt, dass es keinen Sinn hatte, die Augen vor der Wahrheit zu verschließen, und es niemandem half, das Offensichtliche zu leugnen. Aber vielleicht stimmte das *so* nicht. Vielleicht half es manchmal wenigstens für eine Weile, mit dem Schmerz fertig zu werden.

Er spürte, dass seine Eltern lieber allein sein wollten, und verließ die Küche. Er ging jedoch nicht in sein Zimmer, sondern wieder nach oben, in Großmutters Wohnung. Zwei der Katzen folgten ihm.

Justin schob sehr leise die Tür hinter sich zu, streifte die Schneekugel auf dem Kaminsims mit einem misstrauischen Blick und trat dann ans Bücherregal.

Er fand das Buch, in dem Reggie gelesen hatte, auf Anhieb. Sie hatte es zwar zurückgeschoben, aber nicht ganz. Justin nahm es wieder heraus und warf einen Blick auf den Einband. Es war keines von Großmutters Zauberbüchern, sondern ein offenbar sehr altes Buch über die Geschichte Crailsfelden. Justin konnte sich gar nicht erinnern, es jemals hier gesehen zu haben, obwohl es vollkommen zerlesen war. Der Einband war abgewetzt und an zahlreichen Stellen mit vergilbter Klarsichtfolie geklebt, und als er es aufklappte und ziellos darin

zu blättern begann, raschelte das Papier wie altes Pergament. Ein sonderbarer trockener Geruch schlug ihm entgegen.
Justin blätterte das Buch einmal flüchtig durch, ohne auf den Text zu achten. Es war das, was man in der Schule ein Heimatkundebuch nannte: ein Buch über die Geschichte und die Entwicklung Crailsfeldens, mit einigen historischen Landkarten und Stadtansichten und einige Auflistungen, die Justin wie Ahnentafeln oder Stammbäume vorkamen.
Eine dieser Zeichnungen erweckte Justins ganz besonderes Interesse. Sie war nicht besonders gut, sondern in jener falschen Perspektive und groben Art ausgeführt, die vielen alten Zeichnungen eigen war. Trotzdem erkannte er sofort, was sie zeigte. Es war eine Stadtansicht Crailsfeldens, auf der er sogar einige Häuser wieder zu erkennen glaubte, an denen er fast tagtäglich vorüberging.
Vor allem aber erkannte er das Kloster – obwohl es vollkommen anders aussah als heute. Seine Mauern waren viel höher und mit einer gezackten Zinnenkrone versehen und dort, wo er selbst gestern Nacht noch unter den Resten des verbrannten Dachstuhles gestanden hatte, erhob sich auf dem Bild ein gewaltiger, finsterer Turm. Das Kloster musste früher einmal sehr viel größer gewesen sein als heute. Und eigentlich schien es auch gar kein richtiges Kloster gewesen zu sein. Es sah eher aus wie eine Festung. Oder ein Turm.
Was hatte Großmutter gesagt? ... *der Schwarze Turm* ...
Natürlich hatte er keinen Beweis, dass dieses Bild wirklich das Aussehen des Klosters zeigte, wie es früher einmal gewesen war. Und der Text darunter erwies sich auch nicht als besonders hilfreich: die Schrift war so stark verblasst, dass es genauso gut auch Chinesisch hätte sein können.
Justin trat mit dem Buch in der Hand ans Fenster, einerseits, um besseres Licht zu haben, andererseits, um die Zeichnung mit dem Original auf dem Hügel gegenüber zu vergleichen. Er sah die Klosterruine aus einem anderen Blickwinkel, aber es gab trotzdem eine Menge Übereinstimmungen. Der Turm war verschwunden und auch die Zinnenkrone hatte einer

weniger nostalgischen Abdeckung Platz gemacht. Und trotzdem: Das Bild in dem Buch hätte durchaus die Vorlage für das aus schwarzem Stein gemauerte Gebäude dort drüben sein können.

Justin war verwirrt und er fühlte sich ziemlich hilflos. Seine Großmutter hatte von den Katzen gesprochen, von ihrer Bibliothek und dem Schwarzen Turm und wie es aussah, hatte er alle drei gefunden. Nur – was sollte er damit anfangen?

Er brauchte einfach mehr Informationen.

Justin warf noch einmal einen nachdenklichen Blick auf die Klosterruine, dann begann er erneut in dem Buch zu blättern. Er hatte immer noch große Mühe die verschnörkelte und verblichene Schrift zu entziffern.

Innerhalb der nächsten halben oder dreiviertel Stunde erfuhr er trotzdem mehr über die Geschichte Crailsfeldens als in all den Jahren zuvor, auch wenn er sich das meiste mühsam zusammenreimen musste. Offensichtlich war Crailsfelden sehr alt; sehr viel älter, als er bisher auch nur geahnt hatte. Die schriftlichen Aufzeichnungen über die Stadt reichten bis ins elfte oder zehnte Jahrhundert zurück und auch damals war der Ort schon alt gewesen. Bei Ausgrabungen hatte man die Fundamente einer römischen Garnisonsiedlung gefunden, die ihrerseits wieder auf den Ruinen einer noch viel älteren Stadt errichtet worden war, deren Namen niemand mehr kannte.

Wie es schien, hatte Crailsfelden trotz seines Alters eine relativ ruhige Geschichte gehabt. Sowohl die diversen Hungersnöte wie Epidemien, die das Land im Laufe der Jahrhunderte heimgesucht hatten, hatten Crailsfelden weitestgehend verschont; ebenso wie die zahllosen kleinen und großen Kriege, die es immer wieder gegeben hatte. Möglicherweise lag das einfach an der isolierten Lage des Städtchens. Das Tal war nicht sehr groß und selbst heutzutage nicht leicht zu erreichen. Im Mittelalter hatten die meisten Menschen vermutlich nicht einmal von seiner Existenz gewusst.

Das alles war zwar sehr interessant, fand Justin, half ihm aber kein bisschen weiter. Er blätterte mit wachsender Enttäuschung in dem Buch herum, las hier und da ein paar Zeilen und gelangte schließlich an einen Teil, der sich mit den lokalen Mythen und Legenden beschäftigte. Es gab den üblichen Unsinn von Werwölfen, Wechselbalgen und natürlich Hexen

– und ein Kapitel, das mit dem Wort KATZENWINTER überschrieben war.

Justin war plötzlich sehr aufgeregt. KATZENWINTER ... das war das letzte Teil von dem Puzzlespiel, das ihm seine Großmutter hinterlassen hatte. Jetzt hatte er alle Stücke. Fehlte nur noch die Kleinigkeit, sie richtig zusammenzusetzen, und er würde endlich wissen, was hier eigentlich los war.

Leider war das viel einfacher gesagt als getan. Ausgerechnet dieses Kapitel war nämlich ganz besonders schlecht zu entziffern. Die Schrift war fast bis zur Unleserlichkeit verblasst und selbst die Worte, die er lesen konnte, schienen zum Großteil keinen Sinn zu ergeben, denn das Buch war zu alledem auch in einem sehr altmodischen Deutsch verfasst. Justin tat sich sehr schwer damit, den Worten irgendeinen Sinn abzugewinnen.

Immer hektischer blätterte er hin und her, bis er schließlich zu einer Seite gelangte, auf der eine Illustration zu sehen war, die vom selben Zeichner zu stammen schien, der die Stadtansicht von Crailsfelden angefertigt hatte. Diese Illustration zeigte das gewaltige Torgewölbe, durch das er selbst erst vor wenigen Stunden gegangen war.

Wie die andere Illustration auch, wies diese Version des Klosters jedoch einige wesentliche Unterschiede auf. Die Form und Größe des Torbogens waren dieselbe, aber es gab ein massives Fallgitter und dort, wo heute zwei Nischen mit zerbröckelten Heiligenstatuen das Tor flankierten, erhoben sich auf dem Bild zwei steinerne Dämonen, wie man sie im Mittelalter oft auf Kirchen und anderen religiösen Gebäuden angebracht hatte, um böse Geister zu vertreiben. Die beiden sahen allerdings eher komisch als erschreckend aus, sodass Justin gegen seinen Willen ein bisschen grinsen musste.

Dann erstarrte sein Grinsen und er hatte das Gefühl, von einer unsichtbaren, eiskalten Hand im Nacken berührt zu werden. Die beiden Dämonen ... *bewegten sich!* Die hässlichen Geschöpfe drehten die Köpfe in seine Richtung und plötzlich waren ihre Gesichter keine grinsenden Teufelsfratzen mehr, sondern nur noch leere, schattenhafte Flächen, aus denen ihn unheimliche rot glühende Augen anstarrten!

Justin klappte das Buch mit einem keuchenden, halb unterdrückten Schrei zu und hätte es beinahe in hohem Bogen von sich geschleudert. Er beherrschte sich mit letzter Kraft, es nicht zu tun. Einige Minuten lang saß er einfach reglos da, jeden Muskel im Körper zum Zerreißen angespannt und die Hände so fest auf das Buch gepresst, dass sich seine Fingerspitzen weiß färbten.

Schließlich öffnete er es wieder. Sosehr ihn der Anblick auch erschreckt hatte, er hatte ihm gleichzeitig auch gezeigt, dass er auf der richtigen Spur war. Dieses Kapitel musste ungeheuer wertvolle Informationen enthalten, wenn sich sein unsichtbarer Gegner solche Mühe gab, ihn von seiner Lektüre abzuhalten.

Er klappte das Buch an der entsprechenden Stelle auf – die Figuren waren wieder normale Dämonen – und blätterte bis zu der Seite zurück, mit der das Kapitel begann. Diesmal las er mit großer Konzentration und gab nicht eher auf, bis er die Worte wenigstens einigermaßen entziffert beziehungsweise sich ihre Bedeutung mit einiger Wahrscheinlichkeit zusammengereimt hatte.

Wanderer, kommst du an diesen Ort, las Justin, *so hüte dich und achte auf die Zeichen der Zeit. Denn es kommt der Tag, an dem die weiße Dunkelheit anbricht, und dies ist die Zeit, da die Mächte des Himmels und die Kräfte Satans zur letzten Schlacht antreten, da Gog und Magog ihre Häupter erheben und die Erde erzittert unter dem Wehklagen der Unschuldigen, die dahingeschlachtet werden.*

Justin hätte gerne über diese naiven Worte gelacht; aber er konnte es nicht. Sie erfüllten ihn mit einem Gefühl eisiger

Beklemmung, das er sich gar nicht richtig erklären konnte, das aber immer stärker wurde. Es kostete ihn große Überwindung den Blick wieder auf die Seiten zu senken, um weiterzulesen.
Er konnte es nicht.
Es lag nicht etwa an seiner Furcht. Es lag an der Schrift. Sie war verschwunden.
Die Buchstaben waren vollkommen unleserlich geworden. Wo verschnörkelte Worte gestanden hatten, da erblickte er jetzt nur noch ein sinnloses Durcheinander aus Punkten, Linien und Strichen. Und nicht genug damit – dieses Durcheinander *bewegte sich!* Es war, als wäre das Blatt von Tausenden winzigen schwarzen Würmern und Maden übersät, die emsig durcheinander krochen und krabbelten. Der Anblick war so ekelhaft, dass Justin das Buch mit einem Knall zuschlug und eine gute Minute brauchte, bis sich sein revoltierender Magen wieder beruhigt hatte.
Langsam drehte er den Kopf zum Fenster und sah zum Kloster hin.
»Nicht übel, der Trick«, murmelte er. »Wirklich gut. Aber nicht gut genug.«
Er klappte das Buch wieder auf, wobei er auf das Schlimmste vorbereitet war. Diesmal erblickte er jedoch keine durcheinander wirbelnden Linien und Punkte.
Das Blatt löste sich unter seinen Fingern auf. Das staubtrockene Papier zerbröselte einfach. Nach einem Augenblick hatte Justin nur noch ein wenig graue Asche zwischen den Fingern.
Auch das nächste Blatt zerfiel und dann noch zwei oder drei weitere, ehe der unheimliche Zerfall wieder aufhörte. Justin musste nicht einmal nachsehen, um zu wissen, dass sich nur das Kapitel über den Katzenwinter in Staub aufgelöst hatte.
»Wirklich«, sagte er noch einmal. »Gar nicht schlecht. Aber wenn du mir wirklich Angst machen willst, dann musst du dir schon etwas Besseres einfallen lassen.«

Die Worte hatten ungefähr denselben Grund wie das laute Pfeifen, mit dem manche Leute in einen dunklen Keller gingen. Er *hatte* Angst. Ganz erbärmliche Angst sogar. Aber das würde er nicht zugeben. Nicht sich selbst gegenüber und schon gar nicht diesem ... *Ding* auf der anderen Straßenseite gegenüber.

Mit einiger Mühe öffnete er das Buch ganz vorne und suchte nach der Angabe des Verlages oder wenigstens der Druckerei, in der es hergestellt worden war. Er fand weder das eine noch das andere, was ihn aber nicht sonderlich überraschte. Bücher wie diese wurden meist nur in einer sehr kleinen Auflage gedruckt, im Auftrag von Schulen oder Heimatverbänden.

Er klappte das Buch wieder zu, stand auf und verließ die Wohnung.

Seine Eltern waren in der Diele und unterhielten sich mit gedämpfter Stimme, aber auch, wie Justin sehr positiv vermerkte, in sehr versöhnlichem Ton. Vielleicht hatte sein Vater am Morgen einfach übertrieben mit dem, was er ihm erzählt hatte.

Als er die Treppe halb herunter war, klingelte das Telefon. Seine Eltern reagierten nicht darauf, obwohl sie kaum drei Schritte vom Apparat entfernt waren; auch nicht, als es ein zweites und drittes Mal läutete. Mehr noch: Justin war plötzlich sicher, dass sie das Läuten nicht einmal hörten, denn sie unterhielten sich in aller Ruhe weiter. Keiner von ihnen warf auch nur einen Blick auf den Apparat, obwohl dieser aus Leibeskräften randalierte.

Schließlich ging Justin hin und hob zögernd ab. Jetzt sah Vater in seine Richtung und runzelte auch kurz fragend die Stirn, unterbrach sein Gespräch aber nicht.

»Ja?«, fragte Justin.

Im ersten Moment hörte er nichts; allenfalls etwas wie ein fernes, schweres Atmen. Doch dann erscholl dieselbe unheimliche Stimme, die er bereits in Großmutters Zimmer gehört hatte.

»Ich habe dich gewarnt, dich nicht einzumischen«, sagte sie. *»Doch du konntest ja nicht hören. Was nun geschieht, ist allein deine Schuld.«*

Damit brach die Verbindung ab. Aus dem Hörer drang nur noch das gleichmäßige Tuten des Freizeichens. Justin starrte den Hörer in seiner Hand mit einer Mischung aus Schrecken und Ernüchterung an. Vielleicht, dachte er, ist es manchmal doch besser, seine Furcht einzugestehen, statt eine große Klappe zu riskieren und damit eine Herausforderung auszusprechen, die man schon ein paar Minuten später bereut ...

»Was ist los, Justin?«, fragte sein Vater. »Wen willst du anrufen?«

»Reggie«, antwortete Justin. »Ich meine: Regina. Das Mädchen von heute Morgen, das wegen der Katzen hier war.« Die Antwort fiel ihm ganz spontan ein, aber es war eine gute Ausrede, mit der sich zumindest sein Vater zufrieden gab. Seine Mutter jedoch blickte ihn misstrauisch an und fragte: »Hat sie nicht gesagt, sie hätten noch kein Telefon?«

»Ja, das ist mir auch gerade eingefallen«, erwiderte Justin. »Dass ich ja gar keine Nummer weiß. Ich glaube, ich gehe einfach einmal zu Doktor Reinert und frage ihn nach der Adresse. Er hat sie bestimmt. Schließlich hat er sie zu uns geschickt.«

»Du solltest die Leute nicht belästigen«, sagte Vater. »Wenn sie gerade erst eingezogen sind, dann haben sie bestimmt genug um die Ohren.«

»Aber ich muss doch wenigstens nachsehen, wo Großmutters Katzen hinkommen«, antwortete Justin. »Keine Angst. Ich werde mich schon benehmen.«

Sein Vater wollte antworten, doch Justin bekam Hilfe von unerwarteter Seite. »Lass ihn ruhig gehen«, sagte seine Mutter. »Auf diese Weise kommt er wenigstens auf andere Gedanken. Außerdem habe ich das Gefühl, dass er vielleicht nicht nur wegen der Katzen dorthin geht.« Sie lächelte, dann blinzelte sie ihm fast verschwörerisch zu. *»Reggie, wie?«*

10

Das Verrückte ist, dachte Justin zehn Minuten später, als er sich vornübergebeugt durch den Schnee kämpfte, eingehüllt in seine wärmsten Wintersachen und das Heimatkundebuch sicher unter der Jacke verborgen, dass seine Mutter in gewisser Hinsicht sogar Recht hatte: Er freute sich wirklich darauf, Reggie wieder zu sehen. Nur dass er natürlich nicht unterwegs zu ihr war und auch nicht zu Dr. Reinert, wie er seinen Eltern erzählt hatte. Vielleicht würde er den Tierarzt später noch besuchen und sei es nur, um sich den Spaß zu machen und ihn zu bitten, doch einmal seine schmutzigen Kittel durchzuzählen.

Im Moment allerdings hatte er ein ganz anderes Ziel. Ein ziemlich ungewöhnliches angesichts der Tatsache, dass heute nicht nur Sonntag war, sondern die Herbstferien am vergangenen Freitag begonnen hatten.

Crailsfelden war viel zu klein, um über eine eigene Bücherei zu verfügen. Zum Ausgleich gab es eine ziemlich große und erstaunlich gut sortierte Schulbibliothek, von der Justin eigentlich sicher war, dass er dort finden würde, wonach er suchte.

Nicht ganz so sicher war er, dass er sie überhaupt erreichte. Das Wetter schien immer schlechter zu werden. Der Schnee fiel jetzt in dichten Schwaden und der Wind wurde beständig stärker und kälter. Und sonderbarerweise wehte er ihm immer direkt ins Gesicht, obwohl er auf dem Weg zum Schulgebäude ein paar Mal abbog und die Richtung wechselte. Als er die Schule erreichte, war er bis auf die Knochen durchgefroren.

Justin öffnete das niedrige Tor, das den Zaun zum Schulhof unterbrach, und steuerte das kleine Häuschen an, in dem der Hausmeister mit seiner Familie wohnte. Er hoffte, dass der Mann auch zu Hause war. Außerdem hatte er sich noch gar keine Gedanken über die Frage gemacht, was er ihm eigentlich sagen sollte. Er würde einfach improvisieren; in letzter Zeit entwickete er darin ja ohnehin ein erstaunliches Talent.

Er klingelte. Eine seiner Sorgen erledigte sich praktisch sofort, denn die Tür wurde schon nach zwei oder drei Sekunden geöffnet. Der Hausmeister musste ihn schon gesehen haben, als er den Schulhof betrat. Obwohl Sonntag war, trug er seinen gewohnten grauen Kittel. Und hatte ebenfalls seinen gewohnten griesgrämigen Gesichtsausdruck.

»Ja?«, sagte er. Dann runzelte er die Stirn. »He, ich kenne dich doch. Du gehst in die siebte Klasse, stimmt's? Dein Name ist ...«

»Justin«, sagte Justin.

»Justin, richtig«, nickte der Hausmeister. »Was willst du hier? Ist dir nicht aufgefallen, dass heute Sonntag ist?«

»Ja, das weiß ich«, antwortete Justin hastig. »Es tut mir auch wirklich Leid, dass ich Sie heute störe, aber es ist sehr wichtig.«

»Wichtig, so«, erwiderte der Hausmeister. »Also wenn du irgendetwas in deiner Klasse vergessen hast, dann ist das dein Problem. Was immer es ist, du wirst darauf verzichten müssen, bis die Schule wieder anfängt.«

»Ich muss nicht in die Klasse«, antwortete Justin. Er trat verlegen von einem Fuß auf den anderen. »Ich muss etwas in der Bibliothek nachschlagen. Ein bestimmtes Buch.«

Der Hausmeister blinzelte. »Du willst in die Bücherei?«

»Es ist sehr wichtig«, sagte Justin. »Ich kann Ihnen jetzt nicht erklären, warum, aber es ist wirklich wichtig.«

»So, kannst du nicht«, wiederholte der Hausmeister. »Wahrscheinlich würde ich es sowieso nicht verstehen, wie?«

Justin war klug genug nicht zu antworten und nach einem Moment fuhr der Hausmeister mit einem Kopfschütteln fort: »So einer wie du ist mir noch nie untergekommen, weißt du das? Ich kann mich nicht erinnern, dass hier jemals ein Schüler aufgekreuzt wäre, der am Wochenende in die Schule gehen wollte.«

»Geht es denn?«, fragte Justin. »Bitte.«
Der Hausmeister seufzte. Aber dann nickte er zu Justins Erleichterung und versenkte gleichzeitig die rechte Hand in der Kitteltasche. »Also, meinetwegen. Wenn ich schon einmal ein solches Wunder erlebe, dann soll es wenigstens nicht ganz umsonst sein.«
Er zog die Tür hinter sich zu, fröstelte sichtbar, als er in den eisigen Wind und das Schneetreiben hinaustrat, und eilte mit raschen Schritten an Justin vorbei auf das Schulgebäude zu.
Eine vollkommen ungewohnte Stille schlug ihm entgegen, als sie die Schule betraten. Normalerweise erlebte Justin dieses Gebäude nur laut und voller Hektik. Umso stiller kam es ihm jetzt vor und das auf eine unangenehme, fast bedrohliche Art und Weise. Ihre Schritte riefen auf der breiten Treppe in den Keller sonderbar verzerrte, lang nachhallende Echos hervor.
»Ich habe das von deiner Großmutter gehört«, sagte der Hausmeister. »Wie geht es ihr denn?«
»Sie ist im Krankenhaus«, antwortete Justin. Er war ein wenig überrascht, dass die schlechten Neuigkeiten *so* schnell die Runde gemacht hatten. Andererseits war Crailsfelden wirklich eine sehr kleine Stadt. »Wir wissen noch nichts Genaues.«
»Na, dann hoffe ich, dass alles gut geht«, sagte der Hausmeister. »Es täte mir sehr Leid, wenn deiner Großmutter etwas zustoßen würde. Sie war eine so lebenslustige Frau.«
»Sie kennen sie?«, fragte Justin überrascht.
»Wer hier in Crailsfelden kennt deine Großmutter nicht?«, gab der Hausmeister zurück. »Immerhin sind wir wahrscheinlich die einzige Stadt im Land, die eine eigene Hexe hat.« Er grinste. Justin wusste nicht so recht, was er von diesen Worten halten sollte. Trotzdem war er einen Moment lang nahe daran, dem Hausmeister vielleicht mehr zu erzählen, als gut war.
»Außerdem hat sie mir einmal eine junge Katze geschenkt«, fuhr der Hausmeister fort. »Ein wirklich hübsches Tier ... Hat sie immer noch so viele Katzen?«

»Ein knappes Dutzend«, bestätigte Justin.
»Früher waren es einmal mehr«, sagte der Hausmeister. »Erheblich mehr. Niemand wusste genau, wie viele. Aber dreißig oder vierzig müssen es wohl gewesen sein.«
Sie hatten die Tür zur Bücherei erreicht. Der Hausmeister zog wieder seinen Schlüsselbund aus dem Kittel und schloss auf. »So«, sagte er. »Dann stell mal deine wichtigen Nachforschungen an. Wenn du fertig bist, dann mach bitte das Licht hinter dir aus und zieh die Tür einfach zu. Sie schnappt von selbst ein. Und wirf bitte nichts durcheinander. Ich habe nämlich auch Ferien, nicht nur ihr.«
Er schaltete das Licht ein, dann ging er. Justin blieb einen Moment noch da stehen, wo er war, und wartete, bis die großen Neonleuchten unter der Decke flackernd zum Leben erwacht waren. Auch hier war es sehr still, aber diese Stille kam ihm nicht ganz so ungewohnt vor wie oben im Gebäude. Vielleicht, weil es hier niemals ganz so laut und hektisch war wie anderswo in der Schule. Trotzdem fühlte er sich immer noch befangen und die Angst hatte sich zwar tief in ihn zurückgezogen, war aber immer noch da. Und er wusste genau, dass sie bei der ersten sich bietenden Gelegenheit wieder aus ihrem Versteck hervorstürmen und über ihn herfallen würde, vielleicht schlimmer als zuvor.
Langsam begann er an den ordentlich aufgeräumten Regalreihen entlangzugehen. Er hatte noch keine klare Vorstellung davon, wie und wo er mit seiner Suche beginnen sollte. Aber dieses Problem erwies sich als kleiner, als er befürchtet hatte. Die Bücherei war vorbildlich sortiert und es gab ein sehr übersichtliches System von Wegweisern und Hinweisschildern. Schon nach ein paar Minuten hatte er den Gang gefunden, wo die entsprechenden Bücher aufbewahrt wurden.
Er fand sogar mehr als nur ein Buch über die Geschichte Crailsfeldens und seiner Umgebung; allerdings nicht das, was er suchte. Es gab einige Bände, die ihm ähnelten – offensichtlich waren sie im selben Verlag erschienen, Nachfolgebände

des Buches, das er in der Bibliothek seiner Großmutter gefunden hatte. Aber alle unterschieden sich in einem einzigen, aber entscheidenden Detail: Das Kapitel über den Katzenwinter war nicht drin.
Justin zog sein eigenes Exemplar unter der Jacke hervor und begann darin zu blättern. Das Kapitel über den Katzenwinter war nach wie vor nicht mehr da, aber er entdeckte auch keine leeren Seiten mehr. Das Kapitel war einfach verschwunden. Das Buch hatte jetzt ein paar Seiten weniger.
Verwirrt legte er den Band vor sich auf das Regal und studierte die Titel der anderen Bücher, die ordentlich vor ihm aufgereiht waren. Es war die übliche Auswahl: Eine Geschichte des Mittelalters, in der vielleicht ein paar Absätze über Crailsfelden zu finden waren, mehrere Werke mit Landkarten, alte und neue, eine Sammlung von Geschichten lokaler Autoren, die mehrere Generationen umfasste, einige Essays mit politischen, sozialen und theologischen Abhandlungen, von denen er nicht so ganz genau wusste, was sie eigentlich in dieser Sammlung zu suchen hatten, und ein Buch über mittelalterliche Architektur, das auf den ersten Bick nichts mit Crailsfelden zu tun zu haben schien.
Andererseits musste es einen Grund geben, dass der Band in dieser Reihe stand. Die Bücherei war viel zu gut organisiert, als dass sich dieses Buch einfach so hierher verirrt haben könnte ...
Er nahm den großformatigen Band aus dem Regal und begann darin zu blättern. Er enthielt eine Anzahl hochglänzender Farbfotos, aber auch Reproduktionen mittelalterlicher Zeichnungen – unter anderem die, die er auch in Großmutters Buch entdeckt hatte. Auf der gegenüberliegenden Seite waren zwei Fotografien zu sehen: Eine von dem Kloster, wie es vor dem Brand vor zehn Jahren ausgesehen hatte, die andere, offenbar mit dem Computer nachbearbeitete, zeigte das Bauwerk, wie es hätte aussehen können oder vielleicht einmal ausgesehen hatte. Die Mauern waren mit denselben, an Drachenzähne erinnernden Zinnen gesäumt wie auf der Zeichnung, aber der

Turm war viel größer. Seine gigantischen Abmessungen schienen die Gebäude ringsum zu erschlagen.
Justin glaubte nicht, dass diese Rekonstruktion sehr realistisch war. Hätte es diesen Turm wirklich in dieser Form gegeben, dann hätte er so groß wie der Kölner Dom sein müssen; höher als die Cheopspyramide. Und hätte es in dieser Gegend – selbst vor Jahrhunderten – so einen babylonischen Turmbau gegeben, Justin hätte davon gewusst. Außerdem würde es dann in Crailsfelden von Archäologen nur so wimmeln.
Der Turm auf dem Bild bewegte sich.
Justin fuhr so erschrocken zusammen, dass er das Buch um ein Haar fallen gelassen hätte.
Dann begriff er seinen Irrtum. Der Turm auf dem Foto hatte sich nicht bewegt. Es war eine optische Täuschung, die einfach daher kam, dass sich sein eigener Schatten, den er auf das aufgeschlagene Buch warf, bewegte. So einfach war das.
Sein erleichtertes Lächeln dauerte nur eine Sekunde, dann erstarrte es.
Wenn sich sein Schatten bewegte, dann gab es dafür nur eine einzige logische Erklärung – nämlich die, dass sich *das Licht hinter ihm bewegte.*
Mit klopfendem Herzen und sehr langsam drehte sich Justin herum.
Vor ihm befand sich eines der zwei Meter hohen, stabilen Bücherregale, aber hinter Justin erstreckten sich drei Meter leerer Raum bis zur Wand mit dem deckenhohen Fenster. Obwohl die Bücherei im Keller des Schulgebäudes untergebracht war, kam an einem normalen Tag ausreichend Sonnenlicht herein. Hinter dem Fenster lag eine schmale, kaum zwei Meter tiefe Terrasse, hinter der eine sanfte grasbewachsene Böschung bis zum Niveau des eigentlichen Schulhofes hinaufführte.
Auf dieser Terrasse stand ein Motorrad.
Jedenfalls nahm Justin an, dass es ein Motorrad sein sollte. Das ganze grauenerregende ... *Ding* sah aus wie etwas Lebendiges. Nein, verbesserte sich Justin in Gedanken. Wie etwas,

was hatte *lebendig werden wollen*, dem es aber nicht ganz gelungen war. Der Motor war ein rostig verchromtes, pumpendes Herz, das unregelmäßig schlug und aus dem sich metallene Adern und Arterien herausschlängelten. Tank und Sitz waren eine einzige fleischige Masse, von der Tropfen einer schleimigen, wasserklaren Flüssigkeit auf den Boden fielen oder auf dem heißen Motorblock verzischten. Das Hinterrad schien aus einer kompakten Knochenplatte zu bestehen und hatte keinen Reifen, sondern einen knochigen Wulst, aus dem Tausende winziger spitzer Dornen wuchsen. Das Vorderrad war fast normal, aber es schien menschliche Oberschenkelknochen anstelle von Speichen zu haben und aus dem Reifen standen ebenfalls zahllose, fast fingerlange Stacheln. Die Naben des Rades endeten ebenso wie Fußrasten, Brems- und Schalthebel in rasierklingenscharfen, rostigen Schneiden. Das Cockpit schließlich war ein riesiger, skelettierter Bocksschädel, in dessen Mitte der Scheinwerfer glühte wie ein einzelnes leuchtendes Zyklopenauge. Die weit nach oben gebogenen, gedrehten Hörner bildeten den Lenker dieses Höllenmotorrades. Das *Ding*, das die Enden dieses Lenkers hielt und auf dem tropfenden Sattel hockte, weigerte sich Justin einfach anzusehen. Diesmal hätte er es gekonnt. Es war dasselbe monströse Albtraum-Motorrad, das er auch in der vergangenen Nacht gesehen hatte, aber diesmal war das Licht viel besser und er hätte den dämonischen Fahrer in allen Einzelheiten erkennen können. Aber er wollte es nicht. Er hatte Angst, dass ihn der Anblick auf der Stelle umbringen würde oder mindestens in den Wahnsinn treiben. Justin erhaschte einen flüchtigen Blick auf das, was unter dem zerbeulten Wehrmachtshelm war, den die Kreatur anstelle eines Sturzhelmes trug, und hatte das Gefühl, dass dort kein Gesicht war, sondern nur eine wogende Schwärze, in der ein Paar unheimliche rote Augen glühten.

Der Motor des Furcht erregenden Bikes heulte auf. Der Lärm war trotz der dicken Glasscheibe, die zwischen ihnen lag, fast unerträglich. Justin prallte einen Schritt zurück und stieß gegen das Bücherregal. Seine Gedanken begannen zu rasen und tief in sich glaubte er eine dünne, hysterische Stimme zu hören, die ihn fragte, ob er nun endlich zufrieden war. Schließlich hätte er selbst den Geist der Ruine aufgefordert, sich etwas Besseres einfallen zu lassen. Wie es aussah, hatte er es.

Der Motor der Maschine heulte immer lauter. Das Hinterrad begann sich wie rasend zu drehen, sodass stinkender schwarzer Rauch darunter hervorquoll, aber die Maschine rührte sich nicht von der Stelle, weil der Fahrer gleichzeitig mit aller Kraft die Bremse zog.

Für ungefähr eine Sekunde. Dann ließ er den Griff mit einem Ruck los. Das Motorrad machte einen gewaltigen Satz, als der Fahrer das Vorderrad in die Höhe riss und gleichzeitig noch mehr Gas gab. Justin schrie gellend auf und warf schützend die Arme vor das Gesicht, als ob das irgendetwas nützen würde.

Die deckenhohe Scheibe verwandelte sich mit einem berstenden Schlag in einen Wasserfall aus Millionen und Abermillionen winziger glitzernder Scherben, aus dem das Motorrad förmlich herausexplodierte.

Justin reagierte ganz instinktiv und wohl mehr durch Zufall als aus irgendeinem anderen Grund richtig: Er ließ sich fallen, schlug die Hände schützend vors Gesicht und rollte über den Linoleumboden davon. Ein wahrer Hagel scharfkantiger Glassplitter regnete auf ihn herab und in der nächsten Sekunde erschütterte ein gewaltiger Schlag die gesamte Bibliothek. Justin rollte noch zwei-, dreimal herum, versuchte sich in die Höhe zu stemmen und wimmerte vor Schmerz, als er sich die Hände an den Glasscherben zerschnitt, die den Boden bedeckten. Dann sah er sich nach dem Höllenmotorrad um.

Die Maschine hatte sich regelrecht in das Bücherregal hineingebohrt. Das Vorderrad hatte die sorgsam aufgestellten Reihen von Büchern genau dort durchgeschlagen, wo Justins Kopf gewesen wäre, hätte er sich nicht im letzten Moment zur Seite geworfen. Das Rad drehte sich noch immer und die Dornen und Stacheln, die aus dem Reifen ragten, hatten es in das Blatt einer übergroßen Kreissäge verwandelt, das sich rasend schnell tief in Buchrücken und Papier hineinfraß. Die Luft war von weißen Papierschnipseln und -fetzen erfüllt, als hätte es nun hier drinnen zu schneien begonnen. Der Fahrer riss und zerrte mit aller Kraft an seiner Maschine, um sich aus seiner misslichen Lage zu befreien. Einem normalen Menschen wäre das kaum gelungen; aber Justin war nicht einmal sicher, dass das ... *Ding* da vor ihm überhaupt ein Mensch war, geschweige denn *normal.* Zentimeter für Zentimeter zerrte es das Motorrad aus der zerfetzten Wand aus Büchern heraus, bis das Vorderrad schließlich mit einem schmetternden Knall auf den Boden krachte.

Und endlich begriff Justin, dass er noch längst nicht außer Gefahr war. Der Motorraddämon hatte vielleicht eine halbe Minute gebraucht, um seine Maschine zu befreien. Keine besonders lange Zeit und vielleicht Justins letzte Chance, davonzulaufen und die Tür zu erreichen.

Er hatte sie verspielt.

Diesmal ignorierte er den Schmerz, der durch seine Hände schoss, sprang auf die Füße und rannte davon, so schnell er konnte. Hinter ihm brüllte der Motor der Höllen-Harley auf wie ein zorniges Tier. Die Luft stank plötzlich nach verbranntem Linoleum und schmorendem Gummi. Justin machte einen gewaltigen Satz, warf sich mit einer verzweifelten Bewegung nach vorne und zugleich herum und bekam einen so heftigen Schlag in die Kniekehlen, dass er endgültig das Gleichgewicht verlor und mit hilflos rudernden Armen zu Boden fiel.

Vielleicht rettete ihm das das Leben. Das Motorrad raste mit aufbrüllendem Motor an ihm vorüber. Die rostigen Klingen an seinen Naben zerschnitten die Luft mit einem ekelhaften Geräusch wenige Zentimeter vor seinem Gesicht, schlugen Funken aus dem Boden und ließen große Stücke zerfetztes Linoleum durch die Luft fliegen.

Justin rollte blindlings weiter, prallte gegen ein Hindernis, registrierte aber trotzdem, wie das Motorrad an ihm vorüberschlitterte und erneut Funken und Qualm unter seinen gezahnten Reifen emporstoben, als der Fahrer mit aller Gewalt auf die Bremse trat.

Der Bremsweg reichte nicht. Die Harley krachte mit fürchterlicher Wucht direkt neben der Tür gegen die Wand und kippte um.

Justin verschwendete keine Zeit damit, um Hilfe zu rufen oder sich davon zu überzeugen, ob sich der Motorradfahrer den Hals gebrochen hatte. Er befand sich im Keller des weitläufigen Schulgebäudes und noch dazu auf der anderen Seite; der Hausmeister würde wahrscheinlich nicht einmal hören, wenn hier unten eine Kanone abgefeuert wurde. Und das *Ding*, das das Motorrad fuhr, würde sich von einer Kleinigkeit wie einem gebrochenen Hals kaum besonders beeindrucken lassen. Justin sprang auf, fuhr auf dem Absatz herum und stürzte in die schmale Gasse, die zwei Bücherregale vor ihm bildeten.

Möglicherweise schon wieder ein Fehler. Justin warf einen gehetzten Blick über die Schulter zurück und sah voll ungläubigem Entsetzen, dass der Motorrad-Dämon sein Fahrzeug bereits wieder aufgerichtet und herumgerissen hatte. Und als hätte er nur darauf gewartet, dass Justin ihn ansah, gab er in diesem Moment Gas und die Maschine schoss mit aufbrüllendem Motor los.

Justin hätte vor Entsetzen beinahe laut aufgeschrien, als er sah, wie schnell sie war. Er hatte die Hälfte der schmalen Regalgasse hinter sich gebracht, aber das Motorrad raste mit wahnwitziger Geschwindigkeit heran.

Für einen Moment klammerte er sich noch an die Hoffnung, dass die Lücke zwischen den Regalen zu schmal für das Motorrad war und es darin stecken bleiben würde. Aus dem Metall der Bücherregale stoben Funken, als das Motorrad an beiden Seiten daran entlangschrammte, und die rotierenden Klingen rissen tiefe Furchen in Buchrücken und Papier. Doch der Motor der Höllenmaschine entwickelte eine solche Kraft, dass das Bike trotzdem weiter auf Justin zu raste.

Justin griff mit verzweifelter Kraft schneller aus. Hinter ihm brüllte das Motorrad wie ein wütender Drache und er spürte einen Hauch mörderischer, warmer Hitze im Nacken, einen Sekundenbruchteil, bevor er das Ende der Regalreihe erreichte und sich nach links warf. Das Motorrad verfehlte ihn wie das erste Mal. Er spürte einen fast sanften Schlag gegen die Beine und dann schoss ein jäher, brennender Schmerz durch seine Waden.

Justin taumelte hilflos zur Seite, prallte mit dem Rücken gegen ein Regal und sah an sich hinab. Seine Beine schienen unverletzt, aber der Schmerz in seinen Waden wurde immer schlimmer und er spürte, wie warmes Blut an seinen Knöcheln herablief. Eine der Klingen musste ihn erwischt haben.

Stöhnend hob Justin den Blick. Der Motorradfahrer hatte seine Maschine diesmal rechtzeitig zum Stehen gebracht, ohne mit der Wand zu kollidieren, und wendete mit durchdrehendem Hinterrad auf der Stelle. Justin blieben vielleicht noch zwei oder drei Sekunden, bis er es geschafft hatte und dann abermals heranraste, vermutlich, um ihn mit seiner Maschine bis zum anderen Ende der Regalreihe durchzurammen.

Justins Gedanken überschlugen sich. Bis zur Tür würde er es niemals schaffen, nicht mit den verletzten Beinen, von denen er nicht einmal sicher war, ob sie ihn überhaupt noch trugen, und zwischen ihm und dem zerbrochenen Fenster befand sich die Harley. Der einzige Fluchtweg, der ihm überhaupt blieb, war der in eine weitere Regalgasse hinein – und diesmal war sein Vorsprung sehr viel kleiner als beim letzten Mal.

Trotzdem rannte er los; auch wenn es in Wahrheit wohl mehr ein ungelenkes Humpeln war. Jeder Schritt schien eine glühende Messerklinge tief in seine Waden hineinzutreiben, aber er entwickelte trotzdem eine erstaunliche Geschwindigkeit.

Auf halbem Weg sah sich Justin um und erkannte, dass ihm das Motorrad noch gar nicht gefolgt war. Es stand, einer

bizarr geformten Kanonenkugel am Ende des Laufes gleich, zehn Meter hinter ihm. Der Fahrer spielte mit dem Gasgriff, sodass der Motor immer wieder schrill aufheulte.
Plötzlich begriff Justin, dass das Ungeheuer nur mit ihm spielte. Vermutlich hatte es das die ganze Zeit über getan. Hatte er sich wirklich eingebildet, diesem *Ding* entkommen zu können? Das war lächerlich!
Als hätte das Dämon seine Gedanken gelesen, schoss das Motorrad in diesem Moment los. Justin war mittlerweile weiter entfernt als beim ersten Mal, aber es bewegte sich auch viel schneller. Statt Funken sprühten nun kleine orangerote Flammen aus den Regalen, an denen er entlangschrammte, und hinter ihm stob ein wahrer Orkan aus zerfetztem Papier in die Luft. Er würde es nicht schaffen. Oder vielleicht doch, aber dann nur, weil diese Bestie es wollte, um ihr grausames Spiel noch für eine Weile fortzusetzen. Vielleicht würden ihn die Klingen diesmal schwerer verletzen, sodass er hilflos daliegen würde und das Ungeheuer in aller Ruhe zusah, wie er verblutete.
So weit würde er es nicht kommen lassen! Justin stolperte mitten im Lauf herum, klammerte sich an der Metallstrebe eines Regales fest und griff mit der anderen Hand blindlings nach dem erstbesten Buch, um es nach seinem Verfolger zu werfen. Es war ein sehr schwerer, ledergebundener Band, der vermutlich auch eine Wirkung gezeigt hätte, hätte er getroffen, doch sein unheimlicher Verfolger wehrte den Angriff mit geradezu spielerischer Leichtigkeit ab. Ohne sichtbare Anstrengung riss er das Vorderrad der Maschine in die Höhe und das rotierende Vorderrad mit seinen Stacheln und Dornen verarbeitete das Wurfgeschoss in Bruchteilen von Sekunden zu Konfetti.
Das Vorderrad senkte sich nicht wieder. Die Maschine raste auf dem Hinterreifen heran und das wirbelnde Vorderrad mit seinen Zähnen und Krallen näherte sich Justin wie eine übergroße Kreissäge. Es war noch fünf Meter entfernt, dann drei –

und dann löste sich ein braun und schwarz und weiß gescheckter Schatten von dem Regal über Justins Kopf und jagte wie ein Blitz auf den Motorrad-Dämon zu.
Das Ergebnis war umwerfend.
Die Katze landete wie eine lebende Kanonenkugel im Gesicht des Motorradfahrers und riss ihn einfach aus dem Sattel. Während er einen anderthalbfachen Salto in der Luft schlug und dann aus Justins Gesichtsfeld verschwand, kippte das Motorrad noch weiter nach oben. Das Vorderrad schnitt sirrend fünf Zentimeter über Justins Kopf durch die Luft, zersäbelte ein weiteres Dutzend Bücher und dann stellte sich die Maschine endgültig quer und verkeilte sich. Funken, verbranntes Papier und abgerissene Metallteile regneten auf Justin herab, der sich am Boden zusammengekauert und die Hände über den Kopf geschlagen hatte.
Zwei oder drei Sekunden wagte er nicht zu atmen. Erst dann öffnete er ganz vorsichtig die Augen und nahm noch vorsichtiger die Hände herunter. Das Motorrad hatte sich so dicht über ihm verkeilt, dass er die Hitze des Motors auf dem Gesicht spüren konnte; fast eine halbe Tonne Stahl, die nur darauf wartete, auf ihn herabzustürzen und ihn zu zerquetschen. Heißes Öl und noch etwas anderes, Schreckliches, tropfte auf ihn herunter.
Justin kroch hastig ein Stück zurück, richtete sich zitternd auf und vernahm ein jämmerliches Miauen, das irgendwo auf der anderen Seite des Motorrades erklang.
Er vergaß schlagartig seine Angst und ebenso die Schmerzen, die sich mittlerweile in seinem ganzen Körper ausgebreitet hatten. So schnell er überhaupt konnte, ohne sich an dem heißen Metall zu verbrennen oder sich an einer der zahlreichen Dornen und Klingen noch weitere üble Schnittwunden zuzufügen, kletterte er über das Motorrad hinweg.
Der dämonische Fahrer war nicht mehr da. Justin hatte genau gesehen, dass er unmittelbar hinter seinem Motorrad zu Boden gestürzt war, aber er konnte keine Spur mehr von ihm entdecken. Wo er liegen sollte, gewahrte Justin nur ein zit-

terndes, braun, schwarz und weiß geschecktes Bündel, das in diesem Moment erneut ein jämmerliches Wimmern ausstieß.
»Cindy!«, keuchte Justin. Er kletterte weiter, so schnell er konnte, und ließ sich neben der verletzten Katze auf die Knie fallen.
»Cindy!«, rief er. »Mein Gott, Cindy! Was ... was ist denn nur passiert!«
Die Katze stieß ein leises, klägliches Miauen aus und versuchte sich zu bewegen, brachte aber nur ein hilfloses Zucken zustande. Ihre ausgemergelten Flanken zitterten und ihr Atem ging stoßweise und unregelmäßig.
Justin streckte die Hand nach Cindy aus, aber er wagte es nicht, sie zu berühren. Er konnte keine sichtbaren Verletzungen erkennen, doch er wusste ja aus eigener Erfahrung, wie furchtbar schon die flüchtigste Berührung dieser unheimlichen Schattenwesen wirken konnte. Und Cindy hatte ihn nicht nur flüchtig berührt, wie er das Gespenst im Krankenhaus, sondern mit aller Kraft *angesprungen*!
»Aber ... aber warum hast du das nur getan?«, murmelte er mit leiser, bebender Stimme.
Cindy miaute ganz leise und Justin glaubte plötzlich Reggies Stimme zu hören, die sagte: *Vielleicht kann sie noch nicht gehen, weil es noch etwas gibt, was sie tun muss.*
Cindy schloss die Augen.

11

Justin stürmte durch den Hausflur der Tierarztpraxis, ohne auch nur einen Blick in das Wartezimmer zu werfen. Obwohl Sonntag war, saßen zwei oder drei Leute mit ihren Tieren darin. In Crailsfelden machten die Leute keinen so großen Unterschied zwischen Wochenende und einem normalen Tag

und Dr. Reinert bildete da keine Ausnahme. Zum Ausgleich konnte es aber auch passieren, dass man an einem normalen Donnerstagnachmittag um drei vergebens an seiner Tür klopfte, weil er gerade beschlossen hatte angeln zu gehen.
An nichts von alledem dachte Justin in diesem Moment. Er stürmte an der offen stehenden Tür des Wartezimers vorbei, erreichte das Behandlungszimmer und drückte die Klinke hinunter. Dass sie geschlossen war, hieß, dass Dr. Reinert gerade einen Patienten behandelte, denn normalerweise ließ er die Tür immer offen.
Tatsächlich stand der Tierarzt am Behandlungstisch und beugte sich über eine junge Katze, die herzzerreißend miaute und aus großen Augen die Spritze anstarrte, die er in der rechten Hand hielt. Eine grauhaarige Frau stand dabei und streichelte das Tier beruhigend. Sie war so blass, als wollte der Arzt die Spritze ihr geben.
»Was ...?« Dr. Reinert sah mit einem Ruck hoch, als Justin so schnell hereingestürzt kam, dass die Tür krachend gegen die Wand flog. Eine steile Falte erschien zwischen seinen Augen »Justin! Was soll das? Du siehst doch, dass ich –«
»Ein Notfall«, unterbrach ihn Justin. Er lief zum Tisch, schob die junge Katze kurzerhand mit dem Unterarm beiseite und legte Cindy auf die verchromte Fläche. »Entschuldigen Sie, aber es ist sehr dringend.«
Dr. Reinert sog erschrocken die Luft ein. Er sah natürlich sofort, was mit Cindy los war. Eine Sekunde lang sagte er gar nichts, aber dann wandte er sich mit einem entsprechenden Blick an die Frau.
»Bitte verzeihen Sie, Frau Malser, aber Sie sehen ja selbst ...«
»Selbstverständlich«, antwortete Frau Malser. »O Gott, das arme Tier! Was ist denn nur passiert?«
»Ein Katerkampf.« So mitgenommen, wie er selbst aussah, schien ihm das die einzige passende Ausrede. »Ich habe mich eingemischt, aber ich war nicht schnell genug.«
Die grauhaarige Frau klaubte hastig ihr Katzenbaby vom Tisch, presste es schützend (und wahrscheinlich so stark, dass

das arme Vieh kaum noch Luft bekam) an die Brust und ging aus dem Raum. Dr. Reinert machte einen entsprechenden Wink und Justin ging rasch hinter ihr her und schloss die Tür. Dann trat er wieder an den Behandlungstisch.
Dr. Reinert untersuchte die Katze mit schnellen, routinierten Bewegungen. Er hob ihre Augenlider an, sah ihr ins Maul und nahm schließlich sein Stethoskop, um nach ihrem Herzschlag zu hören. Das alles tat er insgesamt dreimal. Als er fertig war, trat er einen Schritt vom Tisch zurück und sah Justin ernst an.
»Ich fürchte, ich kann deiner kleinen Freundin nicht mehr helfen«, sagte er.
»Ist sie ... tot?«, fragte Justin. Die Frage war vollkommen überflüssig. Cindy war in seinen Armen gestorben, noch ehe er das Schulgebäude verlassen hatte. Aber nach all den Witzen, die sie jahrelang über die angebliche Zombie-Katze gemacht hatten, konnte er es jetzt einfach nicht begreifen, dass sie tatsächlich tot sein sollte. Und er hatte fast Angst vor Dr. Reinerts Antwort, als würde das Schreckliche erst wahr, wenn man es aussprach.
»Ja«, sagte Dr. Reinert ernst. Dann zog er erschrocken die Augenbrauen hoch. »Was ist mit deinen Beinen?«
Justin sah an sich herab und bemerkte erst jetzt, dass dort, wo er stand, eine Anzahl kleiner, runder Blutstropfen auf den weißen Fliesen glänzte, und als hätte der Anblick den Schmerz wieder geweckt, spürte er jetzt auch wieder ein heftiges Brennen und Pochen in den Beinen.
Ohne seine Antwort abzuwarten, deutete Dr. Reinert mit einer Kopfbewegung auf den Stuhl vor seinem Schreibtisch und sagte: »Setz dich.«
Justin gehorchte. Dr. Reinert zog ein Paar hauchdünner grüner Plastikhandschuhe über seine Hände, ließ sich vor ihm auf die Knie sinken und streifte vorsichtig sein rechtes Hosenbein hoch. Justin fiel auf, dass der Jeansstoff zwar regelrecht mit Blut getränkt war, aber sonst vollkommen unversehrt.
Seine Wade sah nicht ganz so unbeschädigt aus. Der Schnitt darin war nicht so tief, wie er befürchtet hatte, aber tief genug.

»Ach du Schreck!«, entfuhr es Dr. Reinert. »Was ist passiert? Ein Katerkampf war das jedenfalls nicht. Es sei denn, es war eine von diesen großen gelben Katzen. Die mit den schwarzen Streifen. Du musst sofort zum Arzt.«
»Ich denke, Sie sind Arzt«, nörgelte Justin.
»Ich bin Tierarzt«, antwortete Dr. Reinert betont. »Gestern Abend, das war etwas anderes. Mit dem hier bin ich überfordert – und ich darf es auch gar nicht. Ich rufe sofort bei –«
»Nein!«, sagte Justin erschrocken. »Bitte nicht. Ich ... kann nicht zu einem Arzt.« *Er würde Fragen stellen.* Das sagte er zwar nicht laut, aber irgendwie konnte man es trotzdem hören.
»Ich fürchte, ich würde dir ziemlich wehtun«, sagte Dr. Reinert. »Ich bin es gewohnt, Tiere zu behandeln. Sie haben ein anderes Schmerzempfinden als wir Menschen. Man könnte auch sagen, sie stellen sich nicht so an.«
»Das werde ich auch nicht«, versprach Justin. »Machen Sie schon. Ich verrate auch niemandem etwas.«
Dr. Reinert zögerte noch einen Moment, aber dann zuckte er mit den Schultern, ging zum Schrank und kam mit einigen Mullbinden, Pflasterstreifen, Tupfen und etlichen anderen Utensilien zurück. Unter anderem auch mit einer Nadel.
Justins Augen wurden groß. »Sie wollen das doch nicht etwa *nähen?*«
»Ich habe dich gewarnt«, antwortete der Tierarzt. »Du hast noch Glück. Wenn du ein Pferd wärst, würde ich dich auf der Stelle einschläfern.«
Justin hielt Wort. Seine Tapferkeit reichte nicht aus, auch noch dabei zuzusehen, was Dr. Reinert mit seinen Beinen tat, aber was immer es war, es tat verdammt weh. Als er fertig war, standen ihm die Tränen in den Augen. Aber er hatte während der ganzen Zeit keinen Laut von sich gegeben.
»So«, sagte Dr. Reinert. Er hatte allen Grund, zufrieden zu sein, klang aber eher besorgt. »Mehr kann ich nicht tun. Es wäre wirklich besser, wenn du zum Arzt gehen würdest. Wenn sich die Wunden entzünden, bekommst du jede Menge Spaß.«

»Danke, den hatte ich schon«, murmelte Justin. »Und jetzt habe ich noch eine Frage an Sie. Beantworten Sie sie mir ehrlich?«
Der Tierarzt hob die Schultern. »Solange du mich nicht nach meiner letzten Steuererklärung fragst ...«
»Wer ist Werner?«, fragte Justin.
Dr. Reinert starrte ihn an. Er wurde deutlich blass. »Warum fragst du das?«
»Weil ich ihn getroffen habe«, antwortete Justin. Er deutete auf seine bandagierten Unterschenkel. »Das war er. Und wenn Cindy nicht gewesen wäre, dann hätte er mich wahrscheinlich umgebracht.«
Dr. Reinert wirkte sehr ernst und sehr, sehr erschrocken. Eine Weile stand er einfach reglos da, dann drehte er sich um, ging um seinen Schreibtisch und ließ sich in seinen Stuhl fallen. »Hast du irgendjemandem davon erzählt?«, fragte er statt direkt zu antworten.
Justin schüttelte den Kopf. »Nein.«
»Das ist gut«, fuhr Dr. Reinert fort. »Und um deine Frage zu beantworten: Werner war so etwas wie der böse Geist von Crailsfelden.«
»War?«
»Er ist vor zehn Jahren ums Leben gekommen«, bestätigte Dr. Reinert. »Du kannst ihn also gar nicht getroffen haben.«
Justin war kein bisschen überrascht. Dass das Ding, mit dem er es zu tun gehabt hatte, kein lebender Mensch gewesen war, hatte er längst begriffen.
»Erzählen Sie mir von ihm«, verlangte Justin.
Er spürte, wie schwer es Dr. Reinert fiel, seine Frage zu beantworten. Doch dann sah er auf Justins Waden herab, die er gerade selbst verarztet hatte, und seufzte tief: »Er war durch und durch niederträchtig und gemein, aber trotzdem ein normaler Junge«, sagte er. »Du kennst diese Typen: groß wie ein Ochse und ungefähr so intelligent wie eine leere Pepsi-Dose. Ich habe viele davon kommen und gehen sehen im Laufe meines Lebens. Es ist fast immer dieselbe Geschichte.

Manche kriegen irgendwann die Kurve, aber die meisten enden im Gefängnis oder in der Gosse. Werner war nicht einmal dumm, aber er ... ließ sich mit Mächten ein, von denen er besser die Finger gelassen hätte.«
»Er war im Internat«, vermutete Justin.
Dr. Reinert nickte. »Er und einige andere. Sie verfielen dem Bösen. Entschuldige das theatralische Wort, aber es gibt kein anderes. Sie ließen sich mit Mächten ein, um die sie besser einen großen Bogen gemacht hätten. Du hast das Ergebnis gesehen ...«
Justin nickte. »Was ist passiert?«
»Die Geschichte allein würde ein dickes Buch füllen«, antwortete Dr. Reinert ausweichend. »Ich glaube, jemand hat es sogar getan und einen Roman darüber geschrieben, aber er war kein großer Erfolg. Nur so viel: Werner und seine Freunde brachten großes Unglück über die Stadt. Aber am Ende fanden sie das, was sie selbst über die Menschen hier gebracht hatten: den Untergang.«
»Ganz so untergegangen ist Werner offenbar nicht«, sagte Justin nachdenklich. Er schüttelte den Kopf. »Das klingt alles ...«
»Verrückt?«, schlug Dr. Reinert vor. Ein seltsames Lächeln erschien auf seinen Lippen. »Du meinst, ein erwachsener Mann wie ich, ein gestandener Tierarzt, fängt plötzlich an, Geschichten von Geistern und Dämonen zu erzählen, von großem Verderben und den Mächten der Finsternis, und das kommt dir ein bisschen komisch vor, wie? Du hast vollkommen Recht. Aber weißt du, eine Menge Leute hier in Crailsfelden könnten dir sehr seltsame Geschichten erzählen. Und ich nehme an, du hast in den letzten Tagen auch einige Dinge erlebt, die du dir nicht erklären kannst.«
»Ich habe –«, begann Justin, aber Dr. Reinert unterbrach ihn sofort mit einer fast erschrockenen Handbewegung.
»Ich will es gar nicht wissen. Ich würde auch dieses Gespräch nicht mit dir führen, wenn es nicht deine Großmutter gäbe.«

»Was hat sie damit zu tun?«, fragte Justin.

»Crailsfelden ist keine Stadt wie jede andere«, sagte Dr. Reinert, statt seine Frage zu beantworten. »Es hat in seiner Geschichte immer wieder Zeiten gegeben, in denen sich sehr sonderbare Dinge hier taten. Manche behaupten, dass das Böse in dieser Stadt regiert. Ich glaube das nicht. Aber ich glaube, dass wir ihm hier vielleicht näher sind als an den meisten anderen Orten.«

»Warum sind Sie dann noch hier?«

Dr. Reinert lächelte sonderbar. »Irgendwann muss man sich entscheiden«, antwortete er. »Und irgendwo muss man leben. Wer sagt, dass es anderenorts besser ist? Weißt du, Justin, wenn ich in meinem Leben eines gelernt habe, dann, dass es sinnlos ist, vor etwas wegzulaufen. Meistens findet man dort, wohin man geht, genau das, wovor man geflohen ist. Oder etwas Schlimmeres.«

»Sie wollen mir also nicht helfen«, sagte Justin.

Bevor Dr. Reinert antwortete, warf er einen raschen Blick zum Fenster und auf seinem Gesicht erschien dabei ein Ausdruck, als fürchte er von irgendjemandem dort draußen belauscht zu werden. Justin folgte seinem Blick und stellte fest, dass man auch von hier ausgezeichnet auf die Klosterruine auf dem Hügel sehen konnte. Und umgekehrt.

»Das kann ich nicht«, sagte Dr. Reinert leise. »Ich weiß nicht, was hier *wirklich* geschieht. Nicht mehr als alle anderen auch. Ein paar Gerüchte, Märchen, Legenden und ein paar unheimliche Geschichten, die mir meine Eltern erzählt haben, als ich ein Kind war, und die sie wiederum vermutlich von ihren Eltern gehört haben, als sie noch Kinder waren. Ich kann dir nicht sagen, was davon wahr ist und was nicht. Ich kann dir nur raten, vorsichtig zu sein. Es gibt hier Dinge, an die man besser nicht rührt.«

Justin rollte behutsam seine Hosenbeine hinunter. Dabei fiel ihm wieder auf, dass seine Jeans vollkommen unbeschädigt waren, als hätte er sich alles nur eingebildet. Vielleicht hatte er das ja tatsächlich. Möglicherweise kämpfte er nur gegen eine Illusion. Aber wenn, dann war es eine Illusion, die Wunden hinterließ. Und eingebildet oder nicht, es waren Wunden, die tödlich sein konnten.

»Es tut mir Leid«, sagte Dr. Reinert. »Wäre deine Großmutter noch hier, könnte sie dir bestimmt mehr erzählen, aber ich bin dazu nicht in der Lage.« Er stand auf und wechselte das Thema.

»Es tut mir auch sehr Leid wegen Cindy«, sagte er. »Die tapfere Kleine hat so lange durchgehalten und jetzt ...«

»Sie hat mir das Leben gerettet«, sagte Justin.

»Möchtest du sie mitnehmen?«, fragte Dr. Reinert. »Oder soll ich mich um sie kümmern?«

»Nein«, antwortete Justin. Er hatte einmal den Fehler begangen den Tierarzt zu fragen, was eigentlich mit den Tieren geschah, die in seiner Praxis starben oder die er einschläfern musste. Seither wusste er, warum seine Großmutter stets darauf bestanden hatte, ihre Katzen im Garten zu beerdigen. »Ich werde sie begraben. Das ist das Mindeste, was ich für sie tun kann.«

»Dann warte einen Moment.« Dr. Reinert verließ den Raum und kam nach einer Minute mit einem großen, grauen Pappkarton zurück. Er polsterte ihn sorgsam mit Kleenex-Tüchern aus, die er von einer Rolle an der Wand abriss, dann legte er die tote Katze behutsam hinein und schloss den Deckel. Justin nahm den Karton entgegen und verließ ohne ein weiteres Wort das Behandlungszimmer.

Draußen auf dem Flur traf er die grauhaarige Frau wieder, die er gerade so rüde unterbrochen hatte. Sie sah jetzt gar nicht mehr so freundlich drein wie vorhin, sondern musterte ihn und den Karton in seinen Händen mit einem kühlen Blick, dann rutschte ihre linke Augenbraue ein gutes Stück weit die Stirn hinauf.

»Na, das hat ja gedauert«, sagte sie. »Ist sie da drin?«

»Ja«, antwortete Justin leise. »Sie hat es nicht geschafft.«

»Und deshalb platzt du einfach so herein und mein kleines Schneeflöckchen und ich müssen warten?«, fragte sie un-

freundlich. »Du hättest dein Vieh auch gleich im Garten verbuddeln können.«
Justin starrte sie fassungslos an, aber alles, was er in den Augen der grauhaarigen Frau las, war heftiger Zorn. »Aber –«
»Nichts aber! Glaubt ihr Bälger eigentlich, ihr könnt euch alles herausnehmen? Ich habe meine Zeit auch nicht gestohlen!«
Justin war klug genug nicht zu antworten. Er verstand nicht, was plötzlich mit der Frau los war. Als er vorhin hereingekommen war, war sie doch noch so freundlich und verständnisvoll gewesen! Und auch »Schneeflöckchen« – ein ausgesprochen dämlicher Name für eine braun getigerte Katze, fand Justin – sah ihre Herrin nur aus großen, eindeutig verwirrt dreinblickenden Augen an.
Dann pinkelte sie ihr auf die Bluse.
»Aber was – ?!« Die Frau starrte eine Sekunde lang ungläubig auf ihre Brust herab, dann fuhr sie Justin an: »Jetzt geh mir bloß aus den Augen, du unverschämter Lümmel! Das darf doch wohl alles nicht wahr sein!«
Justin machte, dass er wegkam. Er konnte zwar absolut nichts dafür, aber die Frau sprühte plötzlich geradezu vor schlechter Laune und er hatte selbst genug Probleme. Mit gesenktem Kopf trat er in den wirbelnden Schnee hinaus und machte sich auf den Heimweg.
Das Schneetreiben hatte nicht nachgelassen und da in Crailsfelden immer nur sehr wenig Verkehr herrschte, lag auf der Straße bereits wieder eine makellose, geschlossene Schneedecke. Ein Wagen fuhr mit brummendem Motor und der Witterung angepasst langsam an ihm vorbei, dicht gefolgt von einem zweiten, dessen Fahrer der Schnee nicht ganz so viel Respekt einzuflößen schien, denn er hielt einen viel zu geringen Abstand, trotz der niedrigen Geschwindigkeit.
An der nächsten Ecke krachte es dann auch prompt. Der vordere Wagen bremste und sein Hintermann reagierte einen Sekundenbruchteil zu spät. Auch er trat auf die Bremse, aber der Wagen rutschte mit blockierenden Rädern weiter und kollidierte mit dem Heck seines Vordermannes, Glas klirrte.

Justin sah sofort, dass der Schaden kaum der Rede wert war. Die Stoßstange des vorderen Wagens hatte ein paar Kratzer abbekommen und bei dem anderen war ein Blinkerglas zerbrochen, das war alles.
Die Fahrer der beiden Wagen schienen das jedoch ein wenig anders zu sehen. Die Türen flogen auf und die beiden stürmten wie wutschnaubende Stiere aufeinander zu.
»Können Sie nicht aufpassen, Sie Idiot!«, brüllte der eine. »Wollten Sie mich umbringen oder sind Sie einfach nur zu dumm zum Autofahren?«
»Ich kann nichts dafür, wenn Sie so blöd dahinzuckeln!«, brüllte der andere. »Das bisschen Schnee ist doch kein Grund, wie eine Schnecke herumzukriechen. Jemand wie Sie gehört in den Rollstuhl, nicht auf die Straße!«
Justin riss fassungslos die Augen auf. Dass die beiden nicht begeistert über die Schrammen an ihren Autos waren, war klar. Aber sie gebärdeten sich ja wie die Wilden und das wegen einer Lappalie! Er hätte sich nicht mehr gewundert, wenn sie gleich mit den Fäusten aufeinander losgegangen wären!
»Es beginnt«, sagte eine Stimme hinter ihm. Justin drehte sich herum.
Reggie stand zwei Meter hinter ihm auf nackten Füßen im Schnee. Sie trug noch immer das dünne Sommerkleid, das sie sich aus Großmutters Schrank ausgeliehen hatte.
»*Was* beginnt?«, fragte Justin. Gleichzeitig warf er einen nervösen Blick zu den beiden Autofahrern hin. Sie standen sich noch immer mit hochroten Gesichtern gegenüber und brüllten sich an. Vielleicht war es besser, wenn er weiterging, ehe er auch noch in ihren Streit hineingezogen wurde.
Reggie antwortete nicht auf seine Frage, aber als er weiterging, folgte sie ihm und fragte mit einer Kopfbewegung auf die Pappschachtel in seinen Händen: »Cindy?«
Justin nickte traurig. Er erzählte Reggie nicht, was geschehen war. Er war ziemlich sicher, dass sie es sowieso wusste.
»Was wirst du jetzt mit ihr tun?«, fragte Reggie.
»Ich werde sie begraben«, antwortete Justin leise.

»Erlaubst du mir, dir zu helfen?«
»Sicher.« Er war sogar froh, dass sie ihm dieses Angebot machte. Er hatte schon überlegt, wie er sie darum bitten konnte, ohne dass es sich zu seltsam anhörte.
Sie legten den Rest des ohnehin nicht mehr sehr langen Weges schweigend zurück und betraten das Grundstück durch das Gartentor auf der Rückseite. Der Garten war bereits vollkommen verschneit. Büsche und Sträucher erhoben sich wie grünweiß gemusterte bizarre Skulpturen auf der weißen Fläche und der Wind fegte winzige glitzernde Tornados vor sich her.
Justin stellte den Karton unter einem verschneiten Rhododendron-Busch ab, ging zum Schuppen und kam mit einem Spaten und einer Spitzhacke zurück. Letzteres brauchte er jedoch gar nicht. Trotz der geschlossenen Schneedecke war der Boden noch nicht gefroren. Es stellte kein Problem dar, mit dem Spaten ein Loch von einem halben Meter Tiefe auszuheben. Als er fertig war, legte er den Spaten aus der Hand und wollte sich nach dem Pappkarton bücken, doch Reggie hatte die tote Katze bereits herausgenommen und hielt sie in den Armen; nicht, wie man eine leblose Last getragen hätte, sondern eher als wiege sie ein krankes Kind. Eine sonderbare Ergriffenheit machte sich in Justin breit, während er Reggie dabei zusah, wie sie sich auf die Knie herabließ und die tote Katze dann fast zärtlich in ihr Grab hinabsinken ließ. Zwischen den beiden schien etwas vorzugehen, das er nicht verstand, aber ganz deutlich spürte.
Die Hintertür des Hauses ging auf und seine Eltern kamen heraus. Wahrscheinlich hatten sie Reggie und ihn vom Fenster aus beobachtet und wollten nun natürlich wissen, was hier los war. Auch Reggie musste sie bemerkt haben, ließ sich aber nichts anmerken, sondern fing an mit bloßen Händen Schnee und Erde in das Loch zu schaufeln.
»Was ist denn hier los?«, begann Mutter, als sie heran waren. Dann fügte sie in fragenden Ton hinzu: »Regina?«
Justins Vater runzelte die Stirn. »Ihr kennt euch?«

»Das Mädchen von heute Morgen«, antwortete Mutter. »Ich habe dir von ihr erzählt. Du erinnerst dich?«
Vater nickte, setzte zu einer Antwort an und fuhr dann sichtbar zusammen, als er sich über das Loch beugte und hineinsah. »Aber ... aber das ist ja Cindy!«, sagte er. »Was ist passiert?«
Auch Mutter beugte sich über das Erdloch und sah hinein. Doch ihr Gesicht blieb vollkommen unbewegt.
»Ich weiß es nicht«, log Justin. »Wir haben sie gerade draußen auf der Straße gefunden. Sie scheint einfach ... eingeschlafen zu sein.«
Seine Mutter reagierte immer noch nicht, aber sein Vater ließ sich auf die Knie sinken, streckte den Arm aus und fuhr der toten Katze mit den Fingerspitzen zärtlich über das verfilzte Fell zwischen den Ohren. »Armes Ding«, murmelte er. »Aber vielleicht ist es besser so. Sie war lange Zeit sehr krank. Früher oder später mussten wir damit rechnen.«
Niemand sagte etwas. Reggie wartete geduldig, bis Justins Vater wieder aufgestanden war und den Schnee von seiner Hose klopfte, dann fuhr sie fort Erde in das Grab zu schaufeln.
»Mit dem Spaten geht es leichter«, sagte Mutter. Reggie reagierte nicht und Mutter zuckte mit den Schultern und beließ es dabei. Sie warteten alle schweigend, bis Reggie das Grab mit bloßen Händen zugeschaufelt hatte, dann sagte Vater: »Gehen wir ins Haus. Es ist verdammt kalt geworden und ihr beiden seht aus, als könntet ihr einen heißen Tee gebrauchen.«
Niemand widersprach, auch wenn Justin das komische Gefühl hatte, dass seine Mutter über diesen Vorschlag nicht besonders begeistert war. Sie durchquerten den Garten, gingen ins Haus und dann in die Küche. Reggies nackte Füße hinterließen feuchte Spuren auf dem Boden, was seine Mutter zu einem missbilligenden Blick veranlasste. Sie sagte allerdings nichts.
»Das mit Cindy tut mir aufrichtig Leid«, sagte Vater, nachdem sie alle Platz genommen hatten. Der Ausdruck von Trauer in

seiner Stimme war echt. »Sie war manchmal ziemlich lästig, aber ich habe sie trotzdem gemocht.«
»Sie hat in der letzten Zeit ziemlich viel Schaden angerichtet«, sagte Mutter kühl. Als sie spürte, wie sie die ärgerlichen Blicke aus drei Augenpaaren trafen, fügte sie hinzu: »Wahrscheinlich hat sie auch ziemlich gelitten.«
»Nein«, sagte Reggie leise. »Das hat sie nicht.«
Mutter runzelte die Stirn, sagte aber nichts dazu, sondern stand auf und fragte: »Tee?«
»Gerne«, sagte Justin. Reggie schüttelte den Kopf und sagte: »Nein, danke. Aber wenn ich vielleicht ein Glas Wasser haben könnte.«
»Wie du willst.« Mutter ging zur Spüle, schenkte ein Glas Wasser ein und stellte es mit einer schon fast unhöflichen Bewegung vor Reggie auf den Tisch, ehe sie zum Herd ging und einen Kessel Wasser aufsetzte, um Tee für Justin und Kaffee für sich und Vater zu kochen.
»Deine Eltern und du, ihr wollt also einige unserer Katzen übernehmen«, begann Vater. Er tauschte einen fragenden Blick mit Justin, erntete aber nur ein Achselzucken.
»Ich liebe Tiere«, antwortete Reggie. »Und meine Eltern auch. Dort, wo wir früher gewohnt haben, hatten wir viele Katzen. Aber wir konnten sie nicht mitnehmen.«
»Wo ihr früher gewohnt habt? Wo war denn das?«
»Im Ausland«, antwortete Reggie.
Vater nickte. »Ich verstehe. Die armen Tiere hätten wahrscheinlich wochen- oder gar monatelang in Quarantäne gemusst. Wann seid ihr denn eingezogen?«
»Noch gar nicht«, antwortete Reggie. »Nicht richtig, meine ich. Wir haben noch gar nicht alle Möbel bekommen und auch noch kein Telefon.«
»Und trotzdem wollt ihr euch schon ein Dutzend Katzen ins Haus holen?«, fragte Vater. »Ist das nicht ein bisschen früh?«
Justin sah seinen Vater verwirrt an. Seine Unterhaltung mit Reggie ähnelte mittlerweile mehr einem Verhör.
»Natürlich nicht sofort«, antwortete Reggie hastig. »Ich mei-

ne, ein paar Tage wird es schon noch dauern. Aber Sie wollen sie doch auch nicht gleich heute abgeben, oder?«

»Natürlich nicht«, antwortete Vater. Eine Katze sprang auf seinen Schoß, miaute leise und flitzte dann quer über den Tisch, um auf Reggies Schoß zu springen. Jedenfalls wollte sie es, aber Miss Piggy und Yeti hatten es sich dort bereits bequem gemacht. Justin sah sich um und stellte fest, dass mittlerweile sämtliche Katzen in der Küche aufmarschiert waren und Reggie regelrecht belagerten.

Vater scheuchte Morgana mit einer Handbewegung vom Tisch, lächelte aber. »Na ja, jedenfalls scheinen sie dich ja schon ins Herz geschlossen zu haben«, sagte er. »Wo wohnt ihr denn eigentlich? Ich wusste gar nicht, dass es noch freie Wohnungen in Crailsfelden gibt.«

»Das ... weiß ich nicht genau«, antwortete Reggie. Hastig fügte sie hinzu: »Ich meine, ich weiß es natürlich schon, aber ich weiß nicht, wie die Straße heißt. Wir sind ja erst seit gestern in der Stadt.«

12

Ein paar Sekunden starrten alle Reggie an, dann meinte Justins Vater: »Das ist verständlich. Aber wir werden es schon herausfinden.«

»Wir?«, fragte Reggie irritiert.

»Natürlich wir«, antwortete Vater. »Glaubst du, ich lasse dich in dem dünnen Kleid und ohne Schuhe nach Hause laufen? Du holst dir ja den Tod! Und außerdem möchte ich sowieso noch mit deinen Eltern reden.«

»Warum?«

»Also, immerhin sollen wir euch unsere Katzen anvertrauen«, antwortete Vater. »Ich finde dich ja sehr nett und ich zweifle

auch nicht daran, dass deine Eltern genauso nett sind, aber ich möchte sie trotzdem gerne kennen lernen. Das verstehst du doch, oder?«
»Sicher«, sagte Reggie. Sie war plötzlich sehr nervös. Justins Vater musste das auch auffallen.
»Also werde ich das Angenehme mit dem Nützlichen verbinden und dich nach Hause fahren.«
»Aber das geht nicht!«, sagte Reggie erschrocken.
Nun wurde Justins Vater eindeutig misstrauisch. »Wieso nicht?«, fragte er.
Reggie druckste einen Moment herum und warf Justin einen eindeutig Hilfe suchenden Blick zu. »Weil ... weil ... sie sind nicht da«, sagte sie schließlich.
»Sie sind *nicht da?*«, fragte Justins Mutter betont. »Was soll das heißen?«
»Sie sind heute Morgen weggefahren«, antwortete Reggie mit gesenktem Blick. »Sie wollten noch einmal zurück in die Stadt, um unsere restlichen Sachen vom Bahnhof abzuholen und ... ein paar andere Dinge zu erledigen.«
»Ich verstehe«, sagte Vater. Er machte ein finsteres Gesicht, aber er wirkte nicht wirklich verärgert. »Und da hast du die Gelegenheit genutzt, um dich nach den Katzen zu erkundigen. Lass mich raten: Deine Eltern haben keine Ahnung, dass du dich bereit erklärt hast, die Tiere aufzunehmen.«
»Sie haben ganz bestimmt nichts dagegen«, versicherte Reggie. »Meine Eltern lieben Katzen genauso sehr wie ich!«
Justins Vater seufzte. »Das glaube ich dir gerne. Aber ich muss trotzdem selbst mit deinen Eltern reden. Das verstehst du doch hoffentlich.«
Reggie deutete ein Nicken an, zuckte aber nur mit den Schultern und senkte dann den Blick, ohne auf die Frage zu antworten.
»Wann kommen deine Eltern denn wieder?«, wollte Justins Mutter wissen.
»Morgen Abend«, antwortete Reggie. »Allerspätestens übermorgen.«

Justins Vater riss ungläubig die Augen auf. »Übermorgen?«, wiederholte er. »Sie ... sie lassen dich zwei Tage lang einfach hier allein? In einer fremden Stadt und einer Wohnung, die noch nicht einmal ein Telefon hat?«

»Das ist schon in Ordnung«, sagte Reggie. »Ich bin oft allein. Ich bin das gewohnt.«

»Wie alt bist du?«, fragte Vater.

»Zwölf. Wo ...«, begann Reggie, biss sich auf die Unterlippe und setzte neu an. »Zwölf. Aber nächste Woche werde ich dreizehn.«

»Du siehst älter aus«, sagte Mutter.

»Das sagt man mir oft«, erwiderte Reggie lächelnd. »Es muss an meiner Größe liegen. Das liegt bei uns in der Familie.« Sie lachte kurz. »Sie sollten erst einmal meinen Vater sehen. Er muss sich bücken, um durch eine normale Tür zu gehen. Die Leute sagen, dass ich für mein Alter erstaunlich selbstständig bin.«

»Ich finde es trotzdem unverantwortlich, ein Kind in deinem Alter zwei Tage lang vollkommen allein zu lassen. Ich werde mich mit deinem Vater unterhalten müssen, sobald er zurück ist. Und bis dahin«, fügte er nach einer Pause hinzu, allerdings auch in einem Ton, der von vornherein keinen Widerspruch zuließ, »bleibst du hier bei uns.«

»Hier?«, murmelte Mutter. Sie sah nicht sehr begeistert drein und sie gab sich auch keine Mühe, ihre wahren Gefühle zu verhehlen.

»Warum nicht?«, antwortete Vater. »Wir können sie schlecht einfach auf die Straße setzen, oder? Außerdem haben wir Platz genug.« Er wandte sich an Justin. »Justin, warum siehst du nicht einmal nach, ob das Gästezimmer in Ordnung ist? Ich werde mich in der Zwischenzeit noch ein wenig mit deiner neuen Freundin unterhalten.«

Justin verstand den Wink. Und er hatte auch den Ton in der Stimme seines Vaters deutlich gehört, um erst gar nicht auf den Gedanken an Widerspruch zu kommen. Er stand auf und ging zur Tür, wandte sich aber noch einmal um, ehe er die

Küche verließ. Seine Mutter sah immer noch ziemlich überrascht drein, aber auch eindeutig verärgert, während sein Vater kopfschüttelnd auf Reggie herabsah, die sich nach vorne gebeugt hatte und so tat, als wäre sie voll und ganz mit den Katzen beschäftigt. Justin konnte ihr Gesicht nur von der Seite erkennen. Aber er hatte das Gefühl, dass sie sehr zufrieden dreinsah.

Das Gästezimmer war zwar ebenso penibel aufgeräumt wie der Rest des Hauses, aber schon so lange nicht mehr benutzt worden, dass Justin sich trotzdem entschied, die Bettwäsche zu wechseln und ein wenig Staub zu wischen, Aufgaben, die die meisten Jungen in seinem Alter als unter ihrer Würde betrachtet hätten, die ihm aber nichts ausmachten. Er war es ohnehin gewohnt, sein Zimmer weitestgehend selbst in Ordnung zu halten; nicht, weil seine Mutter dies nicht tat, sondern weil er es so wollte. Jeder im Haus hatte einen Raum, der ganz allein ihm gehörte und den keiner der anderen Familienmitglieder betrat, ohne dazu aufgefordert zu werden.

Er nahm sich für diese Aufgabe mehr Zeit, als notwendig gewesen wäre. In der Küche hatte eine gereizte Stimmung geherrscht, als er weggegangen war, und er hatte keine Lust, schon wieder Zeuge einer Diskussion zwischen seinen Eltern zu werden.

Dafür, dass sich meine Eltern niemals streiten, dachte Justin bitter, streiten sie sich seit nunmehr zwei Tagen ziemlich oft. Vaters Entscheidung, was Reggie betraf, war nur der Anlass, nicht der Grund für die aggressive Stimmung, die wieder einmal im Haus herrschte.

Vielleicht tat er seinen Eltern aber auch Unrecht. Sie beide – vor allem aber sein Vater – standen seit gestern unter einem enormen Druck. Menschen reagierten manchmal seltsam, wenn der Stress zu groß wurde.

Die Tür wurde geöffnet und er hörte das Geräusch nackter Füße auf dem Boden.

»Du solltest dir angewöhnen Schuhe zu tragen«, sagte er, ohne sich zu Reggie herumzudrehen.

»Aber wozu?«, fragte Reggie. »Sie sind unpraktisch. Man fühlt nicht, wohin man tritt. Und sie drücken.«
»Daran gewöhnt man sich«, antwortete Justin. Er drehte sich herum. »Bist du zufrieden?«
»Womit?«, fragte Reggie. »Das Zimmer ist sehr hübsch, wenn du das meinst.«
»Nein, das meine ich nicht«, antwortete Justin scharf. »Du weißt verdammt genau, was ich meine. Warum hast du dir solche Mühe gegeben, um in dieses Haus zu kommen?«
»Warum bist du so feindselig?«, fragte Reggie. »Ich stehe auf deiner Seite, weißt du?«
»Weiß ich das?«, knurrte Justin. »Ich weiß vor allem, dass hier eine Menge unerklärlicher Dinge geschehen, seit du aufgetaucht bist.«
»Und es werden noch mehr geschehen«, sagte Reggie. Plötzlich war etwas in ihren Augen, das Justin schaudern ließ. »Schlimme Dinge. Sehr schlimme Dinge, wenn wir es nicht verhindern.«
»Was?«, fragte Justin. »Verdammt noch mal, Reggie, *was* wird geschehen? Was müssen wir verhindern? Und wer zum Teufel bist du eigentlich?«
»Aber das weißt du doch genau«, antwortete Reggie. Sie sagte nicht, auf welche seiner drei Fragen dies die Antwort war. Sie sah ihn nachdenklich an, aber fast auch ein wenig ängstlich. »Beginnt es jetzt auch bei dir?«
»Was?«, fragte Justin. Doch ehe Reggie antworten konnte, kam seine Mutter herein. Sie sah immer noch ein wenig verstimmt aus, aber ihre Stimme klang freundlich wie gewohnt, als sie sich an Reggie wandte: »Ich fahre jetzt gleich ins Zentrum«, sagte sie. »Willst du mich begleiten?«
»Wozu?«, fragte Reggie.
Justins Mutter maß sie mit einem fast abfälligen Blick. »Du brauchst etwas zum Anziehen, wenn du zwei Tage hier bleiben willst«, sagte sie. »Und Schuhe. Wir fahren zu eurer Wohnung. Du hast doch wenigstens einen Schlüssel?«
»Schon«, antwortete Reggie. »Nur ...«

»Nur?«
Reggie machte ein verlegenes Gesicht. »Das hätte gar keinen Zweck. Die Koffer mit meinen Kleidern sind noch nicht angekommen. Ich habe Ihnen doch gesagt, dass –«
»– der Großteil eures Gepäcks noch am Bahnhof ist, ich weiß«, seufzte Justins Mutter. »Na ja ... Justin kann dir etwas aus dem Schrank seiner Großmutter heraussuchen. Es müsste dir passen. Und den Weg nach oben kennst du ja schon. Und beeilt euch. Das Mittagessen ist gleich fertig.«
Reggie blickte ihr stirnrunzelnd nach, als sie ging. »Kann es sein, dass sie mich nicht mag?«, fragte sie.
»Sie mag es vielleicht einfach nicht, angelogen zu werden«, sagte Justin. »Meine Mutter ist zwar im Moment ein bisschen nervös, aber noch lange nicht blöd. Wer soll wohl diese verrückte Geschichte glauben, die du meinen Eltern aufgetischt hast?«
»Dein Vater hat sie geglaubt«, sagte Reggie.
»Hat er nicht«, antwortete Justin knapp.
»Und wieso hat er mich dann hier behalten?«
»Das hat er dir doch gesagt«, antwortete Justin. »Er kann dich ja schlecht halb nackt in den Schnee hinausschicken, oder?«
»Ihr seid komisch«, sagte Reggie. »Ihr sagt Dinge, die ihr gar nicht meint, und ihr tut Dinge, die ihr eigentlich nicht wollt.«
»Und vor allem beantworten wir Fragen mit Antworten und nicht mit Gegenfragen«, sagte Justin. »Wenigstens manchmal.«
Natürlich antwortete Reggie nicht darauf.
Begleitet von einer ganzen Herde schnurrender Katzen gingen sie in Großmutters Wohnung hinauf, wo sich Reggie einige saubere Kleidungsstücke aus dem Schrank heraussuchte. Nachdem Justin lange genug gedrängt hatte, ließ sie sich sogar dazu überreden, Strümpfe und Schuhe anzuziehen. Allerdings bewegte sie sich darin so ungeschickt, dass sie auf dem Weg nach unten um ein Haar das Gleichgewicht verloren hätte und die Treppe hinuntergefallen wäre.
Sie aßen gemeinsam zu Mittag. Reggie war anfangs recht schweigsam. Nachdem Justins Vater aber einige entsprechen-

de Fragen gestellt hatte, begann sie von ihrer Familie zu erzählen und der Stadt, in der sie bisher gelebt hatten. Justin hörte gar nicht hin. Er war sicher, dass ohnehin jedes Wort gelogen war und sie sich die Geschichten in genau dem Moment ausdachte, in dem sie sie zum Besten gab.

Er sah aus dem Fenster. Der Himmel hatte sich ein wenig aufgehellt, aber es schneite noch immer. Und es würde auch nicht aufhören, das spürte er.

»Ich fahre heute Nachmittag in die Stadt ins Krankenhaus«, sagte sein Vater. »Ich will noch einmal mit dem Arzt reden. Ich ertrage es nicht länger, tatenlos hier herumzusitzen und darauf zu warten, dass das Telefon klingelt.«

»Das musst du auch nicht«, antwortete Mutter ruhig. »Es wird nicht klingeln.«

»Wie meinst du das?«

»Es funktioniert nicht«, antwortete Mutter. »Ich wollte vor ein paar Minuten bei Doktor Reinert anrufen. Die Leitung ist tot.«

Justins Vater sah sie zweifelnd an, dann stand er auf und ging mit schnellen Schritten in die Diele. Als er zurückkam, hatte sich sein Gesicht noch mehr verdüstert. »Tatsächlich«, sagte er. »Es funktioniert nicht mehr. Ich konnte nicht einmal die Störungsstelle erreichen.«

»Stell dir vor, das habe ich auch schon versucht«, sagte Justins Mutter spöttisch.

»Das muss am Wetter liegen«, sagte Vater kopfschüttelnd. »Dieser verdammte Schnee. Ich frage mich, ob es jemals wieder aufhören wird zu schneien. Es ist richtig unheimlich.«

»Und *ich* frage mich«, sagte Justins Mutter betont, »ob du jemals aufhören wirst herumzuunken. Es ist ein bisschen Schnee, mehr nicht. Und das Telefon ist ausgefallen, weil Telefone nun einmal manchmal ausfallen. Wir verständigen die Störungsstelle und in ein paar Stunden ist es wieder in Ordnung.« Sie schüttelte den Kopf. »Du wirst deiner Mutter immer ähnlicher, weißt du das?«

»Ach?«

»Sie hat auch hinter jedem harmlosen Gewitter das Werk finsterer höllischer Mächte vermutet«, fuhr Mutter fort. »Es ist kein Wunder, dass die Leute hier sie für verrückt halten.«
»Kann ich mitkommen?«, fragte Justin, hastig und einfach nur, um überhaupt etwas zu sagen und seine Eltern zu unterbrechen. Er verstand nicht mehr, was hier vor sich ging. Sein Vater und seine Mutter benahmen sich ja fast wie die beiden verrückten Autofahrer, die er vorhin beobachtet hatte!
»Mitkommen? Wohin?«
»In die Stadt«, antwortete Justin. »Du hast doch gesagt, dass du ins Krankenhaus fährst.«
»Das ist keine gute Idee«, sagte seine Mutter. »Du kannst dort absolut nichts ausrichten. Außerdem hast du Besuch, um den du dich kümmern solltest.«
»Das ist nicht nötig«, sagte Reggie rasch. »Ich bin sowieso müde. Ich wollte mich ein bisschen hinlegen, wenn Sie nichts dagegen haben.«
»Wir werden sehen«, sagte sein Vater. »Ich kümmere mich nach dem Essen erst einmal um das Telefon und danach –«
Es klingelte. Justins Vater unterbrach sich mitten im Satz, sah stirnrunzelnd zur Tür und stand nach kurzem Zögern auf. Justin rutschte auf seinem Stuhl ein kleines Stück zurück und verdrehte sich fast den Hals, um seinem Vater mit Blicken zu folgen.
Sein Herz machte einen Sprung, als er sah, wer da an der Tür geläutet hatte.
Es war der Hausmeister seiner Schule.
Justin konnte nicht verstehen, was sein Vater und er miteinander besprachen, aber es dauerte eine ganze Weile und Justin brauchte nicht besonders viel Fantasie dazu, sich den Inhalt ihres Gespräches vorzustellen. Schließlich gab der Hausmeister seinem Vater etwas, was Justin nicht erkennen konnte, und ging. Vaters Gesicht war geradezu finster, als er zurückkam. Er trug ein abgewetztes Buch in der rechten Hand.
»Weißt du, wer das war?«, fragte er.

Justin nickte zögernd. »Der ... der Hausmeister der Schule«, antwortete er zögernd.
Sein Vater setzte sich. Er wirkte äußerlich halbwegs gefasst, aber Justin spürte genau, dass es hinter dieser Maske regelrecht brodelte. Nach dem, was er gerade gehört haben musste, konnte Justin das auch sehr gut verstehen.
»Hast du nicht gesagt, dass du heute Morgen nur zu Doktor Reinert wolltest?«, fragte sein Vater. Er wartete Justins Antwort nicht ab, sondern warf das Buch, das ihm der Hausmeister gegeben hatte, mit einem Knall vor ihn auf den Tisch.
»Das da hast du bei ihm vergessen!«, sagte er.
Justin starrte das Buch fassungslos an. Er erkannte es sofort. Es war das Heimatkundebuch, das er aus Großmutters Wohnung mitgenommen hatte. »Ist ... das alles?«, stotterte er. »Ich meine: Ist er nur gekommen, um ... das zurückzubringen?«
»Reicht das etwa nicht?«, schnappte sein Vater. Seine Augen glitzerten vor Zorn. »Du solltest dem Mann dankbar sein, dass er sich extra den Weg hierher gemacht hat. Er war nicht sehr begeistert, das kann ich dir sagen. Und ich auch nicht!«
Justin war so fassungslos, dass er den Zorn in den Augen seines Vaters gar nicht richtig zur Kenntnis nahm. Dass der Hausmeister Großmutters Buch zurückbrachte, bewies, dass er unten in der Bücherei gewesen war. Und er hatte nichts gesagt? Er musste doch gemerkt haben, dass die halbe Bibliothek zu Kleinholz verarbeitet war! Es wäre vollkommen unmöglich gewesen, das Chaos zu übersehen, das er dort hinterlassen hatte!
Es sei denn ...
»Sag mal, hörst du mir überhaupt zu?«, fragte sein Vater.
Justin nickte und führte den angefangenen Gedanken zu Ende. Es sei denn, nichts von alledem war wirklich passiert. Werner, das Motorrad, der Angriff auf ihn ... das alles hatte nur in seiner Fantasie stattgefunden. Aber die Schnittwunden an seinen Beinen taten noch immer weh und Cindy war tot. War es möglich, dass es Dinge gab, die nur eingebildet und trotzdem real waren?

»Verdammt noch mal, du weißt ganz genau, dass deine Großmutter streng verboten hat, auch nur ein einziges ihrer Bücher aus dem Haus zu bringen!«, sagte sein Vater. Er war nur noch einen Deut davon entfernt, wirklich zu schreien. »Was ist in dich gefahren? Deine Großmutter ist noch nicht einmal einen ganzen Tag aus dem Haus und schon glaubst du, ihre Wünsche mit Füßen treten zu können! Ich bin sehr enttäuscht von dir!«

Er stand mit einem Ruck auf, so schnell, dass sein Stuhl klappernd zurückflog und beinahe umgestürzt wäre. Ohne ein weiteres Wort fuhr er herum und stürmte aus dem Raum.

Justin wagte es nicht noch einmal ihn zu fragen, ob er ihn in die Stadt begleiten durfte.

Der Rest des Mittagessens verlief in unangenehmem Schweigen. Nach nur wenigen Minuten stand Reggie auf und ging in ihr Zimmer, um sich wie angekündigt ein wenig hinzulegen. Seine Mutter erhob sich ebenfalls und begann wortlos das benutzte Geschirr abzuräumen. Auch Justin fühlte sich irgendwie fehl am Platz, aber er wagte es trotzdem nicht, sich in sein Zimmer zurückzuziehen. Mehr Angst als vor irgendetwas anderem hatte er plötzlich davor, allein zu sein. Sein unheimlicher Gegner hatte bisher immer dann zugeschlagen, wenn er allein war.

Eigentlich nur, um nicht aufstehen und gehen zu müssen, begann er wieder in dem Buch zu blättern. Wie er erwartet hatte, war das Kapitel über den Katzenwinter nach wie vor verschwunden.

»Was hast du da?«, fragte seine Mutter neugierig. Sie beugte sich über Justins Schulter und sah auf das Buch herab. »Das sieht alt aus ... wahrscheinlich ziemlich wertvoll. Ich nehme an, dass dein Vater deshalb so wütend war.« Sie lächelte. »Nimm es ihm nicht zu übel. Er ist im Moment ziemlich nervös. Wie wir alle.«

»Ich weiß«, antwortete Justin.

»Was wolltest du überhaupt damit?«, fragte seine Mutter. »Wieso hast du es mit in die Bibliothek genommen?«

»Ich wollte etwas nachschlagen«, antwortete Justin. »Aber ich habe es nicht gefunden.«
»Und was?«, fragte seine Mutter. Sie war schon wieder auf dem Weg zur Spüle und Justin antwortete: »Nichts Besonderes. Nur ein Wort, das ich irgendwo aufgeschnappt habe.«
»Nichts Besonderes, so. Und deshalb machst du dir extra den Weg zur Bücherei und noch dazu am Sonntag? Raus mit der Sprache: Was war es?«
»Wirklich nur ein Wort«, antwortete Justin ausweichend. »Wahrscheinlich bedeutet es gar nichts.« Andererseits: Warum eigentlich nicht? »Katzenwinter.«
»Katzenwinter?« Seine Mutter drehte den Heißwasserhahn auf und wandte sich zu ihm um.
»Katzenwinter«, bestätigte er. »Ich habe es irgendwo aufgeschnappt und es geht mir einfach nicht mehr aus dem Kopf.«
»So etwas kenne ich«, antwortete seine Mutter. »Das kann einen in den Wahnsinn treiben. Katzenwinter ...« Sie wiederholte das Wort auf eine sehr lang gezogene, nachdenkliche Art und legte den Zeigefinger auf die Lippen. »Ich glaube, das habe ich schon einmal gehört.«
Justin sah auf. »Wo?«
Seine Mutter überlegte einige Sekunden, dann hellte sich ihr Gesicht auf. »Von deiner Großmutter.«
»Großmutter? Was hat sie erzählt?« Justin war plötzlich sehr aufgeregt.
»Irgendeine ihrer zahllosen verrückten Geschichten eben«, antwortete seine Mutter. »Obwohl sie sich die wahrscheinlich ausnahmsweise einmal nicht selbst ausgedacht hat. Wenn ich mich richtig erinnere, dann stammt dieser Begriff noch aus dem Mittelalter.«
»Und was bedeutet er?«
»Es war die Zeit, in der das Tal manchmal eingeschneit war. Früher ist das wohl öfter passiert. Es gab ja nur die eine Straße, die durch den Wald führte. Manchmal war das Tal wohl wochenlang von der Außenwelt abgeschnitten. Und diese Zeit nannten die Leute damals den Katzenwinter.« Sie hob die

Schultern. »Frag mich nicht, warum. Aber wie kommst du gerade jetzt darauf?«

»Das weiß ich auch nicht so genau«, log Justin. »Vielleicht, weil es seit zwei Tagen schneit.«

»Keine Angst«, sagte seine Mutter lächelnd. »Und wenn es zwei Monate ununterbrochen schneien würde, könnte uns hier nichts passieren. Wir leben schließlich nicht mehr im Mittelalter.«

»Aber es gibt immer noch nur diese eine Straße«, sagte Justin.

»Und Schneeräumer, Motorschlitten, Kettenfahrzeuge und im allerschlimmsten Falle Hubschrauber«, fügte seine Mutter hinzu. »Jetzt mach dich nicht selbst verrückt. Wir leben auch nicht irgendwo im Himalaja, sondern in einem der am dichtesten besiedelten Länder der Welt und so ganz nebenbei in unmittelbarer Nachbarschaft einer Millionenstadt. Was also soll uns schon passieren?«

Justin antwortete nicht, sondern lächelte nur zustimmend und sah an seiner Mutter vorbei aus dem Fenster.

Es schneite immer stärker.

Nachdem er seiner Mutter geholfen hatte, das Geschirr abzutrocknen und in den Schrank einzuräumen, ging er doch in sein Zimmer zurück. Seine Mutter war zum Schluss immer einsilbiger und schweigsamer geworden und er hatte deutlich gespürt, dass sie jetzt allein sein wollte. Sein Vater war in seinen Hobbyraum im Keller geflüchtet. Das gedämpfte Geräusch einer Kreissäge erfüllte das Haus wie das Summen eines entfernten Bienenschwarmes und weckte unangenehme Erinnerungen. Vater bastelte dort unten ständig irgendwelche Möbel, die niemand haben wollte. Ihn nach der Szene von gerade dort unten zu besuchen hielt Justin für keine gute Idee.

Also ging er doch in sein Zimmer, wenn auch mit gemischten Gefühlen. Es war dort sehr still. Nicht eine einzige Katze war zu sehen. Wahrscheinlich waren sie alle bei Reggie und schnurrten um die Wette oder was Katzen eben sonst taten, wenn sie allein waren.

Justin schaltete den Fernseher ein. Er funktionierte nicht. Der Bildschirm füllte sich mit weißem Schneegestöber und er hörte ein zischendes Rauschen, bekam aber weder Bild noch Ton. Das Telefon schien nicht das Einzige zu sein, was nicht funktionierte. Er kontrollierte das Antennenkabel, stellte ohne besondere Überraschung fest, dass es ordnungsgemäß angeschlossen war, und schaltete den Apparat wieder ab. Für eine Weile lief er unruhig in seinem Zimmer hin und her, bis er das Gefühl hatte, es einfach nicht mehr auszuhalten.

Alles ging immer schneller. Die Ereignisse schienen mit jeder Minute, die verging, dramatischer zu werden – und er wusste immer noch nicht, *was* eigentlich geschah. Dabei hatte er das Gefühl, dass ihm die Zeit unter den Händen zerrann. Was hatte seine Großmutter gesagt: *Und ich fürchte, dass auch deine Zeit knapper ist, als du jetzt schon ahnst.*

Vielleicht war sie sogar knapper, als *sie* geahnt hatte.

Justin sah aus dem Fenster. Die Klosterruine war nur als Schatten hinter dem fallenden Schnee zu erkennen, aber draußen bewegte sich nichts. Keine Gespenster. Keine Höllenmotorräder. Und wahrscheinlich würde ihn das *Ding* dort drüben auch in Ruhe lassen, solange er nichts unternahm und sich nicht *einmischte.* Er wusste ja nicht einmal, *worin.*

Völlig aufgedreht, aber auch mit einem Gefühl immer größer werdender Hilflosigkeit verließ er das Zimmer wieder, ging die Treppe hinauf und betrat Großmutters Wohnung. Er trat an das Bücherregal, nahm wahllos einige Bände heraus und blätterte darin herum. Nichts. Er fand weder irgendetwas, was ihm weiterhalf, noch geschah etwas Außergewöhnliches. Justin fand das allerdings nicht sehr beruhigend. Dass sich sein unheimlicher Gegner nicht rührte, bedeutete in erster Linie wahrscheinlich, dass er Lichtjahre davon entfernt war, irgendetwas zu entdecken, was ihm weiterhelfen konnte.

Justin sah ein, dass er allein nicht weiterkam. Er brauchte jemanden, der ihm half oder ihm wenigstens sagte, was hier vorging. Aber wen?

Die Auswahl war nicht besonders groß. Genau genommen beschränkte sie sich im Moment auf eine einzige Person ...

Reggie lag nicht im Bett, als er das Gästezimmer betrat. Die Decke war zurückgeschlagen, aber das Bett selbst war unberührt, so, wie Justin es vor einer Stunde gerichtet hatte; abgesehen von Yeti, die mitten auf dem Kopfkissen lag und lauthals vor sich hin schnarchte. Weitere Katzen lagen auf den Schränken, dem Fensterbrett und dem Teppich.

Justin ging mit schnellen Schritten um das Bett herum und fand Reggie zu einem Ball zusammengerollt auf der Seite liegend. Sie hatte eine Hand unter dem Kopf, die andere mit abgeknicktem Gelenk über das Gesicht gelegt. Sie schnarchte ganz leise. Vielleicht war es auch so etwas wie ein Schnurren.

Justin stand eine ganze Weile reglos da und sah auf das schlafende Mädchen hinab, dann bückte er sich und rüttelte sie leicht an der Schulter.

Reggie war sofort hellwach und setzte sich mit einer schnellen, fließenden Bewegung auf. Ihre smaragdgrünen Augen waren klar; obwohl er sie aus dem tiefsten Schlaf gerissen hatte, konnte er nicht die geringste Spur von Müdigkeit darin entdecken. »Was ist passiert?«, fragte sie.

»Nichts«, antwortete Justin. »Ich muss mit dir reden.«

Reggie runzelte ärgerlich die Stirn. »Und deshalb weckst du mich?«

Justin antwortete nicht, sondern setzte sich auf einen Stuhl und sah sie nachdenklich an. »Schläfst du eigentlich nie in einem Bett?«, fragte er.

»Wenn ich noch lange mit dir zusammen bin, werde ich wahrscheinlich überhaupt nicht mehr schlafen«, antwortete Reggie säuerlich. »Hast du mich geweckt, um mir diese Frage zu stellen?«

»Warum bist du hier?«, fragte Justin.

»Jedenfalls nicht, um auszuschlafen«, maulte Reggie. Sie setzte sich auf, strich sich das lange Haar aus dem Gesicht und gähnte ungeniert, wobei sie den Kopf weit in den Nacken legte.

»Ich nehme einfach mal an, dass du hierher gekommen bist, um mir zu helfen«, sagte Justin in hörbar schärferem Ton. »Dann tu es verdammt noch mal auch!«
»Dir zu helfen?« Reggie zuckte mit den Schultern. »Wer weiß? Vielleicht? Auf jeden Fall nicht, um deine Arbeit zu tun.«
»Meine Arbeit? Was habe ich denn mit alledem hier zu tun?«
»Du bist hier«, antwortete Reggie; und das in einem Ton, der jede weitere Frage in diese Richtung überflüssig machte.
Justin seufzte, gab aber nicht auf, sondern wechselte nur die Taktik. »Erzähl mir vom Katzenwinter«, verlangte er.
»Katzenwinter?«, fragte Reggie harmlos. »Was soll das sein?«
»Die Zeit, während der das Tal eingeschneit ist«, antwortete Justin. Er zitierte aus dem verschwundenen Kapitel aus Großmutters Buch: *»Die Zeit, da die Mächte des Himmels und die Kräfte Satans zur letzten Schlacht antreten.«*
Reggies Reaktion überraschte ihn. Sie sah ihn einen Moment lang durchdringend an und dann schüttelte sie plötzlich den Kopf und lachte. »Die Mächte des Himmels und die Kräfte Satans«, wiederholte sie. »Das klingt gewaltig. Beeindruckend!«
»Ich finde eher, es klingt beängstigend«, sagte Justin.
Reggie ignorierte seinen Einwurf. »Das ist typisch für euch«, sagte sie, nun plötzlich gar nicht mehr lachend, sondern in fast ärgerlichem Ton. »Ihr seht euch die Welt an, in der wir alle leben, und dann zimmert ihr sie euch nach euren Vorstellungen zurecht. Und ihr gebt euch nicht einmal die Mühe, richtig hinzusehen. Die Mächte des Himmels. Satan! Bist du schon einmal auf die Idee gekommen, dass da vielleicht noch mehr sein könnte? Oder vielleicht etwas ganz anderes?«
»Das waren nicht meine Worte.« Justin sah sich plötzlich in der absurden Situation, sich verteidigen zu müssen. Dabei war er doch eigentlich hierher gekommen, um ein paar Antworten von *ihr* zu bekommen. »Es stand nur so in dem Buch! Sind dir vielleicht die Begriffe Gut und Böse lieber?«
»Für wen gut und für wen böse?«, fragte Reggie. Sie schüttelte heftig den Kopf. »So einfach funktioniert die Welt nicht,

Justin. So etwas wie das absolut Böse gibt es ebenso wenig wie das reine Gute. Nur verschiedene Wege, um dasselbe Ziel zu erreichen.«

»Aha«, sagte Justin, der das Gefühl hatte, kein Wort mehr zu verstehen. »Und warum wehre ich mich dann überhaupt noch gegen ... gegen dieses *Ding?*«

»Vielleicht, weil das Ziel gar nicht wichtig ist«, antwortete Reggie geheimnisvoll. »Sondern nur der Weg, auf dem man dorthin gelangt.« Sie gähnte, dann blinzelte sie übertrieben. »Und jetzt bin ich müde. Lass mich schlafen. Du kannst mich ja wecken, wenn die Sonne untergeht.«

Justin hatte noch ungefähr tausend Fragen ohne die, die in den letzten Minuten statt der erhofften Antworten hinzugekommen waren, aber Reggie hatte sich bereits wieder auf dem Teppich neben dem Bett zusammengerollt und schlief.

13

Er hatte Reggie tatsächlich erst zum Abendessen wieder geweckt, es aber beinahe bedauert. Die angespannte Stimmung, die den ganzen Tag über wie das Knistern eines heraufziehenden Sommergewitters in der Luft gehangen hatte, hatte sich auch während des Abendessens nicht in einem neuen Streit entladen, aber sie hatte angehalten und ihnen allen die Stimmung verdorben. Justin war am Schluss regelrecht in sein Zimmer hinauf geflohen.

Wenigstens hatte er gut geschlafen; wie ein Stein, um genau zu sein. Nach den Anstrengungen der zurückliegenden Nacht war das ja auch kein Wunder.

Und am nächsten Morgen sah die Welt schon wieder ganz anders aus. Es schneite zwar noch immer und irgendwie schien es auch an diesem Tag nicht richtig hell werden zu wollen, aber die Atmosphäre im Haus hatte sich deutlich gebessert; das Gewitter war nicht ausgebrochen, sondern schien sich einfach in Nichts aufgelöst zu haben. Als Justin in die Küche kam, saßen seine Eltern zusammen am Tisch und tranken Kaffee. Beide unterhielten sich mit leiser, ruhiger Stimme und sein Vater lächelte sogar.

Justin winkte ihnen im Vorübergehen flüchtig zu, humpelte ins Bad und schloss ganz gegen seine Gewohnheit hinter sich ab. Er hatte einen guten Grund dafür.

Vorsichtig stellte er das rechte Bein auf den Badewannenrand und begann mit spitzen Fingern und zusammengebissenen Zähnen den Verband abzuwickeln, den Dr. Reinert angelegt hatte. Bisher hatten seine Eltern nichts von seinen Verletzungen gemerkt und wenn es nach ihm ging, dann würde das auch so bleiben. Aus gutem Grund war er zuversichtlich, dass sie heilen würden, ohne dass er zu einem richtigen *Arzt* gehen musste. Er hatte schon immer das gehabt, was seine Eltern ein *gutes Heilfleisch* nannten.

Möglicherweise war es sogar besser, als er bisher gewusst hatte.

Die Schnitte waren verschwunden.

Die Verbände, die der Tierarzt angelegt hatte, waren blutdurchtränkt und in seiner Haut steckten noch die schwarzen Fäden, mit denen Dr. Reinert die klaffenden Schnitte vernäht hatte. Darum musste er sich nicht kümmern; er wusste, dass Dr. Reinert Fäden aus einem speziellen Material verwendete, das sich nach einer Weile ganz von selbst auflöste. Die Wunden aber, die sie zusammenhalten sollten, waren nicht mehr da. Justin sah nur eine ganz dünne, weiße Linie, wie eine jahrzehntealte Narbe, die schon längst verblasst war. Als er auch von der anderen Wade den Verband abwickelte, bot sich ihm dort dasselbe unglaubliche Bild.

»Und da behauptet Doktor Reinert, er wäre nur ein Tierarzt«, seufzte Justin kopfschüttelnd. Er warf die Verbände in die Mülltonne, rollte seine Hosenbeine hinunter und fügte die Frage, wie diese wundersame Heilung zustande gekommen

war, der Liste unerklärlicher Dinge hinzu, die ihm in letzter Zeit zustießen. Sie wurde allmählich wirklich lang.
Justin ging in die Küche zurück. Seine Eltern saßen noch immer beim Frühstück, aber seine Mutter hatte mittlerweile eine dritte Tasse hingestellt und Tee für ihn gekocht. Nur *eine* Tasse.
»Soll ich Reggie wecken?«, fragte Justin. Er verbesserte sich. »Regina?«
Seine Mutter lächelte, schüttelte aber den Kopf. »Das habe ich schon versucht«, sagte sie. »Sie ist nicht da. Sie muss schon sehr früh das Haus verlassen haben ... übrigens ohne ihre Schuhe. Die standen ordentlich neben dem Bett.« Sie nippte an ihrem Kaffee. »Ein sonderbares Mädchen. Ich würde gerne ihre Eltern kennen lernen.«
»Darum kümmere ich mich heute Nachmittag«, sagte Justins Vater. »Sobald wir zurück sind. Es dürfte kein Problem sein herauszufinden, in welches Haus in Crailsfelden eine neue Familie eingezogen ist.« Er lachte kurz. »In diesem Ort kann man nicht einmal husten, ohne dass es jeder mitbekommt.« Er wandte sich an Justin. »Du willst doch immer noch mit?«
Justin nickte rasch. Sein Vater war gestern nicht mehr in die Stadt gefahren.
»Na, dann lass uns keine Zeit mehr verlieren«, sagte Vater. »Das Wetter ist nicht besser geworden. Es könnte sein, dass es länger dauert als sonst, in die Stadt zu kommen.«
»Und zurück«, fügte Justins Mutter hinzu. »Das gefällt mir nicht. Warum wartest du nicht, bis es aufhört zu schneien?«
»Das kann Tage dauern«, antwortete Vater. »Außerdem muss ich in die Stadt, um bei der Post Bescheid zu sagen. Ich hätte gerne wieder ein funktionierendes Telefon.«
Justin kratzte sich unter dem Tisch mit dem Fuß an der linken Wade. Er spürte nichts. War es möglich, dass er sich *alles* nur eingebildet hatte; nichts als ein ganz besonders eindringlicher, verrückter Traum?
»Meinetwegen«, seufzte Mutter. »Aber es gefällt mir trotzdem nicht. Fahr bitte vorsichtig.«

Sie standen vom Frühstückstisch auf. Während Justin und sein Vater zur Garderobe gingen, um ihre Jacken anzuziehen, verschwand Mutter im Bad. Sie tauchte allerdings schon einen Augenblick später wieder daraus auf. Auf ihrem Gesicht lag ein bestürzter Ausdruck. Sie schwenkte einen mit Blutflecken getränkten weißen Verband in der rechten Hand.
Ein heißer Schreck durchfuhr Justin. Er hätte die Dinger besser in der Toilette hinuntergespült oder eingesteckt, um sie später wegzuwerfen. Aber wenigstens hatte er jetzt eine Antwort auf die Frage, die er sich gerade selbst gestellt hatte. Albträume pflegten keine Spuren in Form alter Verbände im Mülleimer zu hinterlassen.
»Was ist das?«, fragte Mutter.
»Ein Verband«, antwortete Vater.
»Also das sehe ich selbst«, erwiderte Justins Mutter, nun wieder in leicht gereiztem Ton. »Ich frage mich, wo er herkommt. Hast du dich gestern bei deinen Basteleien verletzt? Wäre ja nicht das erste Mal.«
»Keinen Kratzer. Ehrenwort!« Vater grinste. »Du kannst mich einer Leibesvisitation unterziehen, wenn du willst.«
Justins Mutter blieb ernst. Sie wandte sich mit einem fragenden Blick an Justin. »Und du?«
Justin konnte nur stumm den Kopf schütteln. In seinem Hals saß ein harter Kloß. Aber auch ohne den hätte er sich gehütet, seiner Mutter dasselbe Angebot zu machen. Es wäre ihm ziemlich schwer gefallen, eine überzeugende Erklärung für die schwarzen Kunststofffäden in seinen Waden zu finden.
Seine Mutter ging jedoch nicht darauf ein, sondern betrachtete den fleckigen Verband nur einen Moment lang stirnrunzelnd und seufzte dann. »Dann müssen sie von Regina stammen«, sagte sie. »Wir müssen uns wirklich dringend mit ihr unterhalten.«
»Oder mit ihren Eltern«, fügte Justins Vater hinzu. Sein Gesicht verdüsterte sich. »Allmählich kommen mir an der ganzen Geschichte gewisse Zweifel.«
»Wieso?«, fragte Justin mühsam.

Sein Vater deutete auf die Verbände in Mutters Händen. »Deine kleine Freundin kommt mitten im Winter barfuß und nur in einem dünnen Kleidchen hier an. Mit ihren Eltern können wir aus den fadenscheinigsten Gründen nicht reden und jetzt stellen wir fest, dass sie offensichtlich verletzt ist – und so, wie es aussieht, sogar ziemlich schwer. Meinst du nicht, dass das genug Spielraum für gewisse Spekulationen gibt?«

»Du meinst –«

»Ich meine, dass ich jetzt aufhöre wild herumzuraten und der Sache auf den Grund gehen werde.«

»Vielleicht sollten wir die Polizei einschalten«, schlug Mutter vor.

»Nein!«, entfuhr es Justin. Vielleicht etwas zu heftig, denn seine Eltern sahen ihn ziemlich verwirrt an, sodass er sich beeilte hinzuzufügen: »Ich meine, das wäre vielleicht übertrieben. Man muss ja nicht gleich mit Kanonen auf Spatzen schießen. Außerdem funktioniert das Telefon doch nicht.«

Sein Vater überlegte einen Moment, dann wandte er sich an Mutter: »Doktor Reinert hat sie zu uns geschickt?«

»Jedenfalls hat sie das gesagt.«

»Dann werde ich zu ihm fahren und ihn fragen, was er über dieses Mädchen weiß«, sagte Vater. »Vielleicht stellt sich ja doch alles als ganz harmlos heraus. Man kann nie wissen.«

»Aber nicht jetzt«, sagte Justin hastig. »Er ist bestimmt noch gar nicht da. Du weißt doch, dass er seine Praxis immer erst ziemlich spät aufmacht.«

Das war vollkommener Unsinn. Dr. Reinert war ein ausgesprochener Frühaufsteher und das wusste hier jeder. Justin hätte sich selbst ohrfeigen können. Etwas in ihm schien wild dazu entschlossen zu sein, mit möglichst wenigen Worten möglichst viel Schaden anzurichten. Und das bisher mit einem Erfolg, der sich sehen lassen konnte. Er beschloss, dass es das Klügste war, jetzt gar nichts mehr zu sagen.

»Also gut«, seufzte sein Vater. »Ich werde mich heute Nachmittag darum kümmern, gleich nach unserer Rückkehr. Und

du«, fügte er an seine Frau gewandt hinzu, »lässt dir nichts anmerken, wenn das Mädchen zurückkommt. Wenn sie misstrauisch wird, dann sehen wir sie vielleicht nie wieder.«
Sie verließen das Haus. Justins Vater sagte nichts mehr, bis sie im Wagen saßen und er die Fernbedienung des elektrischen Garagentores betätigt hatte. Dann aber wandte er sich mit einem warmen Lächeln an Justin: »Du warst gerade ziemlich komisch. Aber mach dir keine Sorgen. Wir wollen ihr nichts Böses.«
»Das kommt immer auf den Standpunkt an«, murmelte Justin, der plötzlich an das denken musste, was ihm Reggie gestern gesagt hatte – allerdings sagte er es so leise, dass sein Vater die Worte gar nicht verstand.
»Vielleicht stellt sich ja doch alles als großes Missverständnis heraus«, schloss sein Vater. »Manchmal sehen die Dinge ganz anders aus, als sie in Wirklichkeit sind.«
Das Garagentor hatte sich geöffnet. Vater legte den Rückwärtsgang ein, drehte sich auf dem Sitz herum, so weit er konnte, und lenkte den Wagen rückwärts aus der Garage. Er fuhr sehr vorsichtig. Trotzdem rutschte der schwere Wagen auf dem Schneematsch weg, der sich in der Zufahrt gesammelt hatte, und wäre um ein Haar gegen den Gartenzaun geprallt. Justins Vater verzog das Gesicht. »Das war knapp«, sagte er. »Vielleicht hat deine Mutter doch Recht und wir bleiben besser hier.« Trotzdem legte er den Gang wieder ein, rangierte den Wagen behutsam auf die Straße hinaus und drückte den Knopf auf der Fernbedienung, der das Garagentor wieder schloss.
Sehr vorsichtig fuhren sie los. Die Schneedecke auf der Straße war nicht besonders dick, musste aber glitschig wie Schmierseife sein, denn der Wagen rutschte ein paar Mal weg und prallte einmal sogar mit dem Hinterreifen gegen die Bordsteinkante.
»Das liegt an den Sommerreifen«, sagte Vater entschuldigend. »Ich hätte sie wechseln sollen, aber mit diesem Schnee habe ich nicht gerechnet. Ich kann mich gar nicht erinnern, jemals so früh im Jahr ein solches Wetter erlebt zu haben. Heute ist

gerade einmal der erste Tag der Herbstferien! Das Wetter spielt vollkommen verrückt!«
»Vielleicht liegt es am Ozonloch«, murmelte Justin. Sein Vater sagte nichts, sah ihn aber scharf an und Justin drehte rasch den Kopf weg. Sein Blick glitt über den mittlerweile schneebedeckten Hügel auf der anderen Straßenseite, vermied es aber, auch die Klosterruine darauf zu berühren.
Nach einer Weile hatte sich sein Vater an die veränderten Straßenverhältnisse gewöhnt und fuhr etwas schneller. Allerdings nur für wenige Augenblicke; dann nahm er den Fuß wieder vom Gas und tippte sogar behutsam auf die Bremse. Justin blickte ihn fragend an.
»Ich habe nicht mehr allzu viel Sprit«, sagte sein Vater mit einer Kopfbewegung zum Armaturenbrett. »Besser, ich tanke noch einmal. Bei dem Wetter ist es gut möglich, dass es einen Stau auf der Autobahn gibt.«
Er betätigte den Blinker und lenkte den Wagen behutsam über die verschneite Straße auf die Tankstelle hinauf. Sie waren die einzigen Kunden. Crailsfelden hatte wie ausgestorben dagelegen, als sie gerade durchgefahren waren.
Sein Vater stieg aus, tankte den Wagen voll und öffnete dann die Tür auf Justins Seite. »Möchtest du ein Eis?«, fragte er, warf dann einen bezeichnenden Blick in den Himmel und fügte mit einem schiefen Grinsen hinzu: »Oder sonst was?«
»Sonst was klingt gut«, antwortete Justin. Rasch löste er den Sicherheitsgurt, stieg aus dem Wagen und folgte seinem Vater in die DEA-Tankstelle. Unschlüssig ging er an den Regalen entlang, auf denen Zeitschriften, Getränke, Dinge des täglichen Bedarfs, aber vor allem jede Menge Süßigkeiten angeboten wurden, und trat schließlich an die Kühltruhe heran, um sich tatsächlich ein Eis herauszunehmen. Der Wagen hatte ja eine Heizung. Und er aß Eis für sein Leben gern.
Eine Spiegelung in der gläsernen Abdeckung der Kühltruhe erweckte seine Aufmerksamkeit. Justin sah genauer hin.
Eine Sekunde später wünschte er sich fast, es nicht getan zu haben.

In der spiegelnden Glasscheibe konnte er die Zapfsäulen und Vaters Wagen deutlich erkennen; seitenverkehrt, aber in allen Einzelheiten. Sie waren nicht mehr die einzigen Kunden. Hinter dem Wagen seines Vaters parkte ein riesiges Motorrad, aber der Fahrer tankte nicht, sondern blickte zu Justin herein. Er trug einen Helm mit geschwärztem Visier. Es sah aus, als hätte er kein Gesicht.

Justin fuhr mit einer so abrupten Bewegung herum, dass sein Vater und der Kassierer ihr Gespräch unterbrachen und sich überrascht zu ihm umwandten. Justin achtete nicht darauf. Der Blick seiner weit aufgerissenen Augen war starr nach draußen gerichtet, auf den Bereich vor den Tanksäulen.

Da war kein Motorrad. Draußen stand nur Vaters acht Jahre alter BMW.

Justin blickte wieder auf die Glasscheibe. Das Spiegelbild des Motorradfahrers war noch immer da und starrte ihn an.

Unmöglich! dachte er. Das war *unmöglich*. Es konnte kein Spiegelbild geben ohne etwas, das sich spiegeln ließ! Er schloss die Augen, presste die Lider so fest aufeinander, dass es wehtat, und sah dann noch einmal hin.

Das Motorrad war verschwunden. Auch in der Glasabdeckung der Tiefkühltruhe war jetzt nur noch der Wagen zu sehen. Die Maschine war weg, weil sie niemals existiert hatte. Er begann allmählich Gespenster zu sehen. Vielleicht im wahrsten Sinne des Wortes.

Trotzdem atmete Justin erleichtert auf, nahm sein Eis und ging damit zur Kasse. Sein Vater und der Tankstellenpächter waren in eine hitzige Diskussion verstrickt und schienen sein sonderbares Verhalten bereits wieder vergessen zu haben. Der Kassierer zog gerade Vaters Kreditkarte aus dem Lesegerät und schüttelte griesgrämig den Kopf.

»Das Ding funktioniert nicht«, sagte er, »und wenn ich es noch so oft versuche. Wahrscheinlich haben Sie Ihr Konto zu sehr überzogen.«

Justin riss erstaunt die Augen auf und auch seinem Vater schien diese Unterstellung im allerersten Moment die Sprache

zu verschlagen. »Das ... das kann überhaupt nicht sein!«, ächzte er schließlich. »Versuchen Sie es noch einmal. Die Karte ist in Ordnung, das weiß ich.«
Der Tankstellenpächter maß ihn mit einem fast verächtlichen Blick, zog die Karte aber dann doch noch einmal durch das Lesegerät. Der Apparat gab keinen Mucks von sich. »Sehen Sie?«
»Vielleicht ist die Leitung nicht in Ordnung«, sagte Justin. »Unser Telefonanschluss zu Hause funktioniert auch nicht.«
Der Mann hinter der Theke spießte ihn mit Blicken regelrecht auf, beugte sich dann aber erneut über seinen Apparat und hämmerte unwillig auf ein paar Tasten ein. Nichts geschah.
»Du hast Recht«, knurrte er. »Das Ding funktioniert nicht.«
»Na sehen Sie«, sagte Vater. Es klang deutlich erleichtert. »So schnell klärt sich manchmal etwas auf.«
Der Kassierer starrte ihn finster an und warf die nutzlose Kreditkarte vor Justins Vater auf die Theke. »Und was ist jetzt mit der Rechnung?«, fragte er. »Ich bekomme achtzig Mark von Ihnen. Ohne das Eis.«
»Also, ich fürchte, Bargeld habe ich nicht dabei«, antwortete Vater. »Aber das ist –«
»Nicht mein Problem«, unterbrach ihn der Mann grob. Dann deutete er mit dem Zeigefinger wie mit einer Waffe auf Justin. »Und du bringst sofort das Eis wieder zurück. Es reicht schon, wenn ihr hier Benzin tankt, ohne es bezahlen zu können.«
Justin starrte ihn mit offenem Mund an, aber seinem Vater ging der unverschämte Ton des Mannes nun wohl wirklich zu weit, denn er antwortete fast ebenso scharf:
»He, Moment! Sie haben doch gerade selbst gesagt, dass Ihr Apparat nicht funktioniert! Ist das etwa meine Schuld?«
»Wieso tanken Sie mit einer Kreditkarte, wenn Sie wissen, dass die Telefone gestört sind?«, gab der Kassierer wütend zurück.
»Aber ich wusste doch nicht, ob alle gestört sind. Und selbst wenn: Das ist ja wohl Ihr Risiko. Wenn Sie damit nicht leben können, dürfen Sie keine Kreditkarten akzeptieren.«

»Werd ich auch nicht mehr. Jedenfalls nicht von Ihnen!«
Justins Vater atmete hörbar ein. Für einen Moment sah es so aus, als würde er nun endgültig explodieren, aber dann beherrschte er sich und sagte mit mühsam erzwungener Ruhe: »Also gut. Das ist eine unangenehme Situation für uns beide. Lassen Sie uns versuchen, sie möglichst gut zu lösen. Sie kennen mich schließlich. Ich komme heute Nachmittag vorbei und bringe Ihnen das Geld. Das dürfte doch kein Problem sein, oder?«
»Kommt nicht in Frage«, maulte der Tankwart. »Hier kommt mir keiner weg, der nicht bezahlt hat!«
»Und was soll ich jetzt tun?«, fragte Vater.
»Mir egal.« Der Tankwart zuckte die Achseln. »Gehen Sie nach Hause und holen Sie Geld. Der Wagen bleibt so lange hier.«
»Wie bitte?«, krächzte Justins Vater. Er lachte nervös. »Das meinen Sie doch nicht ernst!«
»Todernst«, antwortete der Tankwart. »Wenn Sie den Wagen anrühren, rufe ich die Polizei.«
»Hören Sie«, sagte Vater. »Ich lasse Ihnen meine Uhr hier. Sie ist sehr viel mehr wert als achtzig Mark und –«
»Nichts da«, unterbrach ihn der Kassierer. »Ich bin Tankwart, kein Pfandleiher.«
»Ich kann ja so lange hier bleiben«, schlug Justin hastig vor. »Zusammen mit dem Wagen.«
Unter normalen Umständen hätte er seinem Vater vorgeschlagen, rasch nach Hause zu laufen und Geld zu holen. Es waren kaum zehn Minuten. Nichts in Crailsfelden war weit entfernt. Aber er befürchtete ganz ernsthaft, dass sein Vater und der Tankstellenpächter sich gegenseitig an die Kehlen gehen würden, wenn er sie länger als ein paar Minuten allein ließ. Er verstand überhaupt nicht, was hier vorging. Sie tankten seit Jahren regelmäßig hier – und wo auch sonst? Es gab nur diese eine Tankstelle in der Stadt. Der Pächter kannte sie und musste schließlich wissen, dass sie sich nicht einfach davonmachen würden. Aber er verstand auch seinen Vater nicht

mehr. Normalerweise hätte er eine solche Situation mit einem Lächeln und einigen wenigen Worten bereinigt, ohne aus der Haut zu fahren.
Immerhin schien er zu begreifen, was der Sinn dieses Vorschlages war, denn er sah Justin nur einen Moment lang an, dann nickte er widerwillig und ging ohne ein weiteres Wort aus der Tankstelle. Justin sah, wie er draußen den Mantelkragen hochschlug und die Hände in den Manteltaschen vergrub, als der eisige Wind über ihn herfiel. Gleich darauf war er im Schneegestöber verschwunden.
»Steh hier nicht rum und halt Maulaffen feil«, sagte der Tankwart ärgerlich. »Und fass bloß nichts an.«
Justin sagte nichts dazu, schon weil er ganz deutlich spürte, dass der Mann einfach auf Streit aus war. Außerdem war ihm die sonderbare Formulierung aufgefallen. Maulaffen feilhalten! Er wusste zwar, was das bedeutete, aber er hatte nicht gewusst, dass dieser Begriff noch von irgendjemandem verwendet wurde.
Ziellos begann er in der Tankstelle auf und ab zu gehen. Einmal blieb er stehen und studierte die Titelblätter der ausgelegten Zeitschriften, wagte es aber nicht, danach zu greifen, wahrscheinlich hätte ihn der Tankwart auf der Stelle massakriert, hätte er das getan.
Immer wieder wanderte sein Blick verstohlen nach draußen und fast ebenso oft zu der spiegelnden Abdeckung der Eistruhe. Der Motorradfahrer tauchte nicht wieder auf. Und doch war es, als könnte er seine Gegenwart immer noch fühlen, als wäre er jetzt zwar unsichtbar, aber trotzdem noch immer da. Vielleicht auch nicht er selbst, sondern etwas, was er zurückgelassen hatte ...
Es beginnt, hatte Reggie gesagt. Justin wusste immer noch nicht genau, was sie damit gemeint hatte. Aber eigentlich wollte er es auch gar nicht mehr wissen.
Sein Vater kam schon nach erstaunlich kurzer Zeit zurück. Sein Gesicht war rot vor Kälte. Er knallte einen Geldschein vor den Kassierer auf den Tisch.

»Das ging aber schnell«, sagte Justin. »Bist du geflogen?«
»Ich war auf der Post, eine Straße weiter«, antwortete sein Vater. »Der Geldautomat *dort* funktioniert.«
Der Tankwart grinste. »Dann sollten Sie vielleicht in Zukunft auch dort tanken.«
Justin hielt instinktiv die Luft an, als er sah, wie etwas in den Augen seines Vaters erwachte, das er noch niemals darin gesehen hatte. Aber die erwartete Explosion blieb aus. Sein Vater geduldete sich, bis der Kassierer damit fertig war, provozierend langsam das Wechselgeld vor ihn auf die Theke zu zählen, strich es mit einer unwilligen Bewegung ein, dann verließen sie beide die Tankstelle. Erst als sie wieder im Wagen saßen und er die Tür hinter sich ins Schloss knallte, sagte er wütend: »Idiot!«
»Nimm es ihm nicht zu übel«, sagte Justin. »Vielleicht hatte er einfach nur einen schlechten Tag.«
»Wenn er noch eine einzige dumme Bemerkung gemacht hätte, *dann* hätte er einen schlechten Tag gehabt!«, legte Vater los. »Einen verdammt schlechten Tag, das kann ich dir sagen!«
Er hämmerte den Gang hinein und trat so heftig aufs Gas, dass der Wagen mit durchdrehenden Hinterrädern losschoss und auf der Straße ein paar Mal hin und her schlingerte, ehe er ihn wieder unter Kontrolle hatte.
»He!«, sagte Justin. »Willst du ein Strafmandat bekommen?«
»Strafmandat, pah!«, machte sein Vater. »Sollen nur kommen, die blöden Bullen. Auf die warte ich gerade noch.«
Justin ließ sich wieder in den Sitz zurücksinken. Der Tankstellenpächter schien nicht der Einzige zu sein, der heute einen schlechten Tag hatte.
Der Zorn seines Vaters verrauchte allerdings fast so schnell, wie er gekommen war. Die letzten Häuser des Ortes lagen kaum hinter ihnen, da beruhigte er sich schon wieder, und als sie die verschneite Straße den Hügel hinauffuhren, da nahm er zu Justins Erleichterung auch immer mehr Gas weg, bis sie schließlich fast im Schritttempo dahinkrochen, genau wie gestern.

Sehr viel schneller hätten sie allerdings auch gar nicht fahren können. Die Straße war vollkommen verschneit. Wenn seit gestern überhaupt ein anderer Wagen hier entlanggekommen war, dann hatte der Schnee seine Spuren mittlerweile vollkommen ausgelöscht. Selbst die Straßenränder waren kaum mehr zu erkennen. Justins Vater lenkte den Wagen weit in die Straßenmitte hinaus. Sie würden Schwierigkeiten bekommen, wenn ihnen jetzt ein anderes Fahrzeug entgegenkam. Allerdings war die Wahrscheinlichkeit dafür nicht besonders hoch.
»Mistwetter!«, fluchte sein Vater. »Wenn das noch zwei oder drei Tage so weitergeht, dann sind wir hier wirklich bald von der Außenwelt abgeschnitten.«
Justin wollte antworten, doch in diesem Moment fiel sein Blick in den Rückspiegel und er sah das Licht, das ihnen folgte. Es war nicht immer da, sondern schien sich gerade weit genug hinter ihnen zu befinden, um in fast regelmäßigen Abständen im Schneegestöber zu verschwinden und wieder daraus aufzutauchen; wie ein einzelnes, weißes Auge, das ihm aus einer anderen Welt herüber zublinzelte. Trotzdem erkannte Justin, dass es nur ein Licht war. Nicht das Scheinwerferpaar eines Autos, das hinter ihnen herfuhr, sondern der einzelne Scheinwerfer eines Motorrades.
»Gott sei Dank leben wir heute nicht mehr im Mittelalter«, fuhr sein Vater fort. Er hatte weder von ihrem Verfolger noch von Justins plötzlichem Erschrecken irgendetwas bemerkt. »Trotzdem ist es vielleicht besser, wenn wir noch ein paar Dinge besorgen, wenn wir sowieso schon einmal in der Stadt sind. Kaffee, Lebensmittel ...«
»Bereitest du dich auf eine Belagerung vor?«, fragte Justin. Das Licht im Rückspiegel war verschwunden.
Sein Vater lachte. »Ich weiß, das klingt übertrieben. Aber du wärst erstaunt, wie sehr wir heute von unserer so genannten Zivilisation abhängig sind. Wir sind es gewohnt, alles jederzeit und überall zur Verfügung zu haben. So sehr, dass wir uns gar keine Gedanken mehr machen. Supermärkte, Banken –« Er verzog das Gesicht. »– Selbstbedienungstankstellen. Es funk-

tioniert alles reibungslos. Aber nur, solange das ganze System reibungslos funktioniert, verstehst du? Wir haben immer zu essen und alles andere, weil die Großstadt in der Nähe ist und wir von dort aus täglich versorgt werden. Du würdest dich wundern, wie schnell hier alles zusammenbricht, wenn wir auch nur für ganz kurze Zeit von der Außenwelt abgeschnitten wären. Wenn diese Straße hier zum Beispiel auch nur zwei oder drei Tage gesperrt wäre –«

»Wie zum Beispiel jetzt?«, fragte Justin. Dann schrie er. »*Pass auf!*«

Sein Vater hatte die Gefahr allerdings schon selbst bemerkt und trat mit aller Gewalt auf die Bremse.

Quer über der Straße vor ihnen lag ein Hindernis. Die Sicht war zu schlecht und sie fuhren zu schnell, als dass Justin erkennen konnte, was es war, aber es sah sehr groß aus und sehr massiv. Der BMW schlitterte mit blockierenden Reifen darauf zu, wäre aber trotzdem zweifellos gegen das Hindernis geprallt, hätte sein Vater das Lenkrad nicht im allerletzten Moment herumgerissen und den Wagen quergestellt. Er schlitterte noch ein Stück weiter und kam buchstäblich eine Handbreit vor dem Hindernis zum Stehen.

»Puuuh!«, machte Vater. »Das war knapp! Erinnere mich daran, dass ich das nächste Mal einen Wagen mit ABS kaufe.«

Justin blinzelte. Er verstand nicht so ganz, wie sein Vater in einem Augenblick wie diesem Witze machen konnte. Aber vielleicht war das einfach seine Art, mit dem Schreck fertig zu werden.

Sie verließen den Wagen. Justin musste über den Fahrersitz klettern, weil die Tür auf seiner Seite nicht aufgegangen wäre, ohne gegen das Hindernis zu stoßen. Es war kalt und jetzt, als sie wieder im Wald waren, auch wieder spürbar dunkler als unten in der Stadt. Dafür schneite es kaum noch. Die Baumwipfel bildeten auch über der Straße noch ein fast geschlossenes Dach, durch das kaum etwas hindurchkam. Sehr wenig Schnee und noch weniger Licht. Trotzdem war die Straße auch hier von einer knöcheldicken weißen Schicht bedeckt, auf der ihre Schritte sonderbare, knirschende Echos hervorriefen.

Justin zog schaudernd den Reißverschluss seiner Jacke hoch und folgte seinem Vater. Als er den Wagen umkreist hatte, konnte er das Hindernis endlich sehen.

Es war nichts anderes als ein Ast. Er war ungefähr so dick wie Justins Oberschenkel, aber mehr als drei Meter lang, und es wuchsen zahlreiche kleinere Äste und Zweige daraus hervor. Das Ende war abgesplittert. Justin registrierte beiläufig, dass die Bruchstelle sehr frisch aussah. Trotzdem war der Ast schon wieder halb im Schnee versunken, als hätte er lange dort gelegen.

»Oh, oh«, sagte sein Vater. »Das hätte schief gehen können. Wenn wir da hineingekracht wären ...«

Justin verstand, was sein Vater meinte. Der Ast sah nicht einmal besonders schwer aus, aber die zahlreichen zersplitterten Nebenäste und Zweige machten ihn zu einem ernst zu nehmenden Hindernis. Hätten sie ihn gerammt, hätte sich der Wagen daran regelrecht aufspießen können. Vielleicht zusammen mit seinen Insassen.

»Die reinste Panzersperre«, sagte Vater schaudernd. »Aber er sieht nicht sehr schwer aus. Versuchen wir, ob wir ihn wegbekommen?«

Justin kletterte wortlos und sehr vorsichtig über die spitzen Äste hinweg und rüttelte prüfend an dem Stamm. Er bewegte sich, wenn auch nur ein bisschen. Pulveriger Schnee rieselte von den dünneren Ästen herab.

»Er muss unter dem Gewicht des Schnees abgebrochen sein«, sagte sein Vater nachdenklich. »Komisch. Dabei sieht er gar nicht so morsch aus ... Na ja, versuchen wir es.«

Er ließ sich in die Knie sinken und griff zu. Justin machte es ihm auf der anderen Seite nach, doch plötzlich blinzelte er, ließ den Ast wieder los und hob schützend die Hand vor die Augen. Hinter seinem Vater war ein grelles Licht erschienen, das ihn blendete.

»Was ist denn?« Sein Vater hob unwillig den Kopf, dann

drehte auch er den Kopf und stand wieder auf. Das Licht hinter ihm stammte von einem schweren Motorrad, das neben ihrem Wagen angehalten hatte; soweit Justin das beurteilen konnte, eine Harley Davidson. Sie bestand aus Metall, Lack und Chrom, nicht aus Knochen und Blut. Der Fahrer war ganz in schwarzes Leder gekleidet und trug einen Helm mit schwarzem Visier. Justins Herz setzte aus. Er glaubte zu spüren, wie die Luft rings um ihn herum zur Festigkeit von eiskaltem Glas erstarrte, sodass er sich nicht mehr bewegen konnte.
»Oh, hallo«, sagte Justins Vater. »Das nenne ich einen Zufall.«
Justin konnte fühlen, wie sich seine Kopfhaut vor Entsetzen zusammenzog, als sein Vater auf den Motorradfahrer zutrat. Er wollte ihm eine Warnung zurufen, aber er konnte es nicht. Er war immer noch wie gelähmt.
»Wären Sie vielleicht so freundlich, uns zu …«, begann sein Vater, brach dann aber mitten im Wort ab. Der Motorradfahrer hatte seine Harley auf den Ständer gekippt und glitt mit einer kraftvollen Bewegung aus dem Sattel. Für Justin sah es aus, als ob aus einem einzigen großen Lebewesen zwei wurden.
Auch auf seinen Vater musste der Anblick unheimlich wirken, denn er sprach nicht weiter, sondern wich einen Schritt zurück, als der Motorradfahrer auf ihn zukam, und dann noch einen. Justin konnte sich immer noch nicht bewegen.
Der Motorradfahrer war nicht besonders groß – kaum größer als Justin – und auch nicht sehr breitschultrig. Trotzdem wirkte er irgendwie riesig. Als er sich bewegte, schien es leise zu klirren, als trüge er eine Rüstung aus Eisen, kein schwarzes Leder.
Wortlos ging er an Justins Vater vorbei, bückte sich nach dem abgebrochenen Ast und hob ihn ohne sichtbare Anstrengung hoch. Scheinbar mühelos warf er ihn in den Wald hinein, dann drehte er sich, immer noch ohne einen Laut von sich zu geben, um und ging zu seiner Maschine zurück. Zehn Sekunden später erwachte der Motor der Harley donnernd zum Leben. Justins Vater sprang hastig zur Seite, als die Harley losfuhr.

Nur einen Herzschlag später war sie im Halbdunkel vor ihnen verschwunden.
Sie setzten sich wieder in den Wagen und Justins Vater rangierte ein paar Mal vor und zurück, bis sie auf der schmalen Straße wieder in Fahrtrichtung standen. Erst nachdem sie wieder in Bewegung waren, brach er das Schweigen.
»Der Bursche war ja richtig unheimlich«, sagte er. »Und ganz schön verrückt, bei diesem Wetter mit einem Motorrad zu fahren. Aber hilfsbereit. Ich bin nicht sicher, ob wir das Ding wirklich weggekriegt hätten.«
»Du hast ihn also auch gesehen?«, fragte Justin.
»Auch gesehen?«, wiederholte sein Vater verständnislos. »Natürlich. Warum sollte ich ihn denn nicht gesehen haben?«
Justin antwortete nicht. Er blickte aus dem Fenster nach vorne, auf die Straße, die sich langsam vor ihnen abspulte. Obwohl sie noch immer mitten im Wald waren, war die Straße auch hier von einer makellosen Schneeschicht bedeckt.
Das Motorrad hatte keine Spuren darin hinterlassen.

14

Wie sich zeigte, waren die Befürchtungen seines Vaters nicht ganz grundlos gewesen. Auf der Autobahn herrschte tatsächlich der erwartete Stau, der sogar um einiges schlimmer zu sein schien als der Schneefall. Das weiße Rieseln ließ nach, je mehr sie sich der Stadt näherten. Als der Wagen die Ausfahrt hinunterfuhr, schneite es schließlich gar nicht mehr. Sie hatten mehr als eine Stunde gebraucht, um die knapp fünfzehn Kilometer zurückzulegen. Keiner von ihnen hatte das Motorrad und seinen unheimlichen Fahrer noch einmal erwähnt, aber Justin hatte fast ununterbrochen daran gedacht. Und sein

Vater hatte für seinen Geschmack ein paar Mal zu oft in den Rückspiegel gesehen.
Im Krankenhaus angekommen vergaß er den Motorradfahrer wenigstens für eine Weile; aber ein unbehaglicher Gedanke machte nur einem anderen Platz. Auch das Krankenhaus erschien ihm ungewohnt still und trotz der hellen Neonbeleuchtung auf sonderbare Weise düster, wie von unsichtbaren Schatten erfüllt. Justin sagte sich zwar selbst, dass das, was er zu spüren glaubte, nur an den schlimmen Erinnerungen lag, die er mit diesem Ort verband, und vielleicht war das sogar die Wahrheit – aber das änderte nichts am Ergebnis. Dieser Ort erfüllte ihn mit beinahe ebenso großer Furcht wie die Ruine des Schwarzen Turmes in Crailsfelden.
Sie mussten sich eine Weile gedulden, bis der Arzt Zeit fand, mit seinem Vater zu reden. Er wirkte ein wenig ungeduldig und als er seinen Besucher erkannte, erschien ein deutlicher *Nicht-der-schon-wieder*-Ausdruck in seinen Augen. Aber dann gab er sich einen deutlichen Ruck und zwang sogar ein beinahe überzeugendes Lächeln auf seine Züge.
Bevor er etwas sagen konnte, begann Justins Vater: »Ich kann mir vorstellen, dass ich Ihnen auf die Nerven gehe, und ich entschuldige mich dafür. Aber ich musste einfach noch einmal kommen.«
»Angehörige von Patienten gehen mir niemals auf die Nerven«, antwortete der Arzt. Er reichte Vater flüchtig die Hand, warf einen Seitenblick auf Justin und fügte etwas leiser hinzu: »Jedenfalls meistens nicht. Außerdem hätte ich Sie sowieso angerufen. Ich habe es vor einer Stunde schon einmal versucht, aber Ihr Telefon scheint nicht zu funktionieren.«
»Schon seit gestern«, bestätigte Vater. »Was gibt es denn?«
Der Arzt antwortete nicht gleich, aber sein Blick wurde deutlich ernster und Justin ahnte schon, was er sagen würde, noch bevor er es wirklich tat. »Ich fürchte, ich habe keine guten Nachrichten für Sie.« Er sah wieder auf Justin herab. »Sind Sie sicher, dass ich –«
»Ich kann die Wahrheit vertragen«, sagte Justin.

Der Arzt runzelte die Stirn, aber dann sagte sein Vater: »Reden Sie.«
»Es sieht nicht gut aus«, sagte der Arzt leise. »Ich habe Ihnen gesagt, dass Sie sich keine zu großen Hoffnungen machen sollen. Und ich fürchte, ich hatte Recht damit.«
»Meine Mutter wird sterben«, sagte Vater leise.
»Ja«, antwortete der Arzt unumwunden. »Es hat keinen Sinn, Ihnen etwas vorzumachen. Sie wird nicht noch einmal aufwachen. Genau genommen wird sie wohl nur noch von den Apparaten am Leben gehalten, an die wir sie angeschlossen haben. Es tut mir sehr Leid.«
Justins Vater blickte den Arzt lange, endlose Sekunden wortlos an, dann drehte er sich mit einer schwerfällig wirkenden Bewegung zu Justin um und sagte: »Würdest du uns einen Moment allein lassen?«
Justin ging ohne etwas zu sagen. Er empfand ... nichts. Der maßlose Schreck, mit dem ihn die Worte des Arztes erfüllen sollten, wollte einfach nicht kommen. Er fragte sich in Gedanken ganz ernsthaft, ob er wirklich so herzlos war, kam aber zu keiner Antwort. Vielleicht war es einfach so, dass etwas in ihm längst akzeptiert hatte, dass er seine Großmutter niemals wieder sehen würde. Nicht *die* Großmutter, die er gekannt und zeit seines Lebens geliebt hatte. Der Körper, der sterbend irgendwo in diesem Gebäude lag, bedeutete im Grunde nichts. Er war nur eine Hülle; ein Behälter für das, was einen Menschen wirklich ausmachte.
Diesmal dauerte es wirklich lange, bis sich die Tür hinter ihm öffnete und sein Vater und der Arzt wieder auf den Gang hinaustraten. Beide wirkten sehr ernst. »Können wir ... noch einmal zu ihr?«, fragte sein Vater stockend.
»Selbstverständlich«, antwortete der Arzt. »Ich lasse Sie von einer Schwester hinbringen.« Er sah Justin an.
»Keine Angst!«, sagte Justin hastig. »Diesmal rühre ich nichts an. Ich schwöre es.«
Weder sein Vater noch der Arzt sagten irgendetwas dazu, was das ungute Gefühl in Justin aber nur noch verstärkte.

»Dann sehen wir uns morgen«, sagte der Arzt ernst. Er reichte Vater die Hand, doch der ignorierte die Geste. Justin war sicher, dass er es nicht aus Unhöflichkeit tat, sondern weil er in Gedanken mit irgendetwas so sehr beschäftigt war, dass er sie gar nicht zur Kenntnis nahm.

»Ich erwarte Sie und Ihre Frau gegen Mittag.«

»Ja«, murmelte Justins Vater. »Und vielen Dank noch einmal.«

Der Arzt entfernt sich und sie blieben reglos stehen, um auf die Krankenschwester zu warten. Als sie allein waren, fragte Justin: »Warum müssen Mutter und du morgen noch einmal herkommen?«

Sein Vater antwortete nicht. Er wich seinem Blick aus.

»Was wolltet ihr gerade besprechen, das ich nicht hören durfte?«, bohrte Justin weiter. Tief in sich kannte er die Antworten auf diese Fragen. Und er verstand auch sehr genau, warum sein Vater sie ihm nicht laut geben konnte.

»Wir reden ... später darüber«, sagte sein Vater schließlich mit leiser, bebender Stimme. »Wenn wir wieder zu Hause sind.«

Justin akzeptierte das. Wenn ihm sein Vater wirklich das mitzuteilen hatte, was er befürchtete, dann würde er wahrscheinlich gar nicht die Kraft aufbringen, es zweimal zu tun.

Die Krankenschwester kam. Sie führte sie nicht in dasselbe Zimmer, in dem Großmutter gestern gelegen hatte, sondern in einen anderen, etwas abseits gelegenen Raum. Vor der Tür verabschiedete sie sich mit einem stummen Nicken von ihnen, doch Justins Vater zögerte noch die Klinke hinunterzudrücken. Als er es endlich tat, da hatte Justin das Gefühl, dass diese kleine Bewegung seine ganze Kraft beanspruchte.

Im Zimmer selbst war es dunkel. Die Jalousien waren heruntergelassen und die Deckenbeleuchtung ausgeschaltet. Das einzige Licht kam von einigen Monitoren, die das Bett seiner Großmutter umstanden wie stumme elektronische Schutzengel. Zahllose Kabel und Leitungen führten von diesen Geräten zu der schmalen Gestalt im Bett hin und ein leises, mehrfaches elektronisches Piepsen lag in der Luft.

Der Anblick schnürte Justin die Kehle zu. All diese Computer und Überwachungsgeräte dienten keinem anderen Zweck als dem, über das Schicksal des Patienten im Bett zu wachen, und trotzdem kam ihm seine Großmutter in diesem Moment vor wie ein Opfer; die hilflose Beute einer bizarren elektronischen Spinne, gefangen in einem riesigen, verchromten Netz.
Ein einziger Blick auf seine Großmutter machte Justin endgültig klar, worüber sein Vater und der Arzt gesprochen hatten.
Und er machte ihm noch etwas klar: Er war vergebens hierher gekommen.
Großmutter war seine letzte Hoffnung gewesen. Niemand in Crailsfelden konnte oder wollte seine Fragen beantworten. Von Reggie – von der er ja noch nicht einmal genau wusste, wer sie war! – bekam er nur unverständliche Antworten und Rätsel und wenn er ganz ehrlich war, dann wusste er ja auch nicht, welche *Fragen* er stellen sollte. Wie konnte er da Antworten erwarten?
Natürlich hatte er gewusst, dass seine Großmutter ohne Bewusstsein war. Aber vielleicht hatte er tief in sich gehofft, dass ein Wunder geschehen würde, ganz einfach, weil er es brauchte. Eine kindische Hoffnung.
Wenigstens wusste er nun, wieso Werner sie auf der Straße im Wald nicht angegriffen hatte. Sein bisher unverständliches Verhalten, sie nicht nur nicht auf der Stelle umzubringen, sondern ihnen im Gegenteil sogar noch dabei zu *helfen*, das Tal zu verlassen, bekam in diesem Zimmer einen grausamen Sinn. Es war nichts als böser Hohn, ein Akt grausamen Spottes, um ihm seine ganze Hilflosigkeit vor Augen zu führen. Der Diener des Schwarzen Turmes konnte es sich leisten, ihn hierher kommen zu lassen.
Weil es auch hier niemanden gab, der ihm helfen konnte.
Was soll ich nur tun? dachte Justin, so intensiv, dass er für einen Moment fast befürchtete, den Gedanken ganz aus Versehen laut ausgesprochen zu haben. Aber sein Vater reagierte nicht. Er stand stocksteif neben ihm und starrte aus

blicklosen Augen auf das Krankenbett hinab. Wahrscheinlich hätte er Justins Worte nicht einmal gehört, wenn er sie wirklich laut ausgesprochen hätte.
Was soll ich nur tun? dachte er noch einmal. *Ich will dir ja helfen! Ich will alles tun, was du von mir erwartest, aber ich weiß einfach nicht, was!*
Seine Großmutter öffnete die Augen und sah ihn an.
Justin konnte einen erschrockenen Aufschrei nicht mehr unterdrücken. Mit einem einzigen Schritt trat er an das Krankenbett heran.
Es war leer.
Und es war auch nicht mehr das weiß bezogene Krankenhausbett, das er vor einer halben Sekunde noch gesehen hatte.
So wenig, wie dies noch das Zimmer war, in dem er gestanden hatte ...
Justin fuhr mit einem ungläubigen Laut herum. Sein Vater war ebenso verschwunden wie seine Großmutter, das Bett und die elektronischen Apparate, die es umgeben hatten, die Neonleuchten unter der Decke und das Fenster – kurz, das ganze Zimmer.
Aber vielleicht stimmt das ja gar nicht, dachte Justin.
Vielleicht war *er* es ja, der verschwunden war ...
Schaudernd sah Justin sich um. Neben ihm stand noch immer ein Bett und in der Wand hinter ihm war noch immer eine Tür, aber damit hörte die Ähnlichkeit mit dem Krankenzimmer auch schon auf.
Trotzdem erkannte er es wieder, denn er hatte es schon einmal gesehen. Es war der Raum mit den gotischen Spitzbögen, den er in diesem Krankenhaus schon einmal gesehen hatte; das Zimmer, in dem sich der Schattenmann über die fünfzig Jahre jüngere Ausgabe seiner Großmutter beugte, um ihr irgendetwas Unbeschreibliches anzutun. Diesmal war die Märchenprinzessin nicht da und auch von dem Unheimlichen war keine Spur zu sehen. Und es gab noch einen Unterschied:
Das letzte Mal hatte er das Zimmer nur gesehen. Diesmal war er darin.

Justin machte einen zögernden Schritt zurück in die Richtung, aus der er gekommen war. Er rechnete halbwegs damit, dass sich der ganze Spuk im nächsten Moment wieder auflösen würde, aber das Zimmer blieb, wie es war. Justin hielt wieder inne, drehte sich langsam im Kreis und sah sich dabei aufmerksam um.

Es war in dieser Kammer nur unwesentlich heller als in dem kaum beleuchteten Krankenzimmer, denn es gab weder Lampen noch Fackeln; das wenige Licht, das den Raum erhellte, kam von einem schmalen Fenster auf der gegenüberliegenden Seite. Aber seine Augen begannen sich allmählich umzustellen, sodass er trotzdem ganz gut sehen konnte.

Die Einrichtung war dieselbe wie beim letzten Mal, nur dass noch einige Stücke hinzugekommen zu sein schienen. Auch glaubte er an den Wänden einige Bilder oder Wandteppiche zu sehen, die das erste Mal nicht dagewesen waren. Als wäre das Bild jetzt vollständiger als beim ersten Mal. Und von irgendwoher kam Lärm. Justin konnte nicht genau sagen, welcher Art er war, aber er klang irgendwie bedrohlich.

Justin drehte sich ein zweites Mal im Kreis, dann ging er zum Fenster hinüber. Der Lärm schien von dort zu kommen.

Kalter Wind schlug ihm entgegen, als er sich dem Fenster näherte, und einige Schneeflocken wirbelten herein. Der schmale Ausschnitt des Himmels, den er durch das Fenster erkennen konnte, war grau und schien unnatürlich nahe zu sein. Etwas an diesem Anblick erschreckte ihn. Er musste all seinen Mut zusammenkratzen, um überhaupt weiterzugehen.

Die Wand, an die er herantrat, war so dick, dass Justin die Hände auf die Fensterbrüstung stützen und sich weit nach vorne beugen musste, um überhaupt hinaussehen zu können, und der Stein war eiskalt.

Der Anblick, der sich ihm bot, ließ ihn erschauern.

Die Wand, in der das Fenster lag, war so hoch, dass die Häuser und Straßen unter ihm zur Spielzeuggröße zusammengeschrumpft zu sein schienen. Die Landschaft ringsum war mit Schnee bedeckt, so weit sein Blick reichte, und der Himmel

hing so tief, dass man meinen konnte, nur den Arm ausstrecken zu müssen, um ihn zu berühren.
Justin sah nach oben und erschauerte erneut. Die Mauer setzte sich auch über ihm scheinbar unendlich weit fort. Sie bestand aus groben, gewaltigen Quadern und war so schwarz, dass sie das wenige Licht zu schlucken schien, das die grauen Wolken durchdrang. Hoch, unendlich hoch über ihm wurde diese Wand von einer bizarren Zinnenkrone begrenzt und diese Zinnen verschwanden zum Teil wirklich in grauen Schneewolken.
Er sah wieder nach unten und plötzlich begriff er, dass sich nicht nur das Gebäude verändert hatte, in dem er sich befand. Auch die Landschaft, die sich rings herum erstreckte, war vollkommen anders. Er war nicht mehr in der Stadt. In nicht allzu großer Entfernung erstreckte sich eine Kette steiler, dicht bewaldeter Hügel und die Häuser unter ihm ...
Die Erkenntnis durchfuhr Justin wie ein elektrischer Schlag.
Er war wieder in Crailsfelden.
Und dann begriff er auch, *wo* er war.
Im Schwarzen Turm.
Er befand sich im Herzen Crailsfeldens, aber nicht in der Klosterruine, sondern in dem monströsen schwarzen Turm, den er in der alten Illustration gesehen hatte. Die schneebedeckte Stadt unter ihm schien auch nicht genau das Crailsfelden zu sein, in dem er aufgewachsen war, auch wenn er eine Menge Gebäude wieder erkannte; einschließlich dessen, in dem er selbst wohnte. Trotzdem schien es eine viel ältere, fast mittelalterliche Ausgabe seiner Heimatstadt zu sein, auf die er hinabblickte. Die Fernsehantennen und die modernen Läden fehlten.
Erneut drang Lärm zu ihm herauf. Justin beugte sich weiter vor und versuchte zu erkennen, was dort unten vorging, aber er war einfach zu hoch. Die Menschen, die unter ihm durch die Straßen hasteten, waren nur Punkte; kaum mehr als Ameisen. Immerhin sah er, dass sie sich sehr schnell zu bewegen schienen. Hier und da glommen winzige rote Fun-

ken in der quirlenden Masse auf. Feuer? Wurde dort unten gekämpft?
Justin sah ein, dass er über diese große Distanz hinweg nicht mehr herausfinden würde, und trat vom Fenster zurück. Mit raschen Schritten ging er zur Tür, öffnete sie und spähte vorsichtig hinaus. Vor ihm lag ein hoher, aus den gleichen schwarzen Quadern gemauerter Gang, der von düsterrotem Fackellicht erfüllt war. Er hörte nichts. Nach ein paar Sekunden schob er die Tür weiter auf und trat vollends aus dem Zimmer heraus.
Der Gang erstreckte sich in beiden Richtungen, so weit er sehen konnte. Die Decke wurde von den gleichen gotischen Spitzbögen gebildet, die die gesamte Architektur dieses bizarren Bauwerkes zu bestimmen schien. In regelmäßigen Abständen waren schwere, geschmiedete Halterungen an den Wänden befestigt, in denen Fackeln steckten. Nicht alle brannten, aber das Licht reichte, um gut zu sehen.
Justin wandte sich nach links und ging los. Der Lärm blieb hinter ihm zurück, als er sich von der Tür entfernte, und wieder umfing ihn eine tiefe, fast unheimliche Stille, in der selbst das Geräusch seiner Schritte irgendwie zu versickern schien, bevor es wirklich werden konnte.
Er kam an zahlreichen, geschlossenen Türen vorbei, von denen er einige öffnete, um einen Blick in die dahinter liegenden Räume zu werfen, ohne allerdings auch nur einen einzigen zu betreten. Sie alle boten im Großen und Ganzen den gleichen Anblick wie das Zimmer, in dem er angekommen war: dunkle Räume, einfach eingerichtet, wie man sie in einer mittelalterlichen Burg oder auch einem Kloster erwartete. Er sah keinen einzigen Menschen.
Dann gelangte er an eine Tür, hinter der kein weiteres Zimmer lag, sondern ein düsteres Treppenhaus. Aus der Tiefe drang Lärm herauf; nicht sehr laut, aber ebenso bedrohlich wie der, den er gerade draußen gehört hatte.
Justin zögerte die Treppe zu betreten. Was immer ihn dort unten erwartete, er spürte einfach, dass es nichts Gutes war,

sondern etwas, was ihn erschrecken, vielleicht sogar entsetzen würde. Und das möglicherweise gefährlich war.
Aber er würde das Geheimnis dieses Schwarzen Turmes auch nicht lösen, wenn er weiter hier herumstand. Mit klopfendem Herzen trat er auf die Treppe hinaus und begann die steinernen Stufen hinabzusteigen.
Es gab hier weniger Fackeln als oben im Korridor. Es wurde niemals ganz dunkel, aber mehrmals hatte Justin das Gefühl, sich durch einen düsterroten Nebel zu tasten, in dem er die Stufen unter seinen Füßen mehr spürte als sah.
Er hatte nicht die geringste Ahnung, wie weit er in die Tiefe stieg. Anfangs versuchte er noch, die Stufen zu zählen, um wenigstens eine ungefähre Ahnung zu haben, wo er sich befand, aber er musste sich viel zu sehr darauf konzentrieren, keinen Fehltritt zu tun. Es waren viele Stufen. Justins innere Uhr war längst durcheinandergekommen, doch er schätzte, dass er mindestens eine halbe Stunde, wenn nicht länger, die Wendeltreppe in die Tiefe stieg.
Der Lärm unter ihm nahm allmählich zu und nach einer Weile konnte er beim besten Willen nicht mehr leugnen, dass es Kampflärm war, den er hörte: Schreie, das Klirren von Metall, Schläge und hastige Schritte und immer wieder schrille Wut- und Schmerzensschreie; und manchmal ein unheimliches, tiefes Grollen, das ihm schier das Blut in den Adern gerinnen ließ.
Endlich wurde es hell unter ihm. Graues Zwielicht mischte sich in den roten Schein der Fackeln und Justin ging ein wenig schneller, presste sich gleichzeitig aber auch eng mit dem Rücken gegen die Wand. Der Stein war auch hier drinnen so kalt, dass er selbst durch die Jacke hindurch das Gefühl hatte, Eis zu berühren.
Die letzten Meter ging er dann doch wieder langsamer. Trotzdem wäre er um ein Haar mitten in die Schlacht hineingeplatzt, deren Lärm er bisher nur gehört hatte.
Und es war eine regelrechte Schlacht.
Die Treppe hörte jäh auf und Justin fand sich unvermittelt in

einer hohen, weitläufigen Halle wieder, deren Decke unendlich weit über ihm zu sein schien und ebenfalls von einer Anzahl spitzer, sich überschneidender Bogen gebildet wurde. Das Tageslicht, das er gesehen hatte, kam aus zahlreichen spitzen Fenstern, die hoch oben unter der Decke angebracht waren. Er spürte instinktiv, dass er sich tief unter der Erde befand. Die Treppe hatte ihn in den Keller des Gebäudes hinabgeführt, ohne dass er es gemerkt hatte.

All das aber registrierte Justin nur am Rande. Im Moment war er voll und ganz damit beschäftigt, das unglaubliche Geschehen anzustarren, das sich vor ihm abspielte.

Es mussten Hunderte von Menschen sein, die rings um ihn mit verbissener Wut miteinander kämpften. Viele von ihnen schienen Krieger zu sein, Männer in groben schwarzen Rüstungen, die ihn absurderweise an lederne Motorradanzüge erinnerten. Die meisten der Gestalten aber trugen zerlumpte Kleidung wie mittelalterliche Bauern oder Handwerker und auch ihre Bewaffnung war der ihrer Gegner nicht ebenbürtig. Die meisten waren mit Knüppeln, Dreschflegeln oder Sensen bewaffnet; nur sehr wenige trugen Schwerter, die sie vermutlich von ihren Gegnern erbeutet hatten.

Trotzdem schien es am Ausgang der Schlacht keinen Zweifel mehr zu geben. Die Angreifer waren den Rittern in Schwarz nicht nur an Zahl hoffnungslos überlegen, sie kämpften auch mit einer Erbitterung und Wut, die Justin erstaunte. Er vermutete, dass er in eine Art Bürgerkrieg hineingeraten war; vielleicht einen Aufstand von Bauern und Handwerker gegen einen tyrannischen Lehensherrn, denn er entdeckte unter den Angreifern auch zahlreiche Frauen und sogar ein paar Kinder. Die Ritter in Schwarz verteidigten mit dem Mut der Verzweiflung einen Bereich der Halle, der ganz an ihrem anderen Ende lag. Sie schwangen ihre Waffen naturgemäß mit weit größerem Geschick als die Angreifer, aber die Übermacht war einfach zu erdrückend.

Bisher hatte keiner der Kämpfenden auch nur Notiz von Justin genommen, aber nachdem er seinen ersten Schrecken überwunden hatte, wurde ihm klar, dass das bestimmt nicht mehr lange so bleiben würde. Er hatte mit diesem Kampf zwar rein gar nichts zu tun, aber das war den Kämpfenden wahrscheinlich vollkommen gleich. Sie mochten in ihrer Wut auf alles einschlagen und -stechen, was ihnen vor die Schwerter und Mistgabeln geriet. Hastig bewegte er sich zur Seite und suchte nach einem Platz, an dem die Schlacht etwas weniger heftig tobte oder schon vorbei war.

Er fand ihn nicht auf Anhieb, aber etwas anderes geschah: Er beobachtete einen der schwarzen Krieger, der sich mit verzweifelter Kraft gegen gleich fünf oder sechs Angreifer zur Wehr setzte, die ihn umzingelt hatten. Er blutete bereits aus mehreren Wunden und sein Schicksal war besiegelt. Trotzdem schien er wild entschlossen, noch möglichst viele seiner Feinde mit sich ins Verderben zu reißen. Zwei oder drei Männer lagen bereits reglos auf dem Boden und eine weitere Gestalt taumelte genau in diesem Moment von einem Schwertstreich getroffen zurück.

Nur dass es kein Bauer war, sondern ein blondes Mädchen in zerrissenen Kleidern, das allerhöchstens so alt wie Justin war. Es ließ den mit Nägeln gespickten Knüppel fallen, mit dem es den Ritter attackiert hatte, schlug die Hände gegen die Kehle und taumelte zurück, direkt in Justins Arme.

Und hindurch.

Justin registrierte mit vollkommener Fassungslosigkeit, wie der Körper des Mädchens einfach durch seine ausgestreckten Arme hindurchglitt und schwer zu Boden fiel. Zwischen ihren verkrampften Fingern quoll Blut hervor und sie versuchte vergeblich zu atmen. Sie starb. Selbst wenn Justin sie hätte berühren können, er hätte sie nicht mehr gerettet.

Aber er konnte weder das eine noch das andere.

Justin starrte ungläubig auf seine Hände herab, dann wieder auf das sterbende Mädchen. Sie war ... einfach hindurchgeglitten. Er hatte nicht das Geringste gespürt. Und wie um seine unheimliche Beobachtung noch zu bestätigen, machte der Ritter in diesem Moment einen Ausfallschritt und schwang seine Waffe. Die Schwertklinge glitt ebenso mühelos durch Justins Körper hindurch wie das Mädchen vorhin durch seine Hände. Als wären alle lebenden Wesen in diesem Raum nicht mehr als Gespenster.

Wahrscheinlicher aber war, dass *er* das Gespenst hier darstellte ...

Und endlich verstand Justin, warum er überhaupt hier war. Er hatte seine Großmutter gebeten, ihm zu sagen, was er tun sollte. Das konnte sie nicht mehr. Aber sie *zeigte* es ihm ...

Er wich einen Schritt zurück und sah noch einmal auf das sterbende Mädchen hinab. Obwohl sie ihr nicht einmal ähnelte, erinnerte sie ihn sehr an Reggie und der Anblick schnürte ihm schier die Kehle zu. Er versuchte vergeblich, sich vor Augen zu führen, dass das, was er sah, nicht real war; wenigstens nicht für ihn. Was er beobachtete, war sehr, sehr lange her, und die Menschen, die er sah, waren schon vor Jahrhunderten gestorben. Er konnte nichts für sie tun. Er war als Beobachter hier, nicht, um irgendetwas zu tun.

Trotzdem erschütterte ihn der Anblick zutiefst. Die Bauern hatten die Ritter mittlerweile überwältigt und die Schlacht begann sich mehr und mehr in den hinteren Teil der Halle zu verlagern. Sie verteidigten irgendetwas mit dem Mut der Verzweiflung, aber sie würden es nicht schaffen. Die Angreifer erhielten ununterbrochen weitere Verstärkung.

Aber sie zahlten einen furchtbaren Preis für ihren Sieg. Nur die wenigsten Toten, die den Boden überall bedeckten, trugen schwarzes Leder oder Metall. Die meisten waren Bauern, Handwerker, Frauen und auch Kinder, viele tot, die anderen sterbend oder so schwer verwundet, dass sie sich vermutlich nie wieder davon erholen würden. Justin fragte sich vergebens, was diese Menschen so in Zorn versetzt haben mochte, dass sie ihre an sich überlegenen Gegner ohne die geringste Rücksicht auf ihr eigenes Leben angriffen; nicht einmal auf das ihrer Kinder.

Ein sonderbares Gefühl von Beklemmung machte sich in Justin breit. Er hatte Angst, obwohl er wahrscheinlich nicht in unmittelbarer Gefahr war. Aber er hatte Szenen wie diese schon oft gesehen: im Kino oder im Fernsehen. Wie jeder normale Junge in seinem Alter liebte er spannende Geschichten, Actionfilme und heroische Schlachten; Geschichten eben, in denen – wie er es salopp ausdrückte – *so richtig die Post abging.*

Das hier aber hatte nichts mit alledem zu tun. Es war eine Schlacht, eine echte Schlacht, die erste und hoffentlich letzte, die Justin in seinem Leben miterlebte. Da war nichts Heroisches, keine Heldentaten, von denen man noch nach Generationen berichten würde, da waren nur Blut und Schmerzensschreie. Die Angst lag wie etwas Greifbares in der Luft und er roch einen entsetzlichen Gestank.

Warum das alles? Nichts auf der Welt rechtfertigte *das hier.* Und doch geschah es oder war bereits geschehen.

Langsam und widerwillig bewegte sich Justin auf das Zentrum der Schlacht zu. Es waren noch vielleicht ein Dutzend Ritter, die sich gegen eine immer größer werdende Übermacht zur Wehr setzten. Zwischen ihnen bewegte sich eine Anzahl größerer, massiger Gestalten, vielleicht die tapfersten Recken, die sich zum letzten Gefecht zusammengeschlossen hatten.

Als er näher kam, stellte er fest, dass er sich getäuscht hatte. Es waren keine Ritter.

Es waren nicht einmal Menschen.

Die Gestalten waren riesig, hatten breite Teufelsgesichter und spitze Ohren, einige hatten Hörner, andere peitschendes Gorgonenhaar. Keine sah aus wie die andere, aber alle waren ausnahmslos gigantisch, hatten fürchterliche Klauen und Zähne und waren abgrundtief hässlich. Es waren die gleichen steinernen Scheusale, die er auf der Illustration in Großmutters Buch gesehen hatte. Nur dass diese hier *wirklich* zum Leben erwacht waren, Sendboten der Hölle, die furchtbar unter den Angreifern wüteten.

Doch nicht einmal ihre übernatürlichen Kräfte vermochten die Angreifer aufzuhalten. Ihre Krallen, Zähne, dornengespickten Schwänze und rasiermesserscharfen Flügel wüteten unbeschreiblich unter den Angreifern, doch am Ende fielen auch diese lebendig gewordenen Albträume einer nach dem anderen. Der Kampf tobte noch endlos lange, wie es Justin vorkam, doch irgendwann stürzte der letzte Ritter und verschwand der letzte Dämon unter der heranstürzenden Woge.

Auf zitternden Knien ging Justin weiter. Der Kampf war vorüber, aber das Töten hatte noch nicht aufgehört. Die Männer und Frauen gingen von einem Ritter zum anderen und überzeugten sich davon, dass ihre Gegner auch wirklich tot waren. Einige schlugen und stachen wie von Sinnen auf die reglosen Körper am Boden ein, trotz ihres Sieges noch immer rasend vor Wut. In dieser Schlacht wurden keine Gefangenen gemacht.

Endlich sah er, was die Ritter und ihre dämonischen Verbündeten mit so verzweifelter Kraft verteidigt hatten. Es war ein großes, aus brennenden roten Linien gebildetes Pentagramm auf dem Boden. Die einzelnen Linien waren mindestens zehn Meter lang und strahlten eine unheimliche, brennende Hitze aus und an jedem Eckpunkt des fünfzackigen Sternes loderte ein grellrotes Licht, wie das Auge eines Dämons. Obwohl der Boden der Halle mit menschlichen Körpern, zerbrochenen Waffen, zerfetzten Kleidern und anderen Dingen nur so übersät war, war nichts diesem riesigen Pentagramm auch nur nahe gekommen. Auch die siegreichen Angreifer hielten einen respektvollen Abstand von dem unheimlichen Feuergemälde.

Die Reihen hinter ihm teilten sich und eine sonderbare Gestalt trat hervor. Es war eine Frau. Sie war sehr groß, hatte langes, wallendes schwarzes Haar und ähnelte irgendwie dem Gesicht, das er in Großmutters Kristallkugel gesehen hatte. Es war eindeutig eine andere Frau, aber die Ähnlichkeit war nicht zu übersehen. Sie trug ein knöchellanges Gewand aus rotem Samt, der so dunkel war, dass er fast schwarz wirkte. In der rechten Hand hielt sie ein Schwert, aber Justin hatte das sichere Gefühl, dass sie damit noch nie gekämpft hatte, und

auf ihrer rechten Schulter saß eine pechschwarze Katze. Hätte Justin nicht gewusst, dass es unmöglich war, hätte er jeden Eid geschworen, dass es sich um Farina handelte.
Die Katzenfrau trat mit schnellen Schritten auf das Pentagramm zu. Auf ihrem Gesicht lag derselbe maßlose Zorn, den er auch auf den Gesichtern der Angreifer gesehen und in ihrem Kampf gespürt hatte. Mit schnellen Schritten näherte sich die Frau dem magischen Symbol und stieß das Schwert wuchtig in den ersten der fünf flammenden Endpunkte.
Ein gellender, unendlich wütender Schrei erklang, so laut und mit solcher Urgewalt, dass der Boden unter Justin zu zittern begann. Einige der Männer und Frauen ringsum schrien erschrocken auf, als selbst die Wände zu beben anfingen und sich Steine und Kalk von der Decke lösten und herabstürzten. Trotzdem ging die Frau ohne zu zögern weiter und stieß ihre Waffe in das nächste lodernde Feuerauge. Gleichzeitig fuhr sie mit dem Fuß über die Flammenlinie, die eine Seite des Pentagramms bildete, und verwischte sie zu einer Wolke stobender Funken.
Einige dieser Funken fielen auf Justin herab. Er achtete nicht darauf, denn er fühlte sich sicher, aber das war ein Fehler. Einer der Funken blieb auf seinem Jackenärmel liegen und brannte sofort ein qualmendes Loch in den Stoff und Justin schrie vor Schmerz auf, als etwas tief und heiß in seine Armbeuge biss. Er wollte sich herumwerfen, aber er konnte es nicht, denn er wurde von kräftigen Händen festgehalten, die ihn unerbittlich auf eine harte, kalte Unterlage drückten.
»Es ist ja schon vorbei!«, sagte sein Vater. »Justin! Bitte!«
Fassungslos starrte Justin ins Gesicht seines Vaters hoch, dann wandte er den Kopf und blickte den Arzt an, der genau in diesem Augenblick eine dünne Injektionsnadel aus seinem Arm zog.
»Was ... was ist passiert?«, stammelte er. »Wo ist der Turm? Wo sind die Dämonen und ... und die Katzenfrau und ... und ...«

Er verstummte. Nichts von alledem, was er gerade aufgezählt hatte, war noch zu sehen. Er war wieder im Krankenhaus, wenn auch nicht mehr im Zimmer seiner Großmutter. Der Turm, die Schlacht, die Dämonen und das Pentagramm, alles war verschwunden. Die Vision war vorüber.
»Was für eine *Katzenfrau?*« Sein Vater runzelte die Stirn und sah aus Augen auf ihn herab, in denen sich Sorge und Erleichterung mischten. Dann lächelte er. »Du hast nur geträumt«, sagte er. »Du hast uns einen ganz schönen Schrecken eingejagt, mein Junge ... und dabei hatte ich Angst, dass *ich* schlappmache.«
»Aber was ist denn nur passiert?«, murmelte Justin. Er setzte sich vorsichtig auf und presste die linke Hand auf die Stelle, wo der Arzt ihm die Spritze gegeben hatte. »Und was haben Sie mir da gegeben?«
Der Arzt beantwortete die Fragen in umgekehrter Reihenfolge. »Nur ein harmloses Stärkungsmittel«, sagte er. »Du bist in Ohnmacht gefallen. Im Ster... im Zimmer deiner Großmutter.«
Justin begriff sehr wohl, was der Arzt *wirklich* hatte sagen wollen, aber er ging nicht weiter darauf ein. »In Ohnmacht gefallen?« Das war er nicht. Das war er ganz und gar nicht. Er hatte eine Vision gehabt und das war ein gewaltiger Unterschied.
»So etwas kann passieren. Vor allem, wenn man unter großem Stress steht«, fuhr der Arzt fort. »Kein Grund, sich unnötige Sorgen zu machen ... aber ich würde trotzdem vorsichtshalber heute Nachmittag noch einmal zum Arzt gehen.«
»Das wird ... kaum notwendig sein«, sagte Justin zögernd. Sein Vater reagierte mit einem Stirnrunzeln darauf, sagte aber zu Justins Erleichterung nichts weiter. Justin schwang die Beine von der Liege, auf der er erwacht war, und griff nach seiner Jacke.
Als er hineinschlüpfte, fiel ihm eine kleine, dunkle Stelle auf dem rechten Ärmel auf.
Es war ein Brandloch.

15

Sie kamen am frühen Nachmittag nach Hause, aber es schien bereits wieder dunkel zu werden – sofern man an einem Tag davon sprechen konnte, an dem es noch gar nicht richtig hell geworden war. Auf der Straße durch den Wald lag diesmal kein Hindernis, aber die Schneedecke war noch dichter geworden. Ein paar Mal wühlten sich die Räder des BMW so mühsam hindurch, dass Justin sich zu sorgen begann, sie könnten stecken bleiben.

Als sie aus dem Wald heraus waren, suchte sein Blick sofort die Klosterruine und für eine Sekunde glaubte er tatsächlich einen gigantischen schwarzen Turm zu sehen, der bis in die Wolken hinaufreichte und mit seinem Schatten die ganze Stadt verdunkelte. Dann verschwand die Illusion und machte wieder dem Bild des gewohnten, vom Feuer verwüsteten Gebäudekomplexes Platz. Aber auch dieser Anblick war unheimlich genug. Die Stadt war mittlerweile vollkommen eingeschneit. Alle Dächer und auch die meisten Straßen waren weiß überpudert. Nur auf den Mauern des verheerten Sänger-Instituts war nicht eine einzige Schneeflocke zu sehen.

»Sieh mal«, sagte sein Vater und machte eine Kopfbewegung nach unten. Auf dem Gelände der DEA-Tankstelle am Ortseingang flackerte das Blaulicht eines Polizeiwagens.

»Da ist etwas passiert. Vielleicht hat der alte Starrkopf einen Kunden verprügelt, weil er das Wechselgeld nicht passend hatte.«

Justin sah seinen Vater alarmiert an. In seiner Stimme war schon wieder derselbe aggressive Ton, den er auch schon am Morgen darin vernommen hatte. Sie kehrten nach Crailsfelden zurück.

Schneller, als es Justin recht war, fuhren sie den Hügel hinab. Justin war nicht einmal sehr überrascht, als sein Vater den Wagen auf die Tankstelle zu lenkte und unmittelbar neben

dem Streifenwagen anhielt. Trotzdem fragte er: »Was hast du vor?«
»Oh, nichts«, antwortete Vater feixend. »Ich bin nur neugierig.«
»Aber –«
Sein Vater hatte bereits die Tür zugeworfen und betrat mit schnellen Schritten die Tankstelle. Justin beobachtete durch die Scheibe hindurch, wie er sich einen Moment mit einem der Polizeibeamten unterhielt und dieser sich eifrig Notizen machte. Er sah auch noch mehr in der Scheibe. Die Spiegelung von etwas oder jemandem, der sich hinter ihm bewegte, aber er wagte es nicht sich herumzudrehen.
Nach einer Weile kam sein Vater wieder zurück. Er grinste nicht gerade, sah aber äußerst zufrieden drein.
»Nun?«, fragte Justin.
»Ich hatte Recht«, antwortete sein Vater und startete den Motor. »Er ist tatsächlich auf einen Kunden losgegangen. Wegen einer Nichtigkeit. Aber da ist er an den Falschen geraten. Der Bursche hat dem alten Sack ganz schön die Fresse poliert.«
Justin war regelrecht schockiert. Nicht, dass ihm Worte wie diese fremd waren – aber er hätte niemals erwartet, sie aus dem Mund seines Vaters zu hören!
»Und?«, murmelte er. »Was hast du damit zu tun?«
»Na, ich habe meine Aussage gemacht. Du hast doch miterlebt, wie sich der Blödmann heute Morgen aufgeführt hat!«
Justin stellte keine weitere Frage mehr. Schweigend legten sie den Rest des Heimweges zurück und gingen ins Haus.
Seine Mutter war in der Küche und bereitete ein verspätetes Mittagessen vor; als hätte sie gewusst, dass sie genau um diese Zeit nach Hause kommen würden. Sie begrüßte Vater mit einem flüchtigen Kuss auf die Wange und fragte: »Und? Wie ist es gelaufen?«
»Wie erwartet«, antwortete Vater. »Wir müssen morgen noch einmal in die Klinik. Wir beide.«
»Warum?«, fragte Mutter.

Vater antwortete nicht gleich, sondern sah Justin nur traurig an und schließlich sagte Justin: »Weil er euch fragen will, ob er die Apparate abschalten soll, die Großmutter am Leben erhalten.«

Seine Mutter starrte ihn aus aufgerissenen Augen an. Dann wandte sie sich fast entsetzt an Vater: »Stimmt das?«

Statt auf ihre Frage zu antworten, wandte sich sein Vater wieder an ihn: »Hast du uns belauscht?«

»Es war nicht besonders schwer zu erraten«, antwortete Justin.

»Also ist es wahr«, sagte Mutter.

»Ich möchte jetzt nicht darüber reden«, sagte Vater ausweichend. »Später. Heute Abend vielleicht.«

»Aber eine solche Entscheidung –«

»Ist fürchterlich, ich weiß«, fuhr Vater in scharfem Ton fort. Vielleicht hatte er nur noch die Wahl wütend zu werden oder endgültig die Beherrschung zu verlieren und zusammenzubrechen. »Niemand sollte sie fällen müssen. Aber wenn wir entscheiden, die Apparate *nicht* abzuschalten, dann treffen wir damit ebenfalls eine Entscheidung, weißt du das? Und ich weiß nicht, womit wir ihr mehr antun.«

»Ist es denn so schlimm?«, fragte Mutter.

»Der Arzt hat keinen Zweifel daran gelassen, dass sie nicht wieder aufwachen wird. Sie liegt im Koma und sie wird praktisch nur noch von den Apparaten am Leben erhalten, an die sie angeschlossen ist. Soweit man dabei von *Leben* sprechen kann.«

»Aber es sind doch schon Leute wieder aufgewacht und das nach Jahren.«

»Herrgott, meine Mutter ist dreiundachtzig«, antwortete Vater. Seine Stimme klang jetzt fast verzweifelt. »Glaubst du etwa, ich mache mir diese Entscheidung leicht? Was soll das? Warum gibst du mir das Gefühl, dass ich meine Mutter *umbringen* will?«

»Aber das tue ich doch gar nicht«, antwortete Mutter sanft.

Justin hielt es nicht mehr aus. Er verstand nur zu gut, warum

sein Vater dieses Gespräch nicht hatte führen wollen. Er wollte es ja nicht einmal *hören*. So schnell, dass es einer Flucht gleichkam, fuhr er herum und stürmte aus der Küche. Er lief jedoch nicht in sein Zimmer, sondern rannte schnurstracks die Treppe hinauf und in die Wohnung seiner Großmutter. Erst, als er die Tür hinter sich zuwarf, wurde ihm überhaupt klar, was er da tat.
Sämtliche Katzen waren hier oben versammelt. Justin ging in die Küche und fütterte sie, dann kehrte er ins Wohnzimmer zurück und trat wieder ans Bücherregal. Aber er nahm keinen einzigen Band heraus. Die Antworten, nach denen er suchte, waren nicht in diesen Büchern zu finden, das wusste er. Außerdem hatte er ja bereits am eigenen Leib erlebt, was geschah, wenn er es *so* versuchte. Nein – seine Großmutter hatte ihm gezeigt, was geschehen war (oder geschehen würde?), und nun lag es an ihm, die restlichen Teile des Puzzles zu finden und das Bild zusammenzusetzen.
Unschlüssig trat er an den Kamin und betrachtete die Kristallkugel, die nun auf dem Sims stand. »Was bedeutet das alles?«, murmelte er. »Du hast mir gezeigt, was hier passiert ist und was vielleicht wieder passieren wird. Aber wie kann ich es verhindern? Sag mir das, Großmutter!«
»Dort drinnen wirst du sie nicht finden.«
Justin drehte sich herum und blickte erst das Fenster an, das einen Spaltbreit geöffnet war, dann Reggie. Sie saß mit untergeschlagenen Beinen auf der Couch und versuchte, das knappe Dutzend Katzen gleichzeitig zu streicheln, das sie belagerte.
»Kannst du dir vielleicht einmal angewöhnen, ganz normal in ein Haus zu gehen?«, fragte er.
Reggie hob die Schultern. »Das Fenster war offen und ich bin hereingekommen«, sagte sie. »Das ist doch normal.«
»Im ersten Stock?«
Reggie sagte jetzt nichts mehr und auch Justin beließ es dabei. Sie hatten auch Wichtigeres zu besprechen. Er atmete tief ein, dann fragte er: »Wieso hat er mich gehen lassen?«

»Werner? So nennst du den Diener des Schwarzen Turmes doch, oder?«
Justin war sehr sicher, diesen Namen niemals in Reggies Gegenwart erwähnt zu haben, aber er nickte nur. »Er hätte mich dort draußen im Wald umbringen können«, sagte er. »Ohne die geringste Mühe. Stattdessen hat er mir *geholfen* ...«
»Das hätte er nicht«, behauptete Reggie. »Er kann dir nichts tun. Er ist ohne Macht in deiner Welt. Nur ein Schemen.«
»Den Eindruck hatte ich gestern nicht«, sagte Justin. »Wenn Cindy nicht gekommen wäre, hätte er Hackfleisch aus mir gemacht.«
»Da war er nicht in deiner Welt«, antwortete Reggie, »sondern du in seiner.«
»Wir waren in der Bibliothek.«
»Das ist nur ein Ort«, antwortete Reggie. »Es ist gleich, an welchem Ort du ihm begegnest. Gestern hast du ihn gefürchtet und deshalb konnte er dir gefährlich werden.«
Justin war nicht ganz sicher, ob er wirklich verstand, was Reggie ihm damit sagen wollte, doch sie fuhr bereits fort: »Solange du seine Welt nicht betrittst, kann er dir nichts antun. Ich glaube sogar, er fürchtet dich.«
»Mich?« Justin hätte fast gelacht. »Warum sollte dieses ... dieses *Ding* mich fürchten?«
»Weil du ihn vernichten kannst«, antwortete Reggie mit einem Ernst, dem er nichts entgegenzusetzen hatte. »Aber dazu musst du in seine Welt gehen. Du musst ihm auf seinem Boden gegenübertreten.«
»Und wo ist das?«, fragte Justin. »Dort drüben?« Er deutete zum Fenster.
Reggie schüttelte den Kopf. »Du bist noch nicht so weit.«
»Und das werde ich auch niemals sein, wenn mir niemand sagt, was zum Teufel ich eigentlich *tun* soll!«, schnaubte Justin. »Hilf mir, verdammt! Deshalb bist du doch schließlich gekommen, oder?«
»Ich?« Reggie blinzelte und lächelte das unschuldigste Lächeln, das man sich nur vorstellen konnte. Es hätte selbst

Justin beinahe überzeugt. »Ich bin hier, weil bei uns zu Hause niemand ist. Und unsere Heizung nicht funktioniert.« Sie gähnte. »Und jetzt habe ich genug geredet. Sag mal ... würde es dir was ausmachen, mir ein bisschen den Nacken zu kraulen?«

Justin drehte sich herum und stapfte aus dem Zimmer. Er musste sich beherrschen, um die Tür hinter sich nicht zuzuknallen. Trotzdem musste man ihm seine Gefühle wohl deutlich ansehen, denn als er ins Erdgeschoss hinunterkam, warf ihm seine Mutter einen überraschten Blick zu.

»Ist irgendetwas?«

»Nein«, maulte Justin. »Oder doch. *Regina* ist zurück.«

»Ich habe gar nicht gehört, dass sie hereingekommen ist.«

»Ist sie aber. Sie ist oben in Großmutters Wohnzimmer und wartet darauf, dass ihr jemand den Nacken krault.« Er ging an seiner Mutter vorbei, ließ sie mit verblüfftem Gesicht stehen, nahm seine Jacke von der Garderobe und stürmte aus dem Haus.

Erst als er draußen im Schnee stand und die Kälte wieder durch seine Jacke zu kriechen begann, kam er allmählich wieder zu sich. Er verstand plötzlich selbst nicht mehr ganz, warum er gerade so wütend geworden war. Er verstand auch nicht mehr, was überhaupt mit ihm los gewesen war, seit sie nach Crailsfelden zurückgekommen waren. Sie kamen gerade aus dem Krankenhaus. Er hatte mit seinem Vater über den Tod des Menschen gesprochen, den er neben seinen Eltern am allermeisten auf der ganzen Welt liebte – und er empfand so gut wie nichts dabei! Alles, was er spürte, war Zorn, eine kaum noch beherrschbare Wut, die gar kein richtiges Ziel zu haben schien.

Was hatte Reggie gesagt? *Es beginnt!*

Aber es *hatte* schon längst begonnen. Und auch er war vielleicht nicht immun dagegen. Möglicherweise hatte er gerade den ersten Schritt in Werners Welt getan, ohne es überhaupt zu bemerken.

Justin vergrub fröstelnd die Hände in den Jackentaschen und

überlegte einen Augenblick, ob er ins Haus zurückgehen sollte. Drinnen war es warm. Und er begann nun das Essen zu vermissen, das er gerade leichtsinnigerweise verschmäht hatte.
Sich in den immerwährenden Kampf zwischen Gut und Böse einzumischen bedeutete offensichtlich nicht, auch gegen Hunger und Durst gefeit zu sein.
Trotzdem ging er noch nicht zurück. Vielleicht redeten seine Eltern ja gerade miteinander und er hatte nicht das Recht, sich schon wieder einzumischen. Er hoffte, dass sie überhaupt die Gelegenheit fanden sich auszusprechen. Justin hatte nicht vergessen, was ihm sein Vater gestern erzählt hatte.
Er sah in den Himmel, erblickte aber nur die Unterseiten der grauen, bauchigen Wolken, die das Tal von einem Ende zum anderen überspannten; als hätte jemand ein riesiges Leichentuch genommen und die ganze Welt darin eingewickelt. Zudem stieg nun auch noch Nebel aus dem Wald auf, der die Hügel rings um Crailsfelden krönte, und vereinigte sich mit den Wolken, sodass die Stadt nunmehr wirklich eingeschlossen schien. Sie war es aber nicht. In diesem Punkt stimmte Justin mit seiner Mutter überein: Sie lebten nicht mehr im Mittelalter. Bis eine ganze Stadt heutzutage von der Außenwelt abgeschnitten wurde, musste schon entschieden mehr geschehen, als dass es ein bisschen schneite.
Aber es würde geschehen, auch das spürte er ganz deutlich. Bald.
Er wandte sich um und ging mit langsamen Schritten auf die Stadtmitte zu. Diese Grübeleien brachten ihn letzten Endes nicht weiter. Über der Stadt braute sich ein gewaltiges Unglück zusammen und er musste es aufhalten, egal wie. Aber um das zu tun, musste er erst einmal herausfinden, welcher Art die Gefahr war, gegen die er kämpfen wollte.
Die Lösung lag irgendwo hier in Crailsfelden. Und vermutlich war sie sogar jedem Einzelnen seiner Einwohner bekannt – außer ihm. Nur dass keiner von diesen Einwohnern bereit zu sein schien, mit ihm darüber zu reden.

Keiner?
Nein, dachte Justin. Das stimmte nicht. Es gab zumindest *einen* Menschen in der Stadt, der ihm vielleicht weiterhelfen würde. Schließlich hatte er es schon einmal getan.
Justin änderte abrupt die Richtung und steuerte die Jugendstil-Villa an, in der Dr. Reinerts Praxis lag. Wie in den meisten Gebäuden der Stadt brannte auch hinter seinen Fenstern schon Licht, obwohl es noch nicht einmal fünf Uhr war. Doch als er die Tür öffnen wollte, fand er sie verschlossen.
Justin klingelte. Er musste sich eine geraume Weile gedulden, bis die Tür geöffnet wurde, und dann war es auch nicht Dr. Reinert selbst, sondern seine Frau, die ihm aufmachte. »Ja?«, fragte sie.
»Ich ... ich wollte zu Doktor Reinert«, antwortete Justin stockend. »Ist denn jetzt keine –«
»Die Sprechstunde fällt heute aus«, unterbrach ihn Frau Reinert. Ihre Stimme hatte einen sonderbaren Ton, der Justin alarmierte. »Und für die nächsten Tage auch, fürchte ich.«
»Was ist denn passiert?«, fragte Justin erschrocken.
»Mein Mann ist im Krankenhaus«, antwortete Frau Reinert.
»Im Krankenhaus? Aber was ist denn geschehen?«
»Er ist von einem Hund gebissen worden.« Frau Reinerts Gesicht verfinsterte sich. »Keine Sorge – er ist nicht sehr schwer verletzt. Aber er hat gerade angerufen und gesagt, dass er ein paar Tage bei seiner Schwester in der Stadt bleiben wird. Wahrscheinlich ist es auch besser so.«
»Warum?«, fragte Justin.
Frau Reinert schnaubte. »Weil diese ganze Stadt allmählich durchzudrehen scheint!«, antwortete sie aufgebracht. »Dieser Verrückte mit seinem Hund heute Morgen! Glaubst du vielleicht, er hätte das Tier zurückgehalten, als es auf meinen Mann losgegangen ist? Im Gegenteil! Er hat laut gelacht und das Vieh auch noch angefeuert!«
Justin war zwar schockiert, aber im Grunde nicht überrascht. Frau Reinert hatte es ja gerade selbst gesagt: Die ganze Stadt schien allmählich durchzudrehen. »Dann gehe ich jetzt besser

wieder«, sagte er, drehte sich um, machte einen Schritt und blieb dann noch einmal stehen.
»Werden Sie zu Ihrem Mann in die Stadt fahren?«, fragte er.
»Sicher. Gleich morgen früh. Warum fragst du?«
»Ich weiß ja, dass es blöd klingt«, antwortete Justin. »Aber wenn Sie einen guten Rat von mir annehmen wollen, dann tun Sie es gleich.« *Verlassen Sie Crailsfelden, so lange Sie noch können.*
Er ging, noch bevor die Frau des Tierarztes Gelegenheit fand eine weitere Frage zu stellen.

16

Seine Eltern weckten ihn am nächsten Morgen kurz nach Sonnenaufgang; was aber im Grunde nur bedeutete, dass sich die Farbe des Himmels draußen von einem hellen Schwarz zu einem dunklen Grau wandelte. Wirklich *heller* wurde es nicht. Er hatte keine besonders angenehme Nacht hinter sich und er hatte das sichere Gefühl, dass der kommende Tag kaum angenehmer werden würde. Er war mit einem Empfinden von ... *Endgültigkeit* aufgewacht, das er nicht genau in Worte kleiden konnte, das aber sehr intensiv war. Die Zukunft schien plötzlich nicht mehr unbestimmt, ein weißes Blatt, das von den Handlungen der Menschen und der Willkür des Schicksals erst noch beschrieben werden musste. Die Dinge – alle Dinge – schienen plötzlich einem einzigen, unabänderlichen Punkt entgegenzustreben.
Als er in die Küche kam, saßen außer seinen Eltern sämtliche Katzen und Reggie am Tisch. Sie trug dasselbe Kleid wie am Vortag – so zerknittert, wie es aussah, schien sie auch darin geschlafen zu haben – und sah geradezu unverschämt frisch aus. Sein Vater trug einen dunklen Anzug und dazu ein

gänzlich ungewohntes weißes Hemd und eine Krawatte und auch seine Mutter hatte eines ihrer schöneren Kleider angezogen.
»Ihr wollt in die Stadt«, sagte Justin anstelle eines guten Morgen. Seine Eltern hatten am vergangenen Abend noch lange miteinander geredet.
»Es ist besser, wir fahren zeitig los«, bestätigte sein Vater. »Das Wetter ist nicht besser geworden.«
»Dann werde ich mich beeilen«, sagte Justin. »Ich bin sowieso nicht hungrig.« Niemand schien das zu sein. Mit Ausnahme Reggies, die sich an der Wurstplatte gütlich tat und sie schwesterlich mit den Katzen teilte, hatte niemand das reichliche Frühstück auch nur angerührt.
»Es wäre mir lieber, wenn du nicht mitkommst«, sagte sein Vater. »Diesmal.«
Justin hatte sich schon halb von seinem Stuhl erhoben und ließ sich nur zögernd wieder zurücksinken. »Wenn es wegen gestern ist«, sagte er. »Ich werde bestimmt nicht noch einmal –«
»Es ist nicht wegen gestern«, unterbrach ihn sein Vater. Er sprach sehr leise und er sah Justin dabei nicht an. »Deine Mutter und ich würden nur lieber allein fahren, das ist alles.«
Justin verstand das sehr gut. Er hatte sogar damit gerechnet und wenn er ehrlich war, dann war er sogar ein bisschen erleichtert, nicht dabei sein zu müssen, wenn seine Eltern diese entsetzliche Entscheidung fällen mussten. Zugleich aber kam er sich wie ein Feigling und Verräter vor.
»Außerdem wäre Regina sonst den ganzen Tag allein«, sagte seine Mutter leise.
Regina sah hoch und lächelte flüchtig. »Das macht nichts«, sagte sie. »Außerdem bin ich nicht allein. Die Katzen sind ja hier.«
»Trotzdem«, antwortete Justins Mutter kopfschüttelnd. »Es wäre ziemlich unhöflich Besuch einzuladen und ihn dann allein zu lassen. Es kann ... lange dauern, bis wir zurückkommen.«

Justins Vater stand auf und gab ihm mit den Augen einen Wink. Justin ließ sich nichts anmerken und wartete eine gute halbe Minute, ehe auch er sich erhob und seinem Vater in die Diele folgte. Er stand an der Garderobe und hatte bereits seinen Mantel vom Haken genommen.
»Ihr habt es wirklich eilig«, sagte Justin. »Ihr solltet doch erst am Mittag im Krankenhaus sein.«
»Es ist besser, wenn wir frühzeitig losfahren«, antwortete sein Vater. »Es hat die ganze Nacht geschneit. Es macht dir wirklich nichts aus, bei Reggie zu bleiben?«
Justin warf einen nervösen Blick in Richtung Küche. Sein Vater hatte sehr leise gesprochen, aber man konnte nie wissen ...
»Ihr habt noch nicht mit ihr geredet?« Er hoffte, dass man ihm seine Erleichterung nicht zu deutlich anmerkte. Reggie würde ihm die Augen auskratzen, wenn sie die Suppe auslöffeln musste, die er ihr versehentlich eingebrockt hatte.
»Noch nicht«, antwortete sein Vater. »Du verstehst, dass wir im Moment andere Sorgen haben.« Er druckste einen Moment herum. Dann fragte er: »Könntest du vielleicht mit ihr reden? Ganz vorsichtig, natürlich. Ich möchte nicht, dass du sie verschreckst.«
»Natürlich«, antwortete Justin. »Wahrscheinlich gibt es sowieso eine ganz einfache Erklärung für alles.«
Sein Vater schlüpfte in den Mantel, nahm auch den seiner Frau vom Haken und ging wieder in die Küche zurück. Nach einer kurzen Verabschiedung betraten die beiden durch die Verbindungstür die Garage und fuhren los. Justin sah dem Wagen durch das Fenster nach, bis er im anhaltenden Schneetreiben verschwunden war.
Reggies Augen blitzten, als er sich wieder zu ihr herumdrehte. »*Was* hast du deinen Eltern über mich erzählt?«, fragte sie scharf.
»Du hast das gehört?«, fragte Justin.
»Ich höre ziemlich gut«, bestätigte Reggie böse. »Aber das ist keine Antwort.«

»Ich habe ihnen nichts erzählt«, antwortete Justin achselzuckend. »Ein Missverständnis, mehr nicht. Was sollte ich ihnen denn auch erzählen? Ich weiß ja selbst nichts über dich.«
Reggie ignorierte die Frage, die sich in diesen Worten verbarg, obwohl sie sie zweifellos verstanden hatte. Nach einigen Sekunden fuhr Justin leise fort: »Es geschieht jetzt, nicht wahr? Was ist es?«
»Es hat bereits begonnen«, antwortete Reggie.
»Was?«
Reggie stand mit einer so heftigen Bewegung auf, dass zwei oder drei Katzen erschrocken davonsprangen. »Ich bin nicht hier, um deine Arbeit zu tun«, sagte sie scharf.
»Das weiß ich«, murmelte Justin. »Ich hätte nur gerne gewusst, *warum* du gekommen bist.«
Er drehte sich wieder zum Fenster um. Der Tag wurde allmählich heller. Es war immer noch kein *richtiger* Tag und das würde er auch nicht werden; allenfalls eine Art Dämmerung. »Sag mir wenigstens, was damals hier geschehen ist«, murmelte er. »Oder wann es passiert ist.«
Er bekam keine Antwort und als er sich nach einigen Sekunden wieder herumdrehte, stellte er fest, dass Reggie verschwunden war. Nur die Katzen saßen noch da und blickten ihn an.
»Ihr seid mir eine schöne Hilfe«, murmelte er.
Eine der Katzen – er glaubte, dass es Farina war, war aber nicht ganz sicher – antwortete mit einem kurzen Miauen und Justin lächelte flüchtig. »Du hast ja Recht«, murmelte er. »Hilfe bedeutet wahrscheinlich nicht, dass ihr meine Arbeit macht.«
Er wandte sich wieder zum Fenster und sah zum Kloster hinüber. Obwohl sich der Himmel ein wenig aufgehellt hatte, konnte er es nicht richtig erkennen, als wäre ein Teil der Nacht dort oben zurückgeblieben, um es wie ein Vorhang aus Finsternis zu verhüllen. Im Grunde wusste er längst, was er zu tun hatte. Er musste dorthin gehen. Die Antworten auf alle seine Fragen waren dort drüben, in dem Gebäude auf dem

Hügel, aber er spürte auch instinktiv, dass Reggie Recht gehabt hatte, als sie sagte, dass er noch nicht bereit sei. Wie konnte er bereit sein, wenn er nicht einmal genau wusste, wofür?

Er sah aufmerksam zum Kloster hoch. Dunkelheit und Schatten belagerten das Bauwerk noch immer, aber diese Schwärze schien nicht mehr leer zu sein. Etwas bewegte sich darin, unsichtbar, gleitend, wie zum Leben erwachte Schwärze, als hätte sich dort drüben nun *wirklich* eine Tür in die Nacht geöffnet, aus der irgendetwas herauszukriechen begann ...

Justin versuchte diesen Gedanken als das abzutun, was er vermutlich auch war: nämlich einfach lächerlich. Es gelang ihm nicht. Dort drüben *geschah* etwas.

»Glaub bloß nicht, dass ich so schnell aufgebe«, murmelte er. »Du hast meine Großmutter umgebracht, du Monster, und dafür wirst du bezahlen!«

Die Dunkelheit bewegte sich weiter. Sie wogte, schien sich auszudehnen und wieder zusammenzuziehen, wieder auszudehnen und erneut zurückzuweichen, als beobachte er das Schlagen eines gewaltigen finsteren Herzens, das aus nichts anderem als gestaltgewordener Finsternis bestand. Der Anblick war so entsetzlich, dass Justin unwillkürlich einen halben Schritt vom Fenster zurückwich – obwohl er im Grunde ja gar nichts sah.

Es hat bereits begonnen, hatte Reggie gesagt. Aber das stimmte nicht ganz.

Es geschah *jetzt*, in diesem Augenblick, vor seinen Augen.

Die Tore des Schwarzen Turmes öffneten sich.

Hinter ihm kam plötzlich Unruhe auf. Justin drehte sich herum und sah, dass die Katzen von den Stühlen heruntergesprungen waren und in alle Richtungen vom Tisch zurückwichen. Im ersten Augenblick schien das keinen Sinn zu ergeben, aber er sah auch, dass die Ohren der Katzen nervös zuckten; sie warfen immer wieder rasche, unsichere Blicke zum Tisch zurück und der eine oder andere Schwanz peitschte gereizt hin und her.

Justin sah genauer hin und trat einen Schritt näher, aber er konnte absolut nichts Außergewöhnliches erkennen; weder auf noch über dem Tisch. Aber er glaubte etwas zu spüren; als wäre mit einem Mal etwas im Raum, dessen Anwesenheit er deutlich fühlte. Wie eine Art körperloser Kälte, die sich in Wellen ausbreitete und etwas in ihm zum Gefrieren brachte.
Justin sah wieder zum Fenster zurück. Der Anblick hatte sich nicht geändert. Das Kloster ragte riesig und dräuend über der Stadt empor und Dunkelheit schien herauszuströmen und sich in Wellen über der Stadt auszubreiten. Das alles geschah auf einer Ebene, die er nur spürte, nicht wirklich *sah*, aber für einen Moment schien es *tatsächlich* dunkler zu werden; als hätte irgendetwas Großes, Hässliches seine Schwingen ausgebreitet, die nun ihren Schatten über das Tal warfen.
Die Katzen wurden immer unruhiger. Sie liefen nervös hin und her, stießen kleine, aufgeregte Laute aus und peitschten mit den Schwänzen. Ihre Blicke blieben weiter auf jenen imaginären Punkt über dem Tisch gerichtet, irrten aber auch manchmal nervös zum Fenster. Auch sie spürten, dass dort draußen etwas geschah, und was immer es war, es schien sie wahnsinnig vor Angst zu machen.
Justin wollte näher an den Tisch herantreten, aber er konnte es nicht. Ganz im Gegenteil: Er wich Schritt für Schritt vom Tisch zurück, bis er mit dem Rücken gegen das Fenster stieß. Das Glas war so kalt, dass er das Gefühl hatte, glühendes Eisen zu berühren, und ein leiser Schrei über seine Lippen kam. Erschrocken fuhr er herum und sah, dass sich das Glas mit einer dünnen, knisternden Eisschicht überzogen hatte.
Und nicht nur das Glas.
Obwohl er durch die vereiste Scheibe die Welt draußen nur verzerrt und tausendfach gebrochen erkennen konnte, sah er ganz deutlich, dass auch die Straße, der Vorgarten und der Zaun plötzlich unter einem schimmernden Eispanzer verschwanden. Der Dunkelheit folgte die Kälte, die die Welt für einen Moment in ihrem eisigen Griff hielt.
Dann war es vorbei. Die Eisblumen auf dem Fenster schmol-

zen dahin, so schnell wie ein Film, den man rückwärts ablaufen lässt, und auch der eisige Panzer über der Welt jenseits des Glases zerbrach in unzählige Bruchstücke, die sich rasch auflösten. Er war im wahrsten Sinne des Wortes nur ein Hauch gewesen; der erste Atemzug des Drachen, der die Welt gestreift hatte.

Justin sah zum Tisch. *Dort* hatte es noch nicht aufgehört. Die Katzen starrten noch immer auf einen Punkt auf oder über dem Tisch, auf dem nach wie vor nichts zu erkennen war. Merlin fauchte leise. Jane und Candy waren bis zur Tür zurückgewichen und hatten die Ohren angelegt und auch die anderen Katzen wirkten sehr angespannt, als belauerten sie einen unsichtbaren Gegner, von dem sie noch nicht genau wussten, wie sie ihn einzuschätzen hatten.

Justin warf einen hastigen Blick zum Fenster zurück. Die Welt draußen schien wieder normal; es war jetzt sogar ein bisschen heller als vorhin, als seine Eltern weggefahren waren. Trotzdem spürte er, dass etwas hier war. Vielleicht nur seine eigene Furcht. Er –

Der Tisch explodierte in einer Woge aus Schwärze und ein Albtraum aus Stahl und Rost und Knochen und reißenden Klingen schoss in die Küche hinein. Justin warf sich mit einem Schrei zurück, verlor das Gleichgewicht und riss Geschirr und Gläser von der Spüle, als er mit wedelnden Armen nach einem Halt suchte. Das Geschirr fiel zu Boden und zerbrach klirrend, aber Justin fand irgendwie sein Gleichgewicht wieder und stürzte nicht.

Es wäre wohl auch sein letzter Sturz gewesen.

Das Höllenmotorrad war gegen die Verbindungstür zur Garage gekracht, hatte sie halb eingedrückt und sich darin verkeilt, aber es bereitete seinem Fahrer nicht die geringste Mühe, die fast eine halbe Tonne schwere Maschine herauszureißen. Der Motor heulte auf. Das Hinterrad drehte qualmend durch, zerfetzte dabei den Küchenboden und die Maschine begann auf der Stelle zu wenden.

Justin rannte los. Die Katzen spritzten kreischend in alle

Richtungen auseinander, keine von ihnen machte auch nur den Versuch, sich auf den Angreifer zu stürzen, und auch Justin war für einen Moment so blind vor Angst, dass er in die falsche Richtung rannte und an den Kühlschrank stieß, statt zur Tür zu laufen – aber das war auch gut so. Der Motorrad-Dämon schien die Bewegung nämlich vorausgeahnt zu haben. Die Maschine machte mit aufbrüllendem Motor einen Satz und raste durch die Küchentür hinaus in die Diele. Unterwegs verarbeitete sie den Tisch endgültig zu Kleinholz. Wäre Justin in diese – an sich einzig logische – Richtung geflohen, hätte die Harley ihn überfahren und wahrscheinlich auf der Stelle getötet.

Justin wirbelte herum, rannte los –

und prallte so heftig gegen seinen Vater, dass er ihn um ein Haar von den Füßen gerissen hätte.

Vater stolperte mit einem überraschten Schritt zurück, hielt Justin aber zugleich auch so fest, dass es beinahe weh tat. »He, he!«, rief er. »Nicht so hastig! Was ist denn hier los?«

»Ja, das möchte ich auch gerne wissen«, sagte seine Mutter von der Garagentür her.

Justin starrte sie fassungslos an. Das heißt: eigentlich starrte er die Tür hinter ihr an. Er hatte mit eigenen Augen gesehen, wie das Motorrad durch die dünnen Bretter hindurchgebrochen war. Aber sie war vollkommen unbeschädigt!

Er sah sich in der Küche um. Der Tisch stand wieder unberührt dort, wo er immer gestanden hatte, und auch von den übrigen Verwüstungen, die das Höllenmotorrad angerichtet hatte, war nichts mehr zu sehen.

Das hieß allerdings nicht, dass es in der Küche *ordentlich* gewesen wäre. Im Gegenteil. Sein Stuhl war umgefallen und vor der Spüle lag jede Menge zerbrochenes Geschirr und Glas, das er gerade selbst heruntergerissen hatte.

»Also?«, fragte sein Vater. Er legte den Kopf auf die Seite, sah Justin eine Sekunde lang scharf an und fügte dann hinzu: »Wo ist Reggie?«

Justin antwortete nicht, aber er konnte nicht verhindern, dass

sein Blick zur Küchentür glitt und den Ausschnitt der Diele absuchte, der dahinter sichtbar war. Von der Höllen-Harley war nichts mehr zu sehen. Aber das bedeutete nicht, dass sie nicht *da* war.
Seinem Vater war sein Blick natürlich nicht entgangen. Er ließ Justins Schultern los und ging mit schnellen Schritten in die Diele hinaus. Dort sah er sich aufmerksam um und kam wieder zurück.
»Hattet ihr Streit?«, fragte er in nicht besonders freundlichem Ton.
»Nein«, antwortete Justin hastig. »Es war nur ... ich bin ...«
»Das waren bestimmt wieder diese verdammten Katzen«, sagte seine Mutter. Sie hatte sich vor der Spüle in die Hocke gelassen und begann die größten Porzellan- und Glasscherben zusammenzusuchen. »Allmählich gehen mir diese Viecher ganz schön auf die Nerven!«
Justin sagte nichts dazu, zumal von den *verdammten Viechern* im Augenblick kein einziges im Raum war. Seine Mutter schien auch nicht unbedingt auf eine Antwort zu warten.
»Wieso ... wieso seid ihr denn überhaupt schon wieder zurück?«, fragte Justin stockend.
Sein Vater sah sich mit finsterem Blick in der Küche um. »Wir waren noch gar nicht richtig weg«, antwortete er. »Es ist genau so gekommen, wie ich befürchtet habe. Die Straße durch den Wald ist unpassierbar. Da oben kommt im Moment allerhöchstens noch ein Panzer durch. Wahrscheinlich nicht einmal das.«
»Wir sind eingeschneit?«, fragte Justin erschrocken.
»Ja«, antwortete sein Vater. »Aber keine Sorge. Ich nehme doch an, dass die Straße spätestens heute Abend wieder geräumt ist.« Er machte eine auffordernde Geste. »Also: Wo ist das Mädchen?«
»Sie ist nicht mehr hier«, antwortete Justin. »Du hast Recht: Wir ... hatten eine kleine Meinungsverschiedenheit.« Er deutete auf das Chaos auf dem Fußboden. »Aber das da war sie nicht. Wirklich nicht.«

»Ich frage besser gar nicht, was hier passiert ist«, sagte sein Vater stirnrunzelnd. Er zuckte mit den Schultern. »Sehr weit kann sie jedenfalls nicht kommen. Das gesamte Tal ist im Moment dicht.«

»Du meinst, wir sind von der Außenwelt abgeschnitten?«, fragte Justin.

»Ja. Aber nicht lange. Keine Angst.«

»Die Telefone funktionieren nicht«, gab Justin zu bedenken. »Vielleicht dauert es ja Tage, bis überhaupt jemand merkt, dass wir eingeschlossen sind.«

»Wir leben doch nicht mehr in der Steinzeit!«, antwortete sein Vater. »Irgendjemand in der Stadt wird schon ein Handy haben. Und statt dir jetzt den Kopf über den bevorstehenden Weltuntergang zu zerbrechen, solltest du deiner Mutter vielleicht lieber dabei helfen, das Chaos zu beseitigen, das du angerichtet hast.«

Justin hütete sich zu widersprechen. Sein Vater brodelte innerlich vor Zorn, aber der Anblick der verwüsteten Küche schien nicht der Grund dafür zu sein. Er beeilte sich, Handfeger und Schaufel zu holen und die Scherben zusammenzufegen. Sein Blick glitt dabei verstohlen durch die Küche und suchte vor allem die Stelle ab, an der das Motorrad die Fliesen zerfetzt hatte.

Der Boden wies keinen einzigen Kratzer auf. Auch dieser Angriff war nur eine Illusion gewesen, wenn auch – daran zweifelte er keine Sekunde – eine Illusion mit durchaus tödlichem Ausgang. Justin wagte sich gar nicht vorzustellen, was geschehen wäre, wenn seine Eltern auch nur fünf Minuten später zurückgekommen wären.

Er begriff allerdings den Anlass für diesen neuerlichen Angriff nicht. Diesmal hatte er nichts getan, um den Diener des Schwarzen Turmes zu einer Attacke zu provozieren.

»Da bist du ja!«

Justin stand auf, als er die Stimme seines Vaters hörte, und erkannte Reggie, die unter der Tür erschienen war. Sie trug ein anderes Kleid als vorhin, aber immer noch keine Schuhe.

»Ich war nicht weg«, antwortete sie. »Nur einen Moment oben. Was ist denn passiert?«
»Ich möchte nicht, dass du allein in die Wohnung meiner Schwiegermutter gehst«, sagte Justins Mutter. »Du kannst dich gerne hier und im Gästezimmer aufhalten, aber mehr auch nicht.«
Diese Worte – und viel mehr noch der *Ton*, in dem sie sie aussprach, waren schon mehr als unhöflich, fand Justin, aber Reggie reagierte nur mit einem Lächeln darauf. »Aber Sie haben mir doch selbst erlaubt, mir ein Kleid aus ihrem Schrank herauszusuchen«, sagte sie. »Das von gestern war schmutzig.«
»Wieso?«
Reggie machte eine Kopfbewegung hinter sich. »Jemand ist in Ihrem Garten gewesen. Ich habe etwas gehört und bin hinausgelaufen. Dabei bin ich hingefallen.«
»Im Garten?«, wiederholte Justins Vater. »Das sehe ich mir an!«
Er ging unverzüglich, um seine Worte in die Tat umzusetzen, und Reggie und Justin folgten ihm und nach kurzem Zögern kam auch seine Mutter nach. Sie verließen das Haus durch die Hinterür und traten in den verschneiten Garten hinaus.
Justin war von der Temperatur überrascht. Es war bitterkalt, aber nicht annähernd so eisig, wie er erwartet hatte. Trotzdem bedauerte er schon nach wenigen Sekunden, keine Jacke angezogen zu haben. Wie Reggie in ihrem dünnen Kleid die Kälte aushielt, war ihm ein Rätsel.
Der Garten war so verschneit, dass sie den Weg zwischen den Blumenrabatten und Beeten nicht mehr sehen konnten. Was Justin jedoch sofort sah, das war der grün gestrichene Lattenzaun am anderen Ende des Grundstückes – genauer gesagt das, was noch davon übrig war. Der Zaun war auf einer Breite von vier oder fünf Metern regelrecht niedergewalzt. Wo die Latten nicht am Boden lagen oder gleich ganz verschwunden zu sein schienen, da war das fingerdicke Holz einfach zersplittert. Schnee und Erdreich waren innerhalb dieser Lücke zu

einer schmutzig weißen Masse vermengt, in der die Spuren breiter, grobstolliger Reifen zu erkennen waren.
»Großer Gott!«, entfuhr es seinem Vater. Er blieb so abrupt stehen, als wäre er gegen ein unsichtbares Hindernis geprallt, und Justin musste einen hastigen Schritt zur Seite machen, um nicht seinerseits gegen ihn zu prallen.
Im nächsten Augenblick erstarrte auch er mitten in der Bewegung.
Der weiße Rhododendronstrauch, unter dem sie Cindy begraben hatten, war zerfetzt und niedergewalzt, wie von derselben enormen Gewalt vernichtet, der auch der Zaun zum Opfer gefallen war. Abgerissene Zweige und Blätter des immergrünen Gewächses waren überall im Garten verteilt, als hätte sich, wer immer den Busch zerstört hatte, nicht damit begnügt, ihn einfach auszureißen, sondern ihn wie in einem Anfall grundloser Raserei in unzählige Stücke zerfetzt.
Das Grab, das dieser Busch beschattet hatte, war aufgebrochen.
»O nein«, murmelte Justin. Seine Eltern und auch Reggie waren stehen geblieben, aber er selbst ging mit zitternden Beinen weiter. Sein Herz klopfte bis zum Hals und er hatte furchtbare Angst vor dem, was er vielleicht gleich sehen würde, und doch trat er bis an den Rand des Katzengrabes heran und zwang sich hineinzusehen.
Cindy war nicht mehr da. In dem lockeren Erdreich waren noch deutlich die Umrisse des kleinen Katzenkörpers zu sehen, den Reggie und er gestern dort hineingelegt hatten, aber Cindy selbst war nicht mehr da. Jemand hatte sie aus ihrem Grab geholt und mitgenommen.
Der Anblick traf Justin wie ein Schlag. Er war auf das Schlimmste vorbereitet gewesen. Was immer man Cindy angetan hätte, er hätte es vermutlich verkraftet. Aber dieses leere, geschändete Grab war schlimmer als jeder andere vorstellbare Schrecken. Justin stand wie gelähmt da und starrte in das Erdloch hinab, ohne sich zu rühren; ja, ohne für einen Moment auch nur zu denken.

»Aber ... aber wer tut denn so etwas?«, murmelte sein Vater hinter ihm. »Und warum?«
»Jetzt seht euch nur den Garten an!«, sagte seine Mutter. »Er ist ja vollkommen verwüstet!«
Nur Reggie sagte gar nichts. Wortlos trat sie auf nackten Füßen neben Justin und legte ihm die Hand auf die Schulter und in dieser einfachen Geste lag hundertmal mehr Mitgefühl und Kummer, als es alle Worte der Welt in diesem Moment hätten ausdrücken können. Beinahe ohne dass er sich der Bewegung selbst bewusst gewesen wäre, hob auch er die Hand und ergriff Reggies Finger. Sie waren warm, fast schon heiß. Als hätte sie Fieber.
Seine Mutter ging mit schnellen Schritten um das aufgerissene Grab herum, warf einen flüchtigen Blick hinein und dann einen längeren verärgerten in die Runde. Schließlich sah sie Justin an – genauer gesagt seine Hand, die sich um die Reggies gelegt hatte, und auch dieser Anblick schien ihr ganz und gar nicht zu gefallen.
»Was für eine verdammte Schweinerei!«, schimpfte sie. »Welcher Irrsinnige tut denn so etwas? Und warum?« Sie sah nun direkt in Reggies Gesicht und fuhr in kaum gemäßigterem Ton fort: »Und du willst uns allen Ernstes erzählen, du hättest nichts gesehen?«
»Ich habe nur Lärm gehört«, antwortete Reggie. »Aber als ich hinausgelaufen bin, war niemand mehr da.«
»Was für Lärm?«, fragte Vater.
Reggie hob die Schultern. »Lärm eben.«
»Und das sollen wir dir glauben?« Justins Mutter gab sich nun keine Mühe mehr, ihre Feindseligkeit irgendwie zu verhehlen. Sie machte eine weit ausholende, zornige Geste. »Das hier hat niemand in dreißig Sekunden angerichtet. So etwas dauert länger!«
»Bitte!«, sagte Vater. »Was soll denn das? Glaubst du wirklich, Regina hätte irgendetwas damit zu tun? Das ist doch lächerlich.«
»Ich glaube gar nichts«, antwortete Mutter scharf, ohne Reg-

gie dabei aus den Augen zu lassen. »Ich weiß nur, dass sich hier eine Menge seltsamer Dinge abgespielt haben, seit dieses Mädchen zu uns gekommen ist.«
»Dann sollte ich vielleicht wieder gehen«, sagte Reggie.
Justins Vater schüttelte heftig den Kopf. »Das kommt überhaupt nicht in Frage«, sagte er in entschiedenem Tonfall. »Du bleibst schön hier, bis deine Eltern wieder zurück sind. Und du –« Er wandte sich an seine Frau, »– beruhigst dich jetzt erst einmal. Regina kann das hier gar nicht getan haben.«
»Ach? Und warum nicht?«
»Weil die Zeit gar nicht dazu gereicht hätte«, antwortete Vater. »Wir waren allerhöchstens eine Viertelstunde weg. Wäre es in dieser Zeit passiert, dann hätte Justin etwas merken müssen. Es muss vorher geschehen sein. Wahrscheinlich irgendwann heute Nacht.«
Ein knatterndes Motorengeräusch näherte sich und einen Moment später stach helles Scheinwerferlicht durch die mit Schnee erfüllte Dämmerung. Ein betagter Jeep rollte auf den schmalen Weg, der hinter dem Grundstück entlangführte, und hielt an. Der Fahrer schaltete den Motor ab, ließ die Scheinwerfer aber brennen, als er ausstieg.
Justin blinzelte überrascht. Es war Dr. Reinert. Seine linke Hand war dick bandagiert und der Arm hing in einer Schlinge.
»Guten Morgen!«, sagte er aufgeräumt. »Was ist denn hier passiert? Hatte jemand etwas gegen Ihren Gartenzaun?«
Er trat mit einem übertrieben großen Schritt über die Reste des niedergewalzten Zaunes hinweg, schüttelte den Kopf und sah von einem zum anderen. Als sein Blick in Reggies Gesicht fiel, erstarrte sein Grinsen für einen Moment. Justin glaubte nicht, dass sein Vater oder seine Mutter es bemerkten, aber für ihn war es ganz deutlich.
»Was ist hier passiert?«, fragte Dr. Reinert noch einmal, jetzt wieder lächelnd, aber doch in hörbar ernsterem Ton.
»Das wüssten wir auch gerne«, antwortete Justins Vater. »Wir haben es gerade erst gemerkt.«
Der Tierarzt ließ seinen Blick aufmerksam in die Runde

schweifen, dann sah er kurz zu seinem Wagen zurück und hob die unverletzte Hand, um damit zu winken. Justin bemerkte erst jetzt, dass noch jemand im Jeep saß.
»Da sind Reifenspuren im Schnee«, sagte er dann. »Sehen Sie? Könnte ein Motorrad gewesen sein – oder ein Wagen, dem auf der einen Seite zwei Räder fehlen.«
Niemand lachte. Nach ein paar Sekunden zuckte Dr. Reinert mit den Schultern und fuhr in nachdenklichem Ton fort: »Vielleicht ist der Fahrer auf dem Schnee ins Rutschen gekommen und ist in den Zaun gekracht und dann hat er sich aus dem Staub gemacht, ohne den Schaden zu melden. Wäre ja nicht das erste Mal, dass so etwas vorkommt.«
»Ein Motorrad, sagen Sie?« Justins Vater sah nachdenklich auf die Spuren hinab, auf die Dr. Reinert ihn aufmerksam gemacht hatte, dann wandte er sich an Justin: »Erinnerst du dich an gestern? Das Motorrad im Wald? Es war eine Riesenkiste. Diese Reifenspuren hier könnten durchaus dazu passen.«
»Wenn Sie sich die Nummer nicht aufgeschrieben haben, kriegen Sie den Kerl nie«, sagte Dr. Reinert. »Er ist wahrscheinlich schon über alle Berge und wird sich kaum mehr hier blicken lassen.«
»Da wäre ich nicht so sicher«, sagte Justin. Er deutete auf das aufgebrochene Grab. Dr. Reinert sah ihn verständnislos an und Justin erklärte mit wenigen Worten, was geschehen war.
Die Reaktion des Tierarztes war äußerst interessant. Er hörte wortlos zu und er bemühte sich auch ein angemessen empörtes Gesicht zu machen, aber Justin sah genau, dass hinter dieser Maske noch mehr war; ein Schrecken und eine Furcht, die an Panik grenzten.
»Unglaublich«, murmelte er, als Justin geendet hatte. »Es ist immer dasselbe! Die jungen Leute heutzutage haben vor nichts mehr Respekt! Wahrscheinlich finden sie das auch noch komisch!«
»Wie kommen Sie darauf, dass es junge Leute waren?«, fragte Vater.

»Weil es immer dieselbe Geschichte ist«, behauptete Dr. Reinert. Es klang fast überzeugend, aber Justin spürte die Nervosität hinter seinen Worten. »Sie sehen sich irgendeinen Horrorfilm an, in dem eine schwarze Messe gezeigt wird oder sonst ein Schund, und beschließen: So etwas machen wir auch. Und dann tun sie *so etwas!*« Er deutete auf das offene Grab und schüttelte den Kopf. »Sie machen sich nicht einmal Gedanken darüber, was sie den Leuten damit antun!«
»Und erst ihrem Eigentum«, fügte Justins Mutter grimmig hinzu. »Sehen Sie sich nur unseren Garten an!«
»Müssen wir das eigentlich hier draußen besprechen?«, fragte Vater schaudernd. »Es ist kalt. Warum kommen Sie nicht auf einen Kaffee mit herein?«
»Das würde ich gerne«, antwortete Dr. Reinert. »Aber ich bin sozusagen auf der Durchreise. Ich habe nur angehalten, weil ich Sie gesehen habe und dachte, Sie würden vielleicht Hilfe brauchen ...« Er grinste. »Außerdem wissen Sie doch, dass ich krankhaft neugierig bin.«
»Sie wollen weg?«
»Meine Frau und ich verlassen die Stadt für ein paar Tage«, bestätigte der Tierarzt. »Wir kommen wieder, wenn der Belagerungszustand vorbei ist.«
»Sie kommen nicht mehr raus«, sagte Vater. »Wir haben es gerade versucht. Die Straße durch den Wald ist unpassierbar.«
»Sehen Sie?«, sagte Dr. Reinert grinsend. »Das ist der Grund, aus dem ich einen alten Geländewagen fahre und nicht so eine auf Hochglanz polierte Angeberkarre wie Sie.«
Die Worte waren eindeutig scherzhaft gemeint und normalerweise hätte Justins Vater darüber gelacht oder im selben Tonfall geantwortet. Jetzt aber sah Justin ihm ganz deutlich an, dass er sich über die Bemerkung des Tierarztes ärgerte. Und Dr. Reinert musste es wohl ebenso ergehen, denn er verabschiedete sich nur mit einem Nicken und hatte es plötzlich sehr eilig zu seinem Wagen zurückzugehen.
Justin holte ihn ein, als er die Hand nach dem Türgriff ausstreckte. »Warten Sie!«

Dr. Reinert blieb tatsächlich stehen, aber man sah ihm an, wie widerwillig er es tat.
»Wieso sind Sie noch hier?«, fragte Justin. »Ihre Frau hat gesagt, Sie wären in der Stadt.«
»Das war ich auch«, antwortete Dr. Reinert. »Genau genommen ist es deine Schuld, dass ich noch einmal zurückgekommen bin.«
»*Meine* Schuld!«
»Deine Bemerkung gestern Abend. Ich weiß ja nicht genau, was du zu meiner Frau gesagt hast, aber du musst sie zu Tode erschreckt haben. Wir verschwinden jedenfalls jetzt von diesem gastlichen Ort. Und du solltest das auch tun.«
Er öffnete die Autotür und Justin streckte rasch die Hand aus und hielt ihn am Arm zurück. »Was geht hier vor?«, fragte er.
Dr. Reinert machte eine Bewegung, als wollte er seine Hand abschütteln. Aber dann überlegte er es sich doch anders, drehte sich herum und sah an Justin vorbei nach oben. Justin musste sich nicht herumdrehen, um zu wissen, was er anstarrte.
»Ich kann es dir nicht sagen.« Seine Stimme war sehr leise.
»Können Sie nicht oder wollen Sie nicht?«, fragte Justin.
»Vielleicht beides«, antwortete der Tierarzt. »Ich will gar nicht genau wissen, was hier los war. Aber was immer es war, du tust besser daran, die Warnung ernst zu nehmen.«
»Was für eine Warnung?«, fragte Justin. »Woher wissen Sie, dass es eine Warnung war?«
Dr. Reinert riss seinen Arm nun wirklich los. »Ich kann dir nicht mehr sagen«, sagte er. »Ich muss weg.«
»Bitte, Doktor!« Justin flehte fast. »Geben Sie mir wenigstens einen Hinweis!«
Dr. Reinert startete den Motor seines Wagens, zögerte aber dann noch einmal. »Du überschätzt dich, Justin«, sagte er ernst. »Und das ist ein Fehler, der in dieser Stadt tödlich sein kann. Verschwinde von hier. Und wenn du es schon nicht willst, dann solltest du dich vielleicht erst einmal mit der Geschichte dieses Ortes vertraut machen, bevor du dich in seine Geschicke einmischst.«

»Und wie?«, fragte Justin bitter. »Niemand sagt mir etwas.«
»Vielleicht stellst du die falschen Fragen«, sagte Dr. Reinert. Er griff umständlich mit der unverletzten Hand nach der Tür und zögerte dann ein letztes Mal. Justin sah ihm an, wie schwer es ihm fiel, weiterzusprechen.
»Geh in die Kirche«, sagte er schließlich. »Vielleicht findest du da die Antworten auf deine Fragen.« Und damit warf er die Tür ins Schloss und fuhr mit durchdrehenden Reifen los.

17

Das Problem an dem guten Rat, den ihm Dr. Reinert gegeben hatte, war, dass es in Crailsfelden eigentlich keine Kirche gab. Das hieß: Natürlich hatte es eine Kirche in der Stadt gegeben, aber sie war während der großen Katastrophe vor zehn Jahren niedergebrannt, wobei auch der Dorfpfarrer ums Leben gekommen war. Aus irgendeinem Grund war sie nie wieder aufgebaut worden und die zuständige kirchliche Behörde hatte auch keinen Nachfolger für den verstorbenen Geistlichen geschickt.
So kam es, dass Justin eine knappe Stunde später mit tief in den Jackentaschen vergrabenen Händen und zitternd vor Kälte schon wieder vor einer brandgeschwärzten Ruine stand und unschlüssig zu der verfallenen Dachkonstruktion hinaufsah. Nachdem Dr. Reinert abgefahren war, war er unverzüglich ins Haus zurückgekehrt und hatte sich den Kopf über eine glaubhafte Ausrede zerbrochen, um das Haus zu verlassen und hierher zu kommen. Er hatte keine gebraucht. Reggie war wieder einmal verschwunden – vielleicht war sie auch nur in ihr Zimmer gegangen, aber Justin hatte nicht nachgesehen – und seine Eltern hatten kein weiteres Wort mehr an den Zwischenfall im Garten verschwendet. Offensichtlich waren

sie zu sehr mit ihren eigenen Problemen beschäftigt, um sich den Kopf über eine tote Katze und einen demolierten Gartenzaun zu zerbrechen.
Der Wind frischte auf und die neuerliche Kälte riss Justin ziemlich unsanft aus seinen Gedanken. Er drehte das Gesicht zur Seite, um nicht weiter von kleinen spitzen Eiskristallen bombardiert zu werden, aber es nutzte nichts. Es klang zwar ziemlich verrückt, aber er konnte das Gesicht nicht aus dem Wind drehen, weil der Wind aus allen Richtungen zugleich zu kommen schien.
Er hob die Hand über die Augen und blickte wieder zur Kirche. Die Kirche existierte nur mehr als geschwärztes Viereck aus zerbröckelnden Mauerresten, in dem Schutt und heruntergestürzte Dachbalken ein undurchdringliches Gewirr bildeten, aber das daran angeschlossene Pfarrhaus war beinahe unbeschädigt. In den Fenstern war kein Glas mehr und auch im Dachstuhl gähnte das eine oder andere Loch, aber das Feuer schien den allergrößten Teil seiner Wut auf die Kirche selbst konzentriert zu haben. Hinter diesen beiden ungleichen Ruinen erstreckte sich eine wellige Landschaft aus Weiß und wenigen Tupfen Grün und Braun, der Pfarrgarten, an den sich der alte Friedhof Crailsfeldens anschloss. Er war vor Jahrzehnten geschlossen worden. Es gab dort eine Anzahl großer uralter Grabsteine und auch zwei oder drei Marmorstatuen, die Heiligenfiguren oder Engel darstellten. Justin warf nur einen flüchtigen Blick dorthin. Er war niemals abergläubisch gewesen und Angst vor Friedhöfen kannte er schon gar nicht.
Er machte einen zögernden Schritt auf die Lücke in der niedergebrochenen Einfriedung zu, blieb noch einmal stehen und sah sich fröstelnd um. Auf dem Weg hierher hatte er ein paar Mal geglaubt, ein Motorrad zu hören, aber der Schnee hatte keine weiteren Ungeheuer ausgespien, die ihm nach dem Leben trachteten.
Überhaupt war die Stadt fast unheimlich still. In Crailsfelden konnte man auch an einem normalen Tag schon von Hoch-

betrieb reden, wenn innerhalb einer Stunde mehr als drei Autos über die Hauptstraße fuhren, aber auf dem ganzen Weg hierher war ihm kein einziger Mensch begegnet, obwohl in fast allen Häusern Licht brannte. Es war, als hielte die ganze Stadt den Atem an.

Er war nicht mehr allein.

Justin spürte es, noch bevor er sich ganz herumgedreht hatte und die dunkle Gestalt sah, die auf der anderen Straßenseite stand und zu ihm herüberstarrte. Das graue Licht und der unablässig wirbelnde Schnee verschlangen sie fast, sodass sie eigentlich nur ein Schatten war, groß und dunkel und ohne erkennbares Gesicht, als trüge sie einen schwarzen Helm.

Justin wusste, wer es war.

Er wunderte sich ein bisschen, dass er nur dastand und ihn anstarrte, und noch mehr, dass er überhaupt bis hierher gekommen war. Der Abgesandte des Schwarzen Turmes hatte mehr als einmal bewiesen, dass er in der Lage war, ihm zu schaden. Justin zweifelte nicht daran, dass er ihn ohne große Mühe hätte umbringen können, wenn er es gewollt hätte.

Was im logischen Umkehrschluss bedeutete, dass er es nicht wollte. Aber warum?

Justin verscheuchte den Gedanken, drehte sich wieder herum und ging auf das Pfarrhaus zu. Etwas Dunkles, Buschiges huschte an ihm vorbei und verschwand hinter einem Grabstein, bevor er es genau erkennen konnte. Die Geräusche, die er hörte, stammten nur vom Wind und dem Schnee, der mittlerweile zu einem feinen Eisregen zu werden begann.

Er erreichte das Pfarrhaus. Die Tür war nahezu unbeschädigt, doch die seit zehn Jahren nicht mehr benutzten Angeln waren so eingerostet, dass er seine ganze Kraft brauchte, um sie zu öffnen. Der Raum dahinter war zugig und dunkel und so mit Schutt und Trümmern übersät, wie er erwartet hatte. Obwohl seit dem Feuer zehn Jahre vergangen waren, lag noch immer ein leichter Brandgeruch in der Luft. Die Fußboden-

bretter, über die er ging, knirschten unter seinem Gewicht, sodass er seine Füße nur sehr behutsam aufsetzte. Er wusste nicht, ob das Haus einen Keller hatte, aber er hatte auch keine besondere Lust, es herauszufinden, indem er kopfüber hineinfiel.
Justin ging bis zum Ende des langen Hausflures und sah hinter jede Tür. Er fand nur Schutt und halb verkohlte Möbel, nicht das, wonach er suchte – auch wenn er immer noch nicht ganz genau wusste, was es war.
Dafür entdeckte er umso mehr Ratten. Er sah zwar nur sehr wenige von ihnen selbst, aber ihre Spuren waren unübersehbar und er hörte ein ununterbrochenes Huschen und Trappeln, das von überall herzukommen schien, sogar aus den Wänden. Nach seinem Ausflug ins Kloster vor zwei Tagen war sein Respekt vor den Tieren ein wenig gewachsen, aber wirkliche Furcht empfand er nicht.
Justin inspizierte das Erdgeschoss gründlich, ohne mehr als genug Staub und Schmutz zu finden, um eine Hundertschaft Putzfrauen damit ein Jahr lang zu beschäftigen, dann ging er ins erste Stockwerk hinauf. Am Anfang erschien es ihm ebenso wenig ergiebig wie die untere Etage, doch schließlich kam er in ein kleines Zimmer, dessen Einrichtung zwar ebenfalls staubig und von Nässe durchdrungen war wie alles hier im Haus, ansonsten aber vollkommen unversehrt. Sie bestand nur aus einem Schreibtisch mit einem dazu passenden Stuhl und einem gewaltigen Bücherregal, das fast die gesamte zur Verfügung stehende Wandfläche bedeckte.
Seine Erleichterung über diesen Fund hielt sich allerdings in Grenzen. Zweifellos war das hier so etwas wie die Pfarrbibliothek. Wenn er irgendwo in dieser Stadt etwas über die Geschichte Crailsfeldens erfahren konnte, dann hier. Aber sie umfasste *Tausende von Bänden!* Es würde Monate dauern, um sie zu durchsuchen, selbst wenn er es dabei beließ, in jeden Band auch nur einen flüchtigen Blick zu werfen!
Hinter ihm polterte es lautstark. Justin fuhr erschrocken herum und sah eine Ratte, die kaum einen Meter hinter ihm

auf dem Boden saß und ihn anstarrte. Er konnte im letzten Moment den Impuls unterdrücken nach dem Tier zu treten, aber die Ratte zuckte trotzdem erschrocken vor ihm zurück, beinahe als hätte sie seine Gedanken gelesen. Einen Moment lang blickte sie ihn noch aus ihren winzigen, beunruhigend wissenden Augen an, dann fuhr sie herum und rannte wieselflink davon.

Sie kam nur wenige Meter weit.

Ein Teil der Dunkelheit draußen auf dem Flur erwachte plötzlich zu struppigem Leben, schoss auf die Ratte los und tötete sie mit einem einzigen Biss.

Justin riss erstaunt Mund und Augen auf. »Merlin! Aber wie ... wie kommst du denn hierher?«

Wie jeder anständige Kater nutzte Merlin natürlich jede sich bietende Gelegenheit, um aus dem Haus zu kommen und herumzustreunen. Aber Justin wusste auch, dass er sich genau wie Odin und die anderen Tiere niemals sehr weit davon entfernte. Die Katzen hatten ihre festen Reviere – und diese Kirche und das Pfarrhaus gehörten ganz bestimmt nicht dazu.

Merlin schüttelte die tote Ratte ein paar Mal im Maul hin und her, dann ließ er sie achtlos fallen und sah Justin an. Er fauchte.

»Was?«, fragte Justin. »Was willst du mir sagen?«

Merlin fauchte erneut. Es *war* eine Antwort. Leider war Justin nicht in der Lage sie zu verstehen.

»Ich weiß«, seufzte Justin. »Ich habe auch schon in besseren Restaurants gegessen. Aber ich fürchte, ich kann hier jetzt noch nicht weg.« Er zog eine Grimasse und wandte sich wieder zu dem deckenhohen Bücherregal um. »Ich habe hier noch etwas zu tun.«

Merlin fauchte erneut. Dann tat er etwas, was Justin *wirklich* überraschte: Er sprang mit einem Satz zwischen Justin und das Regal, machte einen Buckel und fauchte so drohend, dass es selbst Justin fast mit der Angst zu tun bekam, obwohl er natürlich wusste, dass der Kater ihn niemals wirklich angreifen würde.

»Was ist los?«, fragte er. »Willst du mir etwas sagen? Oder mich vielleicht von etwas warnen?«
Er ging nicht weiter, unterzog das Regal vor sich aber einer zweiten, sehr viel gründlicheren Inspektion. Die Bücher standen dicht an dicht und alle waren aufgeweicht und verquollen von einem Jahrzehnt, im dem Feuchtigkeit und Kälte ungehindert durch das zerbrochene Fenster hereingeströmt waren. Möglicherweise würde er nur einen Haufen Schlamm in den Händen halten, wenn er danach griff.
Als er es versuchte, ging Merlin auf ihn los und schlug nach ihm. Justin war so perplex, dass er nicht einmal zurückwich, sodass Merlins Krallen ihn tatsächlich erwischten. Es tat sogar ziemlich weh, aber das registrierte er kaum. Er wagte es allerdings auch nicht, die Hand noch einmal nach dem Regal auszustrecken.
Hätte er es getan, hätte er sie vermutlich auch verloren oder zumindest einige Finger.
Eines der Bücher vor ihm wurde plötzlich lebendig. Der aufgeweichte Rücken beulte sich aus und platzte und in dem vermoderten Papier erschien die spitze Schnauze einer Ratte, die mit messerscharfen Zähnen in seine Richtung schnappte. Nur einen Moment später explodierten ein zweites und drittes Buch und weitere Rattengesichter starrten ihn gefährlich an.
Die gesamte Bücherwand schien lebendig zu werden. Überall raschelte, bebte und zuckte es, Bücher beulten sich aus oder zerfielen zu übel riechenden feuchten Klumpen, aus denen spitze Zähne und Ohren oder dünne, haarlose Schwänze hervorragten.
Justin wich angeekelt ein paar Schritte zurück, bis er gegen den Schreibtisch stieß. Das verfaulte Möbelstück ächzte bedrohlich und er konnte fühlen, wie es sich unter seinem Gewicht zur Seite zu neigen begann, und richtete sich hastig wieder auf. Sein Blick hing weiter wie hypnotisiert an dem Bücherregal. Es zitterte und bebte immer noch, nicht mehr ganz so heftig wie vorher, aber deutlich. Die Buchrücken, auf

die er blickte, waren nur noch leere Hüllen. In *dieser* Bücherei würde er jedenfalls nichts mehr finden.
Merlin hatte sich mittlerweile wieder beruhigt. Seine Ohren zuckten noch immer nervös, aber er war nicht mehr in Angriffshaltung. Und auch Justin glaubte zu spüren, dass ihm von diesen Ratten keine unmittelbare Gefahr drohte. Solange er die Tiere nicht provozierte, würden sie ihn wahrscheinlich auch nicht angreifen.
Plötzlich schoss Merlin regelrecht los, stieß sich mit einem gewaltigen Satz ab und prallte unmittelbar neben Justin gegen den Schreibtisch, dass es krachte. Das Ergebnis war genau das, was Justin erwartete: Der Schreibtisch brach zusammen. Der Anprall des Katers war nicht nur für die ohnehin schon fast durchgefaulten Beine zu viel, sondern auch für den Rest. Das Möbelstück fiel nicht nur um, sondern löste sich buchstäblich in seine Einzelteile auf. Aus der zerberstenden Schublade stürzten aufgeweichte Papiere, faulende Bleistifte und eine in dunkelrotes Leder gebundene und mit einem großen Siegel verschlossene Schreibmappe heraus.
Justin blinzelte überrascht, sah erst Merlin an und bückte sich dann rasch nach der Mappe.
Und im selben Moment, in dem er sie berührte, griffen die Ratten an.
Justin registrierte eine hastige Bewegung aus den Augenwinkeln, riss instinktiv den Arm in die Höhe und spürte, wie etwas seinen Ellbogen traf und sich sofort darin verbiss. Der dicke Stoff seiner Jacke schützte ihn vor einer Verletzung, aber es tat ziemlich weh, sodass er aufschrie und automatisch mit der anderen Hand nach der Ratte schlug. Das Tier quiekte, fiel zu Boden und kroch benommen davon.
Leider war es nicht das Einzige.
An allen vier Wänden brachen plötzlich Ratten aus den auseinander platzenden Büchern. Es waren nicht annähernd so viele, wie Justin angesichts der wogenden Bewegung vorhin befürchtete, und sie griffen auch nicht mit ganzer Kraft an, sondern zögernd, beinahe widerwillig. Aber es waren

trotzdem *viele*, zwei, vielleicht drei oder gar vier Dutzend, und obwohl sie nur langsam auf Justin vorrückten, hätte er wahrscheinlich keine Chance gehabt, aus dem Raum zu entkommen, wäre er alleine gewesen.
Aber das war er nicht.
Merlin fuhr mit einem wütenden Fauchen herum und stürzte sich auf die nächstbeste Ratte und auch Justin versuchte die Tiere mit Fußtritten abzuwehren. Trotzdem wurde seine Lage immer bedrohlicher. Obwohl Merlin mit Krallen und Zähnen unter den Ratten wütete, rückten sie immer näher. Spitze Zähne gruben sich in Justins Schuhe, ohne sie durchdringen zu können, und zwei oder drei besonders dreiste Exemplare versuchten gar an Justins Hosenbeinen emporzukriechen. Er schüttelte sie ohne große Mühe ab, aber sofort nahmen andere ihre Stelle ein.
Plötzlich erschien eine zweite Katze unter der Tür: Farina. Und noch bevor Justin seine Überraschung vollkommen überwunden hatte, gesellten sich Scarlett und Morgana zu ihnen und auch draußen auf dem Flur glaubte er einige vertraute Umrisse zu erkennen.
Nun wendete sich das Blatt. Vor allem Farina griff die Ratten sofort und ohne Gnade an und die Ratten taten das Einzige, was angesichts dieser neu aufgetauchten Gegner Sinn machte: Sie ergriffen die Flucht.
Nicht allen gelang es. Die vier Katzen erlegten mindestens ein Dutzend von ihnen und von denen, die auf den Gang hinaus flohen, liefen nur allzu viele den anderen Katzen direkt in die Krallen. Nach nur wenigen Augenblicken war der Spuk vorbei. Ganz gegen ihre normale Art verzichteten die Katzen darauf, die Ratten zu verfolgen, sondern drängten sich aufgeregt maunzend um Justins Beine. Ihr Benehmen war wirklich *sehr* ungewöhnlich.
Allerdings auch eindeutig.
»Ich glaube, ihr habt Recht«, murmelte Justin. »Machen wir, dass wir hier wegkommen.« Er schob die Ledermappe unter seine Jacke, überzeugte sich davon, dass sie dort sicher war,

und wandte sich zur Tür um. Dabei fiel sein Blick aus dem Fenster.
Justin erstarrte.
Das Gelände rings um das Pfarrhaus und die niedergebrannte Kirche wimmelte von Ratten. Zu Tausenden wuselten sie durch den Schnee, saßen in großen und kleinen Gruppen beisammen oder starrten aus glühenden Augen zu ihm hoch. Ein unheimliches Zischen und Wispern lag in der Luft und er spürte einen schwachen, unangenehmen Geruch.
Justin hob den Blick und sah über die Straße. Die schattenhafte Gestalt stand noch immer da und sah zu ihm hoch. Sie rührte sich nicht, aber Justin konnte die Drohung, die von ihr ausging, fast mit Händen greifen.
»Los!«, sagte er. »Raus hier!«
Er stürmte aus der Bibliothek und zur Treppe. Tatsächlich warteten draußen auch alle anderen Katzen auf ihn. Die wenigen Ratten, die so selbstmörderisch waren, sich ihnen in den Weg zu stellen, bezahlten einen ziemlich hohen Preis für diesen Fehler.
Justin polterte die Treppe hinunter, überwand die letzten drei Stufen mit einem einzigen Satz, blieb aber wieder stehen, als er den Ausgang erreichte.
Der Hof war voller brauner und grauer pelziger Ratten. Es mussten Tausende sein, die das Gebäude regelrecht belagerten. Einige wenige schossen sogar unverzüglich auf Justin zu, zogen sich aber hastig wieder zurück, als die Katzen drohend fauchten.
Justins Gedanken überschlugen sich. Es war genau wie oben: Die Ratten zischelten und pfiffen drohend oder täuschten manchmal sogar einen Vorstoß in seine Richtung an, zögerten aber noch, ihn wirklich anzugreifen.
Das hätte auch gar nicht ihrer Art entsprochen, das wusste Justin. Rattenarmeen, die über Menschen herfielen, um sie zu töten, kamen nur in Gruselgeschichten vor, nicht in der Wirklichkeit.
Andererseits waren auch Katzen, die sich um einen Menschen

zusammenscharten, um ihn zu verteidigen, nicht gerade normal ...

Die Situation wäre geradezu absurd gewesen, hätte er nicht gleichzeitig auch Angst gehabt wie selten zuvor in seinem Leben. Er befand sich in der Lage eines mittelalterlichen Königs, der zusammen mit den tapfersten seiner Ritter einen Ausfall aus einer belagerten Burg wagte. Aber er hatte erbärmlich wenige Ritter und die feindliche Armee war entsetzlich groß.

Trotzdem machte er einen zögernden Schritt auf den Hof hinaus. Die Ratten wichen fast um dieselbe Distanz zurück; aber eben nur *fast*. Justin rechnete blitzschnell nach und kam zu dem Schluss, dass er auf diese Weise nur vier oder fünf Schritte benötigen würde, um die Front der Rattenarmee zu erreichen.

Unsicher sah er zu der Schattengestalt auf der anderen Straßenseite hinüber. Der Diener des Schwarzen Turmes stand aber nicht mehr dort drüben. Er hatte die Straße überquert und befand sich jetzt vor der niedergebrochenen Mauer. Justin konnte ihn jetzt besser erkennen. Er trug tatsächlich einen Motorradanzug, Stiefel und Handschuhe aus glänzendem schwarzem Leder und sein Gesicht verbarg sich hinter dem ebenfalls schwarzen Visier seines Helmes. Er stand in angespannter Haltung da, schien es aber aus irgendeinem Grund nicht zu wagen, die Grenze zum Kirchengelände zu überschreiten.

Justin raffte all seinen Mut zusammen und ging langsam weiter. Die Rattenarmee wich im selben Tempo vor ihm und den Katzen zurück, aber der Abstand schmolz doch langsam zusammen. Die Nager zischelten und pfiffen immer wütender, schienen eine direkte Konfrontation aber noch immer zu fürchten. Angesichts der Mauer aus Krallen und Reißzähnen, die ihnen entgegenstarrte, konnte Justin das auch sehr gut verstehen.

Der Motorradfahrer hob den Arm. Justin konnte den Befehl regelrecht *spüren*, den die Rattenarmee lautlos erhielt.

Und diesmal griff sie wirklich an.
Justin kam im buchstäblich allerletzten Moment auf die Idee, die Kapuze seines Parkas hochzuschlagen und den Reißverschluss nach oben zu ziehen, um wenigstens seinen Hals zu schützen, dann waren die Ratten heran, schienen einfach über die Katzen hinwegzufluten und waren über ihm. Zu Dutzenden sprangen sie an ihm empor, verbissen sich in seiner Jacke, den Hosenbeinen oder versuchten an seinen Armen hochzukriechen. Justin schlug und trat in einem Anflug von Panik um sich, dann kämpfte er das Gefühl mühsam nieder und verteidigte sich mit etwas mehr Umsicht. Hastig pflückte er die Ratten von sich herunter, schüttelte die meisten Tiere ab, die sich in seiner Hose und seinen Schuhen verbissen hatten, und erschlug ein besonders vorwitziges Tier, das tatsächlich versuchte, unter seine Kapuze zu kriechen, um ihn in die Kehle zu beißen.
Die Katzen verteidigten sich mit größerem Erfolg. Der erste Schwung war aus dem Ansturm der Ratten heraus und nun fiel ein Nager nach dem anderen unter den Krallenhieben und Bissen der Katzen. Schon nach einigen Augenblicken zogen sich die Ratten wieder zurück. Sie hatten gehörige Verluste eingesteckt.
Aber auch Justin und die Katzen waren nicht völlig ungeschoren davongekommen. Justin blutete aus einigen eher harmlosen Bissen und Kratzern und auch die Katzen sahen ziemlich zerrupft aus. Jane blutete aus einem Riss im Ohr und Morgana humpelte leicht. Die erste Runde war an sie gegangen, aber allenfalls nach Punkten. Und wie viele weitere sie durchstehen würden, das wagte Justin nicht vorherzusagen. Die unheimliche Gestalt stand noch immer an der Mauer und starrte ihn an.
Justin kam ein neuer, nicht besonders angenehmer Gedanke: Selbst wenn sie es irgendwie schafften den Ratten zu entkommen, würde er der Gestalt in schwarzem Leder geradewegs in die Arme laufen, sobald er das Kirchengelände verließ. Er blieb stehen, sah sich ratlos um und wechselte schließlich die

Richtung. Statt zurück zur Straße ging er nun direkt auf die niedergebrannte Kirche zu. Er wusste selbst nicht ganz genau, warum er das tat. Vielleicht, weil er beobachtet hatte, dass der Fremde es nicht wagte, das Grundstück zu betreten.
Sein Verdacht schien nicht einmal unberechtigt zu sein, denn wieder hob der Fremde den Arm und im selben Moment griffen die Ratten erneut an. Justin zog den Kopf zwischen die Schultern, hob die linke Hand schützend vor das Gesicht und rannte los. Die Ratten attackierten ihn und die Katzen mit spürbar größerer Wut als beim ersten Mal, aber immer noch nicht mit aller Kraft, mit der sie es gekonnt hätten. Hätten sie das getan, dann hätten sie Justin und seine vierbeinigen Verbündeten zweifellos binnen weniger Augenblicke überrannt.
Doch es gelang ihnen im Gegenteil sogar, den Angriff ein weiteres Mal zurückzuschlagen. Auch diesmal blieben zahlreiche Ratten auf der Strecke, doch Justin blutete mittlerweile aus einigen Wunden, die schon nicht mehr ganz so harmlos waren, und nach den Katzen wagte er erst gar nicht zu sehen.
Sie hatten die Kirche mittlerweile fast erreicht und ein einziger Blick ins Innere des brandgeschwärzten Rechtecks zeigte Justin, dass er einer falschen Hoffnung erlegen war. Das Kirchenschiff war hoffnungslos mit Trümmern und Schutt voll gestopft. Wenn er dort hineinlief, würde er sich aller Wahrscheinlichkeit nach schwer verletzen – und die Ratten zeigten vor dem ehemals heiligen Ort keine Spur von Respekt, denn es wimmelte darin geradezu von ihnen.
Justin fluchte lauthals, wechselte mitten im Schritt die Richtung und rannte mit weit ausgreifenden Schritten tiefer in den Pfarrgarten hinein und auf den dahinter liegenden alten Friedhof hinaus. Wieder griffen die Ratten an und wieder wichen sie nach erstaunlich kurzer Zeit zurück. Justin begriff das Verhalten der Ratten mittlerweile nicht mehr. Sie griffen regelrecht widerwillig an; als wollten sie es nicht wirklich.

Oder als würden sie gegen ihren Willen von irgendetwas dazu gezwungen ...
Justin griff schneller aus, warf im Laufen einen Blick über die Schulter zurück und sah, dass der Unheimliche noch immer auf der anderen Seite der Mauer stand, mittlerweile aber wild mit beiden Armen gestikulierte, um die Ratten zu größerer Anstrengung anzuspornen.
Justin gab der Anblick neue Hoffnung. Dass der schwarz Gekleidete immer hektischer wurde, war zumindest ein Indiz dafür, dass er auf dem richtigen Weg war. Vielleicht reichte seine Macht über die grauen Nager ja nicht allzu weit. Vielleicht sogar nur so weit, wie er sie sehen konnte ...
Justin rannte noch schneller. Im Zickzack durchquerten er und die Katzen den Garten und überschritten schließlich die unsichtbare Trennlinie zwischen ihm und dem alten Friedhof. Unterwegs wurden sie noch drei- oder viermal halbherzig angegriffen, aber kaum waren sie an den ersten verschneiten Grabsteinen vorbei, da hörte es auf. Die Ratten blieben hinter ihnen zurück, eine zischelnde, brodelnde Masse, die spuckte und geiferte und wütend in die leere Luft biss, es aber nicht wagte, die Grenze zu dem alten Gottesacker zu überschreiten.
Justin blieb schwer atmend stehen, wischte sich mit dem Handrücken das Blut aus dem Gesicht und sah auf die Katzen hinunter. Seine kleine Armee war noch vollzählig, aber reichlich mitgenommen. Keine einzige Katze war ohne Verletzungen davongekommen. Vor allem die beiden Kater sahen schlimm aus. Wahrscheinlich hatten sie sich am rücksichtslosesten in den Kampf gestürzt.
Merlin stieß plötzlich ein fast klägliches Miauen aus, sträubte das Fell und machte einen Buckel und als Justin den Blick hob und in dieselbe Richtung sah wie der Kater, konnte er ein erschrockenes Keuchen nicht mehr unterdrücken.
Der Unheimliche war mit einem Satz über die Mauer gesprungen und stürmte heran. Seine Furcht vor dem heiligen Boden mochte gewaltig sein, aber seine Entschlossenheit, sein Opfer

nicht entkommen zu lassen, war größer. Seine schweren Motorradstiefel hämmerten auf den Boden, ließen Schnee und Erdreich aufspritzen und zermalmten einige Ratten, die ihm nicht schnell genug Platz machten.
Justin wollte davonstürzen, aber er war wie gelähmt. Der Unheimliche stürmte heran, schnell, viel *zu schnell*, als dass Weglaufen noch irgendeinen Sinn gemacht hätte. Die Ratten spritzten in Panik vor ihm auseinander und Odin und zwei der anderen Katzen versuchten sich ihm todesmutig in den Weg zu stellen, wurden aber einfach beiseite geschleudert. Justin spannte alle Muskeln an, um auf den Zusammenprall vorbereitet zu sein, obwohl er wusste, dass er ihn wahrscheinlich einfach zerschmettern würde.
Hinter ihm erklang ein Geräusch wie zerbrechender Stein. Etwas Großes, Weißes wirbelte an ihm vorüber, füllte sein Gesichtsfeld für einen Moment vollkommen aus und krachte dann mit unvorstellbarer Wucht gegen den Motorradfahrer. Alles ging viel zu schnell, als dass Justin irgendwelche Einzelheiten erkannt hätte. Aber für einen Moment hatte Justin den Eindruck von gewaltigen schneeweißen Flügeln, einem wehenden weißen Gewand und langem Haar von derselben Farbe, dann prallten Licht und Dunkelheit in einem ungeheuren Getöse aufeinander und explodierten regelrecht. Justin riss die Arme in die Höhe und duckte sich instinktiv, als ein wahrer Hagel weißer Marmorbrocken und -trümmer auf ihn herabregnete. Ein paar Katzen schrien gequält auf und auch Justin spürte einige wirklich harte, schmerzhafte Schläge und torkelte zur Seite.
Dann lief er blindlings los. Hinter ihm hielten das Poltern und Bersten weiter an und er spürte, wie die Erde unter seinen Füßen zu zittern begann, als wären tatsächlich die Urkräfte der Schöpfung aufeinandergeprallt. Aber er hielt nicht an und sah auch nicht zurück, sondern rannte Haken schlagend zwischen den schräg stehenden Grabsteinen hindurch, bis er die hintere Mauer des Friedhofsgeländes erreichte. Ohne innezuhalten flankte er hinüber, rutschte im Schnee weg und

fiel schmerzhaft auf die Knie. Sofort sprang er wieder in die Höhe, fuhr herum und rannte weiter.
Aber während er herumwirbelte, fiel sein Blick noch einmal auf den Friedhof.
Der lebensgroße weiße Marmorengel, der eines der Gräber bewacht hatte, war verschwunden.

18

Er brauchte für den Heimweg kaum fünf Minuten, denn den Großteil der Strecke rannte er, so schnell er konnte. Erst als das Haus seiner Großmutter bereits in Sichtweite war, ging er etwas langsamer. Er hatte sowieso keine Ahnung, was er seinen Eltern sagen sollte, wenn sie ihn auf seinen Zustand ansprechen würden, wenn er vollkommen außer Atem ins Haus gestürzt kam, würde ihm das bestimmt nicht leichter fallen.
Er betrat das Haus durch den Garten und den Hintereingang – und lief natürlich prompt seiner Mutter in die Arme, die in diesem Moment aus dem Wohnzimmer kam. Ganz wie er befürchtet hatte, blieb sie abrupt stehen und riss die Augen auf. »Wie siehst du denn aus?!«
»Ich ... bin hingefallen«, stammelte Justin – eine ausgesprochen dämliche Ausrede, wie ihm selbst klar war, aber auf die Schnelle auch die einzige, die ihm einfiel. Er zuckte mit den Schultern und fügte mit einem verunglückten Lächeln hinzu: »Es ist ziemlich glatt draußen.«
»Hingefallen, so.« Seine Mutter schüttelte den Kopf. »Na, dann geh mal ins Bad und wasch dich. Und zieh dir saubere Sachen an. Wir essen bald und ich möchte nicht, dass du dich so an den Tisch setzt.«
Jetzt musste sich Justin beherrschen, um seine Mutter nicht

mit offenem Mund anzustarren. Er war vollkommen verdreckt, blutete aus einem Dutzend oder mehr Schrammen und Kratzer und seine Kleider waren vollkommen zerrissen. Unter normalen Umständen hätte seine Mutter vom Notarzt bis zum Katastrophenschutz hin so ziemlich jeden alarmiert, der ein Telefon hatte, wäre er in einem solchen Zustand nach Hause gekommen. Dass sie es jetzt nur mit einem Achselzucken abtat, passte zu dem, was sich seit einiger Zeit in dieser Stadt abspielte.

»Ist noch was?«, fragte seine Mutter und sah ihn ungeduldig an.

Justin schüttelte hastig den Kopf, wandte sich um und tat, was sie ihm geraten hatte: Er ging ins Bad, schälte sich aus seinen zerfetzten Kleidern und sprang erst einmal in die Wanne mit heißem Wasser.

Seine Verletzungen erwiesen sich gottlob als nicht annähernd so schlimm, wie er gefürchtet hatte. Einige davon taten ziemlich weh, vor allem, als sie mit dem heißen Wasser in Berührung kamen, und er musste voller Unbehagen an Dr. Reinerts Worte denken, wonach sich Rattenbisse leicht entzünden konnten. Also versorgte er seine Schrammen, so gut er konnte, und plünderte anschließend den Medikamentenschrank bis auf das letzte Fitzelchen Heftpflaster. Als er, nur in einen Bademantel gehüllt, aber verpflastert wie eine Mumie auf Urlaub, das Bad verließ, hörte er ein leises, wimmerndes Maunzen, das aus dem Gästezimmer drang. Er folgte dem Geräusch und trat in das Zimmer ohne anzuklopfen.

Reggie saß im Schneidersitz auf dem Bett und hatte Farina auf dem Schoß. Die Katze miaute leise und leckte sich die Vorderpfoten, die übel zerbissen waren. Auch alle anderen Katzen saßen um Reggie herum auf dem Bett und bluteten es nach Kräften voll.

Justin erschrak, als er sah, wie übel es einige der Katzen erwischt hatte. Neben den beiden Katern bot vor allem Jane einen schlimmen Anblick. Ihr ehemals prachtvolles Fell war zerrissen, verfilzt und über und über mit Blut und Morast

verklebt. Justin kam aber nicht dazu, irgendetwas zu sagen, denn Reggie fuhr ihn sofort an: »Na, bist du jetzt zufrieden?«
»Was?«, machte Justin verständnislos.
»Um ein Haar hättest du sie umgebracht, du Narr!«, fauchte Reggie. »Sieh sie dir an! Sie sind schwer verletzt! Sie hätten sterben können! Und wofür?«
Justin griff unter den Morgenmantel, zog die rote Ledermappe hervor und warf sie mit einer beinahe triumphierenden Bewegung auf das Bett. »Dafür!«, sagte er.
Reggie betrachtete die Mappe ohne besonders großes Interesse. »Was ist das?«, fragte sie.
»Ich habe keine Ahnung«, gestand Justin. Reggies Gesicht verfinsterte sich noch weiter, sodass er sich beeilte hastig hinzuzufügen: »Aber es muss sehr wichtig sein. Sonst hätte er sich nicht so verdammt viel Mühe gegeben, um mich von dem Ding fern zu halten.«
»Blödsinn!«, behauptete Reggie voller Nachdruck. »Diese Kirche war eine verdammte Falle! Und du Blödmann bist mit offenen Augen hineingetappt!«
»Eine ... Falle?«, wiederholte Justin verständnislos.
»Sag bloß noch, das ist dir nicht aufgefallen!« Reggies Augen blitzten. »Ohne die Katzen wärst du jetzt tot!«
»Aber –«
»Nichts aber!«, unterbrach ihn Reggie. »Warum glaubst du wohl, hat er dich nicht geschnappt, als du auf dem Weg dorthin warst? Er hätte hundert Gelegenheiten dazu gehabt! Aber er hat gewartet, bis du seinen Soldaten freiwillig in die Hände gelaufen bist.«
»Den Ratten«, vermutete Justin.
Reggie nickte. »Warum sollte er sich selbst bemühen, wenn andere die Arbeit für ihn tun können?« Sie schnaubte. »In diesem Punkt hat er eine gewisse Ähnlichkeit mit jemandem, den ich kenne.«
Justin ignorierte die letzte Bemerkung geflissentlich. »Allzu viel Mühe haben sie sich damit jedenfalls nicht gegeben«, sagte er.
»Ach, tut dir das am Ende auch noch Leid?«, fauchte Reggie.

Justin setzte sich zögernd auf die Bettkante und Miss Piggy kam heran und begann schnurrend seine Finger zu lecken. Im ersten Moment tat es sehr gut, aber dann erinnerte er sich daran, was das letzte Mal bei einer solchen Gelegenheit passiert war, und zog die Hand fast erschrocken wieder zurück.
»Nein«, antwortete er mit einiger Verspätung. »Ich wundere mich nur. Wenn sie gewollt hätten, dann hätten sie uns alle in Stücke reißen können ohne sich großartig anzustrengen.«
»Der Dunkle gebietet über viele Soldaten«, antwortete Reggie, »aber er behandelt sie nicht gut. Ein Krieger, der von der Angst angetrieben wird, ist kein guter Krieger. Das war schon immer so. Und es war schon immer sein größter Fehler, dies nicht zu begreifen ... aber vielleicht auch sein einziger.«
»Mir hat es jedenfalls das Leben gerettet«, sagte Justin, warf einen fast schuldbewussten Blick in die Runde und verbesserte sich: »Uns.«
Reggie durchbohrte ihn mit einem eisigen Blick, sagte aber nichts mehr, sondern konzentrierte sich wieder auf Farina. Justin konnte nicht genau erkennen, was sie tat, doch was immer es war, es schien der Katze ungemein wohl zu tun, denn die Tonlage ihres Miauens änderte sich nach und nach.
»Der Dunkle ...«, murmelte Justin. Seine Finger strichen über das rote Leder, in das die Mappe eingebunden war, aber er wagte es noch nicht sie zu öffnen. Dabei konnte er selbst nicht sagen, ob ihm nun das große Siegel Ehrfurcht einflößte oder ob er einfach Angst davor hatte, sie zu öffnen und vielleicht festzustellen, dass sie leer war. »... ist das sein Name?«
»Er hat viele Namen«, antwortete Reggie ohne aufzusehen. »Sie alle sind gleich gut oder gleich schlecht. Such dir einen aus.«
Justin musste an das denken, was er im Buch seiner Großmutter gelesen hatte. Sein unheimliches Erlebnis von vorhin passte dazu. Trotzdem hatte er große Mühe seine nächste Frage auszusprechen. »Gehört ... *Satan* auch dazu?«

Nun sah Reggie doch zu ihm auf. Sie wirkte überrascht. Dann lachte sie. »Kann es sein, dass du ein bisschen größenwahnsinnig bist?«, fragte sie. »Ich meine ... selbst wenn es so etwas wie einen Teufel gäbe, glaubst du wirklich, er würde sich die Mühe machen, höchstpersönlich aus seiner Hölle heraufzusteigen, um sich mit dir anzulegen?«

»Wahrscheinlich nicht«, gestand Justin mit einem verlegenen Lächeln. »Ich dachte nur, es ginge hier –«

»Um das Schicksal der Welt?« Reggie schien seine Gedanken zu erraten, noch bevor er sie selbst ganz in Worte kleiden konnte. Sie machte eine Bewegung, die ebenso gut ein Kopfschütteln wie ein Nicken oder auch keines von beiden sein konnte. »Nein. Oder doch. Ganz, wie man es nimmt.«

»Ach so«, sagte Justin. Er zog eine Grimasse. »Sag mal, was muss ich eigentlich tun, um auch nur ein einziges Mal eine klare Antwort von dir zu bekommen?«

»Vielleicht die richtigen Fragen stellen?«

»Ja. Genau *diese* Antwort habe ich jetzt erwartet«, sagte Justin.

»Es muss nicht immer gleich um das Schicksal der ganzen Welt gehen«, sagte Reggie. »Manchmal ist das Schicksal eines einzelnen Menschen ebenso wichtig.«

»Oder das einer kleinen Stadt?«

Reggie schwieg.

Justin sah eine Weile auf das mit religiösen Symbolen verzierte Siegel der ledernen Mappe hinab, dann sagte er in nachdenklichem Ton: »Vielleicht sollten wir uns Hilfe bei der Kirche holen.«

»Wie kommst du darauf, dass sie das könnte?«, fragte Reggie. Sie machte eine Kopfbewegung auf die Mappe. »Wenn ich mich nicht irre, dann hast du das da in einer Kirche gefunden. Sah sie so aus, als hätte sie dem letzten Angriff des Dunklen erfolgreich widerstanden?«

»Er hatte Angst davor«, widersprach Justin. »Und der Engel –«

Er sprach nicht weiter, denn jetzt, als er wieder in Sicherheit und – wenn auch vielleicht nur scheinbaren – Normalität seines Zuhauses war, kam ihm das, woran er sich zu erinnern glaubte, doch zu verrückt vor. Er musste sich getäuscht haben.

»Es war der heilige Boden«, sagte Reggie. »Der Dunkle fürchtet heilige Orte. Aber er *kann* sie betreten.«

»Aber gerade hast du doch gesagt –«

»Es spielt keine Rolle, ob eine christliche Kirche darauf steht, ein buddhistischer Tempel oder ein heidnischer Opferstein«, unterbrach ihn Reggie. »Es sind Orte, zu denen Menschen ihre Hoffnungen gebracht haben. Sie sind es, die der Dunkle fühlt und fürchtet. Die Wünsche, Hoffnungen und Sehnsüchte der Menschen, mit denen sie zu diesen Orten kamen. Es spielt keine Rolle, welchem Gott sie zu dienen glaubten.«

Justin verspürte ein plötzliches, eiskaltes Frösteln und er spürte es tatsächlich *körperlich*, als wäre während Reggies Worten etwas in den Raum getreten; etwas, was er weder hören noch sehen oder mit irgendeinem anderen seiner normalen menschlichen Sinne wahrnehmen konnte, aber überdeutlich spürte. Ganz automatisch sah er sich um, konnte aber nichts Außergewöhnliches entdecken.

Als er seine Aufmerksamkeit wieder Reggie zuwandte, hatte sich das Mädchen bereits wieder über eine der Katzen gebeugt; diesmal über Jane, die nach den beiden Katern am schlimmsten verletzt war. »Und wie – ?«, begann er, wurde aber sofort wieder von Reggie unterbrochen.

»Jetzt nicht! Ich brauche all meine Kraft, um den Schaden wieder gutzumachen, den du angerichtet hast.«

»Den *ich*?«, begann Justin empört. Er sprach den Satz aber gar nicht zu Ende, denn Reggie hörte ihm nicht mehr zu. Sie war voll und ganz auf die Katze konzentriert. Schließlich stand er auf, nahm die Mappe vom Bett und verließ das Zimmer. Nur eine einzige Katze folgte ihm: Yeti, die kleine weiße Kartäuserin. Auch sie hatte ein paar Schrammen und Kratzer abbekommen, war aber im Großen und Ganzen unversehrt.

Er ging schnell in sein Zimmer, größtenteils, um seinen Eltern nicht über den Weg zu laufen. Allerdings war seine Mühe

vergeblich: Seine Mutter wartete bereits auf ihn und forderte ihn ziemlich ungeduldig auf, sich endlich anzuziehen und zum Essen zu kommen. Irgendwie gelang es Justin, die Ledermappe vor ihren Blicken zu verbergen, und er beeilte sich, ihrer Aufforderung nachzukommen.
Als er in die Küche kam, saßen seine Eltern bereits am Tisch und aßen. Sie hatten nicht auf ihn gewartet und auch das war äußerst ungewöhnlich. Justin nahm wortlos Platz und registrierte mit einem Seitenblick den vierten, leeren Teller, den seine Mutter aufgetragen hatte. Vollkommen schien sie ihre gewohnte Gastfreundschaft also doch noch nicht vergessen zu haben.
Er wollte sofort wieder aufstehen, um Reggie zu holen, aber seine Mutter schüttelte den Kopf. »Ich habe dem Mädchen Bescheid gesagt«, sagte sie. »Wenn sie nicht kommt, ist das ihr Problem. Es gibt in diesem Haus gewisse Regeln, an die sich auch Gäste zu halten haben.« Sie runzelte die Stirn. »Und schaff bitte das Tier aus dem Zimmer. Ich möchte wenigstens in Ruhe essen.«
Justin sagte auch dazu nichts. Er stand auf, nahm Yeti auf die Arme, die auf dem freien Stuhl neben ihm Platz genommen hatte und wohl darauf spekulierte, dass sie die eine oder andere Leckerei abbekam, und trug sie aus der Küche. Yeti miaute enttäuscht, versuchte aber nicht, ihm wieder nachzukommen. Die Katze schien ebenso deutlich wie er zu spüren, dass es in diesem Haus nicht mit rechten Dingen zuging. Er ging rasch zurück, setzte sich und begann zu essen.
Die Mahlzeit verlief in unangenehmem, gespanntem Schweigen und Justin war nicht nur nicht überrascht, er hatte regelrecht *erwartet*, dass ihm das Essen nicht schmeckte. Seine Mutter war eine gute Köchin, aber was sie ihnen heute vorsetzte, das war lieblos zusammengeschustert und schmeckte auch entsprechend.
Erst als sie beim Nachtisch angekommen waren, brach Justin das Schweigen. »Versucht ihr heute noch einmal, in die Stadt zu kommen?«, fragte er.

Seine Mutter sah nicht einmal von ihrem Dessert auf, aber sein Vater schüttelte den Kopf und antwortete: »Das wäre vollkommen sinnlos. Die Straße durch den Wald ist so zu, wie es überhaupt nur geht. Selbst Doktor Reinert mit seinem Geländewagen ist nicht durchgekommen.«

»Er ist wieder zurück?«

Sein Vater nickte und schob den Teller mit dem pappigen Vanillepudding mit leicht angewidertem Gesichtsausdruck zurück, ohne mehr als zwei Löffel davon gegessen zu haben. Seine Mutter registrierte es wortlos. »Er kam vorhin zurück, während du unterwegs warst. Sah ganz schön fertig aus, der arme Kerl. Er wäre um ein Haar stecken geblieben – trotz Vierradantrieb und Geländereifen.«

»Wer sich in Gefahr begibt, der kommt darin um«, sagte Mutter.

»Und was macht ihr nun ... wegen des Krankenhauses?«, fragte Justin stockend.

»Nichts«, antwortete sein Vater. Er sah ihn sehr ernst an. »Irgendwie bin ich ganz froh, dass ich auf diese Weise noch einen Tag gewonnen habe.«

»Ach?«, fragte Mutter. »Wer sagt dir, dass wir nur einen Tag lang hier festsitzen?«

»Vielleicht auch zwei oder drei. Und? Was macht das schon?«

»Du könntest dich trotzdem darum kümmern, dass wir hier herauskommen!«

»Gerne, meine Liebe«, sagte Vater lächelnd. »Sobald ich eine Schaufel gefunden habe, die groß genug ist.«

»Oder dass wenigstens das Telefon wieder funktioniert!«

»Klar. Ich rufe nachher gleich die Störungsstelle an.« Er grinste humorlos, wurde sofort wieder ernst und wandte sich an Justin. »Würde es dir etwas ausmachen, nachher für uns zur Post zu gehen? Vielleicht hilft es ja, wenn wir den Fehler dort melden.«

»Natürlich«, antwortete Justin – was eine glatte Lüge war. Es *würde* ihm etwas ausmachen, das Haus zu verlassen. Nach dem, was er gerade mit Mühe und Not überlebt hatte, machte

es ihm sogar *eine ganze Menge* aus. Aber die Atmosphäre im Haus war mittlerweile so vergiftet, dass er nicht mehr so sicher war, hier im Haus tatsächlich besser aufgehoben zu sein. Er stand auf, nicht, um sofort loszueilen, aber sein Vater schien das wohl anzunehmen, denn er schüttelte den Kopf.
»Nicht so eilig«, sagte er. »Die Post macht erst um drei wieder auf.« Er seufzte. »Beamte!«
»Das sind sie schon lange nicht mehr«, sagte Justins Mutter. »Schon ein paar Jahre, wenn ich richtig informiert bin.«
»Aber sie benehmen sich immer noch so.«
Justin trat einen taktischen, aber trotzdem sehr schnellen Rückzug an. Seine Eltern schienen wild entschlossen zu sein, einen Streit vom Zaun zu brechen, und er legte keinen Wert darauf, dabei zu sein. Er ging in sein Zimmer, setzte sich an den Schreibtisch und nahm die Mappe zur Hand, die er im Pfarrhaus gefunden hatte.
Das geprägte Leder fühlte sich alt an und schien sehr kostbar zu sein. Die Mappe musste sehr teuer gewesen sein. In einer solchen Mappe bewahrte man garantiert keine alten Tankquittungen auf. Und man verschloss sie auch nicht mit einem Siegel.
Justin zögerte es zu erbrechen. Er hatte (wenn auch nicht ganz absichtlich) sein Leben riskiert, um an diese Mappe zu kommen, aber plötzlich fürchtete er sich fast vor dem, was er darin finden mochte.
Er atmete hörbar ein, zerbrach das Siegel und öffnete die Mappe. Ihre Innenseite war mit schwarzem Samt ausgeschlagen. Justin fand ein knappes Dutzend vergilbter Blätter, die eng mit einer kleinen, präzisen Handschrift beschrieben waren. Justin warf nur einen flüchtigen Blick darauf und stellte fest, dass er sie ohne Mühe lesen konnte. Er begann jedoch nicht sofort damit, sondern blätterte die Schriftstücke nachdenklich durch. Ihm fiel auf, dass sie eine Menge Zahlen und Ziffern enthielten; vielleicht Jahreszahlen. Unterzeichnet war das letzte Blatt mit den Buchstaben »PV« und einem ziemlich genau zehn Jahre zurückliegenden Datum.

Er blätterte zurück zum Anfang und begann zu lesen.
Zuerst erwies sich das als ziemlich schwierig. Er konnte die Schrift zwar mühelos lesen, aber vieles von dem, was er entzifferte, schien keinen Sinn zu ergeben. Offensichtlich hatte sich der Verfasser der Zeilen auf eine Menge Dinge und Ereignisse bezogen, von denen Justin nichts wusste. Vieles schien auch persönliche Erinnerung zu sein, die Justin natürlich rein gar nichts sagte, und zu allem Überfluss war der Text nicht nur in einem hoffnungslos altmodischen Stil abgefasst, der es manchmal schwer machte, den Sinn des Geschriebenen wirklich zu verstehen, sondern wimmelte auch von theologischen Anspielungen und Zitaten.
Trotzdem schälte sich für Justin nach und nach eine Geschichte heraus, die ihn zutiefst erschreckte. Neben allem, was sich »PV« in diesen Zeilen offensichtlich von der Seele geschrieben hatte, enthielt das Dutzend eng beschriebener Seiten auch eine Geschichte Crailsfeldens. Aber es war eine, die wohl in keinem Geschichtsbuch zu finden war.
Crailsfelden hatte eine sehr lange und – vorsichtig ausgedrückt – sehr bewegte Geschichte hinter sich. Der Ort war wohl weitestgehend von allen Kriegen und großen Seuchen verschont geblieben, aber das bedeutete keineswegs, dass er eine *friedliche* Geschichte hinter sich hatte. Ganz im Gegenteil. Viele seiner Einwohner waren auf gewaltsame Art ums Leben gekommen, und zumindest »PV« war der Meinung gewesen, dass Crailsfelden nicht auf so wenigen alten Landkarten zu finden war, weil es so klein gewesen wäre oder wegen seiner isolierten Lage, sondern weil die Menschen in weitem Umkreis den Ort fürchteten wie der Teufel das Weihwasser. Immer wieder, so las Justin in dem Dokument, hatte es lange Perioden des Friedens gegeben, in denen sich Crailsfelden in nichts von irgendeiner anderen, ganz normalen kleinen Stadt unterschied, aber dazwischen lagen auch Zeiten – manchmal Jahre –, in denen die Gewalt und der Terror in der Stadt regierten.
Und stets war diesen Perioden ein besonders harter Winter

vorausgegangen, in dem die Stadt eingeschneit und für eine Weile von der Außenwelt abgeschnitten gewesen war.
Was Justin in dem Bericht nicht fand, das war eine Anspielung auf den Schwarzen Turm oder das Wesen, das Reggie als den *Dunklen* bezeichnet hatte. Für »PV« schien das Zentrum allen Übels, das Crailsfelden im Laufe der Jahrhunderte immer wieder heimgesucht hatte, das alte Kloster auf dem Hügel gegenüber zu sein. Damals hatte es noch Sänger-Institut geheißen, ein Name, den Justin jetzt schon mehrere Male gehört hatte, und »PV« war in seinen Schilderungen ziemlich konkret. Er beschrieb sowohl einige der zum Teil gotteslästerlichen Rituale, die einige der damaligen Schüler abgehalten haben sollten, als auch den genauen Ort, an dem sie stattgefunden hatten.
An diesem Punkt der Lektüre angekommen lief Justin ein eisiger Schauer über den Rücken. Die Beschreibung des Kellergewölbes entsprach – abgesehen von seiner Größe vielleicht – so genau dem Bild, das er in seiner Vision gesehen hatte, dass es unmöglich ein Zufall sein konnte.
Justin verspürte eine plötzliche, unerwartet heftige Erregung. Er hatte eine erste Spur. Mehr als das. Er *wusste* jetzt, wo das geheimnisvolle *Tor* lag, von dem seine Großmutter gesprochen hatte!
Die Tür ging auf und seine Mutter trat ein ohne angeklopft zu haben. Justin fuhr erschrocken zusammen und klappte die Mappe zu, ehe er sich im Stuhl herumdrehte, und natürlich fiel diese hastige Bewegung seiner Mutter auf. Sie runzelte die Stirn, kam mit schnellen Schritten näher und sah fragend auf die Mappe herab.
»Was hast du da?«
»Nichts«, antwortete Justin hastig. »Nur ein paar alte Dokumente.«
»Alte Dokumente? Wozu? Und woher?«
»Wir arbeiten an einer Stadtgeschichte«, improvisierte Justin. »In der Schule, weißt du? Dreihundert Jahre Crailsfelden oder so. Das da habe ich aus der Schulbücherei.«

»Und das haben sie dir einfach so mitgegeben?«, fragte seine Mutter zweifelnd. »Es sieht ziemlich wertvoll aus.«
»Das ist es auch«, bestätigte Justin rasch. »Ich habe hoch und heilig versprochen, es unversehrt zurückzugeben.«
»So, hast du«, sagte seine Mutter. »Deinem Vater hast du, glaube ich, versprochen, für ihn zur Post zu gehen.«
Justin sah auf die Uhr. Er hatte es gar nicht gemerkt, aber er hatte tatsächlich mehr als zwei Stunden dagesessen und gelesen. Er legte die Mappe in eine Schublade seines Schreibtisches und stand auf.
»Und wenn du schon einmal dabei bist, dann frag doch deine niedliche kleine Freundin gleich nach ihrer Adresse und schau dort einfach mal vorbei. Vielleicht sind ihre Eltern ja doch schon zurück. Ich bin nicht scharf darauf, sie länger im Haus zu behalten, als unbedingt nötig ist.«
Justin hütete sich, sich auf eine Diskussion einzulassen, sondern ging an seiner Mutter vorbei und zum Gästezimmer. Er klopfte an, bekam keine Antwort, klopfte noch einmal und lauter und drückte schließlich die Klinke hinunter, als auch diesmal keine Reaktion erfolgte.
Reggie lag auf dem Bett und schlief. Wenigstens *hoffte* er, dass sie nur schlief.
Reggies Gesicht war leichenblass. Ihre Wangen waren eingefallen und ihr Haar war strähnig und schweißverklebt. Ihr Atem war so flach, dass Justin im ersten Moment nicht einmal sicher war, ob sie überhaupt noch atmete.
Mit drei, vier fast panischen Schritten war Justin am Bett und rüttelte Reggie an der Schulter. Sie reagierte mit einem leisen Stöhnen – wenigstens lebt sie noch, dachte Justin erleichtert – und ihr Kopf rollte haltlos auf die Seite, aber sie wachte nicht auf.
»Reggie!«, rief er. »Reggie! Was hast du? Wach doch auf!«
Sie wachte nicht auf. Justin rüttelte noch heftiger an ihrer Schulter, bekam aber jetzt nicht einmal mehr ein Stöhnen zur Antwort. Endlich begriff er, dass das Mädchen nicht schlief, sondern wohl eher das Bewusstsein verloren hatte.

Zwei oder drei Katzengesichter tauchten aus den Kissen neben Reggie auf und Justin blinzelte überrascht. Es waren Farina, Jane und Scarlett und alle drei waren *vollkommen unversehrt!*

Und endlich verstand er, was hier passiert war. Das hieß: Er *verstand* es nicht wirklich, denn was immer Reggie auch getan hatte, war wohl etwas, was ein Mensch vermutlich niemals wirklich verstehen konnte. Aber er erinnerte sich wieder daran, auf welch ebenso unheimliche Weise Miss Piggy *ihm* vor zwei Tagen geholfen hatte. Was Reggie getan hatte, musste ungleich schwerer gewesen sein.

»Also?«, fragte seine Mutter von der Tür her. Dann wurde ihre Stimme hörbar schärfer. »Was ist denn hier los? Raus hier, aber schnell!«

Justin verstand im ersten Augenblick nicht, dass seine Mutter weder ihn noch Reggie meinte, sondern die Katzen. Erst als sie mit energischen Schritten an das Bett herantrat und die Tiere davonscheuchte, überwand er seinen Schrecken.

»Aber warum denn? Sie tun doch gar nichts!« Gleichzeitig nahm er möglichst unauffällig so Aufstellung, dass seine Mutter Reggies Gesicht nicht sah.

»Aber sie sind schmutzig!«, antwortete seine Mutter. »Und sie stinken! Sie haben im Bett nichts zu suchen.«

»Bisher durften sie es doch auch.«

»Du sagst es: bisher. In Zukunft wird sich hier einiges ändern.« Sie deutete mit einer kaum weniger zornigen Bewegung als der, mit der sie gerade die Katzen aus dem Bett gescheucht hatte, auf Reggie. »Was ist los mit ihr?«

»Sie schläft«, sagte Justin rasch. »Ich frage sie später nach der Adresse, okay? Ich kann ja noch einmal ins Zentrum gehen, wenn es sein muss.«

Seine Mutter seufzte. »Also gut. Aber das alles gefällt mir nicht. Seit dieses Mädchen im Haus ist, haben wir nichts als Aufregung und Ärger. Und jetzt geh. Ich möchte endlich wieder mit dem Rest der Welt in Kontakt treten können.«

19

Es hatte immer noch nicht aufgehört zu schneien und Justin begann sich allmählich zu fragen, ob es wohl überhaupt jemals wieder aufhören würde. Zumindest waren die Temperaturen nicht noch weiter gefallen. Im Gegenteil schien es sogar wieder ein bisschen wärmer geworden zu sein. Der Eisregen hatte sich wieder in Schnee gewandelt und der Himmel hatte sich eine Spur aufgehellt. Die verschwommene Dämmerung, die über der Stadt lag, *Tag* zu nennen wäre trotzdem geschmeichelt gewesen.
Justin trat unruhig von einem Fuß auf den anderen und betrachtete die nur langsam vorrückende Schlange am benachbarten Schalter. Das Postamt in Crailsfelden war so klein, dass es nur zwei Schalter gab, von denen im Moment aber nur einer besetzt war. Der Beamte, der an dem anderen Dienst tat, war vor zehn Minuten wortlos aufgestanden und gegangen und seither nicht zurückgekommen. Die Schlange davor reichte mittlerweile bis zur Tür. Hätte nicht dann und wann einer der Kunden aufgegeben und wäre gegangen oder hätte sich ans Ende der anderen Schlange eingereiht – der, in der Justin stand, er hatte ausnahmsweise einmal Glück gehabt und die richtige Wahl getroffen –, dann hätte sich dort drüben gar nichts mehr gerührt. Die Stimmung war entsprechend mies. Die Leute murrten immer lauter. Es war eine Frage der Zeit, bis sich die Spannung irgendwie entladen würde.
Aber auch auf seiner Seite ging es nur langsam voran. Justin konnte nicht sagen, was vorne am Schalter los war, aber er hörte das eine oder andere laute Wort. Die Stimmung schien auch hier nicht die beste zu sein. Viele der Kunden, die an ihm vorbeigingen und das Postamt verließen, machten finstere Gesichter oder schimpften gedämpft vor sich hin. Die Atmosphäre in der ganzen Stadt schien sich allmählich dem Siedepunkt zu nähern.

Wenigstens war Crailsfelden nicht mehr wie ausgestorben. Am Morgen, als er die alte Kirche aufgesucht hatte, da hatte er fast das Gefühl gehabt, durch eine Geisterstadt zu laufen, in der er das einzige lebende Wesen war. Auf dem Weg zum Postamt hatte Crailsfelden wieder einen ganz normalen Anblick geboten. Menschen gingen durch die Straßen. Die wenigen Geschäfte waren geöffnet. Allerdings war kein Auto unterwegs; aber das war in Crailsfelden auch nichts Besonderes. Die Stadt war klein genug, um die meisten Wege zu Fuß erledigen zu können. Es hätte auch wenig Sinn gemacht, mit einem Wagen zum Einkaufen zu fahren; es gab in den engen Straßen des historischen Stadtkerns praktisch keine Parkplätze.
Endlich war Justin an der Reihe, aber er war so sehr in seine Gedanken versunken, dass er im ersten Augenblick gar nicht richtig mitbekam, dass er plötzlich am Anfang der Schlange stand. Erst als sich der Schalterbeamte auf der anderen Seite der Glasscheibe laut und gekünstelt räusperte, schrak er hoch.
»Äh ... ja?«
»Das frage ich dich«, schnauzte der Mann. »Wenn du träumen willst, dann geh gefälligst woanders hin. Möglicherweise fällt dir ja auf, dass hier gerade Hochbetrieb herrscht. Die Leute haben ihre Zeit bestimmt nicht gestohlen. Und ich auch nicht, so ganz nebenbei.«
Justin zog den Kopf ein. Der Mann sprühte geradezu von schlechter Laune, aber er hütete sich zu widersprechen, um sich nicht einen vielleicht halbstündigen Vortrag einzuhandeln. »Unser Telefon funktioniert nicht«, sagte er schüchtern.
»Und was kann ich dafür?«, fragte der Postbeamte.
»Nichts«, antwortete Justin. »Ich wollte ja auch nur Bescheid sagen. Unsere Nummer ist –«
»Na, das hast du ja jetzt«, unterbrach ihn der Schalterbeamte unfreundlich. »Der Nächste bitte!«
»He, Moment!«, protestierte Justin. »Ich bin hier, um eine Störung zu melden. Unser Telefon ist tot und ich –«
»Was habe ich damit zu tun?«, schnauzte der Mann. »Das hier

ist die Post. Wenn euer Telefon nicht funktioniert, dann wende dich gefälligst an die Telekom.«
»Aber wie denn?«, fragte Justin. »Wir können ja auch die Störungsstelle nicht erreichen.«
»Das ist Angelegenheit der Telekom«, beharrte der Mann stur. »Und jetzt verschwinde. Ich habe viel zu tun.«
Justin setzte zu einem neuerlichen Protest an, ließ es dann aber sein, als er das gereizte Funkeln in den Augen des Postbeamten registrierte. Der Mann hatte ja an sich Recht, auch wenn Justin seine scharfe Reaktion nicht verstand. Aber er würde nichts erreichen, wenn er weiter auf seinem Ansinnen beharrte, also drehte er sich um und ging langsam an der Schlange vorbei zur Tür.
Vor dem Postamt stand eine Gestalt in schwarzem Leder. Justin erstarrte mitten im Schritt.
Das Postamt hatte eine altmodische Tür aus welligem Drahtglas, durch die man die Gestalt nur undeutlich erkennen konnte. Eigentlich sah er nur einen Umriss, groß, dunkel und sehr bedrohlich. Aber er war vollkommen sicher, dass es der Dunkle war.
»Worauf wartet er denn jetzt noch?«, fragte eine Stimme hinter ihm. Sie klang irgendwie gehässig, fand Justin und er wusste sofort, dass sie von ihm sprach. Aber er drehte sich nicht um.
»Vielleicht hat er ja Angst nass zu werden«, sagte eine andere Stimme. »Außerdem ist es kalt draußen.«
Justin starrte den Schatten vor der Tür an. Er rührte sich nicht, aber Justin konnte ganz deutlich spüren, wie hinter ihm etwas geschah. Die Stimmung in dem kleinen Postamt war schon vorher nicht die beste gewesen; jetzt konnte er regelrecht fühlen, wie sie sich aufheizte. Fast widerwillig drehte er sich nun doch herum, aber er wusste im selben Moment, dass das ein Fehler gewesen war.
Nicht nur der Schalterbeamte, sondern *jeder im Raum* sah ihn an. Und es waren keine angenehmen Blicke, die er auf sich fühlte. Die meisten starrten ihn einfach nur mit mehr oder

weniger finsteren Gesichtern an, aber einige grinsten auch oder hatten die Lippen zu etwas verzogen, was sie für ein Grinsen halten mochten.
Vor allem ein junger Bursche fiel ihm auf. Er konnte kaum älter sein als Justin, war aber ein gutes Stück größer als er und viel breitschultriger. Er hatte streichholzkurz geschnittenes, strohblondes Haar und trug eine schwarze Lederjacke, abgewetzte Jeans und klobige Springerstiefel. Justin war sehr sicher, dass er ihn vorhin nicht gesehen hatte. Er war sogar fast sicher, dass er vorhin *noch gar nicht da gewesen war!*
Ein zweiter Junge, der hinter ihm in der Schlange stand – ähnlich gekleidet, ähnlich groß, mit einem ähnlich brutalen Gesicht und Justin ebenso gänzlich unbekannt wie der erste – deutete plötzlich mit einem dicken Zeigefinger auf Justin und sagte: »He, den kenne ich doch. Ist das nicht der Enkel von der verrückten Alten, die die vielen Katzen hat?«
»Die alte Hexe, richtig«, pflichtete ihm der andere bei. Er lachte hässlich. »Wahrscheinlich kann er gar nichts dafür. Ich schätze, bei ihm zu Hause benutzen sie noch Buschtrommeln oder schicken sich Brieftauben.«
Ein allgemeines, schadenfrohes Lachen und Kichern war die Folge. Aber in diesem Lachen lag eine Drohung, die Justin schaudern ließ. Der Dunkle wagte es offensichtlich nicht, ihn in Gegenwart anderer Menschen anzugreifen, aber das hatte er auch gar nicht nötig. Er hatte genug Handlanger. Und nicht alle hatten graues Fell, spitze Zähne und waren im Grunde ihres Herzens feige.
Der Bursche mit dem kurz geschnittenen Haar trat aus der Schlange vor dem Schalter heraus und auf Justin zu. Sein Grinsen wurde breiter und gemeiner. »Warum fragst du nicht deine Großmutter um Rat?«, fragte er. »Sie könnte euer Telefon bestimmt mit einem Zauberspruch reparieren. Hexen können doch so was. Sie ist doch eine Hexe, oder?«
»Meine Großmutter ist keine Hexe!«, antwortete Justin. Ein weiterer Fehler, wie er im selben Moment begriff, in dem er das neuerliche Aufblitzen in den Augen des Blonden sah.

Wahrscheinlich war es aber ganz egal, was er geantwortet hätte. Der Kerl suchte einfach Streit. Er hätte sich auch provoziert gefühlt, wenn Justin gar nichts gesagt hätte.
»Ist sie nicht?«, fragte er lauernd. Er trat einen weiteren Schritt auf Justin zu, hob die Hand und stieß Justin den Zeigefinger vor die Brust, so hart, dass Justin zurückstolperte und gegen die Wand prallte. »Was ist sie denn dann? Und was bist du, du kleiner Bastard?«
Justin starrte ihn an. Das Gesicht des Burschen war jetzt ganz dicht vor ihm. Es kam ihm riesig und bedrohlich vor und so brutal, wie es ein menschliches Gesicht eigentlich gar nicht sein konnte.
»Was bist du? Wie nennt man den Bastard einer Hexe?« Als Justin nicht sofort antwortete, ohrfeigte er ihn; nicht sehr fest, aber der Schlag ließ Justin trotzdem die Tränen in die Augen schießen. Außerdem verspürte er eine solche jähe Wut, dass er sich nur noch mit Mühe beherrschen konnte, nicht zurückzuschlagen. Es wäre glatter Selbstmord gewesen. Der Bursche würde ihn in Stücke brechen, ohne sich dabei auch nur anzustrengen.
»Was ist? Sprichst du nicht mehr mit jedem?« Der Bursche hob erneut die Hand, schlug aber nicht noch einmal zu. Justin sah sich verzweifelt nach einem Fluchtweg um, aber es gab keinen. Das Postamt war so klein, dass an Weglaufen nicht zu denken war. Und vor der Tür stand der Dunkle.
»Was willst du von mir?«, fragte er. »Ich will keinen Streit mit dir.«
»Aber ich vielleicht mit dir«, antwortete der andere. Er lachte. »Komm, machen wir es wie Männer aus. Ich gebe dir sogar einen Schlag vor ... oder sagen wir, drei. Was hältst du davon?« Er ballte eine Faust vor Justins Gesicht, die fast so groß war wie sein Kopf. »Du darfst dreimal zuschlagen und ich schlage nur einmal zurück. Das ist doch ein fairer Deal, oder?«
Justin antwortete nicht. Wozu auch? Er starrte die riesenhafte Faust vor seinem Gesicht an und er hatte einfach nur Angst.

»Lass den Jungen in Ruhe«, sagte einer der anderen Kunden. Justin war erleichtert über diese unerwartete Hilfe, zugleich aber auch ein wenig überrascht. Offensichtlich ging einigen hier drinnen der derbe Scherz mittlerweile doch zu weit. Er hielt nach seinem unbekannten Verbündeten Ausschau und stellte mit gemischten Gefühlen fest, dass es ein Mann um die siebzig war, wenn nicht älter.

Der Bursche vor ihm machte sich auch nicht einmal die Mühe, den Kopf zu drehen, aber der zweite Kerl trat nun ebenfalls aus der Schlange heraus und baute sich drohend vor dem alten Mann auf. »Halt's Maul, Opa«, sagte er.

Der alte Mann riss ungläubig die Augen auf. »Wie bitte?«, keuchte er. »Das darf doch wohl nicht wahr sein. Was fällt dir ein, du unverschämter Bengel?«

Die Reaktion des Jungen überraschte selbst Justin. Er schlug ohne Warnung zu. Vielleicht nicht einmal sehr hart und ganz bestimmt nicht mit aller Kraft. Trotzdem wurde der alte Mann wuchtig gegen den Schalter geschleudert, sackte in sich zusammen und schlug die Hände vor das Gesicht. Er gab keinen Laut von sich.

Und er war nicht der Einzige.

Es wurde fast unheimlich still. Niemand sagte etwas. Und vor allem: Niemand rührte auch nur einen Finger, um dem alten Mann zu Hilfe zu kommen. Dabei gab es im Raum mindestens drei oder vier Männer, die durchaus den Eindruck erweckten, als könnten sie es auch mit diesen beiden Burschen aufnehmen.

»So weit also dazu«, sagte der Bursche, der vor Justin stand, grinsend. »Also, wie ist es? Willst du drei Schläge vorhaben oder hast du einen besseren Vorschlag?«

»Bring es hinter dich, Tobias«, sagte sein Kumpan. »Hau den Burschen um und lass uns abhauen!«

Tobias lachte. »Also, was ist los, Kleiner? Noch hast du die Wahl.«

»Ich will mich nicht schlagen«, sagte Justin gepresst.

»So, willst du nicht«, sagte Tobias. »Was machen wir denn da? Hast du vielleicht einen Vorschlag, Rolf?«

»Vor*schlag* klingt gut«, kicherte Rolf.
»Also, wenn du dich nicht schlagen willst, dann müssen wir uns was anderes einfallen lassen«, sagte Tobias nachdenklich. »Du kannst nicht erwarten, dass wir dich einfach so hier herauslassen, nicht wahr?«
»Aber ich habe doch gar nichts getan!«, sagte Justin verzweifelt.
»Du bist hier«, antwortete Tobias, als wäre das allein Grund genug. »Was machen wir jetzt mit dir ... ? Helikopter – ich habe eine Idee! Wenn du dich nicht schlagen willst, dann musst du eben kriechen.«
»Wie?«, murmelte Justin.
Tobias nickte eifrig. »Kriechen. Auf allen vieren. Wie ein Hund – oder wie eine Katze, das kennst du doch. Du wirst auf allen vieren ein paar Mal durchs Zimmer kriechen und miau sagen und vielleicht lasse ich dich dann laufen.«
»Kriechen«, verbesserte ihn Rolf kichernd.
»Kriechen, richtig«, bestätigte Tobias. Sein Grinsen erlosch. »Also, was ist? Gehst du freiwillig auf die Knie oder soll ich dir helfen?«
Justin begann vor Wut und Scham am ganzen Leib zu zittern. Aber er hatte keine Wahl. Niemand hier drinnen würde ihm helfen und er war diesem Riesenkerl körperlich nicht gewachsen.
Ganz langsam ließ er sich auf die Knie sinken, stützte die Handflächen auf den Boden und sah zu Tobias hoch. Er konnte selbst spüren, wie ihm das Blut ins Gesicht schoss. »Zufrieden?«, fragte er.
Tobias grinste. »Für den Anfang schon ganz gut. Jetzt kriech herum und mach miau. Das sollte dir doch nicht schwer fallen, oder?«
Justin zögerte wieder, begann dann aber gehorsam auf Händen und Knien über den Boden zu kriechen. Er sagte nicht »miau«.
Tobias hob den Fuß und versetzte ihm einen Stoß, der ihn auf die Seite warf und dann auf den Rücken rollen ließ. »Da fehlt noch was«, sagte er feixend.

Justin sah sich Hilfe suchend um. Die meisten Männer und Frauen hatten das Gesicht abgewandt und die wenigen, die in seine Richtung blickten, sahen betroffen oder auch peinlich berührt drein. Angst lag wie etwas Greifbares in der Luft.
»Muss ich erst nachhelfen?«, fragte Tobias. Er hob abermals den Fuß, sein großer Stiefel bewegte sich langsam auf Justins Gesicht zu. Er konnte das grobe Profil genau erkennen. Es war einseitig abgelaufen und hatte ein paar Schäden, aber es war vollkommen sauber. Weder Schneematsch noch Morast klebten darin.
»Also?«, fragte Tobias.
»Wie du willst«, antwortete Justin, griff nach Tobias' Fuß und drehte ihn mit aller Kraft herum. Tobias keuchte vor Überraschung und Schreck und begann auf dem anderen Fuß herumzuhüpfen, um sein Gleichgewicht zu halten, und vielleicht hätte er diesen Kampf sogar gewonnen, hätte ihm Justin nicht mit aller Kraft vor das Knie getreten.
Tobias japste nach Luft, kippte mit haltlos rudernden Armen nach hinten und begrub einen Ständer mit Paketkarten, Aufklebern und anderen Formularen unter sich, als er nach hinten fiel. Sein Kumpan stieß einen zornigen Schrei aus und fuhr auf der Stelle herum, schien aber für einen Sekundenbruchteil unschlüssig, ob er Tobias zu Hilfe eilen oder sich auf Justin stürzen sollte, und Justin nutzte die Chance sofort.
Blitzschnell rollte er herum, stemmte sich in die Höhe und schoss auf den Ausgang zu. Hinter ihm brüllte Rolf vor Wut und setzte zur Verfolgung an; er hatte sich endgültig entschlossen, was er als Nächstes tun wollte.
Justin beschleunigte noch mehr, riss die Glastüren auf und stürzte aus dem Gebäude. Aus dem Augenwinkel registrierte er, wie die riesenhafte schwarze Gestalt neben der Tür mit unglaublicher Schnelligkeit zum Leben erwachte und die Arme nach ihm ausstreckte, warf sich zur Seite und hatte abermals Glück. Rolf, der dicht hinter ihm herstürmte, prallte gegen die Gestalt neben der Tür und beide stürzten zu Boden.

Doch auch Justin kam nur zwei oder drei Schritte weiter. Auch der Bürgersteig vor dem Postamt war voller Schnee und Matsch. Justin glitt aus, fiel schwer auf den Rücken und blieb einen kurzen Moment benommen liegen.
Als er wieder zu Atem gekommen war und sich in die Höhe zog, bot sich ihm ein fast bizarrer Anblick. Die Gestalt, die neben der Tür gewartet hatte, war nicht der Dunkle. Es war ein Bursche, der ähnlich gekleidet war wie Tobias und Rolf. Rolf und er waren übereinander gestürzt und schienen einige Mühe zu haben, ihre ineinander verstrickten Gliedmaßen wieder zu entwirren. Noch bevor es ihnen ganz gelungen war, stürmte Tobias wie ein wutschnaubender Stier aus dem Postamt heraus, fiel über die beiden und machte das Chaos komplett.
Justin war allerdings kein bisschen zum Lachen zu Mute, auch wenn der Anblick einer gewissen Komik nicht entbehrte. Ganz im Gegenteil explodierte seine Angst regelrecht. Bisher hatte er noch immer die Chance gehabt, halbwegs glimpflich davonzukommen, vielleicht mit ein paar blauen Flecken oder schlimmstenfalls einem ausgeschlagenen Zahn. Wenn die drei Kerle ihn jetzt zu fassen bekamen, dann würden sie Ernst machen. Vielleicht würden sie ihn tatsächlich umbringen.
So schnell er nur konnte, sprang er auf die Füße und rannte davon, direkt an den drei nebeneinander abgestellten, riesigen Motorrädern vorbei, die vor dem Postamt standen. Hinter ihm rappelten sich auch die drei Kerle in die Höhe und setzten zur Verfolgung an. Sie waren nicht ganz so schnell wie er, aber doch fast, und sie würden ihn wahrscheinlich einholen.
Der Gedanke spornte ihn zu noch größerer Schnelligkeit an. Justin raste durch die schmale Gasse, bog nach links und dann nach rechts ab und fand sich schließlich auf der etwas breiteren Hauptstraße wieder. Er konnte jetzt etwas schneller laufen, denn unter seinen Füßen war jetzt kein eisverkrustetes Kopfsteinpflaster mehr – aber das galt natürlich auch für seine Verfolger. Justin warf einen gehetzten Blick über die Schulter zurück und stellte fest, dass sie bereits aufgeholt hatten. Sein

Vorsprung betrug vielleicht noch fünfzehn Meter, wahrscheinlich weniger. Und er schmolz.
Ein Wagen kam ihm mit voll aufgeblendeten Scheinwerfern entgegen und überschüttete ihn und die drei jungen Kerle mit einer Fontäne aus Matsch und halb geschmolzenem Schnee. Justin sah erneut über die Schulter zurück und erkannte, dass sich die drei Burschen fluchend mit den Händen durch die Gesichter fuhren, dabei aber keineswegs langsamer wurden. Die Bremslichter des Wagens flammten hinter ihnen rot auf, als er in einer neuerlichen, weißen Fontäne zum Stehen kam.
Justin war der Verzweiflung nahe. Bis nach Hause waren es noch mindestens anderthalb oder zwei Kilometer. Bis dahin würden ihn die Kerle längst eingeholt haben; ganz abgesehen davon, dass er dieses mörderische Tempo niemals so lange durchhalten würde.
Plötzlich fuhr der Wagen – diesmal auf der falschen Straßenseite – wieder an ihm vorbei. Justin erkannte ihn jetzt. Es war ein altersschwacher, rostiger Jeep. Die Beifahrertür flog auf und Dr. Reinert beugte sich über den Sitz und schrie aus Leibeskräften: »*Schnell! Spring rein!*«
Justin angelte nach dem Rahmen, klammerte sich irgendwie daran fest und brachte das Kunststück fertig, sich tatsächlich in den Wagen zu schwingen, obwohl Dr. Reinert den Fuß nicht vom Gas nahm. Während er die Tür hinter sich ins Schloss warf, sah er in den Rückspiegel. Tobias, der sein schon sicher geglaubtes Opfer im letzten Moment entkommen sah, legte einen verwegenen Endspurt ein und sprang schließlich sogar mit weit nach vorne gestreckten Armen los, um den Wagen doch noch zu erreichen.
Er verfehlte ihn um Haaresbreite und fiel mit dem Gesicht voran in den Schnee.
»Hoppala!«, sagte Dr. Reinert fröhlich. Er hatte die Szene ebenso wie Justin im Spiegel verfolgt. »Dein Freund trainiert für die Olympischen Spiele. Wie heißt denn die Disziplin? *Snow-Noasing?*«

»Vielen Dank«, sagte Justin schwer atmend. »Das war Rettung in letzter Sekunde. Wenn die Kerle mich erwischt hätten ...«

»Nichts zu danken«, antwortete Dr. Reinert grinsend. »So etwas mache ich täglich, um in Form zu bleiben. Irgendwann kaufe ich mir einen Lederhut und eine Peitsche und ihr dürft mich Doktor Indiana Reinert nennen.«

Er wurde wieder ernst und sah in den Rückspiegel. Tobias hatte sich wieder aufgerichtet und auch die beiden anderen waren stehen geblieben und starrten ihnen nach. Sie waren schon viel zu weit entfernt, um ihre Gesichter zu erkennen, doch Justin wusste, dass die Sache damit nicht vorbei war.

»Was sind das für Typen?«, fragte Dr. Reinert. »Freunde von dir?«

»Ganz bestimmt!«, schnaubte Justin.

»Und was wollten sie von dir?«, fragte der Tierarzt.

»Ich habe nicht die geringste Ahnung«, versicherte Justin. »Sie sind einfach auf mich losgegangen. Dabei habe ich sie noch nie zuvor gesehen!«

»Ich auch nicht«, sagte Dr. Reinert. »Sie sind nicht aus Crailsfelden. Wahrscheinlich sind sie gerade erst angekommen.«

»Ich dachte, wir wären vollkommen eingeschneit.«

»Na, dann eben seit gestern«, sagte Dr. Reinert, aber Justin schüttelte erneut den Kopf.

»Völlig unmöglich. Es gibt ja nicht einmal ein Hotel in der Stadt. Und ihre Motorräder waren vollkommen sauber.«

»Irgendwo werden sie schon gesteckt haben«, sagte Dr. Reinert achselzuckend. »Die interessantere Frage ist, wie du ihnen aus dem Weg gehen kannst. Solche Kerle haben meistens Gehirne in Erbsengröße. Wahrscheinlich haben sie in zehn Minuten vergessen, was überhaupt passiert ist. Trotzdem wäre es klüger, wenn du ihnen vorsichtshalber nicht mehr in die Quere kommst.« Er seufzte. »Willst du nach Hause?«

Justin überlegte. Er zweifelte daran, ob er im Haus seiner Eltern wirklich sicher sein würde. Wenn diese drei Kerle tatsächlich etwas mit dem Dunklen zu tun hatten – und davon war er hundertprozentig überzeugt –, dann wussten sie auch, wo er wohnte. Statt zu antworten drehte er sich zu Dr. Reinert um und fragte: »Wer ist PV?«

»PV?« Der Tierarzt runzelte die Stirn. »Was soll das sein? Eine neue Rockgruppe?«

»Jemand hier aus Crailsfelden«, antwortete Justin. »Jemand, der vielleicht einmal hier gelebt hat. Ich glaube, er hatte etwas mit der Kirche zu tun.«

Er konnte sehen, wie die Farbe aus dem Gesicht des Tierarztes wich. »Pieter Vanderbilt«, murmelte er.

»Sie kennen ihn also?«

Dr. Reinert nickte, nahm den Blick aber nicht von der Straße. »Kennen ist zu viel gesagt«, antwortete er. »Er ist tot. Er war der Pfarrer hier in Crailsfelden. Der letzte, den wir hatten. Er kam bei der Katastrophe vor zehn Jahren ums Leben. Warum fragst du nach ihm?«

Schon wieder diese geheimnisvolle Katastrophe. »Was ist eigentlich damals wirklich passiert?«, fragte Justin. »Diese ... *Katastrophe*, von der alle reden! Jedermann hier in der Stadt weiß von ihr, aber niemand spricht darüber!«

Sie hatten Justins Zuhause erreicht. Dr. Reinert hielt nach einem raschen Blick in den Innenspiegel an, ließ den Motor aber laufen und verriegelte mit einer raschen Bewegung die Tür, ehe er antwortete. Justin tat schnell dasselbe auf seiner Seite.

»Es gibt Dinge, über die man besser den Mantel des Vergessens breitet«, sagte Dr. Reinert.

»Auch, wenn sie wieder geschehen könnten?«, fragte Justin.

Diesmal schien er die richtige Frage gestellt zu haben, denn Dr. Reinert widersprach nicht sofort oder rettete sich in einen seiner gewohnten Scherze, sondern sah ihn nur mit einer Art mühsam unterdrücktem Entsetzen in den Augen an. Als er schließlich antwortete, da war seine Stimme sehr leise und sie klang, als ob ihn das, worüber er redete, auch nach all den Jahren noch bis ins Innerste erschütterte. »Es war so sinnlos«, murmelte er. »Es war eine einzige Nacht, eigentlich nur wenige Stunden, aber sie waren entsetzlich.«

»Was ist passiert?«, fragte Justin, ebenso leise wie der Tierarzt.

»Ein vollkommen sinnloser Ausbruch von Gewalt. Es begann im Kloster, unter den Schülern des Internats, und innerhalb einer einzigen Stunde breitete es sich aus wie ein Steppenbrand und ergriff die ganze Stadt. Plötzlich wurden Menschen zu Feinden, die ihr ganzes Leben friedlich zusammen verbracht hatten. Nachbarn bekämpften einander und Väter gingen auf ihre Söhne los und Brüder auf ihre Schwestern. Es war furchtbar. Es gab unzählige Verletzte. Und auch Tote.«

»Waren Sie ... auch dabei?«, fragte Justin. Dr. Reinert antwortete nicht, aber sein Gesicht verdüsterte sich noch mehr und die Frage tat Justin sofort wieder Leid. Sie war ziemlich taktlos gewesen.

»Es gab keinen Grund«, fuhr Dr. Reinert fort. »Nicht den allerkleinsten Anlass. Es war, als ... als hätte sich die Gewalt in dieser Stadt einfach so lange aufgestaut, bis sie explodierte wie ein Vulkan. Und als es geschah, war niemand imstande, es aufzuhalten.«

»Es ist nicht das erste Mal passiert, nicht wahr?«, fragte Justin leise.

»Woher weißt du das?«

»Es passiert immer wieder hier in Crailsfelden«, antwortete Justin. »Ich habe es in Pfarrer Vanderbilts Aufzeichnungen gelesen.«

»Und woher hast du die?«

»Sie haben mich doch selbst zu der alten Kirche geschickt. Sie waren da und nicht einmal sehr gut versteckt. Ich glaube fast, er hat sie absichtlich dort zurückgelassen, damit sie gefunden werden. Um die Menschen zu warnen, weil es immer wieder geschieht. Manchmal nach zehn Jahren, manchmal erst nach hundert. Aber es passiert immer wieder. Warum hier?

»Das weiß ich nicht«, antwortete Dr. Reinert und diesmal

spürte Justin, dass er die Wahrheit sagte. »Vielleicht gibt es keinen Grund.« Er seufzte tief. »Ich hätte nicht zurückkommen sollen. Ich alter Dummkopf war schon in Sicherheit, aber ich musste ja unbedingt den Helden spielen.«
»Vielleicht passiert dieses Mal ja nichts«, sagte Justin. Die Worte überzeugten nicht einmal ihn selbst. Er saß einige Sekunden lang schweigend da, dann streckte er die Hand nach der Tür aus und öffnete sie. »Ich gehe jetzt besser. Sonst machen sich meine Eltern am Ende noch Sorgen.«

20

»Das hat aber gedauert«, begrüßte ihn sein Vater. Er erwartete ihn unmittelbar hinter der Tür und sowohl sein Gesichtsausdruck als auch seine nachfolgende Frage machten Justin klar, dass er schon eine ganze Weile dagestanden und ihn durch das schmale Fenster daneben beobachtet hatte. »Was wollte Doktor Reinert von dir?«
»Nichts«, behauptete Justin. Er spürte, dass es wenig Sinn haben würde, seinem Vater zu erzählen, was im Postamt passiert war. »Ich habe ihn zufällig getroffen und er hat mir angeboten, mich nach Hause zu fahren.«
»Was haben sie auf dem Postamt gesagt?«, fragte sein Vater.
»Dass ich mich an die Telekom wenden soll«, antwortete Justin. Er hängte seine Jacke an den Garderobenhaken. »Der Mann hinter dem Schalter hat mir den guten Rat gegeben, mich an die Störungsstelle zu wenden.«
»Ja, das ist typisch«, sagte sein Vater. »Wie konnte ich auch etwas anderes erwarten? In dieser Stadt scheint plötzlich jeder durchzudrehen.«
»Warst du bei den Nachbarn?«, fragte Justin. »Du wolltest wegen des Funktelefons fragen.«

»Die Handys funktionieren auch nicht«, antwortete sein Vater düster. »Offenbar gibt es irgendwelche atmosphärischen Störungen. Das muss wohl mit dem Wetter zu tun haben.«
»Also sind wir *wirklich* vom Rest der Welt abgeschnitten.«
»Nicht lange«, antwortete Vater. »Ich versuche es morgen früh noch mal. Wenn es nicht anders geht, muss ich mich eben zu Fuß auf den Weg über die Hügel machen.«
»Zu Fuß?«, wiederholte Justin ungläubig. »Fünfzehn Kilometer?«
»Allerhöchstens zwei oder drei«, erwiderte sein Vater. »Ich hatte nicht gesagt, dass ich zu Fuß bis in die Stadt laufen will. Nur bis zur Hauptstraße. Ich werde einen Wagen anhalten. Früher habe ich das oft gemacht.« Er lächelte flüchtig. »Als ich so ungefähr in deinem Alter war. Aber jetzt komm nicht auf dumme Ideen. Lass dich bloß nicht von mir dabei erwischen, per Anhalter zu fahren.«
Justin verstand sogar, warum sein Vater das sagte. Die Worte waren nur ein – wenn auch vergeblicher – Versuch, den normalerweise immer so lockeren Ton zwischen ihnen neu zu beleben. Es funktionierte nicht. Was er schon vorhin im Postamt gespürt hatte, das fühlte er auch jetzt. Etwas war hier, das nicht hierher gehörte. Der böse Geist des Schwarzen Turmes hatte auch die Mauern dieses Hauses längst durchdrungen.
Ein dumpfes Grollen drang von draußen herein; ein Geräusch wie von einem fernen Eisengewitter. Sein Vater trat wieder an das schmale Fenster neben der Tür und blickte hinaus. Justin wusste, was er dort draußen sah, auch wenn er sich nicht die Mühe machte, ihm zu folgen. »Die haben vielleicht Nerven«, sagte sein Vater kopfschüttelnd. »Bei dem Wetter würden mich keine zehn Pferde auf so ein Ding kriegen ... aber fahren können sie, das muss man ihnen lassen. Ich würde mir das nicht zutrauen.«
»Kannst du denn Motorrad fahren?«, fragte Justin.
»Früher einmal«, antwortete sein Vater. Justin konnte sich täuschen, aber er glaubte fast, so etwas wie einen bedauernden

Ton in der Stimme seines Vaters zu hören. »Ich habe damit aufgehört, bevor du geboren wurdest. Hier in Crailsfelden sieht man Motorräder nicht so gerne.«
»Seit Werner«, sagte Justin.
Sein Vater fuhr zusammen, wandte den Kopf und sah ihn an. Dann sagte er leise: »Doktor Reinert redet ein bisschen zu viel.«
»Es war nicht seine Schuld«, sagte Justin rasch. Ohne dass er selbst genau sagen konnte, warum, hatte er das Gefühl den Tierarzt verteidigen zu müssen. »Ich habe ihn gefragt. Er wollte erst gar nichts sagen, aber ich habe nicht locker gelassen.«
Sein Vater machte weiterhin ein finsteres Gesicht, ließ es aber dabei und sah wieder aus dem Fenster. Nach einigen Sekunden trat Justin neben ihn.
Er sah genau das, was er erwartet hatte. Trotzdem erschreckte es ihn zutiefst.
Auf der Straße vor dem Haus fuhren drei Motorräder auf und ab. Justin hätte angenommen, dass es schon unter normalen Umständen schwierig war auf der schmalen Straße zu wenden und auf der spiegelglatten Fläche, in die sie sich verwandelt hatte, ein Ding der Unmöglichkeit. Den drei Fahrern schien es jedoch keine Mühe zu bereiten, das Gleichgewicht zu halten. Sie fuhren ständig vor dem Haus auf und ab und saßen wie festgewachsen in den Sätteln. Seltsamerweise musste Justin plötzlich an alte Wildwestfilme denken, in denen die Indianer auf ihren Pferden eine Wagenburg umkreisten.
»Die Jungs sind wirklich gut«, sagte sein Vater. »Ich hätte mir schon längst den Hals gebrochen ... aber es gefällt mir nicht.«
»Glaubst du, dass sie gefährlich sind?«
»Ich frage mich nur, ob sie unseren Zaun niedergerissen und den Garten verwüstet haben«, sagte sein Vater. »Zuzutrauen wäre es ihnen.«
»Seit wann hast du denn Vorurteile?«, fragte Justin. »Noch dazu gegen Motorradfahrer? Ich denke, du warst früher selbst einer?«

»Nicht so«, antwortete sein Vater. »Ich bin zum Spaß herumgefahren, das war alles. Vor *solchen* Typen hatte ich selbst Angst. Um ganz ehrlich zu sein, habe ich das noch immer«, fügte er nach einer Sekunde hinzu.

»Vor fünfhundert Jahren hätten sie prachtvolle Raubritter abgegeben«, sagte Justin.

Sein Vater lachte. »Oder Dämonen.«

Justin sah seinen Vater irritiert an. Warum sagte er das? Versuchte er ihm auf diese Weise vielleicht etwas mitzuteilen, was er nicht laut auszusprechen wagte? Oder spürte auch er, dass mit diesen drei Typen irgendetwas nicht stimmte?

Vielleicht nur um die Stimmung etwas zu entschärfen, sagte er lachend: »Ich dachte immer, Dämonen tragen schwarze Kutten, haben Sensen in der Hand und reiten auf Knochenpferden.«

»Früher einmal vielleicht«, antwortete sein Vater ernst und ohne den Blick von den drei Motorradfahrern zu nehmen. »Falls es sie heute noch gibt, sind sie vermutlich etwas moderner. Das waren sie schließlich immer.«

»Wie?«, fragte Justin.

Sein Vater nickte heftig. »Aber natürlich. Du machst in Gedanken denselben Fehler wie fast jeder, weißt du? In den Gruselmärchen und Geistergeschichten, die du gehört hast, sind es natürlich altmodische Gestalten. Schwarze Ritter, Mönche in schwarzen Kutten, schmutzige kleine Gestalten, die im Wald hausen ... Aber vergiss nicht, wie alt all diese Geschichten sind. Zu der Zeit, in der sie entstanden sind, spiegelten sie genau das wider, was die Leute mit eigenen Augen gesehen haben. Kannst du dir vorstellen, wie erschreckend der Anblick einer Reihe vermummter Mönche, die Fackeln trugen und gregorianische Gesänge zelebrierten, auf einen einfachen Bauern im Mittelalter gewirkt haben muss? Sie haben keine Geschichten von Germanen oder römischen Legionären erzählt, sondern von Dingen, die sie Tag für Tag gesehen haben.«

»Du meinst, wenn es heute noch Dämonen gäbe, dann ... dann

könnten sie durchaus schwarzes Leder anhaben und Motorradhelme tragen?«, fragte Justin stockend.
»Warum nicht? Wahrscheinlich sogar.« Sein Vater zuckte mit den Schultern, aber dann lachte er wieder leise. »Aber keine Angst. Die Verrückten dort draußen tragen ja nicht einmal Helme. Ein bodenloser Leichtsinn, wenn du mich fragst.«
»Was ist denn hier los?« Die Stimme seiner Mutter mischte sich mit mittlerweile schon beinahe gewohnter Schärfe in ihre Unterhaltung. »Was soll der Unsinn? Musst du dem Jungen unbedingt solche Flausen in den Kopf setzen? Du weißt, dass ich nicht will, dass in diesem Haus von Dingen wie Dämonen und Hexerei gesprochen wird!«
Justin öffnete den Mund, um die Partei seines Vaters zu ergreifen, doch Mutter ließ ihn gar nicht zu Wort kommen.
»Hast du getan, worum wir dich gebeten hatten?«, fragte sie kühl.
Justin nickte. »Ja. Ich habe Bescheid gesagt. Ich weiß nur nicht, ob es viel nutzt.«
»Gut. Dann geh jetzt und kümmere dich um deine sonderbare Freundin. Sie schläft immer noch. Allmählich frage ich mich, ob mit ihr vielleicht irgendetwas nicht stimmt. Sie nimmt doch nicht etwa Drogen oder so was?«
»Drogen? In Crailsfelden?« Vater lachte. »In dieser idyllischen kleinen Stadt weiß man doch noch nicht einmal, wie dieses Wort geschrieben wird.«
»Ich sehe nach ihr«, sagte Justin hastig. Er hörte gar nicht mehr hin, ob und mit welchen Worten sich seine Eltern weiter unterhielten, sondern ging rasch zum Gästezimmer und trat diesmal gleich ein ohne anzuklopfen.
Wie seine Mutter gesagt hatte, lag Reggie auf dem Bett und schlief, von einem halben Dutzend Katzen belagert. Ihr Gesicht sah noch immer genau so blass und krank aus wie vor drei Stunden. Justin schloss die Tür, trat leise an das Bett heran und sah auf Reggie hinunter. Er fühlte eine plötzliche Zuneigung und er musste sich regelrecht beherrschen, um Reggie nicht zu streicheln, wie er es mit einer

kranken Katze getan hätte. Stattdessen streckte er nur zögernd die Hand aus und berührte für eine Sekunde ihre Stirn. Sie fühlte sich noch immer warm an, aber trotzdem nicht so, als hätte sie Fieber.
Als er sich wieder aufrichtete, fiel ihm ein Stück zerknülltes Pergament auf, das unter dem Bett hervorschaute. Er wollte sich danach bücken, doch genau in diesem Moment wurde die Tür aufgerissen und seine Mutter sah zu ihm herein. »Nun?«
»Sie schläft«, sagte Justin. »Ich möchte sie nicht wecken. Aber ich frage sie nach ihrer Adresse, sobald sie wach ist. Ganz bestimmt!«
Schnell, bevor seine Mutter auf den Gedanken kommen konnte, noch weitere Fragen zu stellen oder sich das Mädchen gar etwas genauer anzusehen, verließ er das Zimmer und zog die Tür hinter sich zu. Keine der Katzen machte auch nur den Versuch ihm zu folgen und Justin verspürte einen scharfen Stich in der Brust. Normalerweise begleiteten ihn immer eine oder mehrere Katzen. Seit Reggie ins Haus gekommen war, hatte sich das geändert.
Auf dem Weg zu seinem Zimmer ging er noch einmal an der Haustür vorbei und sah aus dem Fenster. Die Motorräder waren verschwunden.
Justin ging in sein Zimmer, trat an den Schreibtisch und zog die Schublade auf. Er musste noch einmal die Aufzeichnungen Pfarrer Vanderbilts lesen. Er hatte eine Menge Informationen erhalten, vor allem in den letzten Stunden, aber da war noch viel mehr, was er *nicht* wusste. Vielleicht hatte er irgendetwas übersehen, was ihm weiterhelfen konnte. Er musste die Aufzeichnungen noch einmal lesen.
Sie waren nicht mehr da.
Die Schublade, in die er die rote Ledermappe gelegt hatte, war leer.
Justin starrte den offen stehenden Schreibtisch fassungslos an; ja, regelrecht schockiert. Er wusste ganz genau, dass er die Mappe in diese Schublade gelegt hatte, hundertprozentig,

jenseits allen Zweifels. Trotzdem öffnete er nacheinander sämtliche anderen Schubladen und durchsuchte den Schreibtisch bis in den hintersten Winkel.
Nichts. Die Mappe blieb verschwunden.
Justin knallte die Schublade zu, fuhr auf dem Absatz herum und stürmte ins Gästezimmer. Sein erster Blick galt dem Raum unter dem Bett. Das Blatt, das er vorhin darunter gesehen hatte, war nicht mehr da.
Er beugte sich über das Bett, ergriff Reggies Schulter und schüttelte heftig daran. Odin, der direkt neben ihrem Kopf auf dem Kissen lag, fauchte ärgerlich, aber Justin scheuchte ihn weg und rüttelte noch heftiger an der Schulter des Mädchens.
»Wach auf!«, sagte er laut. »Verdammt noch mal, ich weiß, dass du nicht schläfst! Also mach gefälligst die Augen auf!«
Reggie murmelte irgendetwas Unverständliches und versuchte mit einer kraftlosen Bewegung seine Hand abzuschütteln, aber Justin schüttelte sie weiterhin an der Schulter. Endlich hob sie die Lider und sah ihn aus trüben, noch vom Schlaf verschleierten Augen an.
»Was willst du?«, murmelte sie. »Lass mich. Ich bin so müde.«
Hätte Justin es nicht besser gewusst, hätte er jeden Eid geschworen, dass er Reggie tatsächlich gerade aus dem Schlaf gerissen hatte. So aber sagte er nur unfreundlich: »Hör mit dem Theater auf. Wo ist die Mappe?«
»Welche Mappe?«, nuschelte Reggie. Selbst ihre Stimme klang undeutlich und verschlafen.
»Das weißt du ganz genau!« Justin musste sich beherrschen, um nicht loszuschreien. »Pieter Vanderbilts Aufzeichnungen. Sie waren in meinem Schreibtisch. Ich habe sie selbst vor ein paar Stunden dort hineingelegt und jetzt ist sie nicht mehr da.«
Reggie schüttelte seine Hand nun doch ab, gähnte mit offenem Mund und weit zurückgelegtem Kopf und stemmte sich auf die Ellbogen hoch. Sie war so benommen und müde, dass es ihr kaum gelang. Wenn sie wirklich schauspielert, dachte

Justin, dann hätte sie es verdient, für den Oscar nominiert zu werden, denn er hatte hundertprozentig den Eindruck, einen Menschen vor sich zu haben, der am Rande des totalen körperlichen Zusammenbruchs stand. Die Katzen murrten unruhig.

»Das spricht nicht unbedingt für deine Ordnungsliebe«, sagte Reggie. »Aber was geht mich das an? Lass mich schlafen.« Sie sank wieder zurück und ihr Kopf hatte die Kissen noch nicht ganz berührt, da schloss sie die Augen und schlief auf der Stelle ein.

Justin rüttelte sie abermals wach. »Hast du sie genommen?«, fragte er.

»Nein«, murmelte Reggie. Sie rollte sich auf die Seite. »Warum sollte ich das tun? Außerdem wusste ich ja nicht einmal, dass du sie hattest. Lass mich in Ruhe!«

Justin gab auf. Reggie war erneut praktisch mitten im Wort eingeschlafen und er verzichtete darauf, sie noch einmal zu wecken. Reggie war nicht einfach nur müde. Sie war zu Tode erschöpft und das vielleicht im wortwörtlichen Sinne. Was immer sie getan hatte, musste ihr das letzte Quäntchen Kraft abverlangt haben. Außerdem war er mittlerweile nicht mehr so sicher wie noch vor ein paar Augenblicken, dass er tatsächlich ein Stück von Pfarrer Vanderbilts Aufzeichnungen unter ihrem Bett gesehen hatte. Vielleicht war es einfach nur ein Fetzen Papier gewesen, mit dem die Katzen gespielt hatten. Reggie lag vor ihm und schlief wie ein Stein. Sie wäre wahrscheinlich gar nicht in der Lage gewesen aufzustehen und in sein Zimmer zu gehen, um die Mappe aus seinem Schreibtisch zu nehmen, selbst wenn sie es gewollt hätte.

Aber wenn sie sie nicht hatte, wer dann? War es möglich, dass die Handlanger des Dunklen bereits in das Haus eingedrungen waren, ohne dass er es auch nur gemerkt hatte? Der Gedanke jagte ihm einen eisigen Schauer über den Rücken, denn er nahm ihm auch noch den letzten Rest von Sicherheit.

Er verließ den Raum, zog die Tür aber diesmal nicht hinter

sich zu, um den Katzen wenigstens die Chance zu geben, ihm nachzukommen. Er merkte, dass er richtig eifersüchtig auf Reggie war, weil die Katzen sich ständig um sie herum bewegten.

Seine Eltern waren im Wohnzimmer und unterhielten sich leise. Er konnte die Worte nicht verstehen, aber der Tonfall war ziemlich gereizt. Er fragte sich, ob er überhaupt noch einmal einen Tag erleben würde, an dem sie nicht miteinander stritten. Er beeilte sich, rasch an der Zimmertür vorbeizugehen.

Und blieb mitten im Schritt stehen.

Gegen seinen Willen hatte er doch ins Wohnzimmer hineingesehen. Seine Eltern saßen auf der Couch vor dem Kamin und unterhielten sich, wobei sein Vater zwar mit leiser Stimme sprach, aber trotzdem heftig gestikulierte, doch darauf achtete Justin ebenso wenig wie auf das Gesicht seiner Mutter, das sich vor Zorn verdüstert hatte. Er starrte voll blankem Entsetzen den Schatten an, der hoch aufgerichtet hinter seiner Mutter stand.

Es war der Dunkle. Nicht er selbst. Aus irgendeinem Grund wagte er es nicht, dieses Haus zu betreten, aber *etwas* von ihm war hier. Vielleicht nur so etwas wie sein Schatten, vielleicht auch nur sein böser Geist ... aber ein Teil von ihm *war* hier und Justin spürte ganz deutlich den bösen Einfluss, den er auf seine Eltern hatte.

Er ging weiter, bevor sein Vater oder seine Mutter seine Anwesenheit bemerken konnten. Keiner von beiden, dessen war er ganz sicher, hatte den Schatten gesehen, und das hätten sie vermutlich auch nicht, wenn er sie darauf aufmerksam gemacht hätte.

Justin floh regelrecht in sein Zimmer, warf die Tür hinter sich zu und presste sich zitternd mit dem Rücken dagegen – als könnte er den unheimlichen Eindringling auf diese Weise aussperren!

Der Dunkle war nicht wegen seiner Eltern gekommen, das wusste er. Sie spürten seinen unseligen Einfluss und waren ihm zum Teil auch schon erlegen, aber das war nur etwas, was

er sozusagen im Vorübergehen mitnahm; eine willkommene Zugabe, aber nicht der eigentliche Grund seines Hierseins.
Er war *seinetwegen* gekommen. Sein Auftauchen hatte keinen anderen Sinn gehabt als den, ihm in aller Deutlichkeit vor Augen zu führen, dass es keinen einzigen Ort auf der Welt gab, an dem er sicher war. Nicht einmal in seinem eigenen Zuhause.
Justin stand lange reglos an die Tür gelehnt da und lauschte mit geschlossenen Augen auf das dumpfe Hämmern seines eigenen Herzens, dann ging er langsam zum Fenster und sah hinaus.
Die Motorradfahrer waren wieder da. Sie fuhren jetzt nicht mehr vor dem Haus auf und ab, sondern standen im Halbkreis mit ihren Maschinen auf der Straße und starrten zu ihm herein. Sie kamen Justin jetzt wirklich vor wie finstere Raubritter, die die Burg eines Tyrannen verlassen hatten und sich bereit machten wieder einmal Tod und Entsetzen unter die Menschen zu tragen.
Aber während er dastand und die modernen Dämonen und den schwarzen Schatten des Klosters hinter ihnen anblickte, geschah etwas Seltsames: Justin hatte die Warnung sehr wohl verstanden und er wusste auch, dass er eine Menge riskierte, wenn er sie in den Wind schlug; vielleicht sogar sein Leben. Er hatte Angst – unglaublich *große* Angst –, aber zugleich weckte der Anblick auch seinen Widerstand.
Er würde nicht aufgeben. Er würde ganz bestimmt nicht einfach dastehen und seine Familie, seine Freunde und die ganze Stadt diesem ... *Ding* da drüben überlassen.
Justin sah noch einmal die Motorradfahrer und die Klosterruine an und dann wusste er, was er zu tun hatte.
Er musste sich noch den Rest des Tages und bis weit in den Abend hinein gedulden, bis er seinen Plan endlich in die Tat umsetzen konnte. Er hatte sich fast den ganzen Tag über in seinem Zimmer aufgehalten und einen Plan nach dem anderen ersonnen und genauso schnell wieder verworfen – was nutzte ihm denn ein Plan, wenn er nicht einmal genau wusste,

was ihn erwartete; ja, nicht einmal genau, was er eigentlich tun sollte. Er musste die Tore des Schwarzen Turmes schließen, aber er wusste weder, wie er sie finden sollte, noch wie sie aussehen würden.

Trotzdem war er fest entschlossen, es zu versuchen. Es kostete ihn seine ganze Geduld, am Abend zusammen mit seinen Eltern – und ohne Reggie, die immer noch schlief – zu essen und fast noch mehr abzuwarten, bis es im Haus endlich still wurde. Danach ließ er zur Vorsicht noch eine ganze Stunde verstreichen, um auch wirklich ganz sicherzugehen, nicht ertappt zu werden.

Er schlich auf Zehenspitzen aus seinem Zimmer, bewegte sich lautlos zum Gästezimmer hin und presste das Ohr an die Tür, um zu lauschen. Drinnen war alles still. Justin ging zufrieden zur Haustür, schob sie lautlos gerade so weit auf, wie es nötig war, und huschte ins Freie. Es war nun bereits vollkommen dunkel. Nach dem Kalender sollte in zwei oder drei Tagen der Vollmond am Himmel stehen, aber über der Stadt spannte sich ein makelloser, schwarzer Himmel, die Unterseite der Wolken, die nicht den kleinsten Lichtstrahl durchließen. Natürlich hatte Justin im Haus kein Licht eingeschaltet, sodass er vor sich kaum mehr als den Kontrast zwischen der Helligkeit des Bodens und der Dunkelheit darüber sah. Hier und da erblickte er verschwommene Konturen, ohne sie genau identifizieren zu können. Hätten Tobias, Rolf und der dritte Motorradfahrer irgendwo in der Nähe auf ihn gelauert, er hätte es nicht einmal gemerkt.

Justin ging die Treppe hinunter und zum Gartentor, blieb aber auf halbem Weg wieder stehen. Die Motorrad-Dämonen waren nicht da, aber er spürte auch, dass er nicht allein war. Ein Schatten huschte an ihm vorüber, verschwand für einen Moment in der Dunkelheit und kam wieder zurück.

Es war Odin. Der Kater blieb zwei Schritte vor ihm stehen, machte einen Buckel und riss das Maul auf, ohne dass der geringste Laut zu hören gewesen wäre. Nur einen kurzen Moment später gesellten sich auch Morgana, Jane und Scarlett hinzu. Keine der Katzen gab auch nur einen Mucks von sich, aber Justin hatte das sichere Gefühl, dass sie ihn nicht weitergehen lassen wollten.

»Mir gefällt das auch nicht«, sagte er. Obwohl er sehr leise sprach, wirkte der Klang seiner Stimme wie etwas Störendes, ein Fremdkörper in dieser Unwirklichkeit, in die sich die Realität verwandelt hatte. Schaudernd fuhr er fort: »Aber ich muss es tun, wisst ihr.«

Odin fauchte nun doch, ein gedämpfter, fast kläglicher Laut, der überhaupt nicht zu seinem drohenden Gebaren passen wollte. Dieses Fauchen *war* eine Antwort, dessen war sich Justin sicher. Er konnte sie nur nicht verstehen.

Hinter ihm erklang das Geräusch der Haustür und als er sich herumdrehte, erkannte er Reggie, die aus dem Haus getaumelt war. Sie lehnte kraftlos nach vorne gebeugt am Geländer. Ihr langes Haar hing ihr wirr ins Gesicht und sie zitterte am ganzen Leib. Justin musste sie nur einmal flüchtig ansehen, um zu wissen, dass sie sich mit letzter Kraft hierher geschleppt hatte.

»Lass das«, sagte er ruhig. »Ich weiß dein Angebot zu schätzen, aber du wärst mir im Moment bestimmt keine große Hilfe.«

Reggie hob den Kopf, löste mühsam die linke Hand vom Geländer und strich sich das Haar aus dem Gesicht. Justin hatte das Gefühl, dass sie allein bei dieser kleinen Anstrengung schon fast den Halt verloren hätte. Trotz des schwachen Lichts konnte er sehen, wie bleich und eingefallen ihr Gesicht war. Dunkle Ringe lagen unter ihren Augen.

»Bist du verrückt?«, murmelte sie. »Ich bin nicht hier, um dir dabei zu helfen, mit offenen Augen in dein Verderben zu rennen, du Dummkopf. Du darfst das nicht tun.«

»Was?«, fragte Justin. Er verstand ganz gut, was Reggie meinte.

»Du bist noch nicht so weit«, fuhr Reggie fort. »Geh nicht dorthin.«

»Ach«, sagte Justin. »Und was schlägst du stattdessen vor? Soll ich die Hände in den Schoß legen und in aller Seelenruhe

abwarten, wie sie sich die ganze Stadt unter den Nagel reißen?«
»Es ist zu früh«, beharrte Reggie. »Das Tor –«
»– es ist bereits geöffnet«, fiel ihr Justin ins Wort. »Ich kann versuchen, es wieder zu schließen, aber mehr auch nicht.«
»Du wirst es nicht einmal finden«, murmelte Reggie. Ihre Stimme wurde immer schwächer. Justin konnte regelrecht dabei zusehen, wie ihre Kraft schwand. »Und ich kann dir nicht helfen.«
»Ich weiß«, murmelte Justin. »Aber daran gewöhne ich mich allmählich. Irgendwie bist du nie da, wenn ich dich brauche.«
Reggie schwieg, aber ihr Blick wurde sehr traurig. Er hatte sie verletzt und er wusste selbst nicht genau, warum er das getan hatte. Er schämte sich sogar ein bisschen dafür.
»Tu es nicht«, murmelte sie noch einmal.
Justin sagte nichts mehr, sondern drehte sich wortlos um und ging. Er hatte furchtbare Angst vor dem, was ihn auf der anderen Seite der Straße erwarten mochte, aber er musste es tun und wenn er nur noch eine einzige Minute länger hier stehen und ihr zuhören würde, dann würde sie ihn vielleicht tatsächlich überreden, *nicht* zu gehen. Das konnte er nicht zulassen. Er ging so schnell davon, dass es einer Flucht gleichkam. Er hatte den Eindruck, dass Reggie ihm noch etwas nachrief, aber das verstand er nicht mehr.
Odin und zwei oder drei der anderen Katzen versuchten noch einmal ihn aufzuhalten, aber Justin ignorierte auch das und trat einfach mit einem großen Schritt über die Katzen hinweg. Odin fauchte und Justin ging schneller. Er kam sich sehr allein vor.
Das blieb er allerdings nur, bis er die Straße überquert hatte und am Fuße des Hügels noch einmal stehen blieb. Odin war ihm gefolgt und blieb nun neben ihm. Er fauchte Justin auch nicht mehr an, sondern starrte aufmerksam und mit angelegten Ohren zum Schatten der Klosterruine hoch. Jeder Muskel im Körper des Katers war angespannt.
Justin spürte eine Bewegung auf der anderen Seite, wandte

den Kopft und stellte fest, dass auch der zweite Kater neben ihn getreten war. Er wirkte genauso aufmerksam und angespannt wie Odin und auch er starrte wie gebannt das Kloster an. Justin wunderte das nicht. Wenn er schon spürte, dass dort oben irgendetwas Unheimliches vor sich ging, um wie viel deutlicher mussten es dann die Katzen mit ihren viel feineren Sinnen fühlen? Und wie viel Mut mehr musste es sie kosten, ihn trotzdem zu begleiten?

Jane trat aus der Dunkelheit heraus und gesellte sich zu ihnen, dann Farina, Scarlett, Morgana und Candy und schließlich auch noch Miss Piggy und sogar Yeti. Miss Piggy drehte sich um und fauchte Yeti an. Die junge Kartäuserin wich irritiert einen Schritt zurück, blinzelte und kam erneut näher. Piggy fauchte wieder und als Yeti nicht sofort reagierte, versetzte sie ihr eine saftige Backpfeife; ohne die Krallen auszufahren, aber doch fest genug, dass sich Yeti kreischend im Schnee überschlug und davonkugelte. Als sie sich benommen wieder aufrichtete, stieß auch Merlin ein tiefes, drohendes Knurren aus und *das* zeigte Wirkung: Yeti drehte sich um und trollte sich. Ihr Schwanz peitschte nervös und sie blieb ein paar Mal stehen und sah zu Justin und den anderen Katzen zurück, aber schließlich hatte sie das Haus erreicht und sprang auf Reggies Schoß. Das Mädchen hatte sich müde auf die Treppe sinken lassen und sah zu ihnen herüber.

Justin wandte sich seufzend wieder um. »Recht hast du«, sagte er, an Miss Piggy gewandt. »Kinder gehören nicht in die Schlacht.«

Größenwahnsinnige Vierzehnjährige auch nicht, schien eine lautlose Stimme hinter seiner Stirn hinzuzufügen. Er ignorierte sie. Langsam begann er die gewundene Straße zum Kloster hinaufzugehen; zum zweiten Mal innerhalb weniger Tage. Er hatte kein gutes Gefühl. Als er das erste Mal dort hinaufgegangen war, war es schlimm gewesen und er war ziemlich sicher, dass es diesmal schlimmer werden würde ... Aber wer hatte je behauptet, dass es *einfach* wäre, die Welt zu retten?

Merlin knurrte leise, als spürte er seine Angst.
»Ihr habt Recht, Sir Merlin«, sagte Justin leise. »Uns steht ein schwerer Gang bevor. Seht Ihr das nicht auch so, Sir Lancelot?« Er sah auf Odin herab, der seinen Blick ruhig, aber auch ein wenig irritiert erwiderte; vielleicht, weil er mit diesem ungewohnten Namen angesprochen worden war. Vielleicht fragte er sich auch, ob Justin jetzt wohl endgültig den Verstand verloren hatte. Justin lachte leise und fuhr im selben Tonfall und an die anderen Katzen gewandt fort: »Nicht wahr, Sir Parcival, Gawein und Modred?« (Die Namen der anderen Ritter der Tafelrunde kannte er nicht.) »Den Mächten des Bösen und der Finsternis muss Einhalt geboten werden! Wohlan, meine tapferen Ritter! Lasst uns die Zitadelle der Finsternis stürmen!«
Und so albern dieses Spielchen auch sein mochte, es funktionierte. Als sie sich dem gewaltigen finsteren Torgewölbe näherten, da kam sich Justin tatsächlich nicht mehr so allein und hilflos vor wie noch gerade unten am Fuße des Hügels, sondern von Mut und Zuversicht erfüllt. So ähnlich musste sich der legendäre König Artus wohl wirklich gefühlt haben, wenn er mit seinen tapferen Rittern in die Schlacht zog.
Justin und seine Gefährten betraten das Torgewölbe, bereit zum letzten, alles entscheidenden Gefecht.

21

Eines der zahlreichen ungelösten Rätsel der letzten Tage klärte sich auf, als sie das Torgewölbe betraten. Unmittelbar hinter dem Eingang standen drei riesige, verchromte Motorräder. Von ihren Fahrern war keine Spur zu sehen, aber Justin blieb trotzdem einige Sekunden reglos stehen und lauschte in die Dunkelheit hinein, ehe er weiterging und sich den Maschinen näherte. Die Katzen folgten ihm nicht, sondern gruppierten sich in einem weiten Halbkreis um ihn und die Motorräder herum; tatsächlich wie Ritter, die ihren König schützten.

Justin untersuchte die Motorräder flüchtig. Ihre Motoren waren kalt, was bedeutete, dass sie vermutlich schon seit Stunden hier standen. Er versuchte auch herauszufinden, um welche Art von Motorrädern es sich handelte – wie vermutlich jeder, der sich mit Motorrädern nicht auskannte, hatte er ganz automatisch angenommen, dass es sich bei den gewaltigen verchromten Choppern um Harley Davidsons handelte, aber jetzt war er nicht mehr sicher. Er fand kein Emblem oder irgendeine Typenbezeichnung und je genauer er die drei Bikes in Augenschein nahm, desto ungewöhnlicher kamen sie ihm vor. Er war nicht sicher, ob es irgendwo auf der Welt überhaupt noch eine weitere Maschine dieses Typs gab.

Aber schließlich spielte es keine besonders große Rolle, ob man nun eine Honda, eine Harley Davidson oder eine Kawasaki in einen Schrotthaufen verwandelte. Justin tat jedenfalls sein Möglichstes. Er schraubte sämtliche Ventile aus den Reifen, riss die Benzinschläuche ab und zerfetzte alle Kabel, denen er ohne Werkzeug beikommen konnte. Er hätte gerne noch mehr Schaden angerichtet, aber dazu verstand er einfach nicht genug von der Technik. Außerdem war es nicht nötig. *Diese* Motorräder würden so schnell nirgendwo mehr hinfahren.

Zufrieden richtete er sich auf und wandte sich an Odin, der sein Tun aus aufmerksamen Augen beobachtet hatte. »Ein gutes Werk«, sagte er grinsend. »Die Schergen des Dunklen Ritters werden sich wundern, wenn sie auf ihre Rosse steigen wollen.« Er blinzelte dem Kater zu. »Nur für den Fall, dass wir einen strategischen Rückzug antreten müssen.«

Der Kater reagierte nicht. Aber sein Blick sprach Bände. Hätte er es gekonnt, hätte er Justin wahrscheinlich einen Vogel gezeigt.

Justin sagte sich auch selbst, dass er sich ziemlich albern

aufführte. Aber er konnte einfach nicht anders. Was er spürte, das war wohl auch weniger echte Heiterkeit als vielmehr Hysterie.
Er versetzte einem der Motorräder noch einen wuchtigen Tritt – es war vollkommen sinnlos, tat aber ungemein wohl –, drehte sich herum und näherte sich zögernd dem jenseitigen Ende des Torgewölbes. Der Anblick unterschied sich nicht von dem, der sich ihm geboten hatte, als er das letzte Mal hier war. Der Hof war noch immer mit Trümmern und Schutt übersät. Und es lag noch immer kein Schnee darin.
Justin griff in die Jackentasche und grub einen kleinen Moment darin, bis er die Taschenlampe fand. Er hob sie, zielte damit auf den Hof hinaus und zögerte dann doch, sie einzuschalten. Um bei der Analogie zu bleiben: Es wäre tollkühn anzunehmen, dass der Feind keine Wachen aufgestellt hatte, um seine Burg vor frechen Eindringlingen wie ihm zu schützen.
Zu sehen waren jedenfalls keine. Justin ließ seinen Blick mehrmals sehr aufmerksam durch den Innenhof schweifen, ohne auch nur die geringste Bewegung wahrzunehmen. Was natürlich nichts bedeutete. In diesem Gebirge aus Schutt konnte sich eine ganze Armee verborgen halten, ohne dass er sie sah.
Justin schaltete die Lampe nicht ein, behielt sie jedoch in der rechten Hand, als er auf den Hof hinaustrat. Sehr langsam überquerte er den Hof, ging die kurze Treppe zum Eingang hinauf und blieb wieder stehen, nachdem er zwei oder drei Schritte weit in die Eingangshalle vorgedrungen war. Nun schaltete er die Lampe ein, denn es war vollkommen dunkel hier drinnen. Der bleiche Lichtstrahl tastete über Schutt und das Schachbrettmuster aus zerborstenen Fliesen, glitt ein kurzes Stück weit die Treppe empor und kehrte wieder zurück. Dort oben würde Justin nicht finden, wonach er suchte. In seiner Vision hatte er einen Raum gesehen, der unter der Erde lag, und auch in Pfarrer Vanderbilts Aufzeichnungen hatte etwas von einem Keller gestanden. Justin bedauerte jetzt,

diesen Teil des Berichtes nicht etwas aufmerksamer gelesen zu haben. Aber wenigstens wusste er, in welche Richtung er zu gehen hatte.
Er ließ den Strahl der Taschenlampe einmal kreisen und entdeckte gleich ein ganzes Dutzend Türen zur Auswahl. Er war niemals zuvor im Keller des alten Klosters gewesen. Aber es konnte nicht allzu schwer sein, den Weg dorthin zu finden. Schon hinter der dritten Tür hatte er Erfolg. Er stieß auf eine schmale, steil abwärts führende Treppe, deren Stufen zu seiner Erleichterung aus Beton waren, sodass die zurückliegenden zehn Jahre ihnen nicht viel hatten anhaben können. Sie führten nicht allzu weit nach unten, dann fand er sich in einer weitläufigen Kammer wieder, deren Wände ebenfalls aus nacktem Beton bestanden und die mit rostigen Eisenregalen vollgestopft war. Die Architektur passte kein bisschen zu dem übrigen Kloster. Wahrscheinlich war dieser Keller nachträglich eingebaut worden.
Begleitet von den Katzen, die sich um ihn scharten, durchquerte er den Raum und gelangte zu einer schmalen, rostzerfressenen Eisentür, die er mit einiger Mühe aufsprengen konnte. Der Lichtstrahl der Taschenlampe verlor sich in einem scheinbar endlos langen gewölbten Gang, dessen Wände nicht mehr aus Beton bestanden, sondern aus denselben rotbraunen Felsquadern, aus denen das ganze Kloster errichtet worden war. Zivilisation und Technik hatten allerdings auch hier schon Einzug gehalten. Unter der Decke zogen sich ganze Bündel von Rohrleitungen und Kabelkanälen entlang und an den Wänden waren dicke Kupferrohre befestigt. Alles war voller Staub und Spinnweben, die wie graue Vorhänge von der Decke hingen; manche so groß wie kleine Segel. Die Luft war so trocken, dass Justin fast sofort gegen einen heftigen Hustenreiz ankämpfen musste. Scarlett miaute unruhig.
»Ihr habt ja Recht, Mylady«, flüsterte Justin. »Ich finde es auch unheimlich. Aber uns bleibt wohl keine Wahl.«
Etwas in der staubigen Dunkelheit vor ihm schien seine Worte

aufzufangen und es verdreht und zu etwas anderem, Falschem verwandelt zurückzuwerfen. Justin schauderte. Genug der Albernheiten, beschloss er. Spätestens jetzt wurde es ernst. Irgendwie spürte er, dass er auf dem richtigen Weg war.
Er schob die Tür in ihren rostigen Angeln weiter auf und trat mit festen Schritten in den Gang hinein. Die Katzen folgten ihm, verhielten sich aber nun eindeutig ängstlich.
Der Gang war ziemlich lang. Justin zählte seine Schritte nicht, schätzte aber, dass er gute fünfzig oder sechzig Meter zurückgelegt hatte, bevor er endete, diesmal nicht an einer weiteren Eisentür, sondern vor einem halbrunden, offenen Durchgang, der so niedrig war, dass er sich bücken musste, um hindurchzugehen.
Dahinter lag endlich das, wonach er gesucht hatte: ein sehr großer, hoher Kellerraum, dessen Decke von einer Anzahl sich überschneidender spitzer Bogen gebildet wurde. Er war nicht annähernd so gigantisch wie der, den er in seiner Vision gesehen hatte, ähnelte ihm aber –
und vor allem saßen drei in schwarzes Leder gekleidete Gestalten im Kreis um ein flackerndes Feuer in seiner Mitte.
Justin schaltete hastig die Taschenlampe aus und duckte sich. Vor ihm lag ein schmaler Sims, der schon nach ein paar Schritten in eine steile, ausgetretene Steintreppe überging, die wahrscheinlich niemals einen Luxus wie ein Geländer besessen hatte. Er musste dorthin und mindestens zehn Meter Höhenunterschied überwinden, ohne dass es das kleinste bisschen Deckung gab. Der Kellerboden selbst war übersät mit halb zusammengebrochenen Regalen, alten Möbeln und Schutt. Aber wenn einer der drei auch nur flüchtig den Kopf hob, während er auf dem Weg dorthin war ...
Justin huschte geduckt los, nicht, weil ihm der Moment besonders günstig erschien, sondern weil er wusste, dass ihn endgültig der Mut verlassen würde, wenn er auch nur noch einen Augenblick zögerte. Aber er hatte Glück. Die drei Kerle waren so sehr mit sich selbst beschäftigt, dass sie nicht einmal einen Blick an ihre Umgebung verschwendeten. Unbehelligt

erreichte er das Ende der Treppe und duckte sich hinter einen alten Schrank. Odin, Miss Piggy und Farina gesellten sich zu ihm. Von den anderen Katzen war im Moment keine Spur zu sehen, aber Justin spürte trotzdem, dass sie in der Nähe waren. Es war ein sehr beruhigendes Gefühl.
Tobias und die beiden anderen schienen sich sehr sicher zu fühlen, denn sie riefen sich raue Scherze zu und lachten schallend. Bestimmt rechneten sie nicht damit, dass irgendjemand so verrückt sein könnte, freiwillig hierher zu kommen.
Justin richtete sich vorsichtig hinter seiner Deckung auf. Das flackernde rote Licht des Feuers erfüllte den Raum mit zahllosen, huschenden Schatten, die es schwer machten, sich wirklich zu orientieren. Die drei Rocker befanden sich irgendwo rechts von ihm, aber er wusste nicht ganz genau, wo. Die komplizierte Architektur dieses Kellergewölbes verzerrte nicht nur das Licht, sondern auch alle Geräusche und machte es schwer sich zu orientieren.
Er nahm all seinen Mut zusammen und huschte in Richtung der Stimmen los, wobei er sich von Deckung zu Deckung bewegte, sodass er für die wenigen Meter fast eine Viertelstunde benötigte. Schließlich aber waren die Stimmen ganz nahe. Vor ihm lag ein fast meterhoher Hügel aus Schutt und zerbrochenen Möbeln. Tobias und die beiden anderen mussten sich unmittelbar dahinter befinden. Er konnte nicht nur ihre Stimmen hören, sondern selbst das Prasseln der Flammen. Seltsamerweise konnte er jedoch nicht verstehen, *was* sie sagten, obwohl er auch nicht das Gefühl hatte, dass sie sich einer fremden Sprache bedienten.
Es nutzte nichts. Er musste näher heran.
Justin atmete tief ein und kroch den Schutthügel Zentimeter für Zentimeter hinauf. Wieder hatte er Glück: Der Krempel schien schon so lange hier herumzuliegen, dass er so hart wie festzementiert war. Er verursachte nicht den mindesten Laut, während er sich hinaufschob. Er atmete noch einmal tief ein, hob den Kopf –
und sah direkt in das Gesicht einer riesigen, fetten Ratte, die

auf dem Gipfel des Trümmerhügels hockte wie ein Wächter auf seinem Burgturm.

Justin erstarrte. Die Ratte bleckte die Zähne und stieß ein drohendes Zischen aus; ein Geräusch, das ihn mehr an eine Schlange als an ein Nagetier erinnerte. Er sah, wie sich ihre Muskeln spannten, als sie zum Sprung ansetzte.

Eine zusammengedrückte Bierdose kam herangeflogen, traf die Ratte genau zwischen die Ohren und ließ sie mit einem erschrockenen Pfeifen davonhuschen. Justin zog hastig den Kopf ein und hielt den Atem an.

Auf der anderen Seite des Hügels ertönte ein raues Lachen. »Mistviecher«, rief eine Stimme. »Man kann keinen Fuß mehr vor den anderen setzen, ohne auf eine von diesen stinkenden Bestien zu treten!«

Justin kroch ein Stück tiefer hinter seine Deckung zurück. Er gestand sich ein, dass er bisher nicht einmal an die Ratten *gedacht* hatte – ein schwerer Fehler und vermutlich nicht der einzige, der ihm während der Planung seines Ausfluges unterlaufen war –, aber *hätte* er an sie gedacht, dann hätte er sie ganz selbstverständlich als Verbündete des Dunklen und seiner Rockergang betrachtet. Aber das waren sie offensichtlich nicht. Er musste an das denken, was Reggie über den Dunklen gesagt hatte und darüber, wie er seine Diener behandelte.

Er wartete mit angehaltenem Atem darauf, dass einer der drei Kerle auf dem Trümmerhügel erscheinen würde, um nach der geflohenen Ratte Ausschau zu halten. Als das nicht geschah, wagte er es, vorsichtig weiterzuatmen und sich wieder ein kleines Stück nach oben zu schieben. Diesmal erwartete ihn keine Ratte, als er über den Rand seines Verstecks hinwegsah.

Tobias, Rolf und der dritte Motorradfahrer saßen im Halbkreis um ein hoch loderndes Feuer herum. Sie alle drehten ihm mehr oder weniger den Rücken zu, sodass er nicht in Gefahr war, sofort entdeckt zu werden, selbst wenn einer von ihnen zufällig aufblicken sollte. Der Boden rings um sie herum war mit leeren Bierdosen und Zigarettenkippen übersät. Eine einzelne, offensichtlich selbst gedrehte Zigarette kreiste zwischen den dreien; Justin nahm an, dass es ein Joint oder so etwas war.

Er spürte ein leichtes Kitzeln an der Wange, drehte den Kopf und sah direkt in Odins schwarzes Persergesicht, das keine fünf Zentimeter von seinem eigenen entfernt war. Justin bedeutete dem Kater mit einer Geste, bloß still zu sein, und sah wieder nach unten.

Die drei jungen Burschen redeten immer noch miteinander, aber Justin versuchte jetzt gar nicht mehr, ihre Worte zu verstehen. Er war viel zu fasziniert von dem, was er sah.

Nur ein kleines Stück hinter den Burschen befand sich ein großes, leuchtendes Pentagramm auf dem Boden. Es war nicht annähernd so gewaltig wie das, das er in seiner Vision gesehen hatte, und auch nicht mit so großer Kunstfertigkeit angelegt. Die einzelnen Linien waren vielleicht drei oder vier Meter lang und mit weit mehr gutem Willen als künstlerischem Geschick gezogen und die fünf Eckpunkte wurden auch nicht von magischen Höllenfeuern gebildet, sondern von kleinen roten Kerzen, die Tobias und seine Kumpane vermutlich auf dem Friedhof gestohlen hatten. Aber die Absicht war klar.

Er hatte das Tor gefunden. Jetzt musste er nur noch einen Weg finden, es zu zerstören.

Justin sah nachdenklich auf die drei Kerle und das Pentagramm hinab. In seiner Vision hatte die Hexe das magische Symbol mit einem Zauberschwert zerstört, aber leider hatte er weder eine Hexe bei sich noch befand sich unter den Utensilien, die er mitgebracht hatte, ein verzaubertes Schwert. Allerdings war dieses Pentagramm auch nicht ganz so mystischer Natur wie das, das er gesehen hatte. Die Linien dieses Symbols bestanden nicht aus magisch brennendem Feuer, sondern aus trockenem Laub, Papier und Abfällen, die matt vor sich hinglommen. Ab und zu beugte sich einer der drei Burschen vor, um einen neuen Fetzen in die Glut zu werfen. Genau in der Mitte des Pentagramms lag etwas Dunkles, das Justin nicht genau erkennen konnte.

Er überlegte angestrengt. Er durfte das, was er gesehen hatte, nicht wörtlich nehmen. Es war nur eine Vision gewesen und vielleicht musste er das, woran er sich zu erinnern glaubte, eher als Gleichnis sehen; nicht mehr als eine Metapher, aus der er das Wesentliche herausdeuten musste. Es lief immer wieder auf dasselbe hinaus: Er musste dieses Pentagramm zerstören. Das war bestimmt nicht sehr schwer. Er musste nur einen Weg finden, die drei Kerle da unten zu überlisten. Auch das war anders als in seiner Vision: Er hatte keine Armee bei sich, die ihm in der Schlacht beistehen würde.
Aber eigentlich ... doch.
Er sah den Kater an. Odin beobachtete ihn aufmerksam und nicht zum ersten Mal hatte Justin das Gefühl, in seinen Augen etwas zu erkennen, was nicht in den Blick eines Tieres gehörte.
»Also gut«, flüsterte Justin. »Wir müssen sie irgendwie ablenken. Das wirst du zusammen mit den anderen übernehmen. Macht Krach. Jagt ein paar Ratten oder lasst euch irgendwas einfallen, aber lasst euch auf nichts ein, verstanden? Die Kerle sind gefährlich. Ich brauche allerhöchstens zwei oder drei Minuten, um das Ding zu zerstören, und dann ist der ganze Albtraum vielleicht auch schon vorbei.«
Odin starrte ihn noch einige weitere Sekunden lang an, dann erhob er sich und verschmolz lautlos mit den Schatten. Justin wusste wirklich nicht, was verrückter war: dass er sich gerade mit einer *Katze* unterhalten hatte oder dass er sich tatsächlich einbildete, Odin wäre gegangen, um zu tun, was er ihm auftrug.
Plötzlich entstand auf der anderen Seite des Trümmerhaufens Lärm. Justin schob vorsichtig den Kopf über den Rand und sah, wie eine Ratte mit wieselflinken Bewegungen zwischen den Beinen eines der Burschen hindurchschoss und in die Dunkelheit jenseits des Feuers zu entkommen versuchte. Eine Sekunde später prallte sie zurück, machte auf der Stelle kehrt und wurde dann von einer grauweiß getigerten Pfote getroffen, die plötzlich aus der Dunkelheit herauszuckte.

»He!«, brüllte Tobias und sprang in die Höhe. »Was geht denn da ab? Ich –«
Er kam nicht weiter. Miss Piggy schien durch die kleine Boxeinlage mit der Ratte erst richtig in Fahrt gekommen zu sein und wählte Tobias als neuen Sparringspartner. Wie ein weiß und grau gefleckter Blitz schoss sie auf ihn zu, rannte, ohne auch nur das Geringste an Tempo zu verlieren, an seinem Bein und der Jacke in die Höhe und benutzte sein Gesicht als Sprungschanze. Während Tobias mit einem zornigen Geheul zurücktaumelte und die Hände vor das Gesicht schlug, prallte sie so wuchtig gegen Rolfs Brust, dass dieser das Gleichgewicht verlor und zu Boden fiel. In der nächsten Sekunde war sie wieder in der Dunkelheit verschwunden. Ihr Fauchen klang fast wie spöttisches Gelächter.
»Dieses verdammte Vieh!«, brüllte Tobias. »Schnappt sie euch! Ich will dieses Vieh!«
Die drei Kerle stürzten los. Justin wartete eine Sekunde lang ab, nachdem sie in der Dunkelheit verschwunden waren, dann kletterte er rasch über den Trümmerberg hinweg und lief zu dem Pentagramm. Er hatte nicht viel Zeit. Er machte sich keine Sorgen um Miss Piggy; schließlich wusste er aus eigener, leidvoller Erfahrung, dass es praktisch unmöglich war, die kleine Katze zu fangen, wenn sie es nicht wollte. Aber die drei Kerle würden ihm kaum den Gefallen tun, die nächsten drei Stunden mit der Jagd auf eine Katze zu verbringen.
Er erreiche das Pentagramm, zögerte einen Moment und stieß dann mit dem Fuß nach einem der Friedhofslichter, die die Eckpunkte bildeten. Es fiel um und die Flamme erlosch. Das war alles. Kein Erdbeben, kein wütender Schrei, der aus der Hölle selbst heraufdrang. Justin wusste nicht genau, ob er nun erleichtert oder enttäuscht war. Es ging beinahe schon *zu* leicht.
Aus der Dunkelheit des Kellers drang ein wütendes Fauchen und Spucken und dann ein heulender Schmerzensschrei, der eindeutig aus einer menschlichen Kehle stammte. Justin verzog schadenfroh die Lippen und eilte auf das zweite Grablicht

zu, um es ebenfalls umzustoßen. Unterwegs verwischte er mit dem Fuß die glimmenden Linien des Pentagramms und kurz bevor er den nächsten Eckpunkt erreichte, konnte er endlich sehen, was im Zentrum des okkulten Symbols lag.
Ein Schlag in die Magengrube hätte ihn kaum härter treffen können. Justin schrie wie unter Schmerzen auf, taumelte zurück und starrte aus hervorquellenden Augen auf das, was wie ein Bündel schmutziger Lumpen zwischen den glimmenden Linien lag.
Er wusste jetzt, warum Cindy nicht mehr in ihrem Grab war. Der Anblick schnürte ihm die Kehle zu. Ein so eiskaltes, tiefes Entsetzen machte sich in Justin breit, dass sich alles um ihn herum zu drehen begann und er für eine oder zwei Sekunden ganz dicht davor stand in Ohnmacht zu fallen. Vielleicht war es tatsächlich nur der maßlose, rasende Zorn, der gleichzeitig mit diesem Entsetzen in Justin erwachte, der dies verhinderte. Langsam näherte er sich der toten Katze, kniete vor ihr nieder und streckte die Hände nach ihr aus. Aber er wagte es nicht, sie zu berühren. Seine Augen füllten sich mit Tränen.
»Ihr Ungeheuer«, murmelte er. »Ihr verdammten, widerwärtigen Ungeheuer! Warum ... habt ihr ihr das angetan?«
Seine Stimme versagte und für einen Moment liefen die Tränen so heiß und schnell aus seinen Augen, dass er gar nichts mehr sehen konnte. Dann, ohne Vorwarnung, schlug die Wut zu.
Justin sprang mit einem Schrei auf die Füße, fuhr herum und begann auf dem Pentagramm herumzutrampeln. Die Grablichter flogen wie kleine brennende Sterne davon und erloschen und die Linien verwandelten sich unter seinen stampfenden Füßen in Wolken auseinander wirbelnder Funken. Doch selbst dann hörte er nicht auf, sondern trat und stampfte weiter in sinnloser Raserei auf jedem Stückchen glimmendem Papier und jedem Funken herum.
»Kannst du mir verraten, was das wird, wenn du fertig bist?«
Justin fuhr herum, ballte die Fäuste und warf sich mit einem Wutschrei auf Tobias. Der Bursche machte sich nicht die

Mühe sich sofort zu wehren, sondern nahm zwei oder drei seiner fast ungezielten Faustschläge hin, ohne mit der Wimper zu zucken, bevor er zurückschlug.
Die Bewegung wirkte fast beiläufig, etwa so, als ob er eine Fliege verjagte, die ihm lästig war. Trotzdem hatte Justin das Gefühl, dass alle seine Zähne plötzlich in verschiedene Richtungen explodierten. Für einen Moment wurde ihm schwarz vor den Augen.
Als sich der dunkle Vorhang wieder hob, lag er auf dem Rücken und rang mühsam nach Luft. Es nutzte allerdings nicht viel, denn auf seiner Brust stand ein Motorradstiefel von der Größe eines Kleinwagens und drückte sie unbarmherzig zusammen.
»Lass ihn leben, Martin«, sagte Tobias grinsend. »Ich brauche den Kleinen lebendig ... noch.« Er kam mit wiegenden Schritten näher. Etwas Dunkles hing über seinen Schultern, als hätte seine Motorradjacke einen Pelzkragen bekommen, aber Justins Blick war immer noch verschleiert; er konnte nicht richtig erkennen, was es war.
Martin nahm endlich den Fuß von seiner Brust und Justin sog mit einem qualvollen Laut die Luft ein. Sein Kiefer schmerzte furchtbar und er schmeckte Blut. Erneut musste er gegen eine schwarze Ohnmacht ankämpfen, die ihn in einen Abgrund hinabzuziehen versuchte.
»He, jetzt mach bloß nicht schlapp«, sagte Tobias. »Es fängt doch gerade erst an lustig zu werden.«
Er gab Martin und Rolf einen Wink. Die beiden Burschen zerrten Justin grob in die Höhe und hielten ihn fest, da er sofort wieder zusammenzubrechen drohte. Ihm war übel und sein Gesicht schmerzte, als hätte er eine Sitzung bei dem untalentiertesten Zahnarzt der Welt hinter sich, der versucht hatte, seine Zahnschmerzen mit einem Vorschlaghammer zu behandeln. Aber sein Blick klärte sich allmählich. Als er das nächste Mal aufsah, war Tobias' Gesicht kein auseinander driftender Schatten mit verschwommenen Rändern mehr.

Der dunkle Pelzkragen seiner Jacke auch nicht.
Es war kein Pelzkragen. Es war Odin.
Justins Entsetzen musste sich wohl sehr deutlich auf seinem Gesicht abzeichnen, denn Tobias' Grinsen wurde noch viel breiter. »Gefällt dir mein neuer Schal?«, fragte er hämisch. »So was soll jetzt ganz groß in Mode sein. Außerdem ist es praktisch bei der Kälte.«
»Du ...«, krächzte Justin, »du ...«
»Gehört das Vieh dir?« Tobias warf den Kater zu Boden und versetzte ihm einen Tritt. »Das kleine gescheckte Vieh hab ich nicht erwischt, aber das kommt noch. Hast du die anderen auch mitgebracht?«
Justin starrte den schwarzen Kater an, dann warf er mit einem Schrei den Kopf in den Nacken und versuchte sich auf Tobias zu stürzen. Es blieb bei dem Versuch. Martin und Rolf hielten ihn mit eiserner Kraft fest.
»Ich finde es wirklich nett, dass du uns besuchen kommst«, fuhr Tobias fort. Er trat ganz dicht an Justin heran, legte die Hand unter sein Kinn und zwang ihn auf diese Weise, ihm ins Gesicht zu sehen. »Vor allem, wo du uns damit einen Weg abnimmst. Wir wollten dir nämlich sowieso einen kleinen Freundschaftsbesuch abstatten.«
Justin stöhnte. Tobias' Griff war wie Eisen. Er hatte das Gefühl, sein Kiefer würde zerbrechen. Aber es war nicht nur der Schmerz, der ihn aufstöhnen ließ. Er war Tobias jetzt so nahe wie nie zuvor und er sah ihm direkt in die Augen.
Es war kein Leben darin. Tobias' Augen waren wie zwei perfekt bemalte Glaskugeln, die nicht zu einem lebenden Wesen zu gehören schienen.
»Dein kleiner Scherz vorhin auf dem Postamt war nicht besonders lustig«, fuhr Tobias fort. »Wirklich, ich konnte kein bisschen darüber lachen. Und meine beiden Freunde hier auch nicht. Was sollen wir jetzt tun, um deinen kleinen Fehltritt wieder gutzumachen?«
Justin hätte nicht einmal antworten können, wenn er es gewollt hätte. Tobias hielt sein Gesicht mit furchtbarer Kraft

fest und Martin und Rolf hatten seine Arme so fest im Griff, dass allmählich jedes Gefühl aus seinen Händen wich.

Aber Tobias erwartete auch gar keine Antwort. Er boxte Justin mit der linken Hand in den Magen, dass ihm pfeifend die Luft aus den Lungen entwich, und fuhr mit einem meckernden Lachen fort: »Aber wir sind ja nicht nachtragend, nicht wahr, Jungs? Wir werden dir nichts tun. Ich meine ... nicht mehr, als wir sowieso mit dir angestellt hätten. Zum Beispiel *das!*«

Das letzte Wort hatte er geschrien. Er riss den Arm in die Höhe, holte aus und ballte die Hand zu einer geradezu riesenhaften Faust, um sie Justin ins Gesicht zu schlagen, doch er kam nicht dazu. Ein fauchendes, beigefarbenes Fellbündel sprang nach seinem Arm, krallte sich mit allen vier Pfoten fest und grub seine Zähne tief in Tobias' Handgelenk. Tobias brüllte vor Schmerz und Wut, taumelte zurück und versuchte den Kater mit verzweifelten Bewegungen abzuschütteln und im selben Augenblick sprangen drei, vier weitere Katzen aus ihren Verstecken und stürzten sich auf Martin und Rolf.

Justin riss sich mit einer gewaltigen Kraftanstrengung los, trat blindlings nach hinten und wurde mit einem wütenden Grunzen belohnt. Er verschwendete keine Zeit damit nachzusehen, wen er getroffen hatte, sondern rannte los, so schnell er konnte. Hinter ihm war es Tobias mittlerweile gelungen, sich von Merlin zu befreien. Er versetzte dem Kater einen Tritt, der ihn mit einem schrillen Kreischen davonfliegen ließ, und setzte unverzüglich zur Verfolgung an.

Justin rannte im Zickzack zwischen dem Gerümpel und dem Schutt auf dem Kellerboden hindurch. Er war blindlings losgerannt und wie es schien, in die falsche Richtung, denn er hatte sich prompt verlaufen. Als er die Orientierung wieder fand, war die Treppe weiter entfernt als zuvor. Hinter ihm erklang ein gellender Chor aus Schreien und dem wütenden Fauchen der Katzen. Martin und Rolf waren beschäftigt, aber Tobias verfolgte ihn weiter. Justin drehte sich nicht zu ihm herum, aber er konnte das Stampfen seiner schweren Schritte hinter sich hören. Justin fluchte, wechselte ein paar Mal die Richtung und bewegte sich trotzdem weiter auf die Treppe zu.

Tobias holte ihn ein, kurz bevor er sie erreichte. Justin fühlte sich plötzlich an der Schulter gepackt und herumgerissen. Irgendwie gelang es ihm sich noch einmal loszumachen, aber er kam aus dem Tritt und Tobias hätte ihn zweifellos im nächsten Moment eingeholt, hätte sich nicht Candy plötzlich zwischen seine Beine geworfen und ihn so zu Fall gebracht. Aus Tobias' wütendem Ansturm wurde ein ungeschicktes Stolpern, das auf ziemlich unsanfte Weise an der Mauer endete, doch auch Candy flog meterweit davon und blieb dann reglos liegen.

Justin überwand die ersten vier Stufen mit einem einzigen Satz und verschwendete nun doch eine Sekunde darauf, nach unten zu sehen. Tobias' Gesicht hatte die Meinungsverschiedenheit mit der Wand eindeutig verloren, aber er war keineswegs außer Gefecht gesetzt. Sein Gesicht war blutüberströmt und sah nun wirklich aus wie eine Dämonenmaske, aber er stürmte wie ein tollwütiger Pitbull heran.

Justin lief weiter, so schnell er konnte. Die Angst verlieh ihm schier Flügel. Er raste die ausgetretenen Stufen nur so hinauf und schaffte es sogar, den Abstand zwischen sich und Tobias wieder zu vergrößern.

Beinahe hätte er es sogar geschafft, ihm zu entkommen.

Er hatte die letzte Stufe vor der Tür erreicht, als ein riesiger Schatten aus der Tür trat.

Es war der Dunkle. Diesmal erschien er tatsächlich in der Gestalt eines Schattens, nicht in schwarzer Motorradkluft. Trotzdem erkannte Justin ihn ohne den allermindesten Zweifel wieder. Ein Schwall von Bosheit und Kälte schien ihm vorauszueilen wie ein zweiter, unsichtbarer Schatten.

Justin prallte mit einem Schrei zurück und fiel schwer gegen die Wand. Der Dunkle kam näher, streckte eine rauchige Hand nach ihm aus – und zog sie wieder zurück. Wie schon

einmal hatte Justin das Gefühl, von einem eisigen Hauch gestreift zu werden, der etwas in seiner Seele zum Erstarren brachte.
Und erneut zog sich der Unheimliche wieder zurück. Justin zweifelte nicht daran, dass er ihn mühelos vernichten konnte. Eine einzige Berührung seiner schwarzen Seele musste reichen, ihn zu verbrennen wie einen Schmetterling, der der tödlichen Verlockung einer Flamme erlegen war. Und doch tat er es nicht. Vielleicht war es wirklich so, wie Reggie behauptet hatte, und er wagte es aus irgendeinem Grund einfach nicht, ihn direkt anzugreifen.
Das hatte er auch gar nicht nötig. Die zwei oder drei Sekunden, die Justin den Schattenmann angestarrt hatte, hatten Tobias gereicht die Treppe hinaufzustürmen. Justin fühlte sich gepackt und so heftig gegen die Wand geschleudert, dass seine Rippen krachten. Ein roter Schmerz explodierte vor seinen Augen. Trotzdem wehrte er sich, indem er Tobias drei-, viermal hintereinander mit aller Kraft in den Magen boxte.
Tobias spürte es nicht einmal. Er schrie nur wütend auf und schoss seine Faust mit aller Gewalt auf Justins Gesicht ab und die Geschichte wäre sicherlich hier und jetzt vorbei gewesen, hätte Justin nicht im letzten Moment den Kopf zur Seite geworfen. So knallte die Faust mit solcher Wucht gegen die Wand, dass Justin zur Abwechslung einmal *seine* Knochen knirschen hören konnte. Tobias heulte auf und Justin reagierte erneut ganz instinktiv richtig und stieß ihm beide Hände vor die Brust. Tobias wurde zurückgeschleudert, kämpfte eine Sekunde lang mit wild rudernden Armen um sein Gleichgewicht und fiel nach hinten. Hilflos prallte er auf den Treppenabsatz, rollte, vom Schwung seines eigenen Sturzes angetrieben, weiter und stürzte schließlich über die seitliche Kante. Im buchstäblich allerletzten Moment klammerte er sich mit beiden Händen an der Kante fest.
Justin atmete zwei-, dreimal tief ein und aus, fuhr mit den Fingerspitzen über seine geprellten Rippen und stieß sich von der Wand ab. Der Dunkle stand noch immer da, eine riesige,

finstere Gestalt, die aus unsichtbaren Augen drohend auf ihn herabsah. Unmöglich an ihm vorbeizukommen, ohne ihn zu berühren. Aber er konnte auch nicht zurück. Zweifellos hatte der Keller noch einen anderen Ausgang, aber wenn er zurücklief, würde er nur Martin und Rolf in die Arme rennen. Er hörte sie noch immer dort unten brüllen, aber er wusste auch, dass die Katzen sie nur ein wenig aufhalten konnten, nicht wirklich ausschalten.

Und da war auch noch Tobias.

Justin fuhr wieder zu dem Jungen herum. Tobias hing mit beiden Händen am Sims und strampelte zugleich mit den Beinen, vermutlich, um irgendwo Halt zu finden und sich wieder auf die Treppe hochzuziehen. Justin zweifelte nicht daran, dass er es schaffen würde. Seine Beine pendelten zehn oder zwölf Meter über dem Boden. Aber er würde es schaffen. Er war stark genug.

Plötzlich begriff Justin, dass er die Chance hatte, seinen dämonischen Verfolger vielleicht ein für alle Mal loszuwerden. Er machte einen Schritt auf Tobias zu und hob den Fuß.

»Du hast Odin umgebracht«, flüsterte er.

»Ja und dich erwische ich auch noch, du Mistkerl«, keuchte Tobias. Sein Gesicht war vor Anstrengung verzerrt. Er keuchte und Justin konnte trotz der schweren Lederjacke erkennen, wie sich seine Muskeln spannten. Langsam, Zentimeter für Zentimeter, zog er sich an der Kante in die Höhe. Justins Fuß senkte sich langsam auf seine Finger herab. Es wäre ganz leicht, dachte er. Ein einziger Tritt, eine rasche Bewegung, die kaum Kraft erforderte, und das Thema Tobias wäre abgehakt. Einen Sturz aus zehn Metern Höhe auf den harten Steinboden würde selbst dieser Bursche nicht so leicht wegstecken.

Tobias sah natürlich, was er vorhatte, und verdoppelte seine Anstrengungen, sich aus seiner misslichen Lage zu befreien. Auf seinem Gesicht zeigte sich nicht die Spur von Angst. »Nummerier schon mal deine Knochen, Arschloch!«, brüllte er. »Wenn ich dich in die Finger kriege, kannst du deinem kleinen Mistvieh Gesellschaft leisten!«

Justins Schuhsohle senkte sich weiter und berührte jetzt Tobias' Finger. Nur ein winziger Druck. Eine kaum spürbare Bewegung und es war vorbei.

»Was ist?«, geiferte Tobias. »Hast du Schiss? Nur Mut! Tu es endlich, du feiges Aas!«

Er hatte Odin umgebracht und vielleicht auch Candy. Er hatte es verdient. Justin verstärkte den Druck auf Tobias' Finger und der Bursche keuchte jetzt vor Schmerz. Er hatte es verdient. Er hatte die Katzen getötet und er würde keine Sekunde lang zögern, auch ihn umzubringen. Seine Warnung war ernst gemeint. Wenn er Justin jetzt zu fassen bekam, dann würde es nicht mehr bei einer Tracht Prügel bleiben. Er würde ihn zweifellos töten.

Justin verspürte etwas wie einen eisigen Hauch, wandte den Blick und sah, dass der Dunkle ganz dicht hinter ihn getreten war. Er machte keine Anstalten ihn anzugreifen, und mit einem Mal wurde ihm klar, dass er von Anfang an nicht gekommen war, um Tobias und den anderen zu helfen. Er stand da und wartete darauf, dass Justin sich entschied.

Tu es, schien eine lautlose Stimme hinter seiner Stirn zu flüstern. *Erledige den Kerl! Es ist ganz leicht! Und er hat es verdient!*

Justin begann am ganzen Leib zu zittern. Sein Fuß presste Tobias' Hand mittlerweile so fest gegen den Stein, dass es ziemlich wehtun musste. Tobias würde ihm allein deshalb schon jeden einzelnen Knochen im Leib brechen, wenn er ihn erwischte.

Tu es endlich, flüsterte die lautlose Stimme. *Du brauchst kein schlechtes Gewissen zu haben! Der Kerl ist ein Monster! Und du bist es deinen Freunden schuldig! TU ES!!*

Justin zog den Fuß mit einem Ruck zurück. Er zitterte am ganzen Leib und er fühlte sich, als müsse er gegen einen unsichtbaren, ungeheuerlichen Druck ankämpfen, eine Kraft, die ihm den Atem abschnürte und seine Gedanken in eine ganz bestimmte Richtung zu zwingen versuchte. Dicht vor ihm riss Tobias ungläubig die Augen auf und verstärkte seine

Anstrengungen, sich wieder auf den Mauervorsprung hinaufzuziehen.
Justin fuhr mit einem Schrei herum, rannte durch die Schattengestalt hindurch und stürzte durch die Tür.

22

Und das im wahrsten Sinne des Wortes. Er hatte sich instinktiv geduckt, um sich nicht an dem niedrigen Durchgang den Kopf anzuschlagen, kam dadurch aber aus dem Tritt und glitt aus, um der Länge nach hinzuschlagen.
Der Aufprall war so hart, dass er einen Moment benommen liegen blieb und nach Luft rang. Dann stemmte er sich mühsam hoch und sah zurück.
Tobias hatte es bereits geschafft, sich so weit in die Höhe zu ziehen, dass er sich mit den Ellbogen auf den Mauervorsprung stemmen konnte. Sein Gesicht war vor Anstrengung verzerrt, aber es konnte nur noch eine Frage von Sekunden sein, bis er ganz oben war. Und Justin schätzte, dass sich seine Dankbarkeit, noch am Leben zu sein, in engen Grenzen hielt.
Er taumelte auf die Füße und rannte weiter. Seine Kraft reichte nicht mehr, um richtig loszuspurten, und der Gang kam ihm mit einem Mal viel länger vor als vorhin, als er ihn in entgegengesetzter Richtung gelaufen war. Nach einer Ewigkeit, wie es ihm vorkam, tauchte die rostige Eisentür wieder vor ihm auf. Justin stolperte hindurch, zog sie mit letzter Kraft hinter sich zu und lehnte sich schwer atmend dagegen. Er verschwendete drei oder vier wertvolle Sekunden dafür, einfach dazustehen und wieder zu Atem zu kommen. Dann griff er in die Jackentasche, zog die Taschenlampe heraus und schaltete sie ein.
Der bleiche Strahl tastete über Unrat, Müll und staubige

Umrisse, die er nicht genau identifizieren konnte, und blieb an einem halb zusammengebrochenen Metallregal hängen. Er lief darauf zu, riss und zerrte mit aller Kraft daran und hielt schließlich ein gut meterlanges Metallstück mit gezackten Kanten in der Hand. Blitzschnell lief er zur Tür zurück und schob es zwischen Griff und Rahmen.
Keine Sekunde zu früh. Kaum hatte er es getan, da erzitterte die Tür unter einem gewaltigen Anprall. Ein wütender Schrei drang durch das fingerdicke Eisen, dann begann Tobias auf der anderen Seite mit aller Kraft an der Tür zu zerren. Die Eisenstange knirschte bedrohlich und bog sich tatsächlich ein kleines Stück durch, aber sie hielt.
Justin drehte sich mit einem zufriedenen Nicken herum und begann sich einen Weg durch den Keller zu bahnen. Die erste Hälfte schaffte er ohne Schwierigkeiten. Dann flackerte der Lichtstrahl seiner Taschenlampe zweimal kurz und ging aus. Vollkommene Dunkelheit schlug wie eine Woge über ihm zusammen.
Justin blieb stehen. Sein Herz begann zu pochen und im ersten Moment war er felsenfest davon überzeugt, dass die Dunkelheit nun zu tödlichem Leben erwachen würde, um sich mit reißenden Zähnen und Klauen auf ihn zu stürzen. Nur sehr mühsam gelang es ihm, diese irrationale Angst niederzukämpfen und sich selbst zur Ruhe zu zwingen.
Er schüttelte seine Lampe. Das Ergebnis war ein leises Klirren, aber leider kein Licht. In der Dunkelheit hinter sich konnte er hören, wie Tobias weiter mit den Fäusten gegen die Tür hämmerte und vor Wut schrie und brüllte. Justin wollte sich instinktiv herumdrehen, aber ihm fiel im letzten Moment ein, dass das ein schwerer Fehler wäre. Er stand in vollkommener Dunkelheit da. Eine einzige falsche Bewegung und er würde endgültig die Orientierung verlieren und danach womöglich stundenlang durch dieses finstere Loch irren, ehe er den Ausgang fand.
Er steckte die Lampe wieder ein, streckte die Arme nach vorne und tastete sich Schritt für Schritt durch die Dunkelheit. Er

stieß ständig irgendwo an, ein paar Mal auch ziemlich hart und schmerzhaft; einmal prallte er gegen ein Hindernis, das mit einem gewaltigen Getöse zusammenbrach. Aber schließlich erreichte er die gegenüberliegende Wand. Unter seinen tastenden Fingern war jetzt nackter Beton, kein Metall oder Holz mehr.

Justin blieb stehen und lauschte. Tobias hatte aufgehört gegen die Tür zu hämmern, aber er konnte sich nicht erinnern, wann. Möglicherweise schon vor einer ganzen Weile. Er war jetzt mit Sicherheit auf dem Weg, um das Kellergewölbe durch einen anderen Ausgang zu verlassen. Vielleicht würden er und seine Kumpane ja bereits oben warten, wenn Justin endlich wieder ans Tageslicht kam.

Er verscheuchte den Gedanken und tastete sich vorsichtig an der Wand entlang. Nach allem, was ihm das Schicksal bisher eingebrockt hatte, war er fest davon überzeugt, in die falsche Richtung loszugehen und sich den ganzen Weg zurücktasten zu müssen, sobald er die Ecke erreicht hatte. Umso überraschter war er, als er schon nach wenigen Schritten ins Leere stieß. Vor ihm lag die Betontreppe, die ins Freie führte. An ihrem oberen Ende schimmerte mattgraues Licht.

Justin stürmte los, nahm immer zwei Stufen auf einmal und erreichte nach wenigen Sekunden die verfallene Eingangshalle. Sein schlimmster Albtraum wurde nicht wahr. Tobias und die beiden anderen warteten nicht auf ihn. Die Halle war leer. Justin raste ohne anzuhalten hindurch, setzte mit gewaltigen Sprüngen über Schutt und heruntergebrochene Balken hinweg und stürmte ins Freie. Nach der vollständigen Dunkelheit, durch die er sich gerade bewegt hatte, kam ihm der Hof so hell erleuchtet wie in einer klaren Vollmondnacht vor. Ohne langsamer zu werden, rannte er weiter und steuerte das Torgewölbe an.

Kurz bevor er es erreichte, zerriss hinter ihm ein wütender Schrei die Stille. Justin sah im Laufen zurück und erkannte drei dunkel gekleidete Gestalten, die nebeneinander aus dem Tor herausgelaufen kamen. Er glaubte auch noch einige an-

dere, kleinere Umrisse zu erkennen, die vor ihnen flohen, war aber nicht sicher. Er hatte auch keine Gelegenheit, genauer hinzusehen. Tobias und die beiden anderen rannten verdammt schnell. Auf jeden Fall schneller als er.
Justin lief mit gesenktem Kopf in die Dunkelheit des Torgewölbes hinein, stürmte an den Motorrädern vorbei und auf der anderen Seite wieder hinaus. Hinter ihm hallten die schweren, trappelnden Schritte der drei Jungen plötzlich in dem gemauerten Gewölbe wider und brachen dann ab.
Er rannte noch schneller, um seinen Vorsprung auszubauen. Seine Lungen brannten und sein Herz hämmerte zum Zerspringen, aber er wurde nicht langsamer. Tobias, Rolf und Martin würden ein paar Augenblicke brauchen, um herauszufinden, dass ihre Maschinen nicht mehr funktionierten, aber wohl kaum so lange, wie *er* brauchte, um das Haus zu erreichen.
Hinter ihm erscholl ein wütendes Gebrüll – und dann ein Laut, der Justin vor Enttäuschung hätte aufschreien lassen, hätte er genug Luft dafür gehabt: das dumpfe Donnern eines Motorrades, das zum Leben erwachte. Offensichtlich war sein Sabotageakt doch nicht ganz so gründlich ausgefallen, wie er bisher angenommen hatte.
Justin stürmte den Weg hinab. Als er zwanzig oder dreißig Meter geschafft hatte, tauchte ein riesenhaftes Motorrad hinter ihm aus der Toreinfahrt auf und schoss mit aufbrüllendem Motor in seine Richtung, ein bisschen wackelig vielleicht, aber schnell wie ein Pfeil.
Justin schlug einen Haken und lief nun nicht mehr über den asphaltierten Weg, sondern direkt den Hügel hinab. Er fand auf dem verschneiten Gras viel besseren Halt, aber zugleich war der Hügel auch so steil, dass er mit den Armen ruderte wie mit Windmühlenflügeln, um nicht die Balance zu verlieren und den Rest der Strecke kopfüber zurückzulegen.
Hinter ihm heulte das Motorrad noch schriller auf, als der Fahrer seine Maschine ebenfalls von der Straße riss, um Justin zu verfolgen.

Vielleicht hätte er das besser nicht getan.
Die Maschine verlor auf dem steilen Hang sofort den Halt, kippte zur Seite und dann nach vorne und Justin machte einen Sprung seitwärts, als sie plötzlich vom Tritt eines unsichtbaren Titanen getroffen zu werden schien und sich in ein knapp tausend Pfund schweres Wurfgeschoss verwandelte, das genau in seine Richtung flog. Der Fahrer wurde regelrecht aus dem Sattel katapultiert und verschwand schreiend in der Dunkelheit.
Das Motorrad verfehlte Justin um kaum einen Meter und schlitterte weiter. Abgerissene Teile und Matsch spritzten in alle Richtungen und es krachte und donnerte, als bräche ein ganzes Hochhaus zusammen. Justin stürmte immer noch weiter, setzte mit einem gewagten Sprung über das Motorrad hinweg, das endlich vor ihm zur Ruhe kam, brachte irgendwie das Kunststück fertig, nicht zu stürzen, und legte sogar noch mehr Tempo zu. Erst als er den Fuß des Hügels erreicht hatte, konnte er wieder ein wenig langsamer rennen.
Er blieb aber nicht stehen, sondern lief weiter, schlitterte mehr über die Straße, als er ging, und fiel erst in einen leichten Trab, als er bereits den heimischen Vorgarten erreicht hatte.
Keuchend lehnte er sich gegen den Türrahmen und sah zum Kloster zurück. Er hätte es gar nicht sehen dürfen und wenn, dann allerhöchstens als Schatten vor dem Nachthimmel. Aber für einen Moment sah er trotzdem jede Einzelheit. Unter dem Tor war eine dunkel gekleidete Gestalt erschienen, die drohend die Faust in seine Richtung schüttelte. Einen Moment später gesellte sich eine zweite zu ihr. Sie machten keinen Versuch mehr, ihm zu folgen.
Justin öffnete die Tür, wankte ins Haus und warf sie hinter sich wieder ins Schloss; viel zu laut, wie ihm im selben Moment klar wurde. Das Geräusch hallte dumpf und so laut wie ein Kanonenschlag durch das Haus, sodass er erschrocken die Luft anhielt und zur Schlafzimmertür seiner Eltern hinübersah. Nichts geschah. Seine Eltern schliefen offenbar tief und fest.

Justin blieb noch ein paar Sekunden mit klopfendem Herzen in der Dunkelheit stehen, ehe er es wagte, in sein Zimmer zu gehen. Erschöpft ließ er sich auf das Bett fallen und schloss die Augen. Alles drehte sich um ihn. Er war zu Tode erschöpft und seine Gedanken drehten sich immer schneller im Kreis. Es dauerte lange, ehe sich sein rasender Puls einigermaßen beruhigte, und noch länger, bis er sich selbst so weit wieder in der Gewalt hatte, sich aufzusetzen und die Jacke auszuziehen.

Draußen begann jemand an die Haustür zu hämmern. Justin fuhr mit einem Schrei herum, sah aus dem Fenster und erblickte ein Stück eines Motorrades, das quer auf der Straße abgestellt war.

Die Schläge gegen die Haustür wurden härter und schneller. Justin konnte spüren, wie sich jedes einzelne Haar auf seinem Kopf sträubte, und für einige Sekunden war er fast von Sinnen vor Angst. Er hatte sich zu sicher gefühlt. Sie hatten einen Moment gebraucht, um sich zu erholen, aber nun waren sie gekommen, um mit ihm abzurechnen. Justin konnte keinen anderen Gedanken fassen als den, dass er hier raus musste, ganz gleich, wie. Er stürzte aus dem Zimmer, rannte zur Hintertür und riss sie auf.

In der Lücke, die im hinteren Teil des Gartenzaunes klaffte, stand das zweite Motorrad.

Justin verstand einfach nicht, wie es den Kerlen gelungen war, ihre Maschinen so schnell wieder instand zu setzen, aber sie hatten es und nun waren sie hier. Er konnte nicht erkennen, um welchen der drei Burschen es sich handelte. Er saß reglos im Sattel seines gigantischen Motorrades und starrte zu Justin herüber, aber es spielte auch keine Rolle, wer von den dreien es nun war. Er war hier und einer der anderen war auf der Vorderseite des Hauses und hämmerte mit den Fäusten gegen die Tür. Er saß in der Falle.

Justin wich wieder ins Haus zurück und schloss die Tür. Hinter ihm wurde das Hämmern und Klopfen lauter und fordernder. Als er wieder in die Diele zurückkam, sah er, dass

die Haustür unter den wuchtigen Fausthieben erzitterte. Er glaubte nicht, dass sie noch lange halten würde.
Im Schlafzimmer seiner Eltern ging Licht an. Die Tür flog auf und sein Vater kam heraus. Er hatte einen Morgenmantel über den Schlafanzug geworfen und trug einen ebenso müden wie schlecht gelaunten Gesichtsausdruck zur Schau.
»Was ist denn jetzt schon wieder?!«, maulte er. »Herrgott im Himmel, es ist fast drei! Hat man in diesem Haus denn nicht einmal nachts seine Ruhe?«
Er stürmte an Justin vorbei zur Tür. Justin wollte ihn zurückrufen, aber sein Vater drückte bereits die Klinke hinunter. Die Haustür flog mit einem Ruck auf. Eisige Luft und Schnee wirbelten herein. Draußen auf der Treppe stand Tobias. Er hatte die Hand gehoben und gerade in diesem Moment wieder auf die Tür hämmern wollen und seine Faust befand sich nur ein paar Zentimeter vor dem Gesicht von Justins Vaters.
»Ja?«, fragte Justins Vater unfreundlich. »Was soll der Krach mitten in der Nacht?«
Tobias ließ die Hand sinken. Der Blick seiner kalten, toten Augen glitt über das Gesicht seines Gegenübers und suchte dann den Raum dahinter ab. Dann deutete er wütend auf Justin. Er sagte nichts, aber seine Geste war deutlich genug.
Justins Vater drehte sich langsam zu ihm herum, ohne die Tür dabei auch nur im Geringsten freizugeben. »Kennst du diesen jungen Mann?«, fragte er. Seine Augen weiteten sich unmerklich und Justin wurde klar, dass ihm wohl endlich aufgefallen war, dass sein Sohn mitten in der Nacht in Jeans, Pullover und Stiefeln vor ihm stand. Er stellte aber keine entsprechende Frage.
Justin schüttelte den Kopf. Er sah aus den Augenwinkeln, dass mittlerweile auch seine Mutter unter der Schlafzimmertür erschienen war, und er konnte hören, wie auch Reggie auf nackten Füßen zu ihnen kam. Hastig schüttelte er den Kopf.
»Nein.«
»Da hören Sie es«, sagte Vater, nun wieder an Tobias gewandt.

»Es muss sich wohl um eine Verwechslung handeln. Sie sollten sich in Zukunft vielleicht erst davon überzeugen, dass Sie auch an die richtige Tür klopfen, ehe Sie die Leute mitten in der Nacht aus dem Schlaf reißen.«
»Die kleine Ratte weiß ganz genau –«, begann Tobias, wurde aber sofort wieder von Vater unterbrochen.
»Sie haben doch gehört, was mein Sohn gesagt hat. Sie müssen ihn mit jemandem verwechseln. Also bitte gehen Sie jetzt, bevor ich die Geduld verliere.«
»Und was tun?«, fragte Tobias lauernd. Er legte den Kopf auf die Seite, kniff ein Auge zu und maß Justins Vater mit einem fast verächtlichen Blick von Kopf bis Fuß. Justin erschrak, als er sah, wie groß Tobias war. Obwohl er eine Treppenstufe unter ihm stand, befanden sich ihre Gesichter beinahe auf gleicher Höhe. In seiner schwarzen, nietenbesetzten Lederjacke wirkte er wie ein Riese, der aus einem Märchen entsprungen war; aber einem von der ganz besonders üblen Sorte.
Trotzdem zeigte sein Vater nicht die mindeste Spur von Unsicherheit oder gar Furcht. »Das werden Sie dann schon sehen«, sagte er. »Und jetzt gehen Sie bitte.«
Er wollte die Tür schließen, aber Tobias hob rasch die Hand und hinderte ihn daran. »Nicht so schnell«, sagte er. »Wir haben mit dem kleinen Mistkerl noch eine Rechnung zu begleichen. Ihr sauberer Sohn hat unsere Maschinen kaputt gemacht! Sie glauben doch nicht, dass er uns so einfach davonkommt, oder?«
Justins Vater drehte sich erneut zu ihm herum. »Stimmt das?«, fragte er.
Justin hob die Schultern. »Wir hatten eine kleine … Meinungsverschiedenheit. Heute Nachmittag im Postamt. Wenn Doktor Reinert nicht dazugekommen wäre, hätten sie mich wahrscheinlich verprügelt.«
»Hören Sie es?«, sagte Tobias. »Er gibt es zu! Also, ich mache Ihnen einen Vorschlag: Sie lassen mich herein und wir regeln die Sache in Ruhe, oder –«

»*Nein!*« Reggie schrie fast. Nicht nur Justin, sondern auch seine Eltern fuhren überrascht zu ihr herum und sahen sie an. Reggie lehnte schreckensbleich am Türrahmen. Sie zitterte am ganzen Leib. Wenn Justin jemals *Angst* in den Augen eines Menschen gesehen hatte, dann jetzt in ihren.
»Lassen Sie ihn nicht herein!«, stammelte sie. »*Lassen Sie ihn nicht in Ihr Haus!*«
»Da hören Sie es«, sagte Vater, nun wieder an Tobias gewandt. »Ich kann Sie nicht hereinbitten. Ganz davon abgesehen, dass es nicht die richtige Uhrzeit für eine Unterhaltung ist. Für keine Art von Unterhaltung. Kommen Sie zu einer zivilisierteren Zeit wieder, wenn Sie mir etwas zu sagen haben.«
Er wollte die Tür schließen und diesmal reagierte Tobias genauso, wie Justin es schon die ganze Zeit über befürchtet hatte: Er riss den Arm in die Höhe und schlug warnungslos zu.
Und Justin erlebte eine Überraschung.
Sein Vater versuchte weder sich in Sicherheit zu bringen noch die Tür zuzuwerfen oder sich unter Tobias' Faust wegzuducken. Er hob blitzschnell den linken Arm, blockte Tobias' Hieb mit einer Selbstverständlichkeit ab, als hätte er sein Leben lang nichts anderes getan, und schlug hart und gezielt zurück. Justin konnte nicht genau erkennen, was geschah, aber Tobias warf plötzlich die Arme in die Höhe, torkelte einen Schritt von der Haustür zurück und brach in die Knie. Eine Reihe keuchender Laute kam über seine Lippen. Er schien Schwierigkeiten mit dem Atmen zu haben.
»Verschwindest du jetzt oder muss ich erst grob werden?«, fragte sein Vater. Tobias hätte wahrscheinlich nicht einmal antworten können, wenn er es gewollt hätte. Er rang immer noch keuchend nach Luft. Mühsam und erst nach dem dritten Versuch gelang es ihm, sich in die Höhe zu stemmen. Er verschwand mit taumelnden Schritten in der Dunkelheit. Als Vater die Tür zuwarf, konnten sie hören, wie draußen ein Motorrad angelassen wurde und davonfuhr. Eine Sekunde später antwortete ein ähnlicher, nur etwas gedämpfterer Laut

von der Rückseite des Hauses her darauf. Vater warf einen Blick in seine Richtung und runzelte die Stirn, aber er sagte nichts dazu.

Justin starrte seinen Vater mit offenem Mund an. »Sag mal, wie hieß der Motorradclub, in dem du früher warst?«, fragte er. »Hell's Angels?«

Sein Vater grinste und rieb sich die Knöchel der rechten Hand. »Die wollten mich nicht«, sagte er. »Ich war immer zu gewalttätig.«

Er wurde wieder ernst, drehte sich noch einmal zur Tür herum und legte die Kette vor. Dann wandte er sich an Justin und auf seinem Gesicht war jetzt nicht mehr die Spur eines Lächelns. »Also, was war das für eine Geschichte? Was war das für ein Kerl? Hast du wirklich sein Motorrad beschädigt?«

Justin beschloss Zuflucht in einer Mischung aus Wahrheit und Lüge zu suchen. Er konnte seinen Eltern unmöglich erzählen, was *wirklich* passiert war. »Sie sind zu dritt«, antwortete er. »Ich weiß nicht, wer sie sind und wo sie herkommen.«

»Dafür wissen sie umgekehrt über dich anscheinend eine ganze Menge«, sagte seine Mutter. Ihre Stimme troff geradezu vor Misstrauen.

»Ich habe sie heute Nachmittag in der Post das erste Mal gesehen«, beharrte Justin. »Sie waren auf Streit aus. Sie haben einen alten Mann geschlagen, obwohl er ihnen gar nichts getan hat.«

»Und?«

Justin hob die Schultern. »Ich habe mich eingemischt und da sind sie auf mich losgegangen. Ich bin weggelaufen.«

»Und das war alles?«, fragte sein Vater. »Was ist das für eine Geschichte mit den Motorrädern, die du angeblich beschädigt hast?«

»Keine Ahnung«, log Justin. »Einer von ihnen ist wohl gestürzt, als sie mich verfolgt haben. Vielleicht meinen sie das.«

»Unglaublich!«, empörte sich seine Mutter. »Nicht einmal mehr in seinem eigenen Haus ist man sicher! Wohin soll das noch führen?«

»Nur keine Angst«, beruhigte Vater sie. »Die kommen nicht wieder. Der Kerl hat erst einmal genug.« Plötzlich grinste er. »Und selbst wenn – ich werde schon mit ihnen fertig, keine Sorge.«
Justin sah seinen Vater dennoch mit wachsender Sorge an. Die unerwartete Wehrhaftigkeit seines Vaters hatte ihn angenehm überrascht, aber allmählich hatte er das Gefühl, dass er den Zwischenfall regelrecht genossen hatte. Dabei gehörte sein Vater ganz gewiss nicht zu den Menschen, denen es Spaß machte, anderen wehzutun.
Jedenfalls hatte er bis jetzt nicht dazugehört ...
»So«, sagte Vater plötzlich, laut und in verändertem Ton. »Genug jetzt. Wir reden morgen in aller Ruhe über die ganze Geschichte. Ich möchte gerne noch ein paar Stunden Schlaf bekommen. Ab ins Bett.«
Er klatschte in die Hände, um seine Worte zu unterstreichen, und tatsächlich trollte sich Reggie gehorsam und auch Justin ging in sein Zimmer. Er blieb allerdings nur gerade so lange darin, dass er sicher sein konnte, draußen alles still vorzufinden. Dann schlüpfte er aus seinen Stiefeln, öffnete behutsam die Tür und huschte auf Zehenspitzen in Reggies Zimmer.
Das Mädchen saß auf dem Bett und starrte ihn mit steinernem Gesicht an. Sie hatte ihn erwartet.
»Bist du zufrieden?«, fragte sie. Ihre Stimme war ganz leise, fast kalt, ohne irgendein hörbares Gefühl, aber Justin fühlte trotzdem die Mischung aus brodelndem Zorn und unsäglich tiefem Schmerz, der sich hinter dieser aufgesetzten Ruhe verbarg. Und im selben Moment holte ihn die Wirklichkeit wieder ein. Das kurze Zwischenspiel – der *Sieg*, den sie errungen hatten! – hatte ihn für einen Moment mit einem trügerischen Hochgefühl erfüllt, aber nun begriff er wieder, dass es dafür absolut keinen Grund gab. Er hatte keinen Sieg errungen, sondern ganz im Gegenteil eine vernichtende Niederlage erlebt.
Er sah Reggie an. Sie saß ganz allein auf dem Bett. Nicht eine einzige Katze war im Zimmer. Und ein einziger weiterer Blick

in Reggies Augen machte ihm klar, dass sie wusste, was im Kloster geschehen war.

»Es tut mir Leid«, murmelte er, »wegen Odin und ... und Candy.«

»Und Farina«, fügte Reggie kalt hinzu. »Und Jane.«

Justin starrte sie an. »Was?«

Reggie nickte. »Sie sind nicht zurückgekommen. Vielleicht leben sie noch, aber ich glaube es nicht.«

»Aber ...« Justin musste nach dem Türrahmen greifen, um nicht den Halt zu verlieren. Seine Knie wurden weich. »Aber das kann doch nicht ... ich meine ... sie können doch nicht.«

»Tot sein?«, unterbrach ihn Reggie hart. Sie nickte. »Doch. Das sind sie. Sie haben ihr Leben geopfert, um dich zu retten, du Narr. Und es war vollkommen sinnlos.«

»Aber das ist nicht wahr!«, protestierte Justin. Er schrie fast. Es war ihm gleich, ob seine Eltern ihn hörten und vielleicht hereinkamen. Die Vorstellung, dass nicht nur zwei, sondern sogar *vier* seiner geliebten Katzen dem Dunklen zum Opfer gefallen waren, war unerträglich. Und noch unerträglicher war der Gedanke, dass es vollkommen umsonst gewesen sein sollte.

»Ich habe es zerstört!«, fuhr er fort. »Ich habe das Tor vernichtet!«

»Gar nichts hast du!«, antwortete Reggie scharf. »Du hast eine Kritzelei ausgelöscht, die ein paar dumme Jungen auf den Boden gemalt haben, das ist alles.«

»Aber ... aber Cindy! Sie hatten Cindy in das Pentagramm gelegt!«

»Es sind sehr böse Jungen«, sagte Reggie. Es klang kein bisschen amüsiert.

»Aber das kann nicht sein!« Justin war vollkommen verzweifelt. Er weigerte sich einfach, den Tod der Katzen zu akzeptieren. »Ich habe doch alles so gemacht, wie ... wie ...«

Seine Stimme versagte. Seine Kehle war plötzlich wie zugeschnürt. Alles drehte sich um ihn.

»Du hättest nicht dorthin gehen dürfen«, sagte Reggie. Ihre

Stimme war noch immer ganz leise, aber es war jetzt kein Vorwurf mehr darin, nur eine tiefe Traurigkeit. »Ich hätte dich aufhalten müssen, aber ich konnte es nicht.«

»Es ist nicht der Schwarze Turm?«, murmelte Justin. »Du meinst, das ... das Kloster und der Turm sind ... sind nicht dasselbe?«

»So einfach ist das nicht«, antwortete Reggie. »Du kannst den Weg dorthin nicht finden, indem du eine Tür aufmachst und in einen alten Keller hinuntersteigst.«

»Aber wie dann?«

»Das weiß ich nicht«, antwortete Reggie. »Und wenn ich es wüsste, dürfte ich es dir nicht sagen. Der Weg in den Schwarzen Turm kann überall beginnen. Jeder muss ihn ganz allein für sich finden.«

»Das sind doch alles nur dumme Sprüche«, sagte Justin bitter. Sein Schmerz wurde so übermächtig, dass er ihn einfach nicht mehr ertragen zu können glaubte. Er musste jemandem die Schuld geben, auch wenn er zugleich ganz genau wusste, wie falsch das war.

»Worte!«, fuhr er aufgebracht fort. »Leere Worte und sonst nichts. Das ist alles, was ich bisher von dir bekommen habe! Rätsel statt Antworten!«

»Ich habe dich gewarnt, dorthin zu gehen«, antwortete Reggie, doch Justin ließ diese Antwort gar nicht gelten, sondern machte eine wütende Handbewegung.

»Aber du warst nicht dabei! Hinterher ist es leicht, schlau zu sein! Du hast nichts gewusst.«

»Ich wusste es«, betonte Reggie. »Und die Katzen auch. Sie haben dich trotzdem begleitet – und auch ich hätte es getan, wenn ich es gekonnt hätte. Auch wenn es sinnlos gewesen wäre.«

»Das glaube ich dir nicht«, sagte Justin böse. Er *wollte* ihr jetzt wehtun, auch wenn er zugleich spürte, dass es ihm nicht helfen würde.

»Ich weiß«, sagte Reggie traurig. »Du traust mir nicht. Das hast du von Anfang an nicht getan.«

»Kann ich das denn?«, fragte Justin. Seine Wut verrauchte fast so schnell, wie sie gekommen war, und zurück blieb etwas, was vielleicht noch schlimmer war, auch wenn er es selbst nicht genau definieren konnte. Da war noch etwas, was der Geist seiner Großmutter ihm gesagt hatte. Er hatte es nicht vergessen.
Reggie sah ihn traurig an. Sie antwortete nicht und auch Justin sagte nichts mehr. Nach einigen weiteren Sekunden drehte er sich wortlos um und ging in sein Zimmer zurück.

23

Sein Vater sprach ihn am nächsten Morgen nicht auf den nächtlichen Zwischenfall an. Als Justin zum Frühstück kam (das an diesem Tag ungewohnt kärglich ausfiel), hörte er ihn draußen im Garten hämmern und sägen. Er kam etwas später, mit rotem Gesicht, steif gefrorenen Fingern und bis über die Knie hinauf mit Matsch bespritzt, ins Haus. Bedachte man, wie wenig er in der vergangenen Nacht geschlafen hatte, war er erstaunlich guter Dinge. Seine rechte Hand war geschwollen und die Knöchel aufgeplatzt. Justin hoffte inständig, dass Tobias' Gesicht genauso aussah.
Sie frühstückten schweigend. Reggie zeigte sich nicht und Justin war fast froh darüber. Er war in der vergangenen Nacht ziemlich unfair zu ihr gewesen und er fürchtete sich ein wenig vor dem Moment, in dem er ihr wieder unter die Augen treten musste. Er war noch nie besonders gut darin gewesen, sich zu entschuldigen.
»Ich versuche nachher noch einmal zur Straße durchzukommen«, sagte sein Vater nach einer Weile. »Es schneit nicht mehr ganz so schlimm wie gestern. Mit ein bisschen Glück müsste es eigentlich zu schaffen sein.«

»Und mit ein bisschen weniger Glück begibst du dich in Lebensgefahr«, fügte Justins Mutter hinzu. Ihre Stimme klang gereizt. Sie stocherte in ihrem Rührei herum und sah abwechselnd Justin und ihren Mann mit wenig freundlichen Blicken an. »Ich fühle mich noch ein bisschen jung, um Witwe zu werden.«
Vater machte ein abfälliges Geräusch. »Mach dich nicht lächerlich. Die größte Gefahr, die mir droht, ist eine Erkältung. Ich gehe nicht auf eine Antarktis-Expedition.«
»Kann ich mitkommen?«, fragte Justin.
Sein Vater zögerte zu antworten, aber seine Mutter schüttelte so heftig den Kopf, dass ihre Haare flogen. »Nein!«, sagte sie laut. Dann schien ihr ihre eigene Reaktion aufzufallen und sie suchte Zuflucht in einem verlegenen Lächeln.
»Ich ... ich meine, das ist doch nicht nötig«, sagte sie. »Es reicht doch vollkommen, wenn sich einer nasse Füße holt, oder? Und es *ist* gefährlich, ob du das nun wahrhaben willst oder nicht.«
»Unsinn«, sagte Vater. Er trank seinen Kaffee aus, verzog das Gesicht und stellte die Tasse mit einem Knall auf den Tisch zurück. Dann wandte er sich an Justin. »Ich brauche noch eine halbe Stunde, um den Zaun zu reparieren, dann fahre ich los. Aber willst du wirklich mit? Es ist zwar nicht gefährlich, aber es könnte ziemlich ungemütlich werden. Und verdammt kalt.«
»Das macht nichts«, antwortete Justin. »Ein bisschen Schnee wird mich nicht umbringen.«
»Es ist trotzdem nicht nötig«, sagte seine Mutter. »Warum wollt ihr ein Risiko eingehen? Wahrscheinlich werden sie die Straße heute schon wieder räumen.«
»Na, umso besser«, antwortete Vater. »Dann kriegen wir nicht einmal kalte Füße.« Er stand auf. »Ich bringe jetzt den Zaun in Ordnung und dann fahre ich los.«
Er verließ die Küche. Als die Tür hinter ihm zufiel, huschten Yeti und Morgana herein. Justin verspürte einen tiefen, schmerzhaften Stich, als die beiden Katzen einfach an ihm vorübergingen, ohne ihn auch nur eines Blickes zu würdigen,

und seine Gefühle schienen sich wohl auch deutlich auf seinem Gesicht widerzuspiegeln, denn seine Mutter sagte: »Sie scheinen sich ja schon prächtig mit ihrer neuen Besitzerin zu verstehen.«
Justin sah sie fragend an. »Wie?«
»Die Katzen«, erklärte seine Mutter. »Seit das Mädchen im Haus ist, sieht man sie kaum noch. Sie werden es bestimmt gut bei ihr haben.«
»Aber ich dachte, du hättest dich noch nicht entschieden«, sagte Justin. »Ihr wolltet doch erst mit ihren Eltern reden.«
»Eigentlich schon«, bestätigte seine Mutter, schüttelte sonderbarerweise aber dabei den Kopf. »Andererseits gehen uns die Erziehungsmethoden wildfremder Leute im Grunde nichts an. Wir haben schon genug eigene Probleme, auch ohne dass wir uns noch die anderer Leute aufhalsen. Die Katzen werden es gut bei ihr haben und das allein zählt.«
»Müssen wir sie denn wirklich alle abgeben?«, fragte Justin. Seine Mutter seufzte, aber er konnte nicht sagen, ob der Laut nun mitfühlend oder eher ungeduldig klang. »Sieh es endlich ein, Justin. Die Katzen haben immer zu deiner Großmutter gehört, niemals zu uns. Seit sie nicht mehr da ist, haben sie sich verändert. Wahrscheinlich streunen sie draußen herum. Man könnte fast glauben, es sind weniger geworden. Wäre es dir lieber, wenn sie sich selbst ein neues Zuhause suchen oder verwildern?«
Justin sagte nichts dazu, aber er sah, wie sowohl Yeti als auch Morgana den Kopf hoben und seine Mutter aufmerksam ansahen; als hätten sie ganz genau verstanden, was sie gerade gesagt hatte, und hätten ihre eigene Meinung dazu, die nicht unbedingt mit der ihren übereinstimmen musste.
»Ich glaube, ich helfe Vater draußen beim Gartenzaun«, sagte er und stand auf.
»Du kannst es wohl gar nicht abwarten, wie?«, fragte seine Mutter. Ihr Blick wurde sehr ernst. »Es gefällt mir wirklich nicht, dass du ihn begleiten willst. Du machst es dir nur selbst unnötig schwer.«

»Was soll denn schon passieren?«, fragte Justin. »Schlimmstenfalls kommen wir nach zwei Stunden zurück und du kannst herzhaft über uns lachen.«
»Das meine ich nicht«, sagte seine Mutter. »Glaubst du, ich weiß nicht, warum du ihn unbedingt begleiten willst? Du willst zu deiner Großmutter ins Krankenhaus. Aber das hat keinen Sinn, Justin. Sie wird dir nicht mehr helfen können.«
»Helfen?«, fragte Justin. »Wobei?«
Seine Mutter zögerte einen Moment. »Mit der Situation fertig zu werden«, sagte sie dann. Justin war nicht sicher, ob es tatsächlich das war, was sie wirklich hatte sagen wollen. »Es ist schwer, von einem geliebten Menschen Abschied zu nehmen. Aber du tust dir keinen Gefallen, wenn du dich gegen das Unvermeidliche sträubst. Vielleicht solltest du sie besser so in Erinnerung behalten, wie sie war.«
»Ich möchte sie noch einmal sehen«, bekannte Justin. »Willst du mir das verbieten?«
»Selbstverständlich nicht«, erwiderte seine Mutter. Ihre Stimme klang plötzlich kühl. »Tu, was du für richtig hältst. Du bist schließlich alt genug dazu. Aber wirf mir hinterher nicht vor, ich hätte dich nicht gewarnt.«
Damit war das Gespräch beendet. Zwischen ihnen war wieder dieselbe Kälte und Feindseligkeit eingekehrt, wie sie die Atmosphäre im Haus nun schon seit Tagen vergiftete. Justin verließ ohne ein weiteres Wort die Küche, schlüpfte in Stiefel und Jacke und ging in den Garten, um seinem Vater zu helfen.
Es war jedoch gar nicht nötig. Sein Vater hatte die Reparatur bereits beendet. Das Ergebnis sah ungefähr so aus, wie ein niedergebrochener Gartenzaun eben aussieht, den man in fünf Minuten notdürftig zusammengeflickt hatte. Es war eine Barriere, mehr nicht. Als Justin eine entsprechende Bemerkung machte, grinste sein Vater nur und sagte: »Nichts hält so lange wie ein anständiges Provisorium, weißt du das etwa nicht? Bist du so weit?«
Justin nickte.

»Dann komm.« Aus irgendeinem Grund ging sein Vater nicht durch das Haus zur Garage, sondern außen herum, obwohl es viel weiter und umständlicher war. Das Garagentor ohne die Fernbedienung zu öffnen – die im Wagen lag –, erwies sich als ein kleines Kunststück, das ungefähr dreimal so viel Zeit in Anspruch nahm, als wenn sie durch die Küche gegangen wären. Aber sein Vater wollte wohl seiner Mutter nicht mehr begegnen. Justin verstand das, auch wenn es ihn beunruhigte.

Der Wagen startete erst beim dritten Versuch. Kälte und Feuchtigkeit waren auch in die Garage gekrochen und auch das Wageninnere war klamm und ungefähr so gemütlich wie ein Kühlschrank. Vater lenkte den Wagen rückwärts auf die Straße hinaus, schaltete die Lüftung ein und fummelte so lange an allen möglichen Hebeln und Schaltern herum, bis der eiskalte Luftstrom genau gegen die Windschutzscheibe gerichtet war. Es half nichts, Vater musste aussteigen und der Eisschicht auf den Scheiben mit einem Kratzer zu Leibe rücken.

Während er dies tat, sah Justin noch einmal zum Haus hin. Hinter dem schmalen Fenster neben der Tür stand eine Gestalt und sah zu ihnen heraus. Er konnte nicht erkennen, ob es Reggie oder seine Mutter war.

Vater stieg wieder in den Wagen, knallte die Tür hinter sich zu und rieb die Hände vor dem Gesicht aneinander, während er hineinblies. »Brrr«, machte er. »Es schneit zwar nicht mehr so stark, aber ich habe das Gefühl, dass es noch kälter geworden ist. Schnall dich an.«

Während Justin nach dem Anschnallgurt angelte, wendete sein Vater vorsichtig auf der vereisten Straße und gab dann noch behutsamer Gas. Trotzdem drehten die Reifen im ersten Augenblick durch und der Wagen legte die ersten Meter ruckelnd und fast widerwillig zurück.

Justin sah zum Kloster hinauf, dann warf er einen langen Blick in die Runde. Nichts. Er sah weder Schatten noch Motorradfahrer. Es war beinahe zu ruhig.

Seinem Vater war sein Blick natürlich nicht entgangen. Er lächelte flüchtig und sagte: »Keine Angst. Sie sind nicht da.«
»Wer?«, fragte Justin.
»Die Motorrad-Typen«, antwortete sein Vater. »Nach denen hast du dich doch umgesehen, oder?«
Justin schwieg. »Ich glaube auch nicht, dass sie es noch einmal versuchen«, fuhr sein Vater fort. »Solche Typen sind zwar gefährlich, aber meistens auch ziemlich feige. Wenn sie merken, dass sie auf Widerstand treffen, ziehen sie meistens den Schwanz ein. Sie werden dich nicht mehr belästigen. Und selbst wenn ... Sie sollen nur kommen.«
»Sie sind zu dritt«, sagte Justin leise.
»Sie sollen nur kommen«, wiederholte sein Vater. Er lachte, aber es war kein angenehmes Lachen. Es machte Justin beinahe Angst.
Sie fuhren langsam durch die Stadt. Crailsfelden war an diesem Morgen sehr still. Die wenigen Passanten, die sie überhaupt sahen, hasteten mit gesenkten Köpfen und hochgeschlagenen Kragen dahin, als könnten sie gar nicht schnell genug von der Straße kommen. Fast überall brannte Licht, aber die Schaufenster einiger Geschäfte waren dunkel geblieben, als hätten sie nicht vor, an diesem Tag überhaupt zu öffnen. Die DEA-Tankstelle, an der sie vorüberkamen, war geschlossen. Justin fragte sich überrascht, ob die Geschäfte möglicherweise schon unter der von der Natur verhängten Blockade litten.
Die Straßenverhältnisse wurden schlechter, als sie die Tankstelle passiert hatten und den Hügel hinauffuhren. Der Unterschied zwischen Straße und Böschung war nicht mehr zu erkennen. Der Schnee lag stellenweise so hoch, dass selbst die Begrenzungspfähle zum Teil verschwunden zu sein schienen, und Justin konnte regelrecht spüren, wie sich die Räder immer tiefer in den lockeren Schnee hineinwühlten. Obwohl sein Vater immer mehr Gas gab und hektisch mit dem Schalthebel hantierte, wurden sie immer langsamer. Schon zwanzig oder dreißig Meter vor dem Waldrand kamen sie zum Stehen.

Vater ließ den Motor noch einmal aufheulen, drehte dann den Zündschlüssel herum und öffnete die Tür.
»Willst du den Wagen einfach hier stehen lassen?«, fragte Justin.
»Warum nicht? Oder hast du Angst, dass ihn jemand stiehlt?« Sein Vater grinste, knallte die Tür zu und machte eine auffordernde Handbewegung.
Justin öffnete die Tür auf seiner Seite. Der Wagen hatte sich so tief in den Schnee gegraben, dass er mit der Schulter nachhelfen musste und jede Menge Schnee in den Wagen eindrang, während er ins Freie kletterte. Wind und Kälte fielen wie unsichtbare Raubtiere über ihn her und es war genau wie gestern: Er konnte das Gesicht drehen, wohin er wollte, der Wind schien immer genau in seine Richtung zu wehen. Bis über die Waden im lockeren Neuschnee versunken, stampfte er zu seinem Vater hinüber.
»Noch kannst du umkehren«, sagte sein Vater. »Es ist ein schönes Stück bis nach Hause, aber der Weg durch den Wald ist weiter.«
Justin schüttelte stumm den Kopf. Er würde nicht umkehren. Er konnte es gar nicht. Ganz egal, wie schwer es auch war, er *musste* mit seiner Großmutter reden. »Schon gut. Wäre ja gelacht, wenn ich vor einem bisschen Schnee kapituliere!«
»Also los!«
Dichter nebeneinander, als notwendig gewesen wäre, gingen sie los. Auf den ersten Metern kamen sie überraschend gut voran. Sie sanken in dem lockeren Neuschnee zwar bei jedem Schritt fast bis an die Knie ein, was das Gehen ziemlich mühsam machte, aber ein wirkliches Hindernis stellte das nicht dar.
Als sie sich dem Waldrand näherten, änderte sich das schlagartig. Justin hatte ein seltsames Gefühl. Der verschneite Wald, der vor ihnen lag und in den die Straße hineinführte, kam ihm plötzlich wie ein dunkler Bruder des Torgewölbes oben im Kloster vor. Dieses hier bestand nicht aus Felsgestein und Mörtel, sondern aus Baumrinde und Geäst, aber es war

genauso groß, genauso finster und er spürte einfach, dass es mindestens genauso viele Gefahren barg. Wenigstens sind wir aus dem eisigen Wind heraus, sobald wir den Wald betreten, dachte Justin.

Aber nicht einmal das stimmte. Kaum hatten sie das weiße, leicht grün und braun gefleckte, fast kirchturmhohe Gewölbe betreten, zu dem sich die überhängenden Baumwipfel über ihren Köpfen vereinigten, da drehte sich der Wind und fauchte ihnen nun wieder direkt ins Gesicht.

»Wenn ich ein abergläubischer Mensch wäre«, sagte sein Vater, »dann würde ich jetzt sagen, dass es hier richtig unheimlich ist.«

»Gott sei Dank bist du das ja nicht«, sagte Justin.

Sein Vater lachte, aber es klang nicht echt. »Nein, bin ich nicht«, bestätigte er. »Sollte ich es denn sein?«

Justin kam diese Frage ziemlich sonderbar vor und als er ins Gesicht seines Vaters sah, erblickte er darin einen Ausdruck, der durchaus zu diesem Tonfall passte. Er fragte sich, ob sich sein Vater vielleicht nur so schnell bereit erklärt hatte, ihn auf diese Expedition mitzunehmen, weil er ihm etwas Bestimmtes sagen wollte. Aber was um alles in der Welt mochte es geben, das er ihm nicht auch genauso gut zu Hause mitteilen konnte?

»Wie ... meinst du das?«, fragte Justin unsicher.

»Wie ich es sagte«, antwortete sein Vater. Er lächelte noch immer, aber in seinem Blick war etwas, was dieses jungenhafte Grinsen Lügen strafte. »Habe ich einen Grund, abergläubisch zu sein?« Er wartete einige Sekunden vergeblich auf eine Antwort und dann stellte er eine Frage, die Justin wirklich überraschte: »Was hast du gestern Nacht oben im alten Kloster gemacht?«

»Du weißt, dass ich dort war?«, ächzte Justin.

Sein Vater lachte leise. »Nur weil ich dreißig Jahre älter bin als du, heißt das noch lange nicht, dass ich blöd bin«, sagte er. »Oder auch nur schwerhörig. Du hast so viel Lärm gemacht, dass ich mich wundere, dass deine Mutter nicht wach geworden ist.«

»Hast du es ihr erzählt?« Justin fragte sich selbst, warum seine Stimme so erschrocken klang.
Sein Vater verneinte. »Du hast diesen jungen Kerl nicht im Postamt getroffen«, sagte er.
»Doch«, widersprach Justin. Nach einer Sekunde fügte er hinzu: »Auch.«
»Und was hast du dann dort oben im Kloster getan?«
»Etwas ziemlich Dummes, fürchte ich«, antwortete Justin. »Ich habe eine Schlacht verloren.«
»So?«
»Ich hätte Tobias erledigen können«, antwortete Justin.
»Tobias? Ist das sein Name?«
»Ich glaube, ich hätte ihn umbringen können«, sagte Justin und nickte. »Auf jeden Fall hätte ich ihm einen Denkzettel verpassen können, der sich gewaschen hat. Er hätte sicher für ein paar Wochen anderes im Kopf gehabt, als mich zu verfolgen.«
»Aber du hast es nicht getan.« Sein Vater sah ihn einen Moment lang nachdenklich an. »Das klingt nicht nach einer Niederlage. Für mich hört es sich eher an, als hättest du eine Schlacht gewonnen.«
Darüber musste Justin erst einmal eine Weile nachdenken. Aber obwohl er noch nicht so genau wusste, was er von diesen Worten halten sollte, bewirkten sie doch eines: Trotz der Kälte, die ihre Winterkleidung längst durchdrungen hatte, fühlte er eine sonderbare innere Wärme, die er lange Zeit über vermisst hatte. Und plötzlich begriff er, was das wirklich bedeutete: Er war dabei, das Vertrauen zu seinen Eltern zu verlieren; vielleicht das Schlimmste, was ihm überhaupt passieren konnte.
»Darf ich dir auch eine Frage stellen?«, fragte er nach einer Weile.
»Sicher«, antwortete sein Vater.
»Es geht um Großmutter«, begann Justin. Er wusste noch nicht genau, wie er wirklich beginnen sollte. Trotz allem konnte er seinen Vater schlecht fragen, ob seine Mutter nun

wirklich eine Hexe war. Aber sein Vater nahm ihm die Entscheidung ab.
»Ich habe mich schon gefragt, wann du davon anfängst«, sagte er.
»Womit?«
»Du machst es dir aber wirklich gerne selbst schwer, wie?« fragte sein Vater. »Nun baue ich dir schon eine goldene Brücke und du fragst mich auch noch, wieso!« Er schüttelte den Kopf. »Du bist im Krankenhaus nicht einfach in Ohnmacht gefallen, habe ich Recht?«
Justin nickte. Sein Vater *hatte* Recht; in jeder Beziehung. Er war vorgestern im Krankenhaus nicht in Ohnmacht gefallen und er zögerte aus einem ihm selbst nicht ganz verständlichen Grund noch immer, die hilfreiche Hand zu ergreifen, die sein Vater ihm hinstreckte. Schließlich sagte er fast widerwillig. »Nicht ... ganz.«
»Irgendetwas geschieht hier«, murmelte sein Vater. »Und du hast etwas damit zu tun. Ich wusste immer, dass das passieren würde – nicht, was und auch nicht, wann. Aber mir war immer klar, *dass* etwas geschehen würde. Ich dachte nur, dass es mich treffen würde.«
»Hat Großmutter denn niemals mit dir darüber gesprochen?«, fragte Justin.
Sein Vater schüttelte den Kopf. Er sah ihn nicht an. »Nein. Ich wollte es niemals *wirklich* wissen und ich glaube, sie hat das immer gespürt. Und seit du auf der Welt bist ...« Er sprach erst nach einer hörbaren Pause weiter:
»Manchmal überspringt es eine Generation, weißt du?«
»Was?«
»Wenn ich das wüsste«, antwortete sein Vater, ohne ihn anzusehen. »Ich würde es gerne ein Talent nennen, aber vielleicht ist es eher ein Fluch. Vielleicht beides. Ich habe noch niemals zuvor mit einem anderen darüber gesprochen, Justin, auch nicht mit deiner Mutter, die außerdem –« Er stockte und fuhr dann fort. »... nicht einmal mit *meiner* Mutter. Aber ich glaube, dass sie wirklich eine Hexe war. In dem Sinne, in dem

wir vor ein paar Tagen über dieses Wort gesprochen haben. Irgendwie hat sie mir immer ein bisschen Angst gemacht.«
»Angst? Vor deiner eigenen Mutter?«
»Nicht vor ihr«, berichtigte sein Vater. »Aber vor dem, was sie wusste. Es hat etwas mit dieser Stadt zu tun ... diesem Tal.«
»Und dem, was vor zehn Jahren hier geschehen ist«, fügte Justin hinzu. »Erinnerst du dich denn nicht daran?«
»Wie könnte ich das?«, fragte sein Vater. »Wir waren damals nicht hier. Deine Mutter, du und ich, wir sind erst ein halbes Jahr nach der Katastrophe hierher gezogen.«
»Warum?«, fragte Justin.
»Weil deine Großmutter uns darum gebeten hat«, antwortete Vater. »Das Angebot war verlockend. Das Haus ... die neue Arbeit ... deine Mutter und ich haben nicht lange nachgedacht, um es anzunehmen. Ich habe erst sehr viel später begriffen, dass sie uns nicht nur zurückgeholt hat, weil sie nicht mehr allein in diesem großen, leeren Haus leben wollte. Sie hat gewartet. Ich glaube, auf das, was gerade jetzt passiert.«
Sie hatten die Stelle erreicht, an der sie vor zwei Tagen beinahe mit dem Wagen stecken geblieben wären. Der Schnee lag hier mittlerweile so hoch, dass Justin bis über die Knie darin versank. Das Gehen war mühevoll, aber nicht allzu schwer. Mit dem Wagen jedoch hätten sie keine Chance gehabt. Justin fasste allmählich neue Hoffnung, dass sie vielleicht doch irgendwie aus diesem Tal herauskommen würden. Noch ein paar Minuten und sie hatten den schwersten Teil des Weges bereits hinter sich.
Sie schwiegen beide, bis sie an der Stelle vorbei waren, an der ihnen der Motorradfahrer begegnet war. Justin war es, als spüre er für einen Moment noch einmal die Anwesenheit des Dunklen; als hätte er etwas von sich zurückgelassen, was jenseits der Dunkelheit des Waldes Bestand hatte.
Dann sagte sein Vater: »Jetzt wäre eigentlich der Moment, in dem ich dir meine Hilfe anbieten müsste. Ich fürchte nur, das hätte wenig Sinn.«

»Wahrscheinlich nicht«, antwortete Justin. Aber er flüsterte die Worte ganz bewusst so leise, dass sein Vater sie nicht verstand, obwohl er nach wie vor unmittelbar neben ihm ging. Sein Vater konnte ihm nicht helfen, das wusste er. Er wunderte sich nur mit jeder Sekunde mehr, dass sie dieses Gespräch überhaupt führten. Noch vor einer Stunde, da war er sich ganz sicher, wäre das vollkommen unmöglich gewesen. Sein Vater schien wie ausgewechselt, seit sie das Haus verlassen hatten. Und da war noch etwas, was er fast ebenso deutlich spürte: Das war noch nicht alles, was sein Vater ihm mitzuteilen hatte.

»Ich weiß nicht, was das alles hier zu bedeuten hat«, fuhr sein Vater fort, als er keine Antwort bekam. »Aber irgendetwas ... Seltsames geht hier vor. Vielleicht will ich es gar nicht wissen. Und vielleicht sollte ich es auch nicht. Aber wenn es irgendetwas gibt, was ich tun kann, um dir zu helfen ...«

Er blieb stehen. Justin, der das im ersten Augenblick nicht mitbekam, stapfte noch ein paar Schritte weiter durch den Schnee, ehe auch er anhielt und sich verblüfft zu ihm herumdrehte. Sein Vater hatte den Kopf auf die Seite gelegt. »Hörst du das?«, fragte er.

Auch Justin lauschte angestrengt. Er bemerkte es sofort. Das Geräusch war so deutlich, dass es ihm wahrscheinlich schon viel eher aufgefallen wäre, hätte er sich nicht so sehr auf die Worte seines Vater konzentriert: ein dumpfes, monotones Brummen und Dröhnen, das aus dem grauen Zwielicht vor ihnen drang. Es war ein eindeutig *technisches* Geräusch.

»Die Kavallerie ist da!«, sagte sein Vater fröhlich. »Hörst du? Das muss ein Schneepflug sein oder irgendein anderes Räumfahrzeug, das sie geschickt haben, um uns auszubuddeln. Komm!«

Er lief so schnell los, dass Justin alle Mühe hatte, ihm durch den kniehohen Schnee zu folgen. Das Dröhnen des Schneepfluges wurde allmählich lauter und sie hatten kaum hundert oder hundertfünfzig Schritte zurückgelegt, da begann sich die Dämmerung vor ihnen auch schon wieder aufzuhellen. Sie hatten die Kuppe des Hügels überschritten und näherten sich dem anderen Ende des Waldes. Fünf Minuten später stürmten sie nebeneinander zwischen den letzten Bäumen hindurch und Justin bot sich der schönste Anblick, den er sich im Moment auf der ganzen Welt vorstellen konnte.

Die Straße wand sich vor ihnen in ebenso engen Kehren und Schleifen den Hügel hinab, wie sie auf der anderen Seite heraufführte, und sie war auch ebenso verschneit und unpassierbar. Ungefähr auf halber Höhe bewegte sich ein riesiger, leuchtend orange gestrichener Wagen den Hügel hinauf. An seiner vorderen Stoßstange war eine kompliziert aussehende Apparatur montiert, die Justin entfernt an einen Mähdrescher erinnerte, und neben dem Führerhaus ragte etwas wie ein überdimensionales Auspuffrohr in die Höhe, aus dem allerdings kein Rauch drang, sondern eine gewaltige Fahne aus staubfein zermahlenem Schnee.

Sein Vater hatte Recht gehabt. Das Fahrzeug vor ihnen war ein Schneepflug.

Sie waren gerettet!

24

Justin wollte auf der Stelle losstürmen, aber er machte nur einen einzigen Schritt und blieb dann wieder stehen; warum, hätte er im ersten Moment selbst nicht sagen können. Aber dann machte auch sein Vater einen Schritt, hob die Arme, um der Besatzung des Schneepfluges unter ihnen zuzuwinken, und blieb ebenfalls wieder stehen. Etwas an der Art, auf die er es tat, kam Justin seltsam vor. Er blieb nicht so stehen, als hätte er tatsächlich vorgehabt, nur einen einzelnen Schritt zu tun, sondern als ...

hätte ihn etwas aufgehalten.

Der Gedanke war so absurd, dass er zu lachen versuchte; und sei es nur, um sich durch dieses Lachen selbst zu beruhigen. Aber dann sah er seinen Vater an und als er den Ausdruck in dessen Gesicht gewahrte, blieb ihm das Lachen im Halse stecken.

Sein Vater stand da wie mitten in der Bewegung erstarrt. Er hatte die Arme noch immer erhoben, aber er winkte nicht mehr und der Ausdruck in seinen Augen begann sich ganz langsam von Erleichterung zu abgrundtiefem Entsetzen zu wandeln.

»Was ist das?«, murmelte er.

Justin wusste ganz genau, wovon er sprach. Trotzdem, vielleicht nur, um noch eine oder zwei Sekunden zu gewinnen, fragte er: »Was meinst du?«

»Ich ... kann nicht weitergehen«, murmelte sein Vater. Er lachte; ein schriller, nervöser Laut. Ganz langsam ließ er die Arme sinken und starrte abwechselnd Justin, die makellose weiße Schneedecke vor sich und das näher kommende Räumfahrzeug an.

»Das ist verrückt! Ich ... ich kann einfach nicht weitergehen!«

Es war nicht verrückt, dachte Justin. Es war furchtbar und es war im Grunde genau das, was er tief in sich die ganze Zeit über erwartet hatte. Er hatte nicht gewusst, *was*, aber sehr wohl, *dass* etwas geschehen würde. Es hatte einfach nicht so leicht sein können.

Trotzdem versuchte auch er es. Mit demselben Ergebnis: Er konnte sich nicht rühren.

Es war das vielleicht Unheimlichste, was er bisher erlebt hatte. Es war nicht etwa so, als wäre vor ihnen eine unsichtbare Mauer oder irgendeine andere Barriere, und auch nicht so, als wäre er irgendwie gelähmt oder als versagten ihm seine Glieder den Dienst.

Er konnte einfach nicht weitergehen, ohne irgendeinen Grund dafür nennen zu können.

»Was ist das?«, flüsterte sein Vater. Er war totenbleich. Seine Stimme zitterte.

»Der Schwarze Turm«, antwortete Justin. »Solange seine Tore geöffnet sind, können wir das Tal nicht verlassen.«
Sein Vater sah ihn so verständnislos an, dass Justin seine eigenen Worte schon fast wieder bedauerte. Er war allerdings nicht einmal sicher, ob er sie überhaupt verstanden hatte. Er sah so erschüttert drein, wie Justin niemals zuvor einen Menschen gesehen hatte. Er konnte seinen Vater sogar verstehen.
Er war immer ein Mensch gewesen, der nach den Gesetzen der Logik und des Verständlichen lebte und stolz darauf war mit beiden Beinen fest auf dem Boden der Realität zu stehen, und wahrscheinlich war das auch der Grund, aus dem er niemals wirklich versucht hatte, das Geheimnis zu lüften, das seine eigene Mutter umgab. Nun wurde er mit etwas konfrontiert, was mit Logik beim besten Willen nicht mehr zu erklären war. Für ihn musste in diesem Moment eine Welt zusammenbrechen.
Justin sah, dass er erneut versuchte, einen Schritt zu machen, und es wieder nicht konnte. Und vielleicht nur, um das fassungslose Entsetzen in den Augen seines Vaters zu mildern, sagte er: »Sie müssen gleich hier sein. Nur noch ein paar Minuten.«
Er wusste, dass das nicht stimmte. Es würde nicht so einfach sein. Der Dunkle würde ihn nicht gehen lassen. Und trotzdem klammerte er sich zugleich an die Hoffnung, dass sie im Grunde einfach nur dastehen und abwarten mussten, bis der Schneepflug die letzten fünfzig oder sechzig Meter bis zum Waldrand zurückgelegt hatte. Möglicherweise funktionierte die magische Barriere ja nur in eine Richtung. Es *musste* einfach so sein!
Leider war es nicht so.
Justin sah es im selben Moment wie sein Vater, aber sie waren beide nicht dazu in der Lage, irgendetwas zu tun – und wie auch? Zwischen ihnen und dem Schneepflug lagen vielleicht fünfzig Meter, kaum mehr, aber es hätten ebenso gut auch fünfzig Kilometer sein können oder fünfzig Lichtjahre. Sie

konnten nichts anderes tun als dazustehen und zuzusehen, was geschah.
Nur ein kleines Stück hinter dem Schneepflug erschien plötzlich ein Schatten. Justin sah nach oben; vielleicht hatte sich eine Wolke vor die Sonne geschoben, die nun einen Schatten warf. Aber der Himmel war klar und erst jetzt, als er nach oben sah, fiel ihm auch auf, dass es auf dieser Seite des Waldes nicht schneite. Und der Schatten war auch kein richtiger Schatten, sondern ...
... zerfiel in diesem Augenblick in drei schwarz und chromblitzend gefleckte Umrisse, die sich rasend schnell dem Schneepflug näherten. Das Geräusch des Räumfahrzeuges wurde vom Brüllen der drei Motorräder verschlungen und verstummte nach ein paar Sekunden ganz, als die drei Maschinen an dem orangerot leuchtenden Ungetüm vorbeirasten und dann in einem gewagten Manöver wendeten. Die weiße Schneefahne über dem Fahrzeug begann auseinander zu treiben, als sie keinen Nachschub mehr bekam.
Die drei Motorräder waren für einen Moment zum Stillstand gekommen; ihre Scheinwerfer waren voll aufgeblendet und genau auf das Führerhaus des Schneepfluges gerichtet. Justin sah, wie einer der beiden Männer, die im Inneren des Fahrzeuges saßen, geblendet die Hand an die Augen hob.
Plötzlich schoss eines der Motorräder los, jagte direkt auf den Schneepflug zu und wich im buchstäblich allerletzten Moment zur Seite, in einem Manöver, von dem Justin noch eine Sekunde zuvor niemals geglaubt hätte, dass es überhaupt möglich war. Der Fahrer verlor auch prompt die Kontrolle über seine Maschine. Sie kippte zur Seite, schlitterte funkensprühend an der Flanke des Schneepfluges entlang und verschwand in einer Wolke aus hochstiebendem Schnee. Noch bevor sie sich wieder senkte, machte das zweite Motorrad einen Satz und wiederholte das Manöver auf der anderen Seite.
Bevor auch der dritte Motorradfahrer losrasen konnte, legte der Fahrer des Schneepfluges den Rückwärtsgang ein und

fuhr los. Der Räumer setzte sich schnaubend und zitternd in Bewegung, zwar nur ganz langsam, aber er fuhr jetzt *rückwärts* und entfernte sich somit wieder von ihnen; und somit von der einzigen Straße, die das Tal und die Stadt mit dem Rest der Welt verband.

Die Wolken aus hochgewirbeltem Schnee, in denen die beiden Motorräder verschwunden waren, senkten sich langsam wieder und Justin sah ohne die mindeste Überraschung, dass die Maschinen keinen Kratzer hatten und vollkommen unbeschadet auf ihren Rädern standen.

»Unmöglich!«, murmelte sein Vater. »Das ist vollkommen unmöglich!«

Justin sparte es sich, seinem Vater zu erklären, dass das Wort *unmöglich* in den letzten Tagen eine entschieden andere Bedeutung bekommen hatte, als sie es gewohnt waren. Er hatte ebenso deutlich wie sein Vater gesehen, wie mindestens eines der Motorräder mit dem Schneepflug kollidiert war. Der Fahrer hätte schwer verletzt, wenn nicht tot sein müssen. Und das war nicht das einzig Unmögliche.

Justin und sein Vater waren selbst bis an die Knie in den lockeren Neuschnee eingesunken und der Räumer hatte sich einen regelrechten Kanal in die weiße Masse gegraben; beiderseits des Führerhauses türmte sich der Schnee fast bis zur Höhe des Daches auf. Die zentnerschweren Motorräder hätten einfach darin versinken müssen wie Steine, die man ins Wasser geworfen hatte. Stattdessen schienen sie fast schwerelos über den Schnee zu gleiten. Ihre breiten Reifen hinterließen nicht einmal sichtbare Spuren.

»Nichts wie weg hier«, sagte sein Vater.

Seine Warnung kam keinen Moment zu früh, wie Justin begriff, als sein Blick dem ausgestreckten Arm seines Vaters folgte. Er hatte so fasziniert auf den langsam rückwärts rollenden Schneepflug und die beiden anderen Motorräder geblickt, dass er die dritte Maschine für ein paar Sekunden einfach vergessen hatte.

Umgekehrt war das leider nicht der Fall.

Das dritte Motorrad hatte auf der Stelle gewendet. Das grelle Scheinwerferauge zielte nun genau auf sie und als hätte der Fahrer nur darauf gewartet, dass Justin ihn ansah, ließ er in diesem Moment den Motor aufheulen und die Maschine machte einen regelrechten Satz in ihre Richtung.
Justin und sein Vater wirbelten herum und rannten los. Hinter ihnen brüllte der Motor der Höllen-Harley wie ein zorniger Drache und allein dieses Geräusch spornte Justin zu noch größerer Schnelligkeit an. Trotzdem hatte er das Gefühl, auf der Stelle zu treten, und in gewissem Sinne stimmte das sogar. In dem knietiefen Schnee hatte es nicht viel Zweck zu rennen. Weder sein Vater noch er kamen nennenswert schneller von der Stelle als vorhin, als sie ganz normal gegangen waren.
Dafür raste das Motorrad immer schneller heran. Zerpulverter Schnee stob hinter ihm in die Höhe wie Wasser hinter einem Rennboot. Es schien regelrecht in ihre Richtung zu explodieren. Im letzten Moment versetzte Justins Vater ihm einen Stoß und ließ sich gleichzeitig in die entgegengesetzte Richtung fallen. Das Motorrad schoss zwischen ihnen hindurch und überschüttete Justin mit einem Hagel weißer Kälte. Trotzdem konnte er erkennen, dass es Tobias war, der sie angriff, keiner der beiden anderen.
Er fiel in den Schnee, versank für eine Sekunde zur Gänze in der weißen Masse und richtete sich hastig wieder auf. Schnee sickerte eiskalt in seinen Kragen und drang in seine Handschuhe und Stiefel ein.
Justin und sein Vater kamen gleichzeitig wieder auf die Füße, gerade rechtzeitig, um zu sehen, wie Tobias sein Motorrad herumriss und in einer gewaltigen brodelnden Wolke aus Schnee wendete.
Als er diesmal herankam, warf sich Justins Vater jedoch nicht zur Seite. Er tat nur so und Tobias, der die Bewegung vorausgeahnt zu haben schien, riss seine Maschine abermals herum; zweifellos, um ihn einfach über den Haufen zu fahren. Justins Vater stieß sich jedoch plötzlich mit aller Kraft ab, sprang Tobias mit weit ausgebreiteten Armen an und riss ihn mit sich

aus dem Sattel des Motorrades. Das Fahrzeug rollte führerlos noch ein paar Meter weiter und prallte dann wuchtig gegen einen Baum.

Justin wollte seinem Vater zu Hilfe eilen, aber er sah im ersten Moment nur wirbelnden Schnee und ein Durcheinander von fliegenden Gliedmaßen, von denen er nicht einmal genau sagen konnte, was nun zu wem gehörte; dann erkannte er, dass seine Hilfe gar nicht nötig war. Obwohl Tobias tatsächlich viel breitschultriger und ein gutes Stück größer war als sein Vater, bereitete es diesem nicht die geringsten Schwierigkeiten, mit ihm fertig zu werden.

Mittlerweile näherte sich jedoch bereits eine weitere Gefahr. Der Schneepflug hatte sich rückwärts fahrend entfernt und schon fast die Hauptstraße unten am Hügel erreicht und Rolf und Martin schien das zu genügen, denn sie wendeten ihre Motorräder und rasten nun in schnellem Tempo auf sie zu. Wenn sie sie erreichten, war es vorbei. Auch wenn sein Vater vielleicht nicht ganz der sanftmütige und friedliebende Büroangestellte war, für den ihn Justin gute dreizehn Jahre lang gehalten hatte – mit gleich drei dieser brutalen Schlägertypen auf einmal würde er kaum fertig werden.

Das heißt: Eigentlich waren es nur noch zwei. Tobias hatte es schon fast aufgegeben sich zu wehren. Er lag auf dem Rücken und beschränkte sich darauf, die Hände vor das Gesicht zu heben, um sich wenigstens vor den schlimmsten Hieben zu schützen, die auf ihn herunterprasselten. Justin erschrak fast vor seinem eigenen Vater. Er hockte auf Tobias' Brust und drosch so wütend auf ihn ein, als wollte er ihn bis zum Erdmittelpunkt hineinprügeln. Aber sobald Martin und Rolf heran waren, musste sich das Blatt wenden.

Justin gewahrte eine Tanne mit großen, fast bis zum Boden reichenden Ästen, die sich unter der Last des darauf liegenden Schnees bogen, und stemmte sich mit dem Rücken gegen einen fast armdicken Ast. Er drückte mit aller Kraft und der Ast bewegte sich langsam und mit einem hörbaren Knirschen nach hinten. Nicht sehr weit, aber vielleicht weit genug.

Die beiden Motorräder rasten dicht nebeneinander heran. Sie waren noch schneller geworden, aber Justin kam es plötzlich vor, als würden sie kriechen. Der Druck gegen seine Schultern wurde immer unerträglicher und die Muskeln in seinen Beinen waren hoffnungslos verkrampft. Er wusste nicht, wie lange er es noch aushalten würde. Er hatte vorgehabt, den Ast wie eine Peitsche losschwingen zu lassen, um Martin und Rolf aus den Sätteln zu katapultieren, aber wenn er Pech hatte, dann würde er gleich selbst als lebendes Wurfgeschoss auf sie geschleudert werden. Mit einer fast verzweifelten Anstrengung mobilisierte er noch einmal jedes bisschen Energie, das er in seinem Körper fand, stemmte sich noch fester gegen den Boden – und stürzte rücklings in den Schnee, als der Ast mit einem peitschenden Knall abbrach.

Rolf und Martin stießen ein triumphierendes Geheul aus. Sie hatten offensichtlich längst gesehen, was er vorhatte; wahrscheinlich hätte es sowieso nicht funktioniert.

Brüllend vor Lachen rissen sie ihre Motorräder herum und fuhren nun genau auf ihn zu und aus der Baumkrone über ihnen löste sich ungefähr eine halbe Tonne Schnee und begrub die beiden Burschen samt ihren Motorrädern unter sich.

Im ersten Moment war Justin so verblüfft, dass er gar nicht richtig begriff, was geschehen war. Vor ihm lag plötzlich ein mannshoher Berg aus Schnee, der die Straße von einer Seite zur anderen blockierte. Die Erschütterung, die entstanden war, als der Ast abbrach, hatte nicht nur den Schnee aus dieser einen Baumkrone ins Rutschen gebracht, sondern eine regelrechte kleine Lawine in dem lebenden Dach über der Straße ausgelöst. Die beiden Rocker und ihre Motorräder mussten regelrecht in den Boden hineingerammt worden sein.

»Gut gemacht«, sagte sein Vater schwer atmend. Er hatte endlich von Tobias abgelassen und trat zu Justin, um ihm aufzuhelfen. Auch er war nicht ganz unversehrt davongekommen. Seine rechte Gesichtshälfte begann bereits anzuschwellen und als Justin nach seiner ausgestreckten Hand griff, sah er, dass sie voller Blut war.

»Das war nicht mein Verdienst«, murmelte er. »Es war pures Glück.«
»Ein Krieger ohne Glück ist ein schlechter Krieger«, antwortete sein Vater. »Außerdem ist es ein Beweis für meine alte These, dass angewandte Intelligenz roher Kraft am Ende immer überlegen ist.« Er sah auf seine aufgeplatzten Knöchel hinunter, bewegte die Finger, zog eine Grimasse und fügte hinzu: »Meistens.«
Justin ging zu Tobias hin und beugte sich über ihn. Er regte sich nicht, sondern lag mit geschlossenen Augen im Schnee, der sich rings um sein Gesicht herum rot gefärbt hatte, und stieß dann und wann ein leises Stöhnen aus. Sein Gesicht bot einen schrecklichen Anblick.
»Musstest du ihn so zurichten?«, fragte Justin leise.
Sein Vater nickte. »Ja. Bei einem Gegner wie diesem hast du keine Wahl, weißt du? Der Bursche ist viel stärker als ich. Wenn ich ihm auch nur die Spur einer Chance gelassen hätte, dann läge *ich* jetzt dort.«
Vermutlich stimmte das sogar. Aber es änderte nichts daran, dass er beim Anblick der jämmerlichen Gestalt vor sich im Schnee wenig Triumph empfand. Gewalt in Geschichten, im Fernsehen oder auch in der Fantasie mochte ja ganz aufregend sein und sicherlich auch abenteuerlich und spannend, aber die Wirklichkeit sah doch etwas anders aus.
»Verschwinden wir«, sagte sein Vater, »bevor sich die beiden anderen ausgegraben haben. *Drei* von diesen Kerlen auf einmal sind selbst mir ein bisschen zu viel.«
Und dann tat er etwas, was Justin wirklich schockierte: Er holte aus und trat Tobias heftig mit dem Stiefel in die Seite. Tobias keuchte, krümmte sich und schlug wimmernd die Hände vor das Gesicht. Vater versetzte ihm einen zweiten Tritt, diesmal so hart, dass seine Rippen hörbar knackten, und aus Tobias' Wimmern wurde ein verzweifeltes Keuchen nach Luft. Justins Vater holte zu einem dritten Tritt aus. Diesmal zielte er auf sein Gesicht.
»*Hör auf!*«, schrie Justin.

Sein Vater erstarrte mitten in der Bewegung. Sein Gesicht verzerrte sich vor Wut und für einen Augenblick war Justin fest davon überzeugt, dass sich sein Zorn nun auf ihn entladen würde; und plötzlich glaubte er, etwas wie einen riesigen, schwarzen Schatten hinter der Gestalt seines Vaters aufragen zu sehen; ein Umriss, der die Arme erhoben hatte und sie bewegte wie ein Marionettenspieler, der an unsichtbaren Fäden zog. Dann erlosch die Illusion und der Ausdruck mörderischer Wut auf dem Gesicht seines Vaters machte einer ebenso tiefen Betroffenheit Platz. Langsam ließ er den Fuß sinken, schüttelte ein paar Mal den Kopf und gab sich dann einen Ruck.

»Komm! Weg hier! Dieser Wald macht mir Angst!«

Sie eilten den Weg wieder zurück, den sie gekommen waren, wobei sie beide versuchten, in ihre eigenen Fußspuren zu treten, um es ein wenig leichter zu haben. Trotzdem waren sie vollkommen außer Atem, als sie endlich wieder beim Wagen ankamen.

Justin glaubte nicht, dass ihr kleines Abenteuer im Wald länger als eine halbe Stunde gedauert hatte. Trotzdem war der Wagen in der Zwischenzeit schon vollkommen eingeschneit. Es gelang Justin nicht, die Tür auf seiner Seite zu öffnen, sodass er umständlich über den Sitz seines Vaters hinwegklettern musste, ehe auch dieser einstieg und mit klammen Fingern den Zündschlüssel ins Schloss schob.

Der Motor startete nicht sofort, sondern erst nach dem achten oder vielleicht auch zwölften Versuch und Justin bildete sich zumindest ein, den Anlasser schon deutlich langsamer mahlen zu hören. Er gestattete sich gar nicht, auch nur an die Möglichkeit zu denken, dass der Wagen gar nicht starten würde. Nach allem, was sie gerade heil überstanden hatten, *konnte* das Schicksal einfach nicht so unfair sein, ihnen jetzt mit einer Motorpanne eine lange Nase zu drehen.

War es auch nicht. Sein Vater drehte weiter am Zündschlüssel und schlug die geballte Linke auf das Lenkrad. »Dreckskarre!«, fluchte er.

Der Motor sprang an und stotterte einige Sekunden, dann lief er ruhig und rund. Trotzdem fluchte sein Vater ungehemmt weiter und betätigte den Hebel für die Scheibenwischer so heftig, dass sich Justin nicht gewundert hätte, wenn er abgebrochen wäre. »Verdammte Karre!«, schimpfte er. »Was ist denn nur los? Fällt jetzt die gesamte Technik in diesem Scheißkaff nach und nach aus?«

Justin sah seinen Vater erschrocken an, einerseits wegen dieses so vollkommen unmotivierten Wutausbruchs, andererseits aber auch, weil er plötzlich an ein Telefon denken musste, das nicht mehr funktionierte, und Schaufenster, in denen die Beleuchtung erloschen war. Was, dachte er, wenn mit Crailsfelden eine noch viel, viel tiefere Veränderung vor sich geht, als ich bisher angenommen hatte? Was, wenn die ganze Stadt samt ihren Bewohnern allmählich in eine Dimension abglitt, die jenseits der des Normalen lag, ein düsteres Schattenreich, in dem schwarze Magie und uralte böse Mächte herrschten statt der Kräfte der Natur und menschlicher Technik? Vielleicht war es tatsächlich *das*, wovor ihn seine Großmutter hatte warnen wollen.

Sein Vater hämmerte den Gang hinein und stieß so heftig zurück, dass sich der Wagen knirschend in eine Schneewehe grub und er das Gaspedal bis zum Boden durchtreten musste, um wieder freizukommen. Der Wagen machte einen Satz, schleuderte und kam wieder zum Stehen. Sein Vater trat so hart auf die Bremse, dass Justin nach vorne geworfen wurde und sich hastig mit den Händen am Armaturenbrett abstützte. Als er aufsah, verstand er auch, warum sein Vater so abrupt angehalten hatte.

Sie standen am Waldrand, kurz unter der Hügelkuppe und an einem Punkt, an dem man vielleicht den bestmöglichen Überblick über das ganze Tal hatte. Crailsfelden lag in seiner ganzen Ausdehnung unter ihnen, zur Größe einer Spielzeugstadt geschrumpft und weiß überpudert. Aber Justin war im ersten Moment nicht einmal sicher, ob es sich wirklich noch um seine Heimatstadt handelte.

Crailsfelden hatte sich verändert.
Justin konnte nicht genau sagen, wie. Auf den ersten Blick schien alles ganz normal, so wie immer, so, wie es auch gestern gewesen war und vorgestern und all die unzähligen Tage davor.
Und doch ...
Der Gesamteindruck stimmte nicht mehr. Die Stadt wirkte abweisend und kalt, kein Ort mehr, der zum Verweilen oder gar darin Wohnen einlud, sondern im Gegenteil ein Flecken Erde, dem man lieber den Rücken kehrte. Die Häuser wirkten klein und buckelig, wie verkrüppelte hässliche Gnome, die in der Dämmerung lauerten. Und auch das Kloster schien nicht mehr wirklich das Kloster zu sein, das Justin fast zehn Jahre lang vom heimatlichen Küchenfenster aus gesehen hatte. Es hatte sich nicht verändert, ebenso wenig wie irgendein anderes Gebäude in der Stadt, und doch kam es Justin so vor, als wäre die verbrannte Ruine in Wahrheit nur der Schatten von etwas viel Größerem, Bösem, das sich über der Stadt erhob wie ein finsteres Fanal.
»Was ist das?«, murmelte sein Vater. Seine Stimme bebte und doch fühlte sich Justin im ersten Moment einfach nur erleichtert. Sein Vater sah es auch. Es war mehr als eine Halluzination, sondern etwas, was wirklich geschah, und obwohl auch dieser Gedanke schon wieder einen neuen, vielleicht noch viel tieferen Schrecken in sich barg, wirkte er zugleich auch beruhigend auf ihn. Wenigstens war er nicht verrückt. Auch das war eine Möglichkeit, die er in den letzten Tagen mehr als nur einmal ganz ernsthaft erwogen hatte.
»Der Schwarze Turm«, antwortete Justin. »Er ist erwacht. Es ist der Katzenwinter.«
»Was für ein Schwarzer Turm?«, wiederholte sein Vater. »Und wieso Katzenwinter?« Ein Schatten legte sich über seine Augen und er wirkte sehr nervös und plötzlich schüttelte er den Kopf und machte eine wegwerfende Geste. »Unsinn. Wir drehen anscheinend allmählich beide durch! Kein Wunder bei diesem Mistwetter!«

Er legte den Gang wieder ein und fuhr los. Während sie langsam die verschneite Straße in die Stadt hinunterfuhren, drehte sich Justin ein paar Mal in seinem Sitz herum und sah zum Wald zurück. Alles blieb still. Weder von Rolf und den beiden anderen Kerlen noch von dem Dunklen selbst war auch nur eine Spur zu sehen. Sie wurden nicht verfolgt.
Aber vielleicht ist das auch gar nicht nötig, dachte Justin niedergeschlagen. Vielleicht mussten ihre Feinde sie gar nicht mehr verfolgen.
Vielleicht warteten sie ja bereits auf sie, dort unten, in der Stadt.

25

Zuallererst einmal wartete Justins Mutter auf sie. Sie musste sie schon von weitem gesehen haben, denn sie war aus dem Haus getreten und ihnen einige Schritte entgegengekommen. Trotz der Kälte hatte sie nichts übergezogen, sondern stand frierend in einem dünnen Kleid da. Außerdem blickte sie ihnen mit dem finstersten Gesicht entgegen, das Justin sich nur vorstellen konnte.
»Wieso seid ihr schon zurück?«
Vater hatte den Wagen vor dem Garagentor abgestellt, ohne die Fernbedienung auch nur anzurühren. Mit einer ärgerlich wirkenden Bewegung knallte er die Tür hinter sich zu und antwortete knapp: »Wir sind nicht durchgekommen. Keine Chance. Nicht einmal zu Fuß.«
»Das habe ich dir doch gleich gesagt!«, antwortete Justins Mutter unfreundlich. Sie rieb sich fröstelnd die Hände, wartete vergeblich auf eine Antwort und drehte sich schließlich zu Justin um, als ihr Mann einfach an ihr vorbeiging und wortlos im Haus verschwand.

»Was war los?«, fragte sie.
»Nichts«, erwiderte Justin – was angesichts des mitgenommenen Äußeren seines Vaters eine schon fast unverschämte Lüge war. Aber wenn sein Vater im Moment nicht über den Zwischenfall im Wald reden wollte, dann hatte er das auch zu akzeptieren. Und es war ihm auch ganz recht. Er hatte seinen Vater schon tiefer in diese Geschichte hineingezogen, als gut war. Er wollte nicht, dass seine Mutter möglicherweise auch noch zu Schaden kam. Also ging auch er einfach an ihr vorüber, obwohl er genau spürte, dass sie eine Antwort von ihm erwartete.
Und er hielt auch drinnen im Haus nicht an, sondern warf nur im Vorübergehen seine Jacke in Richtung Garderobe und stürmte sofort die Treppe hinauf. Auf halber Höhe hörte er, wie unter ihm die Haustür ins Schloss geworfen wurde und seine Mutter rief: »Justin! Wo willst du hin?!«
Der scharfe Ton in ihrer Stimme hätte ihn normalerweise sofort stehen bleiben lassen. Heute aber stockte er nicht einmal im Schritt, sondern rief nur: »Ich muss etwas nachsehen!«, und stürmte sogar noch etwas schneller die restlichen Stufen hinauf. Ohne langsamer zu werden betrat er die Wohnung seiner Großmutter und ging zum Bücherregal.
Justin nahm einen Band nach dem anderen heraus, blätterte ihn flüchtig durch, warf einen Blick hier hinein, einen Blick dort, las ein paar Zeilen oder sah kurz auf eine Illustration; nur um ein Buch nach dem anderen auch wieder aus der Hand zu legen.
Er fand nichts.
Aber das konnte möglicherweise daran liegen, dass er gar nicht genau wusste, wonach er überhaupt suchte.
Nach einer Weile hörte er auf, wie besessen Bücher aus dem Regal zu reißen und hinter sich auf den Boden zu werfen. Was er tat, war vollkommen sinnlos und nicht mehr als ein Ausdruck seiner Hilflosigkeit. Tatsache war: Er wusste einfach nicht mehr weiter.
Er hatte doch alles getan, was er tun konnte! Er war der

Verlockung des Bösen nicht erlegen. Er hatte sich den Kriegern des Dunklen gestellt, ja, er war sogar ins Zentrum seiner Macht vorgedrungen und hatte sich ihm dort gestellt, auf seinem eigenen Boden. Nichts hatte irgendetwas genutzt. Er hatte das Verhängnis, das sich über Crailsfelden zusammenbraute, nicht aufhalten können. Was um alles in der Welt sollte er denn noch tun?!

»Du wirst hier nicht finden, wonach du suchst«, sagte eine Stimme hinter ihm.

Justin drehte sich zu Reggie herum und maß sie mit einem fast feindseligen Blick. »Liest du jetzt schon meine Gedanken?«, fragte er.

Reggie lächelte flüchtig und trat vollends ins Zimmer, begleitet von Merlin und den anderen Katzen. Justin verspürte einen tiefen, schmerzhaften Stich, als er sah, wie wenige es nur noch waren.

»Das ist kaum notwendig«, antwortete sie. »Es ist nicht schwer zu erraten, was in deinem Kopf vorgeht. Und was deine Frage angeht: Nein, ich kann deine Gedanken nicht lesen. Ich wollte, ich könnte es. Vielleicht hätte ich dich dann gestern Abend eher von diesem Wahnsinn abhalten können!«

In ihrer Stimme war ein verletzender Ton. Es war jetzt genau anders herum als in der vergangenen Nacht: Aus irgendeinem Grund wollte sie ihm jetzt wehtun. Es gelang ihr. Justin hatte plötzlich einen harten Kloß im Hals, der sich einfach nicht hinunterschlucken ließ, ganz egal, wie sehr er es auch versuchte.

»Vielleicht wäre das ja alles nicht passiert, wenn ich gewusst hätte, worauf ich mich einlasse«, verteidigte er sich. »Aber von dir erfahre ich ja immer nur, was ich gerade falsch gemacht habe.«

»Stimmt«, antwortete Reggie spitz. »Seit ich diese Aufgabe übernommen habe, muss ich so viel reden wie sonst in Jahren nicht.«

Ihre Worte versetzten Justin so in Wut, dass er einen Schritt auf sie zu trat und die Faust ballte. Reggie wich um dieselbe

Distanz zurück und duckte sich leicht; aber nicht aus Furcht, sondern wohl eher, um sich zum Sprung zu spannen.
Merlin sprang mit einem Satz zwischen sie und Justin und fauchte und der Laut brach den Bann. Justin blinzelte, hob seine noch immer zur Faust geballte Rechte und blickte auch sie und dann Reggie fassungslos an. Auch das Mädchen wirkte erschüttert und jetzt las er tatsächlich Angst in ihren Augen.
»Was ... was war das?«, murmelte er. »Beginnt es jetzt auch mit uns?«
»Das waren nicht wir«, antwortete Reggie. Sie hatte sich wieder entspannt, wirkte aber trotzdem noch genauso nervös wie er. Bevor sie weitersprach, warf sie Merlin einen kurzen und – wie Justin meinte – eindeutig dankbaren Blick zu. »Es war der Atem des Dunklen. Er vergiftet die Seelen der Menschen.«
»Dann ist er auch schon hier?«
Reggie schüttelte beruhigend den Kopf. »Nein. Du hast ihn draußen berührt, im Wald, und du hast ... etwas von ihm mitgebracht. Aber es hat hier drinnen keinen Bestand. Das Böse kann ein Haus nur betreten, wenn man es dazu einlädt.«
»Warst du deshalb gestern Abend so entsetzt, als mein Vater Tobias hereinlassen wollte?«
»Wir sind sicher in diesem Haus«, antwortete Reggie, obwohl das im Grunde nicht wirklich eine Antwort auf seine Frage war. Sie ging langsam an ihm vorbei zum Fenster, sah hinaus und fuhr mit noch leiserer Stimme fort: »Sie alle sind sicher in ihren Häusern. Das Böse hat keine Macht über sie, solange sie es nicht freiwillig einlassen. Aber das werden sie. Sie haben es immer getan und sie werden es auch dieses Mal tun. Heute.«
»Heute?«, wiederholte Justin entsetzt. »Sagtest du: *heute?*«
Reggie nickte. Sie wandte sich nicht zu ihm um, sondern blickte weiter aus dem Fenster, während sie mit leiser, zitternder Stimme antwortete: »Es geschieht in dieser Nacht. Die Tore des Schwarzen Turmes haben sich geöffnet und das Böse

schleicht durch die Stadt. Es wird sie vernichten, wenn ihm die Menschen ihre Herzen öffnen.«
»Aber was kann ich dagegen tun?«, fragte Justin.
Reggie drehte sich nun doch zu ihm herum und sah ihn mit einem Ernst an, der Justin schaudern ließ. »Nichts«, sagte sie.
»Aber ich muss es aufhalten!«, protestierte Justin. »Es ist meine Aufga –«
»Nein, Justin, das ist es nicht«, unterbrach ihn Reggie. »Es ist nicht deine Schuld. Du hast es versucht, aber du bist noch nicht so weit. Und wie auch? Es dauert ein Leben lang, sich auf diesen Tag vorzubereiten. Du hattest nie eine Chance.«
»Lass es mich wenigstens versuchen«, sagte Justin.
»Was? Dich umbringen zu lassen? Dein erster Versuch heute Nacht war schon gar nicht schlecht.« Reggie lächelte und nahm ihren Worten damit eine Menge von ihrer Schärfe. Aber die Traurigkeit in ihrem Blick blieb.
»Du bist noch nicht bereit«, sagte sie noch einmal. »Der Dunkle weiß das und vielleicht ist das auch der einzige Grund, aus dem er dich bisher noch verschont hat. Du bist keine Gefahr für ihn.«
»Danke«, sagte Justin bitter.
Reggies Lächeln wurde noch eine Spur trauriger. Sie trat auf ihn zu und legte ihm die Hand auf die Schulter. Justin schüttelte sie ab.
»Es ist nicht deine Schuld«, sagte Reggie erneut. »Deine Großmutter wusste das. Sie hätte dich alles gelehrt, was nötig gewesen wäre, aber die Zeit hat einfach nicht gereicht. Der Angriff des Dunklen kam zu früh.« Sie atmete hörbar ein. »Du bist nicht in Gefahr«, fuhr sie fort. »Deinen Eltern und dir wird nichts geschehen, solange ihr in diesem Haus bleibt.«
»Du meinst, wir sollten einfach hier bleiben und die Augen zumachen, während dort draußen ...« Er wusste nicht, was, aber er wusste, dass es etwas Entsetzliches sein würde. »... *irgendetwas* passiert? Das ist nicht dein Ernst!«
»Es ist die einzige Wahl, die du hast«, sagte Reggie. »Du bist ihnen zweimal entkommen. Das erste Mal, weil sich deine

Freunde für dich geopfert haben. Das zweite Mal, weil du sie überrascht hast. Ein drittes Mal wird es dir nicht gelingen. Wenn du dieses Haus verlässt, werden sie dich töten.«
»Sie hat es damals auch nicht geschafft, nicht wahr?«, murmelte Justin. Plötzlich war alles so deutlich, dass er sich fassungslos fragte, wieso er die Wahrheit eigentlich nicht von Anfang an erkannt hatte.
Reggie schwieg und Justin sagte noch einmal: »Meine Großmutter. Auch sie hat es nicht geschafft ihn aufzuhalten, nicht wahr? Vor zehn Jahren, die große Katastrophe. Es ist ihr damals nicht gelungen, das Tor zu schließen. Warum? Hat sie sich damals auch hier im Haus verkrochen und die Augen zugemacht, während rings um sie herum die Stadt gebrannt hat?«
Die Worte taten ihm im selben Moment schon wieder Leid, in dem er sie aussprach, denn sie waren boshaft und gemein und er wünschte sich für einen Moment, dass es gar nicht er selbst gewesen wäre, der sie ausgesprochen hatte. Aber Worte, die einmal ausgesprochen waren, waren wie abgeschossene Pfeile: Sie zurückzuholen war praktisch unmöglich.
»Du tust deiner Großmutter Unrecht, Justin«, sagte Reggie traurig. »Sie hat ihr Leben lang gegen das Böse gekämpft und sie hat es geschlagen, wo immer es sich zeigte, aber auch sie ist nur ein Mensch. Ihre Kräfte sind begrenzt. Vielleicht war sie einfach zu alt, als der Dunkle das letzte Mal nach der Stadt griff.«
»Und es war niemand da, der ihren Platz einnehmen konnte«, murmelte Justin. Was hatte sein Vater gesagt? *Manchmal überspringt es eine Generation.*
Reggie schwieg.
»Aber jetzt bin ich hier«, fuhr er fort. »Ich bin hier, um ihren Platz einzunehmen.«
»Mach dich nicht lächerlich«, sagte Reggie ruhig. »Deine Großmutter war die mächtigste ...« Sie suchte nach Worten. »Wie nennt ihr sie?«
»Hexe?«, schlug Justin vor.

»Hexe«, bestätigte Reggie, ohne auch nur mit einem Wimpernzucken auf den bissigen Ton in Justins Stimme einzugehen. »Sie war die mächtigste Hexe, die es seit fast einem Jahrhundert in diesem Tal gegeben hat. Und du glaubst, du könntest so einfach ihren Platz einnehmen? Wie nennt man doch gleich die Krankheit, unter der ihr Menschen so gerne leidet? Größenwahn?«

Justin ignorierte ihren letzten Satz und knüpfte nahtlos an den davor an: »Das ... *Ding* da drüben im Turm scheint es jedenfalls zu glauben«, sagte er. »Oder warum sonst würde es sich so große Mühe geben, mich zu vernichten?«

»Er ist nur vorsichtig«, antwortete Reggie. »Der Dunkle hat zu lange auf diesen Augenblick gewartet, um auch nur das kleinste Risiko einzugehen.«

»Wieso?«, fragte Justin. »Was ist diesmal anders, als vor zehn Jahren oder vor fünfzig oder hundert?«

»Nichts«, antwortete Reggie. Justin spürte, dass sie log oder ihm zumindest etwas Wichtiges verschwieg – was im Moment wahrscheinlich auf dasselbe hinauslief. Vielleicht sollte er gar nicht mehr mit ihr reden.

Ein seit einer Weile in der Stadt selten gewordener Laut drang von der Straße herauf: das Motorengeräusch eines Wagens. Justin fuhr herum und war mit einem einzigen, schnellen Schritt am Fenster und in dem Bruchteil einer Sekunde, den er für diese Bewegung brauchte, keimte gegen jede Logik die verzweifelte Hoffnung in ihm auf, einen Wagen aus der Stadt unten auf der Straße zu sehen, der gekommen war, um sie alle darüber zu informieren, dass die Straße durch den Wald wieder frei war.

Stattdessen entdeckte er einen sehr großen, ziemlich betagten Geländewagen, der hinter dem BWM seines Vaters in der Auffahrt hielt.

»Doktor Reinert?«, murmelte er. »Was will der denn hier?«

Wie zur Antwort hörte er, wie es unten an der Haustür klingelte, dann schnelle Schritte, die sich der Tür näherten. Einen Augenblick später vernahm er die Stimmen seines

Vaters und Dr. Reinert, die miteinander sprachen. Er war nicht ganz sicher, glaubte aber ein paar Mal seinen Namen zu verstehen.

»Bleib hier«, sagte er, an Reggie gewandt. Reggie nickte knapp und wich sogar noch ein paar Schritte weit ins Zimmer zurück, als fürchte sie, jemand könnte die Treppe heraufkommen und sie sehen. Justin warf ihr noch einen mahnenden Blick zu, dann verließ er mit schnellen Schritten das Zimmer. Merlin folgte ihm, aber die anderen Katzen blieben bei Reggie zurück.

Als Justin die Treppe hinunterging, sah er nicht nur Dr. Reinert und seinen Vater an der Tür stehen, sondern auch seine Mutter. Dr. Reinert trug einen hellen Sommermantel, der für die Witterung eigentlich viel zu dünn war. Sein linker Arm hing immer noch in einer Schlinge. Trotzdem hatte er ein langes, in dunkelbraunes Packpapier eingeschlagenes Paket darunter geklemmt. Es musste ziemlich unbequem sein. Das Paket machte den Eindruck, als wäre es recht schwer.

»Hallo, Justin«, sagte Dr. Reinert, als er seine Schritte auf der Treppe hörte. Er lächelte, aber es wirkte ein bisschen nervös, fand Justin. Er antwortete nur mit einem knappen Nicken. Auch seine Eltern drehten sich zu ihm herum; sein Vater ganz, seine Mutter wandte nur den Kopf und musterte ihn auf eine Art, die er nicht genau deuten konnte, die ihm aber nicht gefiel. Eine fühlbare Spannung lag in der Luft. Was ging hier vor?

»Doktor Reinert ist gekommen, um mit dir zu reden«, begann sein Vater.

»So?«, fragte Justin. »Worum geht es denn?«

Der Tierarzt zögerte einen Moment. Es war ganz deutlich, dass er etwas auf dem Herzen hatte, und fast ebenso deutlich, dass er es vorgezogen hätte, allein mit Justin zu reden. Seine Eltern machten jedoch keine Anstalten, ihm die Sache irgendwie zu erleichtern. Ebenso wenig wie sie ihren Besucher einluden näher zu treten.

»Es ... geht um deine Großmutter«, begann Dr. Reinert zögernd. »Du weißt, dass wir uns schon seit langer Zeit gekannt haben.«
Natürlich wusste Justin das; genauso, wie er wusste, dass Dr. Reinert sehr viel mehr als nur der *Tierarzt* seiner Großmutter gewesen war.
»Sie hat oft mit mir über dich geredet, weißt du?«, fuhr Dr. Reinert fort. »Vor allem in der letzten Zeit. Ich meine, sie ... sie war eine alte Frau. Sie war zwar immer noch besser beieinander als die meisten zehn Jahre jüngeren Frauen, aber sie wusste natürlich, dass ihre Zeit irgendwann einmal –«
»Worauf wollen Sie hinaus, Doktor?«, fiel ihm Justins Mutter ins Wort. »Meine Schwiegermutter ist noch am Leben. Reden Sie nicht über sie, als wäre sie schon tot.«
»Natürlich nicht«, sagte Dr. Reinert hastig. Er fuhr sich nervös mit der Zungenspitze über die Lippen, druckste einen weiteren Moment herum und setzte dann neu an.
»Ich habe deiner Großmutter etwas versprochen, Justin. Da ... gibt es etwas, von dem sie wollte, dass du es bekommst, falls ... falls ihr etwas Unvorhergesehenes zustoßen sollte. Hier.«
Er versuchte mit nur einer Hand das Paket unter seinem Arm hervorzuziehen, stellte sich dabei aber so ungeschickt an, dass er es um ein Haar fallen gelassen hätte. Justin griff rasch zu und fing es auf. Es war tatsächlich so schwer, wie es ausgesehen hatte, und unter dem dunklen Papier verbarg sich etwas sehr Hartes.
»Was ist das?«, fragte Justins Mutter.
Dr. Reinert zuckte mit den Achseln. »Ich weiß es wirklich nicht. Ich habe nie nachgesehen. Ihre Schwiegermutter hat es mir schon vor Jahren gegeben.«
»Und wieso bringen Sie es ausgerechnet jetzt?«
»Nun, ich dachte ... in Anbetracht der Umstände ...«
»Welcher Umstände?«, fragte Justins Mutter. Ihre Stimme war noch schärfer geworden. »Ich sagte Ihnen bereits: Meine Schwiegermutter *ist* noch nicht tot.« Sie schüttelte zornig den

Kopf. »Ich finde Ihr Verhalten ziemlich pietätlos, Herr Doktor.«
»Ja«, antwortete Dr. Reinert niedergeschlagen. »Wahrscheinlich haben Sie Recht. Es tut mir Leid. Aber es war ... Ich hatte einfach das Gefühl, dass es der richtige Moment ist.«
»Das habe ich ganz und gar nicht«, antwortete Justins Mutter scharf. »Justin hat sehr an seiner Großmutter gehangen.«
Justin sah seine Mutter verwirrt an. »Es ist schon gut«, sagte er, ganz bewusst so, dass nicht richtig klar wurde, an wen diese Worte eigentlich gerichtet waren. Seine Mutter blinzelte. Der Einzige, der bisher noch nichts gesagt hatte, war sein Vater. Er sah abwechselnd Justin, das Paket in seinen Armen und Dr. Reinert an und er sah sehr nachdenklich drein. Vielleicht ein bisschen nervös, aber nicht zornig.
»Mach es auf«, sagte er leise.
Justin zögerte. Er brannte vor Neugier zu erfahren, was in dem Paket war, aber zugleich hatte er auch beinahe Angst, es zu öffnen. Vielleicht aus demselben Grund, aus dem seine Mutter so zornig war. Dr. Reinert übergab ihm praktisch das Erbe seiner Großmutter. Wenn er es annahm, dann war es wirklich ein bisschen so, als hätte er ihren Tod schon akzeptiert.
Trotzdem öffnete er es. Das Papier knisterte unter seinen Händen und fühlte sich fast so steif wie dünnes Metall an. Darunter kam ein gut armlanges, mattsilbern schimmerndes Schwert zum Vorschein. Die Klinge war so breit wie Justins Hand und mit kunstvollen Verzierungen und Runen versehen und der Griff und die ziselierte Querstange schienen aus purem Gold zu bestehen.
»Was ... ist das?«, murmelte seine Mutter erstaunt. In ihrer Stimme schwang fast so etwas wie Ehrfurcht mit und auch Vater und Dr. Reinert rissen erstaunt die Augen auf. Nur Justin zeigte keinerlei Reaktion.
Äußerlich.
In seinem Inneren hatte er das Gefühl, ganz langsam zu Eis zu erstarren.

Es war nicht das erste Mal, dass er dieses wertvolle Schwert sah.
Es war dieselbe Waffe, die die Zauberin in seiner Vision in der Hand gehabt hatte. Das Schwert, das sie in die Dämonenaugen des Pentagramms gestoßen hatte.
»Unglaublich«, murmelte sein Vater. »Großer Gott, haben Sie eine Vorstellung, wie wertvoll so etwas ist?«
Dr. Reinert machte eine Bewegung, die mit einigem guten Willen vielleicht als Nicken durchgehen mochte. »Ich hatte es all die Jahre in einem unverschlossenen Schrank in meiner Praxis«, murmelte er. »Mir wird ganz anders, wenn ich nur daran denke.«
Justins Vater beugte sich vor, streckte die Hand aus, zögerte dann aber im letzten Moment und sah seinen Sohn an. Erst nachdem Justin ebenso wortlos genickt hatte, berührte er die Klinge und anschließend den Griff vorsichtig mit den Fingerspitzen.
»Es scheint echt zu sein«, sagte er. »Ich verstehe nichts davon, aber wenn es wirklich echt ist, dann ... dann muss es unglaublich wertvoll sein.«
»Es ist vor allem eine *Waffe*«, sagte Mutter kühl. »Erklär mir bitte, warum deine Mutter unserem Sohn ein Mordinstrument hinterlässt.«
»Wahrscheinlich, weil es ihr kostbarster Besitz war«, antwortete Vater. »Was soll das? Hast du Angst, dass er herumläuft und damit Menschen umbringt?«
»Natürlich nicht«, antwortete Justins Mutter. Sie lächelte nervös. »Ich ... mag keine Waffen, das ist alles. Und ich war überrascht.«
»Wer ist das nicht?«, erwiderte Vater. Dann wandte er sich an Justin. »Und was sagst du dazu? Immerhin geht es dich am meisten an.«
Justin sagte gar nichts. Er war noch immer wie gelähmt vor Überraschung, aber auch vor Schreck. Hinter seiner Stirn überschlugen sich die Gedanken. Er hielt das Schwert mit viel zu großer Kraft fest, damit niemand sah, wie sehr seine Hände

zitterten. Aber wenn seine Eltern überhaupt etwas bemerkten, dann schoben sie es auf seine Überraschung.
Seine Mutter atmete hörbar ein, drehte sich wieder zu Dr. Reinert um und sagte: »Ich danke Ihnen, Herr Doktor. Bitte entschuldigen Sie meine kleine Entgleisung von gerade. Ich war wohl ... etwas unbeherrscht.«
»Das macht nichts«, antwortete Dr. Reinert rasch. »Die Situation ist für uns alle nicht leicht.«
»Gut, dass Sie es so sehen«, antwortete Mutter. »Also dann: Noch einmal vielen Dank. Auch dass Sie sich bei diesem Wetter extra die Mühe gemacht haben, hierher zu kommen.«
Nicht nur Dr. Reinert war überrascht. Auch Justins Vater sah seine Frau fragend an, aber sie lächelte nur, trat an Dr. Reinert vorbei und öffnete die Tür. Wenn Justin jemals einen Rauswurf miterlebt hatte, dann jetzt. Dr. Reinert war im ersten Moment so verblüfft, dass er gar nicht zu verstehen schien, was die Geste bedeutete. Dann aber drehte er sich hastig auf dem Absatz herum und stürmte regelrecht aus dem Haus. Justins Mutter wartete nicht einmal ab, bis er seinen Wagen erreicht hatte, sondern warf die Tür hinter ihm zu.
»Und was geschieht jetzt damit?«, fragte sie mit einer Geste auf das Schwert.
»Das muss Justin entscheiden«, sagte sein Vater so schnell, dass er selbst keine Gelegenheit fand, irgendetwas zu erwidern. »Es gehört ihm.«
»Theoretisch«, antwortete Justins Mutter. »Ich meine ... er soll es bekommen, wenn ...« Sie sprach nicht weiter, aber natürlich wusste jeder, was sie hatte sagen wollen.
»Ich mache euch einen Vorschlag«, sagte Justin. »Ich bringe es erst mal in Großmutters Wohnung, bis der Weg in die Stadt wieder frei ist.« Er hatte ohnehin das Gefühl, dass das Runenschwert in Großmutters Wohnung gehörte.
Sein Vater nickte, wobei er fast erleichtert wirkte, während seine Mutter noch immer so missbilligend dreinsah wie zuvor. Justin ging jedoch nicht darauf ein, sondern wandte sich rasch zur Treppe um und ging nach oben. Er trug das Schwert auf

halb ausgestreckten Armen vor sich her, obwohl diese Haltung höchst unbequem war und er das enorme Gewicht der Waffe mit jedem Moment mehr spürte.
Ein fast ehrfürchtiges Gefühl hatte von ihm Besitz ergriffen. Er konnte immer noch nicht klar denken; jedenfalls nicht so weit, dass er schon völlig begriff, was er mit diesem Geschenk anfangen sollte. Er wusste nur, dass sein Vater sich in einem Punkt irrte; auch wenn er zugleich Recht hatte. Dieses Schwert *war* ungeheuer wertvoll, aber das hatte nichts damit zu tun, dass sein Griff aus Gold und die Klinge aus Silber bestand.
Umständlich öffnete er die Tür, trat hindurch und schob sie mit dem Fuß wieder hinter sich zu. Rasch trug er das Schwert zum Tisch, legte es mit fast behutsamen Bewegungen ab und trat einen Schritt zurück. Die Waffe verlor nichts von ihrer geheimnisvollen Ausstrahlung. Die Klinge schien wie unter einem milden inneren Feuer zu glühen; ein Licht, das nicht wirklich zu sehen war, aber das er deutlich fühlte. Wenn er lange genug hinsah, dann schienen sich die feinen Runen und Linien in dem Metall zu bewegen.
Er hörte Schritte hinter sich, aber er drehte sich nicht zu Reggie herum. Er konnte hören, wie sie erschrocken die Luft einsog und dann mitten in der Bewegung erstarrte und für einen Moment war es so leise im Zimmer, dass er selbst das sanfte Tappen der Katzenpfoten auf dem Teppich hören konnte. Auch dieses Geräusch hörte abrupt auf. Justin wandte nun doch den Blick und stellte ohne die mindeste Überraschung fest, dass sämtliche Katzen im Halbkreis hinter ihm und Reggie standen und den Tisch anstarrten, auf dem das Schwert lag. Sie konnten es von dort unten aus zwar nicht sehen, aber Justin war sicher, dass sie es fühlten. Selbst ihm erging es nicht anders. Er spürte die Anwesenheit der Klinge, obwohl er sie im Moment gar nicht ansah. Es war, als wäre etwas Heiliges ins Zimmer gekommen.
»Nun?«, fragte er leise. »Glaubst du immer noch, ich wäre nicht bereit?«

26

An diesem Tag verlief das Mittagessen nicht in der schon fast gewohnten, angespannten Atmosphäre. Es fiel vollkommen aus. Seine Mutter machte keinerlei Anstalten, irgendetwas zuzubereiten, und weder Justin noch sein Vater fragten auch nur mit einer Silbe danach. Es war sehr still im Haus, viel *zu* still für Justins Geschmack. Er war nach einer Weile wieder in sein Zimmer gegangen, aber er hatte die Tür offen gelassen und er konnte hören, dass sich in dem ganzen großen Haus überhaupt nichts rührte. Seine Mutter war in das Wohnzimmer gegangen; er wusste nicht, was sie dort tat, aber sie verhielt sich mucksmäuschenstill. Er vermutete, dass sein Vater im Keller war, aber auch auf das vertraute Kreischen von Bohrmaschine oder Kreissäge wartete er vergebens. Selbst die Katzen verursachten nicht den mindesten Laut. Es war, als hielte das ganze Haus den Atem an.

Und vielleicht nicht nur das Haus.

Justin stand seit mindestens einer halben Stunde am Fenster und sah hinaus und in dieser Zeit hatte sich dort draußen nicht das Geringste gerührt. Die einzige Bewegung, die er sah, kam vom Schnee, der jetzt fast senkrecht vom Himmel fiel. Der Wind war erloschen, aber die Wolkendecke über dem Tal war noch dichter geworden. Aus den umliegenden Wäldern stieg wieder Nebel auf, der sich nun wirklich mit den tief hängenden Wolken verband. In den meisten Häusern, die er von hier aus sehen konnte, brannte Licht, aber ihm fiel auch auf, dass nur aus sehr wenigen Kaminen Rauch stieg. Eine sonderbare Stimmung von ... Erwartung lag über der Stadt. Und ganz plötzlich wurde ihm klar, was er da beobachtete:

Es war die Ruhe vor dem Sturm.

Nicht nur dieses Haus hielt den Atem an. Es war das ganze Tal, ja, vielleicht die Natur selbst, die sich wie ein verängstigtes Tier zu ducken und erschrocken die Luft anzuhalten

schien, weil sie spürte, dass etwas geschehen würde. Er fühlte es auch. Er konnte nicht sagen, was, aber es würde etwas Gewaltiges sein und etwas sehr, sehr Schlimmes.
»Was willst du von mir?«, flüsterte er. Die Worte waren an den riesigen Schatten auf dem Hügel gegenüber gerichtet. Er war nicht mehr als Gebäude zu erkennen. Die immerwährende Dämmerung und der Vorhang aus flatterndem Schnee schienen ihm seine Umrisse zu nehmen und reduzierten ihn zu einem Fleck bloßer Dunkelheit, der alles oder auch nichts bedeuten konnte.
»Was willst du?«, fragte er noch einmal. »Was *bist* du?«
Er bekam auch diesmal keine Antwort, aber seine Stimme schien noch einen Moment lang hörbar zu sein, auch nachdem er nicht mehr weitersprach. Wie etwas Fremdes, das seine Spuren in einer Wirklichkeit hinterlassen hatte, in die es schon nicht mehr ganz gehörte. Justin trat einen Schritt vom Fenster zurück und sah sich schaudernd in seinem Zimmer um. Er hatte kein Licht eingeschaltet, aber er war trotzdem sicher, dass es hier drinnen zu dunkel war. Die Schatten waren tiefer, als sie trotz des blassen Lichtes hätten sein dürfen, und sie bewegten sich, als kröche darin etwas heran, etwas, was von jenseits der Zeit kam, von der anderen Seite der Wirklichkeit. Aus dem Land, in dem die Albträume und das Böse zu Hause waren.
Von außen würde keine Hilfe mehr kommen, das begriff er. Dass das Telefon nicht mehr funktionierte, die Handys streikten und die einzige Straße durch den Wald unpassierbar geworden war, war nur der Anfang. Die Stadt und das ganze Tal waren nicht nur isoliert, sondern in eine düstere Zwischenwelt abgedriftet, in die allerhöchstens noch ein signalgelb lackierter ADAC-Hubschrauber vordringen konnte, der mit wirbelnden Rotorblättern aus den Wolken herabstieß.
Justin starrte diesen Boten aus einer fremden, schon beinahe verloren geglaubten Welt eine geschlagene halbe Minute lang verständnislos an, ohne wirklich zu begreifen, was er da sah.

Es war, als hätte er sich schon so weit von dieser Seite der Wirklichkeit entfernt, dass dort oben ebenso gut ein schuppiger Drache aus dem Märchen hätte schweben können, ohne dass der Anblick mehr Sinn ergeben hätte. Dann aber stieß Justin einen krächzenden Schrei aus, war mit einem einzigen Satz wieder zurück am Fenster und begann hektisch mit beiden Armen zu winken. Natürlich war das vollkommener Unsinn. Die Männer in dem Helikopter dort oben konnten ihn gar nicht sehen; ebenso wenig, wie sie seine Schreie hören konnten.

Aber Justin konnte nicht anders. Er fühlte sich wie ein Polarforscher, über dem das rettende Flugzeug am Himmel erschienen war, nachdem er eine Woche tobender Schneestürme, Hunger und Kälte hinter sich und im Grunde bereits mit dem Leben abgeschlossen hatte.

Sie waren gerettet! Die Männer dort oben in dem kleinen Helikopter konnten vermutlich gar nichts tun. Sie würden kaum anfangen, den Schnee von der Straße zu schaufeln oder neue Telefonkabel zu ziehen, und Justin bezweifelte auch ernsthaft, dass sie gekommen waren, um das Kloster zu bombardieren oder den Turm mit Weihwasser einzusprühen. Aber das spielte keine Rolle. Sie waren hier und das allein zählte. Die Blockade war durchbrochen, die Welt hinter der Wand aus Nebel und Kälte hatte sie wieder.

»Was ist denn hier los?!«

Justin drehte sich hastig herum und winkte seinen Eltern zu, die in der Tür erschienen waren. Gleichzeitig deutete er mit der anderen Hand in den Himmel hinauf. Er war so aufgeregt, dass er keinen Ton herausbekam. Aber das war auch nicht nötig. Sein Vater und seine Mutter hatten den Helikopter bereits entdeckt. Sie reagierten allerdings nicht ganz so euphorisch wie er. Seine Mutter sah einfach nur überrascht drein, während sein Vater mit schnellen Schritten neben ihn trat und dann auf eine sonderbar grimmig wirkende Weise nickte.

»Das wurde ja auch Zeit«, sagte er. »Sie hätten sich verdammt

noch mal auch eher etwas einfallen lassen können! Wozu zahlen wir eigentlich Steuern?«
Der Helikopter war nicht weit von der Klosterruine entfernt aus den Wolken aufgetaucht. Nachdem der Pilot ihn eine Weile reglos auf der Stelle gehalten hatte, wohl um sich zu orientieren, drehte er die Maschine langsam um neunzig Grad und nahm Kurs auf das Stadtzentrum, wahrscheinlich, um auf dem Marktplatz zu landen. Gleichzeitig verlor der Helikopter rasch an Höhe.
»Sie landen wirklich mitten in der Stadt«, sagte Mutter überrascht. »Ist das denn überhaupt statthaft?«
»Keine Ahnung«, antwortete Vater achselzuckend. Er folgte der Maschine mit Blicken, bis sie nicht mehr zu sehen war, dann drehte er sich herum und fuhr fort: »Warum fragen wir den Piloten nicht einfach? Ich fahre hin. Kommt ihr mit?«
»Nein«, sagte Justin erschrocken. »Geht nicht aus dem Haus!«
»Was?« Sein Vater sah ihn stirnrunzelnd an. »Wie meinst du das?«
»Ich meine nur ...« Justin druckste einen Moment herum. Schließlich rettete er sich in ein verlegenes Lächeln und begann von neuem, ohne seinem Vater dabei direkt ins Gesicht zu sehen. »Das Wetter ist doch hundsmiserabel. Und wahrscheinlich wird sowieso die halbe Stadt zusammenlaufen.«
»Ich hatte nicht vor, zu Fuß zu gehen«, antwortete sein Vater. »Aber bleib ruhig hier, wenn es dir draußen zu kalt ist.« Er wandte sich an seine Frau. »Was ist mit dir?«
Mutter schüttelte den Kopf. »Justin hat Recht. Es ist zu kalt. Und ihr werdet euch nur gegenseitig im Weg stehen und die Leute bei der Arbeit behindern.«
»Wie ihr wollt.« Vater wirkte ein wenig enttäuscht, beließ es aber bei einem wortlosen Kopfschütteln und ging dann mit schnellen Schritten aus dem Zimmer.
Justin wartete, bis er wieder allein war, dann lief er rasch zum Fenster zurück und presste das Gesicht gegen die Scheibe, um nach dem Helikopter Ausschau zu halten. Obwohl erst wenige

Sekunden vergangen waren, konnte er ihn schon nicht mehr entdecken. Der Marktplatz befand sich auf der anderen Seite der Stadt. Vielleicht flog der Pilot nur eine Schleife, bevor er zur Landung ansetzte. Vielleicht wollte er auch gar nicht landen.

Von Justins anfänglicher Erleichterung war schon nicht mehr viel geblieben. Ganz im Gegenteil. Das Erscheinen des Hubschraubers war kaum mehr als ein Symbol. Er glaubte nicht, dass sich die Mächte, die Crailsfelden in ihrem Griff hatten, davon beeindrucken ließen.

Ganz automatisch sah er wieder zum Kloster hoch und genau in diesem Moment kam ein plötzlicher Wind auf, der den Schnee auseinander stiebte. Unter dem Tor der Klosterruine war eine schattenhafte Gestalt erschienen. Die Entfernung war zu groß, um Einzelheiten zu erkennen, aber ihr Umriss wirkte falsch; so, als säße sie auf einem Pferd oder vielleicht einem Motorrad.

Eine Wagentür fiel ins Schloss. Justin drehte erschrocken den Kopf und sah, wie sein Vater den Wagen startete und dann rückwärts auf die Straße hinauslenkte und im selben Augenblick erschienen drei weitere, schwarze Umrisse neben dem Schatten unter dem Torbogen oben auf dem Hügel und diesmal musste Justin nicht genauer hinsehen, um zu wissen, dass sie schwarzes Leder trugen und auf monströsen Motorrädern saßen.

Er fuhr herum, raste zur Garderobe und riss seine Jacke vom Haken. Noch während er sie überstreifte, hetzte er zur Tür – und wäre fast über seine eigenen Füße gestolpert, als er mitten im Schritt anzuhalten versuchte.

Vor der Tür standen Merlin, Miss Piggy und Scarlett und fletschten die Zähne. Sie hatten die Ohren angelegt und die Augen zu schmalen Schlitzen verengt. Die drei Katzen gaben keinen Laut von sich, aber ihre Haltung war so eindeutig, dass Justin nicht den mindesten Zweifel an ihren Absichten hatte.

»Du solltest auf sie hören«, sagte Reggies Stimme hinter ihm. »Ausnahmsweise einmal.«

Justin fuhr hastig zu ihr herum. »Lasst mich raus!«, sagte er. »Der Dunkle! Ich meine: Rolf und die beiden anderen. Sie sind unterwegs. Ich muss meinen Vater warnen!«
»Ich weiß«, antwortete Reggie. Trotzdem schüttelte sie den Kopf. »Du kannst nicht nach draußen. Sei vernünftig. Wenn du das Haus verlässt, dann töten sie dich.«
»Und wenn ich meinen Vater nicht warne, dann bringen sie ihn um!« Justin schrie fast; auf jeden Fall sprach er laut genug, dass seine Mutter ihn hören musste. Es war ihm egal. Als Reggie nicht antwortete, drehte er sich abrupt wieder zur Tür herum. Die drei Katzen standen noch immer da und versperrten ihm in eindeutiger Haltung den Weg.
»Geht zur Seite!«, sagte er. »Bitte! Ich will euch nicht wehtun, aber ich *werde* es tun, wenn ihr mich dazu zwingt!«
Er meinte seine Worte nur zu ernst. Diese Katzen waren seine Freunde, aber hier ging es schließlich um das Leben seines Vaters!
Reggie trat mit einem raschen Schritt neben ihn, ergriff seine Hand und wirbelte ihn mit einer mühelosen Bewegung herum. »Sei doch vernünftig!«, sagte sie. »Bitte, Justin! Du bist in diesem Haus sicher, aber nur in diesem Haus! Wenn du es verlässt, wird er dich töten, begreif das doch! Wenn du jetzt dort hinausgehst, dann tust du genau das, was er will!«
»Und wenn ich hier bleibe und abwarte, bis er meinen Vater umgebracht hat, auch«, antwortete Justin. »Dann hat er ebenfalls gewonnen, weißt du?«
Er riss seine Hand los. Reggie hätte ihn ohne weiteres festhalten können, aber sie tat es nicht, sondern sah ihn nur noch eine Sekunde lang traurig an und trat dann zur Seite. Unmittelbar darauf gaben auch die Katzen den Weg frei und Justin stürmte aus dem Haus. Noch während er die Tür hinter sich zuwarf, hörte er seine Mutter seinen Namen rufen, dann raste er den Weg hinunter und wandte sich nach rechts.
Er rannte, so schnell er konnte, allerdings nur auf den ersten dreißig oder vierzig Metern. Unter der dünnen Schneedecke auf der Straße war jetzt eine spiegelglatte Eisschicht, die jeden

unvorsichtigen Schritt zu einem Abenteuer machte; und außerdem würde er dieses Tempo niemals bis in die Stadt hinein durchhalten. Crailsfelden war zwar nicht sehr groß, aber auch nicht klein genug, um es in weltrekordverdächtigem Tempo zu durchqueren. Wenn er auf Tobias und die beiden anderen traf, dann würde er all seine Kraft bitter nötig haben. Justin fiel in einen noch immer zügigen, aber kräftesparenden Trab zurück.

Während er sich dem Stadtzentrum näherte, sah er sich aufmerksam um. Er war jetzt nicht mehr allein auf der Straße. Zwei oder drei Wagen rollten vorsichtig über die eisige Fläche an ihm vorbei und aus den Häusern traten immer mehr Leute, die in dieselbe Richtung hasteten. Sein Vater und er waren nicht die Einzigen, die den Hubschrauber bemerkt hatten. Von den drei Motorrädern war keine Spur zu sehen.

Crailsfelden war ihm noch nie so groß vorgekommen wie an diesem Nachmittag. Er hastete an Dr. Reinerts Haus vorbei, ging an der Post vorüber und die kurze Einkaufsstraße entlang. Die meisten Geschäfte waren geschlossen und ganze Häuser schienen ohne Strom zu sein. Manche Fenster standen sperrangelweit auf, obwohl es bitterkalt war.

Nach gut zehn Minuten – die ihm wie Stunden vorkamen – näherte er sich dem Marktplatz der Stadt. Er konnte die Aufregung schon hören, noch bevor er um die letzte Ecke bog und die Menschenmenge sah, die sich auf dem Platz mit dem Kopfsteinpflaster versammelt hatte; eine so große Menge, dass er sich im ersten Moment fragte, ob Crailsfelden überhaupt so viele Einwohner hatte. Die meisten trugen Wintermäntel oder warme Jacken, aber viele waren auch im Pullover aus dem Haus gelaufen, als der rettende Engel am Himmel erschien.

Der Helikopter selbst ragte über den Köpfen der Menschenmenge auf wie eine bizarre Riesenlibelle, deren Flügel traurig herunterhingen.

Justin blieb für einen Moment stehen und hielt nach seinem Vater Ausschau. Er konnte ihn in der Menschenmenge nicht

entdecken, aber er war ziemlich sicher, ihn irgendwo ganz vorne beim Hubschrauber zu finden.
Er nutzte die Gelegenheit, sich auch noch einmal nach Tobias und seinen beiden Kumpanen umzublicken, aber auch von ihnen war nichts zu sehen. So dreist, sich ganz offen hier blicken zu lassen, waren sie offensichtlich doch noch nicht.
Justin sah aber bei dieser Gelegenheit etwas anderes, was ihn auf einer tieferen Ebene seines Bewusstseins fast ebenso sehr erschreckte, als es vielleicht der Anblick der drei Rocker getan hätte. Der Wind war stärker geworden und es war schon fast unnötig zu erwähnen, dass er Justin direkt ins Gesicht blies. Er war jetzt so kalt, dass ihm die Tränen in die Augen stiegen. Trotzdem bewegten sich die Wolken am Himmel nicht. Sie waren dunkler geworden und sahen jetzt fast schwarz aus, sodass sich Justin fragte, wieso sie überhaupt noch Licht durchließen, und sie sahen gar nicht mehr aus wie richtige Wolken, sondern wie perfekte Nachbildungen aus gegossenem grauen Eisen, die durch einen geheimnisvollen Zauber irgendwie dort oben am Himmel gehalten wurden.
Justin drehte sich herum und sah zum Kloster zurück.
Es war verschwunden.
Wo es vor zehn Minuten noch gestanden hatte, da ragte nun ein zyklopisches schwarzes Gebilde auf, ein ungeheuerlicher, schwarzer Turm, dessen Spitze in den tief hängenden Wolken verschwand.
»Mein Gott!«, murmelte Justin. »Es beginnt!«
»Was?«, fragte eine Stimme neben ihm. Justin wandte nur flüchtig den Blick, sah aber sofort wieder zum Schwarzen Turm hinauf.
»Dort«, flüsterte er. »Sehen Sie doch!«
Der Mann neben ihm runzelte die Stirn, sah aber doch einen Moment lang angestrengt in die Richtung, in die Justins ausgestreckter Arm deutete. »Unheimlich, nicht?«, sagte er. »Da braut sich ein ziemliches Unwetter zusammen.«
»Das meine ich nicht!«, antwortete Justin. »Der Turm! Sehen Sie ihn denn nicht?«

»Turm? Was für einen Turm?« Der Mann lachte, aber es klang nervös und ein bisschen misstrauisch. »Was ist los, Junge? So lange sind wir doch noch gar nicht eingeschneit, dass du schon einen Lagerkoller kriegen kannst!«

»Aber Sie –« Justin brach ab. Der Mann neben ihm war nicht der Einzige, dem es so erging. Ihre Worte waren gehört worden, und einige Männer und Frauen in ihrer Nähe blickten in dieselbe Richtung wie sie. Aber er las auf allen Gesichtern dasselbe: Keiner von ihnen sah den Schwarzen Turm.

Aber er war da. Er wurde Wirklichkeit, genau wie Reggie gesagt hatte, aber es geschah nicht heute, nicht irgendwann, sondern *jetzt!*

Er musste seinen Vater finden!

Justin begann sich durch die Menschenmenge auf dem Marktplatz zu drängen. Obwohl er rücksichtslos Hände, Ellbogen und Knie zu Hilfe nahm, kam er nur langsam voran. Endlich aber hatte er den Helikopter erreicht und er fand seinen Vater genau dort, wo er vermutet hatte: in der vordersten Reihe. Er unterhielt sich heftig gestikulierend mit einem Mann, der einen orangeroten Overall und einen weißen Helm trug; offensichtlich einem der Piloten. Ein zweiter, auf dieselbe Weise gekleideter Mann kletterte genau in diesem Moment in den Helikopter zurück.

»Vater!«, schrie Justin. Er musste schreien, um den Lärm der Menschenmenge zu überbrüllen, aber auch das Geräusch des Windes, das immer mehr an Lautstärke zunahm. Der Wind war längst kein Wind mehr, sondern entwickelte sich allmählich zu einem ausgewachsenen Sturm.

Justin musste noch zweimal nach seinem Vater rufen, ehe dieser seine Stimme überhaupt hörte. Dann deutete er ihm hastig zurückzubleiben, wechselte noch zwei oder drei Worte mit dem Piloten und eilte dann auf Justin zu.

»Vater!«, schrie Justin noch einmal. »Wir müssen hier weg! Schnell!«

»Stimmt«, antwortete sein Vater. »Du hast Recht. Aber du kommst gerade noch pünktlich, um das Beste mitzuerleben.«

Er hob die Stimme und rief, so laut er konnte: »Geht zurück! Sie wollen starten! Alles zurück, mindestens zwanzig Meter!«
»Das meine ich nicht!«, antwortete Justin aufgeregt. »Es ist –«
Sein Vater hörte gar nicht hin, sondern hob die Arme hoch über den Kopf und rief noch einmal: »Alles zurück! Der Helikopter startet!«
Die Menge tat zögernd, was Justins Vater gefordert hatte; im ersten Moment kaum merklich, weil sich die Bewegung erst bis in die hintersten Reihen hindurch fortpflanzen musste. Aber dann erwachte der Motor des Helikopters zu dröhnendem Leben. Die Menschen wichen schneller vor der Maschine zurück, bis rings um den Helikopter ein freier Bereich von fünfzehn oder zwanzig Metern entstanden war. Wahrscheinlich war das nach sämtlichen Vorschriften der Flugsicherheit noch immer viel zu wenig. Trotzdem begannen sich die Rotorblätter zuerst langsam, dann immer schneller zu drehen und aus dem Dröhnen des Motors wurde rasch ein immer schriller werdendes Heulen, das selbst den Lärm der Menschenmenge und des Sturmes übertönte.
Justin senkte den Kopf, als ein neuer, diesmal künstlich entfachter Sturmwind in sein Gesicht peitschte, versuchte aber trotzdem, irgendwie nach oben zu blicken. Was er sah, erschreckte ihn zutiefst. Die Wolken hingen nun viel tiefer über der Stadt und sie sahen jetzt aus wie schwarze Skulpturen aus gehämmertem Stahl. Er war sicher, dass ihre Unterseiten die Baumwipfel auf den Hügeln ringsum berührten.
»Nicht!«, schrie er. »Nein! Sie dürfen nicht starten!«
»Du hast Recht!«, schrie sein Vater zurück. Offensichtlich hatte er bei all dem Lärm nur Teile von Justins Satz verstanden und setzte ihn falsch zusammen. »Sie wollen aus dem Tal heraus, bevor der Sturm losbricht!«
Das Heulen der Rotoren schwoll plötzlich zu einem ohrenbetäubenden Kreischen an und der Luftzug wurde so stark, dass Justin mehr herumgeblasen wurde, als er sich aus freien Stücken wegdrehte.
Als er es tat, fiel sein Blick auf die schmale Lücke zwischen

den Häusern, durch die er gerade selbst den Marktplatz betreten hatte. Sie war nicht mehr leer. Zwischen den beiden Fachwerkhäusern standen drei riesige, schwarze Motorräder. Ihre Fahrer blickten genau in seine Richtung, aber es dauerte nicht einmal eine Sekunde, ehe Justin begriff, dass sie gar nicht ihn ansahen oder seinen Vater.

Sie starrten den Helikopter an.

Und als er dies begriff, wurde aus seinem unguten Gefühl eine furchtbare Gewissheit.

»Nein«, murmelte er. Und dann schrie er noch einmal und so laut er konnte: *»Nein! Sie dürfen nicht starten!«*

Natürlich war es zu spät. Die Rotoren des Helikopters hatten sich in ein Rad aus rasender Bewegung verwandelt und die Maschine hob im selben Moment ab, in dem Justin herumfuhr. Der von den Rotoren ausgelöste Mini-Orkan war so gewaltig, dass Justin sich kaum auf den Beinen zu halten vermochte. Trotzdem rannte er los, winkte verzweifelt mit den Armen und schrie immer wieder: »Nein! Nicht starten!«

Er kam nur zwei Schritte weit, ehe sein Vater ihn zurückriss. Die Bewegung war so heftig, dass Justin vollends das Gleichgewicht verlor und gestürzt wäre, hätte sein Vater ihn nicht gleichzeitig festgehalten.

»Bist du verrückt geworden?«, schrie er. »Willst du dich umbringen?!«

Justin versuchte noch einmal sich loszureißen. Sein Vater hielt ihn weiterhin fest und selbst wenn er es nicht getan hätte, wäre es sinnlos gewesen. Der Helikopter hatte bereits abgehoben und war auf acht oder zehn Meter Höhe gestiegen. Fast behäbig begann er sich auf der Stelle zu drehen, bis der transparente Bug in die Richtung deutete, aus der er gekommen war. Er stieg noch ein gutes Stück höher und beschleunigte dann abrupt.

»Nein«, flüsterte Justin. »Das dürfen sie nicht.« Er warf einen raschen Blick zu den Motorradfahrern hin. Sie hatten die Köpfe gehoben und blickten dem Hubschrauber nach.

Justins Vater ließ endlich seine Schulter los, starrte ihn aber weiter mit einer Mischung aus Zorn und Verständnislosigkeit an. »Allmählich zweifle ich an deinem Verstand! Was sollte der Quatsch?«
»Sie dürfen nicht starten«, murmelte Justin. »Sie werden sterben.«
»Blödsinn!«, antwortete sein Vater. »Die Männer verstehen ihren Job!«
Justin schwieg. Was hätte er auch sagen sollen? Mit klopfendem Herzen sah er zu, wie der Hubschrauber über die Dächer der Stadt hinwegglitt und dabei langsam sowohl an Höhe als auch an Geschwindigkeit zunahm. Ungefähr dort, wo sich ihr Haus befand, berührten die wirbelnden Rotorblätter die Wolken und zersplitterten, als wären sie gegen Stahl geprallt.

27

Es sah tatsächlich beinahe so aus, als wären die Rotorblätter gegen eine Wand aus Stahl geprallt. Justin glaubte grelle Funken sprühen zu sehen und im nächsten Moment kippte der Helikopter zur Seite und begann sich trudelnd und sehr schnell dem Boden zu nähern. Wie durch ein Wunder stürzte die Maschine nicht wie ein Stein in die Tiefe, sondern sackte schneller und in einer immer enger werdenden Spirale nach unten, begleitet von einem Hagelschauer aus Trümmern.
Aus der Menschenmenge rings um Justin erhob sich ein vielstimmiger, entsetzter Aufschrei und auch Justin zog erschrocken die Luft ein und konnte einen Schrei kaum mehr unterdrücken. Sein Blick hing wie gebannt an dem abstürzenden Helikopter. Seit die Maschine gegen den unsichtbaren Widerstand geprallt war, war vielleicht eine Sekunde vergangen und es war noch nicht vorbei. Der Helikopter kippte

plötzlich zur Seite und vor ihrer aller Augen spielte sich ein kleines Wunder ab: Obwohl eines der Rotorblätter abgebrochen war, drehten sich die übrigen noch schnell genug weiter, um die Maschine für einen Moment fast schwerelos in der Luft zu halten und gerade lange genug: Beide Türen flogen auf und Justin sah zwei orangerot gekleidete Gestalten in die Tiefe springen – aus zwölf oder fünfzehn Metern sicher ein enormes Risiko. Und doch rettete es den Männern das Leben, denn in der nächsten Sekunde kippte der Helikopter vollends zur Seite, prallte auf halber Höhe des Klosterhügels auf und explodierte in einem lodernden Feuerball. Flammen schossen in alle Richtungen und glühende Trümmerstücke stürzten in weitem Umkreis zu Boden wie brennender Regen. Justin war zu weit entfernt, um Einzelheiten zu erkennen; er konnte nur hoffen, dass ihr Haus nicht von einem der brennenden Trümmerstücke getroffen wurde.

Dem Flammenblitz folgte ein dumpfes Grollen, das wie weit entfernter Donner über die Dächer der Stadt rollte; nicht annähernd so laut wie die ohrenbetäubend krachenden Explosionen, die Justin aus Filmen und dem Fernsehen kannte. Trotzdem löschte es für einen Moment jeden Laut auf dem Marktplatz aus. Nach dem vielstimmigen Aufschrei senkte sich für die Dauer eines Herzschlages ein fast betäubtes Schweigen über die Menge. Man hätte die berühmte Stecknadel fallen hören können.

»O mein Gott!«, flüsterte Justins Vater in die unheimliche Stille hinein. »Großer Gott, was ... was ist denn nur passiert?«

»Sie hätten nicht starten dürfen«, stammelte Justin. »Ich hätte sie warnen müssen! Es ... es ist meine Schuld!«

Sein Vater schien seine Worte im ersten Moment gar nicht gehört zu haben. Dann aber sah er ihn aus großen Augen an und fragte: »Was hast du gesagt?«

»Es ist meine Schuld«, stammelte Justin. »Es wäre nicht geschehen, wenn –«

»Hör mit dem Unsinn auf!«, fuhr ihn sein Vater an. In seiner

Stimme war so etwas wie Panik. »Es war ein Unfall, sonst nichts, verstanden?«

Aber es war zu spät. Nicht nur Justins Vater, sondern auch einige der anderen ringsum hatten seine Worte gehört und blickten irritiert und aufmerksam in seine Richtung. Zu seinem Erschrecken erkannte Justin auch den Mann, mit dem er gerade geredet hatte; als er glaubte, den Schatten des Schwarzen Turmes zu sehen.

»Einen Moment«, sagte dieser. »Was hat er damit gemeint – es ist seine Schuld?«

»Nichts«, antwortete sein Vater unwillig. »Der Junge redet Unsinn. Er hat einen Schock.«

»Und warum ist er dann gerade losgerannt?«, beharrte der Mann. Seine Augen blitzten misstrauisch. Er hob die Stimme, wie um sicherzugehen, dass auch jeder seine Worte hörte. »Der Junge weiß doch was! Der hat doch irgendwas damit zu tun!«

Justins Vater antwortete nicht. Er sah sich rasch und erschrocken um und Justin glaubte regelrecht zu sehen, wie es hinter seiner Stirn arbeitete. Noch bevor er jedoch etwas sagen konnte, mischte sich eine weitere Stimme ein.

»He, wartet mal! Das sind doch der Sohn und der Enkel von der Hexe, oder?«

»Genau!«, fügte eine andere Stimme hinzu. »Vielleicht haben sie mit dem Ganzen etwas zu tun!«

Justin versuchte vergebens einen der Sprecher zu erkennen. Es war unheimlich: Für einen Augenblick glaubte er nicht einmal mehr einzelne Gesichter auseinander halten zu können, als wäre die Menge zu einer einzigen, amorphen Masse verschmolzen, die rings um sie herum brodelte und wogte und aus der ihnen eine fast körperlich greifbare Feindseligkeit entgegenschlug. Etwas geschah. Er konnte spüren, wie die Stimmung kippte. Aus dem Erschrecken und der Furcht der Menschenenge ringsum wurde etwas, was eindeutig gegen sie gerichtet war.

»Lass uns verschwinden«, sagte sein Vater leise.

Justin hoffte, dass sie das noch konnten. Vorsichtig sah er sich um. Von den drei Motorradfahrern war nichts mehr zu sehen. Ein Großteil der Menschenmenge hatte sich aufgelöst und war unterwegs in Richtung Kloster, um nach dem abgestürzten Hubschrauber und der Besatzung zu sehen, aber sie waren immer noch von gut zwei Dutzend Männern und Frauen umgeben. Justin konnte ihre feindseligen Blicke fast körperlich spüren.

Sein Vater und er wollten gehen, aber schon nach zwei Schritten vertrat ihnen ein Mann den Weg.

»Einen Moment! Wir wollen jetzt wissen, was hier los ist!«

Justin war vollkommen verstört. Er kannte den Mann. Ihre Familien waren nicht miteinander befreundet, aber er hatte seinen Vater schon mehrmals ein paar Worte mit ihm wechseln sehen.

»Was soll das?«, fragte sein Vater unwillig. »Wir haben nichts damit zu tun. Es war ein Unfall. Der Pilot hat die Kontrolle über seine Maschine verloren, das ist alles.«

»Das sehe ich anders«, erwiderte der Mann. »Hier in der Stadt tun sich seltsame Dinge. Unnatürliche Dinge. Vielleicht haben sie mit Hexerei und schwarzer Magie zu tun.«

Aus der Menge erhob sich ein zustimmendes, drohendes Murren und auf dem Gesicht seines Vaters erschien ein Ausdruck vollkommener Fassungslosigkeit. Justin konnte das verstehen. Der Mann, der vor ihm stand, war normalerweise ein ganz vernünftiger Mensch, dem Worte wie Hexerei oder schwarze Magie niemals über die Lippen gekommen wären. Aber was er sagte, entsprang auch nicht seinem freien Willen. Justin konnte die Gegenwart des Dunklen mittlerweile deutlich spüren. Sie durchdrang jetzt die gesamte Stadt.

Sein Vater machte einen Schritt. Der Mann vor ihm rührte sich nicht, sondern starrte ihn nur herausfordernd an und Justins Vater beging einen folgenschweren Fehler. Er hob die Hand, um sein Gegenüber aus dem Weg zu schieben. Der andere griff nach seinem Arm und es entstand eine kurze Rangelei, die damit endete, dass der andere nach hinten flog

und zwei oder drei Männer mit sich zu Boden riss. Aus der Menge stieg ein erschrockenes und wütendes Geheul auf.
»Weg hier!«, schrie Justin.
Eine Hand griff nach ihm. Justin duckte sich, schüttelte sie ab und fuhr gleichzeitig herum. Er sah aus den Augenwinkeln, wie sich sein Vater eines weiteren Angreifers entledigte und ebenfalls herumwirbelte und was dann folgte, das war nichts anderes als ein Spießrutenlauf. Hände griffen nach ihnen. Justin versuchte Fußtritten und Fäusten auszuweichen und kassierte jede Menge Schläge und ein paar schmerzhafte Kratzer, aber die Angst verlieh ihm genug Kraft, um sich seinen Weg regelrecht freizukämpfen. Er stieß zwei oder drei Leute einfach zu Boden, sah sich im Laufen um und erkannte erleichtert, dass sein Vater es auch geschafft hatte: Er hetzte mit weiten Sprüngen hinter ihm her und deutete ihm mit beiden Händen, noch schneller zu laufen.
Womit er auch Recht hatte. Aus der Menge hinter ihnen erhob sich ein weiteres Gebrüll, und mindestens die Hälfte der Menschen setzte sofort zur Verfolgung an. Ihre unerwartet heftige Gegenwehr hatte sie überrascht, aber das Ergebnis war ein Ausbruch noch größerer Wut. So absurd ihm der Gedanke auch selbst vorkam, Justin wusste, dass die Menge ihn und seinen Vater wahrscheinlich auf der Stelle lynchen würden, wenn sie sie einholten.
Sie stürmten über den Marktplatz, rasten zwischen den Häusern hindurch und wandten sich nach links. Die ersten Verfolger waren nur noch wenige Schritte hinter ihnen und der Abstand verringerte sich rasch. Justin griff noch schneller aus und stürmte in die erste schmale Nebenstraße. Er glaubte das Geräusch eines Motorrades zu hören, aber er hatte keine Zeit, sich danach umzusehen. Sein Vater war knapp hinter ihm und die ersten Verfolger nur noch wenige Schritte dahinter.
Justin rannte weiter, erreichte das Ende der Gasse und sah einen Schatten aus den Augenwinkeln. Ein gewaltiges Dröhnen erklang und dann ein dumpfer Schlag und ein schmerzhaftes Keuchen. Justin wirbelte im Laufen herum und sah, was

passiert war: Das Motorrad hatte ihn und seinen Vater verfehlt, aber den Mann hinter ihnen getroffen und gegen die Wand geschleudert. Die Maschine verschwand bereits wieder mit aufheulendem Motor in der Dunkelheit, während sein Vater hastig herumfuhr und sich über den Verletzten beugte. Der Mann sah schlimm aus. Seine Kleider waren zerrissen und sein Gesicht blutüberströmt und verzerrt vor Schmerz.
Am Ende der Gasse erschienen weitere Verfolger, aber erst, als Justin erneut einen vielstimmigen, wütenden Aufschrei hörte, wurde ihm klar, welchen Sinn die scheinbare Hilfe des Motorradfahrers gehabt hatte: Für die Verfolger musste es so aussehen, als hätte sein Vater den Mann so zugerichtet. Wenn sie überhaupt noch eine Chance gehabt hatten, dem Zorn der Menschenmenge zu entgehen, dann war sie jetzt unwiderruflich vorbei.
Sein Vater schien das wohl im selben Moment wie er einzusehen, denn er versuchte nicht länger, dem Verletzten Hilfe zu leisten, sondern sprang mit einem Satz wieder auf die Füße. Seite an Seite stürmten sie weiter. Justin warf einen Blick über die Schulter zurück und erkannte, dass sie jetzt nur noch von vier oder fünf Männern verfolgt wurden, das aber sehr schnell. Keiner von ihnen machte auch nur den Versuch, dem Verletzten zu helfen. Aus einer anderen Richtung klangen Schreie an sein Ohr und er glaubte Feuerschein zu sehen.
»Nach links!«, schrie sein Vater. Justin gehorchte. Erst danach sah er, warum: Auch in der anderen Richtung blockierte ein Trupp von zwanzig oder dreißig Männern und Frauen die Straße. Einige von ihnen trugen Fackeln; ein geradezu absurder Anblick. Noch hatten sie ihn und seinen Vater nicht entdeckt, aber das würde nicht mehr lange so bleiben.
Sie jagten die Hauptstraße hinunter, dann nach links und plötzlich lag das alte Kirchengelände vor ihnen. Justin, der noch immer die Führung innehatte, flankte ohne nachzudenken über die verfallene Mauer und stürmte weiter, schräg auf die Lücke zwischen der Kirchenruine und dem alten Pfarrhaus

zu. Sein Vater folgte ihm dichtauf, aber auch ihre Verfolger schienen den heiligen Boden nicht besonders zu respektieren. Sie kletterten und sprangen über die Mauer und blieben ihnen dicht auf den Fersen.
Justin dachte kurz daran, in das alte Pfarrhaus zu flüchten, verwarf die Idee aber wieder. Wenn ihre Verfolger nicht aufgaben, dann saßen sie darin in der Falle.
Er deutete auf den Friedhof, sprang über einen halb verschneiten Mauerrest hinweg und hätte fast das Gleichgewicht verloren. Sein Vater holte auf, riss ihn im Vorbeilaufen wieder in die Höhe und zerrte ihn mit sich, ohne langsamer zu werden. Sie überschritten die imaginäre Grenze des Friedhofsgeländes, rasten zwischen den schräg stehenden Grabsteinen hindurch und Justin registrierte fast unbewusst, dass eine der uralten Marmorstatuen fehlte. Der lebensgroße Engel war von seinem Sockel gestürzt und in unzählige Stücke zerbrochen.
Die unnatürliche Dunkelheit, die sich über die Stadt gesenkt hatte, kam ihnen zu Hilfe. Justin sah über die Schulter zurück und konnte ihre Verfolger beinahe nur noch als Schatten erkennen, obwohl sie keine fünfzehn Meter hinter ihnen waren. Wenn sie ihren Vorsprung auch nur ein bisschen weiter ausbauen konnten, würden sie vielleicht in dem dunklen Gebüsch untertauchen können, das vor der hinteren Begrenzungsmauer des Friedhofes wuchs.
Leider schienen ihre Verfolger das auch so zu sehen, denn sie legten noch einmal gehörig an Tempo zu. Einer von ihnen fiel, stürzte schwer auf den mit Steinen übersäten Boden und blieb stöhnend liegen, aber die drei anderen rannten nur umso schneller weiter.
Sie holten sie ein, kurz bevor sie die Friedhofsmauer erreicht hatten. Justin fühlte sich plötzlich von einer entsetzlich starken Hand an der Schulter gepackt und so hart herumgerissen, dass er das Gleichgewicht verlor. Er entging einem Faustschlag, der auf sein Gesicht gezielt war, fiel aber rücklings in den Schnee und schlug so hart mit dem Hinterkopf gegen

etwas, was darunter verborgen war, dass ihm für einen Moment schwarz vor den Augen wurde.
Als er wieder sehen konnte, war sein Vater von drei Männern eingekreist und in die Enge getrieben, der vierte Verfolger humpelte gerade heran. Sein Vater hatte die Fäuste gehoben und wartete offenbar darauf, sie dem ersten, der sich ihm näherte, auf die Nase zu schlagen, aber Justin machte sich nichts vor. Die Übermacht war einfach zu groß.
Plötzlich löste sich ein gescheckter Schemen aus dem Gebüsch, flog wie ein Blitz zu einem der Männer hoch und krallte sich in sein Gesicht und im nächsten Moment tauchten zwei, drei, vier weitere Katzen aus der Dunkelheit auf und attackierten die drei Männer, die sie eingekreist hatten. Gellende Schmerz- und Schreckensschreie wurden laut.
Justins Vater reagierte blitzschnell. Er griff sich einen der drei Männer, versetzte ihm zwei, drei harte Hiebe und stieß ihn zu Boden. Auf dieselbe Weise verfuhr er mit dem zweiten. Die beiden anderen fuhren entsetzt herum und suchten ihr Heil in der Flucht. Die Katzen verfolgten sie ein paar Schritte weit, machten dann aber kehrt und kamen fauchend zu ihnen zurück. Alles war so schnell gegangen, dass Justin sich noch nicht ganz erhoben hatte, da war es auch schon vorbei.
Aber das war es nicht, das wusste Justin. Die Männer würden wiederkommen und ganz bestimmt nicht allein. Sie hatten eine kleine Atempause gewonnen, das war alles.
Er wandte sich zu seinem Vater um, der fassungslos auf die Katzen herabsah.
»Merlin?«, murmelte er verständnislos. »Miss Piggy? Aber wie kommt ihr denn hierher?«
Merlin fauchte, als wollte er ihm tatsächlich antworten, und auch die anderen Katzen kamen näher und bildeten einen schützenden Halbkreis um Justin und seinen Vater. Sie waren alle gekommen; selbst Yeti.
Justin war bei dem Anblick nicht besonders wohl. Einer der beiden Männer, die sein Vater zu Boden geworfen hatte, richtete sich in diesem Moment benommen auf und natürlich

konnte der unheimliche Anblick auch ihm nicht verborgen bleiben. Wenn er davon erzählte, dann musste das nur als weiterer Beweis dafür gelten, dass mit Justin und seinem Vater etwas nicht stimmte.
Neben ihnen raschelte es im Gebüsch und Reggie trat auf nackten Füßen in den Schnee hinaus. »Worauf wartet ihr?«, fragte sie. »Sie werden zurückkommen! Wollt ihr hier herumstehen und zusehen, wie sie den Scheiterhaufen für euch herrichten?«
»Reggie?«, fragte Justin verdutzt. »Aber was ... was machst du denn hier? Du wolltest doch nicht –«
»Ich kann ja schlecht zusehen, wie sie dich und deinen Vater lynchen«, unterbrach ihn Reggie. Ihr Blick verdüsterte sich. »Das Ganze wäre nicht passiert, wenn du auf mich gehört hättest, du Dummkopf. Der Dunkle will *dich*, begreifst du das immer noch nicht?«
»Der Dunkle?« Justins Vater machte eine Bewgung, um Reggies Aufmerksamkeit auf sich zu lenken. »Wer soll das sein? Würdet ihr beiden mir endlich einmal erklären, was hier los ist?«
»Dazu ist jetzt keine Zeit«, antwortete Reggie gehetzt. »Sie sind bereits wieder auf dem Weg hierher. Es sind sehr viele. Ich kann sie hören.«
Justin hörte gar nichts, aber er zweifelte keine Sekunde an Reggies Behauptung. Er wollte herumfahren, aber sie schüttelte nur den Kopf und deutete auf die Friedhofsmauer. Mit einer Bewegung, die Justin unter normalen Umständen vor Neid hätte erblassen lassen, schwang sie sich hinauf und verschwand auf der anderen Seite.
Justin und sein Vater folgten ihr, zwar nicht annähernd so elegant, aber kaum weniger schnell. Der weiche Schnee auf der anderen Seite dämpfte ihren Aufprall, drang aber auch eisig in Justins Stiefel ein und ließ ihn erschauern. Außerdem würden ihre Spuren darin so deutlich zu erkennen sein, als hätten sie sie mit roter Leuchtfarbe eingesprüht.
»Schnell!«, drängte Reggie. »Sie kommen rasch näher!«

Justin hörte immer noch nichts, sprang aber ebenso hastig wie sein Vater wieder auf und lief hinter Reggie her. Das Mädchen schien nur so über den Schnee zu fliegen. Justin registrierte verblüfft, dass ihre Füße praktisch keine Spuren hinterließen. Merlin und Miss Piggy sprangen neben ihnen her, von den anderen Katzen war nichts mehr zu sehen. Sie überquerten den freien Platz hinter dem Friedhofsgelände und hielten erst an, als sie sich im Schatten eines Hauses zusammenkauern konnten. Justin atmete schnell und so schwer, dass er fast fürchtete, seine Atemzüge könnten noch oben auf dem Friedhof zu hören sein und ihn verraten.

»Also, noch einmal«, sagte sein Vater an Reggie gewandt, ebenfalls schwer atmend. »Was bedeutet das alles? Was zum Teufel geht hier vor?« *Und wer zum Teufel bist du?* Diese letzte Frage sprach er nicht laut aus, aber Justin hörte sie trotzdem so deutlich, als *hätte* er es getan.

Reggie sah sie sich rasch in alle Richtungen um, als fürchtete sie, belauscht zu werden. »Dazu ist jetzt keine Zeit«, flüsterte sie. »Sie müssen nach Hause! Bringen Sie Ihre Frau in Sicherheit! Sie werden auch dorthin kommen!«

»Was?«, fragte Vater erschrocken. »Woher willst du das wissen?«

»Weil sie bereits unterwegs sind«, antwortete Reggie. »Sie suchen jemanden, den sie verantwortlich machen können! Und das sind Sie und Ihre Familie. Holen Sie Ihre Frau und verstecken Sie sich! Es ist vorbei, wenn die Sonne aufgeht!«

»Aber sonst fehlt dir nichts, wie?«, fragte Vater scharf. »Ich soll euch einfach hier allein lassen, zusammen mit einer mordlustigen Bande, die euch lynchen will?«

»Sie hat Recht«, sagte Justin ernst. »Er will nur mich. Du kannst mir nicht helfen.«

»Unsinn!«, sagte sein Vater. »Ich bleibe bei euch!«

»Und lassen Ihre Frau im Stich?«, versetzte Reggie. »Sie hat nicht die geringste Ahnung, was auf sie zukommt. Diese Verrückten werden Ihr Haus niederbrennen, wenn sie sie darin erwischen.«

Tatsächlich wandte sich Justins Vater halb um, führte die Bewegung aber nicht ganz zu Ende, sondern sah Justin an. Auf seinem Gesicht lag ein gequälter Ausdruck.
»Und du?«, fragte er.
»Ich passe schon auf ihn auf«, sagte Reggie und verbesserte sich sofort. »Ich meine, ich kenne ein Versteck, in dem wir sicher sind. Keine Sorge.«
»Geh«, sagte auch Justin. »Rette Mutter. Sie kriegen uns nicht, keine Angst.« Als er sah, dass sein Vater immer noch zögerte, fügte er hinzu: »Wir haben auf jeden Fall größere Chancen, wenn wir uns trennen.«
Sein Vater warf noch einen unsicheren Blick in die Runde, aber dann nickte er und sagte leise: »Also gut. Passt auf euch auf.«
Justin sah seinem Vater nach, bis er in der Dunkelheit verschwunden war. Er war nicht sicher, dass sie sich wieder sehen würden, aber es war vermutlich trotzdem besser, dass er ging. Zumindest in einem Punkt hatte Reggie wahrscheinlich die Wahrheit gesagt: Der Dunkle wollte nur ihn. Sein Vater war weitaus sicherer, wenn er allein unterwegs war. Und was den Rest anging ...
Wie um seinen Verdacht zu bestätigen, hörte er in diesem Moment wieder das Geräusch eines Motorrades, das langsam näher kam. Nach einigen Augenblicken verschwand es auch wieder, aber Justin war klar, dass es zurückkommen würde. Sie suchten ihn.
»War das die Wahrheit, was du gerade gesagt hast?«, fragte er. »Dass sie unterwegs zu uns nach Hause sind?«
Reggie schüttelte den Kopf. »Nein. Aber er wäre niemals gegangen, wenn ich die Wahrheit gesagt hätte. Und ich fürchte, ich habe schon alle Hände voll damit zu tun, auf dich aufzupassen.«
»Niemand hat dich darum gebeten«, antwortete Justin böse.
»Du vielleicht nicht«, antwortete Reggie. Sie machte eine ungeduldige Handbewegung. »Still jetzt. Sie kommen!«
Justin duckte sich noch ein wenig tiefer in den Schatten,

obwohl das gar nicht mehr nötig gewesen wäre. Mittlerweile war es so dunkel wie in einer Neumondnacht. Nichts, was weiter als ein paar Schritte entfernt war, war noch klar zu erkennen. Vielleicht, dachte Justin, hat es der Dunkle einfach zu gut gemeint und die magische Nacht, die er über Crailsfelden gesenkt hatte, würde sie letzten Endes retten, indem sie sie den Blicken ihrer Verfolger entzog. Zugleich aber wusste er auch, dass das eine ziemlich alberne Hoffnung war – er konnte sich nicht ernsthaft einbilden, in der Dunkelheit Schutz vor einem Wesen zu finden, dessen ureigenstes Element eben diese Dunkelheit war.

»Was tun wir jetzt?«, fragte er.

»Still!«, zischte Reggie. Nur einen Moment später hörte auch Justin Schritte und aufgeregte Stimmen. Hinter der Friedhofsmauer glomm plötzlich ein dunkelrotes, flackerndes Licht auf und einen Augenblick später begannen Gestalten über die Mauer zu steigen.

»Die Spuren!« Justin erschrak zutiefst. »Sie werden unsere Spuren sehen!«

»*Eure* Spuren«, verbesserte ihn Reggie. »Aber du hast Recht. Weg!«

Sie verschwand geduckt in der Dunkelheit und Justin folgte ihr. Er hatte das sichere Gefühl, dass sie sich nicht annähernd so schnell bewegte, wie sie es gekonnt hätte; trotzdem hatte er alle Mühe, den Anschluss nicht zu verlieren, insbesondere, da sich Reggie vollkommen lautlos bewegte. Außerdem hinterließ er immer noch Spuren, denen selbst ein Blinder hätte folgen können.

Sie liefen nicht zurück in die Richtung, in der sein Haus lag, sondern zum Stadtzentrum hin. Dort würden sie zwar viel eher auf Menschen treffen, aber er würde wenigstens keine Spuren mehr hinterlassen.

Justin sah ein paar Mal über die Schulter zurück. Die Menge folgte seinen Fußabdrücken, aber nicht besonders schnell. Dafür war sie erschreckend gewachsen. Justin schätzte, dass mindestens zwei Dutzend Männer und Frauen hinter ihnen

her waren, und über die Friedhofsmauer kletterten immer noch weitere Leute.
Der Anblick spornte ihn zu größerer Schnelligkeit an. Sie erreichten wieder eine gepflasterte Straße, kletterten über einen niedrigen Zaun und fanden sich endlich in den schmalen Gassen der Innenstadt wieder, nicht weit von dem Punkt entfernt, an dem ihre Flucht begonnen hatte.
Aber wie hatte die Stadt sich verändert! Der Himmel zur Linken flammte rot im Widerschein eines gewaltigen Feuers, das auf dem Klosterhügel ausgebrochen war. Das Benzin des abgestürzten Helikopters musste Feuer gefangen haben. Die Unterseite der schweren, tief hängenden Wolken reflektierte den roten Schein in weitem Umkreis, sodass es aussah, als hätte der Himmel über Crailsfelden selbst Feuer gefangen, und die Straßen waren erfüllt von roten Schatten und zuckender Bewegung. Überall gellten Schreie, klirrte Glas. Justin sah zwei Männer, die aneinander geklammert über den Boden rollten und in stummer Wut aufeinander einschlugen. Andere rannten ziellos herum und in einer Seitenstraße entdeckte Justin einen Jungen von allerhöchstens zehn Jahren, der eine Hand voll Steine aufgehoben hatte und damit jede Fensterscheibe in seiner Reichweite einwarf, ohne dass irgendjemand etwas dagegen unternahm.
»Was geschieht hier?«, fragte er erschüttert.
»Es wird noch schlimmer«, antwortete Reggie. »Bevor diese Nacht vorbei ist, wird es Tote geben.« Sie warf einen hastigen Blick über die Schulter zurück und ging so schnell weiter, dass Justin fast rennen musste, um mit ihr Schritt zu halten. Von der lynchlustigen Menge war im Moment nichts zu sehen, aber Justin konnte sich nicht vorstellen, dass sie so schnell aufgeben würde. Sie eilten weiter und bogen ein halbes Dutzend Mal ab, ehe Reggie endlich langsamer wurde und dann ganz stehen blieb.
»Ich glaube, wir sind sie erst einmal los«, sagte sie.
»Du meinst, sie haben aufgegeben?«
»Nein«, antwortete Reggie. »Aber die Hälfte von ihnen ist

gerade damit beschäftigt, sich mit der anderen Hälfte zu streiten. Ich sagte dir doch, dass sich der Dunkle nicht auf seine Truppen verlassen kann.«

»Und das soll mich jetzt beruhigen, wie?«, grollte Justin. »Verdammt, Reggie, die ganze Stadt um uns herum geht allmählich in Flammen auf und du tust so, als wäre alles in Ordnung!«

»Das ist es nicht«, sagte Reggie traurig. »Aber du kannst das Unvermeidliche nicht aufhalten, sieh das endlich ein. Es ist zu spät. Du hilfst niemandem mehr, wenn du dein Leben sinnlos wegwirfst.«

Es war das zweite Mal, dass sie das sagte; und das zweite Mal, dass ihre Worte eine Mischung aus Zorn und abgrundtiefer Enttäuschung in ihm wachriefen. Er starrte sie an, schwieg ein paar Sekunden und sagte dann sehr leise: »Also hatte Großmutter Recht.«

Reggie blinzelte. »Womit?«

Justin sagte nichts. Warum auch? Wortlos drehte er sich um, machte einen Schritt, blieb dann aber noch einmal stehen und wandte sich halb zu Reggie um. »Ich hoffe, du hast wenigstens die Wahrheit gesagt, was meine Eltern angeht«, sagte er. »Sie haben nichts damit zu tun, weißt du?«

Reggie sah ihn mit einem Ausdruck völliger Verständnislosigkeit an. Sie ist wirklich eine ausgezeichnete Schauspielerin, fand Justin. Er war nicht einmal wirklich zornig auf sie. Nur traurig.

»Wovon redest du überhaupt?«, fragte Reggie. Sie war mit einem Schritt neben ihm, hob die Hand und wollte ihn an der Schulter ergreifen, aber Justin starrte sie so eisig an, dass sie es nicht wagte, die Bewegung zu Ende zu führen.

»Wie du willst«, murmelte sie. »Dann renn doch in dein Verderben, du Dummkopf!«

Dann verschwand sie so schnell, dass Justin nicht einmal ganz sicher war, in welche Richtung sie gegangen war.

Justin blieb noch einige Sekunden stehen und starrte in die Dunkelheit. Mit einem Male fühlte er sich sehr niedergeschlagen. Obwohl er ganz genau wusste, dass es umgekehrt war, hatte er doch das Gefühl, gerade seinen letzten wirklichen Verbündeten in diesem ungleichen Kampf verloren zu haben. Es dauerte lange, bis er die Kraft fand, um weiterzugehen.

Es war, wie Reggie gesagt hatte – die Menschenmenge, die gerade noch tobend vor Wut hinter ihm und seinem Vater her gewesen war, schien plötzlich jegliches Interesse an ihnen verloren zu haben, aber er sah einige von ihnen wieder. Sie rannten durch die Straßen, schwenkten ihre Fackeln und jagten sich gegenseitig.

Obwohl Justin auf Umwegen nach Hause lief und die Hauptstraße mied, wurde er Zeuge schier unglaublicher Szenen. Er sah zahlreiche Kämpfe, aber meistens handelte es sich eher um Rangeleien oder ein noch fast verhaltenes Hinundhergeschubse, kein erbitterter Kampf, wie der zwischen seinem Vater und Tobias. Aber er sah auch kleinere Gruppen von Männern und Frauen, die ziellos Fensterscheiben einschlugen oder in die Türen geparkter Wagen traten, und einmal kam er an einem Geschäft vorbei, das gerade geplündert wurde.

Und all das war erst der Anfang. Auch in diesem Punkt zweifelte er nicht eine Sekunde lang an Reggies Worten: Es würde schlimmer werden. Die Nacht, von der sie gesprochen hatte, hatte noch nicht einmal *begonnen*!

Er hörte Motorengeräusch und drehte sich erschrocken um. Ein schwarz- und chromblinkender Schemen huschte an ihm vorbei und verschwand in einer Seitenstraße und plötzlich nahmen die Schreie, das Klirren von Glas und der Kampflärm dort zu. Obwohl Justins Herz bis zum Zerreißen klopfte, lief er ein Stück zurück und spähte vorsichtig um die Ecke.

Tobias stand mit seinem Motorrad mitten auf der Straße. Er hatte niemanden angefahren und rührte auch jetzt keinen Finger, aber nun sah Justin die wirklichen Kämpfe, die er insgeheim schon die ganze Zeit über erwartet hatte. Am Ende der Straße prügelten sich zwei Frauen mit solch erbarmungs-

loser Wut, dass Justin schaudernd den Blick abwandte. Nur ein paar Meter entfernt zerbarst im ersten Stock eines Hauses eine Fensterscheibe und ein Fernseher flog in hohem Bogen heraus und zerschellte auf der Straße. Er hörte Schreie, dann das dumpfe Klatschen von Schlägen.
Tobias lachte, startete sein Motorrad und jagte mit qualmenden Hinterreifen los. Im selben Moment, in dem er verschwand, hörten die beiden Frauen am Ende der Straße auf, wie von Sinnen aufeinander einzuschlagen.
Justin wich wieder in den Schutz der Seitenstraße zurück. Er hatte das Glück gehabt, dass Tobias ihn nicht gesehen hatte, aber das würde bestimmt nicht immer so bleiben. Außer Tobias waren ja da auch noch die beiden anderen und Crailsfelden war so klein, dass er sich an fünf Fingern abzählen konnte, wann er einem der drei Kerle durch puren Zufall in die Arme laufen würde.
Gottlob hatte er es nicht mehr allzu weit bis nach Hause. Er musste nur noch an Dr. Reinerts Haus vorbei und dann ein Stück über das freie Feld, um die Abkürzung durch den Garten zu nehmen, dann war er in Sicherheit.
Als er an der weißen Jugendstil-Villa vorbeikam, zerbarst eines der Fenster im ersten Stock und ein Hagel von Glasscherben prasselte unmittelbar vor ihm auf die Straße. Justin prallte erschrocken zurück, warf den Kopf in den Nacken und sah Schatten und hektische Bewegungen hinter dem zerbrochenen Fenster.
Justin reagierte, ohne wirklich nachzudenken. Mit zwei Sätzen war er bei der Haustür, drückte die Klinke hinunter und schickte gleichzeitig ein Stoßgebet zum Himmel, dass Dr. Reinert nicht ausgerechnet heute mit seiner alten Angewohnheit gebrochen hatte, seine Haustür so gut wie niemals abzuschließen. In der nächsten Sekunde stolperte er in den Hausflur und wäre fast gestürzt, denn die Tür war nicht nur nicht abgeschlossen gewesen, sondern nur angelehnt.
Aus dem Obergeschoss drangen Schreie, das Klirren von Glas und polternder Kampflärm. Justin fand mit einem

hastigen Schritt sein Gleichgewicht wieder und hetzte, immer zwei oder drei Stufen auf einmal nehmend, die Treppe hinauf. Wie es aussah, kam er keinen Moment zu früh. Dr. Reinert stand in einer Ecke seines Wohnzimmers – von dessen Einrichtung im Übrigen nur noch Trümmer übrig waren – und fuchtelte mit einem Skalpell in der Luft herum; wahrscheinlich die erstbeste Waffe, nach der er gegriffen hatte, um sich damit zu verteidigen. Sein Gegenüber schien diese winzige Klinge jedoch wenig zu beeindrucken. Er war einen Kopf größer als der Tierarzt, trug eine schwarze Lederjacke und zerschlissene Jeans und eine abgebrochene Weinflasche in der rechten Hand. Justin konnte nicht erkennen, ob es Martin oder Rolf war, aber den Blutflecken auf Dr. Reinerts linkem Arm nach zu schließen, schien der Tierarzt bereits Bekanntschaft mit seiner improvisierten Waffe gemacht zu haben.
Justin nahm all das mit einem einzigen Blick in sich auf und er verschwendete keinen Sekundenbruchteil. Er stürmte weiter, ließ sich nach hinten fallen und schlitterte über den gebohnerten Parkettboden weiter. Rolf – jetzt erkannte Justin ihn endlich – bemerkte die Gefahr im letzten Augenblick, reagierte aber falsch. Er drehte nur Kopf und Oberkörper, um nach der Ursache des plötzlichen Lärmes zu sehen, und als er die Gefahr begriff, war es zu spät. Justin zog die Knie an den Körper und stieß beide Füße schräg nach oben, direkt in Rolfs Kniekehlen hinein.
Rolf stürzte hilflos nach hinten, wobei er Justin halb unter sich begrub. Justin ächzte und bekam einen Moment lang kaum noch Luft, war aber trotzdem geistesgegenwärtig genug, mit beiden Händen nach Rolfs rechtem Arm zu greifen, um ihm den abgebrochenen Flaschenhals zu entreißen. Es gelang ihm nicht, aber immerhin konnte er ihn daran hindern, seine Waffe zu heben.
Dieser kleine Vorteil reichte Dr. Reinert. Er war mit einem einzigen Schritt heran, hob den Fuß und trat Rolf so kräftig auf das Handgelenk, dass der Junge mit einem Schmerzens-

schrei den Flaschenhals losließ. Er flog davon und zerbarst an der Wand und Dr. Reinert ließ sich nach vorne fallen. Seine Knie trieben nicht nur Rolf die Luft aus den Lungen, sondern ließen auch Justin aufstöhnen, der ja noch immer halb unter ihm begraben lag.

»Du Mistkerl!«, schrie Dr. Reinert außer sich vor Wut. »Du wolltest mich umbringen, wie! Aber dir werd ich es zeigen! Ich bringe dir schon Manieren bei!«

Er holte aus, schlug Rolf drei-, viermal hintereinander mit der flachen Hand ins Gesicht – und dann holte er mit der Rechten aus. Der Hand, die das Skalpell hielt.

»Nein!«, keuchte Justin. »*Nicht!*«

Dr. Reinert erstarrte. Seine erhobene Hand, die das Skalpell hielt, begann zu zittern. Sein Gesicht war zu einer Grimasse verzerrt, in der sich Entsetzen und maßloser Zorn mischten.

»Stich doch zu!«, keuchte Rolf. »Tu es lieber, bevor ich wieder hochkomme und dir die Fresse einschlage!« Er versuchte sich loszureißen, aber Justins und Dr. Reinerts Körpergewicht hielten ihn eisern fest.

»Bist du zu feige dazu, alter Mann?«, keuchte Rolf. »Los! Mach es, wenn du Mumm in den Knochen hast!«

Der Tierarzt hielt das Messer noch immer in der hoch erhobenen Rechten. Sein Blick flackerte und der Ausdruck auf seinem Gesicht machte Justin klar, dass er Höllenqualen litt.

»Nicht!«, flehte er noch einmal. »Wenn Sie es tun, dann hat er gewonnen!«

Dr. Reinert stöhnte wie unter Schmerzen – und plötzlich schrie er auf, hob den Arm noch weiter in die Höhe und schleuderte das Skalpell mit solcher Kraft von sich, dass es zitternd im Türrahmen stecken blieb. Er sprang auf, riss Rolf mit sich in die Höhe und versetzte ihm einen Stoß, der ihn gegen den Tisch taumeln ließ.

»Verschwinde!«, sagte Dr. Reinert. »Verschwinde aus meinem Haus, bevor ich endgültig die Beherrschung verliere!«

Rolf starrte ihn trotzig an. Seine Nase blutete. Er fuhr sich mit der Hand über das Gesicht und starrte dann wütend auf seine Knöchel herab, die rot von seinem eigenen Blut waren. Seine Augen glitzerten tückisch, als er sich an Dr. Reinert wandte. »Freu dich nicht zu früh, Alter«, drohte er. »Wir sehen uns wieder. Und wir zwei –« Damit wandte er sich zu Justin um. »– rechnen auch noch ab, verlass dich darauf.«

»Ich kann es kaum erwarten«, antwortete Justin.

Rolf verzog verächtlich die Lippen. Aber er sagte nichts mehr, sondern stieß sich mit einem Ruck vom Tisch ab und ging mit schnellen Schritten aus dem Raum. Seine Stiefel polterten draußen auf der Treppe. Nur einen Moment später konnten sie hören, wie unten auf der Straße ein Motorrad angelassen wurde. Eigentlich viel zu schnell. Und Justin konnte sich gar nicht erinnern, unten ein Motorrad gesehen zu haben.

»Vielen Dank«, murmelte Dr. Reinert. »Wenn ... wenn du nicht gewesen wärst ...« Seine Stimme brach und plötzlich begann er am ganzen Leib zu zittern. »Beinahe hätte ich ihn umgebracht.«

»Aber Sie haben es nicht«, sagte Justin.

»Ich hätte es, hättest du mich nicht zurückgehalten«, beharrte der Tierarzt. Er sah Justin aus großen, von einer namenlosen Furcht erfüllten Augen an, dann drehte er sich ganz langsam herum und trat an das zerbrochene Fenster. Kälte wehte zu ihnen herein und ein wenig Schnee. Als Justin nach kurzem Zögern neben ihn trat, konnte er Lärm und Schreie aus der Stadt herüberschallen hören. Er sah jetzt auch Feuerschein irgendwo zwischen den Häusern. Der Klosterhügel war nicht mehr das Einzige, was brannte.

»Es ist genau wie damals«, flüsterte Dr. Reinert. »Alles wiederholt sich. Es beginnt von vorn.«

»Was?«, fragte Justin.

»Was immer geschieht«, antwortete der Tierarzt. Er sah Justin nicht an und seine Stimme war leise und fast tonlos, als rede er nur mit sich selbst. »Das Töten. Die Gewalt. Es ist seine Nahrung, verstehst du? Jeder Schmerz macht es stärker. Jedes Leid, das wir uns gegenseitig antun, weckt es ein bisschen

mehr, bis schließlich gar nichts mehr da ist, was es aufhalten kann.«
»Hat Ihnen ... meine Großmutter das erzählt?«, fragte Justin stockend.
Dr. Reinert nickte. »Ja. Ich habe ihr nicht geglaubt! Kannst du das begreifen? Ich habe mit eigenen Augen gesehen, was vor zehn Jahren passiert ist, und ich habe es einfach nicht geglaubt! Ich habe gedacht, sie wäre nur eine sonderbare alte Frau, die verrückte Geschichten erzählt, ich alter Narr!«
Aber wie hätte er auch glauben können, was er hörte? dachte Justin. Selbst er hatte sich ja bis zum allerletzten Moment geweigert, das Offensichtliche einzugestehen.
»Was hat sie Ihnen erzählt?«, fragte er leise.
»Dass es stärker wird, von Mal zu Mal«, antwortete Dr. Reinert. »Und dass sie Angst hat, ihre Kraft könnte eines Tages nicht mehr ausreichen, um das Böse zu bändigen.«
Justin riss seinen Blick mühsam von der Stadt los und sah in die andere Richtung. Er konnte von hier aus nur einen kleinen Teil des Klosterhügels erkennen, aber er glaubte das ungeheuerliche Gewicht des Schwarzen Turmes, der jetzt über ihm emporragte, regelrecht zu spüren. Das und den Hauch des Bösen, der von ihm ausging und sich unsichtbar und alles durchdringend über der ganzen Stadt ausgebreitet hatte.
... dass es stärker wird, von Mal zu Mal ...
Er wusste mit erstaunlicher Gewissheit, dass das stimmte. Die Katastrophe vor zehn Jahren hatte Opfer gefordert; Verletzte und auch Tote. Aber die Nacht, die vor ihnen lag, würde ungleich schlimmer werden. Möglicherweise würde es kein Crailsfelden mehr geben, wenn sich das Sonnenlicht das nächste Mal seinen Weg durch die Wolkendecke bahnte.
Er sah noch einmal zur Stadt hinüber, dann wieder zum Klosterhügel und dann wusste er, was er zu tun hatte.

28

Die künstliche Nacht, die sich über Crailsfelden gesenkt hatte, war noch dunkler geworden, aber hier, wo Justin entlanglief, war es beinahe taghell. Die gesamte Flanke des Klosterhügels stand in Flammen, einschließlich des Weges, der hinauf zum Tor führte. Das Feuer war eigentlich viel zu gewaltig; als wäre dort oben nicht ein Hubschrauber, sondern ein ganzes Treibstofflager explodiert, das jetzt Flammen und rote Glut gegen den Himmel spie.

Obwohl Justin auf der anderen Straßenseite ging, konnte er die Hitze wie die Berührung einer unangenehm warmen, fiebertrockenen Hand auf dem Gesicht spüren. Dort drüben mussten wahrhaft höllische Temperaturen herrschen. Er hatte nicht den Hauch einer Idee, wie er dort hinaufkommen sollte, geschweige denn das Kloster betreten. Über das, was er tun sollte, wenn er erst einmal drinnen war, dachte er vorsichtshalber erst gar nicht nach.

Justin sah sich ein paar Mal aufmerksam um, während er sich seinem Haus näherte, aber seine schlimmste Befürchtung wurde nicht wahr. Er sah keine Motorräder und der einzige Schatten, der ihn begleitete, war sein eigener. Durch den zuckenden roten Feuerschein auf der anderen Straßenseite wurde er zu einem unheimlichen Leben erweckt, sodass er einen bizarren Tanz auf dem Schnee neben ihm aufzuführen schien.

Er hatte sein Haus fast erreicht, als er eine Bewegung auf der anderen Straßenseite wahrzunehmen glaubte, die nicht in das flackernde Meer des Feuers zu passen schien. Er blieb stehen, hob schützend die Hand über die Augen und zwang sich, für einige Sekunden direkt in das fast unerträgliche Gleißen hineinzusehen. Am Fuße des Hügels, nicht allzu weit von den Flammen entfernt, bewegte sich tatsächlich etwas. Die unerträgliche Helligkeit trieb ihm die Tränen in die Augen, sodass

er nicht genau erkennen konnte, was. Vielleicht war es ein Mensch.
Justin zögerte nur einen Augenblick. Er hatte Angst davor, sich den Flammen zu nähern – und erst recht dem, was sich dahinter verbergen mochte –, aber wenn dort drüben wirklich jemand war, der Hilfe brauchte, konnte er ihn nicht einfach seinem Schicksal überlassen. Er lief quer über die Straße, näherte sich der Feuerfront und ächzte vor Schmerz, als sich der Wind für einen Moment drehte und die Hitze nun genau in seine Richtung trieb. Der Schnee unter seinen Füßen begann zu schmelzen, aber darunter befand sich eine dünne, spiegelglatte Eisschicht, sodass er sich in der absurden Situation fand, von schier unerträglicher Hitze eingehüllt zu sein und trotzdem mit ausgebreiteten Armen über einen Boden zu schlittern, der fast so glatt wie Schmierseife war. Es wurde ein bisschen besser, als er die Straße überquert hatte und den Hügel hinauflief. Er rutschte auf dem Boden nicht mehr ununterbrochen aus und auch der Wind hatte sich wieder gedreht. Trotzdem war die Luft jetzt so heiß, dass er kaum noch atmen konnte und nur noch verschwommen sah.
Trotzdem erkannte er, dass er Recht gehabt hatte: Nicht mehr weit von ihm befand sich ein Mensch. Im grellen Gegenlicht konnte er ihn immer noch nicht richtig erkennen, aber er *glaubte* zumindest zu sehen, dass er sich noch bewegte. Halb blind und auf zitternden Knien stolperte er weiter und erkannte endlich eine Gestalt in einem orangerotem Overall. Es war einer der beiden Helikopterpiloten. Der Teil seines Gesichtes, der unter dem getönten Visier des Fliegerhelmes sichtbar war, glänzte nicht nur vor Schweiß, sondern war auch schmerzverzerrt. Es war deutlich, dass er in der hitzegeschwängerten Luft große Mühe hatte, überhaupt zu atmen.
Justin kniete hastig neben ihm nieder und fragte: »Was ist mit Ihnen? Können Sie laufen?«
Der Mann schüttelte den Kopf. »Nein«, antwortete er mit zusammengebissenen Zähnen. »Mein Bein.«
»Ist es gebrochen?« Justin sah jetzt, dass das rechte Bein des

Mannes unter einem verbogenen Metallteil begraben war, offenbar einem Trümmerstück des abgestürzten Hubschraubers. Es musste Zentner wiegen.
»Ich glaube nicht«, antwortete der Pilot mühsam. »Eingeklemmt ... keine Kraft mehr ... diese Hitze ...«
Der Mann war so erschöpft, dass er offensichtlich kurz davor stand, das Bewusstsein zu verlieren. Außerdem konnte er weitere, innere Verletzungen haben. Justin konnte ihn auf keinen Fall hier lassen.
Zwei oder drei Sekunden lang spielte er mit dem Gedanken, zum Haus zurückzulaufen und Hilfe zu holen. Aber wenn sein Vater auf Reggies Rat gehört hatte, dann hatten er und Mutter das Haus längst verlassen und sich irgendwo versteckt. Und er war nicht einmal sicher, dass dem Piloten noch so viel Zeit blieb. Das Feuer fraß sich langsam, aber beharrlich weiter den Hügel herab und die Hitze wurde in gleichem Maße stärker.
Er ging um den Mann herum, griff mit beiden Händen nach dem Trümmerstück und schrie vor Schmerz auf, als er spürte, wie heiß es war. Trotzdem versuchte er es noch einmal, handelte sich dabei aber nur weitere Brandblasen ein. Kurz entschlossen zog er seine Jacke aus, hängte sie über die Kante des Trümmerstückes und versuchte erneut, es hochzuheben.
Diesmal verbrannte er sich nicht die Finger, aber das Metallteil war so schwer, dass er es nur wenige Zentimeter anheben konnte. Der Pilot stöhnte vor Schmerz, doch als Justin ihm zurief, sein Bein herauszuziehen, versuchte er es. Und das Wunder geschah. Obwohl die Bewegung dem Mann unerträgliche Pein bereiten musste, zog er sein Bein Zentimeter für Zentimeter unter dem Trümmerstück hervor, bis Justin seine Last schließlich absetzen konnte.
Erschöpft brach er in die Knie. Für einen Moment wurde ihm vor Anstrengung übel und vielleicht hätte er jetzt das Bewusstsein verloren, hätte er zugleich nicht auch gewusst, dass die Hitze ihn dann wahrscheinlich umbringen würde.

So zwang er sich die Augen zu öffnen und durch den zu Morast geschmolzenen Schnee wieder auf den Piloten zuzukriechen.

Das Bein des Mannes sah nicht gut aus. Der Overall war zerrissen und darunter konnte Justin eine tiefe, hässlich blutende Wunde erkennen. Er sparte sich die Frage, ob der Mann aus eigener Kraft gehen konnte. Stattdessen richtete er sich auf, zog den Verletzten mit einer Anstrengung in die Höhe, die seine Kräfte um ein Haar überstieg, und legte dessen Arm um seine Schulter.

»Sie müssen mir helfen«, keuchte er. »Allein schaffe ich es nicht.«

Der Mann antwortete nicht, aber er machte einen mühsamen Schritt mit dem unverletzten Bein und stützte sich dabei so schwer auf Justins Schulter, dass er erneut beinahe den Halt verloren hätte. Justin verlagerte hastig sein Gewicht, um die Balance zu halten. Jeder Schritt schien eine einzige Qual zu sein, aber es wurde besser, während sie den Hügel hinunterstolperten. Die Hitze nahm ebenso rasch wieder ab, wie sie angestiegen war. Als sie die Straße erreichten, fror er bereits wieder und dachte sehnsüchtig an die Jacke, die er oben zurückgelassen hatte. Aber wahrscheinlich war sie mittlerweile ohnehin verbrannt.

Auch dem Piloten schienen die Kälte und die frische Luft gut zu tun, denn er hob plötzlich den Kopf und murmelte ein mühsames: »Danke. Du hast mir wahrscheinlich das Leben gerettet.«

»Bedanken Sie sich, wenn wir drüben im Haus sind«, antwortete Justin. Er konnte nur langsam sprechen. Trotzdem fügte er nach zwei weiteren humpelnden Schritten hinzu: »Wo ist Ihr Kollege?«

»Weiß nicht«, murmelte der Pilot. »Er wollte ... Hilfe holen. Im ... im Ort.«

»Ich fürchte, da wird er keine finden«, antwortete Justin. »Aber wir haben es gleich geschafft. Nur noch ein paar Schritte.«

»Ganz genau. Aber weißt du – die können ganz schön lang werden.«
Justin sah erschrocken hoch. Während er mit dem Piloten geredet hatte, hatte er den Mann natürlich angesehen und nicht mehr auf die Straße geblickt. Nicht lange; allerhöchstens zwei oder drei Sekunden. Und trotzdem hatte diese winzige Zeitspanne gereicht.
Wie aus dem Nichts waren vor ihnen drei Motorräder erschienen.
Die Scheinwerfer waren voll aufgeblendet und leuchteten ihm und dem Piloten direkt ins Gesicht, doch Justin musste die Fahrer der Maschinen auch nicht erkennen, um zu wissen, wen er vor sich hatte. Sein Herz schien einen Schlag auszusetzen.
»Ich habe dir doch gesagt, dass wir uns wieder sehen, Blödmann«, sagte Rolf, während er den Ständer seiner Maschine herunterkippte und sich fast gemächlich aus dem Sattel gleiten ließ. Justin erkannte ihn an der Stimme. »Aber ich hätte selber nicht zu hoffen gewagt, dass es *so* bald sein würde. Es zahlt sich eben nicht immer aus, den barmherzigen Samariter zu spielen.«
Justin sagte nichts dazu. Was auch?
Die beiden anderen Jungen stiegen ebenfalls von ihren Motorrädern und kamen näher. Justin sah sich verzweifelt nach einem Fluchtweg um, aber es gab keinen mehr. Sie standen mitten auf einer menschenleeren Straße. Hinter ihnen loderte noch immer ein wahres Höllenfeuer und vor ihnen waren Tobias und seine beiden Freunde. Selbst wenn er sich entschlossen hätte, den Verletzten im Stich zu lassen – was er niemals getan hätte –, wäre er keine drei Schritte weit gekommen.
»Lasst ihn wenigstens gehen«, sagte Justin mit einer Kopfbewegung auf den Piloten. »Er hat nichts mit unserem Streit zu tun.«
»Oh, wie edel«, spottete Martin.
»Wahrscheinlich versucht er schnell noch ein paar Pluspunkte

für sein nächstes Leben zu sammeln«, fügte Tobias grinsend hinzu und Rolf sagte:
»Damit muss er sich dann aber ziemlich beeilen.«
Er griff unter seine Jacke. Als er die Hand wieder hervorzzog, hielt sie eine fast meterlange Kette. Tobias und Martin taten dasselbe.
»Was sind das für Burschen?«, murmelte der Pilot. »Was wollen sie von uns?«
»Von dir nichts«, grinste Tobias.
»Eigentlich«, sagte Martin.
»Du hättest eben heute lieber zu Hause bleiben sollen«, schloss Rolf.
Die drei Jungen begannen ihre Ketten zu schwingen, wobei sie gleichzeitig ein wenig auseinander wichen, um sich nicht gegenseitig zu gefährden. Die eisernen Ketten verwandelten sich in flirrende Räder, die mit einem dumpfen an- und abschwellenden Zischen durch die Luft sausten.
Plötzlich mischte sich ein anderer Laut in das Geräusch und noch bevor Justin es richtig als Motorengeräusch identifizieren konnte, wurden sie alle von grellem Scheinwerferlicht überflutet. Justin schloss geblendet die Augen und auch Rolf, Martin und Tobias hoben erschrocken die Hände vor die Gesichter und fuhren gleichzeitig herum. Sie bewegten sich so schnell wie Schlangen.
Trotzdem wäre ihre Reaktion viel zu spät gekommen, hätte es der Angreifer tatsächlich auf sie abgesehen gehabt. Das weiße Scheinwerferpaar schwenkte jedoch im allerletzten Moment herum, dann prallte der Wagen mit einem ohrenbetäubenden Krachen gegen Rolfs Motorrad und schleuderte es fast einen Meter hoch in die Luft. Die Maschine prallte gegen das zweite Motorrad, riss es ebenfalls um und dieses wiederum stieß auch die dritte Maschine vom Ständer. Noch bevor das Scheppern und Klirren der umfallenden Motorräder ganz verstummte, setzte der Wagen mit durchdrehenden Reifen ein Stück zurück, bremste hart ab und schoss dann wieder vor.
Einer der Scheinwerfer war bei dem Zusammenprall zerbro-

chen. Trotzdem konnte Justin den Wagen jetzt erkennen: Es war ein sehr alter, sehr großer Geländewagen.
Und offenbar verfügte er auch über eine sehr leistungsstarke Maschine, denn er rumpelte ohne die geringste Mühe über eines der umgestürzten Motorräder hinweg und verwandelte das Hinterrad in einen formlosen Haufen Schrott.
Martin, Tobias und Rolf schrien wie mit einer Stimme auf und Justin begriff endlich die unerwartete Chance, die sich ihm bot, und stürmte los. Auch der Pilot schien den Ernst der Situation wohl längst verstanden zu haben, denn er nahm nun keine Rücksicht mehr auf sein verletztes Bein, sondern unterstützte Justin nach Kräften, sodass sie fast die halbe Strecke hinter sich gebracht hatten, ehe die drei Kerle auch nur merkten, was geschah. Dann setzte Tobias mit einem wütenden Geheul zur Verfolgung an. Er würde nur Sekunden brauchen, um sie einzuholen.
Dr. Reinert war jedoch schneller. Der Jeep schleuderte mit durchgehenden Rädern auf der Stelle herum – wobei er das zweite Motorrad unter sich zermalmte –, machte einen regelrechten Satz und hätte Tobias nun wirklich erwischt, hätte der Junge sich nicht im letzten Moment mit einem gewaltigen Hochsprung in Sicherheit gebracht. Der Jeep kam nur wenige Meter neben Justin mit quietschenden Reifen zum Stehen und das Seitenfenster schoss nach unten. »*Lauf!*«, schrie der Tierarzt. »Ich halte sie auf!«
Justin verschwendete keine Zeit damit, irgendeine Frage zu stellen, sondern lief weiter, so schnell er konnte. Hinter ihnen quietschten die Reifen des Geländewagens erneut, als Dr. Reinert anfuhr, um wohl auch noch das letzte Motorrad zu Kleinholz zu verwandeln, aber er sah nicht mehr zurück.
Sie erreichten das Grundstück, stolperten weiter und die Tür wurde aufgerissen, als sie noch einen Schritt davon entfernt waren. Justin stieß einen erleichterten Schrei aus, wankte die Treppe hinauf und verlor endgültig das Gleichgewicht. Der Pilot und er wären gestürzt, hätte sein Vater nicht im letzten Moment zugegriffen und die lebende Last aufgefangen.

Justin fiel trotzdem auf ein Knie herab, sprang aber sofort wieder hoch und drehte sich um. Die Szenerie auf der Straße vor dem Haus hatte sich mittlerweile sehr verändert: Dr. Reinerts Jeep, der nicht viel leichter als ein Panzer war, aber wesentlich schneller, hatte die drei Motorräder vollends zu Schrott verwandelt und jagte nun ihre Besitzer wie die Hasen vor sich her. Rolf und die beiden anderen schlugen immer wieder mit ihren Ketten nach ihm und Justin glaubte nicht, dass der Tierarzt die drei Kerle wirklich umbringen wollte – aber ein gebrochener Arm oder ein ausgekegeltes Knie würden ihn auch kaum vor Gram in Tränen ausbrechen lassen. Ebensowenig wie Justin.

Plötzlich wurde er von einer Hand an der Schulter ergriffen und grob ins Haus zurückgezerrt. Hinter ihm fiel die Tür ins Schloss.

»Bist du verrückt?«, fragte seine Mutter scharf. »Willst du, dass die dich doch noch erwischen?«

»Aber Dr. Reinert!« Justin riss sich los. »Wir müssen ihm helfen!«

»Der kommt schon ganz gut allein zurecht«, antwortete seine Mutter. »Erklär mir lieber, wo du gewesen bist! Und wer ist dieser Mann?«

Justin sah an seiner Mutter vorbei. Sein Vater hatte den Piloten mittlerweile ins Wohnzimmer geführt und half ihm sich vorsichtig auf die Couch zu setzen. Ohne auf die Fragen seiner Mutter zu antworten, eilte er ihnen nach. Seine Mutter folgte ihm. Aus einem Grund, den Justin nicht verstand, sah sie sehr zornig drein.

»Legen Sie sich hin«, sagte sein Vater. »Ganz vorsichtig. Warten Sie. Ich helfe Ihnen.« Er hob behutsam die Beine des Piloten an, während sich der Mann stöhnend auf die Couch zurücksinken ließ und das Gesicht verzog.

»Das Bein sieht übel aus«, sagte sein Vater. »Wir brauchen Verbandszeug. Schnell!«

Justins Mutter rührte sich nicht, aber sie sagte: »Er blutet mir die ganze Couch voll! Muss das denn sein?«

Justin war so schockiert, dass er im ersten Moment keinen Ton herausbrachte, sondern seine Mutter nur fassungslos anblickte. Er hatte sie selten wirklich unfreundlich erlebt und bis zu dieser Sekunde hätte er einen Eid geschworen, dass sie nicht einmal wusste, wie man das Wort *Herzlosigkeit* buchstabierte.

Auch sein Vater war im ersten Moment sprachlos. Dann aber nickte er nur und sagte knapp: »Justin«, und Justin fuhr auf dem Absatz herum und rannte ins Bad, um den Verbandskasten zu holen. Auf dem Rückweg lief er an der Eingangstür vorbei und warf einen Blick durch das schmale Fenster daneben. Eines der drei Motorräder hatte Feuer gefangen und brannte lichterloh. Von ihren Besitzern und dem Geländewagen war nichts mehr zu sehen.

Er händigte seinem Vater den Verbandskasten aus und half ihm, so gut er konnte, das Bein des Piloten zu verarzten. Das Ergebnis sah nicht besonders professionell aus, aber es gelang ihnen immerhin, die Blutung zu stoppen.

Sein Vater ließ sich mit einem erschöpften Seufzen zurücksinken. »Mehr kann ich im Moment nicht tun«, sagte er. »Haben Sie starke Schmerzen?«

»Ich habe mich schon besser gefühlt«, antwortete der Pilot. Er hatte inzwischen den Helm abgesetzt und Justin sah, dass die untere Hälfte seines Gesichtes dort, wo sie nicht durch das Visier geschützt gewesen war, zahlreiche Brandblasen aufwies. »Aber ich wäre jetzt wahrscheinlich tot, wenn der Junge nicht gewesen wäre.«

»Er ist mein Sohn«, sagte Vater lächelnd.

»Er hat mir das Leben gerettet. Ich wäre verbrannt, wenn er mir nicht geholfen hätte.«

Vater warf Justin einen raschen, sehr warmen Blick zu, in dem man auch eine Menge Stolz lesen konnte, und wandte sich dann wieder an den Piloten. »Sie waren zu zweit in der Maschine?«

»Mein Kollege ist in Ordnung«, antwortete der Pilot. »Ich konnte sehen, wie er weglief ... Eigentlich müsste er längst

zurück sein. Gibt es eigentlich keine Feuerwehr in Ihrer Stadt?«
»Doch«, antwortete Vater. »Aber ich fürchte, sie wird nicht kommen. Es tut mir Leid, aber Sie werden durchhalten müssen, bis die Straße geräumt ist. Unsere Telefone funktionieren nicht.«
»In spätestens zwei Stunden wird jemand kommen und nach uns suchen«, erwiderte der Pilot. »Das passiert ganz automatisch, wenn wir uns nicht regelmäßig über Funk melden.«
»Ein weiterer Hubschrauber?« Vater erschrak sichtbar. Er tauschte einen raschen Blick mit Justin. Sie hatten *beide* gesehen, was mit dem Helikopter passiert war. Und Justin hatte allmählich das Gefühl, dass sein Vater vielleicht doch mehr über das wusste, was in Crailsfelden vor sich ging, als er bereits zugegeben hatte.
Der Pilot nickte. »Die Straße ist blockiert«, erinnerte er. »Sie werden einen Polizeihubschrauber schicken. Oder vielleicht eine Bundeswehrmaschine.«
»Sie wird auch abstürzen«, murmelte Justin.
Der Pilot zog eine Grimasse. »Kaum«, sagte er. »Ich weiß nicht, was passiert ist. Vielleicht ein technischer Fehler. Vielleicht haben wir etwas falsch gemacht. Aber mach dir keine Sorgen. Der Sturm wird sie nicht aufhalten.«
Es war auch nicht der Sturm, um den sich Justin Sorgen machte. Aber er konnte dem Mann schlecht erklären, wovor er sich wirklich fürchtete ...
Zwei Stunden, dachte er bitter. Er hatte geglaubt, noch sehr viel mehr Zeit zu haben; den Rest des Tages und die ganze Nacht. Nun waren es nur noch zwei Stunden und vielleicht nicht einmal das.
Es klopfte an der Tür. Justin sprang erschrocken hoch und registrierte aus den Augenwinkeln, dass seine Eltern ihn überrascht ansahen. Eigentlich nur um eine entsprechende Frage nicht beantworten zu müssen, eilte er zur Tür und öffnete sie.
Draußen stand Dr. Reinert. Er war sehr blass und seine Hände

zitterten, aber er sah trotzdem auf eine fast grimmige Art sehr zufrieden drein. »Ist alles in Ordnung?«, fragte er, ehe Justin auch nur einen Laut hervorbrachte.
Justin nickte verwirrt. »Ja, aber was tun Sie hier? Tobias und die beiden anderen –«
»Laufen im Moment wie die Hasen«, unterbrach ihn Dr. Reinert. Er grinste, wurde aber schnell wieder ernst. »Aber du hast natürlich Recht. Sie werden wiederkommen und ich glaube nicht, dass sie sich noch einmal so leicht einschüchtern lassen. Deshalb bin ich hier.«
»Das ist unheimlich nett von Ihnen«, antwortete Justin. »Aber wir sind hier sicher. Und ich möchte nicht, dass Sie sich noch mehr in Gefahr begeben. Mit den drei Kerlen ist nicht zu spaßen.«
»Meinst du, das weiß ich nicht?«, schnaubte Dr. Reinert. »Ihr müsst weg. Ich bin hier, um euch abzuholen. Meine Garage ist so stabil wie eine Festung. Ein bisschen eng für uns alle, aber sicher. Wir können uns bis morgen früh darin verbarrikadieren.«
»Sie bringen sich nur in Gefahr«, sagte Justin ernst. »Bitte glauben Sie mir. Sie werden Ihnen nichts tun, wenn Sie sich nicht einmischen. Sie sind nur hinter mir her.«
Dr. Reinert sah plötzlich sehr traurig drein, antwortete aber sehr entschlossen. »Ich war einmal feige, Justin. Einmal zu oft. Ich bin vielleicht nur ein alter naiver Tierarzt, der seine besten Jahre schon lange hinter sich hat, aber ich werde nicht noch einmal Augen und Ohren verschließen, während meine Freunde sterben.«
Justin schwieg eine Sekunde. Er war überzeugt davon, dass er mit jedem Wort Recht gehabt hatte – die drei Motorrad-Dämonen waren die Boten des Dunklen und sie waren aus keinem anderen Grund hier, als Unheil und Vernichtung über die Bewohner der Stadt zu bringen. Aber er hatte bisher nicht beobachtet, dass sie jemanden wirklich angegriffen hätten, und er war auch sicher, dass sie das nicht taten – es sei denn, er mischte sich ein.

Aber er verstand auch, was Dr. Reinert gemeint hatte. Vielleicht war Crailsfelden letzten Endes nur zu dem geworden, was es heute war, weil seine Bewohner zu lange Augen und Ohren verschlossen hatten. »Also gut«, sagte er und trat einen Schritt von der Tür zurück. »Vielleicht haben Sie ja Recht. Meine Eltern sind im Wohnzimmer. Gehen Sie zu ihnen. Ich komme gleich nach.«
Dr. Reinert eilte an ihm vorbei und Justin sah noch einmal über die Straße zum Klosterhügel. Das Feuer hatte sich weiter ausgebreitet und mittlerweile den gesamten Hang erfasst. Die Hitze war selbst hier herüben deutlich zu spüren. Den gigantischen Schatten, der wie eine erstarrte Säule aus schwarzem Rauch aus den Flammen emporwuchs, zu erreichen war vollkommen unmöglich.
Und doch musste er genau dorthin.
Justin schloss die Tür, aber er ging nicht zu Dr. Reinert und seinen Eltern ins Wohnzimmer, sondern eilte die Treppe hinauf zur Wohnung seiner Großmutter.
Die Tür war nur angelehnt und dahinter brannte Licht. Als er die Hand nach der Klinke ausstreckte, hörte er drinnen Reggies Stimme und das Miauen von zwei oder drei Katzen, die ihr zu antworten schienen. Ohne anzuklopfen stieß er die Tür auf und eilte auf das Mädchen zu.
Reggie sah ihn im ersten Moment überrascht, dann aber eindeutig erleichtert an. »Justin!«, sagte sie. »Gott sei Dank, dass du es bist!«
»Ja, aber das ist nicht dein Verdienst«, grollte Justin. »Bist du enttäuscht, dass ich es geschafft habe?«
Reggie riss erstaunt die Augen auf. »Warum –?«
»Ich gehe auf jeden Fall jetzt dort hinüber!«, fuhr Justin mit einer zornigen Geste zum Fenster fort. Der brennende Hügel und das schwarze Monstrum auf seinem Gipfel ragten wie ein höllisches Fanal hinter der Scheibe auf. Zuckendes rotes Licht erfüllte das Zimmer.
»Du ... du bist ja verrückt«, stammelte Reggie. Sie klang eindeutig entsetzt. »Du würdest nicht einmal in seine Nähe

kommen! Was willst du tun? Vielleicht über das Feuer hinwegfliegen?«
»Keine Ahnung«, antwortete Justin. »Aber mir wird schon etwas einfallen. Keine Angst – ich verlange nicht, dass du mir hilfst! Irgendwie werde ich es schon schaffen. Wenn es sein muss, ganz allein!«
Er fuhr mit einer wütenden Bewegung zum Tisch herum – und erstarrte.
Der Tisch war leer.
»Tu das nicht, Justin«, flehte Reggie. »Es wäre dein Tod! Du würdest genau das tun, was der Dunkle von dir erwartet! Es muss einen anderen Weg in den Schwarzen Turm geben!«
»Wo ist das Schwert?«, flüsterte Justin.
»Wie bitte?« Reggie trat mit einem raschen Schritt neben ihn und sah mit perfekt geschauspielerter Verständnislosigkeit erst auf die leere Platte hinab, dann in sein Gesicht.
»Wo ist das Schwert?«, fragte Justin noch einmal, jetzt schon lauter und hörbar schärfer.
»Aber ... aber hast *du* es denn nicht weggenommen?«, fragte Reggie.
Und das war zu viel. Justin hätte noch vor einer Sekunde nicht einmal geglaubt, dass er überhaupt dazu fähig wäre, aber Reggies Worte versetzten ihn in eine so rasende, heiße Wut, dass er mit einer blitzartigen Bewegung herumwirbelte, sie an den Schultern packte und so heftig schüttelte, dass ihr Kopf hin und her flog. Die Katzen fauchten erschrocken und Merlin ging tatsächlich auf ihn los. Justin versetzte ihm einen Tritt, der ihn davonschlittern ließ, schüttelte Reggie noch fester und schrie: »Wo ist das Schwert? Sag mir sofort, wo das Schwert ist!«
Merlin stürzte sich erneut auf ihn und auch zwei weitere Katzen sprangen drohend auf ihn zu, aber Reggie gab plötzlich einen sonderbaren, zischenden Laut von sich und die Katzen zogen sich wieder zurück. Dann hob sie langsam die Hände und drückte Justins Arme ohne die allermindeste Anstrengung hinunter.

»Was ist in dich gefahren?«, fragte sie, eher verwirrt als wütend. »Bist du verrückt geworden?«
Justin zitterte am ganzen Leib. Er war wütend wie niemals zuvor im Leben, aber zugleich auch abgrundtief enttäuscht und er spürte eine Bitterkeit, die schon fast körperlich wehtat.
»Lass das«, sagte er leise. »Mach dich nicht noch über mich lustig – bitte.«
»Ich verstehe nicht, wovon du überhaupt redest!«, erwiderte Reggie. »Ich dachte, du hättest das Schwert genommen! Deshalb war ich so froh, dich wieder zu sehen. Ich dachte, du hättest es geholt und ... etwas Dummes getan.«
»Das einzig Dumme, das ich getan habe, war, dir zu vertrauen«, sagte Justin. Er lachte, ganz leise und sehr, sehr bitter. Er fühlte sich hilflos. »Hüte dich vor der Agentin des Schwarzen Turmes«, sagte er. »Sie wird sich in dein Vertrauen schleichen.«
»Was?«, fragte Reggie. Selbst jetzt tat sie noch so, als verstünde sie nicht, was Justin meinte.
»Meine Großmutter hat das gesagt«, antwortete Justin. »Sie hat es mir sogar gesagt, verstehst du? Und ich Idiot habe einfach nicht auf sie gehört!«
Reggies Augen wurden groß. »Du ... du glaubst, dass ich ...?«
»Ich hätte es wissen müssen«, fuhr Justin fort, ohne ihre Worte auch nur zur Kenntnis zu nehmen. »Ich begreife mich selbst nicht mehr. Ich muss vollkommen den Verstand verloren haben.«
»Aber ich bin nicht die, für die du mich hältst«, sagte Reggie.
»Zuerst Vanderbilts Aufzeichnungen und jetzt das Schwert«, fuhr Justin fort. »Wahrscheinlich hast du stundenlang über mich gelacht, wie? Ich hoffe, du hast dich wenigstens gut amüsiert!«
»Justin, bitte!«, sagte Reggie. »Ich bin nicht –«
»Gib dir keine Mühe mehr«, unterbrach sie Justin traurig. »Es ist gar nicht mehr nötig. Du hast gewonnen.«
Und damit drehte er sich herum, verließ mit hängendem Kopf

die Wohnung und ging langsam die Treppe ins Erdgeschoss hinunter.

29

Dr. Reinert kam ihm bereits wieder entgegen, als er in die Diele hinunterkam. Er trug etwas unter dem linken Arm, das Justin nicht genau erkennen konnte, und schien es sehr eilig zu haben, denn er nickte Justin nur wortlos zu und verließ das Haus. Seine Eltern befanden sich noch im Wohnzimmer und er konnte schon von weitem hören, dass sie offenbar wieder miteinander stritten oder zumindest sehr hitzig miteinander diskutierten.
Der Anblick, der sich ihm bot, schien diese Vermutung noch zu bestätigen. Sein Vater saß auf einem Stuhl neben dem verletzten Piloten und versuchte offensichtlich sein verletztes Bein notdürftig zu schienen, während Mutter mit finsterem Gesicht auf beide herabsah. Als Justin unter der Tür stehen blieb, sagte sie gerade: »Es gefällt mir trotzdem nicht. Das ist doch alles abergläubischer Humbug. Schließlich sind wir erwachsene Menschen, oder?« Sie sah kurz zu Justin auf und fügte hinzu: »Die meisten von uns jedenfalls.«
»Du hast nicht gesehen, was in der Stadt los ist«, antwortete Vater kopfschüttelnd. »Doktor Reinert hat vollkommen Recht. Wir sind hier nicht mehr sicher.«
»Doktor Reinert ist ein abergläubischer alter Narr!«, sagte Mutter heftig.
»Aber auch ein sehr vernünftiger Mann.« Vaters Stimme hatte jetzt einen Klang, der keinen Widerspruch mehr zuließ. »Weißt du, ich kenne seine Garage. Er hat in den letzten Jahren ständig daran herumgebastelt. Ich habe mich immer gefragt, warum er sich eigentlich so große Mühe gibt, aus

einer harmlosen Doppelgarage eine uneinnehmbare Festung zu machen. Aber ich glaube, ich kenne die Antwort jetzt.«
Jemand klopfte an die Haustür. Wahrscheinlich wartete Dr. Reinert ungeduldig darauf, dass sie endlich zu ihm herauskamen. Selbst wenn Rolf und die beiden anderen nicht zurückkehrten – Crailsfelden war im Moment kein Ort, an dem man sich länger als unbedingt nötig im Freien aufhalten sollte.
Sein Vater sah kurz in die Richtung, aus der das Klopfen gekommen war. Dabei fiel ihm wohl Justins niedergeschlagener Gesichtsausdruck auf, denn er runzelte plötzlich die Stirn und fragte: »Was hast du?«
»Nichts«, antwortete Justin. Es war nicht der Moment seinen Eltern zu erzählen, wie total seine Niederlage war. Vielleicht würde er es später tun. Vielleicht auch nie. Da er selbst spürte, wie wenig überzeugend seine Antwort klang, fügte er noch hinzu: »Es ist alles so unheimlich. Es ... es macht mir Angst.«
»Mir auch«, antwortete sein Vater. »Aber keine Sorge. Wir haben es bald hinter uns.«
Das Klopfen an der Haustür wiederholte sich. Es klang jetzt sehr viel ungeduldiger. Ohne den Blick zu wenden rief Justin laut: »Kommen Sie rein. Die Tür ist offen!«, dann wandte er sich an seinen Vater und sagte: »Aber wir sollten uns beeilen. Sie können bald hier sein.«
»Sie?«, fragte sein Vater. »Wen meinst –«
Er brach ab. Auf seinem Gesicht erschien ein Ausdruck von Überraschung, dann von plötzlichem Erschrecken, während er einen Punkt irgendwo hinter ihm anstarrte. Justin hörte, wie die Haustür quietschend aufschwang und schwere, eisenbeschlagene Stiefel auf dem Fußboden polterten. Er wusste schon, wen er sehen würde, noch bevor er sich umdrehte.
Rolf und Tobias betraten hintereinander das Haus und in zwei Schritten Abstand folgte ihnen auch Martin. Der Junge war aufgehalten worden und als Justin nach draußen sah, begriff er auch, wodurch. Dr. Reinert lag wenige Meter vor der Tür verkrümmt im Schnee.

»Nett, dass du uns so freundlich hereinbittest«, grinste Rolf. »Damit hätte ich gar nicht gerechnet.«
»Nein!«, sagte Justin erschrocken. »Euch habe ich nicht gemeint.«
»Scheißegal, wen du gemeint hast.« Rolf grinste, aber in seinen Augen stand ein gemeines Glitzern, das aus diesem Grinsen etwas anderes machte.
Er war unbewaffnet, aber die beiden anderen schwangen noch immer ihre Ketten. »Was du gesagt hast, zählt. Wir sind nun einmal da. Pech für dich.«
Justin konnte hören, wie sein Vater aufstand und mit schnellen Schritten näher trat. »Ihr habt gehört, was Justin gesagt hat. Verschwindet. Auf der Stelle.«
»Keine Chance«, antwortete Rolf grinsend.
»Und wo wir schon einmal dabei sind«, fügte Tobias finster hinzu. »Wir beide haben ja noch eine kleine Privatrechnung offen.« Er klimperte mit seiner Kette.
Justins Gedanken überschlugen sich. Sie saßen in der Falle. Die drei Kerle waren nicht gekommen, um sich von ihnen zu verabschieden. Sie wollten die Sache zu Ende bringen, auf die einzige Art, die sie kannten. Justin nannte sich selbst in Gedanken einen Narren, dass er tatsächlich geglaubt hatte, es wäre vorbei. Die Macht, die er herausgefordert hatte, gehörte nicht zu der Art, die sich damit zufrieden gab, ihren Feind zu besiegen. Sie würde nicht eher ruhen, bis sie ihn vernichtet hatte.
Er wusste, dass es sinnlos war. Trotzdem trat er Rolf einen halben Schritt entgegen und sagte: »Lasst sie in Ruhe. Die Sache geht nur euch und mich etwas an.«
»Keine Chance«, sagte Rolf. Tobias riss seine Kette in die Höhe und auch Martin sprang einen Schritt vor und im selben Moment flog Großmutters Wohnungstür oben im ersten Stock auf und Reggie stürmte heraus, gefolgt von den Katzen. Mit einem gellenden, unglaublich spitzen Schrei sprang sie auf das Geländer hinauf, stieß sich mit aller Kraft ab und sprang mit einem gewaltigen Hechtsprung in die Tiefe. Sie

prallte gegen Tobias, riss ihn mit sich von den Füßen und rollte an ihn geklammert quer durch den Raum.
Jetzt sprang auch Justins Vater vor, warf sich auf Martin und versuchte ihm seine Waffe zu entringen. Der Einzige, der im ersten Moment einfach zu perplex war, um sich auch nur zu bewegen, war Justin.
Dafür bewegte sich Rolf umso schneller.
Er stürzte sich auf Justin, packte ihn mit beiden Händen und stieß ihn so fest vor sich her, dass er wahrscheinlich quer durch das Zimmer geflogen wäre, hätte er ihn nicht gleichzeitig auch mit solcher Kraft festgehalten, dass er kaum noch Luft bekam.
Justin stolperte zurück, prallte gegen die Couch, auf der der Pilot lag, und verlor vollends den Halt.
Vielleicht reagierte er instinktiv, vielleicht war es auch purer Zufall – auf jeden Fall gelang es Justin, sich noch im Fallen zu drehen, sodass nun Rolf mit dem Rücken zur Couch stand. Der verletzte Hubschrauberpilot keuchte vor Schmerz.
Aber das hinderte ihn nicht daran, trotzdem in den Kampf einzugreifen. Er richtete sich blitzschnell auf, schlang die Arme von hinten um Rolfs Schultern und Hals und zog ihn mit eiserner Kraft zu sich herab.
Rolf brüllte vor Wut und begann mit den Ellbogen nach hinten zu stoßen, doch der Pilot hatte ihn so fest umschlungen, dass seine Hiebe ins Leere gingen.
Justin hatte sich losgerissen, sprang hastig einen Schritt zurück, um aus der Reichweite von Rolfs strampelnden Beinen zu kommen, und warf einen Blick über die Schulter zurück.
Hinter ihm tobte eine regelrechte Schlacht. Martin und sein Vater wälzten sich aneinander geklammert über den Boden und droschen aus Leibeskräften aufeinander ein. Aber es war Justins Vater immerhin gelungen, Martin seine Kette zu entreißen, und ohne diese gemeine Waffe stellte der Bursche wohl keine ernsthafte Gefahr für seinen Vater dar.
Reggie indessen hatte es wesentlich schwerer, mit ihrem Gegenüber fertig zu werden. Tobias hatte seine Kette eben-

falls verloren, aber er war mindestens doppelt so stark wie sie. Hätte sie sich nicht mit beinahe unvorstellbarer Schnelligkeit bewegt, hätte sie nicht die mindeste Chance gehabt. Sie wich Tobias' wütenden Hieben immer wieder aus, attackierte ihn aber seinerseits nach Kräften. Ihre Fingernägel hatten bereits deutliche Spuren in seinem Gesicht hinterlassen. Sämtliche Katzen hatten sich ihr angeschlossen und fielen fauchend und mit Krallen und Zähnen über Tobias her. Doch der Junge wurde durch seine Motorradkleidung weitestgehend geschützt und es war nur eine Frage von Sekunden, bis er Reggie und ihre vierbeinigen Verbündeten überwunden hatte, und dann sah die Sache anders aus.
Justin wandte sich wieder zu Rolf um. Der Junge stemmte sich mit solcher Kraft gegen den Griff des Piloten, dass sein Gesicht langsam rot anzulaufen begann. Es gelang ihm nicht sich loszureißen. Justin sprang hin und versuchte seinen Arm zu packen, handelte sich aber nur eine Ohrfeige ein, dass er Sterne sah. Haltlos taumelte er zurück und stolperte zum Fenster. Er hielt sich mit der linken Hand an der Gardine fest, griff mit der anderen nach der Schnur und riss mit aller Kraft daran.
Es gelang ihm erst beim dritten Mal die Gardinenschnur herunterzureißen; zusammen mit einer Hälfte der Übergardinen und den Stores. Er achtete nicht darauf, sondern rannte zur Couch zurück, schlug die Gardinenschnur um Rolfs rechtes Handgelenk und zerrte mit aller Kraft daran. Rolf begriff im letzten Moment, was er vorhatte, aber seine Reaktion kam zu spät. Er zog den Arm mit einem Ruck an, sodass Justin auf ihn zu und fast von den Füßen gezerrt wurde. Aber auch der Pilot hatte begriffen, worauf Justin hinaus wollte. Er entließ Rolf aus seinem Klammergriff, packte stattdessen mit beiden Händen Rolfs freien Arm und drehte ihn mit einem Ruck auf den Rücken. Rolf brüllte vor Wut wie ein verwundeter Stier, mobilisierte noch einmal alle Kräfte und hätte es um ein Haar tatsächlich geschafft, sich loszureißen. Nur mit aller Macht gelang es Justin und dem Piloten, seine Hände auf dem

Rücken zusammenzubinden. Trotzdem wehrte sich Rolf noch immer wie verrückt. Er trat aus und traf Justin mit seinen schweren Motorradstiefeln so hart, dass er vor Schmerz aufschrie.
Das hier war ein Kampf auf Leben und Tod, keine Schulhofprügelei. Justin trat Rolf mit aller Gewalt in die Kniekehlen und registrierte mit grimmiger Befriedigung, dass Rolf nach vorne fiel und ziemlich unsanft auf dem Gesicht landete.
Eine Sekunde lang war er benommen und Justin nutzte die Chance. Er warf sich mit seinem ganzen Körpergewicht auf Rolfs Beine, presste sie auf den Boden und griff nach dem Ende der Gardinenschnur, die seine Hände fesselte. Mit fliegenden Fingern wickelte er sie um Rolfs Füße und band hastig einen Knoten hinein. Ehe Rolf auch nur richtig wusste, wie ihm geschah, war er verschnürt wie ein Weihnachtspaket, kaum noch in der Lage sich zu rühren.
Justin stemmte sich schwer atmend auf die Füße. Alles drehte sich um ihn. Für einen Moment wurde ihm übel. Er merkte erst jetzt, dass er einige wirklich heftige Schläge eingesteckt hatte.
Doch er konnte sich noch keine Pause gönnen. Seine Hilfe wurde dringend gebraucht. Sein Vater war noch immer mit Martin beschäftigt, der sich erbitterter zur Wehr setzte, als er erwartet zu haben schien.
Um Reggie stand es gar nicht so gut. Tobias hatte sie mittlerweile in eine Ecke gedrängt und schlug brutal auf sie ein. Justin sah, dass sie langsamer geworden war. Ihre Bewegungen waren noch immer katzenhaft geschmeidig und schnell, aber sie konnte nicht mehr allen Hieben ausweichen, die Tobias auf sie niederprasseln ließ.
Justin sprang auf die Füße, stolperte auf Tobias zu und rammte ihm die Schulter in den Rücken. Aber seine Bewegung war fast ohne Kraft. Der kurze Kampf mit Rolf hatte auch noch das letzte bisschen Energie aufgezehrt, das er in sich gehabt hatte. Tobias ging nicht zu Boden, sondern stolperte nur einen halben Schritt zur Seite, fuhr mit einem wütenden

Knurren herum und nutzte den Schwung dieser Bewegung gleich aus, um Justin einen Schlag mit dem Handrücken zu versetzen, der ihn Sterne sehen ließ.

Es gelang ihm trotzdem irgendwie auf den Füßen zu bleiben und als Tobias vollends herumgefahren war und sich auf ihn stürzen wollte, sprang Reggie ihn von hinten an, klammerte sich mit beiden Beinen und einem Arm an ihm fest und zog ihm die Fingernägel der freien Hand durch das Gesicht. Tobias brüllte vor Wut und Schmerz und griff mit beiden Händen nach oben, um den Quälgeist abzuschütteln, und dieser Einladung konnte Justin natürlich nicht widerstehen.

Er hatte es noch nie getan, aber nun ballte er die Faust, holte aus und schlug sie Tobias mit aller Kraft unter das Kinn.

Das Ergebnis war erstaunlich und ziemlich unerwartet: In Justins Hand explodierte ein so grässlicher Schmerz, als hätte er gegen eine Wand aus massivem Beton geschlagen, der sich rasend schnell bis in seine Schulter hinauf fortsetzte. In der nächsten Sekunde wich alles Gefühl aus seinem Arm. Er tat zwar nicht mehr weh, sank aber gelähmt und nutzlos an seiner Seite herab. Tobias machte hörbar: »Umpf!«, wankte einen Schritt zurück und starrte Justin fast überrascht an. Dann wurden seine Augen glasig. Er fiel auf die Knie herab und Reggie brauchte nicht einmal mehr viel Kraft, um ihn vollends nach vorne zu werfen.

Justin biss die Zähne zusammen, zwang seinen rechten Arm, sich zu bewegen, und half Reggie, den halb bewusstlosen Jungen auf den Rücken zu drehen. Tobias bewegte sich; ungeschickt und auf eine seltsam ungelenke Art, als hätte er Mühe, seine Glieder zu koordinieren. Es bereitete Justin keine Schwierigkeiten, seine Hände zur Seite zu schlagen und den breiten Ledergürtel aus seiner Hose zu ziehen. Während Reggie ihn halb aufrichtete und zugleich mit erstaunlicher Kraft festhielt, band Justin Tobias' Handgelenke mit seinem eigenen Gürtel auf dem Rücken zusammen und zog die Schlaufe so fest, dass ihm das Blut abgeschnürt wurde.

»He!«, murmelte Rolf benommen. »Was wird das, wenn ihr fertig seid ...?«
Dann schien er schlagartig hellwach zu werden, denn er bäumte sich auf und stemmte sich mit solcher Gewalt gegen seine Fessel, dass Justin ernsthaft fürchtete, der Ledergürtel würde zerreißen. Zugleich trat er wütend mit den Beinen um sich. Er traf niemanden, aber er versuchte sich hochzustemmen und Justin wusste, dass er auch mit auf dem Rücken zusammengebundenen Händen noch immer ein gefährlicher Gegner war. Reggie und er versuchten ihn gemeinsam niederzuhalten, aber er wusste nicht, wie lange es ihnen noch gelingen würde. Vergebens hielt er nach irgendetwas Ausschau, womit er Tobias' Füße zusammenbinden konnte.
»Halt ihn!«, sagte Reggie plötzlich, sprang auf – und tat etwas, was Justin im ersten Moment fassungslos Mund und Augen aufreißen ließ: Sie beugte sich über Tobias, öffnete den Reißverschluss seiner Hose – und zog sie mit einem Ruck nach unten bis zu den Knöcheln!
»Du kannst ihn jetzt loslassen«, sagte sie fast fröhlich.
Justin stand, noch immer völlig verdattert, auf und sah auf Tobias herab. Reggies Vorgehen war vielleicht etwas eigenwillig, aber durchaus von Erfolg gekrönt. Mit heruntergelassenen Hosen konnte Tobias weder aufstehen noch mit den Tritten seiner schweren Motorradstiefel nennenswerten Schaden anrichten.
»Schau mal«, grinste Reggie. »Er trägt gestreifte Unterhosen.«
Das stimmte tatsächlich. Justin konnte in diesem Moment aber kaum darüber lachen und Tobias spießte sie regelrecht mit Blicken auf.
»Macht mich sofort los!«, giftete er. »Macht mich los oder ihr könnt was erleben!«
Justin beachtete ihn gar nicht. Er drehte sich herum und stellte fest, dass es vorbei war. So unglaublich es ihm selbst vorkam – sie hatten gewonnen. Allerdings war er nicht sicher, ob er sich über diesen Sieg wirklich freuen sollte. Er war bitter erkauft. Reggies Gesicht zeigte deutliche Spuren der Schläge,

die sie eingesteckt hatte. Zwei Katzen lagen auf der Seite und miauten kläglich und Merlin leckte sich wie verrückt die rechte Vorderpfote. Sein Vater hatte Martin mittlerweile ebenfalls überwältigt und zu einem handlichen Paket verschnürt, saß aber leichenblass auf dem Boden und atmete mit schnellen, hektischen Zügen.
Am schlimmsten hatte es aber wohl Dr. Reinert erwischt. Als Justin durch die offene Haustüre sah, versuchte er gerade sich auf Hände und Knie zu erheben, schaffte es aber nicht. Justin ging mit schnellen Schritten zu ihm und half ihm. Der Tierarzt nickte dankbar, aber als er etwas sagen wollte, verzog er schmerzhaft das Gesicht.
Schwer auf Justins Schulter gestützt ging er ins Haus und warf die Tür hinter sich zu. Erst dann fand er die Kraft zu sprechen.
»Danke«, murmelte er. »Das war knapp.«
»Ist Ihnen etwas passiert?«, fragte Justin. Eigentlich war das eine ziemlich alberne Frage.
»Ich glaube, ich habe eine gebrochene Rippe«, erwiderte Dr. Reinert mit einem schiefen Grinsen. »Alte Knochen brechen eben schnell. Aber ich habe schon Schlimmeres überstanden.«
»Wenn ich hier loskomme, wirst du dich nach einer gebrochenen Rippe *sehnen*!«, prophezeite Tobias. »Ihr alle werdet euch wünschen, niemals geboren worden zu sein!«
Justin ignorierte ihn. Er ging zu seinem Vater hinüber, streckte die Hand aus und half ihm auf die Füße. »Alles in Ordnung?«
»Es geht schon«, antwortete sein Vater. Sein Gesicht hatte noch immer keine Farbe und das Atmen schien ihm Mühe zu bereiten. Wir haben die Schlacht tatsächlich gewonnen, dachte Justin bitter, aber dieser Sieg war eindeutig zu hoch erkauft. Eine zweite Runde würden sie kaum durchstehen.
Er hörte das Geräusch nackter Füße neben sich, drehte sich halb herum und sah Reggie ins Gesicht. Es war blutig und ihre linke Wange begann sich bereits dunkel zu verfärben. In ihren Augen stand ein müder, erschöpfter Ausdruck.
»Ist es schlimm?«, fragte er.

»Halb so wild«, behauptete Reggie. »Du weißt doch, wie zäh ich bin.«
Justin antwortete nicht sofort, sondern sah an ihr vorbei. Dr. Reinert hatte sich auf die untere Treppenstufe sinken lassen und presste den linken Arm gegen die Rippen, aber er konnte offenbar einfach nicht aus seiner Haut: Mit der anderen Hand kraulte er Merlins Nacken.
»Danke«, sagte Justin. »Ohne deine Hilfe hätten wir es wohl nicht geschafft. Aber ich versteh nicht, warum.«
»Warum?« Reggie blinzelte. »Sollte ich vielleicht zusehen, wie sie euch umbringen?«
»Bist du denn nicht deswegen gekommen?«, fragte Justin leise. Die Worte taten ihm im selben Moment wieder Leid, in dem er den verletzten Ausdruck in Reggies Augen sah.
»Du traust mir immer noch nicht«, sagte sie bitter.
»Ich weiß nicht mehr, was ich noch glauben soll!«, antwortete Justin. Und das entsprach in diesem Moment hundertprozentig der Wahrheit. Alles war so furchtbar verwirrend. Nichts von alledem, was in den letzten Stunden geschehen war, schien noch irgendeinen Sinn zu ergeben.
»Ich bin keine Verräterin!«, sagte Reggie. »Ich wurde geschickt, um dir zu helfen, begreif das doch! Ich war vielleicht nicht besonders gut darin, aber ich habe dich nicht verraten!«
»Aber wenn nicht du, wer ist es dann?«, fragte Justin. »Jemand hat die Papiere gestohlen. Und das Schwert!«
»Ich war es jedenfalls –«, begann Reggie. Dann brach sie mitten im Wort ab. Ihre Augen weiteten sich und der Ausdruck von Trauer darin wich maßloser Verblüffung und dann furchtbarer Pein. Sie keuchte, hob die Hände an die Brust und sank dann langsam in die Knie.
Justin fing sie mit einer instinktiven Bewegung auf. Er war viel zu verwirrt, um überhaupt zu begreifen, was geschah. Nicht einmal, als er sah, dass Reggies Rücken plötzlich voller Blut war.
Er hob den Kopf.
Seine Mutter stand einen Schritt hinter Reggie. Sie hielt ein

silbernes Schwert in der rechten Hand, dessen Spitze sich hellrot gefärbt hatte.

Es war das Runenschwert.

Justin starrte seine Mutter an, dann das Schwert, dann wieder seine Mutter. Er begriff immer noch nicht. Das heißt: Tief in sich begriff er sehr wohl, was das alles bedeutete, aber er weigerte sich einfach, diesen furchtbaren Gedanken als wahr zu akzeptieren.

»Du ...?«, stammelte er. »Aber ... aber wieso?«

Seine Mutter antwortete nicht. Sie sah nur ihn an, mit einem Blick, den er einfach nicht deuten konnte, dann sah sie kalt auf Reggie hinab.

Justin ließ das Mädchen vorsichtig zu Boden gleiten. Dr. Reinert war aufgesprungen und bemühte sich bereits um sie. Justins Vater hatte sich erhoben und blickte seine Frau entsetzt an.

»Was ist mit ihr?«, fragte Justin.

Dr. Reinert riss Reggies Kleid auf und betastete mit spitzen Fingern ihren Rücken. Reggie presste die Lippen aufeinander, gab aber keinen Laut von sich.

»Ich bin nicht ganz sicher«, sagte Dr. Reinert ernst. »Aber es scheint kein lebenswichtiges Organ verletzt zu sein. Doch sie muss sofort in ein Krankenhaus.«

»Der Weg dorthin ist im Moment nur leider ziemlich gefährlich«, sagte Justins Mutter kalt.

»Sie wird verbluten!«, protestierte Dr. Reinert. »Sehen Sie das denn nicht?«

»Pech.« Justins Mutter zuckte gleichgültig die Achseln. Als Dr. Reinert auffahren wollte, hob sie das Schwert und richtete die Spitze auf sein Gesicht. »Tun Sie nichts, was Sie bedauern könnten, alter Mann.«

»Mutter!«, ächzte Justin. »Wie ... wie kannst du so handeln? *Warum*!«

»Weil sie es ist, du Narr«, stöhnte Reggie. »Begreifst du das immer noch nicht? Sie war es die ganze Zeit!«

»Du?«, stammelte Justin. »Die Agentin des Schwarzen Tur-

mes, vor der mich Großmutter gewarnt hat? Du? *Meine eigene Mutter?!«* Die drei letzten Worte hätte er geschrien, hätte er noch die Kraft dazu gehabt.
»Nein«, sagte sein Vater leise. Seine Stimme zitterte. Sie war kaum noch mehr als ein Flüstern. »Das ist sie nicht.«
Justin starrte ihn an. »*Was* ist sie nicht?«
»Deine Mutter«, antwortete Vater. »Ich ... ich wollte es dir schon heute Morgen sagen, Justin, im Wald. Aber ich hatte einfach nicht die Kraft dazu. Deine Mutter ist bei deiner Geburt gestorben. Es tut mir Leid.«
»Das reicht«, sagte Mutter hart. »Wir haben keine Zeit für dieses sentimentale Gequatsche.«
»Du bist damals nur aus diesem einen Grund zu mir gekommen, nicht wahr?«, fuhr Vater fort. Seine Stimme zitterte. Er kämpfte mit den Tränen. »Jemand hat dich geschickt, stimmt es? Habt ihr Justins Mutter umgebracht, damit du an ihre Stelle treten kannst?«
»Das war ein glücklicher Zufall«, sagte die Agentin des Dunklen hart. »Ansonsten hast du Recht. Ich wurde geschickt, um dafür zu sorgen, dass der, der mich geschickt hat, endlich wieder seinen angestammten Platz einnehmen kann. *Beweg* dich nicht!«
Vater hatte einen Schritt auf sie zu gemacht und sie hob drohend das Schwert.
»Oder was?«, fragte Vater bitter. »Wirst du mich dann umbringen? Wir sterben doch sowieso.«
»Euch wird nichts geschehen«, antwortete die Agentin des Dunklen. »Wenn ihr vernünftig seid.«
»He!«, rief Tobias. »Könnte mich vielleicht mal jemand losbinden?«
Die Agentin des Dunklen drehte sich herum, ging mit schnellen Schritten zu ihm hin – und versetzte ihm zwei schallende Ohrfeigen. Tobias riss erstaunt die Augen auf, sagte aber nichts.
»Das Mädchen«, erinnerte Dr. Reinert mit flehender Stimme. »Sie verblutet.«

»Dann flicken Sie sie zusammen. Darin haben Sie doch Übung, oder?«
»Nicht bei einem Menschen.«
»Machen Sie schon«, sagte Reggie gepresst. »Ich werd es schon aushalten. So ein großer Unterschied ist das gar nicht, Sie werden sehen.«
»Sie haben es gehört«, sagte die Agentin des Dunklen. »Stillen Sie die Blutung, wenn es Sie glücklich macht ... auch wenn es nicht für lange ist.«
Sie trat einen Schritt zurück, senkte das Schwert und drehte sich zum Schrank um, um eine Schublade zu öffnen. Als sie sich wieder zu Justin und den anderen umwandte, hielt sie einen faustgroßen, schimmernden Gegenstand in der Rechten.
Es war die Schneekugel seiner Großmutter.
»Das ist, wonach er gesucht hat«, stöhnte Reggie.
»Die Kristallkugel? Aber das ist doch nur ein billiges Spielzeug!«
»Manchmal verbirgt sich gerade das größte Geheimnis hinter dem Offensichtlichen«, antwortete Reggie.
»Halt still«, sagte Dr. Reinert streng. »Das wird jetzt wehtun, aber es muss sein.«
»Aber sie hat Recht«, sagte Justins Mutter belustigt. Sie hob die Hand mit der Schneekugel, schüttelte sie ein paar Mal und sah scheinbar interessiert zu, wie sich der künstliche Schnee auf die Miniaturlandschaft senkte. »Deine Großmutter war eine kluge Person, Justin. Vielleicht zu klug.«
Reggie stieß einen spitzen, abgehackten Schrei aus, der fast wie ein Fauchen klang. Justin wollte gar nicht genau wissen, was Dr. Reinert mit ihr tat, aber er sah aus den Augenwinkeln, wie Merlin mit gefletschten Zähnen und angelegten Ohren herbeigehumpelt kam, um sie zu verteidigen. Reggie gab einen anderen, sonderbaren Laut von sich und der Kater zog sich wieder zurück.
»Sie war die Letzte in einer langen Reihe von Wächtern«, fuhr Justins Mutter fort, wobei ihr Blick noch immer interessiert

auf den wirbelnden Plastikschnee im Inneren der Kugel gerichtet war. »Sie alle waren klug und trotzdem dumm.«
»Weil sie versucht haben, gegen dieses ... dieses Ungeheuer zu kämpfen?«, fragte Justin bitter.
»Er ist kein Ungeheuer«, antwortete seine Mutter. »Er ist der rechtmäßige Herr über diese Welt. Du kannst die Dunkelheit nicht besiegen, Justin. Niemand kann das. Sie ist die älteste und mächtigste Kraft des Universums. Sie war da, bevor das Licht erschien, und sie wird noch da sein, wenn der letzte Stern am Himmel schon längst erloschen ist.«
»Großmutter war da anscheinend anderer Meinung«, antwortete Justin.
»Sie war dumm«, wiederholte Mutter. »Klug, aber dumm. Sie wollte zu viel, Justin. Statt die Dinge zu akzeptieren, wie sie immer schon waren, wollte sie den uralten Zyklus unterbrechen. Sie erschuf dies.« Sie hob das Schwert.
»Sie hat es nicht erschaffen«, antwortete Justin. »Es ist uralt.«
»Aber sie gab ihm seine Zauberkraft«, antwortete Mutter. »Die mächtigsten Zauberrunen, die je erdacht wurden. In den Händen ihrer Vorgängerinnen war es in der Lage, das Tor des Schwarzen Turmes zu schließen, nicht mehr. Jetzt könnte diese Waffe den Dunklen verletzen. Vielleicht töten.« Sie lächelte humorlos. »Eine dumme Idee. Sie hätte wissen müssen, dass er nicht tatenlos zusieht, wie sie an seinem Untergang arbeitet.«
»Und ... das da?«, fragte Justin mit einer Kopfbewegung auf die Schneekugel.
»Willst du das wirklich wissen?«, fragte die Agentin des Dunklen. Sie sah ihn an und etwas in ihrem Blick änderte sich. Ihre Augen schienen größer zu werden. Dunkler. »Willst du das *wirklich* wissen?«
Sie wartete Justins Antwort nicht ab, sondern hob den Arm, zögerte noch ein allerletztes Mal und warf die Schneekugel dann mit solcher Gewalt auf den Boden, dass sie zerbarst.
Und der Dunkle erschien.

30

Diesmal war es einfach nur eine riesige, schattenhafte Gestalt, kein in Leder gehüllter Motorradfahrer, kein schwarz gepanzerter Ritter. Sondern einfach nur ein Schatten. Die Zeit der Täuschungen und Trugbilder war vorbei. Der Herrscher des Schwarzen Turmes war selbst gekommen.
Justin spürte ein eisiges Frösteln. Eine unheimliche, körperlose Kälte ging von der Erscheinung aus, die tatsächlich nur ein Schatten war; so wie seine Mutter gesagt hatte: Das, was blieb, wenn das Licht gegangen war.
Die Katzen zischten erregt, wichen aber vor der unheimlichen Erscheinung zurück und auch Reggie stieß einen sonderbaren, eindeutig panikerfüllten Laut aus. Davon abgesehen jedoch war es plötzlich fast unheimlich still im Haus, als reiche die Gegenwart des Dunklen allein, um jeden menschlichen Laut zu vertreiben. Und auch das Licht war spürbar dunkler geworden, als wäre plötzlich etwas da, was es aufsaugte und verzehrte.
Es war das Furchtbarste, was Justin je erlebt hatte. Er hatte den Dunklen bisher nur in seiner Vision gesehen; allenfalls in seiner Scheingestalt als Werner, aber nun stand er dem wirklichen Herrscher des Schwarzen Turmes gegenüber.
Und es war vollkommen anders, als er erwartet hatte. Nach allem, was er erlebt hatte und was noch rings um ihn herum in der Stadt geschah, hatte er mit einer Kreatur voller Bosheit und unstillbarem Hass gerechnet, einem Ding, das einfach nur Vergnügen am Zerstören und Quälen hatte, und dessen ureigenstes Element der Untergang und das Leid waren.
Der Dunkle strahlte nichts von alledem aus.
Was Justin spürte, war schlimmer.
Es war eine derartige Kälte und Seelenlosigkeit, dass auch in ihm etwas zu erfrieren schien. Dieses Geschöpf war uralt, so alt wie die Zeit und vielleicht älter und es war viel zu gewaltig

und zu kalt, umso etwas wie Hass oder Bosheit auch nur zu kennen. Es war das, als was seine Mutter es beschrieben hatte, nur hatte er bis jetzt nicht wirklich begriffen, was sie damit meinte: die Dunkelheit. Die vollkommene Leere. Die Kälte.

Das, was blieb, wenn der letzte Stern am Himmel erloschen war.

»Warum?«, flüsterte er. Die Frage galt seiner Mutter, obwohl er den Dunklen weiter unverwandt anstarrte.

»Er hat meinen Preis bezahlt«, antwortete sie. »So einfach ist das.«

Ihre Stimme hatte sich verändert. Justin hatte nicht die Kraft, den Blick vom Schattengesicht des Dunklen zu lösen, aber er fühlte, dass seine Gegenwart auch ihr Furcht einflößte.

»Hab keine Angst. Euch wird nichts geschehen. Das war die Bedingung.«

Der Dunkle hob den Arm, drehte sich herum und deutete auf Rolf, Tobias und Martin. Die drei Jungen blickten ihn erwartungsvoll an, zugleich aber auch ängstlich. Sie fürchteten die Macht, in deren Diensten sie standen.

Seine Mutter nickte, drehte sich langsam herum und trat auf Rolf zu. Der Junge wälzte sich mühsam auf die Seite und streckte ihr die gefesselten Füße entgegen.

Aber das Runenschwert durchschnitt nicht seine Fesseln. Stattdessen berührte die Klinge fast flüchtig seine Stirn – und Rolf verschwand.

Er löste sich nicht in Rauch und Flammen auf oder verging auf irgendeine andere dramatische Art, sondern war plötzlich einfach nicht mehr da. Nur die Gardinenschnur, mit der Justin ihn gefesselt hatte, lag noch auf dem Boden.

»He!«, keuchte Tobias. »Was ... was soll denn das?!«

Justins Mutter richtete sich wieder auf, ging auf Martin zu und berührte auch ihn mit dem Schwert und auch er verschwand. Dann ging sie langsamen Schrittes auf Tobias zu.

»Nein!« keuchte Tobias. »Was ... was tust du?! Nein! *Nein!*«

Die Zauberklinge berührte seine Schulter und er verging. Nur sein Schrei schien noch für den Bruchteil einer Sekunde in der Luft zu hängen, bis auch er von der bloßen Gegenwart des Dunklen ausgelöscht wurde.
Justin starrte seine Mutter an. »Du ... du hast sie umgebracht!«, flüsterte er schockiert, aber seine Mutter schüttelte den Kopf.
»Sie haben nicht wirklich gelebt«, antwortete sie. »Sie waren nur Werkzeuge, die nicht mehr gebraucht werden.«
»So wie du?«, fragte Justins Vater leise.
Seine Frau antwortete nicht, aber Justin hatte das Gefühl, dass für den Bruchteil einer Sekunde etwas wie ein kaum unsichtbarer Schatten über ihr Gesicht huschte. Sie sagte nichts, aber nach einer Sekunde trat sie ans Fenster, zog die halb heruntergerissene Gardine vollends auf und sah hinaus.
In der Stadt waren sämtliche Lichter erloschen. Justin vermutete, dass der elektrische Strom nunmehr vollends ausgefallen war. Trotzdem lag Crailsfelden nicht in vollkommener Dunkelheit da. An mindestens einem Dutzend Stellen brannte es und er sah Menschen, die mit hektischen Bewegungen hin und her eilten und Fackeln schwenkten. Wäre die unheimliche Ausstrahlung des Dunklen nicht gewesen, hätte er wahrscheinlich Schreie gehört und den Lärm von Kämpfen. Crailsfelden starb.
Wieder bewegte der Dunkle den Arm, Justins Mutter drehte sich zu ihm herum und jetzt war Justin sicher, Schrecken und dann Entsetzen in ihrem Blick zu lesen.
»Nein«, sagte sie. »Das ... war nicht vereinbart!«
Der Dunkle wiederholte seine Bewegung, herrischer diesmal; *gebieterischer*.
Justins Mutter machte einen Schritt, blieb wieder stehen und starrte die Kreatur an, der sie ihre Seele verschrieben hatte. »Du hast versprochen, dass sie am Leben bleiben«, sagte sie. »Das war die Bedingung!«
Der Dunkle wiederholte seine Bewegung und diesmal taumelte Justins Mutter wie von einem Schlag getroffen zurück,

prallte gegen die Wand neben dem Fenster und wäre um ein Haar zusammengebrochen. Es dauerte lange, bis sie die Kraft fand, sich wieder aufzurichten.
Ihr Gesicht war wie aus Stein, als sie auf Justin zutrat und das Schwert hob.
Justin rührte sich nicht. Seine Mutter bewegte sich langsam, wie unter Zwang, und wahrscheinlich wäre es ihm ein Leichtes gewesen, ihr zu entkommen oder ihr vielleicht sogar die Waffe zu entreißen.
Er versuchte es nicht einmal. Wozu auch?
Reglos stand er da, während seine Mutter näher kam und das Schwert hob; diesmal nicht, um ihn damit sanft zu berühren, wie sie es mit Tobias und den beiden anderen getan hatte. Ihre Muskeln spannten sich zu einem kraftvollen, tödlichen Hieb.
Es war Justin gleich. Er hatte nicht einmal mehr Angst.
Für einen Moment trafen sich ihre Blicke. Etwas war in den Augen seiner Mutter, das dort nicht hingehörte, eine Furcht und Enttäuschung, die in die Augen *keines* Menschen gehörte, denn sie sprengte einfach die Grenzen des Vorstellbaren.
Und das Begreifen eines furchtbaren, unvorstellbaren Fehlers.
»Tu es«, sagte Justin. »Mach ein Ende. *Bitte!*«
Er spannte sich in Erwartung des Hiebes und absurderweise war der einzig wirklich klare Gedanke, den er in diesem Moment hatte, eine fast wissenschaftliche Neugier, ob es wohl wehtun würde oder ob er vielleicht gar nichts spürte.
Doch seine Mutter schlug nicht zu. Sie stieß einen schrillen, unendlich gequälten Schrei aus, wirbelte herum und richtete das Schwert auf den Dunklen. Ein gleißendes, unglaublich weißes Licht loderte in der mit Runen versehenen Klinge auf, schoss auf den Dunklen zu und schleuderte ihn zurück.
Direkt in Justins Kopf erklang ein lautloser, unvorstellbar zorniger Schrei. Der Dunkle taumelte zurück. Wogen aus allmählich verblassendem, weißem Licht schossen durch seinen Körper und das gedankliche Brüllen hinter Justins Stirn erreichte die Grenzen des Vorstellbaren und sprengte sie.

Schreiend brach er in die Knie und schlug die Hände über die Ohren, ohne dieses furchtbare Gebrüll damit aussperren oder auch nur einen Deut mindern zu können. Auch sein Vater, Reggie und der Pilot hatten die Hände vor die Schläfen geschlagen und schrien und die Katzen kreischten wie wild.

Seine Mutter jedoch schrie wie unter unvorstellbaren Schmerzen. Sie taumelte zurück, kämpfte verzweifelt um ihr Gleichgewicht und wurde abermals zurückgeschleudert, als der Dunkle eine zornige Armbewegung machte.

»*Justin!*«

Sie schleuderte das Schwert und es war, als würde Justin plötzlich von einer fremden Kraft geleitet, die mit einem Mal in ihm war und ihn zugleich beschützte und ihm sagte, was er tun musste. Er sprang vor, streckte die Arme aus und brachte das Kunststück fertig, das Schwert aufzufangen und festzuhalten, ohne ein paar Finger oder gleich die ganze Hand dabei einzubüßen.

Der Dunkle bemerkte es nicht einmal. Vielleicht kannte dieses Wesen doch Zorn, vielleicht Schmerz und vielleicht lernte es dieses Gefühl genau in diesem Moment zum ersten Mal in seinem äonenlangen Leben kennen. Sein Körper loderte nicht mehr in weißem Licht, sondern war wieder zu einem bloßen Schatten geworden, aber er bewegte sich weiter auf Justins Mutter zu, deren Schreie immer gellender und gequälter wurden.

Justin ergriff das Runenschwert mit beiden Händen und stieß es tief in den lebenden Schatten hinein.

Er hatte nicht damit gerechnet, auf Widerstand zu stoßen, aber er fühlte, wie die Klinge auf etwas traf.

Wieder loderte sie in weißem, unvorstellbar hellem Licht auf, aber diesmal war das Ergebnis ungleich spektakulärer.

Justin wurde zurück und zu Boden geschleudert. Das Schwert flog aus seinen Händen und segelte davon, aber das gleißende Licht blieb. Es raste in Wogen durch den Körper des Dunklen, drang tiefer und tiefer in die Schwärze ein, die dieses Geschöpf ausmachte. Es war der endgültige, große Kampf, das letzte Ringen von Dunkelheit und Licht ...

Und das Licht verlor.

Der Körper des Dunklen flackerte, dehnte sich aus, schrumpfte wieder, schien für einen Moment zu verwehen wie Rauch im Wind und stabilisierte sich wieder. Das gleißende, weiße Licht, das ihn zu verzehren begonnen hatte, verlor langsam an Kraft. Es lief noch immer in Wellen durch die Schattengestalt, schlagend wie der Takt eines strahlenden Herzens aus Licht.

Aber dieses Strahlen nahm ab mit jedem Schlag des Lichtherzens und nach einer Weile erlosch es ganz. Etwas an dem Dunklen hatte sich verändert, als es vorbei war, doch Justin war im ersten Moment viel zu entsetzt, um den Unterschied zu begreifen.

Er hatte erwartet, dass es vorbei sein würde, dass das Runenschwert den Dunklen vernichten musste, enthielt es doch die gesamte Zauberkraft seiner Großmutter. Aber der Dunkle lebte weiter und seine Mutter, die ihre Seele geopfert hatte, um ihn aufzuhalten, lag mit geschlossenen Augen auf dem Boden und rührte sich nicht mehr. Er wusste nicht einmal, ob sie noch lebte.

Plötzlich stieß Merlin ein wütendes Kreischen aus, stieß sich trotz seiner verletzten Pfote mit aller Kraft ab und sprang den Dunklen an. Eine Sekunde später stürzte sich auch Miss Piggy auf den Herrscher des Schwarzen Turmes und dann fielen auch alle anderen Katzen über ihn her.

Und endlich begriff Justin, was geschehen war.

Der Dunkle war kein Schatten mehr.

Das Runenschwert hatte ihn vernichtet. Es hatte ihm einen Körper gegeben. Der Herr der Dunkelheit war von etwas, was *nicht* war, zu etwas geworden, das *war*. Er war verwundbar geworden.

Die sieben Katzen, angeführt von einer riesigen schwarzen Ragdoll, die aus einer tiefen Wunde im Rücken blutete, rissen den Herrn des Schwarzen Turmes in Stücke.

31

Die schwarze Wolkendecke über dem Tal war aufgerissen. Noch hatte sich die Sonne ihren Weg nicht ganz durch die Barriere aus Dunkelheit gebahnt, aber Justin konnte ihre Nähe bereits spüren. Es war vorbei. Die Nacht des Todes, die Crailsfelden und seine Menschen bedroht hatte, war zu Ende gegangen, noch ehe sie wirklich beginnen konnte. Justin spürte, dass es diesmal keine Toten gegeben hatte.

Wie um endgültig zu beweisen, dass der Albtraum auch wirklich vorüber war, klingelte in diesem Moment hinter ihm in der Diele das Telefon. Er konnte hören, wie sein Vater abhob, rührte sich aber nicht, sondern blieb unter der Tür stehen und sah weiter hinaus. Seit die Katzen den Dunklen zerrissen hatten, war eine halbe Stunde vergangen, in der er reglos hier gestanden hatte. Es war sehr kalt. Der Wind blies ihm ins Gesicht und die Kälte hatte sich längst einen Weg durch seine Kleider gebahnt und sich wie mit unsichtbaren Zähnen in seine Glieder gefressen.

Justin genoss dieses Gefühl. Es war qualvoll, aber es war etwas, das *war*, und das allein zählte. Er atmete tief ein und genoss das prickelnde Brennen, mit dem die eiskalte Luft in seine Kehle strömte.

Nach einer Weile hörte er Schritte und Dr. Reinert trat neben ihn. Er stand eine ganze Zeit einfach da und blickte an Justin vorbei zur Stadt hin. Er sagte nichts und auch seine Miene blieb unverändert, aber Justin wusste, was hinter seiner Stirn vorging. Diesmal war die Vernichtung an Crailsfelden vorbeigegangen und vielleicht fragte er sich, ob seine Menschen daraus etwas gelernt hatten.

Nach einiger Zeit sagte er leise: »Der Anruf, Justin. Es war ... das Krankenhaus. Es tut mir Leid, aber es war keine gute Nachricht.«

»Großmutter ist gestorben«, vermutete Justin.

»Vor einer halben Stunde«, bestätigte der Tierarzt. »Es tut mir sehr Leid.«
Justin schwieg. Er empfand eine tiefe Traurigkeit, aber keinen Schmerz. Seine Großmutter würde ihm fehlen, aber sie hatte ihr Leben gelebt und sie hatte es zu einem Ende gebracht, das gut und wichtig gewesen war, und das war wahrscheinlich mehr, als den allermeisten anderen Menschen gelang.
»Ist es vorbei?«, fragte Dr. Reinert leise.
Justin sah nach oben. Die Wolkendecke war noch immer geschlossen, aber er spürte das Nahen der Sonne. Er nickte.
»Und ... habe ich das alles wirklich erlebt?«, fuhr Dr. Reinert fort; eigentlich mehr an sich selbst als an Justin gewandt.
»Was ist schon Wirklichkeit?«, gab Justin zurück. Er lachte leise. »Sie hätten diese Frage meiner Großmutter stellen sollen.«
»Das habe ich«, sagte Dr. Reinert. »Aber ich habe ihre Antworten nie verstanden. Um ehrlich zu sein, habe ich es für das Gerede einer alten Frau gehalten, die schon ein bisschen seltsam geworden ist.«
»Aber das war es nicht«, sagte Justin. »So wenig wie die Geschichte vom Katzenwinter.«
Dr. Reinert blickte weiter nach draußen, während er mit leiser, abwesender Stimme antwortete. »Es ist immer so abgelaufen«, sagte er. »Bevor sich die Tore des Schwarzen Turmes öffnen, geschieht ... *irgendetwas* mit den Katzen. Sie fangen an sich sonderbar zu benehmen. Als ob sie sich vor etwas fürchten.«
»Oder sich auf etwas vorbereiten?«, fügte Justin hinzu.
Dr. Reinert hob die Schultern. »Vielleicht sind die Katzen die einzigen Wesen, die dem Einfluss des Dunklen wirklich widerstehen. Vielleicht sind sie auch die wirklichen Träger der Magie und nicht die Menschen.« Er hob die Schultern. »Wahrscheinlich werden wir es nie erfahren.«
»Vielleicht hält sich ja auch jede Katze, die etwas auf sich hält, eine eigene Hexe, auf deren Schulter sie sitzen kann.«
Justin lachte wieder und ganz leise, dann drehte er sich um

und sah ins Wohnzimmer zurück. Sein Vater war neben seiner Frau niedergekniet und hatte ihren Kopf in seinen Schoß gebettet. Sie hatte das Bewusstsein zurückerlangt und zumindest Dr. Reinerts Meinung nach war sie weitestgehend unverletzt, nur sehr erschöpft.

Er deutete mit einer Kopfbewegung auf den Piloten. Der Mann hatte sich auf der Couch aufgesetzt und starrte mit leerem Blick auf die dunkle Stelle auf dem Boden, die alles war, was noch vom Auftauchen des Dunklen zeugte. Das tat er seit einer halben Stunde, ohne auch nur einen Muskel zu rühren.

»Was machen wir mit ihm?«

»Ich könnte ihm die Stimmbänder herausschneiden«, schlug Dr. Reinert vor. Dann schüttelte er den Kopf. »Keine Sorge. Ich glaube nicht, dass er irgendjemandem etwas erzählt. Und selbst wenn – wer würde ihm schon glauben? Gib ihm zwei Tage und er glaubt es selbst nicht mehr.«

Damit hatte er vermutlich Recht, überlegte Justin. Er machte eine Bewegung, um zu seinen Eltern zu gehen, überlegte es sich dann aber anders und wandte sich wieder um. Es war noch immer dunkel draußen.

»Reggie wird mir fehlen«, sagte er traurig.

»Sie kommt schon wieder in Ordnung«, antwortete Dr. Reinert überzeugt. »Katzen sind zäh. Ich weiß das.«

»Trotzdem ...« Justin seufzte. »Ich hatte gehofft, dass sie ... länger bleibt.«

»Vielleicht für immer?« Dr. Reinert schüttelte ernst den Kopf. »Ich glaube nicht, dass du zusehen möchtest, wie sie heranwächst und eine alte Frau wird. Und das alles in zehn oder zwölf Jahren.«

Etwas berührte Justins Bein. Es war Yeti, die lautlos herangekommen war und aus großen, sonderbar wissenden Augen zu ihm emporsah. Justin nahm sie auf die Arme und kraulte sie zwischen den Ohren. Yeti begann genießerisch zu schnurren und rollte sich in seinen Armen zusammen. Ein Gefühl tiefer Zuneigung begann sich in Justin auszubreiten.

»Das ist nicht fair«, sagte er.
»Was?«
»Dass sie nur so kurz leben und wir viel länger.«
»Da bin ich nicht so sicher«, antwortete Dr. Reinert nachdenklich. »Ich glaube, dass alles auf dieser Welt seine Zeit hat. Und meistens ist es auch richtig so.«
Justin wollte antworten, doch in diesem Moment riss ein plötzlicher Windstoß die Wolken oben am Himmel auseinander und goldfarbenes Sonnenlicht überflutete die brandgeschwärzte Flanke des Klosterhügels.
Er dachte wieder an das, was seine Mutter über den Dunklen gesagt hatte. *Das, was sein wird, wenn der letzte Stern am Himmel erloschen ist.*
Vielleicht hatte sie sogar Recht damit. Aber wenn, dann hatte auch Dr. Reinert Recht gehabt. *Alles auf dieser Welt hat seine Zeit.*
Und die Zeit der Dunkelheit war noch nicht gekommen.
Noch lange nicht.
Er schloss die Augen, legte den Kopf in den Nacken und genoss das Gefühl der ersten warmen Strahlen der Sonne auf dem Gesicht.
Yeti schnurrte zufrieden.

Wolfgang Hohlbein

Die spannenden und abenteuerlichen Mittelalter-Romane des Bestseller-Autors.

»Eine Prise Märchen, eine Prise Abenteuer und viel Spannung – das macht die Faszination seiner Geschichten aus.« ***Augsburger Allgemeine***

»Wolfgang Hohlbein ist ein Garant für gute Unterhaltung.« ***Wochen-Kurier***

3-453-86988-5

Der Ring des Sarazenen
3-453-86988-5

Die Templerin
3-453-17738-X

HEYNE